GOLDMANN

Buch

Die junge Cyrene Nolté bricht in der Mitte des 18. Jahrhunderts mit ihren Eltern in die Neue Welt auf, aber schon kurz nach der Ankunft in der französischen Kronkolonie Louisiana stirbt ihre Mutter, und der Vater verschwindet spurlos. Cyrene wird von den Brüdern Breton, die ihren Lebensunterhalt mit illegalem Handel bestreiten, wie eine Tochter aufgenommen.

Eines Abends beobachtet Cyrene, wie zwei Männer eine schwere Last in den Mississippi werfen. Als das Mädchen neugierig nachschaut, entdeckt sie, daß es sich bei der »Last« um einen Mann handelt und daß dieser Mann noch lebt. Aufopfernd pflegt Cyrene den geheimnisvollen Unbekannten gesund. Schließlich entdeckt sie auch die Identität des Fremden: René Lemonnier ist ein berüchtigter Lebemann; als Abgesandter des französischen Königs ist er in die Kolonie gekommen, um der Korruption und illegalen Geschäften allemal ein Ende zu bereiten.

Lemonnier ist somit für die Bretons ein höchst gefährlicher Mann, aber Cyrene hat sich inzwischen längst in den gutaussehenden Fremden verliebt...

Autorin

Jennifer Blake wurde in der Nähe von Goldonna, Louisiana, auf der Farm ihrer Großeltern geboren. Mit fünfzehn Jahren heiratete sie, mit zwanzig begann sie, Romane zu schreiben. Seitdem hat sie dreißig Bücher veröffentlicht, mit denen sie zu einer der beliebtesten Autorinnen romantisch-feuriger Liebesromane wurde. Heute lebt Jennifer Blake mit ihrem Mann und vier Kindern bei Quitman, Louisiana.

Im Goldmann Verlag erschienen bereits die Titel:

Der Kreole. Roman (9463)
Mitternachtswalzer. Roman (9675)
Träume des Südens. Roman (9467)

Jennifer
BLAKE

Nacht über Louisiana

Roman

Aus dem Amerikanischen
von Gabriele Dick

GOLDMANN VERLAG

Deutsche Erstveröffentlichung
Titel der Originalausgabe: Louisiana Dawn
Originalverlag: Ballantine Books

Der Goldmann Verlag
ist ein Unternehmen der Verlagsgruppe Bertelsmann

Made in Germany · 3/90 · 1. Auflage

Umschlaggestaltung: Design Team München
Satz: IBV Satz- und Datentechnik GmbH, Berlin
Druck: Elsnerdruck, Berlin
Verlagsnummer: 9684
Lektorat: Ursula Walther/CV
Herstellung: Peter Papenbrok
ISBN 3-442-09684-7

1. Kapitel

Der Mississippi zog breit und träge dahin und kräuselte sich sacht in der Strömung. Das fahle Licht der Mondsichel tanzte mit silbernem Glanz auf dem Fluß. Glucksend schlug das Wasser gegen das Boot, das leicht auf dem Strom lag. Es zerrte an dem schweren Prahm, so daß er an der Vertäuung riß und in langsamem regelmäßigen Rhythmus ans Ufer stieß. Cyrene Marie Estelle Nolté wurde schläfrig von dieser gleichmäßigen Bewegung. Sie saß, den Rücken gegen die aus ungeschälten Baumstämmen gezimmerte Kajüte gelehnt, auf einem niedrigen Schemel. Sie gähnte und wickelte sich fester in die Steppdecke, die sie zum Schutz gegen die kühle, feuchte Nachtluft umgelegt hatte.

Von rechts wehte ein leises Lachen zu ihr herüber. Als sie den Kopf wandte, zauberte das Mondlicht einen blaß-goldenen Schimmer auf den schweren Zopf, der ihr über die Schulter fiel. Sie verzog amüsiert einen Mundwinkel. Gaston fing also schon wieder damit an. Er entwickelte sich zu einem wahren Satyr! Doch die Frau, mit der er da im Schatten der Bäume flirtete, hatte nichts dagegen, seine Beute zu werden, vorausgesetzt, die Bezahlung stimmte. Die Frage war nur, ob er den Preis aufbringen konnte. Mit Livres war er im Moment nicht gerade gesegnet.

Nun waren die beiden anscheinend handelseinig geworden, denn er ging mit seinem Flittchen den schlammigen Weg gleich hinter dem Deich hinunter auf den Hintereingang der Schenke zu, in der die Frau ihr Quartier hatte. Gaston besaß ein gewinnendes Lächeln, vielversprechende, muskulöse Schultern, und galante Komplimente kamen ihm leicht über die Lippen. Es war nichts Neues für Cyrene, daß er seinen Charme spielen ließ, um eine Frau für sich einzunehmen.

Sollten allerdings sein Vater oder sein Onkel ihn dabei erwischen, daß er seinen Posten verließ, würde er sich nur mit viel Glück herauswinden können. Er war nämlich an der Reihe, Cyrene zu beschützen, und Pierre und Jean Breton duldeten dabei keine Pflichtvergessenheit und ließen keine Ausflüchte gelten. Doch auch die beiden älteren Männer waren wie immer nicht weit. Sie saßen im Wirtshaus, um ein, zwei Gläschen zu leeren und ein bißchen Pharao zu spielen.

Der Prahm lag im Wasser hinter der Deichböschung wie auf einer hochgelegenen Straße. Von hier aus konnte Cyrene das helle Band des Uferpfads bis zur Schenke überblicken. Das breite Gebäude lag im Dunkeln, und nur aus den Ritzen der geschlossenen Fensterläden schimmerte ein wenig Licht. Ab und zu, wenn sich die Tür beim Kommen und Gehen der Gäste öffnete und schloß, durchschnitt ein langer, gelber Lichtstrahl die Nacht. Links zwischen den Bäumen sah Cyrene im Hintergrund die Dächer von New Orleans, die im Licht und Schatten des Mondes ein wirres Muster von Vierecken und kantigen Formen bildeten. Rechts hinter dem Wirtshaus erstreckte sich der Sumpf, ein düsteres, weites, ungerodetes Stück Land. Es gab dort Bäume, deren Stamm vier Männer nur mit Mühe umfassen konnten, seltsame üppige Pflanzen, schleimig-grünes Wasser und eine summende Stille, in der heimtückische Insekten und kriechendes Getier hausten.

Die Nacht war schwarz zu dieser späten Stunde. Staunend ging Cyrene auf, daß sie allein war. Sie hatte keine Angst – vor dem Fluß ebensowenig wie vor dem Sumpf dahinter. Auf einmal stieg Freude in ihr auf. Sie war allein. Cyrene holte tief Luft und ließ sie langsam ausströmen, um dieses seltene Gefühl auszukosten. Endlich war sie allein.

Sie sah durchaus ein, warum sie so sorgfältig behütet wurde, wußte sie doch nur allzu gut, welche Gefahren hier am Ufer lauerten, besonders für eine Frau ohne Begleitung. Dennoch gab es Zeiten, in denen für sie die Versuchung groß war, etwas Verrücktes zu tun, nur um der ständigen Überwachung zu entgehen : Sie hatte Lust, auszureißen und in ihrem allerknappsten Mieder durch die Straßen zu bummeln; das am Prahm festgemachte Kanu zu entführen und flußabwärts zu paddeln – irgend etwas, um ein bißchen Freiheit zu spüren. Wie lange, dachte sie, ist es eigentlich her, daß ich mich richtig frei gefühlt habe, ohne die lästigen Bretons? Jahre mußte das her sein. Fast drei Jahre.

Pierre und Jean Breton und sein Sohn Gaston hatten ihr Bestes getan. Es war schließlich nicht leicht für sie, mit einer jungen Frau zusammenzuleben. Als Cyrene und ihre Eltern aus Frankreich kamen und von der Schiffskrankheit gezeichnet von Bord gingen, hatten die Bretons sie aufgenommen. Damals hatte niemand vermuten können, daß Cyrene so lange bei ihnen bleiben sollte. Doch dann war ihre Mutter dem Fieber erlegen, und ihr Vater hatte versucht, diesen Verlust und die Scham über die Verbannung wegen seiner Schulden, die er beim Trinken und Spielen gemacht hatte, zu vergessen. Entweder hatte er für eine andere Wohnung kein Geld gehabt, oder es war nicht die richtige Zeit für einen Umzug gewesen. Er hatte seine Nächte damit zugebracht, mit Freunden – wenn man sie so nennen wollte – von einer Spielhölle zur anderen zu torkeln. Diese Freunde waren arme Schlucker wie er, ebenso besessen von Plänen, schnell zu Geld zu kommen und im Triumph nach Frankreich zurückzukehren. Tagsüber lag er in Morpheus' Armen und erholte sich von den Ausschweifungen der letzten Nacht.

Cyrene hatte ihn kaum zu Gesicht bekommen, eigentlich nicht öfter als während ihrer Kindheit in Frankreich, wo sie von Kindermädchen und Gouvernanten aufgezogen worden war. Es machte ihr auch nichts aus, denn sie hatte zu ihrem Vater nie ein inniges Verhältnis entwickelt. Als er vor nunmehr fast einem Monat eines Nachts verschwand, hatte sie ihm kaum eine Träne nachgeweint. Man nahm an, daß er bei der Rückkehr auf den Prahm das Gleichgewicht verloren hatte und über Bord gegangen war, denn seine Freunde hatten ihn nach Hause schwanken sehen. Zwar war die Leiche nie gefunden worden, aber das war nichts Außergewöhnliches, konnte doch nur selten ein Körper geborgen werden, der einmal unter der sacht gewellten Wasserfläche verschwunden war. Der Mississippi gab seine Toten ungern wieder heraus.

Cyrene war bei den Bretons geblieben. Ihren Lebensunterhalt verdiente sie mit Kochen und Waschen sowie der Buchführung über die kaufmännischen Unternehmungen der beiden Brüder.

Letzteres fiel ihr leicht und machte beinahe ebensoviel Spaß wie das Handeln selbst: das Hin und Her beim Feilschen und der Reiz, dabei Gewinn zu machen. Ihr Vater hatte immer gesagt, sie sei eine Krämerseele genau wie ihr Großvater in Le Havre. Dieses Erbe war nicht zu verleugnen.

Auch das Leben auf dem Fluß gefiel ihr. Sie konnte anziehen, was sie wollte, mußte weder Hut noch Häubchen tragen, durfte das Haar in einem Zopf auf den Rücken fallen lassen und hemdsärmelig herumlaufen wie eine Bauersfrau oder eine Indianerin. Sie liebte die Gerüche, die Bewegungen des großen Stroms; und immer gab es Neues zu sehen. Wie könnte ich, dachte sie, ohne das Wiegen und Schaukeln des Prahms überhaupt einschlafen? Und ein Leben ohne fließendes Wasser, das so bequem vor der Haustür vorbeirinnt, kann ich mir gar nicht mehr vorstellen. Sie mußte das Wasser nicht mühsam aus einem tiefen Brunnen schöpfen, und es trug geschwind große Mengen von übelriechender Flüssigkeit und Schmutz fort.

Cyrene ließ den Blick den Deich entlang über den Strom und die weitgeschwungene Biegung wandern, in der er im Halbkreis um die Stadt floß. Sie saß aufrecht da, ohne sich zu rühren. Dort im Schatten hinter der Schenke, bewegte sich da nicht etwas? Zwei Männer traten aus dem Schutz der Bäume. Zwar waren sie im fahlen Mondlicht nur undeutlich zu erkennen, aber Cyrene sah trotz der Entfernung, daß sie eine sperrige Last schleppten. Als sie sich die Deichböschung hinaufquälten, schleiften sie sie zum Teil am Boden hinter sich her. Cyrene zweifelte nicht daran, daß es sich um eine Leiche handelte. Ebensowenig befand sie sich im unklaren über die Absicht der Männer.

Sie stand auf und schüttelte die Decke von den Schultern, so daß sie auf den Schemel fiel, schleuderte den Zopf zurück, stemmte die Hände in die Hüften und lief aufs Vorderdeck. Der Nachtwind erfaßte ihren weiten, grobgewebten Rock, wehte ihn um ihre nackten Knöchel und schlug ihr die Ärmel der Bluse um die Arme. Sie beachtete die Kälte nicht, verengte die Augen zu Schlitzen und blickte angestrengt in die schimmernde Dunkelheit.

Die beiden Männer kämpften sich mit der Leiche auf den Damm

und glitten dabei immer wieder im Schlamm aus, dann schwangen sie den Toten langsam hin und her. Mit einem letzten Pendeln ließen sie ihn los. Der Körper wurde in hohem Bogen über das Wasser geworfen und drehte sich allmählich. Irgend etwas blitzte silbern, als er mit lautem Plumps auf dem Fluß aufschlug. Eine Fontäne spritzte auf und regnete herab, sprühte ein wenig, und jetzt schlug das Wasser über der langen, schlanken Gestalt zusammen. Einen Moment lang blieb alles ruhig, bis die Leiche mit sanftem Schaukeln auftauchte und flußabwärts auf den Prahm zuwippte. Die beiden Männer wandten sich vom Fluß ab, liefen mit langen Sätzen den Deich hinunter und verschwanden in die Richtung, aus der sie gekommen waren.

Nun verlor Cyrene keine Zeit. Ihr Gesicht glänzte vor Eifer, als sie wie ein Wirbelwind zum Kanu am Heck des Prahms sauste. Der Silberschimmer, den sie beobachtet hatte, konnte nur zweierlei bedeuten: Entweder kam er von einem Schmuckstück oder von einer silbernen Verzierung, einer Bändchenstickerei auf einem Männerrock, wahrscheinlich dem Justaucorps eines eleganten Herrn. Äußerst merkwürdig, daß man sich der Leiche entledigte, ohne ihr die Kleider und Wertsachen weggenommen zu haben. Auf Schmuck wagte sie nicht zu hoffen, aber auch über einen Rock war sie froh. Kleidung aller Art war nicht billig, sie mußte aus Frankreich importiert werden, da ein königliches Edikt Spinnen und Weben in den Kolonien Neufrankreich und Louisiane untersagte, und Sachen mit silberner oder goldener Stickerei waren nur zu Höchstpreisen zu haben. Ein so verzierter Herrenrock konnte auch gebraucht mindestens hundert Livres bringen.

Cyrene begegnete nicht zum erstenmal einer Wasserleiche. Pierre und Jean Breton waren nicht nur Händler, sondern auch gute *voyageurs*, die im Norden von Neufrankreich aufgewachsen waren und das Leben in der Wildnis kennengelernt hatten. Verschwendung war ihnen ein Greuel, und wenn etwas umsonst zu haben war, sagten sie nicht nein. Ständig zogen sie Treibgut aus dem Fluß: Baumstämme und kaputte Kisten zum Verfeuern, Fäßchen mit saurem Wein oder unentwirrbare Tauknäuel. In den letzten drei Jahren hatten sie mindestens fünf Tote an Bord des Prahms gezerrt, ihnen die Kleider ausgezogen und sie Cyrene zum Waschen gegeben. Sie mußte auch die Risse flicken, die beim gewaltsamen Tod der Opfer entstanden waren. Einen Rock mit Silberstickerei hatten die anderen jedoch nie geborgen.

Beim Umsteigen ins Kanu ließ Cyrene die Wasserleiche nicht aus den Augen. Sie stieß sich vom Prahm ab, nahm das Paddel vom Boden auf und schoß auf den langen dunklen Gegenstand zu, der auf dem schimmernden Wasser trieb. Die Strömung war stärker, als Cyrene zu dieser winterlichen Jahreszeit erwartet hatte. Unter leichtem Schlingern schnellte der Tote in der rasch fließenden Strömung flußabwärts und auf sie zu.

Sie stieß das Paddel ins Wasser und ließ das Boot vorwärts schießen, um die schwarze Gestalt abzufangen. Kleine Wellen schlugen gegen die Wände des Kanus, das aus einem ausgehöhlten Baumstamm gefertigt war. Es rollte jedesmal, wenn sie mit den starken jungen Armen das Blatt eintauchte. Auf und ab ging das Paddel, und mit jedem Schlag wurden ein paar Wassertropfen wie schimmernde Perlen hochgeschleudert. Dabei war kaum ein Laut zu hören.

Sie hatte die Leiche erreicht, warf das Paddel ins Boot und lehnte sich hinaus. Sie streckte die Hand aus und spannte jeden Muskel. Mit den Fingerspitzen berührte sie Stoff, feinsten Brokat. Sie griff fest zu und holte den Körper heran. Ihr Blick fiel auf die Fülle weicher, nasser Strähnen im Wasser. Sie ließ den Rock los, den ihre Finger mühsam umklammert hatten, griff in das volle, dunkle Haar und zerrte den triefenden Leichnam hinter sich her. Es überraschte sie, daß er so schwer war; er mußte entweder groß und kräftig sein oder goldbeschwerte Taschen haben.

Langsam drehte sich der Tote, und sie konnte die Kanten und Mulden eines blassen Gesichts sehen. Eine Hand schwamm oben, die Finger spreizten sich, wollten sich festhalten. Die Hand schwang auf das Kanu zu, schlug gegen die Seitenwand, versuchte zuzugreifen, sich festzuklammern.

Die Leiche lebte!

Cyrene schnappte nach Luft. Sie ließ den Mann los und zog

den Arm zurück. Er stöhnte leise. Sein Kopf versank, und die abgerundete Bordwand entglitt seinen Fingern.

Er lebte!

Noch einmal beugte sich Cyrene vor und tauchte ihren Arm bis zur Schulter unter Wasser. Sie fühlte mit den Fingern Haare, griff schnell hinein, packte zu und warf den Oberkörper zurück. Wieder blickte sie in ein blasses, verzerrtes Gesicht, über das das Wasser in Strömen lief. Der Arm trieb kraftlos im Fluß.

Sie konnte das Haar nicht loslassen, sonst verlor sie ihn noch im Wasser, aber sie war nicht stark genug, um ihn ins Boot zu zerren, auch nicht unter Aufbietung aller Kräfte. Ebensowenig konnte sie nur mit der einen freien Hand zum Prahm zurückpaddeln und ihn dabei mit der Linken festhalten. Da erst fiel ihr Gaston ein, und der Zorn über seine amourösen Abenteuer überkam sie. Wäre er dort, wo er sein sollte, dachte sie, dann würde er jetzt hier im Kanu sitzen und nicht ich. Für ihn wäre das eine Kleinigkeit.

Doch schließlich erwies sich die Rettung als gar nicht so schwierig. Im Bug des Kanus lag das Tau, mit dem es am Prahm festgezurrt wurde. Sie griff mit der freien Hand danach, lehnte sich so weit wie möglich hinaus, legte es dem Mann um den Oberkörper und befestigte es mit einem Laufknoten am Boot. Das Kanu schwankte wegen des zusätzlichen Gewichts und drohte vollzulaufen, immerhin war aber das Gesicht des Verletzten mehr über als unter Wasser. Mit dem Mann am Bootsbug, als sei er die Siegestrophäe einer uralten Göttin, paddelte Cyrene zum Prahm zurück.

Immer noch keine Spur von Gaston. Sie glitt an dem größeren Boot entlang, stieg um auf den Prahm und ließ sich sofort auf die Knie fallen, um den Einbaum an die Deckplanken heranzuziehen. Sie nahm das Tau, mit dem der Körper des Mannes befestigt war, löste den Knoten und packte den Verletzten, der beinahe abgedriftet wäre, an der Halsbinde. Dann machte sie das Kanu fest, indem sie einfach das Tau um den zu diesem Zweck in die Deckplanken eingelassenen Pfahl wickelte, und zog den Mann heran, bis er den Prahm berührte.

Er war zu schwer, sie konnte ihn nicht an Bord hieven, das wußte sie, obwohl er im Moment durch den Auftrieb leichter war.

Der Prahm stieg und fiel mit sachtem Schaukeln, während sie über ihr Problem nachgrübelte. Sie überlegte, ob sie Gaston rufen sollte, glaubte aber nicht, daß er sie hören konnte. Also blieb ihr nur eines übrig, auch wenn der Gerettete auf diese Weise ein paar Kratzer abbekam und seine Verletzungen dadurch nicht besser wurden. Wo er jetzt war, konnte er nicht bleiben. Seine Haut fühlte sich schon ganz eisig an vom kalten Wasser, und auch Cyrene selbst fröstelte trotz all ihrer Anstrengung.

Sie ergriff den Arm des Mannes und holte ihn heraus, ließ dann die Halsbinde los, nahm den anderen Arm, zog beide hoch und legte sie auf den dicken Balken am Rand des Prahms. Sie hielt die eine Hand fest, stellte sich hin und umschloß mit kräftigem Griff seine Handgelenke. Einmal, zweimal drückte sie ihn bis zum Kinn in den Fluß, um sein Gewicht und die eigene Kraft einschätzen zu können. Sie spürte, wie ihn das Wasser immer wieder herauftrieb. Dann holte sie tief Luft, biß die Zähne zusammen und zog mit aller Kraft.

Der Prahm neigte sich, und der Körper kam bis zur Brust aus dem Wasser. Sie bückte sich schnell, packte ihn unter den Achseln, zerrte mit der ganzen Kraft ihrer Muskeln und warf sich mit schmerzenden Armen zurück. Ihr Atem ging schwer und keuchend.

Der Mann blieb irgendwo hängen, vielleicht an einem Knopf oder einer Uhr, die ihm die Tasche ausbeulte. Noch einmal strengte sie sich gewaltig an und konnte ihn ein Stück über den Begrenzungsbalken ziehen. Und noch einmal. Langsam gab der Fluß ihn frei. Er gehörte ihr. Sein Oberkörper war über Wasser. Rasch, bevor er wieder hineingleiten konnte, kniete sie sich noch einmal hin, packte ihn am Bein und zog es aufs Boot. Jetzt war es leichter. Sie stand auf, nahm seine Hände und zog mit aller Kraft. Mit den bloßen Füßen glitt sie auf den vom Spritzwasser und seinen nassen Kleidern schlüpfrigen Planken aus und fiel.

Er war nun mehr als zur Hälfte an Bord. Cyrene ließ ihn los und streckte sich aus. Bei dem Versuch, wieder zu Atem zu kommen, hob und senkte sich ihre Brust mit dem Wiegen des Prahms. Sie schaute zu den Sternen auf, die über ihrem Kopf einen wilden Tanz aufführten, sie drehten sich schnell, wurden allmählich langsamer und blieben schließlich stehen. Das Boot schwamm wieder ruhig auf dem Wasser.

Sein Kopf lag zwischen ihren Beinen, eine Hand ruhte dort, wo ihre Schenkel sich vereinten. Sie rollte herum und fluchte unterdrückt, während sie sich unter ihm hervorarbeitete. Sie gebrauchte dabei Wörter, die sie von den Bretons aufgeschnappt hatte und deren Bedeutung sie nicht ganz verstand. Das half ihr und erleichterte sie. Mit so viel Anstrengung hatte sie nicht gerechnet, besonders da die Hoffnung auf eine Belohnung jetzt gering war, denn der Mann brauchte seinen Rock ja selbst noch. Und wer weiß, dachte sie, ob er überhaupt der Mühe wert ist?

Der Ärger verlieh ihr die Kraft, ihn mit Gepolter über die Planken in die kleine Kajüte zu zerren. Sie legte ihn auf den Boden, nahm den irdenen Leuchter und schlug eine Flamme, um die Talgkerze anzuzünden. Sie holte von draußen die Decke, die zu Boden geglitten war, und von drinnen ein Leinenhandtuch und ein paar saubere Lappen, warf alles neben den Geretteten und kniete sich an seiner Seite nieder. Während sie ihm den Rock aufknöpfte, betrachtete sie sein Gesicht. Plötzlich hielt sie mitten in der Bewegung inne. Sie runzelte die Stirn, faßte ihn am Kinn und drehte den Kopf mit dem Gesicht zum Licht. Sie schnappte nach Luft.

Wenn das nicht René Lemonnier de Vouvray war!

Die Stadt hatte nicht viele Einwohner. In Nouvelle-Orléans und Umgebung lebten keine zweitausend Menschen, von denen waren die Hälfte Soldaten des Königs oder afrikanische Sklaven. Hier kannte jeder jeden, und alle wußten über die Angelegenheiten der anderen Bescheid. Ein Neuankömmling war daher Gegenstand höchster Neugier und wilder Spekulation.

Der Mann auf dem Boden hatte seit seiner Ankunft vor vier Wochen mehr als das übliche Interesse erregt. Er war adeliger Herkunft und ein Günstling am Hofe Ludwigs XV. gewesen, doch ging ihm der Ruf eines Verschwenders, Spielers und Weiberhelden voraus, und es grassierte das Gerücht, er sei bei der Pompadour, des Königs Maîtresse *en titre*, aus irgendeinem Grunde in Ungnade gefallen. Sie habe eine *lettre de cachet* auf seinen Namen ausstellen lassen, und er sei in den Kerkern der Bastille, des Staatsgefängnisses für politische Häftlinge, verschwunden, aber so viele Frauen hätten ihn besuchen wollen und vor den Toren ein solches Gejammer und Gezeter veranstaltet, daß er um des lieben Friedens willen deportiert worden sei.

Er war in der Kolonie alles andere als unehrenhaft empfangen worden. Gutaussehend, braungebrannt wie ein Pirat, mit den muskulösen Schultern eines Fechters und den Umgangsformen eines Höflings, gewann er schnell die Gunst der Marquise de Vaudreuil-Cavagnal, Gattin des Gouverneurs der Kronkolonie Louisiane. Im Hause des Marquis hatte man ihn in den letzten Wochen sehr umworben. Die Bonmots, die er erfand, wurden überall wiederholt. Wenn er auf den Straßen flanierte, liefen ihm die Kinder nach, und die jungen Männer puderten und frisierten sich die Perücken nach der Mode, die er bevorzugte, und richteten sich beim Knoten ihrer Strumpfbänder nach seinem Geschmack.

All das war jetzt irrelevant.

Er blutete.

Beim Anblick des rotgefärbten Wassers, das ihm aus dem Haar tropfte, fiel Cyrene wieder ein, was sie eigentlich tun sollte. Sie untersuchte seine Kopfhaut und fuhr sacht mit den Fingern durch die feuchten, verfilzten Locken. Über dem Ohr war eine große Beule. Zwar wies die Haut einen Riß auf, aus dem das Blut sickerte, aber der Schädel darunter war offenbar noch heil. Trotzdem hatte er ein graues Gesicht, und um den Mund zog sich eine weiße Linie.

Mit mehr Hast als Sorgfalt riß sie ihm den Rock vom Leib, hielt nur kurz inne, um mit Bedauern über die Silberstickerei am Revers zu streichen, und legte die Jacke weg. Als sie sie losließ, hörte sie ein verhaltenes Klimpern und suchte schnell nach der Ursache. In der Tasche steckten eine lederne Börse mit Monogramm, die voller Münzen war, und eine große Zwiebeluhr mit ziseliertem Goldgehäuse. Erstaunlich, dachte sie, ja geradezu unglaublich, daß Lemonnier nicht ausgeraubt worden war. Kopfschüttelnd knöpfte sie ihm die Weste auf, zog sie ihm aus, schob das Kleidungsstück beiseite und streifte ihm das Hemd über den Kopf.

Entweder hatte er sich seit seiner Ankunft in der Kolonie Feinde gemacht, oder er war aus Versehen ins Schlafzimmer der falschen Dame geraten, denn er hatte einen Messerstich im Rücken – eine häßliche Wunde. Es war allerdings keine gute Klinge gewesen, denn die Spitze war, als sie auf die Rippe traf, abgebrochen und steckte noch immer im Knochen. Die Wunde verlief gekrümmt als schartiger Riß über die ganze Seite. Der Angreifer hatte offenbar zugestoßen, als Lemonnier sich gerade umdrehte, um sich zur Wehr zu setzen. Dieser Höfling und Herzensbrecher hat, dachte sie, entweder unverschämtes Glück gehabt, oder er besitzt die Zähigkeit einer Pariser Straßenkatze. Von Rechts wegen müßte er nämlich tot sein.

Cyrene knüllte einen der Lappen zusammen. Sie ergriff Lemmonnier an der Schulter und drehte ihn auf die Seite. Mit dem Tuch in der Hand faßte sie die abgebrochene Messerklinge, die aus der Wunde ragte, griff fest zu und zog. Der Verletzte krümmte sich. Ein Seufzer entfuhr ihm. Blut schoß aus der Wunde, doch das Messer blieb zäh in der Rippe stecken. Cyrene nahm noch einen Lappen und drückte ihn fest um die Klinge, um die Blutung zu stillen. Mit der einen Hand preßte sie, mit der anderen zog sie noch einmal.

Das Messer kam so plötzlich heraus, daß Cyrene zurückschnellte und zur Seite gerissen wurde. Lemonnier hatte sich auf den Ellbogen gestützt und jäh auf sie gestürzt. Als er sie mit seinem ganzen Gewicht gegen die rohen Planken drückte, wurde der Atem förmlich aus ihr herausgepreßt. Mit eisernem Griff umfaßte Lemonnier ihr Handgelenk, daß die Knochen knirschten. Die blutige Klinge glitt ihr aus den tauben Fingern und fiel klirrend zu Boden. Ehe sie jedoch schreien oder protestieren konnte, lag ein stahlharter Unterarm auf ihrer Kehle, der ihr die Luft abschnitt, so daß ihr flammende Blitze fast den Kopf zersprengten.

»Ein Mordbube von außerordentlicher Attraktivität«, sagte Lemonnier gepreßt und atmete so behutsam, als hätte er dabei große Schwierigkeiten. »Wollen Sie es nicht noch einmal probieren?«

Mit ungläubigem Staunen starrte ihn Cyrene an. Gerade war er doch noch ohnmächtig, dachte sie. Wie kann er da plötzlich bei so klarem Bewußtsein und so gefährlich sein? Denn seine Entschlossenheit stand ihm unmißverständlich ins Gesicht geschrieben. Der eisige Blick seiner grauen Augen und der zu einem schmalen Strich zusammengezogene Mund zeigten, daß er zuschlagen wollte. Die kalte Wut erfaßte sie.

Mit heiserer Stimme, die trotz der eingeschnürten Kehle nicht ohne Schärfe war, stieß sie hervor: »Hätte ich Sie doch nur ertrinken lassen!«

Überrascht registrierte Lemonnier den Zorn, den ihre belegte Stimme und die flammende Röte in ihrem Gesicht bewiesen. Funken reinster Entrüstung sprühten aus den goldbraunen Augen. Eine Art Nebelschleier wich von seinem Bewußtsein, und er merkte auf einmal, daß er halbnackt und bis auf die Haut naß war. Wasser tropfte ihm aus den Haaren und auf den dünnen Stoff der Bluse, die das Mädchen unter ihm trug. Dort, wo sich ihre Brüste wölbten, ist der Effekt nicht uninteressant, dachte er, doch ich sehe mich außerstande, es angemessen zu würdigen. Und das warme Rinnsal, das mir über die Brust bis zum Hosenbund herunterläuft, muß mein Blut sein. Nur einen Augenblick lang war er klar im Kopf, dann breitete sich der Nebel wieder aus, und die gräßliche Schwäche übermannte ihn von neuem. So gut er konnte, nahm er den Arm von ihrem Hals. Der Kopf war ihm so schwer. Er ließ ihn sinken, bis er auf dem feuchten, aber warmen und weichen Kissen ihrer Brust lag, und schloß die Augen. Mit leiser, schrecklich müder Stimme sagte er: »Ich glaube, ich war im Irrtum und bitte Sie... ergebenst...«

Er brachte den Satz nicht zu Ende, doch Cyrene spürte, daß er die Lippen bewegte. Einen Moment lang blieb sie liegen. Die widersprüchlichsten Gefühle kämpften in ihr, eine verwirrende Mischung aus Wut und Mitleid, Bewunderung, Enttäuschung und Verachtung. Und noch etwas anderes hatte die animalische Kraft geweckt, die sie gespürt hatte, als sie in seiner Gewalt war.

Doch jetzt tropfte Blut auf ihren Rock. Cyrene stieß einen Schrei aus, in dem Sorge und Abscheu zugleich lagen, und schüttelte den Mann ab. Sie nahm die zusammengefalteten Lappen und legte sie auf die Wunde, drückte sie an und sah sich suchend nach dem Leinenhandtuch um, mit dem sie den Verband fixieren wollte.

Der Prahm schwankte, ein sicheres Zeichen dafür, daß jemand an Bord gekommen war. Sie blieb regungslos sitzen und wurde von einer Furcht befallen, die sie sich nicht erklären konnte. Über das Deck vor der Tür lief ein Schatten, und sie mußte plötzlich an die beiden Männer denken, die versucht hatten, Lemonnier zu töten.

Jemand betrat den Raum, blieb stehen und stieß einen saftigen Fluch aus.

»Ach, du bist's Gaston«, rief sie, »es wird aber auch Zeit!«

»Beim Himmel und all seinen Heiligen, was hast du denn gemacht! Hier sieht's ja aus wie auf einem Schlachtfeld!«

Der jüngste Breton kam auf sie zu, ein vierschrötiger, mittelgroßer junger Mann mit dichten braunen Locken, die im Nacken zusammengebunden waren. Gut zu sehen war der goldene Ohrring, den er nur links trug, da ihm der Rückstoß beim Abfeuern einer Muskete ein solches Schmuckstück aus dem rechten Ohr herausreißen würde. Seine Haut schimmerte kupfern – ein Erbe seiner indianischen Mutter –, und die Augen waren stechend blau. In dem Blick, den er ihr zuwarf, lag ein Anflug von Mißbilligung, doch der Schalk blitzte ihm aus den Augen und ließ sich nicht verleugnen.

»Ich wollte den Rock herausfischen«, antwortete Cyrene kurz angebunden und wies mit dem Kinn auf die Lappen in ihrer Hand. »Komm her und halt das fest, damit ich ihn verbinden kann.«

»Bist du verrückt, deswegen auf dem Fluß herumzupaddeln?«

»Es war eine Jacke mit Silberstickerei.«

»Ach so.«

Das erklärte die Sache. Gaston ging zu ihr und kniete sich auf den Boden, um zu helfen. Mit resignierter Stimme lamentierte er: »Papa und Onkel Pierre werden mir das Fell über die Ohren ziehen.«

»Geschieht dir ganz recht. Was mußt du auch hinter jeder Schürze her sein.«

»Du bist so herzlos und willst nicht verstehen, was in einem Mann vorgeht, wenn er eine schöne Frau sieht, die nicht abgeneigt ist –«

»Was, die und schön?« Cyrene bedachte ihn mit einem skeptischen Blick.

»Na ja, ich fand sie schön, jedenfalls bis –«

»Ich will es gar nicht wissen.«

»Aber, *ma chère*, ich wollte nur sagen, bis ich sie bei Licht gesehen habe.«

»Natürlich. Du kannst jetzt die Hand wieder wegtun.«

Er kam dieser Aufforderung nach. »Ich möchte ja deine keuschen Ohren nicht mit Details über das beleidigen, was sich zwischen mir und dieser Frau abgespielt hat. Erstens macht es mir keinen Spaß, weil du bei dem Thema nicht mehr rot wirst wie früher, und zweitens tut man so was nicht. Und wenn es Onkel Pierre zu Ohren käme, würde er mich häuten wie ein Eichhörnchen.«

»Richtig«, bemerkte sie spitz. »Könntest du jetzt bitte einmal aufhören, mit deinen Liebschaften anzugeben, und einen Blick auf den da werfen?«

Daraufhin drehte Gaston sich um. Er schnappte erstaunt nach Luft. »*Sacré*, das ist ja Lemonnier!«

»Erraten. Meinst du, die Marquise wird es uns lohnen, wenn wir ihr eine Botschaft schicken, daß wir ihn gerettet haben?«

Der junge Mann grinste. »Schon möglich. Ich bin nur nicht so sicher, ob dir Lemonnier das danken wird. Es heißt, daß es ihm bis jetzt gelungen ist, der Einladung zum Tête-à-tête zu entgehen.«

Die Frau des Gouverneurs hatte ein Herz für junge Männer. Auch ihr Gatte, der Marquis, war fünfzehn Jahre jünger als sie. Die Ehe basierte offenbar auf gegenseitigem Respekt. Sie hatten sowohl Geldgier als auch Ambitionen gemeinsam, und es war das Ziel des Paares, für den Marquis den Gouverneursposten in Neufrankreich zu bekommen, den schon sein Vater bekleidet hatte.

Der Marquis war dort geboren, und es wurde vielfach gemunkelt, daß er für das Amt vorgesehen sei. Als fähiger Administrator besaß er ein profundes Wissen über die Maßnahmen, mit denen eine abgelegene Kolonie zu verwalten war, und wußte genau, welchen Balanceakt das Regieren einer Provinz darstellte, in der außer Indianern ein bunt zusammengewürfelter Haufen von Verbannten, *voyageurs* und *coureurs des bois* lebten. Diese Waldläufer hatten die Wildnis so lange durchstreift, daß sie selbst zu Wilden geworden waren. Die Ernennung war allerdings noch nicht offiziell, da man für Louisiane noch keinen Nachfolger gefunden hatte, und inzwischen raffte die Marquise alles an sich, was sie an Reichtum und Gütern aus der Kolonie herausholen konnte.

René Lemonnier mit Madame de Vaudreuil – abscheulich! Cyrene schob diesen Gedanken weit von sich. Scharf forderte sie Gaston auf: »Gib mir die Steppdecke, damit wir ihn darin einwikkeln können. Dann ziehst du ihm die nasse Hose aus.«

»Die Hose – aber, Cyrene!«

Gastons schockierte Miene war echt oder doch zumindest teilweise. »Na, er kann sie doch nicht anbehalten. Er ist völlig durchgefroren!«

»Wenn Papa und Onkel Pierre zurückkommen und dich in Gesellschaft eines nicht nur berüchtigten, sondern zu allem Überfluß auch noch nackten Lüstlings vorfinden –«

»Er ist doch halb tot! Außerdem werden wir ihn anständig zudecken.«

»Egal. Sie bringen mich um.«

»Wenn das so ist, kannst du mir auch dabei helfen, ihn in mein Zimmer zu bringen.«

Da war es aus mit Gastons Schicksalsergebenheit. »In dein Zimmer? Nein. Alles, nur das nicht!«

»Er kann doch nicht ewig in der Kajüte auf dem Boden liegen bleiben. Es ist der einzige Platz, an dem er uns nicht im Weg wäre.«

Was sie als ihr Zimmer bezeichnet hatte, war eigentlich nur ein Anbau, nicht viel größer als ein Kleiderschrank. Er enthielt ihre Hängematte, die von einer Wand zur anderen reichte. In der einen Ecke stand ihre Kleidertruhe, in der anderen stapelten sich Tierfallen, Käfige und einige zusätzliche Decken für Handelszwecke, außerdem zusammengerollte Pelze und diverses anderes Gerümpel. Die Bretons wollten sich nicht davon trennen, mochte die Zweckdienlichkeit auch noch so fraglich sein. Gaston protestierte, murrte und entwarf Inschriften für seinen Grabstein, die ebenso komisch wie gotteslästerlich waren, doch er hatte auch keine bessere Idee. Schließlich half er ihr, auf dem Boden unter der Hängematte ein Lager aus Decken und einer Büffelhaut herzurichten, ein Bärenfell darüber zu breiten und Lemonnier hineinzulegen. Er deckte den Bewußtlosen zu, zog ihm die Hose aus und warf sie Cyrene zu.

Ebenso wie der Rock war sie aus schwerem Brokat. Cyrene strich geistesabwesend und sorgfältig den teuren Stoff glatt und sah auf Lemonnier hinunter. »Ich hätte ihm ein bißchen Weinbrand einflößen sollen, als er bei Bewußtsein war.«

»Und, warum hast du's nicht gemacht?« fragte Gaston mit gespieltem Vorwurf und wollte sich schier ausschütten vor Lachen, als sie ihm den Grund erzählte.

»Was ist denn daran so witzig?«

»Cyrene, du Ärmste, da liegst du in den Armen eines wahren Don Juan, und was passiert? Nichts. So etwas gehört sich nicht!« Seine blauen Augen sprühten vor Ausgelassenheit, in die sich auch eine Spur Lüsternheit mischte. Der Ring in seinem Ohr schaukelte dabei hin und her und sprühte Funken im Schein der Kerze.

»Raus!« knirschte Cyrene.

»Hast du denn keinen Sinn für Humor?«

»Raus!« Sie schleuderte die Hose auf ihn und schlug auf ihn ein, während er sich schützend die Hand vor das Gesicht hielt und in den größeren Raum zurückwich.

Da ertönte ein vernehmliches Räuspern, fast wie ein Knurren oder wie ein Befehl, ruhig zu sein. Gaston und Cyrene fuhren herum. Vor ihnen stand Pierre Breton. Er lehnte in der Kajütentür und ließ den Blick über die Flecken und die über den Boden verstreuten blutgetränkten Stoffetzen gleiten. »Würdet ihr mir bitte verraten«, fragte der älteste Breton schleppend, und der kühle Blick, mit dem er sie betrachtete, strafte die Milde in seiner Stimme Lügen, »was das hier bedeuten soll?«

2. *Kapitel*

Das Erklären mußte Cyrene übernehmen, denn Gaston verlor, wenn er seinem Onkel gegenüberstand, nicht nur seinen übermütigen Charme, es verschlug ihm auch jedesmal fast völlig die Sprache. Während der Erzählung gesellte sich auch Gastons Vater, Jean Breton, zu ihnen. Als Cyrene geendet hatte, verständigten sich die beiden Männer stumm mit einem festen, merkwürdig bedeutsamen Blick. Die Brüder sahen sich ähnlich und waren doch grundverschieden: Ihre Augen waren blau wie der Sommerhimmel, die Gesichtszüge kantig, und ihre Schultern hatten sich im Lauf der Jahre, die sie in Booten jeder Art und Größe zwischen den schlängelnden Flüssen ihrer Heimat Neufrankreich und dem Golf von Mexiko verbracht hatten, kräftig entwickelt. Auch ihre Kleidung glich sich. Sie trugen einfache Musselinhemden und locker sitzende Wollpantalons, die über die Knie reichten, dazu Mokassins ohne Strümpfe. Damit endete freilich die Ähnlichkeit.

Pierre war der größere, hatte dunkles Haar mit grauen Strähnen, einen mächtigen Brustkasten, und sein Gesicht war von tiefen Sorgenfalten zerfurcht. Jeans Haarfarbe spielte ins Blonde, üppige Locken ringelten sich auf seinem Kopf. Seine Augen strahlten Fröhlichkeit aus, er trug gerne Halstücher mit riesigen Tupfen in schreiendem Gelb oder Rot zu gestreiften Hemden in leuchtenden Farben und eine gestrickte *toque*, an der eine Quaste baumelte. Er war nicht so ernst wie sein älterer Bruder, tanzte gern und ließ sich gelegentlich dazu überreden, auf der Ziehharmonika zu spielen.

Trotz ihres unterschiedlichen Charakters hielten die Brüder zusammen wie Pech und Schwefel. Wer sich einen zum Feind machte, hatte beide gegen sich, wer einen zum Freund gewann, hatte zwei gefunden. Sie waren friedfertige und gesetzestreue Bürger, zumindest solange die Gesetze gerecht waren, doch für kleinliche Vorschriften hatten sie nicht viel übrig. Unter allen Umständen aber blieben sie fair.

»Sehen wir uns den Herrn einmal an«, meinte Pierre am Ende von Cyrenes Erzählung.

Er nahm das Talglicht und ging mit schweren Schritten auf die Kabine zu, die Cyrene bewohnte. Er hielt die Kerze hoch und zog den graubraunen Wollvorhang zur Seite, der das einzige Zugeständnis an Intimsphäre darstellte, und musterte den Bewußtlosen. Cyrene stand mit den anderen hinter ihm. Sie drehte sich um und sah, wie sich Jean neben ihr mit einer verstohlenen Handbewegung bekreuzigte, als er die Gestalt auf dem Lager erblickte. Sie runzelte die Stirn, wunderte sich über die abergläubische Furcht, die sie ihm vom Gesicht ablas. Gastons Vater bemerkte ihren Blick, raffte sich zu einem Lächeln auf, zuckte mit den Achseln und schaute zur Seite.

»Das ist tatsächlich Lemonnier«, stellte Pierre fest. Wieder wechselten die Brüder einen langen Blick.

»Was haben Sie denn gedacht?« Cyrene verstand das alles nicht, und ihre Stimme klang scharf vor Argwohn.

Mit ausdruckslosem Gesicht wandte sich der Ältere ab. »Möglich war es immerhin. Aber was macht er eigentlich auf unserem Boot? Warum habt ihr ihn nicht ans Ufer in seine Wohnung geschafft, wo er hingehört?«

»Es hätte eine Ewigkeit gedauert, Hilfe zu holen, und man mußte sich sofort um ihn kümmern.«

»Aber Gaston war doch da. Hätte er das nicht erledigen können?«

Gaston rang nach Luft. Cyrene warf dem jungen Mann einen niedergeschlagenen Blick zu und stellte eine Gegenfrage: »Was haben Sie dagegen, daß Lemonnier hier ist?«

»Du weißt genau, daß ich hier niemanden haben will, erst recht nicht so einen Roué.«

»Er ist nicht in der Verfassung, Schaden anzurichten.«

»Männer wie der richten noch Schaden an, wenn sie tot und begraben sind. Gaston, du hast Cyrene also dabei geholfen, diesen Burschen hierherzuschaffen?«

Gaston konnte nicht lügen, das war ein ausgesprochen sympathischer Zug an ihm. Vielleicht nahm er es mit der Wahrheit nicht so genau, wenn er über Frauen sprach, aber das war natürlich etwas ganz anderes.

Der Junge ließ den Lockenkopf hängen. »Ich war nicht die ganze Zeit da, Onkel Pierre.«

»Aha.«

»Ich war höchstens ein halbes Stündchen weg, länger nicht. Ich konnte ja nicht ahnen, daß jemand Lemonnier in den Mississippi wirft.«

»Du hättest es aber beobachtet, wenn du deinen Posten nicht verlassen hättest.«

Diese ruhig gesprochenen Worte enthielten ein Urteil und deuteten darauf hin, daß mit Strafe zu rechnen war. Nun verlor Cyrene die Geduld. »Was spielt denn das für eine Rolle? Dieser Mensch ist nun einmal hier. Er ist schwer verletzt, wir müssen uns um ihn kümmern und den Arzt holen oder wenigstens jemandem Bescheid geben.«

»Sie hat recht«, sagte Jean und schaute seinen Bruder an. »Wir können ihn nicht einfach sterben lassen.«

»Ja, das fürchte ich auch«, seufzte Pierre. »Gaston, geh den Doktor holen.«

Der Arzt, ein Mensch von zweifelhafter Kompetenz, der stark nach Aquavit roch, aber als einziger für diesen einer Verbannung nicht unähnlichen Posten hatte gewonnen werden können, kam erst, als schon heller Tag war. Er nahm den von Cyrene angelegten Verband ab und ersetzte ihn durch einen neuen, der sich von ihrem nicht wesentlich unterschied. Er schaute dem Patienten in die Augen, untersuchte die Zunge und verkündete, daß mit Wundfieber zu rechnen sei. Dann ließ er ihn tüchtig zur Ader und verabschiedete sich.

Mit dem Fieber hatte er recht. Es stieg den ganzen Tag über konstant an. Als Gegenmaßnahme wischte Cyrene ihrem Schützling mit kühlen, feuchten Tüchtern über Gesicht und Oberkörper. Daß er sich nicht rührte und keinerlei Reaktion zeigte, beunruhigte sie. Sie erledigte die üblichen Haushaltspflichten, kochte, wusch und putzte, doch es zog sie immer wieder an sein Lager.

Seltsam, aber wie René Lemonnier dalag, konnte sie ihn sich nicht als verdorbenen Bösewicht vorstellen. Alles an ihm strahlte so viel Kraft aus. Die hohe Stirn wies auf überragende Intelligenz hin. Zu dem entschlossenen Zug um den Mund kam seitlich eine sichelförmige Linie, als belustigte ihn vieles, doch an den vollen, geschwungenen Lippen war nichts Lasterhaftes. Auch sein Körper wirkte nicht wie der eines Genußmenschen, der kein Maß kennt. Schulter und Brust waren muskulös, der Bauch hart wie Eisen, ohne ein Gramm Fett.

Sobald sein Haar trocken war, kämmte sie es und hoffte, daß er dadurch weniger leidend aussah. Es war viel einfacher, als sie erwartet hatte, denn er trug es kurz, damit es besser unter die Herrenperücke paßte, die er sich wahrscheinlich normalerweise aufsetzte. Sie hatte seinen Schädel wohl vor größerem Schaden bewahrt, und er mußte sie entweder verloren haben, als er niedergeschlagen wurde oder als ihn seine Mörder ins Wasser warfen. Eigentlich schade, dachte Cyrene, daß er sein Haar nicht zeigt, dabei wellt es sich so bezaubernd aus der Stirn. Ihre Finger strichen die schwarzblau glänzende Fülle zurück, die sich so weich anfühlte.

Die Bretons verließen an diesem Tag den Prahm nicht. Sie blieben in der Nähe, reparierten Fallen, flickten Netze, schnitzten Holzpflöcke und beschäftigten sich mit allerlei nützlichen Kleinigkeiten. Gaston war still und bedrückt. Niemand sprach darüber, welche Strafe ihm für sein Pflichtversäumnis auferlegt worden war, aber am Vorabend hatten ihn die beiden Älteren mit hinaus auf den Damm genommen, und jetzt waren seine Bewegungen steifer als sonst, und er lehnte sich nur vorsichtig im Stuhl zurück.

Bei Einbruch der Dunkelheit kam der Arzt wieder. Diesmal machte er wesentlich mehr Aufhebens als am Morgen. Er habe es, wie er sagte, übernommen, den Gouverneur und seine Gattin über den Verbleib von Monsieur Lemonnier zu unterrichten, und sei angewiesen worden, alles in seiner Macht Stehende zu seiner Genesung beizutragen.

»Das hätten Sie doch bestimmt sowieso getan«, bemerkte Cyrene und stellte sich neben ihn, als er in die Hocke ging, um Skalpell und Schüssel für den Aderlaß auszupacken.

»Ja, selbstverständlich. Ein Mißerfolg wäre wenig wünschenswert. Wer möchte schon den Gouverneur enttäuschen?«

»Und Monsieur Lemonnier?«

»Pardon?«

»Wäre er nicht von einem Mißerfolg noch schlimmer betroffen?«

»Ja, ja. Würden Sie jetzt bitte so freundlich sein, den Raum zu verlassen?«

»Warum?« Sie brachte es nicht über sich, Lemonnier auf Gedeih und Verderb dem Arzt auszuliefern. Als sie die rostige Klinge des Skalpells betrachtete, durchlief sie ein Schauer, und sie hatte ein merkwürdiges Gefühl, gerade so, als spüre sie den Schnitt des Messers im eigenen Fleisch.

»Sie sind ganz blaß, Mademoiselle. Der Anblick von Blut bekommt vielen Damen nicht, und es wäre mir unlieb, Sie wiederbeleben zu müssen.«

»Mich stört nicht das Blut, sondern Ihr Skalpell«, entgegnete sie. »Glauben Sie wirklich, daß er noch einmal zur Ader gelassen werden sollte? Er hat doch schon so viel Blut verloren.«

Der Arzt war ein kleiner Mann mit einer gewaltigen Haarbeutelperücke auf dem winzigen Schädel, doch jetzt richtete er sich zu voller Größe auf. »Wollen Sie etwa meine Behandlungsmethode in Frage stellen, Mademoiselle?«

Cyrene ließ sich nicht einschüchtern. »Wenn es sein muß!«

Da bückte er sich und sammelte seine Utensilien ein.

»Unter diesen Umständen kann ich für nichts garantieren, Mademoiselle. Entweder gehen Sie oder ich!«

Cyrene warf einen Blick ins Nebenzimmer, doch die Bretons beugten sich über ihre Arbeit, als hätten sie von dem Streit nichts mitbekommen. Von ihnen konnte sie keine Hilfe erwarten. Der Mann auf dem Lager fiel in ihre Zuständigkeit. Sie verschränkte die Arme über der Brust und wandte sich wieder dem Arzt zu: »Tun Sie, was Sie für richtig halten. Ich tue es auch!«

»Wie Sie wünschen. Die Konsequenzen haben Sie allein zu verantworten. Ich gehe.« Der Doktor nahm seine Tasche, warf sich in die Brust und stolzierte hocherhobenen Hauptes hinaus. Im nächsten Moment hob und senkte sich das Boot. Er war von Bord.

Cyrene sah zu Lemonnier hinüber, und ihr sank der Mut. Sie hatte sich um die Bretons gekümmert, wenn sie – was selten vorkam – einmal krank waren: Pierre wurde ab und zu von Malariaanfällen heimgesucht, zuweilen klemmte sich einer den Finger ein oder trank zuviel Wein. Aber was in einem ernsteren Fall zu tun war, davon hatte sie keine Ahnung. Auf dem Markt hatte sie von einer Tschokta-Indianerin einige Kräuter erstanden, hegte aber nicht viel Vertrauen in ihre Wirksamkeit. René Lemonnier, dachte Cyrene, hat eine starke Konstitution und wird mit oder ohne meine Hilfe wieder gesund, wenn sich die Wunde nicht infiziert. Trotzdem erschreckte sie der Gedanke, daß vielleicht sein Leben von ihr abhing.

Mit fortschreitender Dämmerung wurde es in der Kabine kühler und dunkler. Cyrene kniete neben dem Lager, zog dem Patienten die gestopfte Bärendecke über die Schultern und beugte sich über ihn, um sie festzustecken. Auf einmal sprach er sie an.

»Ich stehe in Ihrer Schuld, Mademoiselle. Vorhin lag ich da und konnte mich nicht entscheiden, ob ich dem kleinen Wichtigtuer mit seinem rostigen Messer die Kehle durchschneiden oder nur den Arm brechen sollte. Ich wußte nicht einmal, ob ich überhaupt die Kraft dazu habe.«

Sie zog sich schleunig zurück. »Sie sind wach?«

»So halbwegs«, stimmte er zu, ohne die Augen zu öffnen.

Mühsam rang sie nach Fassung. »Sprechen Sie jetzt nicht. Sie dürfen sich nicht überanstrengen. Ich habe eine kräftige Brühe über dem Feuer. Warten Sie hier, ich hole Ihnen etwas.«

Über sein Gesicht huschte der Anflug eines Lächelns. »Ich glaube, mir bleibt keine andere Wahl.«

Natürlich nicht – wie konnte sie nur so dumm sein? Sie füllte die Suppe mit dem Schöpflöffel in eine Holzschale und schüttete dabei in der Eile die Hälfte daneben. Erst fand sie keinen Löffel, dann kein sauberes Geschirrtuch, das sie als Serviette benutzen konnte, und als sie wieder auf die Kabine zusteuerte, stolperte sie über den Wirrwarr von Netzen neben Monsieur Jeans Schemel.

»Immer mit der Ruhe«, sagte dieser, und in seinem ironischen Tonfall schwang Tadel mit.

Cyrene blieb stehen und dachte: Was ist nur los mit mir? Lemonnier stirbt nicht gleich, wenn er nicht sofort seine Suppe bekommt.

Daß er am Leben bleiben wird, ist zwar phantastisch, aber noch lange kein Grund, sich so aus dem Gleichgewicht bringen zu lassen.

»Er ist wach«, verkündete sie so beiläufig wie möglich.

Monsieur Jean machte große Augen. »Wer?«

»Sie wissen ganz genau, wen ich meine: Lemonnier!« Sie warf Jean einen vernichtenden Blick zu.

»Darauf wäre ich nie gekommen!«

Ohne die anderen eines Wortes oder Blickes zu würdigen, ging sie weiter. Sie spürte ihre Blicke im Rücken, als sie hinter dem Vorhang in der kleinen Kabine verschwand.

Lemonnier hatte die Augen auf den Eingang gerichtet. Er beobachtete, wie sie die Schale abstellte und ihm als Stütze eine Nackenrolle unter den Kopf schob. Sie tauchte den Löffel in die dampfende Brühe und streckte ihn ihm entgegen. Er betrachtete erst das Eßwerkzeug, dann das Mädchen und sperrte den Mund auf.

Er war nicht mehr gefüttert worden, seit er als Fünfjähriger die Masern gehabt hatte. Ein eigentümliches, aber durchaus nicht unangenehmes Gefühl. Er wollte protestieren, hatte aber nicht die Kraft dazu. Etwas an dieser Frau, die ihm mit solcher Selbstverständlichkeit Suppe verabreichte, gab ihm zu denken. Im Unterschied zu den anderen Frauen, die sich tagsüber das Haar bedeckten, hatte sie keine Haube auf, ein Zeichen für lockere Sitten, und obwohl sie jetzt über der Bluse ein gestreiftes Mieder trug, war ihm, als hätte er sie schon ohne gesehen. Er erinnerte sich vage an den rosigen Pfirsichschimmer der Brust unter dem Stoff. Sie war ganz allein hier mit ihm in der Kabine, er lag nackt, wie Gott ihn erschaffen hatte, unter der Decke, und sie tat, als sei das völlig alltäglich. Sie mußte also eine Art Hure sein.

Doch in ihrem ebenmäßigen, ovalen Gesicht war von Schminke keine Spur, und der blühende Teint bewies ihre Gesundheit. All das deutete auf vernünftige Ernährung und erholsamen, ungestörten Nachtschlaf hin. Der Blick, mit dem sie ihn ansah, war ohne Koketterie, und ihre lebhafte, resolute Art erinnerte an eine barmherzige Schwester.

Doch eigentlich hat sie gar nichts von einer Nonne an sich,

dachte Lemonnier. Mit diesem Gesicht und den blonden Strähnen, die sich aus dem Zopf gelöst haben und ihre Stirn umrahmen, wirkt sie eher wie ein Engel von Botticelli. Oder vielleicht nicht wie ein Engel, sondern wie die weibliche Inkarnation des Frühlings in seiner Allegorie »La Primavera«. René verdrängte den Gedanken und staunte über sich selbst. Er gab sich doch sonst nicht derlei sentimentalen Phantastereien hin. Der Blutverlust mußte ihn mehr als nur ein wenig geschwächt haben. Immerhin wurde ihm klar, daß die Frau neben ihm etwas Besonderes war.

Die Frauen in der Kronkolonie Louisiane waren manchmal schwer einzuordnen. Die meisten hielten sich an die üblichen gesellschaftlichen Normen, aber gelegentlich gab es auch einige, die sich davon unabhängig machten. Sie konnten es sich leisten, weil es relativ wenige ihres Geschlechts gab, zu wenige, um den Bedarf zu decken, und so standen die, die verfügbar waren, hoch im Kurs. Männer sahen ja über alles mögliche hinweg, solange sie ihre Bedürfnisse befriedigen konnten, und die Anstandsregeln waren auf ein Minimum beschränkt. Er verhielt sich am besten abwartend.

Als Lemonnier die Brühe aufgegessen hatte und Cyrene Anstalten machte aufzustehen, fragte er sie leise und zögernd: »Wer sind Sie?«

Cyrene bemerkte seinen prüfenden Blick und spürte, daß ihr die Röte ins Gesicht stieg. Sie nannte ihm ihren Namen, wischte ihm einen Tropfen Suppe von der Brust und sah ihn an.

Er begegnete ihrem Blick mit ausdrucksloser Miene. Nach einer Weile senkte er die Lider, und ein leises Geräusch kam aus seinem Mund. Seufzte er? Lachte er? »Mademoiselle Nolté natürlich«, flüsterte er. »Wer sonst.«

In den nächsten achtundvierzig Stunden näßte und blutete Lemonniers Rückenwunde noch, und noch war ein Transport zu gefährlich. Am dritten Tag überlegte Cyrene, ob er nicht allmählich in seiner eigenen Wohnung besser aufgehoben wäre als auf dem harten Lager unter ihrer Hängematte. Auch für sie wäre es ohne ihn bequemer. Sie hätte dann ihren Raum wieder für sich und müßte keine Rücksicht auf ihn nehmen, weil er schlief, wenn sie zu Bett ging oder sich am Morgen ankleidete.

Allerdings machte er keine großen Umstände. Das Wundfieber bewirkte, daß er meist schlief. Er wachte nur zu den Mahlzeiten auf, die sie für alle bereitete: kräftige Fleischeintöpfe oder Bouillabaisse. Gaston wusch ihn und sorgte als weitere Sühne für sein Pflichtversäumnis auch für Lemonniers intimere Bedürfnisse. Aber die Gegenwart dieses Menschen hemmte die Ungezwungenheit. Es war unmöglich, ein Wort miteinander zu wechseln, ohne daß er es mitbekam, wenn er nur wollte, und fast alles, was auf dem Boot geschah, konnte er überblicken, hatte Pierre doch darauf bestanden, daß der Vorhang zur Kabine offen blieb. Cyrene war also nicht überrascht, als Pierre sie am Morgen des vierten Tages auf den Damm hinausrief.

»Wie lange soll der Mann denn noch hierbleiben? Hat er sonst niemanden, der sich um ihn kümmert? Er kann doch woanders hingehen!«

Die helle Wintersonne zeigte Furchen in seinem wettergegerbten Gesicht, die ihr vorher nicht aufgefallen waren, und in den blauen Tiefen seiner Augen sah sie den alten Ausdruck von Schmerz, den sie schon kannte. Sie hatte sich nur nie getraut, Fragen zu stellen. »Ich weiß nicht, Monsieur Pierre«, antwortete sie und redete ihn so an, wie er es ihr bei der ersten Begegnung vorgeschlagen hatte. »Ich kann ihn ja fragen.«

Er zog an der Riedpfeife, die er in der Hand hielt. »Ich mißgönne ihm seinen Platz nicht, aber jetzt ist es genug.«

»Viele Neuankömmlinge haben niemanden, der sie pflegt, wenn sie krank sind.«

»Dafür gibt es schließlich das Hospital der Ursulinen.«

In seinem Ton lag so viel Entschiedenheit, ja Unnachgiebigkeit, daß Cyrene ihn forschend ansah. »Wovor haben Sie solche Angst? Meinen Sie, daß die Mörder seine Spur bis zu unserer Tür verfolgen werden?«

»Ich will dir sagen, was ich meine: Er soll dahingehen, wo er hingehört, und vor allem soll er weg von dir, *chère*!«

Dieses liebevolle Wort und die energische Warnung verfehlten ihre Wirkung auf Cyrene nicht. Sie zog die Nase kraus. »Sie ereifern sich immer so bei diesem Thema.«

»Mit gutem Grund.«

»Das sehe ich nicht ein.«

»Schau in den Spiegel!«

Sie lächelte und schüttelte den Kopf. »Armer Monsieur Pierre! Das Schicksal hat Ihnen die Brut fremder Leute wie ein Kuckucksei ins Nest gelegt.«

Er runzelte die Stirn und legte ihr die Hand auf die Schulter. »Kuckucksei? Unsinn! Wer hat dir das eingeredet? Gaston?«

»Das hat mir niemand eingeredet. Ich spüre es.«

»Aber, Cyrene. Ich sorge doch sehr gerne für dich. Außerdem habe ich es deiner Mutter versprochen.«

Das stimmte. Die Krankheit hatte sie nicht allein ins Grab gebracht: Ihre Mutter hatte auch die Schande, die die Verbannung ihres Gatten bedeutete, nicht verwunden. Sie war in Pierres Armen gestorben, während Cyrenes Vater die glückliche Ankunft gefeiert und sich bis zur Bewußtlosigkeit betrunken hatte.

Die Gründe für die Exilierung des Vaters nach Louisiane kannte Cyrene nicht, wußte aber, daß er nur durch den Einfluß der Familie ihrer Mutter dem Schuldturm entgangen war. Es hatte Streit darüber gegeben, ob sie und Mutter den Vater in die Neue Welt begleiten sollten. Ihr Großvater hatte die Anfänge seines Vermögens als Pelzhändler in Neufrankreich erworben und sich in mittleren Jahren wieder als Kaufmann in Le Havre niedergelassen. Er hatte sich gewünscht, daß seine Tochter ihren Mann verließ und bei ihm blieb. Durch die Entbehrungen in jenem rauhen Land habe er – wie er sagte – bereits seine Frau verloren. Er könne den Gedanken nicht ertragen, daß seine Tochter sich erneut in Gefahr begebe, wo er sie doch erst kürzlich nach Frankreich in Sicherheit gebracht habe. Aber Cyrenes Mutter war nicht dazu zu bewegen, ihren Mann ohne Begleitung in die Verbannung gehen zu lassen. Sie hatte erwidert, daß sie ihre Wahl vor Jahren getroffen habe und es sich nun nicht einfach anders überlegen könne. Diese Entscheidung sollte sie alle teuer zu stehen kommen: Großvater wollte nichts mehr von ihnen wissen.

Cyrene sah den Mann an, der sich in den letzten drei Jahren mehr um sie gekümmert hatte als ihr Vater in seinem ganzen Leben. »Eines Tages möchte ich unabhängig sein.«

»Ich fürchte, dazu besteht hier keine Möglichkeit.«

»Ich weiß. In den Kolonien gibt es nur Huren, Ehefrauen und Nonnen; Ihrer Meinung nach tauge ich weder zur Hure noch zur Nonne, aber es darf mir auch kein Mann so nahe kommen, daß ich seine Frau werden kann.«

»Es ist auch keiner gut genug für dich.«

Das war ein alter Streit. Sie seufzte, wandte den Kopf ab und antwortete nicht. Sie konnte die Bretons jederzeit verlassen: Dankbarkeit und Zuneigung verband sie mit ihnen, aber darüber hinaus hatten sie keinerlei Recht auf sie. Doch welche Möglichkeiten blieben ihr noch? Sie konnte sich mit irgendeinem Offizier einlassen und seine Maîtresse werden. Nein, selbst wenn ihr diese Laufbahn nicht so zuwider gewesen wäre, ginge das nicht an. Die Bretons wären so enttäuscht, hätten das Gefühl gehabt, versagt zu haben. Das konnte sie ihnen nicht antun, sie waren schließlich so etwas wie ihre Familie.

»Und dieser Lemonnier wäre der allerletzte«, fuhr Pierre in schroffem Ton fort.

Cyrene zuckte müde mit den Achseln. »Darüber müssen Sie sich nicht den Kopf zerbrechen, er wird mich nicht einmal anschauen.«

»Natürlich wird er dich anschauen, mehr aber nicht. Nur über meine Leiche.«

»Sie fangen ja schon wieder damit an!«

»Du kennst eben die Männer nicht, *petite*. Geh jetzt und frage Lemonnier, wann er uns zu verlassen gedenkt.«

Als Cyrene die Kabine betrat, war er wach und hatte sich halb aufgerichtet. Er schaute zum Eingang, und sie fragte sich, ob er ihr Gespräch mit Pierre hatte belauschen können. Das war zwar unwahrscheinlich, aber sie fühlte sich unbehaglich unter seinem Blick. Sie überlegte hin und her, doch ihr fiel nicht ein, wie sie das von Pierre angeschnittene Thema zur Sprache bringen sollte. Sie setzte sich an den Küchentisch und machte sich wieder an die Arbeit, bei der Pierre sie unterbrochen hatte: Sie zerbröselte Brot für einen Pudding.

»Wie geht es Ihnen?« fragte sie über die Schulter, denn da sie wußte, daß sie von ihrem Schützling beobachtet wurde, ertrug sie das Schweigen nicht länger.

»Nicht schlecht. Ich habe nachgedacht. Es kommt mir so vor – haben Sie mich aus dem Wasser gefischt?«

Er sprach leise, aber deutlich und in lebhaftem Ton. Es war das erste Mal, daß er etwas sagte, das über das Notwendigste hinausging. Er erholte sich tatsächlich zusehends. Ein frohes, fast triumphierendes Lächeln huschte über ihr Gesicht, und sie warf ihm einen kurzen Seitenblick zu.

»›Gezerrt‹ wäre der treffendere Ausdruck.«

»Ich hätte es Ihnen nicht zugetraut. Sie sehen nicht besonders kräftig aus.«

»Ich bin stärker, als ich aussehe, aber Sie haben leider noch ein paar Schrammen mehr abbekommen.«

»Was spielt das für eine Rolle, nachdem Sie so viel für mich getan haben? Eines kommt mir allerdings merkwürdig vor: Die Kopfhaut tut mir fast mehr weh als das Loch im Rücken.« Er verzog das Gesicht und fuhr sich mit den Fingern durch die Haare.

Cyrene schwieg. Dann sagte sie niedergeschlagen: »Ich fürchte, das ist meine Schuld. Leider war es nicht leicht, Sie zu fassen zu kriegen.«

Der Ausdruck des Erstaunens wich aus seinem Gesicht. »Bitte achten Sie nicht auf meine Beschwerde. Ich stand schon lange nicht mehr so tief in der Schuld eines anderen. Das macht es mir schwer, die richtigen Worte zu finden, um Ihnen meinen Dank auszusprechen.«

Sie war verlegen und wußte nicht, warum. Sie spielte die Unbekümmerte, schüttete die Brotkrumen in einen Topf, nahm ein paar Eier aus einer Schüssel und schlug sie auf. »Zerbrechen Sie sich doch darüber nicht den Kopf. Eigentlich hatte ich es nur auf Ihren Rock abgesehen.«

»Meinen Rock?« Er machte kein sehr geistreiches Gesicht.

»Ich habe die Silberstickerei aufblitzen sehen. Wir haben zwar für so etwas keine Verwendung, aber für einen so schön bestickten Rock hätte ich Stoff für neue Hemden eingetauscht: Monsieur Pierre, Monsieur Jean und Gaston – jeder hätte eines bekommen, und ich ein Sonntagsmieder und vielleicht sogar ein Paar richtige Schuhe.«

Ein leises Lächeln blitzte in seinen grauen Augen wie ein silberner Sonnstrahl durch eine Wolke. Mit verhaltenem Lachen wiederholte er erstaunt: »Mein Rock?«

»Ich hielt Sie ja für tot.«

»Ach so. Ich versichere Ihnen, daß ich den Dienst, den Sie mir erwiesen haben, weit höher schätze, aber mein Rock gehört Ihnen.«

Sie schaute ihn mit großen Augen an. »Das kann ich nicht annehmen.«

»Und warum nicht?«

»Es wäre nicht recht.«

»Aber ich schenke ihn Ihnen aus Dankbarkeit; den Rock und alles andere, was Ihnen sonst noch gefällt. Nur die Hose hätte ich ganz gerne behalten.«

Er neckte sie. Sie schürzte die Lippen und beugte sich wieder über den Topf.

»Aber nur unter einer Bedingung.«

Sie sah auf. »Und die wäre?«

»Daß Sie keiner Menschenseele verraten, warum Sie mich gerettet haben. Meine Reputation würde zu großen Schaden nehmen.«

Sie wußte, daß er beliebt bei den Damen war. Er war groß und sah gut aus – doch daran lag es nicht allein, ebenfalls nicht an dem sonoren Klang seiner Stimme mit dem Hauch von Zärtlichkeit, der auf keine Frau seine Wirkung verfehlen konnte. Er faszinierte sie ja schon, wenn er mit einem Loch im Rücken unter einem mottenzerfressenen Bärenfell lag und Hemd und Hose trug, die von ihrem Versuch, die Blutflecken herauszuwaschen, ganz zerknittert waren. Wie überwältigend mußte er da erst in feiner Wäsche und Brokat wirken, wenn er gesund und munter war? Er besaß außer dem warmen Lächeln auch eine erschreckend gute Beobachtungsgabe, und in seinen Augen lag jenes Glitzern der Anerkennung, das jeder Frau zu Kopf steigen mußte. Aber – was das Beste war – er hatte die hohe Gabe, über sich selbst lachen zu können.

Cyrene sah sich in der primitiven Kajüte des Prahms um, musterte die rohen Blockhauswände mit dem einzigen Fenster, die Läden davor, den mit Schlamm verputzten Kamin. Sie ließ den Blick über die offenen Dachsparren wandern, von denen Räucherspeck, Knoblauchzöpfe, Zwiebeln, Pfeffer und Bündel getrockneter Kräuter hingen, sah die Haken für die Hängematten, in denen die Bretons lieber schliefen als in einem Bett, betrachtete die Überbleibsel von zurückliegenden Begegnungen mit einem Segelschiff. Das alles hier war ein Provisorium: Pierre und Jean Breton hatten das Boot nach der Fahrt stromabwärts mit einer Ladung Vieh aus Illinois geborgen. Es war die Heimat von entwurzelten Menschen, die nicht an ein Stück Land gebunden sein wollten und die schwere Bauernarbeit scheuten. Wie, fragte sie sich, muß das auf Lemonnier wirken, der an elegant eingerichtete Stadthäuser und Châteaux gewöhnt ist? Doch das war nicht so wichtig.

Cyrene wischte sich die vom Ei klebrigen Finger an der Schürze ab, die sie sich um die Taille gebunden hatte, und neigte den Kopf schräg. »Ich kann Ihnen nicht versprechen, daß ich den Mund halte«, sagte sie.

»Warum denn nicht?«

»Weil es für mich nicht von Vorteil wäre.«

Ein Schatten von Argwohn verdüsterte seine Miene. Dann hellte sie sich wieder auf.

»Sie machen mir ja Angst!«

»Das liegt auch in meiner Absicht. Denken Sie nur an die vielen Mieder, die ich mir von dem Schweigegeld kaufen könnte.«

Allmählich verlor sich seine joviale Stimmung und ging über in Mißmut. Sie ärgerte sich. Er war doch nicht so humorvoll, wie sie geglaubt hatte. Sie nahm eine kleine Tonschale mit wildem Honig und schüttete die Hälfte des Inhalts in den Topf mit Brot und Ei, der vor ihr stand. Dann stellte sie das Gefäß mit lautem Knall auf den Tisch zurück und sagte: »Machen Sie doch nicht ein Gesicht, als müßten Sie Ihre Geldbörse festhalten. Es war ja nur ein Scherz. Es ist nicht meine Art, Leute zu erpressen.«

Er sah sie eindringlich an. »Und was hindert Sie daran?«

»Haben Sie schon einmal etwas von Anstand gehört?«

»Anstand«, entgegnete er mit Bedacht, »wohl der Anstand einer Dirne, die drei Männern zu Diensten ist.«

Da ergriff sie den Topf mit Brot, Eiern und Honig und holte zum Wurf aus. Gerade rechtzeitig fiel ihr ein, daß sie es mit einem Verletzten zu tun hatte. Sie stellte das Gefäß ab, holte tief Luft und setzte ein honigsüßes Lächeln auf. »Vier.«

»Wieso vier?«

»Ich war auch Ihnen zu Diensten.«

»Nicht in diesem Sinn.«

»Und auch keinem anderen Mann!« fauchte sie, noch bevor er ausgeredet hatte.

In der Pause, die darauf entstand, waren nur das Plätschern der Milch, die sie in den Topf schüttete, und das Geklapper des Löffels zu vernehmen, mit dem sie wütend die Zutaten des Puddings zu einer Masse verrührte.

»Ich bitte um Entschuldigung«, sagte René.

Er hatte nicht über ihre Lebensweise sprechen wollen, doch die ganze Zeit, seit er wieder bei Bewußtsein war, ging ihm die Sache nicht aus dem Kopf. Er hatte das Gefühl, daß seine Gedanken schon eine Ewigkeit um ihre Person kreisten. Seine kampferprobten Ahnen hatten ihm eine gute Konstitution vererbt, und er war nicht so schwach, wie er tat. Er hatte auch nicht immer geschlafen, wenn seine Augen geschlossen waren. Von dem, was um ihn herum vor sich ging, hatte er vieles gehört und gesehen, wovon die anderen nichts ahnten, auch mehr, als er begreifen konnte. Doch was ihm so unerwartet zugefallen war, durfte er jetzt nicht durch lästige Neugier gefährden. Das wäre mehr als verwegen. Es wäre dumm.

Cyrene drehte sich nicht um. »Sie haben auch allen Anlaß, sich zu entschuldigen.«

»Ich bin es eben nicht gewohnt, daß eine Frau die Haare offen zeigt und ihre Arme zur Schau stellt.«

»Und ich halte die Männer für vollkommen verrückt, die beim bloßen Anblick eines Haarbüschels oder Ellbogens schon die Leidenschaft überkommt.«

»Wie dem auch sei, ich bitte Sie ergebenst um Verzeihung. Ich habe kein Recht, Ihre Lebensweise zu kritisieren. Vergeben Sie mir.«

Diese Bitte um Pardon ging ihm so glatt über die Lippen, daß sie hätte schwören können, er würde es nicht ernst meinen. Aber jetzt hatte Cyrene die Gelegenheit, Monsieur Pierres Auftrag auszuführen.

»Da Sie unser Arrangement mißbilligen, werden Sie es eilig haben, von hier fortzukommen. Ich werde also Monsieur Pierre bitten, Ihnen eine Tragbahre zu besorgen, damit Sie sich in Ihre eigene Wohnung begeben können.«

»Bitte bemühen Sie sich nicht. Wenn Sie mich loswerden wollen, kann ich den Weg auch zu Fuß zurücklegen.«

»Es geht nicht darum, daß –«

»Ich habe Sie beleidigt. Es lag zwar nicht in meiner Absicht, aber Ihr Ärger ist begreiflich. Ich werde Sie selbstverständlich von meiner Gegenwart befreien.« Er verlagerte sein Gewicht auf den Ellbogen und machte Anstalten aufzustehen.

»Bleiben Sie liegen!« Cyrene lief um den Tisch herum, zögerte dann und blieb stehen. Sie war verwirrt, daß der Erfolg ihres Anliegens ihr so wenig gefiel.

»Nein, ich bestehe darauf zu gehen.« Lemonnier schob sich etwas höher, hielt sich die Rippen und verzog das Gesicht zu einer schmerzlichen Grimasse. »Ich möchte Ihre Gastlichkeit nicht über Gebühr in Anspruch nehmen.«

Da packte sie die Reue. Sie lief zu ihm, kniete an seinem Lager nieder und schob ihn zurück. »Wenn Sie so weitermachen, wird die Wunde wieder aufbrechen. Was ist das für ein idiotischer Stolz? Natürlich sind Sie hier willkommen.«

Er legte sich wieder zurück und schaute sie an, hielt sich dabei immer noch die Rippen. »Wirklich?«

»Aber natürlich.«

»Sie haben mir verziehen?«

»Ja, seien Sie nicht albern.«

Wie kam sie nur dazu, den Mann zum Bleiben zu überreden, den sie eigentlich fortschicken sollte? Cyrene überkam ein vages Gefühl der Unruhe, doch sie achtete nicht darauf. Monsieur Pierre mußte verstehen, daß man einen Menschen, der so krank war, nicht vor die Tür setzen konnte. Welchen Grund hätte Lemonnier auch haben sollen, länger als nötig hierzubleiben? Und warum sollte sie annehmen, daß sie ein Lächeln der Genugtuung über sein Gesicht hatte huschen sehen?

Sie widmete sich wieder ihrem Pudding, würzte ihn mit Zimt, stellte den Topf in einen offenen Kessel, der zu einem Viertel mit Wasser gefüllt war, und hängte ihn an einen Haken über das Kohlefeuer. Der Kamin war mit Schamottsteinen ausgekleidet und nahm die eine Seite des Raumes ein. Cyrene schöpfte Wasser in eine Tasse und brachte sie Lemonnier.

Er trank, und sie schob einen dreibeinigen Hocker auf die Schwelle. Unvermittelt fragte sie: »Macht sich denn niemand Sorgen um Sie, wenn Sie nicht nach Hause kommen? Haben Sie keinen Diener, keinen Menschen, der – der Ihnen Gesellschaft leistet?«

»Nein, niemanden.« Er betrachtete schweigend ihre schmalen, zierlichen Füße in der derben Lederbekleidung. »Besitzen Sie denn wirklich keine Schuhe?«

»Nur Mokassins. Monsieur Jeans Tschokta-Squaw hat sie gemacht. Und natürlich habe ich Holzschuhe.« Diese Fußbekleidung wurde von den französischen Bauern bei Nässe und Schmutz getragen.

»Er hat eine Frau?«

Sie nickte. »Sie lebt bei ihrem Stamm. Sie behauptet, daß es ihr in Nouvelle-Orléans zu laut ist und die Feuerstellen mit den großen Röhren auf dem Dach nicht genug Rauch abgeben, um die Stechmücken zu vertreiben, aber –«

»Was, aber?« fragte er, als sie abbrach.

»Ich wollte sagen, der eigentliche Grund ist, daß sie die Abwechslung liebt.«

»Und Monsieur Breton hat nichts dagegen?«

»Er liebt auch die Abwechslung.«

»Dann ist es ja gut.«

»Na ja, nur – nur ist es so doch eigentlich kein Leben.«

»Viele Ehen in Frankreich sind nicht anders.«

»Wird es dadurch richtiger?«

»Es wird menschlich.«

»Und wer anders handelt, ist demnach ein Unmensch, ein Wilder also?«

Er streifte sie mit einem dunklen Blick. »Sie sind so –«

»So was?« stieß sie hervor.

Nein, das konnte er ihr nicht begreiflich machen, er war sich nicht einmal sicher, ob er es selbst ganz verstand. Sie sah aus wie ein Engel, redete wie eine Kurtisane und zog logische Schlüsse wie ein Rechtsgelehrter. Sie kochte, putzte, konnte mit dem Boot umgehen wie ein *voyageur* und das anderthalbfache ihres eigenen Gewichts heben, und doch hatte er noch nie so sanfte Hände erlebt. Und wenn er mit geschlossenen Augen ihrer klaren, melodischen Stimme zuhörte, hätte er schwören können, eine Prinzessin aus königlichem Geblüt bei sich zu haben. Sie ist ein Rätsel, dachte er, diese Cyrene Nolté. Sie fasziniert mich, sie bezaubert mich. Doch das durfte nicht sein.

»Sie sind so furchtbar vernünftig«, sagte er hastig, »und haben natürlich ganz recht.«

Cyrene beugte sich vor, die Ellbogen lagen auf den Knien, und das Kinn hatte sie in die Hände gestützt. Nach einer Weile fragte sie: »Stimmt es eigentlich, daß Sie bei Hofe verkehrten?«

»Ja, eine Zeitlang.«

»Erzählen Sie mir etwas darüber.«

»Was möchten Sie gerne wissen?«

»Wie war es dort? Was ist der König für ein Mensch? Ist die Pompadour wirklich so schön und so kultiviert, wie alle sagen? Hat es Ihnen Spaß gemacht?«

»Das Leben bei Hofe besteht aus langweiligen Zeremonien und förmlichem Dekorum, aber es ist trotzdem aufregend, weil man in jedem einzelnen Raum die Macht regelrecht spüren kann. Der König ist egozentrisch wie die meisten Monarchen, aber er besitzt große Fähigkeiten, er müßte sie nur anwenden. Die Pompadour ist eine liebenswürdige Dame und hat – soweit es Mobiliar oder Kleidung betrifft – einen exquisiten Geschmack, nur von Männern versteht sie wenig. Ob es mir Spaß gemacht hat? Mal mehr, mal weniger. Ich wollte nicht mein ganzes Leben dort verbringen.«

Die Offenheit seines Kommentars konnte als Kompliment aufgefaßt werden oder als Zeichen, daß er sie nicht für voll nahm. Cyrene runzelte die Stirn. »Das ist Hochverrat, nicht wahr, Monsieur? Es wäre doch Ihre Pflicht, überwältigt zu sein.«

»Nicht wer sich über Glanz und Glorie von Versailles mokiert, ist ein Verräter, sondern wer mit den Engländern Handel treibt.«

»Ich habe gedacht, die Angelegenheit mit England wäre seit vier Monaten ausgestanden. Es wird jetzt so viel über diesen Frieden von Aachen geredet.«

»Vielleicht herrscht Friede in Europa, hier nicht.«

»Macht sich denn jemand die Mühe, darüber nachzudenken, was in den Kolonien vor sich geht? Das hätte ich nicht gedacht.«

Er gab ihren klaren Blick zurück und bemerkte trocken: »So ein Geck bin ich nun auch wieder nicht, daß ich keine Ahnung von den Problemen hier hätte.«

»Sie anscheinend nicht. Aber ich kann Ihnen sagen, daß viele, die herkommen, nichts wissen und auch nichts wissen wollen.«

Das Hauptproblem war der Kampf um diesen riesigen neuen Erdteil, der einiges an kleineren Schwierigkeiten mit sich brachte, beispielsweise den permanenten Krieg mit den Indianern. Schon seit Jahren drängten die Engländer von Westen – aus den beiden Carolinas – ins Land und verteilten Waffen an die Tschikasa, einen Teil der Tschokta und verschiedene kleinere Stämme im Süden, um sie gegen die Franzosen aufzuwiegeln. Und die französische Regierung zahlte es ihnen prompt mit gleicher Münze heim.

Im letzten Herbst war Tokate, der bekannteste Abtrünnige der Tschokta in englischem Sold, in einem Versuch, den Konflikt beizulegen, von seinen eigenen Leuten ermordet worden. Aber diese Tragödie hatte keine Wirkung.

Erst vor kurzem hatte es viele Opfer in dem Küstenabschnitt gegeben, der von Deutschen bewohnt war, schwer arbeitenden Menschen, die von John Law hergebracht worden waren und die Nouvelle-Orléans mit Gemüse versorgten. Die schlimmsten Auswirkungen hatte der Krieg auf die Geschäfte.

Der Handel mit den Engländern war auf königliche Verlautbarung hin verboten, Zuwiderhandlung galt als Landesverrat. Doch die Krone schickte aus Geiz – vielleicht auch, weil solche Korruption herrschte – nur Güter von weit minderer Qualität als die englischen, und das nicht einmal in ausreichendem Maß. Ohne die illegalen Geschäfte mit den Briten hätten die Bürger von Louisiane oft nichts zu beißen gehabt und im Adamskostüm gehen müssen. Zu allem Überfluß hatten auch die Indianer gelernt zu unterscheiden, und die roten und blauen Stoffe aus Limburg, die gußeisernen Töpfe und die Taschenmesser der Engländer standen bei ihnen hoch im Kurs, während sie andererseits das französische Fayence-Geschirr und den Weinbrand zu schätzen wußten.

Wenn die Wilden englische Waren wollten, mußten sie sie auch bekommen, denn die von ihnen erjagten Pelze waren die wertvollste Handelsware der Kolonie. Die indianischen Verbündeten der Franzosen waren darauf eingeschworen, jeden englischen Händler zu töten, der ihnen in die Hände fiel, was aber sollte einen gewieften Franzosen daran hindern, mit britischer Ware Geschäfte zu machen? Das einzige Problem bestand darin, an englische Schiffe heranzukommen, denn sie durften den Mississippi nicht befahren. Indigo aus Louisiane war das beste der Welt und daher in England sehr begehrt. Wer ein britisches Schiff erreichte, konnte einige Fässer des kostbaren blauen Pulvers für Waren einhandeln, die – tauschte man sie gegen Pelze – ein kleines Vermögen einbrachten. Vom Ertrag einer einzigen Fahrt konnte eine Familie ein ganzes Jahr lang leben. Wer solche Geschäfte betrieb, nannte sich Händler, doch »Schmuggler« wäre das treffendere Wort gewesen. Von diesem ebenso unabhängigen wie furchtlosen Schlag waren auch die Bretons.

Unter diesen Umständen war der Handel mit den Briten natürlich Landesverrat. Man war eifrig bemüht, dem einen Riegel vorzuschieben; die meisten Garnisonskommandanten besaßen nämlich exklusive Handelskonzessionen für ihr Gebiet, die sie mit Hilfe von Vetternwirtschaft oder Schmiergeldern – zahlbar an den Gouverneur, respektive dessen Gattin – erworben hatten. Die Soldaten, die die Gesetze durchsetzen sollten, zeigten allerdings generell wenig Disziplin und Scharfsinn, und es war kein Kunststück, ihnen zu entwischen. Die Bretons waren hier in der Neuen Welt geboren und aufgewachsen und hatten den größten Teil ihres Lebens in der Wildnis verbracht. Sie kannten alle Schliche, von denen ein grüner Rekrut nicht einmal träumte, und hatten sie auch Cyrene beigebracht. Es war eine Frage des Überlebens.

»Ich bin allerdings Geck genug«, fuhr Lemonnier fort, dem sie wieder ihre Aufmerksamkeit zuwendete, »um Sehnsucht nach meinem Rasiermesser und ein paar Kleidern zum Wechseln zu verspüren, wenn jemand so freundlich sein wollte, die Sachen aus meiner Wohnung zu besorgen. Andernfalls würde ich Madame de Vaudreuil benachrichtigen und sie mir bringen lassen.«

»Das ist kein Problem. Ich kann selbst gehen.«

Hinter ihr waren Schritte zu hören. Gaston kam mit einem Korb eben erst ausgenommener Fische herein und stellte ihn auf den Küchentisch. Er warf beiden einen Blick zu und fragte dann schroff: »Wohin willst du gehen?«

Cyrene wiederholte Lemonniers höfliches Ersuchen. Sie wußte, daß die Bretons sie nicht allein in die Stadt ließen, und fügte daher hinzu: »Du kommst doch mit, Gaston?«

»Ausgeschlossen. Du kannst da nicht hin.«

»Nicht allein, aber was ist dabei, wenn du mitkommst?«

»Was dabei ist? Du willst in die Wohnung des berüchtigtsten Schürzenjägers von Paris, lange genug dort bleiben, um seine persönlichen Sachen zusammenzukramen und mit dem Bündel unter dem Arm hinauszuspazieren, und du findest nichts weiter dabei?«

»Er ist ja nicht dort!« rief Cyrene und stand rasch auf. »Außerdem werde ich bestimmt nicht gleich die Seuche kriegen, wenn ich seine Kleider anfasse.«

»Doch. Es schickt sich nicht für ein tugendhaftes Mädchen, in der Wäsche eines Mannes herumzuwühlen.«

»Und deine Hosen wasche ich die ganze Zeit.«

»Das ist etwas ganz anderes!«

»Ich wüßte gerne, was daran anders sein soll!«

»Papa und Onkel Pierre sind ja noch da als *Chaperons*!«

»Seit wann brauche ich einen *Chaperon*, um deine Hosen zu waschen?«

»Du weißt ganz genau, was ich damit meine!« schrie Gaston mit rotem Kopf unter dem aufmerksamen und ironischen Blick Lemonniers.

»Das weiß ich allerdings!« entgegnete Cyrene, und ihre Augen blitzten. »Manchmal glaube ich, es wäre besser, keine Jungfrau mehr zu sein. Dann würdet ihr mich vielleicht wenigstens nicht wie eine Gefangene behandeln!«

»Aber Cyrene!«

»Schockiert dich das? Wie würde es dir denn gefallen, wenn jede deiner Bewegungen von morgens bis abends bewacht würde? Wenn du nicht kommen und gehen könntest, ohne um Erlaubnis zu fragen, erst recht nicht allein.«

»Wir wollen dich doch nur beschützen.«

»Ich weiß, aber das kommt mich teuer zu stehen.«

»Daran ist nichts zu ändern, solange du keinen Mann hast.«

»Was, noch ein Aufseher? Das ist auch keine Lösung.«

»Dann mußt du dich eben damit abfinden.«

»So, muß ich das?«

Gastons Grinsen war nicht ohne Mitgefühl. »Ich gehe inzwischen die Sachen holen.«

Cyrene nickte geistesabwesend. Ihr ging die eine trotzige Frage wieder und wieder durch den Kopf: Muß ich das? Muß ich es denn wirklich?

3. Kapitel

Mit zehn Jahren war Cyrene auf die Klosterschule der Ursulinen in Quimperle gegangen und hatte diese im Jahre 1652 gegründete Anstalt besucht, bis ihre Eltern Frankreich verließen. Dort war sie in Französisch, Geschichte, den Anfangsgründen der Naturwissenschaften und im Rechnen unterrichtet worden. Man hatte ihr Haushaltsführung – Waschen, Backen, Einmachen und Gartenpflege – beigebracht, aber auch gesellschaftliche Fertigkeiten wie Zeichnen, Tanzen und Musizieren. Die Fahrten zur Schule und nach Hause hatte sie in Begleitung ihrer Mutter, des Großvaters, der für das Schulgeld aufkam, oder einer Gouvernante zurückgelegt. Während der ganzen Zeit hatte sie sowohl unter der Obhut der Schwestern als auch ihrer Gouvernante gestanden, die bei ihr blieb, ihr das Zimmer aufräumte, die Kleider ausbesserte und während der Schulzeit auf Ausflügen und in den Ferien tagsüber bei ihr war.

Solange sie denken konnte, hatte es nicht einen Augenblick in ihrem Leben gegeben, in dem sie unbeaufsichtigt und allein gewesen war.

Einige der anderen Mädchen in der Schule hatten sie um die Gouvernante beneidet, weil Cyrene eine Vertraute um sich hatte, die sich um sie kümmerte. Doch sie selbst hatte sich schon damals gegen die Zwänge und die ständigen Ermahnungen gewehrt, von denen sie nicht einmal in ihrem Zimmer verschont blieb. Ihr wurde gesagt, das sei eine Vorbereitung für die Zeit, in der sie eine gesellschaftliche Stellung bekleiden und einen eigenen Haushalt führen werde. Es war von der Mitgift die Rede, die ihr Großvater bereitstellen, und von dem vermögenden Mann aus gutem Hause, den sie einmal heiraten würde. Sie müsse lernen, was sich für eine Dame schickt, um in den Genuß dieser Privilegien zu kommen.

Das hatte dazu geführt, daß sie aus Trotz mit anderen abenteuerlustigen Mädchen eine Bande gründete. Sie klauten Pflaumen und Äpfel aus dem Obstgarten des Klosters, warfen den Dorfjungen Zettel mit Botschaften über die Mauer zu und flirteten schüchtern mit dem virilen Herrn, der ihnen Zeichenunterricht gab. Auf die Entdeckung solcher Vergehen folgten strenge Disziplinarmaßnahmen, die älteren Nonnen mißbilligten derlei Betragen zutiefst. Immerhin hatte es eine jüngere gegeben, Schwester Dolores, die Verständnis für solche Wünsche aufbrachte und der Cyrene immer noch gelegentlich schrieb. Nach wie vor reizte sie die Gefahr genau wie damals. Als sie Frankreich mit den Eltern verlassen mußte, hatte sich allerdings die Aussicht auf eine schöne Mitgift und eine glänzende Partie zerschlagen.

Cyrene bedauerte das in keinster Weise. Früher hätte sie es begrüßt, wenn ein Gatte für sie gewählt worden wäre, solange er jung, gutaussehend und wohlsituiert war. Jetzt galt das nicht mehr. Wie sie Gaston gesagt hatte, bedeutete ein Ehemann für sie nur eine weitere Einschränkung. Manchmal ging ihr der Gedanke an Empfänge, Soiréen und Maskenbälle durch den Kopf, doch da sie diese Vergnügen nie kennengelernt hatte, konnte sie leichten Herzens darauf verzichten. Ich wünsche mir nichts anderes, als frei zu sein, dachte sie, frei, um vorwärtszukommen und für mich ein Stück von der Welt zu erobern. Das kann ich auch, und zwar durch den Handel mit den Engländern.

Das Geschäft war für sie nichts Neues. Pierre, dem ihr Vater als Beschützer zu unzuverlässig gewesen war, hatte sie immer auf seine Expeditionen mitgenommen. Bei der dritten Fahrt durfte sie einen aktiveren Part übernehmen und bei der Auswahl der Waren helfen, um die die Männer feilschten. Sie führte auch Buch über Wert und Menge, damit die Bretons nicht übers Ohr gehauen wurden. Zwar besaßen die Brüder ein umfassendes Wissen über Pelze und ihre Preise, sie konnten auch komplizierte Rechnungen im Kopf ausführen, aber – wie die meisten Männer aus der Wildnis Neufrankreichs – waren sie kaum des Lesens, geschweige denn des Schreibens mächtig. Als Zeichen der Anerkennung für ihre Dienste mit der Feder hatte ihr Pierre vor zwei Jahren ein paar Pfund Indigo überlassen, für die sie Glasperlen, Kämme, blinkende Metallspiegel und kleine gußeiserne Töpfe von den Engländern erhandelt hatte. Dafür tauschte sie in den Tschokta-Dörfern Lederkleidung, geflochtene Körbe und ein paar Pelze und verkaufte diese Waren auf dem Markt der Stadt mit gutem Gewinn, genug, um dreimal soviel Indigo zu erstehen, wie Pierre ihr gegeben hatte.

Diese Aktivitäten waren nicht unbeachtet geblieben. Pierre und Jean wurden von ihren Freunden unter den Schmugglern beim Spielen und Trinken in der nahegelegenen Schenke ausgelacht und damit aufgezogen, daß sie von einer Schmugglerin angeführt würden. Die Brüder hatten nur lächelnd mit den Achseln gezuckt und mit den Münzen geklimpert, die sie durch Cyrenes Mithilfe in der Tasche hatten.

Cyrenes Geschäfte waren allerdings dadurch beeinträchtigt worden, daß sie beim Handeln immer einen der Bretons zu ihrem Schutz dabei haben mußte: im Lager der Engländer, in den Indianerdörfern und auch in der Stadt. Besonders die Indianerinnen hatten sich köstlich amüsiert und wollten wissen, ob sie etwas Wertvolles bei sich trage oder was sie verbrochen habe, daß man sie so scharf bewachte. Weder jetzt noch damals fand Cyrene das besonders komisch.

Es gab eine Methode, diesen Schutz überflüssig zu machen. Gaston hatte ihr den entscheidenden Wink gegeben. ›Ein tugendhaftes Mädchen‹ – das hatte er gesagt. Offenbar war es ihre Jungfräulichkeit, worauf alle so aufpaßten. Wenn sie nicht tugendhaft blieb, nicht mehr unberührt war, war sie diese Sorge los. Eigentlich war das ganz einfach.

Das Problem war nur, wie sie sich von der lästigen Keuschheit befreien sollte. Wenn sich ihr kein Mann nähern durfte, weil sie eine Jungfrau war, mußte sie es immer bleiben, weil kein Mann an sie herankam.

Mit Ausnahme der Bretons. Es gab keinerlei Anzeichen dafür, daß sie einen von ihnen verführen konnte, aber sie ließ den Gedanken sowieso schon fallen, bevor er zu Ende gedacht war. Auch wenn die Brüder nicht so viel älter gewesen wären, lag darin etwas Widernatürliches, wahrscheinlich weil sie schon so lange bei ihnen war. Und Gaston paßte zwar altersmäßig zu ihr, aber sie hatte mit ihm so oft gerauft, gespielt und gearbeitet, daß er ihr wie ein Bruder vorkam. Als Liebhaber konnte sie ihn sich nicht vorstellen.

Lemonnier dagegen war aus vielerlei Gründen der ideale Kandidat: Er war jung, genoß den Ruf eines Don Juan, und er stand zur Verfügung – doch leider ging es trotzdem nicht. Selbst wenn es ihr gelingen sollte, lange genug mit ihm allein zu sein, war er physisch dazu gar nicht in der Lage.

Auch gut. Zwar hätte sie dann das Gefühl gehabt, ihr Leben selbst in die Hand zu nehmen, und bei dem Gedanken, Lemonnier um diesen Gefallen zu bitten, erfüllte sie eine eigentümliche

Wärme, obwohl sie auch wußte, daß sie sich das niemals trauen würde. Sie dachte: Es muß doch eine andere Möglichkeit geben, ein gewisses Maß an Unabhängigkeit zu erreichen.

Der Gedanke ging ihr nicht mehr aus dem Kopf, beherrschte sie unterschwellig und machte ihr den ganzen Tag über Vergnügen. Sie dachte immer daran, wenn ihr Blick wie zufällig auf ihr Zimmerchen und den Mann darin fiel, und dieser Gedanke beherrschte sie auch, als die Bretons für ein paar Stunden in die Stadt gingen und Gaston als Posten zurückließen. Nicht besser ging es ihr, als sie zu Bett gehen wollte.

Unter normalen Umständen hätte sie sich Wasser aufgewärmt und in der Einsamkeit ihrer Kabine ein Bad genommen. Seit Lemonnier wieder bei Bewußtsein war, ging das nicht mehr, und sie begnügte sich mit ein paar Spritzern auf dem dunklen Deck, wofür sie sich das Wasser aus dem Fluß schöpfte. Dann kehrte sie zurück in die Kajüte und wärmte sich am verlöschenden Kaminfeuer auf. Die Bretons befestigten die Hängematten und breiteten das Bettzeug aus. Als Pierre seine Pfeife ausklopfte – ein sicheres Zeichen, daß er zu Bett gehen wollte –, zog sie sich in ihr Schlafzimmer zurück.

René Lemonnier beobachtete im Schein des Feuers, wie sie eintrat und den Vorhang fallen ließ. Sie warf ihm schnell einen Blick zu und nahm das abgetragene Unterkleid, das ihr als Nachthemd diente, vom Haken. Der kleine Raum lag im Dunkeln, doch sie konnte seine Augen sacht schimmern sehen.

»Ich muß Sie bitten, sich umzudrehen«, sagte sie, und dabei hatte ihre Stimme einen belustigten Unterton, denn sie war sich der Diskrepanz zwischen dieser sittsamen Aufforderung und ihren Gedanken bewußt.

»Selbstverständlich.«

René gehorchte. Angesichts der Nähe ihrer Hüter auf der anderen Seite des Vorhangs schien es ihm das Klügste. Ihr zuzusehen machte ihm so viel Freude, daß er immer weniger darauf verzichten wollte. Ihr war bewußt, daß da ein männliches Wesen in ihrer Nähe war. Und doch hatte sie nichts an sich von jener schelmischen Koketterie und erwartungsvollen Nervosität, wie sie seine

Reputation unter anderen Umständen hervorrief. Das liegt vielleicht daran, überlegte er, daß sie an den Umgang mit Männern so gewöhnt ist wie nur wenige junge Frauen. Oder empfindet sie mich nicht als bedrohlich, solange ich pflegebedürftig und bettlägerig bin? Es wurmte ihn, daß es ihr so leicht fiel, ihn zu ignorieren, und es faszinierte ihn gleichzeitig.

Cyrene schlüpfte flink aus den Kleidern und zog sich das alte Unterkleid über den Kopf. Sie nahm die mit Steppnähten gesäumte Büffeldecke, wickelte sich darin ein, stieg über Lemonnier, um zu ihrer Hängematte zu kommen, und legte sich hinein.

Stille senkte sich über den Prahm, nichts war zu hören als das sanfte, stetige Rauschen des Flusses und zuweilen das Knarren der Haltetaue. Aus der Kajüte kamen leise Schnarchgeräusche. Mindestens zwei von den Bretons schliefen. Auf dem Lager unter Cyrene wälzte sich Lemonnier hin und her.

»Was ist los?« flüsterte sie. »Brauchen Sie irgend etwas?«

Aus purer Lust an der Provokation entgegnete er trotzig mit unterdrückter Stimme. »Woran hatten Sie gedacht?«

»Noch eine Decke? Etwas zu trinken?«

Das hätte er sich denken können. »Nein, vielen Dank.«

»Sie sind bestimmt nicht daran gewöhnt, so früh ins Bett zu gehen wie wir.«

Er dachte zurück an die endlosen Abende voll gähnender Langeweile, an denen er warten mußte, bis es dem König gefiel, die Gesellschaft zu verlassen, damit er auch nach Hause gehen konnte; an die ungezählten Bälle und Bankette mit immer denselben geistlosen Gesichtern, immer denselben sinnlosen Lamentos und abgedroschenen Zoten. »Ich erhebe keine Einwände.«

»Jedenfalls nicht im Augenblick.«

»Das haben Sie gesagt.«

Cyrene hatte vergessen, den Vorhang zur Seite zu schieben, bevor sie sich in die Hängematte legte, obwohl sie das immer tat, seit Lemonnier bei ihnen war. Vorher hatte sie ihn zugezogen, immerhin gab ihr das die Illusion einer Privatsphäre. Daß sie in diesem kleinen, von der Außenwelt abgeschlossenen Raum miteinander flüsterten, ließ eine vertrauliche Atmosphäre entstehen. Cyrene spürte in sich heimlich Erregung aufkommen. Ihr Herz pochte – der Reiz des Verbotenen.

Das hatte – soviel war ihr klar – nicht zuletzt mit der flüchtigen Rolle zu tun, die sie René Lemonnier in ihrem Freiheitsdrang zugedacht hatte. Von Anfang an hatte sie der Gedanke, wie er da unter ihr am Boden lag, seltsam berührt, doch erst jetzt kam sie auf die Idee, daß sie sich nur umdrehen und die Hand ausstrecken mußte, um ihn anzufassen. Und er brauchte auch nur die Hand auszustrecken, dann konnte er durch das Segeltuch der Hängematte die Rundungen ihres Körpers betasten. Es gab jetzt ja gar keinen Grund zu diesen Gedanken, doch die Bilder, die ihre Phantasie heraufbeschwor, faszinierten sie, und es fiel ihr merkwürdig schwer, sich von ihnen zu befreien.

Auf der Straße hinter dem Uferdamm fuhr eine Kutsche vor. Ein Lakai mit Lockenperücke in einer Livree aus Satin sprang ab und warf den Schlag zurück. Eine Frau stieg aus. Eine reifere Frau, die das gepuderte Haar aus der Stirn frisiert trug und ein spitzenbesetztes Häubchen à la Parisienne aufgesetzt hatte. Die Röcke und Unterröcke gingen ihr bis zu den Knöcheln. Über einem grünen Brokatrock trug sie eine kürzere, vorne offene Contouche aus Goldbrokat mit grüner Stickerei, die raffiniert gerüscht und gebauscht war, dazu ein Mieder aus demselben Material. Der Gazeschal um ihre Schultern war mit einem großen Smaragd festgesteckt. Die Knöchel bedeckten weiße Seidenstrümpfe, und an den Füßen trug sie grüne Seidenschuhe mit gedrechselten Absätzen.

Die Kutsche war die erste mit zwei Achsen in ganz Louisiane und hatte jeden Plantagenbesitzer von einigen gesellschaftlichen Ambitionen dazu gebracht, sich etwas Ähnliches aus Paris kommen zu lassen. Auch ohne dieses Gefährt hätte die extravagante Machart der Kleidung die Dame schon als die Gattin des Gouverneurs, die Marquise de Vaudreuil, ausgewiesen.

Cyrene band hastig eine saubere Schürze um und ordnete sich den Zopf. Als der Lakai der Marquise über die Laufplanke auf den Prahm half, stand Cyrene neben Pierre und Jean auf dem

Vorderdeck. Auf eine kurze Anweisung seiner Herrin kehrte der Diener zur Kutsche zurück. Die Dame wandte sich an Pierre.

»Man darf annehmen, daß Er Monsieur Breton ist.«

Pierre verbeugte sich mit vollendeter Höflichkeit. »Ganz recht, Madame. Und das ist mein Bruder Jean Breton und mein Mündel, Mademoiselle Nolté.«

Als Cyrene ihren Knicks machte, konnte sie sich nicht verkneifen, Pierre einen verwunderten Seitenblick zuzuwerfen. Sie hatte keine Ahnung gehabt, daß er so gute Manieren besaß.

Anmutig neigte Madame de Vaudreuil den Kopf.

»Charmant, mein Kind. Sie war es wohl, die Monsieur Lemonnier dem Leben zurückgegeben hat. Sie kann sich der Dankbarkeit seiner Freunde gewiß sein.«

»Das war doch selbstverständlich. Wenn Ihr bitte eintreten wollt, er wird sich sicher freuen, Euch zu sehen.«

»Danke, sehr freundlich«, murmelte die Marquise, und ihr trokkener Ton verriet, daß sie das ohnehin vorgehabt hatte. Daß Cyrenes Haar nicht bedeckt war, quittierte sie mit einem Hochziehen der Braue. Sie rauschte an ihr vorbei in die Kajüte. Dort blieb sie stehen, und beim Anblick der spartanischen Einrichtung und von Lemonniers Lager zog sie die Braue noch etwas höher.

Cyrene wußte zwar nicht, was sie erwartet hatte, war aber über den enervierten Ausdruck verwirrt, der sich auf Lemonniers Gesicht zeigte, als er die auf ihn zusteuernde Gouverneursgattin erblickte. Schon im nächsten Moment fragte sie sich, ob es nicht Einbildung war. Er lächelte und begrüßte die Besucherin mit der flüchtigen Andeutung einer Verbeugung, stützte sich dabei auf den Ellbogen und entschuldigte sich, daß er außerstande sei, sich zu erheben.

»Lemonnier, *mon cher*, ich bin ja so erleichtert, daß es Ihnen gut geht!« rief die Marquise. »Ich hatte schon Schlimmes befürchtet, als ich Ihre Nachricht erhielt, daß Sie hier bleiben müßten.«

Noch einmal ging ein Anflug von Verärgerung über sein Gesicht und verschwand wieder. Er warf seine dunklen Locken mit einer Handbewegung zurück. »Ich bin zutiefst zerknirscht, Ihnen Kummer zu bereiten, und bitte um Vergebung.«

»Sie wissen ja, Ihnen verzeihe ich alles.« Madame de Vaudreuil sah sich nach einem Stuhl um, und als ihr Cyrene einen Schemel hinschob, setzte sie sich mit äußerster Vorsicht darauf. Er ächzte unter ihrer Last. Die Marquise hatte weder hinten noch an der Hüfte Turnüre nötig, neigte sie doch entschieden zur Fülligkeit. Auf den weißen Händen hatte sie Grübchen, und auf dem kurzen Hals saß ein Doppelkinn. Die Augen waren groß und anziehend, der Mund aber klein, und als sie sich zu Cyrene umdrehte, schürzte sie mißvergnügt die Lippen.

Cyrene fügte sich dem bedeutsamen Nicken der anderen Frau und beeilte sich zu sagen: »Madame werden Monsieur Lemonnier bestimmt unter vier Augen sprechen wollen. Ich bitte, uns zu entschuldigen.« Im Gehen bedeutete sie Pierre und Jean, die in der Tür standen, den Raum zu verlassen.

»Cyrene, warten Sie doch!« rief René. »Das ist nicht nötig. Es wäre mir lieb, wenn Sie blieben!«

Überrascht drehte sie sich um. Er hatte sie zum erstenmal bei ihrem Vornamen gerufen, statt sie formell mit ›Mademoiselle‹ zu betiteln, und seine Stimme klang wärmer und ausdrucksvoller als je zuvor. Mit einem fragenden Blick begegnete sie dem seinen. Er schien das nicht zu bemerken, sondern wies mit der Hand auf den zweiten Schemel.

»Ich begreife allmählich, was Sie hier hält«, bemerkte Madame de Vaudreuil.

»Wirklich?« entgegnete René honigsüß und schaute Cyrene an.

»Ich hätte wissen müssen, daß eine Frau dahintersteckt. Das kann bei Ihnen wohl nicht anders sein.«

Er sah die reifere Frau an. »Sie kennen mich eben schlecht.«

»Ich kenne Sie nur allzu gut!«

Bei solchen Andeutungen und Lemonniers seltsamem Verhalten fühlte sich Cyrene höchst unbehaglich. Sie zögerte ein wenig und war sich nicht sicher, ob sie bleiben oder mit den Bretons hinausgehen sollte. Jetzt erhob sie protestierend die Stimme: »Ich versichere Euch, er ist nur seiner Verletzung wegen hier.«

»Oh, zweifelsohne«, entgegnete die Marquise und sah Cyrene nicht an. »Sie Schuft, wir haben Sie vermißt.«

»Sie sind zu gütig, Madame, aber wenn es anders wäre, würden Sie mich in Verzweiflung stürzen.«

»Wann kommen Sie zurück?«

»Das hängt von so vielem ab.« Er gab die aalglatte Antwort mit verbindlicher Miene.

»Das sehe ich«, sagte Madame de Vaudreuil und warf Cyrene einen flüchtigen Blick zu.

»Vielleicht werde ich ein *voyageur.*«

»Das kann doch nicht Ihr Ernst sein!«

»Ich muß mich ja beschäftigen, da ich nun einmal in den Kolonien bin.«

»Aber Ihre Familie wird doch –«

»Selbstverständlich. Es ist nur ohne Reiz, von Unterhaltszahlungen zu leben. Und Müßiggang ist für mich nicht von Interesse.«

»Es gibt hier nur wenige, die sich für anderes interessieren. Müssen Sie unbedingt eine Ausnahme sein?«

»Ich weiß, daß es dickköpfig von mir ist. Aber in mir wächst das Verlangen, mehr von dieser Wildnis zu sehen, etwas Neues zu erleben und ihre Möglichkeiten zu erforschen.«

Madame de Vaudreuil runzelte die Stirn und schwieg eine ganze Weile. Endlich sagte sie: »Ich verstehe.«

»Und Sie geben mir Ihren Segen?«

»Was bleibt mir anderes übrig? Sie müssen mir aber versprechen, sich nicht in Gefahr zu begeben. Sie sind eine große Bereicherung für unsere Gesellschaft.«

»Ich bin durchaus imstande, auf mich aufzupassen.«

»Erlauben Sie mir, daran Zweifel anzumelden. Wenn Sie es wären, würden Sie jetzt nicht hier am Boden liegen.«

»Dem kann ich nicht widersprechen«, gab er mit zerknirschtem und äußerst charmantem Lächeln zu. »Es ist grausam von Ihnen, mich daran zu erinnern.«

»Ich bin nicht grausam, sondern ehrlich. Und das erwarte ich auch von den anderen.«

Er neigte den Kopf. »Einverstanden.«

»Wir werden sehen.« Die Gouverneursgattin erhob sich. »Ich muß jetzt gehen. Ich habe Ihnen den Mantelsack aus der Wohnung mitgebracht und auch ein paar Kleinigkeiten, die Sie angenehm finden werden, wenn Sie sie annehmen wollen.«

»Mit Vergnügen.«

»Dann hoffe ich auf ein baldiges Wiedersehen.«

Noch ein paar Abschiedsworte, ein bißchen Geplänkel. Der Diener brachte den Mantelsack mit den Kleidern, einen Korb mit Wein, Käse und Leckereien und einen zweiten mit diversen nützlichen Dingen. Schließlich war die Marquise fort, und das Rattern ihrer Kutsche verlor sich auf dem Fuhrweg in Richtung Stadt.

Cyrene packte die Körbe aus. Sie warf Lemonnier ein flauschiges Daunenkissen zu. Er fing es auf und legte es sich unter. Dann entkorkte sie eine Flasche und goß ein paar Schluck Wein in eines der edlen Kristallgläser, die sie im Korb gefunden hatte. Vorsichtig balancierte sie es zu Lemonnier und stellte es neben dem Lager ab.

»Trinken Sie denn nicht mit?« fragte er.

»Nein, danke, ich möchte jetzt nichts.«

Er nahm das Glas in die Hand, schwenkte den dunklen Burgunder, roch am Bukett und sah sie über den Rand des Glases an. »Sind Sie böse auf mich?«

»Ich habe nicht genug verstanden, um böse auf Sie zu sein.«

»Dann sind Sie also gekränkt?«

Sie wandte ihm das Gesicht zu. »Warum haben Sie das nur gemacht? Warum haben Sie ihr eingeredet, daß Sie meinetwegen hier wären?«

»Wollen Sie das etwa bestreiten?« Die Röte in ihrem Gesicht war entzückend. Er konnte der Versuchung nicht widerstehen und mußte ausprobieren, ob sie sich nicht noch vertiefte.

»Ich weiß nicht, wie Sie überhaupt auf die Idee kommen.«

So viel Selbstbeherrschung verdiente etwas mehr an Wahrhaftigkeit. Er gab das Täuschungsmanöver auf. »Sie haben recht. Es war ein Vorwand, und angesichts meiner anrüchigen Vergangenheit konnte ich damit rechnen, daß die Marquise die Geschichte glaubt. Ich hege keineswegs den Wunsch, ins Haus des Gouverneurs verschleppt zu werden, wo die Dame sich ausgiebig um mich kümmern würde, also habe ich Sie vorgeschoben. Es tut mir leid, wenn es Ihnen peinlich war.«

»Ihre Verletzung ist doch Grund genug, sich nicht von der Stelle zu rühren.«

»Das war vielleicht vorgestern so.«

Ein Lächeln blitzte silbern in seinen Augen. Cyrene rückte näher und musterte ihn forschend. »Heißt das, Sie – Sie fühlen sich besser?«

»Gesund bin ich noch nicht, aber mir geht es tatsächlich besser, als es den Anschein hat.« Um seine Worte zu unterstreichen, stellte er das Glas ab und setzte sich auf. Er stützte sich dabei auf einen Arm und legte den anderen um die angewinkelten Beine.

»Aber warum?« fragte sie unvermittelt. Weil es ihr unhöflich vorkam, daß er zu ihr aufsehen mußte, ging sie in die Hocke.

Er zuckte mit den Achseln. »Zum Spaß. Vielleicht wollte ich bleiben und ein *voyageur* werden.«

Ein leises Lächeln umspielte ihre Lippen. »Es ist aber kein bequemes Leben.«

Er gab das Lächeln zurück. »Und vielleicht bin ich kein bequemer Mensch.«

Sie forschte in den kantigen bronzenen Zügen seines Gesichts. »Ja, vielleicht«, antwortete sie schließlich.

»Na, wenn das kein Zugeständnis ist.« Seine Stimme war weich, er ergriff ihre Hand und führte sie an die Lippen.

Da wurde hinter ihnen die Kajütentür heftig aufgestoßen. Pierre stand auf der Schwelle zur Kabine, hinter ihm Jean und Gaston. »Madame de Vaudreuil hatte also recht!« stieß er aus.

Er stürmte in den Raum und holte zu einem kräftigen Tritt aus. Cyrene schrie auf, als er Lemonnier an der Schulter traf und dieser zurückgeworfen wurde. Vor Überraschung und Schmerz entfuhr ihm ein leiser Seufzer. Mit dem Bruder im Rücken streckte der stämmige *voyageur* die Hand nach dem Verletzten aus. René wich zurück, krallte sich an der schwingenden, schaukelnden Hängematte fest und kam auf die Beine. Mit dem Rücken zur Wand kauerte er sich abwartend nieder. Er hielt ein Stück Kette in den Händen, an dem noch eine Falle baumelte, und spannte es so straff, daß die Glieder knirschten.

»Hören Sie auf! Augenblicklich hören Sie damit auf!« schrie Cyrene mit gellender Stimme und stürzte sich auf Pierre und Jean. Sie packte sie beim Hemd, grub die Hand in den Stoff und stellte sich den beiden in den Weg. Mitten im Angriff bemerkten die Brüder zu ihrer Verblüffung Renés Verteidigungswerkzeug und kamen zum Stehen. Erleichterung durchströmte Cyrene und trieb ihr das Blut zu Kopf. Ihr war heiß, während sie gleichzeitig ein Schauder durchlief. Sie stellte sich zwischen René Lemonnier und die beiden Bretons und fuhr ihre vermeintlichen Beschützer an: »Was hat das zu bedeuten?«

»Wir wollen ihm nur Manieren beibringen, *petite*«, antwortete Pierre. »Madame de Vaudreuil war auch der Meinung, daß er es nötig hat.«

»Warum? Was hat sie gesagt?«

»Daß dein Lächeln die beste Medizin für ihn zu sein scheint.«

»Und das war alles?«

»Das genügt.«

»Um ihn umzubringen? Vielleicht blutet er jetzt schon wieder.«

Pierre Breton nahm den Mann in der Ecke in Augenschein. »Meiner Meinung nach wirkt er ganz munter.«

Das war nicht zu bestreiten, auch wenn er in die Knie gegangen war und sein Gesicht bleich aussah. Cyrene antwortete: »Ihnen geschieht nur recht, wenn seine Genesung jetzt doppelt so lange dauert.«

Das hatten die beiden Brüder offenbar nicht bedacht. Und auch jetzt lag es ihnen fern, diese Möglichkeit in Betracht zu ziehen. »Wer kämpfen kann, kann auch nach Hause gehen!« donnerte Pierre mit einer Stimme, als wolle er Eisen schmieden.

»Wenn seine Rückenwunde aufgebrochen ist, muß er mindestens noch eine Woche liegen.«

»Einen Tag, *petite,* im Höchstfall zwei.«

Sie weigerte sich, auf ein solches Ultimatum einzugehen. Ihre Röcke wirbelten, als sie sich vom ältesten Breton abwandte und Lemonnier den Arm reichte. Er stützte sich kaum darauf, solange die Bretons noch zugegen waren, aber als sie sich mit Ausnahme von Gaston – er setzte sich auf einen der Schemel am Kamin – zurückgezogen hatten, ließ René sich von ihr zum Lager bringen, damit sie die Wunde untersuchen konnte.

Sie kniete vor ihm, zog das Hemd aus der Hose und schob es hoch. Er hob die Arme. Sie zog ihm das Hemd über den Kopf. Als sie seine Hände befreite, fing sie den Blick auf, mit dem er sie taxierte. Er sah sie unverwandt und durchdringend an.

»Ausgezogen haben mich schon einige Frauen«, sagte er, »aber beschützt und beschirmt hat mich noch keine.«

Plötzlich war sie mit den Händen zu ungeschickt, das Hemd zu wenden. »Nur so etwas wie Mutterinstinkt. Es tut mir leid, daß es dazu gekommen ist.«

»Ich bin nicht Ihr Kind oder Ihr Junges.«

»Sie sind verletzt.«

»Und das reicht?«

Ihre Augen sprühten goldene Lichtfunken, und um ihren Mund zuckte es. »Außerdem haben Sie mir doch Ihren Rock versprochen.«

»Ach ja«, antwortete er, »das hätte ich fast vergessen.«

»Tun Sie das nicht. Ich verlasse mich darauf.«

Er war ihr so nah. Sie konnte jedes einzelne Haar in den Augenbrauen erkennen, die starke, seidige Bogen bildeten; die Einkerbung von einer verblaßten Narbe über dem Auge; die fein gemeißelten Lippen und den dunklen Schimmer der Barthaare unter der Haut. Die Wärme seines Körpers und der Duft von Männlichkeit umnebelten ihr die Sinne. Er hielt still, aber in diesem Stillhalten lag so viel Kraft, so viel Vertrauen, daß es sie wie eine Aura umgab.

Er hatte ihr den Rücken zugekehrt und wartete. Sie mußte sich dazu überwinden, ihn anzufassen und den um den Oberkörper gewickelten Verband abzutasten. Sie steckte die Finger darunter, um festzustellen, ob er durch die heftigen Bewegungen locker geworden war. Sie beugte sich über den Verband und berührte leicht den dicken Tupfer, der die schartige Schnittwunde über den Rippen bedeckte.

Sie hielt den Atem an. Auf dem Stoff zeigte sich ein roter Fleck.

»Diese Dummköpfe!« rief sie.

»Blutet es?« fragte er über die Schulter.

»Die hätten Sie umbringen können, wenn Sie ihnen in die Hände gefallen wären!« Sie löste den Verband und nahm ein Stoffpolster, um es auf die Wunde zu pressen. »Und das alles wegen nichts und wieder nichts! Sie sind verrückt, alle drei. Sie glauben, daß mich jeder, der mir einen Blick zuwirft, mit Gewalt nimmt, wenn sie nicht einschreiten. Tag und Nacht wachen sie über meine Tugend, als wäre sie reines Gold wert. Es ist unerträglich!«

»Über Ihre Tugend?« Das Wort entrang sich ihm zögernd, als wisse er nicht, was es bedeutet. Er sprach leise. Gaston war nicht weit, und sie konnten die Stimmen der Brüder vom Damm her hören.

Sie sah ihn scharf an. »Was haben Sie denn gedacht? Daß sie um meine Gunst buhlen?«

Dieser Gedanke war ihm tatsächlich gekommen, auch wenn jetzt nicht der Moment war, ihn zu äußern. Dagegen sprach nur, daß sie die ganze Zeit allein geschlafen hatte.

»Ja, das ist genau das, was Sie geglaubt haben. Von einem wie Ihnen ist es wohl nicht anders zu erwarten.«

»Von einem wie mir?«

»Von einem stadtbekannten Weiberhelden. Sie können eben nichts anderes begreifen.«

Die Verachtung in ihrer Stimme versetzte ihm einen Stich.

»Davon verstehen Sie nichts.«

»Aber ich kann es mir denken. Sie haben Erfahrung in der Liebe und mit Frauen. Für Sie ist das alles nur ein Spiel: die große Jagd mit galanten Gesten und cleveren Schachzügen, mit geraubten Küssen und kühnen Zärtlichkeiten. Aber auch Männer wie Sie haben ihr Gutes. Wenn Sie nicht verwundet und deswegen zu schwach wären, dann würde ich mir von Ihnen zeigen lassen –«

Er warf den Kopf herum und sah sie über die Schulter hinweg an. Die Enge, die ihm auf einmal die Brust einschnürte, kam nicht von dem Verband. »Sie würden *was?*«

Ihr Blick weitete sich. Glühende Röte schoß ihr bis unter die Haarwurzeln und brannte auf den Wangen. Sie beugte sich wieder über den Verband. Ihre Finger bebten. »Ach nichts.«

»Darüber kann ich nicht einfach so hinweggehen.«

»Mir… mir ist das nur so herausgerutscht. Denken Sie nicht mehr daran.«

»Sie wollten mich doch gerade auffordern, Ihnen behilflich zu sein, vorausgesetzt, ich wäre dazu imstande.«

»Nein!« rief sie aus und war über seinen Scharfsinn bestürzt.

»Ich glaube aber doch. Es wäre mir eine große Genugtuung, wenn ich mich für Ihre Hilfe revanchieren könnte. Wollen Sie mir denn nicht sagen, was ich für Sie tun kann?«

Die Blutung war nicht gefährlich. Durch den Druck des Pflasters, das sie aufgelegt hatte, war sie gestillt worden. Cyrene legte den Verband wieder an, lehnte sich zurück und machte Anstalten, sich zu erheben.

»Es ist nicht nötig, daß Sie sich revanchieren«, antwortete sie.

Seine Finger umschlossen ihr Handgelenk mit einem festen, warmen Griff. »Ich würde es aber gerne tun. Sagen Sie's mir doch!«

Der dunkle, verführerische Ton seiner Stimme brachte etwas in ihrem tiefsten Innern zum Klingen. Der graue Schein in seinen Augen hypnotisierte sie und zwang ihr eine Antwort ab. Es ängstigte sie, daß er sie so festhielt, doch sie spürte allmählich und verhalten wieder Neugier in sich aufkommen. Ich möchte ihm vertrauen, dachte sie. Es ist wichtig, daß ich es tue.

Sie befeuchtete sich die Lippen. »Ich habe nur gedacht, also, ich werde so eingeschränkt und so bewacht. Und da möchte ich manchmal etwas Verrücktes tun, um mich zu befreien. Und die ständige Überwachung wäre doch überflüssig, wenn ich nicht mehr… nicht mehr unberührt wäre.«

Ihren Wunsch zu erraten war eines, ihn ausgesprochen zu hören etwas völlig anderes. Eine ganze Weile konnte Lemonnier nicht atmen, nicht denken. Mit gepreßter Stimme brachte er schließlich heraus: »Ist Ihnen denn klar, was Sie da sagen?«

»Natürlich. Und mir ist gleichfalls klar, daß es nicht geht.«

»Sie irren. Von meiner Seite jedenfalls besteht kein Hinderungsgrund.«

Das Herz pochte ihr in der Brust. »Sie meinen, Sie wären in der Lage –«

»Dazu«, antwortete er sanft, »braucht man nicht viel Kraft.«

Sie schluckte, denn ihre Kehle war eng, als ob sie mit einem stählernen Halsband zugeschnürt wäre. »Ich verstehe.«

»Man braucht nur Lust und Zeit und Ruhe und vielleicht eine gewisse Entschlossenheit.«

»Aber wenn das alles vorhanden wäre, wären Sie dann bereit?«

Wie demütigend das ist, dachte sie, daß ich so fragen muß. Warum habe ich nicht vorher daran gedacht? Vielleicht, weil ich nicht damit gerechnet habe, daß ich dieses Thema überhaupt anspreche. Noch kann ich ja zurück, kann sagen, daß ich es mir anders überlegt habe. Doch etwas in ihr sprach dagegen. Allzu groß war die Neugier, was er sagen, was er tun würde.

René schwebte zwischen Furcht und Hoffnung, und in ihm regte sich eine Spur von Selbstverachtung. Er fühlte den raschen, unregelmäßigen Puls in dem Handgelenk, das er umklammert hatte, konnte daraus den Aufruhr der Gefühle erkennen, und das erfüllte ihn mit Besorgnis. Erregte ihn. Undenkbar, diese so unerwartete Chance auszuschlagen. Sie kam seinem Verlangen zu sehr entgegen, als daß er hätte verzichten können, selbst nicht, wenn die gebotenen Aussichten weniger verführerisch gewesen wären. Endlich, dachte er, nützt mir mein Ruf etwas, dessen Erwerb mich so viel gekostet hat. Indessen plagte ihn das schlechte Gewissen, und er brachte es nicht über sich, das Angebot seiner freundlichen Wohltäterin ohne Hinweis, worauf sie sich einließ, anzunehmen.

»Sind Sie denn sicher, daß Sie es auch wollen?«

Ärger überkam sie, als sie die Zweifel aus seiner Stimme heraushörte, denn darin spiegelte sich ihr eigenes Gefühl. »Natürlich nicht«, antwortete sie gereizt. »Welche Frau wäre das schon unter den gegebenen Umständen? Aber die Bretons sind zu weit gegangen. Sie können doch nicht jeden anspringen, der mir zulächelt. Es muß etwas geschehen.«

»Es sieht ganz danach aus.«

Sie zwang sich, in ihre Stimme eine Sicherheit zu legen, die sie nicht empfand. »Ich bin kein zimperliches Stiftsfräulein, das erst provoziert und dann die Flucht ergreift. So etwas liegt mir nicht. Doch wenn Sie nicht wollen, steht es Ihnen selbstverständlich frei abzulehnen.«»

Er winkte rasch ab. »Davon war nicht die Rede.«

»Wenn – wenn wir uns einigen, würden Ihnen daraus keine Verpflichtungen entstehen. Es wäre alles, was ich von Ihnen verlange. Ich versichere Ihnen, Sie brauchen keine Angst zu haben, daß ich Sie für die Konsequenzen verantwortlich mache oder in irgendeiner Weise versuche, Ihre Freiheit zu beschneiden.«

»Nicht?« Der Hinweis, daß sie für ihn keine weitere Verwendung hatte, verschlug ihm die Sprache. Sonst war er immer derjenige, der darauf pochte, daß er zu nichts verpflichtet war. Der Rollentausch hätte ihn vielleicht in seiner Eitelkeit treffen können, aber er nahm die Sache von der komischen Seite.

»Da gibt es gar nichts zu lachen!« zischte sie, als sie seinen ironischen Blick bemerkte.

»Nein, nein«, pflichtete er ihr bei und fuhr fort: »Es ist einfach wunderbar. Noch nie hat eine Frau mich so bezaubert, nie habe ich mich so geehrt gefühlt. Ich stehe Ihnen mit Haut und Haar zur Verfügung, *chérie.* Machen Sie mit mir, was Sie wollen.«

Es war ein generöses Angebot. Sie wußte es und war nicht wenig beeindruckt von seiner Großzügigkeit. In dem Blick, mit dem sie ihn ansah, lag ein Schatten von Zweifel. »Ich… möchte Ihre Schwäche nicht ausnützen.«

»Ich bitte darum.«

»Und ich will Ihnen auch nicht weh tun.«

Wie zwei Schraubstöcke kontrollierten seine kräftigen Kiefermuskeln die ernsten Züge. »Ich schwöre, ich werde mit keiner Wimper zucken.«

Ihre Stimme wurde weicher und noch leiser. »Es soll für die Frau schmerzhaft sein.«

»Es gibt Möglichkeiten, den Schmerz erträglich zu machen, und ich werde sie nutzen. Ich verbürge mich dafür, daß es Ihnen Freude machen wird.«

Im anderen Zimmer rührte sich Gaston. »Was habt ihr beiden da zu flüstern?«

Diese Einmischung gab den Ausschlag. In jäher Entschiedenheit schob Cyrene das Kinn hoch. »Ich nehme Ihr Versprechen an, weil ich nicht glaube, daß mir jemand mehr bieten wird.«

Als Lemonnier ihren klaren Blick erwiderte, lag etwas wie Bedauern in seinen grauen Augen. Das Lachen war ihm vergangen. »Es ist nicht viel«, sagte er, »weniger als Sie verdienen. Ich wünschte, es wäre mehr.«

Nun stellte sich das Problem, wie sie ihren Plan in der vorgegebenen Zeit ausführen sollten. Sie hatten zwei Tage. In zwei Tagen mußte René Lemonnier fort. Sich an Pierre und Jean zu wenden und Lemonniers Wunsch zu erwähnen, bei ihnen in die Lehre zu gehen und ein *voyageur* zu werden, nützte bestimmt nichts – auch nicht, wenn Lemonnier es ernst meinte, und da war sich Cyrene nicht so sicher. Das Mißtrauen, mit dem ihm die Bretons von Anfang an begegnet waren, war durch die von ihnen beobachtete Szene hell aufgelodert. Den ganzen Tag gingen sie in der Kajüte ein und aus, ölten und reinigten die Fallen auf dem Vorderdeck oder unterhielten sich mit ihren Freunden an der Laufplanke.

Am späten Nachmittag bekamen die Bretons eine Lieferung von zwanzig Fässern Indigo. Die runden, mit blauem Staub überzogenen Gefäße, auf denen mit großen Buchstaben »Mehl« stand, gaben Aufschluß darüber, warum die Brüder in den letzten Tagen bis tief in die Nacht hinein in der Schenke gesessen hatten. Sie hatten sich mit dem Pflanzer, von dem das Indigo stammte, getroffen und um den Preis gefeilscht. Der Wert war in letzter Zeit gestiegen, denn es hieß, daß für Indigo in den englischen Häfen Subventionen gezahlt wurden. Damit sollte der Anbau des Farbstoffs in der englischen Kolonie Carolina gefördert werden. Gleichzeitig erhöhte sich auch der Wert von Indigo aus Louisiane.

Damit war der Grund – oder doch einer der Gründe – für die gesteigerte Nervosität und Reizbarkeit der Bretons offenbar, die Cyrene in den letzten Tagen aufgefallen war. Solange Lemonnier bei ihnen blieb, konnten sie die Handelsexpedition, für die die Fässer ein Zeichen waren, nicht einmal besprechen, geschweige denn aufbrechen. Und, was der Gipfel war, sie mußten Lemonniers wegen die Farbe auf ihr eigenes Boot schmuggeln und unter Zeltplanen verbergen.

Zu ihrem Argwohn Lemonnier gegenüber kam nun auch noch

das Indigo, und die Brüder gingen, als der Abend hereinbrach, nicht in die Schenke, sondern machten sich in der Kajüte breit, erzählten Witze und Klatschgeschichten, tauschten Neuigkeiten aus und standen Cyrene im Weg herum, als sie aus Fisch, Garnelen und Kräutern eine braune Soße zu dem Reis bereitete, der leise in einem schwarzen Eisentopf über dem Feuer schmorte.

Nachdem alle gegessen und die Männer ihr die Holzteller zum Abwasch gegeben hatten, sagte Cyrene: »Haben Sie denn keinen Durst? Ich glaube, ich höre Musik in der Schenke.«

»Wir werden uns heute mit Wasser begnügen müssen, *chère*«, entgegnete Pierre.

Vom Bärenfell vor dem Feuer her, auf dem er sich niedergelassen hatte, lachte Jean leise und entlockte der Ziehharmonika eine Melodie. »Damit muß man sich immer begnügen, wenn man abgebrannt ist.«

Gaston hätte sie womöglich auf einen Botengang schicken können, aber wie sollte sie einen Vorwand finden, um alle drei loszuwerden, ohne Verdacht zu erregen? Cyrene und René Lemonnier wechselten Blicke. Der Mann lag mit aufgestützten Ellbogen auf dem Lager, warf ihr ein Lächeln des Bedauerns zu und zuckte kaum wahrnehmbar mit den Achseln.

Heute nacht gab es keine Gelegenheit, sich verführen zu lassen. Sollte sie sich darüber freuen, oder sollte sie es bedauern?

4. Kapitel

Am folgenden Nachmittag ging Cyrene in die Stadt auf den Markt. Sie hatte mehrere Gründe dafür: Sie mußte die Vorräte ergänzen, doch vor allem fand sie Spaß daran, beim Kochen mehr Aufwand zu betreiben, da René ihre Mühe jetzt würdigen konnte. Außerdem wollte sie sich umsehen, was an Lebensmitteln zu haben war, um für die Expedition der Bretons zu den Engländern vorzusorgen. Darüber hinaus mußte sie unbedingt für einige Zeit der Atmosphäre an Bord entkommen.

Sie hatte die Kajüte kaum verlassen, seit sie René Lemonnier aus dem Fluß gezogen hatte, und empfand die Enge darin als immer bedrückender. Was aber das Schlimmste war: Seit ihrer Abmachung mit René fühlte sie sich in seiner Gegenwart über die Maßen befangen. Bei jedem Schritt, den sie tat, spürte sie seinen Blick auf sich ruhen, und in der kleinen Kajüte gab es keine Möglichkeit, ihm zu entgehen. Vielleicht war es nur ihre überreizte Phantasie – aber schaute er sie nicht besitzergreifend an, und das mit einer Ungeduld, als habe er es eilig, seine Rechte geltend zu machen? Bei solcher Musterung fielen ihre Bewegungen immer tolpatschiger aus, und das harmonische Zusammenspiel der Muskeln gelang nicht wie sonst. Sie brachte auf einmal keinen Ton heraus, und die Zunge klebte ihr am Gaumen. Überdies neigte sie zum Erröten, sobald sein Blick sie traf. Ihr paßte das nicht. Es paßte ihr überhaupt nicht.

Gaston schlenderte neben Cyrene her, trug den Einkaufskorb und pfiff fröhlich durch eine kleine Lücke zwischen den Zähnen. Die Holzschuhe der beiden schmatzten gedämpft im Morast des Fuhrwegs. Es war ein trüber Nachmittag, der kalte Wind erfaßte die Zipfel von Gastons Halstuch und blähte Cyrenes Leinenhaube, die sie sich für den Landgang aufgesetzt hatte. Mit langgedehnten Seufzern fuhr der Wind durch die Bäume am Horizont. Die Äste waren mit Raben überladen. Sie kreischten und zankten, schossen zu Boden und flogen wieder auf, so daß sie wie ein herbstlicher Blätterwirbel aus glänzendem Schwarz wirkten. Ein Schwarm Wildenten – zu viele, um sie zu zählen – flog in ausgefranster V-Formation über ihren Köpfen. Eine stummelschwänzige Wildkatze beobachtete sie vom Waldsaum aus, fauchte sie an und ergriff die Flucht, als die Menschen näher kamen.

Die Katze bedeutete keine Gefahr, solange sie wegrannte. Cyrene und Gaston nahmen kaum Notiz von ihr.

Cyrene warf dem breitschultrigen jungen Mann an ihrer Seite einen Blick zu. »Gaston, hast du je daran gedacht, von deinem Vater und deinem Onkel fortzugehen und allein etwas zu unternehmen?«

Er hörte auf zu pfeifen und schaute sie verwundert an. »Nein. Warum?«

»Du bist jetzt erwachsen. Du könntest dein eigener Herr sein und machen, was du willst.«

»Ich mache doch, was ich will.«

Das war nicht zu bestreiten. »Aber wolltest du dir noch nie etwas Eigenes aufbauen und für deine Zukunft vorsorgen?«

»Meinst du ein Haus?«

»Ein Haus, Land, eine Plantage.«

»Vielleicht, wenn ich heirate. Ich weiß es nicht. Ich wohne gern auf dem Prahm. Ich bin gern Händler. Wenn man Land besitzt, muß man es roden, bebauen, das Feld bestellen, und das ist harte Arbeit. Warum sollte ich so etwas tun, wo es doch einfachere Methoden gibt, Geld zu verdienen?«

»Gefährliche Methoden.«

»Glaubst du denn, daß es ungefährlicher ist, eine Plantage zu bewirtschaften, sich mit Sturm und Hochwasser, Schlangen und wilden Tieren aus dem Wald herumzuschlagen, ganz zu schweigen von Indianerüberfällen?« Er hob die Schultern und gab sich bewußt unbekümmert. »Leben bedeutet immer Gefahr, und uns bleibt nur die Wahl zwischen der einen oder der anderen.«

Es war offensichtlich, daß er ihre Unzufriedenheit nicht teilte. Cyrene wechselte das Thema und erkundigte sich nach seiner jüngsten Eroberung, was ein todsicheres Mittel war, ihn abzulenken.

Nouvelle-Orléans war auf einem hochgelegenen Gelände so nahe wie möglich an der Mündung des Mississippi in den Golf von Mexiko erbaut worden. Die Stadt lag auf einem schmalen Landstreifen und erstreckte sich etwa anderthalb Wegstunden an einer weiten Mississippischleife entlang. Im Rücken wurde sie von dichten Wäldern begrenzt. Nach Jahren der Stagnation oder sogar des Bevölkerungsrückgangs wuchs die Stadt wieder. Das war zum Teil das Verdienst heiratsfähiger Mädchen, die die Krone geschickt hatte, aber nicht zuletzt auch das des Marquis de Vaudreuil-Cavagnal, durch dessen bloße Anwesenheit die Kolonie den Leuten, die hier eventuell investieren wollten, weniger aus der Welt zu sein schien.

Die Straßen waren mit militärischer Präzision im Rechteck angelegt. Die so entstandenen Blocks nannte man »Inseln«, und jede dieser Inseln war von Abwasserkanälen umgeben, über die eine Brücke führte. Die Häuser waren verschieden gebaut. Es gab Konstruktionen aus aufgerichteten Pfählen mit Reetdächern; Gebäude, die mit Schindeln aus Zypressenholz gedeckt und deren Wände aus über Kreuz gelegten Balken mit demselben Material verkleidet waren. Als Mörtel wurde *bousillage,* ein Gemisch von Schlamm und Hirschhaar, verwendet, oder man stopfte graues Moos, das »Kapuzinerbart« hieß, in die Ritzen. Einige Hauswände waren von einer Bauweise, die *brique entre poteaux* – Ziegel zwischen Balken – genannt wurde. Die Wohnsitze der Wohlsituierten waren sogar zweistöckig, mit einem Erdgeschoß aus Ziegelstein und einer hölzernen Etage. Hier und da funkelte ein Glasfenster, doch die meisten Öffnungen waren mit einfachen Läden, Ölpapier oder dünnem Pergament versehen, um Licht hereinzulassen und die Kälte im Winter auszusperren. Oft spannte man grobes Leinen in die Rahmen gegen die Fliegen, Stechmücken, Motten und anderen Insekten, von denen die Luft im Sommer voll war.

Das Herz der Stadt war die Place Royale, ein am Fluß gelegener, rechteckiger Platz. Dem Wasser gegenüber stand die Kirche St. Louis mit dem Kapuzinerkloster zur Rechten und dem Gefängnis sowie der Wachstube zur Linken. Die beiden anderen Seiten des Platzes wurden von Kasernen eingenommen. In der Nähe befand sich das Ursulinenstift, ein schönes, neues Gebäude mit einem für Gotteslohn unterhaltenen Hospital. Die Mittel dazu stammten aus dem Nachlaß eines Seefahrers. Um die Hochwasserprobleme der Stadt zu bekämpfen, denen sie aufgrund ihrer niedrigen Lage ausgesetzt war, hatte man einen Kanal gcbaut, der das Abwasser aus den Gräben in den Pontchartrain-See leitete, und der Gouverneur hatte strenge Vorschriften über Ausbau und Unterhalt der Uferbefestigung erlassen.

Der Gedanke an ein Leben in der Stadt reizte Cyrene nicht im geringsten. Im Vergleich zum Prahm war der Schmutz hier unglaublich: Die Straßen verwandelten sich oft in morastige Tümpel, und die Häuserblocks konnte man dann mit Fug und Recht als Inseln bezeichnen. Bei Trockenheit füllten sich die Gossen mit Abfall und dem Inhalt der Bettpfannen, die allmorgendlich in den Rinnstein gekippt wurden. Der zähe, schwarze Schlamm heftete sich an Stiefel und Schuhe, setzte sich im Erdgeschoß der Häuser fest und bildete einen soliden Belag, den man nur mit einem Spachtel abkratzen konnte. Hunde und Katzen, Hühner und Schweine liefen frei umher, wühlten in der Gosse oder flatterten mit Gegacker aus der Tür, wenn sie mit dem Besen vertrieben wurden.

Am Ufer, wo die Schiffe anlegten, stank es nach verschimmeltem Getreide, Essig und verdorbenem Pökelfleisch, und von Bord eines Schiffes aus Santo Domingo kam das Aroma von fauligen Bananen, aber es roch auch angenehm nach Holz, Kiefernteer, Tabak und dem grünen Myrtenwachs für Kerzen.

Diese Waren wurden bis zum Abtransport nach Frankreich oder in die Karibik durch die Schiffe Seiner Majestät *La Pie* oder *Le Parham* in den königlichen Magazinen gestapelt.

Hier am Fluß befanden sich die meisten Tavernen, hierher kamen die Soldaten, die dienstfrei hatten, und hier lauerten Prostituierte, Diebe und Herumtreiber auf ihre Opfer. Auf dem Damm an der Place Royale wurde auch Markt gehalten.

Regeln schien es nicht zu geben. Zuweilen errichtete man notdürftig ein Strohdach gegen Sonne und Regen, wenn es aber abgedeckt wurde – und das geschah regelmäßig während der Herbststürme –, beeilte man sich nicht mit dem Wiederaufbau. Zu dieser winterlichen Jahreszeit brachten deutschstämmige Anbauer ihre Zwiebeln, Steckrüben und Kohlköpfe auf den Markt; Fallensteller verkauften Waschbären-, Eichhörnchen-, Bärenfelle und ausgelassenes Fett; Fischer breiteten ihren Fang aus: Garnelen, wohlschmeckenden Fisch und Suppenschildkröten. Ein paar brave französische Frauen hielten Hühner, Gänse, Enten, Schwäne und Tauben feil, andere boten dem Käufer ihr Gebäck an. Eine freie Schwarze verkaufte Konfekt aus Milch und Zucker mit Schokolade oder – die letzte Zutat war nicht immer zu bekommen – mit wilden Pecannüssen. Oft sah man tratschende Tschokta-Indianerinnen ihre Körbe, verzierten Lederwaren, getrockneten Arzneikräuter und Gewürze ausbreiten.

Gemüse war in diesem Winter rar, da abtrünnige Tschokta die Plantagen in dem von Deutschen besiedelten Küstenabschnitt unterhalb der Stadt überfallen und Sklaven gestohlen hatten. Viele der deutschen Einwanderer hatten ihre Felder wegen der Unruhen für einige Zeit verlassen, um in der Stadt bei den Soldaten Schutz zu suchen; andere hatten ihr Land ganz aufgegeben und wollten in einem weniger abgelegenen Teil des Landes von vorn anfangen.

Die Konflikte mit den Indianern schwelten immer noch. Dies war vom Standpunkt der Sicherheit nicht die beste Zeit, in die Wildnis zu gehen. Fast jeden Monat erzählte man sich in der Stadt von neuen Überfällen auf Jäger oder Händler, bei denen Todesopfer zu beklagen waren. Allerdings blieben viele Kaufleute angesichts der unsicheren Lage zu Hause, und die Indianer waren mehr als sonst auf die Waren angewiesen. In jedem Geschäft gab es auch Risiko. Man mußte das Für und Wider sorgfältig gegeneinander abwägen.

Das galt auch für Cyrenes Situation. Sie wollte der Obhut der Bretons entkommen. Um dieses Ziel zu erreichen, mußte sie mit René Lemonnier intim werden. Wenn das nicht in der Abgeschiedenheit zu arrangieren war, mußte es eben so gehen. Daraus folgte zwingend, daß sich der nötige Körperkontakt in der Kajüte des Prahms vollziehen mußte, während die Bretons schliefen. Doch die Zeit, die Monsieur Pierre für Lemonniers Genesung zugestanden hatte, war fast abgelaufen. Außerdem geriet ihre eigene Entschlußkraft allmählich ins Wanken. Heute nacht müssen wir den Plan durchführen, dachte Cyrene. Merkwürdig, wie klar alles wird, wenn ich von einem Problem erst genügend Abstand gewonnen habe.

Die Menschen auf dem Markt waren ein bunt zusammengewürfelter Haufen. Hausfrauen mit Körben im Arm stießen mit afrikanischen Köchinnen aus den wohlhabenderen Haushalten zusammen oder rempelten Herren mit Perücken an, die sich für gewiefte Käufer hielten und den Geldbeutel nicht gern aus der Hand gaben. Eine Nonne in blütenweißem Schleier feilschte mit einer Frau in grauer, abgetragener Haube um ein Bund Petersilie. Ein halbnackter Tschokta-Krieger stolzierte vorbei und würdigte das Treiben keines Blickes. Dann kamen zwei Soldaten, der eine in Uniform, der andere noch in Nachtmütze und Schlafrock. Das wies ihn – so wurde gewitzelt – als Verwandten von Madame de Vaudreuil aus.

Hier und da sah man eine Frau in auffälligen seidenen Kleidern, und man hätte sie für eine große Dame halten können, sie war aber wahrscheinlich die Maîtresse eines Offiziers: Diese Frauen wurden nicht nur in aller Öffentlichkeit ausgehalten, sondern auch überall, sogar im Haus des Gouverneurs, empfangen und bekamen, wenn sie die entsprechenden Reize besaßen, an der Tafel einen besseren Platz zugewiesen als manche biedere Ehegattin. Der Gouverneur hatte ein Auge für schöne Frauen.

Die am meisten verbreitete Form der Geschäftsabwicklung auf dem Markt war der Tauschhandel. Es gab praktisch keinen Münzverkehr, und der Wert des von der Krone ausgegebenen Notgelds schwankte dermaßen, daß es nur ungern in Zahlung genommen wurde. Seit einem Jahr war außerdem Falschgeld im Umlauf, und das hatte die Menschen noch argwöhnischer gemacht, waren doch viele so arm, daß sie schon wegen des Verlusts durch einen einzigen falschen Schein am Hungertuch nagen mußten.

Cyrene tauschte einen perlenbestickten Lederbeutel, den sie selbst gemacht hatte, für zwei Hühner und wechselte dann eines davon gegen Kohl, eine Handvoll Schalotten und zwei lange, knusprige Brotlaibe. Gaston nahm das Huhn an den zusammengebundenen Füßen, und Cyrene trug den Korb mit Brot und Gemüse am Arm. So machten sie sich auf den Heimweg.

Sie waren schon in der Nähe des Prahm, als Gaston abrupt auf der Straße stehenblieb.

»Was will *der* denn hier?« fragte er, und seine Stimme war unnatürlich laut.

Cyrene schaute in dieselbe Richtung. Da war ein Fremder auf dem Boot. Er hatte eben erst die Laufplanke überquert und steuerte auf die Kajüte zu. Es war ein kleiner, drahtiger Mensch mit Zipfelmütze, gestreiften Pantalons und blauer Jacke. Er war barfuß. Er bewegte sich nicht in einem normalen Gang, sondern kroch förmlich die Planken entlang und drückte sich gegen die Wand. Das war kein Freund.

»He, Monsieur!« rief Gaston. Er ließ das Huhn auf die Straße fallen, wo es gackerte und mit den Flügeln schlug, und rannte los. Cyrene lief hinter Gaston her und umklammerte fest den Korb.

Der Mann auf dem Prahm warf einen wilden Blick auf sie. Er fluchte, aber dieser Laut drang durch das dumpfe Geräusch ihrer Schritte nur schwach an Cyrenes Ohr. Jetzt zog der Eindringling eine Pistole aus dem Hosenbund und war mit einem Satz an der Tür. Er stieß sie auf und stürmte hinein. Ein Schuß donnerte. Schwaden grauen Pulverdampfs drangen aus der Türöffnung. Der Mann in gestreiften Pantalons brach durch den Nebel wie von einer Riesenhand geschleudert. Er fiel auf die Knie und rappelte sich wieder auf. Hinter ihm erschien René in der Tür und preßte sich die Hände auf die Seite. Da stieß der ungebetene Gast einen heiseren Schrei aus und gab Fersengeld. Er rannte mit Gepolter über den Steg auf die Straße und verschwand im Sumpf.

Cyrene war hinter Gaston zurückgeblieben. Dennoch rannte sie weiter, das Blut hämmerte ihr in den Ohren, und ein Knoten in der Brust drückte ihr fast die Luft ab. Sie sah den jungen Breton über die Laufplanke springen und Lemonnier am Arm fassen, beobachtete, wie er ihm nach einem kurzen Wortwechsel auf die Schulter schlug. Sie wußte, daß alles gut war, und konnte sich doch nicht bremsen. Der Steg schaukelte auf und ab, als sie in vollem Lauf das Boot erreichte. Die beiden Männer drehten sich zu ihr um. Bevor sie bei ihnen war, rief sie schon: »Was war los? Was ist passiert?«

»Er hat versucht, Lemonnier umzubringen«, rief Gaston ihr zu, und in seiner Stimme klang Aufgeregtheit und Wut.

»Und Monsieur Pierre und Monsieur Jean? Wo stecken die?«

Darauf antwortete ihr Lemonnier. »Sie haben eine Nachricht erhalten und mußten in die Stadt.«

»Das sieht Monsieur Pierre aber gar nicht ähnlich!« Pierre Breton haßte Städte und Menschenmassen und vermied sie, wo er nur konnte.

»Vielleicht ein Trick.« Gaston machte eine verächtliche Handbewegung.

»Jedenfalls wurde ihnen ein Zettel überbracht. Sie gingen weg.

Dann kam der Mann.« Lemonnier zuckte vorsichtig mit den Achseln.

Cyrene ließ den Blick über seine schlanke Gestalt schweifen. »Ihnen ist doch hoffentlich nichts passiert?«

Er schüttelte den Kopf. »Es ist nicht leicht, so ein Boot unbemerkt zu betreten. Ich habe das Schaukeln gespürt, aber kein Geräusch gehört, keine Schritte, keinen Gruß. Das kam mir komisch vor.«

»Also ist er aufgestanden und hat nachgesehen«, fügte Gaston mit Genugtuung hinzu. »Das würde ja jeder tun.«

»Genau. Aber leider haben Sie jetzt ein Loch im Dach.«

»Das ist doch eine Bagatelle, das macht überhaupt nichts«, erwiderte Gaston wortreich. »Erzählen Sie uns, wie Sie ihn rausgeworfen haben.«

»Das war ein Versehen. Mein Ellbogen war mir im Weg, als ich die Pistole zog, sonst wäre er mir nicht entwischt.«

Es gab noch einiges zu erzählen, aber Cyrene hörte nicht weiter zu. Sie ging in die Kajüte und stellte den Korb ab. Einen Augenblick blieb sie stehen und betrachtete die geborstene Stelle im Dach über ihrem Kopf, wo die Kugel eingedrungen war – kein kleines Loch. Die Ladung hätte für einen Bären gereicht. Cyrene goß Wasser in einen Topf und wusch sich die Hände, wrang einen Lappen aus und drückte ihn sich auf das erhitzte Gesicht. Dann legte sie ihn beiseite, strich sich das Haar glatt und begab sich wieder auf Deck.

»Aber warum?« fragte sie bei der ersten Pause im Gespräch der beiden anderen.

Gaston blickte sie über die Schulter an, Licht spielte auf seinem Ohrring, und ein gutmütiges Lächeln glitt ihm über das Gesicht. »Warum was, *chère?*«

»Warum wollte der Mann Monsieur Lemonnier umbringen?«

»Er ist ein Dieb und hat uns beide weggehen sehen. Dann lockte er Papa und Onkel Pierre fort und dachte, es wäre keine Menschenseele auf dem Boot und er hätte freie Bahn zum Plündern.«

»Aber er hat doch die Pistole gezogen, bevor er hineingegangen ist.«

»Eine Vorsichtsmaßnahme, und obendrein sehr vernünftig.«

»Kann sein«, sagte Cyrene und sah René mit ihrem klaren Blick an. »Vielleicht war er aber einzig und allein auf Mord aus. Es hat ja schon einmal jemand versucht, unseren Gast zu töten.«

Auch Gaston hatte sich jetzt Lemonnier zugewandt, der anscheinend die Möglichkeit in Betracht zog. »Es kann natürlich sein. Ich habe nur keine Ahnung, wieso.«

»Und ich sage euch, der Mann ist ein diebischer Schurke, da bin ich fast sicher«, entgegnete Gaston, und auf seinem Gesicht zeigte sich Abscheu.

Cyrene drehte sich rasch zu ihm um. »Kennst du ihn?«

»Wenn es der ist, den ich meine, hat er früher in der Stadt in einer Taverne bei den Kasernen gearbeitet, aber in letzter Zeit habe ich ihn nicht mehr gesehen.«

»Und du wirst ihn auch so schnell nicht zu Gesicht kriegen.«

»Da kannst du Gift drauf nehmen.«

Es gab für einen Flüchtling viele Möglichkeiten, sich zu verstekken: entweder bei den Indianern in den Wäldern, auf einem der französischen Außenposten zwischen Natchitoches, Mobile und Illinois oder im hohen Norden, im britischen Carolina sowie im spanischen Florida. Die Kunst bestand darin zu überleben. Schon allzu viele waren auf Nimmerwiedersehen in der Wildnis verschwunden.

Lemonnier nahm seinen Platz auf dem Lager wieder ein, und Gaston trottete zurück, um das Hühnchen zu holen, bevor ihm ein Fuchs oder hinterlistiger Zweibeiner zuvorkommen konnte. Er machte dem Federvieh mit der Axt den Garaus und brachte es dann Cyrene zum Rupfen, denn diese Arbeit verabscheute er. Sie war noch dabei, als Pierre und Jean zurückkehrten.

Man hatte ihnen keinen Bären aufgebunden, aber sie waren gar nicht in der Stadt gewesen. Ein bettlägeriger Freund hatte sie um einen Gefallen gebeten. Dieser – ein Schotte, den es nach der Schlacht von Culloden über Frankreich nach Louisiane verschlagen hatte – hielt ein, zwei *pints* guten schottischen Whiskeys für die angemessene Arznei, wieder auf die Beine zu kommen, und hatte die Bretons gebeten, ihm die Medizin zu bringen. Er nahm dabei in Kauf, daß sich ein gottverdammter Engländer an seinem

Geld bereicherte. Monsieur Pierre war geneigt, Gaston zuzustimmen, daß der Eindringling ein Dieb gewesen sei. Damit war die Angelegenheit erledigt, doch die Diskussion darüber dauerte mit Unterbrechungen bis nach dem Abendessen. Es gab Hühnereintopf mit Klößen.

Sie saßen eine Weile am Kamin. Cyrene, die wußte, daß wieder Geld in den Taschen der Bretons war, weil sie der Schotte für ihren Gang im voraus bezahlt hatte, wartete auf eine Pause im Gespräch und sagte dann mit ihrer unschuldigsten Miene: »Ich habe noch nie Whiskey probiert.«

Monsieur Jean schob die Unterlippe vor, als habe er soeben einen Schluck genommen. »Kein Vergleich mit einem guten Weinbrand.«

»Ist Whiskey denn stärker?« Sie sah zu Pierre als dem Älteren und daher besseren Kenner.

»Du meinst, ob er mehr Gehalt hat? Das hängt davon ab, wo er herkommt und wie er gebrannt ist. Aber Biß hat er, der Whiskey. Und Weinbrand geht so glatt runter wie Satin und hebt den Geist bis in den Himmel.« Seinen Lippen entfuhr ein Schmatzen.

»Aber schottischer Whiskey muß doch sehr wirksam sein, wenn er Ihren Freund gesund machen kann.«

Ein nachsichtiges Lächeln zuckte um Monsieur Pierres Mund. »Alle geistigen Getränke haben eine Wirkung auf die Seele, und das ist das beste Heilmittel.«

»Mir scheint«, bemerkte Monsieur Jean, »ich spüre ein Kratzen im Hals.«

Cyrene schnalzte mit der Zunge. »Und da denken Sie, es wäre besser, das Übel bei der Wurzel zu packen?«

»Mit diesem Gedanken habe ich gespielt.«

»Du solltest ihn nicht auch noch auf solche Ideen bringen«, sagte Monsieur Pierre zu Cyrene.

»Nein«, antwortete Monsieur Jean, »es ist völlig überflüssig.«

Bald darauf begaben sich die Bretons in die Schenke, jedenfalls die beiden älteren. Gaston mußte zu seinem Ärger wieder die Wache übernehmen. Er polterte aus der Kajüte und warf sich draußen auf die Bank, wo er mit den Fersen gegen einen der Balken trat. Cyrene saß eine Zeitlang da und hörte auf die monotonen Schläge, dann sah sie René an. Er beobachtete sie, und aus seinen Augen sprach Bewunderung, aber auch Argwohn.

Mit sanfter Stimme sagte er: »Ein glänzendes Manöver, aber mir ist die Pointe entgangen.«

Ihm konnte man nichts vormachen. »Die Pointe ist folgende: Gaston schläft wie ein Murmeltier im Winter, Monsieur Pierre und Monsieur Jean aber nicht, es sei denn, daß sie einen zur Brust genommen haben.«

Etwas Warmes, Strahlendes blitzte in seinen Augen. »Ach so.«

Ihm mußte man die Details nicht lang und breit erklären, er begriff auch Andeutungen. Dieses Wissen gab ihr ein Gefühl der Sicherheit. Den meisten Menschen mußte man alles haarklein darlegen.

»Es ist trotzdem noch eine gewisse Gefahr dabei«, sagte sie.

»Wissen Sie nicht«, entgegnete er, und der Klang seiner Stimme berauschte sie, »daß Gefahr erst die Würze dabei ausmacht?«

Die Zeit schlich mit schmerzhafter Langsamkeit dahin. Sie konnten nicht wissen, wie lange die Brüder ausblieben oder wann Gaston seinen Verdruß hinuntergeschluckt und sich soweit abgekühlt hatte, daß er wieder ans Feuer kam. Die Nacht war zwar nicht kalt, aber auch nicht sehr warm. Die Wolken, die den ganzen Tag über vorbeigezogen waren, ballten sich jetzt zusammen. Der Wind hatte sich gedreht, und von Süden wehte eine leichte Brise. In der Atmosphäre lag Schwüle und Feuchtigkeit, aber auch Erwartung, als würde der Himmel jeden Augenblick die Schleusen öffnen und den Regen herabstürzen lassen.

Dieses Gefühl, dachte Cyrene, kann aber auch von innen kommen. Sie war nervös, zuckte beim leisesten Geräusch und bei der kleinsten Bewegung zusammen. Sie hoffte und fürchtete zugleich, daß das Warten bald ein Ende nahm. Das Herz schlug ihr bis zum Hals, und die Haut kribbelte. Nie zuvor war sie sich der Gegenwart eines anderen Menschen so bewußt gewesen wie der von René Lemonnier; sie nahm seine Gestalt und die Kraft jeder seiner Bewegungen intensiv wahr: das Heben und Senken der Brust beim Atmen, die Umrisse des Gesichts, seine Lippen, seine Hände.

Es war verrückt von ihr, daß sie sich zugetraut hatte, das durchzustehen; verrückt, mit dem Schicksal zu hadern. Was hatte sie gegen dieses Leben? Hatte sie nicht ein Dach über dem Kopf, genug zu essen und rücksichtsvolle Freunde, mit denen sie glücklich war? Was war schon dabei, wenn sie auf sie aufpaßten? Es geschah ja nur zu ihrem Besten. War es nicht blanker Undank, sich dagegen aufzulehnen? War es nicht dumm, das alles für ein Hirngespinst aufs Spiel zu setzen? Denn als solches konnte die Freiheit sich herausstellen.

Ach, wie satt ich es habe, für die Bretons die unbezahlte Haushälterin zu spielen und eingesperrt zu sein wie eine Nonne, dachte sie. Leben, das ist doch mehr als Töpfe und Pfannen und ab und zu ein Ausflug oder ein Tauschgeschäft. Ich will etwas tun, will meine Ideen ausleben. In mir sind Sehnsüchte, die ich weitergeben und stillen muß. Es gibt für alles eine Zeit, und für mich ist jetzt die Zeit der Veränderung.

Jungfräulichkeit, was war sie den Frauen für eine Last! Warum konnten sie nicht wie die Männer den Initiationsritus der Leidenschaft ohne Schmerz, ohne Beweis vollziehen? Warum wurde einem dünnen Häutchen, das die Gebärmutter des kleinen und heranwachsenden Mädchens schützte, so viel Bedeutung beigemessen? Im Grunde war es unwichtig, doch es erlaubte den Männern, im Körper der Frauen beim ersten Zusammensein ein Zeichen zu hinterlassen und sich möglicherweise ihrer Vaterschaft gewiß zu sein.

Nicht, daß in der Kolonie übergroßer Wert auf so etwas gelegt wurde. Die erste Schiffsladung Frauen, die nach Louisiane geschickt worden war, hatte man aus den Pariser Gefängnissen geholt, und Jungfrauen waren nicht viele dabei gewesen. Sogar eine Hebamme war mitgekommen, die vor der Ankunft im Bestimmungshafen bei drei Geburten half. In den ersten Tagen der Kolonialisierung gab es außer Indianerinnen nur wenige Frauen, und sie wurden so dringend gebraucht, daß die glücklichen Bräutigame nicht nach Tugend fragten, als die »Besserungsmädchen« – so wurden sie genannt – den Fuß auf den schlammigen Boden Louisianes setzten. Die »Kistenmädchen«, die danach kamen, waren aus dem

Mittelstand und ohne Anhang. Die Krone hatte sie mit einer Kiste ausgestattet, die ihre Mitgift – ein paar Kleider und ein bißchen Wäsche – enthielt. Sie hatte man – zu Recht oder zu Unrecht – für unberührt gehalten. Ihr größter Wert lag darin, daß sie kräftig waren, schwer arbeiten und gebären konnten, denn die ersten Frauen waren so wenig enthaltsam gewesen, daß die venerische Krankheit die meisten unfruchtbar gemacht hatte. Den Gedanken, daß ein Kind bei ihrem Abenteuer entstehen konnte, schob Cyrene weit von sich. Sicher, das kam vor, aber sie nahm sich ja keinen Mann, mit dem sie ständig intim sein mußte. Diese eine physische Erfahrung genügte für ihre Zwecke, und es war unwahrscheinlich, daß daraus so weitreichende Folgen entstanden. Wenn es vorbei war, hatte ihre engere Bekanntschaft mit René Lemonnier ein Ende.

Immerhin hatte der Pariser Lebemann einen entscheidenden Vorteil: Er wünschte bestimmt weder, sie zu heiraten, noch, ein Kind mit ihr zu zeugen.

So viele Männer in Louisiane waren einige Jahre nach ihrer Ankunft versessen darauf, eine eigene Frau zu besitzen, die für sie kochte, putzte und ihnen das Bett wärmte. Die Gefährtin eines Pflanzers oder *voyageurs* zu werden, war das letzte, was Cyrene sich wünschte. Soweit sie beobachtet hatte, vertauschte eine Frau bei der Hochzeit lediglich die einen Zwänge und Pflichten mit den anderen und wurde für den Verlust ihrer Freiheit nie entschädigt. Das hatte sie an der Ehe ihrer Eltern gesehen, aber auch bei vielen Verbindungen zwischen den von der Krone geschickten Frauen und den Männern, die sie geheiratet hatten. Manche dachten, sie könnten ohne Mann nicht sein, oder versuchten es nicht einmal. Die meisten Frauen, die ihren Gatten durch die häufig umgehenden Fieberkrankheiten und Seuchen oder durch einen der zahllosen Unfälle verloren, heirateten ein zweites, drittes oder sogar viertes Mal, besonders wenn sie kleine Kinder, aber nichts zu essen hatten. Doch die glücklichsten Frauen waren die wohlhabenden Witwen, die über ihr Leben und Vermögen frei verfügen konnten. Etwas Ähnliches hatte auch Cyrene vor. Ja, der Weg, den sie gewählt hatte, war der beste. Nun mußte sie ihn nur noch einschlagen.

Als die Brüder Breton Stunden später zurückkehrten, waren sie schon von weitem zu hören. Sie sangen so laut, daß der Sumpf dröhnte und die Bäume am anderen Ufer das Echo ihres Lieds zurückwarfen. Sie waren blau wie die Veilchen und in ausgelassener Stimmung, brüllten vor Lachen, als sie auf Deck torkelten, stießen und rempelten sich gegenseitig an bei dem Versuch, einander die Tür aufzuhalten. Cyrenes einzige Sorge war, als sie ihnen zu Hilfe kam und die Tür von innen öffnete, daß sie ins Wasser fielen. So ein Tauchbad schadete ihnen zwar nichts – sie konnten schwimmen wie die Fische –, aber für Cyrenes Zwecke war es zu ernüchternd.

Gaston war schon vor einiger Zeit hereingekommen und lag seit einer halben Stunde in seinem schwankenden Lager. Er schlief bereits und wachte auch nicht auf, als sein Vater und Onkel in der Dunkelheit herumtappten, ihn anstießen und die Schemel umwarfen. Cyrene schimpfte ein wenig, wie sie es immer tat, und zog sich dann in ihre Kabine zurück, um den Männern nicht im Weg zu sein. Das Gepolter, Krachen und Knarren hielt noch einige Minuten an. Endlich legte sich Stille über das Boot.

Cyrene wartete eine halbe Stunde. Die beiden Männer atmeten tief und geräuschvoll. Von Gaston hörte sie nichts, aber seinetwegen machte sie sich keine Sorgen. Sie hatte keine Ahnung, ob René schlief oder nicht. Er gab jedenfalls keinen Mucks von sich. Doch das beunruhigte sie nicht. Sie wußte, daß er – wie unter normalen Umständen auch die Bretons – beim leisesten Geräusch und der geringsten Bewegung aufwachte. Es war schwierig, sich aus der Hängematte zu schwingen, ohne ihn aufzuwecken, das hatte sie die wenigen Male, als sie es versuchte, gemerkt.

Und genauso diesmal. Der Haken knarrte nur ganz leise, als sie behutsam auf den Boden trat und den Vorhang zwischen Kabine und Kajüte zuzog. Sie hörte die Bettdecke rascheln, und René hatte sich auf seinem Lager aufgesetzt, als sie sich umdrehte. Sie befürchtete, er würde sprechen, ließ sich gleich auf die Knie nieder, streckte die Hand in der Dunkelheit aus und hieß ihn mit einem leisen Laut schweigen.

Ihre Finger berührten seine Schulter. Die Haut war warm und glatt, Cyrene spürte die kräftigen Muskeln darunter, die vor Leben pulsierten. Der Atem stockte ihr, und ein Kloß saß in ihrem Hals. Einen Augenblick lang konnte sie nicht sprechen und sich nicht rühren.

»Soll es heute nacht sein, Cyrene?« flüsterte er, und seine Stimme klang wie ein leiser, tiefer Hauch.

Der Ton erleichterte sie. »Ja, heute nacht.«

»Ich dachte schon, du hättest es dir anders überlegt.«

»Nein, das habe ich nicht.«

»Du zitterst ja. Ist dir kalt?«

Sie hatte gar nicht gemerkt, daß ihre Finger zitterten und daß ihr dieses Beben durch den Arm lief und sie bis ins Innerste durchdrang. Die Kühle der Nacht war nicht die Ursache – aber das konnte sie ihm unmöglich sagen. »Vielleicht ein bißchen.«

»Komm, laß dich von mir wärmen.«

Er umschloß ihr Handgelenk und zog sie zu sich herunter. Zunächst leisteten ihre Muskeln ein wenig Widerstand, sie bebte noch mehr, doch als sie eine Weile in seiner Umarmung lag und die harten Kanten und Mulden seines Körpers spürte, verlor sich die Spannung. Er hielt sie so sicher, so warm. Dort war Trost und Geborgenheit, aber wenig Anzeichen für beunruhigendes Verlangen.

Es erforderte Vertrauen, hier so unbeweglich zu liegen. Vertrauen und Hingabe. Warum hatte sie daran nicht gedacht? Auf der ganzen Welt gaben sich Frauen den Männern Nacht für Nacht in diesem Akt des Vertrauens, und wie oft erwies es sich als gerechtfertigt? Die Männer nahmen das Geschenk der Frauen gedankenlos als ihr Recht an. Wie viele kamen je auf die Idee, es als ein großzügiges Teilen zu betrachten und nicht als etwas, das in Erfüllung einer Pflicht gegeben und als Recht entgegengenommen wurde?

Doch solche Gedanken lenkten sie ab. Sie halfen ihr, die Anspannung ihrer Nerven zu bekämpfen, als René den Zopf auf ihrer Schulter nahm und das warme, seidige Haar in der Hand wog. Er tastete nach dem Lederriemen, der den Zopf zusammenhielt, und streifte ihn ab. Er kämmte mit den Fingern durch die dichten, fließenden Strähnen und breitete sie über ihren runden Schultern und ihrem Rücken aus.

Das Haar verströmte den ihm eigenen Duft, die sommerliche Frische einer Wiese. René sog ihn ein, strich mit der Hand über den gewellten, seidigen Umhang und zog Cyrene an sich. Ihm schwoll die Brust in Harmonie mit den Lenden. Unglaublich, dachte er, wie sich die Frau in meinen Armen mir ergibt. Er wußte, daß er dieses Geschenk nicht verdiente, fand aber nicht die Kraft, sich Cyrenes Zauber zu entziehen. Die akute Gefahr, in der er sich befand – er spürte die Anwesenheit der Männer hinter dem Vorhang mit jeder Faser seines Körpers – machte es um so süßer. Nein, dachte er, ich darf, ich kann nicht widerstehen, doch Gott ist mein Zeuge, ich werde dafür sorgen, daß sie es nicht bereut. Die Zeit, die er in den letzten Monaten in fremden Boudoirs zugebracht hatte, die langen Stunden waren vielleicht doch nicht ganz vergeudet. Er hatte seine Lektionen der Zärtlichkeit gelernt. An morgen wollte er jetzt nicht denken. Das alles ergab sich von selbst.

Cyrene war zwar in einer Klosterschule erzogen worden, aber sie hatte Einkaufs- und Ferienfahrten unternommen. Ihre Gouvernante – eine lebenserfahrene Witwe – hatte kein Blatt vor den Mund genommen und nichts davon gehalten, die Augen vor der Wirklichkeit zu verschließen. Die Eltern einiger Schülerinnen lebten im Schatten des Hofes von Versailles, und die Töchter hatten mehr an Klatsch und unanständigem Betragen von Höflingen – vor allem dem weiblichen Personal gegenüber – aufgeschnappt, als die Eltern geahnt hatten. Aber selbst wenn dem nicht so gewesen wäre, hätte Cyrene kaum bei den Bretons am Flußufer wohnen und in Unwissenheit über die Vereinigung von Mann und Frau verharren können. Ich bin bereit, mich dieser Entwürdigung zu unterziehen, dachte sie, weil sie mir Vorteile bringen wird. Sie war jedoch nicht auf die wachsende Neugier vorbereitet, die in ihr aufkam und sich unverkennbar und erwartungsvoll entfaltete.

Seltsam, wie straff ihr Busen an Renés Brust war, wie er prikkelte, wie sich die Muskeln im Unterleib sacht zusammenzogen und krampfhaft zuckten, als sie sich an René schmiegte. Das Blut raste in ihren Adern. Der Stoff des Nachthemds fühlte sich rauh an wie ein störendes Hindernis. Ein Sinn, von dessen Existenz sie nichts geahnt hatte, sagte ihr, daß der Mann sich ihretwegen zurückhielt. Sie war ihm dankbar, und zugleich verlor sich ihre Verspannung auf merkwürdige Weise.

Cyrene sah auf und versuchte, den Mann zu betrachten, der sie im Dunkeln umarmte. Sie konnte nur verschwommen den Kopf ausmachen. Um so besser. Sie senkte die Lider, hob die Hand und streichelte seine Schultern, die starke Kurve am Halsansatz. Sie berührte das eckige Kinn, das stoppelige, feste Gesicht, ließ die Finger über die feingeschwungenen Lippen gleiten und erforschte ihre glatte, elastische Haut.

Fast unfreiwillig hob sich ihr Mund zu einer Einladung. Mehr war nicht nötig, er senkte die Lippen auf die ihren.

Heiß, seine Lippen waren heiß in der Kühle der Nacht, die Berührung so leicht, und doch brachte sie jeden Nerv in ihr, den ganzen Körper bis ins tiefste Innere zum Erbeben. Ihr Atem stockte, sie ließ zu, daß ihre Lippen mit seinen verschmolzen, zerfloß ganz in Gefühl, als der Druck stärker wurde. Sein Mund öffnete sich ganz leicht, und sie spürte das zarte Spiel der Zungenspitze. Blindlings ließ sie sich von ihm leiten, verführt von der Süße, und eine eigentümlich verhaltene Erregung entzündete sich in ihr.

Das Vergnügen wäre für sie größer gewesen ohne die Männer auf der anderen Seite des Vorhangs. Wie schade, dachte sie, daß wir keine andere Zeit, keinen anderen Ort gefunden haben, wo die Bretons nicht stören können. Dann verlor sich dieses Gefühl. Es war nun mal nicht zu ändern.

Dann dachte sie: Schnell, wir müssen schnell machen, bevor sie aufwachen und uns auseinanderreißen. Dieser Gedanke fuhr Cyrene durch den Kopf, doch René schien nichts von ihrer Eile zu verspüren. Er ergründete die zarten Linien ihres Mundes und ließ die Zungenspitze über ihre Zähne gleiten, er erforschte die Mundwinkel, die sensiblen Lippen. Er küßte sie aufs Kinn und schmeckte das salzige Aroma der Wimpern, folgte mit der Zunge den komplizierten Windungen ihres Ohrs. Das flüssige Feuer seiner Entdeckungsreise war so betörend, daß sie kaum wahrnahm, wie er die Schleife aufzog, mit der ihr dünnes, abgetragenes Nachthemd am Ausschnitt zusammengebunden war, wie er ihr den Ärmel von der Schulter streifte und die Hand auf die weiche Schwellung der Brust legte. Ein lautloser Seufzer entrang sich ihr. Sie atmete heftig, als er mit der Zunge eine feuchte, brennende Fährte über ihre Halsbeuge zum Schlüsselbein hinunter legte. Er zog das Hemd weiter herunter, und sein Atem hauchte über die schmerzende, empfindliche Spitze der bloßgelegten Brust, so daß sie sich zusammenzog, als er die heißen Lippen darauf preßte.

Lust durchflutete sie, pochte in ihren Adern, brachte die Haut zum Glühen und drang schmerzend in ihren Unterleib. Ein leiser Schrei wollte sich ihrer Kehle entringen. Sie konnte ihn gerade noch unterdrücken. Panik überkam sie. Das ist zu magisch, dachte sie, es ist ungeheuer! Vielleicht konnte es Menschen verbinden, war es ein Bedürfnis, für das sich sogar eine glückliche Witwe wieder verheiratete. Und zu glauben, daß man es sich so einfach zunutze machen konnte, war ein Irrtum. Sie wollte, daß es aufhörte, daß alles wieder war wie vorher, doch in einem Winkel ihres Gehirns wußte sie, daß es zu spät war. Zu spät.

Die Willenskraft hatte sie verlassen und sich in intensive und behagliche Mattigkeit verwandelt. Sie streichelte Renés Rücken und mied dabei den Verband. Die Wellenbewegung der Muskeln unter der Haut, das Glühen seiner Zunge in der Senke zwischen ihren Brüsten verwirrten sie. Sie verlagerte ihr Gewicht, damit er ihr das Hemd ganz ausziehen konnte. Er begleitete die Aktion mit zarten Berührungen von Mund und Zunge.

Ja, er kannte die Wölbungen und Täler des Frauenkörpers, wußte um die behutsame Sorgfalt und Geduld, die ihn in Flammen setzten. Er war ein zärtlicher Eroberer, brachte Freude und Entzücken. Cyrene lag in bebender Verzauberung, Wellen betörender Lust überrollten sie. Das Wunder und der Rausch fesselten sie, und mit einer Spur Verzweiflung überließ sie sich ganz der lockenden Hingabe. Hilflos dem Griff der Ekstase ausgeliefert, beunruhigte sie das leiseste Geräusch, das angestrengte Atmen, das sanfte Rascheln des Lagers und das Bewußtsein der entfliehenden Zeit. Doch der ungestüme Druck wuchs in ihr, das wilde Drängen ließ sich nicht länger zurückhalten und lauerte voll Erwartung.

So plötzlich bestürmte sie das atemlose Verlangen, daß sie sich mit einem unterdrückten Schrei in der Kehle René entgegenwarf und ihm in einem Griff wilder Kraft die Fingernägel in die Arme grub. Er streifte flink die Hose ab, die er beim Schlafen trug, und drang behutsam zwischen ihre Schenkel. Sein heißes, elastisches Eindringen war zuerst ein brennender Schmerz, der wunderbarerweise nachließ, als René tiefer hineinging. Ein Blick des Entzükkens, ein erleichterter Atemzug fächelte ihm die Schulter.

Er bewegte sich mit behutsamer Kraft auf ihr, sie wölbte sich ihm entgegen, drängte sich gegen den Sturm seiner Leidenschaft, den er so lange unterdrückt, so uneigennützig zurückgehalten hatte, um sich mit ihr abzustimmen. In der Dunkelheit vereint und doch für sich und allein strebten sie dem unnennbaren Entzücken zu, das sie erwartete. Es loderte in einer Helligkeit um sie auf, die verschmelzen und zerstören, das seltene Geschenk der Gnade geben oder verweigern konnte, und sie war so strahlend, daß nur die Zeit den Unterschied enthüllen konnte.

5. Kapitel

Gegen Morgen bäumte sich das Boot immer wieder in seiner Vertäuung auf. Donner grollte tief über ihre Köpfe hinweg. Der Wind pfiff um das Kajütendach und fegte um die Ecken. Jäh erwachte Cyrene. Sie starrte lange in die Dunkelheit, fand sich nicht zurecht, weil sie festen Boden unter sich spürte und sich merkwürdig beengt fühlte, obwohl sie gemütlich in der Hängematte schaukeln sollte. Dann erinnerte sie sich.

René lag neben ihr, hatte den großen Körper an den ihren geschmiegt und den Arm um sie geschlungen, die Hand ruhte auf ihrer Brust. Sie spürte die Schwellung seiner Beinmuskeln und die rauhen Haare seines Körpers an ihrer nackten Haut. Angenehm umströmte sie seine Wärme unter dem Bärenfell, das sie bedeckte, und Cyrene atmete die kühle Luft ein.

Sie hatte nicht vorgehabt, bei ihm einzuschlafen. Es kam ihr unglaublich vor, daß sie die ganze Nacht so nah bei ihm, in seinen Armen verbracht hatte. Auch jetzt zögerte sie, sich zu bewegen, obwohl die verkrampften Muskeln sie zwangen, sich zu strecken. Das Zaudern kam nicht daher, daß sie ihre Position angenehm fand, durchaus nicht, sie wollte René jetzt nur nicht aufwecken. Sie mußte erst nachdenken, wieder eine Abwehr aufbauen und überlegen, wie sie sich ihm gegenüber verhalten sollte.

Sie mußte jetzt auch entscheiden, was zu tun war. Wenn der Zweck der Entjungferung darin lag, die Bretons zu überreden, ihr mehr Freiheit zuzugestehen, mußten sie auch davon erfahren. Plötzlich kam es ihr so vor, als stünden dem gewaltige Schwierigkeiten im Wege.

Sie würden nicht gerade erbaut sein, das war ein wichtiger Gesichtspunkt. Und wie sollte sie erst die Worte finden, um ihren neuen Status zu verkünden? Sie fürchtete für sich nichts von Monsieur Pierre und Monsieur Jean. Sie hatten nie versucht, sie mit Disziplinarmaßnahmen zu belegen, und nie die Hand gegen sie erhoben. Sie hatte nur Angst vor ihrer Mißbilligung und Enttäuschung.

Völlig anders verhielt sich die Sache bei René. Der Gedanke an das, was sie ihm antun könnten, war ihr unterschwellig schon gekommen. Aber sie hatte sich nicht überlegt, daß sie für alles, was ihm zustieß, die Verantwortung trug. Er war jetzt nicht richtig imstande, sich zu verteidigen. Unter normalen Umständen hätte es wenig Grund zur Besorgnis gegeben; wenn René unverletzt war, konnte er zweifellos die meisten Situationen meistern. Die Erfahrungen der Vergangenheit waren ihm da sicher eine außerordentliche Hilfe.

Dieser letzte, ziemlich giftige Gedanke störte sie. Was ging sie seine Vergangenheit an, die ihr doch nur zugute gekommen war? Nicht, daß sie daran denken wollte, inwiefern sie sich als nützlich erwiesen hatte. Das nicht. So sehr sie auch grübelte, konnte sie sich doch an keinen Hinweis darauf erinnern, daß Renés Verletzung ihn letzte Nacht in seinen Fähigkeiten als Liebhaber behindert hätte. Vielleicht war er behutsamer, zärtlicher, weniger heftig im Umgang mit ihr gewesen, doch sie glaubte nicht, daß es ihm an Kraft gefehlt hatte. Das verwirrte und erleichterte sie zugleich. Sie war froh, daß er ihren Beschützern gegenüber nicht wehrlos war.

Sie konnten ihn auch nicht überrumpeln. Er schlief ebenso wenig wie Cyrene. Sie war sich nicht sicher, woher sie es wußte, denn er hatte sich nicht bewegt und auch keinen Laut von sich gegeben. Trotzdem hätte sie schwören können, daß er hellwach und auf der Hut war. Darüber dachte sie nach, während wieder der Donner über den breiten Strom rollte, weit weg von dem sich wiegenden, schaukelnden Prahm.

Auf einmal wußte sie, was ihn verraten hatte: die Spannung seiner Muskeln. Es gab dazu auch guten Grund. Hinter der verhangenen Tür rührte sich etwas: Ein leises Knarren war zu hören, als einer der Bretons die Hängematte verließ – nach der Richtung zu schließen, aus der das Geräusch kam, war es vermutlich Pierre. Im nächsten Moment war der gelbe Strahl einer Talgkerze zu sehen. Der Sturm und das wilde Schaukeln des Prahms mußten Monsieur Pierre aufgestört haben. Er wollte die Vertäuung überprüfen.

Cyrene machte eine kurze, ruckartige Bewegung, als wolle sie mit einem Satz in ihre Hängematte springen. René legte den Arm fester um sie. Sie ließ sich zurücksinken. Er hatte ja recht, besser kein plötzliches Geräusch, keine abrupte Bewegung machen, die nur Aufmerksamkeit erregte. Andererseits ließ sie den Vorhang vor der Kabine fast immer zurückgeschlagen, wenn sie sich für die Nacht umgezogen hatte. Daß er jetzt geschlossen war, konnte Verdacht wecken.

Und wenn schon. Wollte sie das denn nicht gerade? War es nicht besser, entdeckt zu werden, als eine Erklärung stammeln zu müssen?

Cyrene entspannte sich und blieb ruhig liegen. Daß sie nackt war unter dem Bärenfell, ging ihr einen peinlichen Augenblick lang durch den Kopf, doch sie beachtete den Gedanken nicht. Wenn man sie bei René fand, dann hatte es eben so kommen sollen. Solcher Fatalismus war zwar eine Farce, aber Balsam für ihre strapazierten Nerven.

Die Außentür der Kajüte ging auf und wieder zu. Das Geräusch von Schritten auf Deck drang deutlich durch die Wand. Über ihnen klatschte der Regen auf die Schindeln aus Zypressenholz. Er fiel stark, mit einem volltönenden Prasseln. Da wurde die Außentür aufgeworfen. Ein Windstoß erfaßte den Vorhang und saugte ihn nach außen in die Kajüte. Dahinter erblickte Cyrene Monsieur Pierre, wie er in der äußeren Türöffnung stand. Der Regen prasselte vor dem nächtlichen Hintergrund. Monsieur Pierre sah ihr direkt in die Augen.

Bloße Füße klatschten. Der Vorhang wurde zur Seite gerissen. Pierre stand über ihnen, und seine Züge waren verzerrt vor Wut und ungläubigem Schmerz.

»Cyrene!«

Sie setzte sich auf und hielt dabei die Bärendecke über der Brust fest. Das Schuldgefühl, das jetzt auf ihr lastete, kam unerwartet. Es raubte ihr die Sprache, und sie fühlte sich wie ein gescholtenes Kind. Neben ihr erhob sich auch René in eine sitzende Stellung und zog sich bedächtig die Hose an.

»Was hat das zu bedeuten?« Der Sprecher war Jean, der jetzt hinter dem Bruder auftauchte. Gaston rappelte sich in der Hängematte auf und lugte mit schreckensweiten Augen zwischen ihnen hindurch.

Cyrene konnte keine Antwort geben, und so war es René, der sprach. »Ich würde sagen«, bemerkte er trocken, »daß die Bedeutung auf der Hand liegt.«

Bei dieser Äußerung sah Pierre rot. »Beim heiligen Namen Gottes, vergelten Sie uns so, was wir für Sie getan haben?«

»So seltsam es scheinen mag –« setzte René an.

Als Pierre sich mit Mord in den blauen Augen auf ihn stürzen wollte, hob Cyrene beschwichtigend die Hand. »Es ist meine Schuld, nicht seine«, erklärte sie gepreßt. »Er hat mir nichts getan, was ich nicht gewollt habe.«

»Wie kannst du so etwas sagen?« Monsieur Jean ballte beide Hände zur Faust und stemmte sie in die Hüften.

»Weil es wahr ist.«

»Niemals. Er hat dich verführt und mit Lügen betört.«

Sie schüttelte das Haar zurück, und darin lag gleichzeitig eine Verneinung. »Im Gegenteil. Ich habe ihn darum gebeten.«

»Wie eine Hure? Das kann ich nicht glauben. Du willst ihn nur in Schutz nehmen, aber das wird ihm nichts nützen.« Jean machte Anstalten, seinen älteren Bruder zur Seite zu schieben. Gaston war auf den Beinen und steuerte mit grimmiger Miene auf die Kabine zu, um ihnen Gesellschaft zu leisten.

»Ich brauche keinen Schutz.« Renés Stimme war stahlgepanzert, und er erhob sich auf ein Knie. Er blickte die Bretons in kühler Herausforderung und ohne Furcht an. »Ich werde jedem von Ihnen oder Ihnen allen Satisfaktion geben, wenn Sie es verlangen, aber Sie sollten sich selbst einmal fragen, welche Gründe Cyrene für ihre Handlungsweise haben könnte.«

Jean stieß ein Schimpfwort aus und machte einen Satz an seinem Bruder vorbei. Pierre packte ihn, riß ihn an der Hemdbrust zurück und brachte ihn zum Stehen. »Warte!« sagte er mit gefährlichem Unterton. »Lemonnier hat nicht ganz unrecht. Wir wollen erst hören, was Cyrene zu sagen hat.«

In der plötzlichen Stille klang der Regen laut. Cyrene krampfte sich das Herz in der Brust zusammen. »Ich habe es getan, weil ich frei sein will. Ich habe es satt, bewacht zu werden wie ein Schatz.«

»Aber du bist ein Schatz, sogar ein sehr wertvoller«, stieß Pierre hervor.

»Ich bin ein Mensch. Ich möchte ein- und ausgehen, ohne einen Mann dabeizuhaben. Ich möchte tun und lassen, was ich will und wann ich will. Ich will frei sein.«

»Du weißt nicht, was du da sagst.« Der ältere Breton machte eine hastige Bewegung mit einer Hand, deren Fläche von langen Jahren des Ruderns über und über mit Schwielen bedeckt war. »Frauen muß man beschützen.«

»Warum? Um sich ihrer Keuschheit und Treue zu versichern? Zwischen beschützen und einsperren ist ein Unterschied!«

Monsieur Pierre schaute sie mit einem Stirnrunzeln an und zog die Brauen zusammen. »Wir wollten dich doch nicht einsperren, *chère,* oder unglücklich machen.«

Cyrene vergrub die Hände in der Felldecke. »Ich bin nicht unglücklich, aber die ständige Überwachung macht mich wahnsinnig. Ich habe versucht, es Ihnen zu sagen, aber Sie haben ja nicht zugehört. Und ich werde verrückt, wenn das so weitergeht.«

»Und du glaubst, daß das die richtige Methode ist, diesen Zustand zu beenden?«

»Gibt es denn eine bessere? Ich brauche Ihren Schutz nicht mehr.«

»So. Meinst du?«

»Wozu denn noch? Unanständige Frauen bewegen sich Tag und Nacht allein in den Straßen, vor allem nachts.«

»Du willst eine Hure werden?« Monsieur Pierres Ton war gefährlich sanft.

»Nein, natürlich nicht. Aber diese Frauen können ohne Aufpasser herumlaufen, weil sie nichts mehr zu verlieren haben.«

»Du erwartest von uns, daß wir dich jetzt ohne Begleitung nach deinem Gutdünken herumstreunen lassen?«

»Warum denn nicht?«

»Und willst keine Hure sein?«

»Nein, das habe ich Ihnen doch gesagt.«

»Und wer soll dich vor den Wölfen retten, die dich umschleichen werden, wenn sie erst wissen, daß du einem Mann eine Gunst gewährt hast? Wer wird dich davor bewahren, ihre Beute, ihre Hure zu werden?«

Wut und Erniedrigung brachten ihre braunen Augen zum Sprühen. Noch nie hatte jemand so etwas zu ihr gesagt, schon gar nicht Pierre Breton. Doch sie wollte ihm nicht zeigen, wie tief er sie verletzt hatte. Sie warf den Kopf zurück und erwiderte: »Ich kann auf mich selbst aufpassen. Ich habe noch das Messer, das Sie mir gaben, und weiß es zu gebrauchen.«

»Das genügt nicht. Du bist ein zu großer Leckerbissen, und kein Mann ließe sich von deiner lächerlichen Klinge davon abhalten, dich zu nehmen.«

René, der die ganze Zeit an Cyrenes Seite zugehört hatte, sagte auf einmal: »Ich werde sie beschützen.«

Jean knurrte und wäre wieder auf ihn losgegangen, wenn ihn nicht Pierre mit befehlender Geste davon abgehalten hätte. Cyrene warf sich herum und sah René verwirrt an. »Das ist nicht nötig«, sagte sie beschwörend. »Halten Sie sich da raus!«

»Laß ihn reden«, befahl Pierre, obwohl ein Schatten von Verzweiflung über seine Züge glitt.

Lemonnier stand auf und sah den anderen Männern offen ins

Gesicht. »Damit keine Mißverständnisse aufkommen: Ich tue das weder aus Angst vor Ihnen noch aus Dankbarkeit. In den letzten Tagen habe ich zu Cyrene große Zuneigung gefaßt. Ich weiß nicht, was sie für Sie ist und was Sie ihr bedeuten, aber eines kann ich Ihnen versprechen: Ich werde ihr keinen Schaden zufügen, und niemand wird sie beleidigen oder verletzen, solange sie sich in meiner Obhut befindet.«

Cyrene hatte erstaunt zugehört und erhob jetzt protestierend die Stimme: »Halten Sie den Mund. Ich brauche Ihre Hilfe nicht.«

»In Ihrer Obhut«, wiederholte Monsieur Pierre. »Und was wäre Cyrene für Sie?«

»Das geht nur uns beide etwas an.«

Monsieur Jean seufzte leise. »Also Ihre Maîtresse. Oder wird Ihre Obhut nicht über ein, zwei Nächte hinausgehen?«

»Doch. Ich beabsichtige, hoffe sogar, sie wenigstens für die Dauer Ihrer nächsten Expedition zu den Engländern bei mir zu behalten.«

Jean fluchte, und Gaston tat es dem Vater mit bleichem Gesicht nach. Monsieur Pierre blieb ruhig, doch die Augen verengten sich zu Schlitzen. »Das werden Sie uns erklären müssen.«

»Verzeihen Sie meine Voreiligkeit«, sagte Lemonnier, wobei er zustimmend den Kopf neigte. »Mir ist das Indigo schon aufgefallen, kurz nachdem Sie es an Bord brachten. Es war nicht schwer zu erraten, daß es hier ist, denn Monsieur Jean Breton hatte blaugefärbte Nägel, bevor er sich die Hände wusch. Ich lag hier und habe mir durch den Kopf gehen lassen, welche Abenteuer vor Ihnen liegen, welche Gewinne Sie erzielen werden, und in mir regte sich das Verlangen, Sie bei diesem Unternehmen zu begleiten.«

»Natürlich des Geldes wegen?« fragte Pierre.

»Ich verschmähe es nicht, obwohl ich – offen gesagt – von meiner Familie genug zum Leben erhalte, solange ich es nicht verspiele. Sie werden den wahren Grund vielleicht nicht glauben, aber ich sage Ihnen, ich habe die Zivilisation und ihre Regeln satt bis zum Überdruß. Ich möchte, da ich nun einmal hier bin, auch die Wildnis erforschen, ich will Indianer sehen, ihr Leben kennenlernen und etwas tun, bei dem ich ein gewisses Risiko eingehe. Dieses

Bedürfnis kann ich Ihnen nicht erklären, ich kann Ihnen nur sagen, daß es so ist.«

Es war zu bezweifeln, ob es ein besseres Argument gab, um die Bretons zu beeindrucken. Der Schmuggel war nicht nur ihr Beruf, sondern auch ihr Hobby und ihr Vergnügen. Zwar warf er beträchtlichen Profit ab, aber die reine Lust des Gewerbes überwog bei weitem: das Abenteuer, den Soldaten des Königs zu entkommen, der Tötung durch aufständische Indianer zu entgehen oder all die anderen natürlichen Gefahren zu überleben, die in diesem weiten Land lauerten.

»Sie wollen mit uns kommen?« fragte Jean. »Ein Pariser Stutzer wie Sie? Sie würden in der Wildnis keine zehn Minuten überleben.«

»Das kann sein«, pflichtete Lemonnier bei, und ein leises Lächeln umspielte seine grauen Augen. »Vielleicht werde ich Sie aber auch überraschen.«

Cyrene sah von Monsieur Pierre zu Monsieur Jean. Die beiden Männer blickten einander mit grimmigen Gesichtern an. Etwas in ihrer Miene – Zweifel, Zustimmung? – sagte ihr, daß sie den Vorschlag in Erwägung zogen. Sie dachten ernsthaft daran, René Lemonnier mitzunehmen.

»Nein!« rief sie.

Man beachtete sie nicht.

»Können Sie paddeln?« fragte Pierre und schaute wieder zu Lemonnier.

»Ich bin auf der Seine gerudert.«

»Der Mississippi ist nicht so gemütlich, auch nicht so nachsichtig. Können Sie schießen?«

»Ja, das kann ich.«

»Nein«, wiederholte Cyrene.

»Aber haben Sie schon einmal einen Menschen getötet?« fragte Monsieur Jean und sah Lemonnier forschend an.

Der gab keine Antwort, wich jedoch dem Blick auch nicht aus.

»Sie werden in einem Wilden selbstverständlich keinen Menschen sehen, aber er ist ein tödlicher Feind«, fuhr der jüngere Breton ironisch fort. »Wenn wir einmal davon ausgehen, daß Sie sowohl sich als auch unsere Cyrene beschützen können, wollen Sie nur einen Ausflug machen oder auch etwas investieren?«

»Wenn Sie erlauben, werde ich mich am Risiko beteiligen.«

Cyrene sprang auf und wickelte das Fell um sich. »Was soll das?« fragte sie und sah vom einen zum anderen. »Was haben Sie vor?«

Monsieur Pierre antwortete ihr. »Das ist eine Abmachung unter Männern, *chère.* Ich kann dir sagen, was wir machen: Wir verhandeln mit einem Partner.«

»Das können Sie nach Belieben tun«, antwortete sie mit fester Stimme und fügte bedächtig hinzu: »Aber ich möchte eines klarstellen: Ich bin kein Teil dieses Handels.«

»Das ist eine Angelegenheit zwischen dir und dem Mann, den du gewählt hast.«

»Ich habe keinen Mann gewählt.«

»So. Hast du nicht? Es sieht aber so aus.«

Cyrene warf den Kopf zurück, und ihre Augen waren grimmig und dunkel vor Verzweiflung. »Es ist mir gleich, wie es aussieht. Ich brauche keinen Beschützer, und ich will auch gar keinen!«

»Pech für dich, *chère,* denn mir scheint, du hast einen, ob es dir paßt oder nicht.«

Pierre sah sie lange an, seine Miene war hart, und Kummer sprach aus seinen Augen. Dann drehte er sich abrupt, als ob er damit seiner Verachtung Ausdruck verleihen wollte, um, gab Jean und Gaston einen Wink und warf den Vorhang wieder vor. Von der anderen Seite ertönte seine Stimme. »Wir brechen noch diese Woche auf, Lemonnier. Stellen Sie sich darauf ein.«

Warum? Cyrene verstand das nicht. Es war ihr nicht neu, daß die Bretons manchmal einen Partner aufnahmen, sie hatten häufig ein, zwei andere Männer mitfahren lassen. Aber das waren alles *voyageurs* wie sie, die in der rauhen Neuen Welt aufgewachsen waren und sich hier auskannten; alles langjährige Freunde, denen sie vertrauen konnten. Sie begriff nicht, warum sie einen Neuankömmling mitnahmen, dem nicht nur die Wildnis fremd war, sondern der darüber hinaus auch noch freundschaftlich mit dem Gouverneur selbst verkehrte und dem man deshalb mißtrauen mußte.

Es war die Pflicht des Gouverneurs – er war hier, so weit vom französischen Mutterland, der mächtigste Mann –, den blühenden Schmuggel zu unterbinden. Er hatte daher Belohnungen ausgesetzt für jeden Hinweis auf diejenigen, die dieses illegale und verräterische Geschäft betrieben. Der Schmuggel wurde als Diebstahl am französischen Staat betrachtet, zog er doch Steuereinnahmen ab, die sonst in die königlichen Schatzkammern geflossen wären. Auspeitschen war die Strafe, die darauf stand, und die Anzahl der Schläge hing von der Schwere des Verstoßes gegen das Gesetz ab. Anschließend wurden die Delinquenten mit der Fleur-de-lis gebrandmarkt und lebenslänglich auf des Königs Galeeren geschickt.

Hatten sie jetzt einen Spitzel bei sich?

Cyrene drehte sich langsam zu Lemonnier um und sah ihn an. »Warum tun Sie das?«

»Das hast du doch gehört.«

Sein Blick war offen und ohne Tücke, aber etwas lag darin, das sie beunruhigte. »Wenn das nur eine Laune von Ihnen ist, überlegen Sie es sich bitte noch einmal. Wer den Sumpf und die Wälder nicht kennt, ist eine Gefahr für sich selbst und andere.«

»Ich weiß deine Besorgnis zu schätzen, wünschte mir aber mehr Vertrauen.«

»Das müssen Sie sich erst verdienen wie jeder andere, der neu nach Louisiane kommt.«

Ihre Selbstbeherrschung beeindruckte Lemonnier, denn er sah, wie schnell sich ihre Brust vor Wut hob und senkte. Sie mußte sich betrogen fühlen und hatte damit recht. Er war selbst nicht ganz mit seiner Handlungsweise zufrieden. Doch es sollte nicht ihr Schaden sein, das schwor er sich im stillen, als er den Blick über das Oval ihres Gesichts, über die warme Fülle ihrer Haare und die prächtige Gestalt schweifen ließ. Durch den Vorhang drang das Licht der Kerze und warf goldene Muster auf ihre Schultern. Mit Sicherheit heiratete man keine Frau von solch niederem Stand, doch vor seiner Rückkehr nach Frankreich würde er dafür sorgen, daß es ihr an nichts fehlte, auch nicht an einem Ehemann.

Laut sagte er: »Ich werde es mir merken.«

»Es gibt noch etwas, bei dem Sie absolut klar sehen sollten, also hören Sie mir gut zu: Sie mögen uns auf unserer Expedition begleiten und sich meinen Beschützer nennen, wenn Ihnen das gefällt, aber das ist alles. Sie werden nicht das Bett mit mir teilen. Sie schulden mir nichts. Ich schulde Ihnen nichts. Ist das klar?«

Langsam verzogen sich seine Lippen zu einem Lächeln, das ihm auch aus den Augen sprach. »Dein Standpunkt ist klar, und ich würde gern zustimmen. Es scheint mir allerdings nur anständig, dich zu warnen, daß es mir nicht möglich ist.«

»Was soll das heißen?« Ihre Zähne knirschten, so viel Kraft kostete es sie, ihn nicht anzuschreien und damit die Bretons erneut auf den Plan zu rufen.

»Ich schätze, daß ich dir noch einiges schulde – und habe an deiner Methode der Rückzahlung großen Gefallen gefunden.«

»Wenn Sie mich anrühren«, zischte sie, »bringe ich Sie um.«

Er neigte den Kopf und musterte sie schräg von unten. »Du bist sehr großzügig mit deinen Warnungen, jetzt hör mir einmal zu. Ich habe noch nie eine Frau zu etwas gezwungen und beabsichtige nicht, jetzt damit anzufangen. Aber ich werde dich umwerben, wann immer ich kann, und mit dir schlafen, sobald sich mir die Gelegenheit bietet und du mich nicht zurückweist. Also wappne dich, *ma chérie*. Das macht mir nichts aus. Es ist mir sogar lieber. Schnelle Eroberungen sind von wenig Interesse für mich.«

»Ich bin keine Ihrer Eroberungen.«

»Noch nicht.«

»Raus!« fauchte sie, und ihre Stimme zitterte vor unterdrückter Wut. »Raus mit Ihnen!«

Er lachte leise. »Wirf mich doch raus!«

Es wäre alles andere als klug, sich in ihrem gegenwärtigen Zustand der Nacktheit auf ein Handgemenge mit ihm einzulassen. Sie drehte ihm den Rücken zu. »Dieses Vergnügen werde ich Ihnen nicht machen.«

»Dann bleibe ich«, sagte er und legte sich aufs Lager zurück. »Wenigstens bis zum Morgen.«

Cyrene enthielt sich jeder Antwort. Sie kletterte in die Hängematte und kämpfte mit dem Bärenfell, damit es nicht verrutschte, als sie sich hinlegte. Die zwischen Haken hängende Matte schwang knarrend hin und her, bis endlich Ruhe eintrat.

René schob die Hände unter den Kopf und starrte zur Decke. Er hatte der Versuchung nicht widerstehen können, sie ein bißchen zu plagen, aber beim leisesten Anzeichen von Furcht hätte er sie sofort beruhigt. Es lag keineswegs in seiner Absicht, Tag und Nacht an sie gebunden zu sein, auch wenn er in der Nähe bleiben mußte und wollte. Er konnte es auch nicht brauchen, daß eine wütende Frau ihm im falschen Augenblick Szenen machte. Ich werde einen kleinen Flirt mit ihr unterhalten, dachte er, ihr so lästig fallen, daß die Flamme ihres Zorns weiterbrennt, und mich ein wenig mit ihr streiten, aber darüber hinaus werde ich mich nicht engagieren.

Oder doch? Wie sie sich anfühlte, wie sie schmeckte, der Gedanke daran ging ihm wieder durch den Kopf, und Lemonnier hätte sie jetzt gern noch einmal zu sich auf den harten Boden hinuntergezogen. Es würde ihm nicht leicht fallen, sich zurückzuhalten, solange sie in seiner Nähe war.

Und doch blieb ihm nichts anderes übrig. Seine Ehre erforderte es. Die Ehre war manchmal eine harte Zuchtmeisterin.

Es war kalt ohne Cyrene an seiner Seite und ohne seine Bettdecke, die sie mitgenommen hatte.

»Cyrene«, rief er mit unterdrückter Stimme zu ihr hinauf. »Bekomme ich keine Wolldecke oder vielleicht das Bärenfell?«

Sie antwortete nicht.

Er streckte die Hand aus und fuhr mit der Fingerspitze an den Rundungen der Hängematte entlang, den Rücken hinunter bis zu ihren Hüften. Sie drehte sich weg von ihm. Eingemummelt in das Fell, das sie sich über den Kopf gezogen hatte, gab sie Antwort.

»Von mir aus können Sie erfrieren. Das wird Sie von der Glut Ihrer Leidenschaft heilen.«

Daran konnte etwas Wahres sein. Lemonnier brummte vor sich hin und deckte sich mit der Büffelhaut seines Lagers zu. Kurz darauf war er eingeschlafen.

Fünf Tage später brachen sie auf. Sie erhielten von flußabwärts die Nachricht, das von ihnen erwartete englische Schiff sei vor Biloxi gesichtet worden. Bis sie die Küste erreicht und sich durch die Bayous, Seen und Wasserläufe unterhalb von Nouvelle-Orléans geschlängelt hatten, würde das Schiff schon in einem der kleineren Meeresarme oder Buchten vor Anker liegen, die sich in die Küste Louisianes einkerbten. Es konnte dort nur kurze Zeit bleiben. Die Gesellschaft durfte sich auf der Reise nicht lange aufhalten.

Für die Fahrt verwendeten sie zwei große Kanus. Im ersten Boot saßen Monsieur Pierre, Cyrene und Lemonnier, im zweiten folgten Monsieur Jean und Gaston. Zwar waren die Kanus in der Handhabung zuweilen tückisch, aber für diese umständliche Fahrt eigneten sie sich ausgezeichnet, denn sie mußten Marschland durchqueren, das kaum feuchter war als eine Wiese nach kräftigem Taufall.

Auf dem Wasser war es kalt und naß, aber die Anstrengung hielt sie warm. Genau wie die anderen betätigte auch Cyrene ein Paddel. Nichtstun hieße frieren, und sie trug gern ihren Teil bei. Vielleicht ruhte sie sich ein wenig öfter aus als die anderen, aber das geschah nicht aus Mangel an Ausdauer, sondern wegen der Faszination, die die wasserdurchflutete Gegend des Sumpflands auf sie ausübte.

Die Bayous und die anderen Wasserläufe wanden sich dem Golf zu; ab und zu beschrieben sie einen Bogen zum Ausgangspunkt zurück, und sie mußten deshalb oft große Umwege in Kauf nehmen. Die Seen, natürliche Wasserspeicher, lagen breit und friedlich da. In diesem vielmaschigen Netzwerk war das Wasser dunkel und morastig, es enthielt Schlick und Absonderungen von den Bäumen. Manchmal war so etwas wie eine Strömung wahrzunehmen, doch dann lag die Wasserstraße wieder still wie ein Spiegel vor ihnen, als sei sie einige Faden tief, obwohl der Grund nur wenige Zentimeter unter dem Rumpf des Kanus lag. Fette Wasserpflanzen säumten die Ufer, und hohe Sumpfzypressen ragten aus einer Gruppe Luftwurzeln, die aussahen wie Baumstümpfe und wegen ihrer glatten Oberfläche »Zypressenknie« genannt wurden. Die Bäume schwangen sich hoch in den Himmel gleich den gewölbetragenden Säulen einer Kathedrale. Graue Moosgirlanden hingen schütter von den Ästen wie die Bärte von Greisen und schaukelten mit trüber Grazie im Wind. Hier und dort sah man flache, ausgedehnte Vegetationsstreifen treiben, grünbraune Matten, die solide genug schienen, um darauf zu stehen, aber allenfalls eine Libelle tragen konnten.

Ab und zu sprang ein Fisch und schnappte nach Nahrung, eine Entenfamilie wurde aufgestöbert, oder ein großer blauer Kranich – ein seltsamer Fischer – erhob sich in die Luft. Manchmal flog ein Schwarm kleiner Vögel aus dem Schilf wie ein Mückenschwarm, oder ein Waschbär trollte sich zum Ufer, um zu trinken. Sonst gab es nicht viel zu sehen. Die Frösche und Schildkröten, die Schlangen und Alligatoren und die Myriaden von Insekten, die Wolken von Stechmücken, die diese toten Gewässer belebten und in den wärmeren Monaten zu einer Plage wurden, hatten sich für die kurzen Wochen des für den Winter charakteristischen kühlen und feuchten Wetters zurückgezogen.

Diese Jahreszeit war nicht nur zum Befahren der Wasserstraßen, sondern für die Menschen in und um Nouvelle-Orléans auch zum Handel die beste. Das Hochwasser, das die winterlichen Regenfälle mit sich brachten, erleichterte das Reisen, und der Schnee im Norden hielt die Händler aus Illinois mit den dichteren, längeren Pelzen noch einige Wochen von der Fahrt flußabwärts ab. Wer jetzt aufbrach und von den Indianern im Süden Felle kaufte, war den anderen um eine Nasenlänge voraus, obwohl die Pelze hier mit der Qualität der Ware aus dem Norden keinen Vergleich aushielten. Jetzt waren die besten Gewinne zu erzielen.

Auch ohne die Insektenplage und die Reptilien war es keine leichte Aufgabe, die Boote fortzubewegen. Das ständige Beugen, Eintauchen und Durchziehen war anstrengend für die Rücken- und Armmuskulatur und konnte schnell zu einer schmerzhaften Tortur werden. Die Leichtigkeit, mit der René Lemonnier das Paddeln von der Hand ging, machte Cyrene fast wütend. Er fand nicht nur den Rhythmus, der das einzige Mittel gegen die Verkrampfung der Muskeln war, sondern kannte bald die Worte der Lieder und Sprechgesänge, durch die die Bretons im Takt blieben und die Langeweile vertrieben. Und dabei verriet seine Stimme, ein voller Bariton, nichts von Atemlosigkeit, keine Spur von Steifheit oder Schmerz, obwohl sie sicher war, daß er beides in seinem verletzten Rücken spüren mußte.

Zunächst sagte sie sich, daß er gute Miene zum bösen Spiel mache und bald die Flagge streichen müsse. Nichts dergleichen geschah jedoch. Sie war überzeugt, daß das an ihrer Mithilfe lag und die anderen beiden es dadurch leichter hatten, vor dem zweiten Boot zu bleiben. Oder war seine Wunde nicht so tief, wie sie aussah? Hatte er simuliert? Sie sah dafür keinen Grund.

Wenn Monsieur Jean oder Monsieur Pierre diesen Gedanken faßten, so äußerten sie ihn jedenfalls nicht. Sie hatten Lemonnier nur während der ersten Wegstunden beobachtet, um sicherzugehen, daß er das Boot nicht zum Kentern brachte, und ihn dann in Ruhe gelassen.

Das Paddeln ermöglichte es René, etwas von dem tiefer sitzenden Schmerz in seinem Rücken herauszuarbeiten. Er gewöhnte sich an die Bewegungen, ihre tröstliche Monotonie. Er konnte seinen Gedanken freien Lauf lassen, sich stärker mit den Schwierigkeiten beschäftigen, die noch vor ihm lagen – zumindest wenn seine Aufmerksamkeit nicht gerade von der Frau vor ihm in Anspruch genommen wurde. Die gefällige Anmut ihrer Bewegungen fesselte ihn, die Art, wie sie die Röcke um die Taille und über das ausgestreckte Bein gebreitet hatte, mit dem sie sich abstützte. In der Biegung ihres Rückens lag so viel Symmetrie, in den schlanken Armen so viel Kraft, daß ihn das Spiel der Bewegungen faszinierte. Sie hatte sich gegen die Kälte einen Schal um den Kopf gebunden, doch das dicke, glänzende Tau ihres Zopfes kam darunter zum Vorschein, schimmerte im Licht und rollte sich an der Spitze zusammen.

Sie hatte ihm gehört. Sonderbar, mit welcher Freude ihn die Erinnerung daran erfüllte. Er hatte geglaubt, über derlei Sentimentalitäten hinweg zu sein. Keine von den anderen Frauen, mit denen er ins Bett gegangen war, hatte so einen Eindruck hinterlassen wie Cyrene. Es lag, sagte er sich, an der Neuheit. Keine andere hatte ihm so deutlich zu verstehen gegeben, daß sie seine Dienste nur für eine Nacht in Anspruch nehmen wollte. Um die Wahrheit zu sagen, war er gekränkt, aber er war auch bezaubert.

Doch seine Gedanken waren nicht bei dieser Zurückweisung. Er erinnerte sich, wie sie sich anfühlte, an die süße Festigkeit der Lippen, als sie seinen Kuß erwiderte und schnell die Nuancen begriff, an die Zärtlichkeit ihrer Umarmung, die heißen, samtigen Tiefen ihres Körpers.

Vielleicht war es auch, weil sie noch Jungfrau war. Es hatte ihn nicht überrascht, sie hatte es ihm ja deutlich genug zu verstehen gegeben, aber für ihn war es etwas Neues. Die Frauen, die er früher umworben hatte, waren laszive Witwen, gelangweilte Gattinnen von Ehemännern, die immer fremdgingen, Schlampen in Gestalt von adligen Damen oder Operettentänzerinnen, die von ihren Mäzenen die Begleichung ihrer Rechnungen erwarteten. Eine Unschuld zu verführen war eigentlich nicht sein Metier, hätte dies doch nicht nur wenig zum Erwerb eines eindeutigen Rufs beigetragen, sondern ihm auch lästige Pflichten aufgebürdet. Wenn er das Spiel schon mitmachen mußte, wollte er wenigstens ehrlich spielen.

Bei Cyrene war ihm das nicht gelungen. Er bedauerte das, doch ändern ließ es sich nicht. Er wußte nicht einmal, ob dieses Bedauern sehr tief ging. Bei allen Heiligen! Es gefiel ihm, der erste zu sein, der mit ihr geschlafen hatte. Sie ist etwas Besonderes für mich, dachte er, und auf eine Weise mit mir verbunden, die ich nicht verstehe. Ich habe keine Ahnung, wie lange es dauern wird, aber im Augenblick spüre ich eine Freude, die mir gefährlich werden kann. Sie dient mir als Vorwand, aber sie ist auch ein Risiko – vielleicht das größte.

Um seinen Rücken zu entlasten, schwang er das Paddel auf die andere Seite des Kanus. Bei diesem Wechsel schleuderte das Blatt in hohem Bogen Tropfen aus dem Wasser. Sie spritzten Cyrene ins Genick, daß sie nach Luft schnappte, als das kühle Naß sie traf. Sie fuhr auf der Bank herum und blickte ihn an.

»Tut mir leid«, murmelte er, konnte sich aber ein Grinsen nicht verkneifen.

»Das will ich auch stark hoffen«, schnauzte sie ihn an und drehte sich wieder um. Sie glaubte nicht, daß es Absicht gewesen war, aber er hätte mehr Zerknirschung und weniger Selbstgefälligkeit zeigen können.

Am Mittag machten sie Rast auf einer grasbewachsenen *chê-*

niere, einer abgeflachten Bodenwelle aus Sand und uralten Meeresmuscheln, auf der Eichen, *chênes,* wuchsen und die es hier in den Marschen überall gab. Die Anstrengungen des Vormittags hatten sie hungrig gemacht, und Cyrene reichte *sagamite*-Kuchen herum – ein Maismehlgebäck mit geschnetzeltem Schweinefleisch und Bohnen, das zu Fladen geformt und in der Pfanne gebraten wurde – und erntete dafür großes Lob. Sie spülten die Fladen mit Wasser herunter und kochten zur Anregung für den vor ihnen liegenden Nachmittag einen Topf Kaffee über einem Feuerchen aus toten Eichenzweigen.

Jeder suchte sich ein bequemes Plätzchen, setzte sich mit dem Rücken gegen eine Eiche oder einen umgestürzten Stamm und erholte sich von den langen Stunden ohne Rückenstütze im Kanu. Cyrene hatte sich aus dem Boot eine Decke mitgebracht, legte sich mit angewinkelten Knien auf den Rücken, schob die Hände unter den Kopf und starrte in den blassen Winterhimmel.

Sie fühlte sich sonderbar, und ihre Gedanken gingen wirr durcheinander. Die wenigen Tage vor der Abreise waren merkwürdig verlaufen. Lemonnier war am Morgen nach jener Nacht, die sie insgeheim die Sturmnacht nannte, weggegangen. Sie hatte nicht gewußt, was sie von den Bretons zu erwarten hatte. Sie rechnete mit weiteren Vorwürfen, vielleicht ein paar Witzeleien oder derben Scherzen. Doch nichts dergleichen war geschehen. Beinahe kam es ihr so vor, als seien die anderen mit dem Arrangement zufrieden. Sie fragte sich, ob sie nicht sogar ein wenig Erleichterung verspürten, daß sie von der Sorge um sie befreit waren – ein unbehaglicher Gedanke.

Doch dieses Schweigen war alles andere als normal. Die Bretons waren gesellige Menschen, die gerne redeten, viel lachten und sich ständig neckten. Rückblickend hatte sie das Gefühl, daß sie sich schon seit geraumer Zeit zu ruhig verhielten, seit der Nacht, in der Lemonnier gekommen war. Soweit sie sich erinnern konnte, hatte er nichts gesagt oder getan, womit das zu erklären war, und doch wirkte er in dieser Weise auf sie. Was an diesem Mann dämpfte so sehr ihre Stimmung?

Sie drehte den Kopf und musterte Lemonnier. In der kurzen Zeit bis zur Abfahrt war er in seiner eigenen Wohnung geblieben, hatte sie nur ein-, zweimal am Abend aufgesucht, um einige Detailfragen wegen der Beschaffung seines Indigoanteils und seiner Ausrüstung zu klären. Er hatte keine Anstalten gemacht, sich Vertraulichkeiten herauszunehmen, sondern war sehr höflich geblieben, hatte sich verbeugt und ihr zugelächelt. Ab und zu war sein Blick auf sie gefallen, sonst nichts. Auch gut. Sie hatte eine herbe Zurückweisung parat, wenn er es wagen sollte. Das konnte sich immer noch als nützlich erweisen.

Sie mußte zugeben, daß er anders aussah. Das lag vor allem an seiner Kleidung. Sie war daran gewöhnt, ihn entweder fast nackt oder im eleganten Anzug eines vornehmen Herrn zu sehen. Jetzt war er mit der angemessenen Schlichtheit gekleidet, trug einen grauen Tuchrock mit Hornknöpfen, schwarze wollene Kniehosen und einfache Strümpfe und Schuhe. Sein Dreispitz war von guter Qualität, aber ohne Verzierung. Nur die Wäsche wirkte elegant, auch wenn keine Spur von Spitze zu sehen war. Neben ihm lag eine Steinschloßmuskete neuester Machart.

Aber nicht nur sein Anzug und die Bewaffnung waren anders. Er sah stärker aus neben den Bretons, mehr latente Kraft schien in ihm zu stecken. Das Gesicht hatte den abgehärmten Ausdruck verloren, die Wangen waren voller, und der Teint hatte wieder eine gesunde Farbe. Aus seinen Augen sprachen Scharfsinn und Intelligenz, und der entschlossene Zug um den Mund deutete auf unvermutete Kraftreserven hin. Sein Haar war, obwohl kurz, mit einem schwarzen Band zu einem kleinen, ordentlichen Zopf zusammengebunden, und es war ebensowenig eine Perücke oder Puder darauf wie bei den Bretons. Kurz, er sah aus wie ein entschlossener Plantagenbesitzer, der sein Land inspizierte und nicht zögerte mitanzupacken, wenn es erforderlich war. Und er wirkte keineswegs geduldig.

René spürte Cyrenes Blick auf sich ruhen, drehte sich um und sah ihr in die Augen. Er hätte viel darum gegeben zu erfahren, was hinter dem grüblerischen Dunkel dieser Augen vor sich ging. Er hätte es allzu gern gewußt.

Sie saßen herum, schlürften Kaffee und scherzten ein wenig untereinander, als Monsieur Pierre plötzlich den Kopf hob und den anderen mit einem schnellen Wink Schweigen gebot.

Der älteste Breton stand auf und begab sich aus dem Schutz des Eichenwäldchens, in dem sie lagerten. Er wandte sich hierhin und dorthin, wechselte die Stellung und spähte in alle Richtungen. Vielleicht lag es nur an Monsieur Pierres Aufforderung zur Wachsamkeit, aber Cyrene spürte eine eigentümliche Spannung in der Luft, eine unnatürliche Stille. An der Strecke, die hinter ihnen lag, stieg plötzlich unter aufgeregtem Gezwitscher ein Vogelschwarm auf. Da stimmte etwas nicht.

Monsieur Jean kippte den letzten Schluck Kaffee hinunter, drehte den leeren Holzbecher um und schüttete den Satz aus. Er lief zu seinem Bruder. »Gehen wir?«

»Ja«, erwiderte Pierre entschieden, »wir gehen.«

Im Nu waren Wasserfaß, Becher, Kaffeetopf und der Lederbeutel mit den *sagamite*-Fladen eingesammelt. Sie warfen die Sachen ins Kanu und stießen sich ab. Bevor sie die Paddel zur Hand genommen hatten, schoß ein Boot unter den Bäumen hervor. Es war ein großer Einbaum, in dem eine Schar indianischer Krieger saß. Sie waren nicht freundlich gesinnt und trugen Kriegsbemalung. Ihre Musketen waren bereit, die Pfeile am Bogen angelegt. Beim Anblick der Kanus erhob sich ein Kriegsgeschrei. Der Donner von Musketenfeuer dröhnte über das Wasser.

Um sie krachten Schüsse, Fontänen spritzten auf. Eine Kugel schlug dumpf in die Bootsseite, eine andere pfiff zwischen Cyrene und René hindurch. Für einen Moment wurde der mit neun oder zehn abtrünnigen Tschokta besetzte Einbaum vom aufgewirbelten Grau des Pulverdampfs verschlungen, dann brachen die Indianer aus dem Rauch wie Teufel aus der Hölle und hielten direkt auf sie zu.

»Heilige Mutter Gottes, paddelt! Paddelt, was das Zeug hält!«

Sie taten, wie ihnen geheißen, und die kleineren, leichteren Kanus schossen über das Wasser. Vielleicht konnten sie die Angreifer abhängen oder wenigstens genügend Raum gewinnen, daß die Indianer die Jagd aufgaben.

Doch diese machten keine Anstalten, die Verfolgung abzubrechen. Mit blutrünstigen, verzerrten Gesichtern mit schauerlicher Bemalung setzten sie ihnen nach. Man sah diejenigen, die Musketen hatten, wieder laden.

Cyrenes Kanu glitt rasch über das Wasser, mit jedem gemeinsamen Schlag beschrieb es einen Satz nach vorn. Es wurde keine überflüssige Bewegung gemacht, keine Kraft verschwendet, nur gepaddelt, daß ihnen der Schweiß ausbrach. Sie konnten die Entfernung zwar halten, aber nicht vergrößern. Das Boot kam jetzt ein wenig aus dem Rhythmus. Cyrene drehte den Kopf und sah Lemonnier das Paddel beiseite legen und die Muskete zur Hand nehmen. Er zielte und drückte ab.

Die Erschütterung warf das Kanu mit heftigem Geschaukel nach vorn. Durch den Rauch erblickte Cyrene einen Krieger, der die Arme hochwarf und wie von einer Riesenhand getroffen auf seine Stammesgenossen fiel. Ohne Zögern beugte sie sich vor, ergriff Monsieur Pierres Muskete und gab sie Lemonnier. Pierre grunzte zustimmend und übernahm nun allein das Paddel, sein Hemd straffte sich über den muskulösen Schultern, als er sich noch kräftiger ins Zeug legte.

René nahm ihr das Gewehr ab und gab ihr sofort das seine, gleichzeitig streifte er Pulverhorn und Kugeltasche von der Schulter und warf ihr beides zu. Sie legte ihr Paddel weg und lud die Muskete. Sie hörte ihn wieder feuern, hatte aber nicht die Zeit aufzusehen. Mit sicheren, flinken Bewegungen machte sie die Waffe schußbereit, schüttete Pulver hinein und stieß Kugel und Pfropf in den Lauf. Sie tauschten die Musketen. Sie fing erneut an zu laden. Wieder schoß Lemonnier.

Cyrene warf einen kurzen Blick auf den Einbaum, als sie wieder Gewehre tauschten. Die Indianer kamen näher. Es war einer weniger auf dem Boot als vorher, und einem floß das Blut über den Arm.

Laden. Feuern. Ein Pfeil traf mit dumpfem Aufschlag die Bootswand. Cyrene hörte Gaston fluchen und wußte, daß er etwas abbekommen hatte. Das grelle Geheul der Indianer wurde lauter und kam näher. Sie sah auf, um Lemonnier die geladene Muskete zu reichen. Der Einbaum war so nah, daß ihr der Atem stockte. Sie konnte einem Krieger, der die Zähne fletschte und mit einem Pfeil direkt auf sie zielte, in die Augen sehen. Zum Zielen blieb ihr keine Zeit. Sie richtete den Vorderlader auf ihn, spannte den Hahn und drückte den Abzug.

Die Augen des Kriegers weiteten sich. Sein Pfeil ging los, als er wankte und nach hinten kippte. Das Geschoß flog in hohem Bogen, stürzte, stürzte. Hilflos beobachtete Cyrene, wie es über ihr war, in einer Kurve zitternd herabfuhr, auf Pierre zu und in seinen Rücken eindrang. Er stieß leise fluchend den Atem aus, paddelte aber ohne Unterbrechung weiter.

Angst und Übelkeit verkrampften ihr den Magen, doch sie hatte keine Zeit, darauf zu achten, geschweige denn, ihrer Schwäche nachzugeben. Blindlings wandte sie sich von Pierre ab und lud die Waffe, die sie in der Hand hielt. Sie reichte sie Lemonnier. Ihre Blicke trafen sich, und sie sah etwas wie Härte in seinen Augen aufblitzen, vielleicht war es Bewunderung, vielleicht aber verachtete er sie für ihren Mangel an Gefühl.

Immer näher kamen die abtrünnigen Tschokta. Sie wollten zwischen die zwei Kanus fahren und beide entern. Sonderbar. Ihre sicherste Chance auf Beute bestand darin, sich auf eines der Boote zu konzentrieren. Es konnte ein taktischer Fehler sein, oder es bedeutete, daß sie niemanden entkommen lassen wollten.

Sie hatten nicht mit der Geschicklichkeit der Bretons gerechnet. Als der Einbaum herankam, ließen Pierre im einen und Gaston im anderen Kanu die Paddel fallen und kämpften im Handgemenge mit den Angreifern, während Jean dicht an der Wasserlinie mit der Axt auf den Bug des Einbaums einschlug.

Ein mörderischer Kampf entbrannte. Ein Krieger stach mit dem Messer nach Lemonnier. René rammte ihm den Gewehrkolben ins schmerzverzerrte Gesicht, warf den Indianer über Bord und wandte sich mit dem Handbeil dem nächsten zu. Dieser wollte nicht ihn, sondern Cyrene angreifen und stürzte auf sie zu. In seinen Augen sprühte der fanatische Funke der Rache.

Cyrene wehrte ihn mit dem Gewehr ab, das sie gerade lud, und stieß mit dem Ladestock nach ihm, der aus dem Lauf ragte. Er wich zurück. Sie zog die Waffe an sich. Der Krieger stand auf, um mit einem Satz über die wenigen Zentimeter Zwischenraum zu springen, die die nebeneinander dahingleitenden Boote trennten. Sie rappelte sich in eine kniende Stellung auf, um sich besser wehren zu können.

»Schieß doch, Cyrene, schieß!« schrie René.

Ihr blieb keine andere Wahl, obwohl sie schon wußte, daß es falsch war, als sich der Schuß aus der Waffe löste. Der Ladestock flog wie ein Speer und durchbohrte den Krieger, aber der Rückstoß beim Abfeuern dieses schweren Geschosses warf sie nach hinten. Das Boot schlingerte. Sie warf im Kampf um Gleichgewicht die Muskete weg. Das nützte nichts, sie fiel mit einem Plumps ins Wasser. Es schloß sich über ihr und zog sie nach unten. Das Kampfgetümmel, das Geschrei, das Stöhnen und die dumpfen Schläge entfernten sich, als die Boote von der Strömung und ihrem eigenen Schwung davongetragen wurden.

Cyrene war eine langsam vorübergleitende Zeitlang starr vor Schreck über das plötzliche Bad im eiskalten Wasser, doch dann spürte sie das dringende Bedürfnis nach Luft. Sie stieß sich ab und schoß an die Oberfläche. Sie tauchte gerade rechtzeitig auf, um die Boote hinter einer Biegung verschwinden zu sehen. Sie waren auseinander, und die Kanus wieder in Führung.

Neben ihr planschte und spritzte jemand. Harte Hände packten sie, quetschten sie gegen einen mageren, sehnigen Körper. Wasser lief ihr über das Gesicht, kam ihr in die Nase, erstickte sie fast.

Ihr Messer war an der Taille und steckte in seiner Scheide. Sie umklammerte das Heft mit der Hand, zog das Messer heraus und holte mit dem Arm zum Stoß aus. Der Mann wich im letzten Moment zur Seite. Ihr Handgelenk wurde ergriffen und herumgedreht. Das Messer entglitt ihr. Sie holte mit der Faust aus und spürte, wie sie auf festes Fleisch und Knochen schlug, ein guter Treffer. Sie gingen beide unter, dabei verhedderten sich ihre Beine in denen des Mannes. Er hielt sie fest, und sie bekam keine Luft, weil die Röcke sie behinderten, an die Wasseroberfläche zu gelangen. Als sie mit vom Wasser blinden Augen wieder nach oben kam, hustete sie.

»Es ist alles gut. Ich bin bei dir.« Die Stimme war rauh vor Besorgnis und nur allzu vertraut. Lemonnier! Er mußte mit ihr aus dem Boot geschleudert worden sein.

»Verdammt nochmal, lassen Sie mich los!« Sie stieß ihn und strampelte.

»Ich will dir doch nur helfen. Halt still, sonst ertrinken wir alle beide.«

»Ich brauche Ihre Hilfe nicht«, keuchte sie in vergeblichem Zorn, in ihr wuchs die Panik, und sie spürte wieder, wie sie nach unten sank. Sie warf sich zurück und stieß René fast in die Tiefe in ihrem verzweifelten Wunsch, sich von ihm zu befreien. »Ich kann –«

Sie brachte den Satz nicht zu Ende. Der Schlag kam aus dem Nichts. Sie spürte den Schmerz am Kinn, dann war nichts mehr als fließende graue Finsternis.

6. Kapitel

»Du kannst schwimmen. Das wolltest du sagen.«

Cyrene starrte René an, der sich über sie beugte. Seine grauen Augen blickten sie kühl, aber besorgt an. Eine schwarze Haarlocke, die vor Nässe glänzte, war ihm in die Stirn gefallen. Die Worte, die an ihre Ohren drangen, klangen wie eine Anklage. Cyrene tat der Kiefer weh, und sie fühlte sich müde bis in die Knochen. Sie lag in einem Versteck auf dem Boden, in einem Dickicht von immergrünen Myrtensträuchern in einiger Entfernung vom Ufer. An den Kleidern war kein trockener Faden, und ihr Haar triefte vor Nässe. Ihr war kalt, aber sie fror nicht so sehr, wie zu erwarten gewesen wäre, denn Lemonnier hatte ihr den Arm fest um die Schultern gelegt und seinen schweren, nassen Rock über sie beide gebreitet.

Unvermittelt richtete sie sich auf, fiel aber sofort stöhnend wieder zurück, als sie Übelkeit überkam. Sie schloß fest die Augen. »Schuft«, knirschte sie zwischen den Zähnen hervor. »Sie haben mich geschlagen.«

»Du hast versucht, mich umzubringen, und warst verdammt nah dran, es zu schaffen!«

»Warum auch nicht? Sie hätten mich fast ertränkt.«

»Ich wollte dich nur retten.« In seiner Stimme klang Bitterkeit mit.

»Herzlichen Dank. Dazu war ich durchaus selbst in der Lage.«

»Das habe ich inzwischen gemerkt. Nur eine Frau unter tausend kann schwimmen, und diese Frau mußt ausgerechnet du sein.«

Sie hätte ihn noch weiter beschimpft, aber ihr war die Lust vergangen. Außerdem sprachen sie besser nur leise, solange sie nicht wußten, wo die Tschokta sich herumtrieben. Einen Augenblick später fuhr sie ruhiger fort: »Ich habe Sie für einen Indianer gehalten.«

»Auch das ist mir jetzt klar«, antwortete er kurzangebunden. Vom Boden neben ihrem Kopf hob er das Messer auf, das er ihr abgenommen hatte, und reichte es ihr, Heft voran, in einer vollendet höflichen Geste: »Eure Waffe, Mademoiselle, wenn Ihr noch immer entschlossen seid, davon Gebrauch zu machen.«

Sie zog die Hand unter dem Rock hervor und riß ihm das Messer aus der Hand. »Seien Sie nicht albern!«

»Nun, es hätte ja sein können.« Als sie ihm schweigend einen finsteren Blick zuwarf, sagte er hastig: »Es tut mir leid, daß ich dich geschlagen habe. Es schien mir nötig, und ich... es ist geschehen, bevor ich nachgedacht habe.«

»Ist nicht schlimm.« Verlegenheit schnürte ihr die Kehle zu. Sie versuchte es noch einmal. »Mir ist nichts passiert. Was ist mit – mit den anderen?«

»Als ich sie zuletzt gesehen habe, lagen sie vorne und verschwanden um die Biegung. Die Wilden mußten schöpfen.«

»Monsieur Pierre und Monsieur Jean werden uns holen.«

»Ja, sobald sie können.«

Und falls sie noch können, dachten beide gleichzeitig und sahen sich an, ohne die Worte auszusprechen. Sie wagten nicht, ein Feuer anzuzünden, um sich aufzuwärmen oder die Kleider zu trocknen. Sie hatten keine andere Waffe als Cyrenes Messer, kein Dach über dem Kopf, nichts zu essen. Wenn sie weggingen, konnten sie den

Indianern in die Hände fallen, die entweder auf dem Rückzug waren oder – wenn sie gesiegt hatten – nach ihnen suchten. Für den Augenblick mußten sie sich still verhalten und abwarten.

Ihre Lage war alles andere als bequem. Der Wind wisperte zu ihren Köpfen im Laub, blies mit kaltem Atem auf ihre nasse Haut und ließ die feuchten Kleider zu Eis erstarren. Der unebene Untergrund aus Zweigen unter verstreutem Laub drückte mit der Zeit immer mehr ins Fleisch. Obendrein rief die erzwungene Nähe, die Berührung von Schenkel an Schenkel und Brust an Brust, eine Erinnerung wach, die besser der Vergessenheit anheimgefallen wäre. Es war beinahe unerträglich.

»Wie fühlst du dich?«

»Ganz gut«, antwortete Cyrene mit geschlossenen Augen. Sie hatte den Eindruck, daß Lemonnier den Kopf auf den Ellbogen gestützt hatte und sie betrachtete, wollte sich aber nicht vergewissern.

»Wirklich?«

Sie öffnete die Lider, etwas in seiner Stimme rührte sie. »Ja, warum?«

»Ich hätte nicht gedacht, daß du dabei so gelassen bleibst.«

»Sie meinen, weil ich hier bei Ihnen liege?« Sie spürte, wie ihr die Hitze ins Gesicht stieg.

»Offen gesagt, ja.«

»Wir frieren beide, es sei denn, Sie wären gegen das Wetter immun. Es wäre überflüssige Selbstquälerei, diese Tatsache zu leugnen und Sie auf Distanz halten zu wollen. Wir brauchen uns gegenseitig, und wir brauchen das bißchen Wärme, das wir einander geben können.«

»Ein ausgesprochen pragmatischer Standpunkt.«

»Hier in der Wildnis lernt man, an die praktische Seite zu denken und zusammenzuarbeiten, obwohl – obwohl man verschiedener Meinung ist. Jedenfalls sollte man vernünftig sein, wenn man überleben will.«

»Ich hege keineswegs die Absicht zu sterben.« Das war seine feste Überzeugung, und er glaubte mit einer Inbrunst daran, wie er sie in seinem Leben nur selten verspürt hatte. Er beabsichtigte im Gegenteil zu entdecken, worin sich diese Frau noch von allen anderen unterschied.

Keine, die er kannte, würde nach allem, was er getan hatte, seine Gegenwart dulden, ohne vor Wut zu schreien oder sich entsetzt von ihm abzuwenden – zumindest konnte er es sich nicht vorstellen. Keine hielte eine so unangenehme Lage aus, ohne sich zu beschweren oder ihn aufzufordern, etwas dagegen zu tun. Und erst recht hatte keine den Mut und die Sachkenntnis, um bei der Abwehr eines Indianerüberfalls helfen zu können. Eine Frau, die so viele Vorzüge hatte, hatte er noch nie erlebt, besonders da sie auch jetzt noch reizend aussah und einer Meerjungfrau glich.

Irgendwo erklang eine Vogelstimme, ein leiser, melancholischer Laut. Hinter ihnen fiel ein Ast von einem Baum, schlug durch die Zweige und brach entzwei, als er auf den Boden traf. Cyrene spürte Renés regelmäßigen Herzschlag, das Heben und Senken seines Atems an ihrer Schulter. Ihr eigener Puls ging unregelmäßig und hämmerte ihr gegen die Rippen. Ein Gefühl der Leere entstand in ihrem Bauch und breitete sich langsam nach oben aus. Als sich eine in ihrer Lage zusätzliche Gefahr bemerkbar machte, beeilte sie sich zu flüstern:

»Warum – warum sind Sie mir gefolgt? Warum sind Sie aus dem Boot gesprungen?«

»Ich war derjenige, der dich zum Schießen aufgefordert hat, und du wärst sonst nicht über Bord gegangen. Du erinnerst dich vielleicht, daß ich der Meinung war, du bräuchtest Schutz.«

»Ich hätte sowieso abgedrückt.«

»Wirklich? Es war trotzdem meine Schuld.«

»Nein«, beharrte sie, »und ich wundere mich darüber, daß Monsieur Pierre und Monsieur Jean diese Sache Ihnen überlassen haben.«

»Daß keiner von ihnen kam? Es blieb ihnen keine andere Wahl. Sie hatten gerade alle Hände voll zu tun.«

»Und doch müssen Sie sich beeilt haben, daß Sie ihnen zuvorgekommen sind.«

Er hob die Brauen. »Hast du nicht etwas vergessen?«

»Was?«

»Du stehst unter meinem Schutz.«

»Das erstreckt sich doch nicht auf so etwas.«

»Wie kommst du darauf?«

»Weil es nichts damit zu tun hat!« Zorn sprach aus ihrem Ton, überwiegend deshalb, weil sie dachte, daß er sie ärgern wollte.

»Womit soll es dann zu tun haben?«

»Erstens haben Sie keinerlei Verpflichtung, mir das Leben zu retten –«

»Und ein Recht?«

»Haben Sie auch nicht. Sie sagen das, als wären Sie der Meinung, daß ich Ihnen gehöre.«

»Ist es nicht so?«

»Nein.« Sie stützte sich auf den Ellbogen, ihre Augen sprühten vor Zorn, und sie zischte leise: »Es ist mir egal, was Monsieur Pierre oder Monsieur Jean dazu sagen. Ich gehöre nur mir allein. Ich bin Ihnen dankbar, daß Sie mir nachgekommen sind, aber das heißt nicht, daß ich im mindesten auf den Handel eingehe, den Sie mit den Bretons abgeschlossen haben.«

»Und wie war das«, sagte er langsam, und ein Lächeln stieg ihm in die grauen Augen, »mit der Zusammenarbeit und damit, daß wir einander brauchen?«

Nur wenige Zentimeter trennten ihre Gesichter voneinander. Cyrene ließ den Blick zu seinen Lippen wandern. Sie konnte die magnetische Anziehungskraft zwischen ihnen spüren und den langsamen Sog fühlen. Nur ein leichtes, ein winziges Schwanken, ein Öffnen des Mundes, und ihre Lippen würden sich aufeinanderpressen. Das wußte sie.

Sie holte tief Luft und ließ sich behutsam auf den Boden sinken.

Sie starrte die Myrtenzweige an. Mit müder Stimme fragte sie: »Was wollen Sie nur von mir?«

»Dich natürlich.«

Eine leichtfertige und oberflächliche Antwort, denn René konnte jetzt nicht nachdenken. Er hatte das Gefühl, am Rande eines Abgrunds zu stehen und den Boden unter den Füßen zu verlieren. Er mußte lernen, diese Frau nicht zu unterschätzen. Er würde es lernen, sonst –

»Aber ich bitte Sie«, antwortete sie und warf ihm einen vernichtenden Blick zu, »Sie machen sich weder etwas aus mir noch aus dem Handel. Sie sind genau wie alle anderen. Sie werden in Louisiane bleiben, solange Sie müssen, aber sobald man Ihnen die Rückkehr gestattet, werden Sie das erstbeste Schiff nach Frankreich nehmen und den steinigen Kai küssen, wenn Sie von Bord gehen. Sie werden nach Paris eilen, und man wird Sie noch jahrelang zum Diner einladen, damit Sie erzählen, was das hier für ein barbarisches Land ist und welche ungehobelten Leute hier leben.«

»Von solchen Männern hältst du wohl nicht viel?«

»Warum sollte ich? Sie passen nicht in dieses neue Land, und deshalb ist es besser, wenn sie wieder gehen. Hier können wir sie nicht brauchen.«

»Und warum bist du so sicher, daß ich zu denen gehöre?«

»Als nächstes werden Sie mir weismachen, daß Sie hier Land erwerben und die Arbeit darauf zu Ihrer Lebensaufgabe machen wollen!«

Etwas in ihrem Tonfall ärgerte Lemonnier, als hätte sie ein Urteil über ihn gesprochen. »Wer weiß? Ich könnte Geschmack daran finden. Vielleicht wäre es ganz angenehm, weit weg von jeder Obrigkeit den eigenen Besitz auf jungfräulichem Boden abzustekken.«

»Und in einer Blockhütte zu wohnen, sich mit Sturm, Überschwemmung und sengender Hitze herumzuschlagen? Mit Fieber, Malaria und Ruhr? Mit Stechmücken und Schlangen, Flöhen und Zecken und allerlei stechendem und beißendem Ungeziefer?«

»Du glaubst, daß ich das nicht könnte?«

»Oh, Sie könnten schon, wenn Sie wirklich wollten. Das Problem ist nur, daß die wenigstens Männer dazu bereit sind.«

Merkwürdig, aber dafür, daß er bisher noch nie daran gedacht hatte, besaß diese Idee für ihn große Anziehungskraft. Er zweifelte nicht am Reiz der Herausforderung, die dieses neue Land darstellte. Es könnte Spaß machen, dem Boden unter den von ihr geschilderten Bedingungen seinen Lebensunterhalt, vielleicht sogar ein Vermögen abzuringen. Immer vorausgesetzt, er könnte, er dürfte diese Herausforderung annehmen. Doch dem war nicht so.

»Und was ist mit dir?« fragte er mit einiger Ironie. »Bist du denn damit zufrieden, mit den Bretons auf Handelsfahrt zu ziehen? Denkst du nie daran, beim Aufbau einer Plantage zu helfen?«

Sie sah ihn herausfordernd an. »Ich habe vor, genug Geld zu verdienen, um mir selbst Land kaufen zu können.«

»Und wer soll es bearbeiten?«

»Ich«, stieß sie hervor, »oder ich kaufe ein, zwei Afrikaner, die mir dabei helfen.«

»Es dürfte dir doch nicht schwerfallen, einen Ehemann zu finden, der die Arbeit machen oder die Sklaven überwachen kann.«

»Ja, und der alles hinter meinem Rücken verkaufen und den Gewinn versaufen kann. Das kenne ich schon.«

»Wie kommt es nur, daß du so wenig von der Ehe hältst? Oder von Männern?« Seine Neugier war nicht gespielt, obwohl er mit dieser Frage einen bestimmten Zweck verfolgte.

»Sagen wir mal, die Exemplare, die mir bis jetzt untergekommen sind, haben mich wenig beeindruckt.«

»Vielen Dank«, sagte er trocken.

Sie warf ihm einen schnellen Seitenblick zu und schaute wieder weg. »Ich habe nicht Sie gemeint.«

»Mir wäre wohler, wenn ich es glauben könnte. Aber was ist mit der Ehe deiner Eltern? So schlecht kann sie ja nicht gewesen sein, wenn du daraus hervorgegangen bist.«

Das Kompliment machte sie verlegen, aber sie ignorierte es. »Mein Vater hat es fertiggebracht, die Mitgift meiner Mutter, ihr Erbe und noch einiges mehr zu verspielen, bevor er mit Schimpf und Schande in die Kolonien verbannt wurde. Meine Mutter starb an den Entbehrungen, die er verschuldet hatte, und weil sie die Schande nicht verwinden konnte.«

Als Cyrene das erzählte, kam ihr der Gedanke, daß zwischen René Lemonnier und ihrem Vater kein großer Unterschied war. Nicht nur, daß Lemonnier auch ein Verbannter ist, überlegte sie, er hat dieselbe großspurige Art an sich. Es gab weitere Parallelen: Beide bevorzugten elegante Kleidung, waren verwöhnt von den Pariser Fleischtöpfen und hatten eher unheilige Grundsätze.

»Und was ist mit den Bretons? Sind sie so eine große Ausnahme, daß du bei ihnen bleibst?«

»Sie haben meine Mutter, meinen Vater und mich aufgenommen, als wir nicht wußten, wohin wir gehen sollten. Sie waren gut zu mir, beinahe wie eine Familie. Wenn ich sie verlasse, habe ich niemanden mehr.«

»Du hättest ja mich, wenn du dich meiner Obhut anvertrauen würdest.« Er wartete mit einiger Beklommenheit auf ihre Antwort.

»Ach? Und für wie lange? Bis Sie mich satt haben? Bis Sie nach Frankreich zurückkehren? Nein, vielen Dank!«

»Wenigstens bist du höflich.«

Es war gut so, diese Pose des glühenden Liebhabers, der sich nach einer weiteren Kostprobe ihres Charmes verzehrte – solange sie unnachgiebig blieb, konnte er seine Werbung um sie, den permanenten Sturm auf die Zitadelle, als Vorwand für sein plötzliches Interesse am Tauschhandel benutzen. Aber was sollte er tun, wenn sie die Waffen streckte? Es wäre eine große Behinderung für ihn, sich eine Frau aufzuhalsen. Er glaubte allerdings nicht, daß Grund zur Sorge bestand. Zweifellos gab es Leute, die sich ins Fäustchen lachen würden, wüßten sie um die ständigen Abfuhren, die er erlitt. Diese Strafe hatte er sicherlich verdient, und sie war gut für sein Seelenheil, ungeachtet der Wirkung auf seine Eitelkeit.

Cyrene musterte ihn unter ihren Augenlidern hervor. Ist er denn wirklich wie mein Vater? dachte sie. Dafür gab es kein äußeres Anzeichen. Nur in der Reputation und dem Hauch von Angeberei, die beide umgaben, und in der Strafe, die die Regierung über sie verhängt hatte, lag die Ähnlichkeit.

Ist das so? Was weiß ich eigentlich über Lemonnier, dachte sie. Nichts, was über Klatsch und Tratsch hinausginge. In der Zeit auf dem Prahm hatte er wenig von sich erzählt, und die in der Kolonie herrschenden Konventionen hinderten einen daran, zu viele Fragen über die Vergangenheit eines Menschen zu stellen. War es denn möglich, daß ihr Mißtrauen gegenüber René seine Ursache in der Erinnerung an das Versagen ihres Vaters hatte? Der Gedanke, daß sie ihm unrecht tat, gefiel ihr gar nicht.

Aber war es so? Sie hatte die Möglichkeit, diese Dinge zu klären.

Da er sie über ihre Angelegenheiten ausgefragt hatte, konnte sie das Recht in Anspruch nehmen, sich nach den seinen zu erkundigen.

Sie rückte ein wenig von ihm ab, um ihm besser ins Gesicht sehen zu können.

»Und was ist mit Ihnen? Wenn ich zu wenig von Männern halte, finden Sie dafür zu großen Gefallen an Frauen.«

»Das kann man gar nicht!« erklärte er und begleitete diese Aussage mit einer großartigen Geste seiner Hand, wobei er den Kopf in die andere gestützt hatte.

»Auch nicht, wenn man deswegen verbannt wird?«

»Eine Unannehmlichkeit, für die ich reichlich entschädigt wurde.«

Sie hielt seinem funkelnden Blick lange stand. »Ich nehme an, Sie haben nicht die Absicht, mir eine offene Antwort zu geben.«

»Ich habe noch keine offene Frage vernommen.«

»Ach, hat es daran gelegen?« fragte sie beißend. »Also, ganz offen: Sind Sie hier, weil Sie es sich nicht verkneifen konnten, mit der Pompadour anzubändeln?«

»Ach, ich war die Diskretion selbst.«

»Und Sie wurden dennoch erwischt?«

»Ich habe die Rolle eines loyalen Untertanen meines Königs gespielt und die Gunst der Dame weder beantwortet noch erwidert. Ich hätte sie zumindest aus der Ferne anbeten müssen.«

Er mochte seine Kleidung und Frisur verändert haben, aber er blieb doch der Höfling, der in vielen Worten ausdrückte, was er in einem hätte sagen können. »Ich wünschte, Sie würden nicht so affektiert daherreden.«

»Wie sollte ich denn deiner Meinung nach reden?«

»Schlicht und einfach!«

»Also, die Dame war schlicht und einfach erzürnt über den Mangel an Aufmerksamkeit meinerseits. Wie andere Frauen auch findet sie großen Gefallen daran, Männer abzuweisen.«

Cyrene runzelte die Stirn. »Wenn Sie damit unterstellen wollen, daß ich zu diesen Frauen gehöre –«

»Du tust mir unrecht«, erwiderte er mit gekränkter Miene.

»Das wage ich zu bezweifeln.«

Er beugte sich nach vorn, bis seine Lippen ihre Wange berührten. »Was hast du gesagt? Ich habe es nicht richtig verstanden.«

»Es war nichts Wichtiges. Sind Sie sicher, daß das der ganze Grund war?«

»Der ganze Grund! Weißt du nicht, daß man mich beinahe ins tiefste Loch der Bastille geworfen hätte? Die *Lettre de cachet* war schon unterschrieben, die Wachen standen bereit. Nur die Intervention meines Freundes Maurepas hat mich gerettet.«

»Des Ministers? Aber er und die Pompadour sind doch Todfeinde!«

»Das stimmt. Maurepas mußte nur in Gegenwart der Maîtresse Seiner Majestät die Bemerkung fallenlassen, daß ich sicherlich die Bastille der Verbannung nach Louisiane, wo die Frauen alt und häßlich sind, vorziehen würde. Mein Verschwinden wäre der krönende Abschluß für eine Legende, die sich mit der von Don Juan messen könnte. Die Sache war im Nu erledigt.«

»Alt und häßlich?«

»Ein Irrtum, den man Maurepas nachsehen muß. Er diente einem guten Zweck, oder ich dachte es zumindest.«

»Das kann ich mir vorstellen.« Sie glaubte ihm kein Wort. Etwas steckte hinter dieser aalglatten Pose. Sie wußte zwar nicht, was es war, aber sie würde es schon noch herausfinden.

»Und dieser Irrtum«, fügte er hinzu, »bereitet mir außerordentliches Vergnügen.«

Lemonnier sah, daß sie nicht überzeugt war. Er hätte ihr gern die Wahrheit gesagt, doch er wußte mit tödlicher Sicherheit, daß sie dann auch nicht besser von ihm dächte.

»Erzählen Sie mir«, sagte sie mit brüchiger Stimme, »womit Sie sich in Frankreich die Zeit vertrieben haben. Ausgenommen natürlich mit der Verführung von Frauen, die für Ihre Werbung empfänglich waren.«

»Was ich getrieben habe? Nun ja, ich war am Hof von Versailles, bin auf die Jagd gegangen, habe Empfänge, Abendgesellschaften und Bälle besucht, ein bißchen gespielt – das Übliche eben.« Soviel von der Wahrheit konnte er schon zugeben.

»Sie haben Besitzungen?«

»Es wäre korrekter zu sagen, daß mein Vater welche hat, obwohl ich aus einem Teil dieser Güter mein Einkommen beziehe.«

»Und was hat Ihr Vater zu Ihrer Verbannung gesagt?«

»Ich hatte keine Zeit, ihn danach zu fragen, als man mich eiligst auf ein Schiff verfrachtete und in der Kabine einschloß. Seine Antwort würde vermutlich lauten, daß das hoffentlich einen Mann aus mir macht, auch wenn er darauf keine Wette eingehen würde.«

In seiner Stimme lag eine Bitterkeit, die ihr verriet, daß sie einen empfindlichen Punkt getroffen hatte. »Ich nehme an, er bemüht sich um Pardon für Sie, damit Sie zurückkehren können?«

»Wie kommst du denn darauf? Ich bin nicht der einzige Sohn, nicht einmal der älteste. Wir waren zu fünft, aber einer starb früh, und ein anderer ist invalid.« Bei diesen Worten sah er sie scharf an. »Trotzdem sind auch ohne mich noch genug übrig, um den Fortbestand der Familie zu sichern.«

»Und das wäre sein einziges Motiv?«

Es dauerte einige Zeit, bis er sich zu einer Antwort aufraffen konnte. Dann erwiderte er: »Du meinst vielleicht so etwas wie Vaterliebe? Ich habe die Familienehre besudelt und dadurch jedes Recht auf solche Gefühle verwirkt. Willst du mich nicht für den Verlust entschädigen?«

Er berührte zärtlich ihre Taille und ließ die Finger nach oben gleiten, als wolle er ihre Brust mit der Hand umfassen.

»Nein, das will ich nicht!« Cyrene packte die Hand und schleuderte sie wie ein lästiges Insekt von sich. »Führt denn bei Ihnen alles dazu?«

»Fast alles«, gab er zu und musterte mit verhangenem Blick das schnelle Heben und Senken ihres Mieders. Der billige Stoff war unterdessen schon halb trocken und zeichnete ihre Gestalt nicht mehr mit solch unübersehbarer Präzision nach. Das war ein Segen, denn in seiner letzten Antwort hatte er – soweit es Cyrene Nolté betraf – die Wahrheit gesprochen.

Bevor Cyrene weiterreden konnte, war vom Wasser her ein gedämpftes Plätschern zu hören. Das Geräusch wiederholte sich und kam näher. Es war das rhythmische Eintauchen von Paddeln. Lemonnier schob den Rock, mit dem sie zugedeckt waren, zurück und setzte sich unter behutsamer Anspannung seiner harten Muskeln auf. Er schob das dichte grüne Myrtenlaub mit dem Finger zur Seite und spähte hinaus. Bewegungslos blieb er sitzen.

»Die Indianer?« flüsterte sie fast unhörbar.

Als Antwort nickte er kurz. »Nur noch drei. Keine Gefangenen.«

Cyrene stieß mit erleichtertem Zittern die Luft aus. Die Bretons waren entkommen.

Die Tschokta hielten sich nicht auf, und nichts deutete darauf hin, daß sie sich an die Stelle erinnerten, wo sie und René ins Wasser gefallen waren. Entweder hatten sie Verwundete zu versorgen und mußten deshalb schnell in ihr Lager zurückkehren, oder sie hatten allen Enthusiasmus verloren, *voyageurs* zu belästigen. In wenigen Minuten waren sie außer Sicht, und das leise Geräusch ihres Vorübergleitens verhallte zwischen den Bäumen und wogendem Sumpfgras.

Als die Gefahr vorüber war, stand Lemonnier auf. »Kannst du gehen, wenn ich dich stütze?«

»Ich könnte schon«, antwortete sie mit Zweifel in der Stimme, »aber wenn Sie hier fortwollen, halte ich das nicht für eine gute Idee.«

»Das wird uns warm halten und die Zeit vertreiben, bis wir die anderen treffen.«

»Monsieur Pierre und Monsieur Jean haben sich sicher den Ort, an dem sie uns zurückließen, sorgfältig eingeprägt. Sie erwarten, uns bei ihrer Rückkehr hier vorzufinden. Wenn wir flußabwärts wandern, können wir vielleicht nicht am Wasser entlanggehen, weil uns Unterholz oder Morast den Weg versperren. Es wäre möglich, daß wir sie verpassen.«

Das dringende Bedürfnis, etwas zur Besserung ihrer Lage zu tun, kämpfte in Lemonnier mit der Einsicht, daß Cyrenes Vorschlag vernünftiger war. Dennoch widerstrebte es ihm, untätig dazusitzen und auf Rettung zu warten. Vielleicht konnte er ihre Einwände beschwichtigen, doch das machte jetzt wenig Unterschied. Irgendwo flußabwärts bei dem Versuch, das englische Schiff zu erreichen, zu erfrieren oder gleich hier unter den Myrten zu sterben, waren keine verlockenden Aussichten. Er wollte es zwar nicht aussprechen, aber die Indianer hatten vielleicht deswegen auf die Suche nach ihnen verzichtet, weil es ihnen gelungen war, den handelnden *voyageurs* das Indigo zu rauben. Andererseits war hier nicht sein Terrain, obwohl er sich schon seit einem Monat in Louisiane aufhielt. Er kannte die Gefahren, die hier lauerten, nicht. Bei Cyrene war das anders.

Sie spürte seine Zweifel und versicherte: »Monsieur Pierre und Monsieur Jean werden kommen!«

»Na gut«, antwortete er und ließ sich wieder neben ihr nieder, »dann warten wir eben, wenn es dir soviel bedeutet, noch ein bißchen länger in meinen Armen zu liegen.«

Die Zeit wurde ihnen lang bis zur Rückkehr der Bretons, doch es konnte höchstens eine Stunde verstrichen sein, als diese sich so leise näherten, daß die beiden ihre Ankunft beinahe nicht bemerkt hätten. Sie lösten sich voneinander und standen auf. Die Kanus lagen schon am Ufer.

Dem nassen Paar wurden zwei Büffeldecken aus dem Bettzeug gegeben, dann legte die Gesellschaft sofort ab. Sie waren noch einige Meilen tiefer ins Labyrinth der Sümpfe und Bayous eingedrungen, bevor Pierre ihnen wieder das Zeichen zum Halten gab. Sie machten ein Feuer, doch die Anstrengung beim Paddeln hatte sie aufgewärmt, und ihre Kleider waren fast trocken, so daß sie sich nicht die Mühe machten, sich umzuziehen.

Cyrene bestand darauf, sich sofort um Monsieur Pierres und Gastons Wunden zu kümmern. Sie hatte sich schon stundenlang – wie ihr schien – um sie gesorgt, obwohl ihre Fähigkeit, die Kanus über das Wasser zu jagen, nicht beeinträchtigt war.

Der Arm des jungen Mannes wies einen schartigen Riß auf, der genäht werden mußte, um gut zu heilen. Wie die meisten *voyageurs*, die Cyrene kannte, machte Gaston bei der Behandlung mit der Nadel viel Lärm. Er stöhnte und fluchte, als ob er gefoltert würde, hielt aber den Arm so ruhig, als wäre er aus Holz, und zuckte nicht ein einziges Mal.

Die Wunde, die der Pfeil in Pierres Rücken verursacht hatte, war eine ernstere Sache. Jean hatte den Schaft bis auf einen Rest von etwa zehn Zentimetern abgebrochen und die Steinspitze saß noch in dem Muskel unterhalb des Schulterblattes. Durch den Einschußwinkel war der Pfeil nicht tief eingedrungen, aber er hatte sich ein langes Stück unter die Haut gegraben und steckte fest im Fleisch. Das war sonderbar. Der Pfeil hätte sich Pierre direkt in die Lunge bohren müssen. Die Zähigkeit der Haut hatte ihn abgelenkt. Pierres Rücken war eine lederne Fläche von Narben, Hunderten von Narben. Eine neben der anderen zogen sie sich kreuz und quer über den ganzen Oberkörper.

Cyrene hatte es schon gesehen, aber noch nie so lange und aus solcher Nähe. Der älteste Breton gestattete nur wenigen Menschen einen Blick auf seinen Rücken, und er sprach nicht darüber. Der Grund war nicht schwer zu erraten. Es gab nur eine Ursache für so furchtbare Narben: ein Urteil auf lebenslänglich auf den Galeeren des Königs, endlose Jahre täglichen, stündlichen Peitschens. Nicht viele Männer trugen dieses besondere Zeichen der Zwangsarbeit. Die meisten starben nach ein oder zwei Jahren, ein Entkommen war fast unmöglich. Und selbst dann war die Gefahr nicht zu Ende. Ein entlaufener Galeerensträfling wurde gehenkt, wenn ihn die Behörden aufgriffen, das aber erst, nachdem man ihn der Folter, die das Gericht über ihn verhängte, unterzogen hatte: Rad, Streckbank, Vierteilen oder langsames Zerquetschen des Schädels. Diese Narben bedeuteten mehr als ein Zeichen der Sklaverei, sie waren ein Todesurteil gewesen, dem Pierre offensichtlich entkommen war.

Jean und Gaston waren an den Anblick gewöhnt und achteten kaum darauf. Wenn Lemonnier etwas auffiel, schien er die Intelligenz zu besitzen, auf Ursache und Folgen selbst schließen zu können, denn er stellte keine Fragen.

Wegen der Widerhaken an der Spitze des Schafts mußte man den Pfeil herausschneiden, um ihn zu entfernen. Das war nicht leicht, ohne zusätzlichen Schaden anzurichten.

Cyrene reinigte ihr Messer im Sand und steckte die Klinge dann in die rote Glut des Lagerfeuers. Sie gab Pierre einen Becher Weinbrand und wusch ihm mit der scharfen Flüssigkeit das Blut vom Rücken. Manche Leute zündeten den Alkohol an, um die Wunde auszubrennen, doch sie hatte die Notwendigkeit nie eingesehen. Was so schrecklich brannte, wenn es die Kehle hinunterlief, brauchte kein Feuer, um die Fäulnis zu bekämpfen.

Gaston hatte sich hingelegt und war auf der Stelle eingeschlafen. Die Anstrengungen und der Eingriff, den er über sich hatte ergehen lassen müssen, hatten ihn erschöpft, obwohl sie behutsam vorgegangen war. Also mußte Monsieur Jean ihr bei seinem Bruder helfen. Cyrene dachte allerdings nicht daran, ihm das Messer anzuvertrauen und war nicht sicher, ob ihr der jüngere Bruder überhaupt nützen würde. Monsieur Jean konnte zwar einen Hirschen in der Zeit ausweiden und häuten, die ein anderer brauchte, um den Schwanz zu finden, er skalpierte, ohne von Skrupeln heimgesucht zu werden, einen aufständischen Indianer wegen des Kopfgeldes, aber wenn er das Blut eines Menschen sehen mußte, der ihm nahestand – oder sein eigenes –, wurde er grün wie Petersilie.

Es hatte seinen Magen schon angegriffen, daß er ihr dabei zusehen mußte, wie sie Gaston zusammenflickte. Sie winkte ihn zu sich, damit er Pierres Haut über dem tief eingedrungenen Pfeil spannte und merkte, daß ihm die Hände zitterten.

Jean tat zwar, wie ihm geheißen, aber er schluckte schwer und drehte den Kopf weg, als sie das weißglühende Messer nahm und es zur Abkühlung in der Luft hin- und herschwenkte. Sie machte ihm daraus keinen Vorwurf; sie konnte sich auch Vergnüglicheres vorstellen. Sie nahm den Griff fest in die Hand und streckte den Zeigefinger über dem Ansatz der Klinge aus, um sie besser unter Kontrolle zu haben.

Es war ein Fehler von Jean, daß er hinsah, als der erste Tropfen von hellem, rotem Blut hervorquoll. Er schwankte und seufzte ein wenig. Seine Hände sackten zur Seite. Cyrene warf den freien Arm hoch, um ihn festzuhalten. Im Nu stand René neben ihr. Er führte Jean zu einem Baumstumpf und setzte ihn dort ab, dann kam er wieder, um Cyrene beizustehen.

»Läßt du es mich machen?« fragte er, blickte in ihr bleiches Gesicht und streckte die Hand nach dem Messer aus.

»Können Sie das denn?«

»Ich kann es probieren. Ich habe bei einigen Wundbehandlungen zugesehen.«

Wo konnte das gewesen sein? Beim Duell? Es spielte kaum eine Rolle. Sie wandte sich an den Verletzten, indem sie andeutungsweise einen Blick über die Schulter warf. Dann sah sie wieder zu Lemonnier. »Monsieur Pierre?«

Pierre Breton betrachtete sie mit aufmerksamer Miene, obwohl seine Mundwinkel vor Schmerz tief zerfurcht waren. »Alles, was du willst, *chère*, solange es nur schnell geht!«

Cyrene überlegte sich dieses Problem noch einen Augenblick. Vielleicht war es die Sicherheit, die sie in den grauen Tiefen seiner Augen sah, oder die eigene Scheu überzeugte sie. Doch was es auch war, es gab den Ausschlag.

Sie reichte René das Messer und übernahm Jeans Part. Kein Wort wurde verloren. Sie legten gemeinsam den Pfeil frei und machten eine Öffnung, um ihn entfernen zu können. Sie hoben die Spitze aus der Wunde. Cyrene reinigte sie wieder mit Weinbrand, heftete sie mit einigen Stichen zusammen und umwickelte sie mit einem festen Verband. Als sie damit fertig waren, ging Lemonnier zum Weinbrandfäßchen und füllte Pierres Becher noch einmal, dann schüttete er in zwei andere einen reichlichen Schluck. Einen Becher reichte er Cyrene, erhob den seinen und prostete ihr zu.

»Danke«, sagte Cyrene.

»Du mußt dich nicht bedanken. Du hast es verdient.«

»Sie aber auch.« Sie nahm einen Schluck von dem flüssigen Feuer, und als es ihr in der Kehle brannte, fiel ihr ein, wo Lemonnier die geschickte Handhabung der Klinge und den stabilen Magen noch erworben haben konnte. Bei manchen Menschen waren solche Fähigkeiten angeboren, aber meist wurden sie durch Erfahrung gelernt, zum Beispiel auf dem Schlachtfeld oder im Gefängnis.

Das Schiff, die *Half Moon,* lag im blaubraunen Wasser der Bucht vor Anker. Es hatte sich nicht besonders versteckt oder getarnt: ein Handelsschiff englischer Bauart mit zweckmäßig braunen Segeln und so rundlich und dickwanstig wie eine Bürgersfrau, aber es hatte die Flagge gestrichen und hielt sich zum schleunigen Rückzug bereit, sollte eine französische Patrouille auftauchen.

Die Bretons näherten sich dem Schiff nicht direkt. Sie wollten nicht übereifrig wirken. Außerdem lag ihnen nichts daran, von der üblichen Einladung zur Übernachtung an Bord des Kauffahrers abhängig zu sein, denn das – behauptete Monsieur Pierre – verschaffte der anderen Seite beim Geschäftemachen einen Heimvorteil. Deshalb errichteten sie nach ihrer Ankunft als erstes ein Lager am Strand. Der wahre Grund für das unbequeme Biwak, den sich allerdings niemand eingestand, war Monsieur Pierre. Er haßte sämtliche Wasserfahrzeuge, die über die Größe eines Kahns hinausgingen. Er konnte nur einige Stunden an Bord eines Schiffes bleiben, ohne daß ihm die Hände zitterten, und mußte stockbesoffen sein, um dort schlafen zu können. Doch selbst unter solchen Umständen wurde er von furchtbaren Alpträumen heimgesucht. Das kam vermutlich von der Zeit am Ruder der Galeere.

Der leere Strand mit seinem fransigen Saum, der Flutlinie aus meergeschwärztem Treibholz, breitete sich vor ihnen aus – keine Spur von anderen Händlern: Sie waren die ersten. Sie entluden die Kanus und zündeten ein Feuer an, dann errichteten sie zwei Notunterkünfte. Die Konstruktion war alles andere als kunstvoll: Sie bestand aus zwei geschälten Stöcken, die als Pfosten dienten, zwei weiteren, die schräg zu Boden führten und zusammen den Rahmen für das Dach aus Zweigen und Palmwedeln bildeten. Immerhin hielten diese Hütten den Wind ab und boten Schutz vor dem Regen, der um diese Jahreszeit nicht selten war. Bei milderem Wetter hätte auch ein Bündel Decken genügt.

Als sie die Palmwedel an der für sie vorgesehenen Hütte befestigte, warf Cyrene einen kritischen Blick auf die zweite. Sie war ein wenig größer, aber nicht sehr. Monsieur Pierre und Monsieur Jean hatten anscheinend nicht bedacht, daß auch Lemonnier dort unterkommen mußte, oder sie glaubten, daß er auf dem Schiff übernachtete. Sollte er sich aber für den Strand entscheiden, dann wurde es eng für die vier Männer. Andererseits hielten die Bretons auf diesen Expeditionen meist abwechselnd Wache.

Cyrene erwartete, wenigstens einmal zum Essen an Bord eingeladen zu werden, und hatte daher ihr schönstes Mieder, den besten Rock und die hübscheste Haube mitgebracht. Die Sachen unterschieden sich allerdings nicht sehr von ihren anderen. Sie machte sich nichts aus luxuriöser Kleidung, obwohl das in der Kolonie manchmal eine wahre Passion war. Das Tragen von Kleidern, die so modern wie möglich waren – ihr Schnitt konnte zwei Jahre oder mehr hinter Paris und Versailles zurück sein –, bewirkte, daß sich die Leute weniger isoliert und nicht so provinziell vorkamen. Bei ihrer Ankunft war Cyrene reichlich mit Kleidern ausgestattet gewesen. Aus dem größten Teil war sie schon im ersten Jahr herausgewachsen. Den Rest hatte sie geflickt und zusammengestückelt – hatte einen Rock verwendet, um ein Volant an einen anderen anzusetzen, aus einer engen Jacke ein Mieder und zwei Taschen gemacht, eine Haube und einen Schal aus den noch verwendbaren Teilen eines Unterkleids genäht und was dergleichen nützliche Dinge mehr waren –, aber durch das häufige Tragen und Waschen im Fluß sah das meiste, was noch übrig war, Lumpen ziemlich ähnlich. Monsieur Pierre und Monsieur Jean kauften ihr zuweilen ein paar Ellen Stoff, doch das war fast immer grobes, derbes Zeug in grellen Farben und mit kühnen Mustern.

Cyrene achtete selten darauf, was sie anzog, es mußte lediglich sauber und einigermaßen sittsam sein. Aber an diesem Abend spürte sie eine eigentümliche Unzufriedenheit mit ihrer äußeren Erscheinung. Nur einmal, dachte sie, möchte ich mich in *grande toilette* sehen, in Reifrock und mit Puder in den Haaren, in einem Kleid aus Samt und Seide mit reichem Spitzenbesatz, wie es bei Hof oder im Haus des Gouverneurs getragen wird. Lemonnier war bestimmt daran gewöhnt, elegant gekleidete Damen zu sehen. Nicht, daß es sie kümmerte – ihre Unzufriedenheit ging schnell vorüber. Eigentlich war sie glücklich, wie sie war. Sie mußte nicht aufpassen, daß die lästigen langen Gewänder nicht im Schmutz schleiften, mußte nicht mühsam in einem engen Korsett um Atem ringen. Und würde sie in einem Reifrock, der so weit war, daß sie damit nur seitwärts durch die Tür kam und an der Tafel zwei Plätze brauchte, auf dem Prahm oder beim Hochklettern auf der Schiffsleiter nicht ziemlich komisch wirken?

Trotz dieser verächtlichen Gedanken gab sie sich besondere Mühe mit ihrem Aussehen. Sie löste den Zopf, bürstete sich das Haar, bis es einen sachten Goldschimmer erhielt, und ließ es dann offen über die Schulter fallen. Ein paar Löckchen schlüpften unter der Haube hervor und umrahmten ihr Gesicht, wie bei jungen Frauen, die mitteilen wollen, daß sie für eine Ehe zu haben sind. Sie übernahm auch deren Trick, die Schleife am gerafften Ausschnitt der Bluse nur lose zu knüpfen und die weiche Schwellung des Busens zu zeigen. Sie tat das, sagte sie sich, weder der Mode noch Lemonniers Erwartung wegen. Eher ging es ihr um die Verhandlungstaktik. Sie mußte tun, was sie konnte, um die Aufmerksamkeit des englischen Kapitäns abzulenken.

Es war Ende Januar. Die Dunkelheit brach schon herein, als sie schließlich zu dem Handelsschiff hinausfuhren. Cyrene stieg als erste die schwankende Schiffsleiter hinauf. Sie kletterte flink und behende, war aber froh um die verbergende Dunkelheit, denn der ablandige Wind bauschte ihr die Röcke bis zur Taille.

Auf Deck stand schon der Kapitän bereit, um ihr an Bord zu helfen. Er kam aus Rhode Island, und das Schiff gehörte ihm. Captain Dodsworth war groß, hatte Sommersprossen und karottenrotes Haar, und er lachte gern. Er war ein freigebiger Gastgeber und hörte sich die Neuigkeiten und Ereignisse aus der französischen Kolonie an, als liege sie auf einem anderen Stern. Aber er verhandelte hart. Die Bretons hatten bereits mit ihm Geschäfte gemacht, und zwar nicht immer zu ihrem Vorteil. Monsieur Jean bezeichnete ihn als Piraten.

»Mademoiselle Nolté«, sagte er und beugte sich über ihre Hand, »es ist mir stets ein großes Vergnügen, Sie an Bord der *Half Moon* begrüßen zu dürfen.«

Ein frohes Lächeln glänzte in ihren Augen auf. »Captain Dodsworth, wie ich sehe, sind Sie immer noch die Galanterie selbst.«

»Wenn das der Fall ist, dann, weil Sie mich dazu bringen.«

»Die Frage ist nur, ob ich Sie auch dazu bringe, großzügig zu sein.«

Er warf den Kopf zurück und lachte aus vollem Halse. »Natürlich.«

Aus dem Halbdunkel hinter dem Kapitän löste sich eine Gestalt. »Wenn das nicht unsere schöne Schmugglerin ist! Nur wenige Männer wären angesichts ihres Charmes nicht großzügig, um auf reiche Belohnung hoffen zu dürfen.«

Hinter sich hörte Cyrene Gaston an Bord kommen, dann sprang Lemonnier leichtfüßig an Deck. Sie hatte keine Zeit, umzukehren und sie zu warnen.

Der Fremde, der sich schon wie der Holzwurm in den Planken auf dem Schiff eingenistet hatte, war ein gewisser Touchet, wobei allerdings zu bezweifeln war, ob er diesen Namen bei der Taufe erhalten hatte. Er war klein und schmal, mit dem wendigen Körper einer halbverhungerten Katze, einer fliehenden Stirn und gierigem Blick. Er war ein Langfinger und kleiner Dieb, ein Händler, der Sklaven und Indianern den verbotenen Weinbrand verkaufte. Er war, wenn man hartnäckigen Gerüchten glauben schenkte, der Handelsagent der Marquise. Und ein von ihr bezahlter Spitzel.

7. Kapitel

An der Kapitänstafel fand sich eine argwöhnische Gesellschaft ein. Das Essen war einfach: Es gab Bohnensuppe, in Butter gebratenen Fisch und als Hauptgericht Rinderbraten, der mit Zwiebeln und Thymian gewürzt war. Dazu wurden Salzkartoffeln und Kohl gereicht. Die *Half Moon* kam direkt von den Bahamas und hatte dort für eingesalzenen Kabeljau und Schiffsbalken Waren erhandelt, die die Hochseefregatten aus England gebracht hatten. Auch die Orangen, die das Dessert bildeten, der Rum, den sie tranken, und der Tafia – ein weniger starkes Gebräu aus Zuckerrohrsaft – stammten von den Bahamas.

Sie waren acht Personen. Cyrene nahm als einzige Dame den Ehrenplatz zur Rechten des Kapitäns ein, neben ihr saß Monsieur Jean, daneben Gaston. Pierre hatte ihr gegenüber Platz genommen, links von ihm saßen Lemonnier und Touchet und am Fußende der Erste Maat.

Sie begannen zeitig mit der Hauptbeschäftigung – dem Sinn und Zweck – des Abends. Captain Dodsworth hob den Becher mit Rum, sah zu Cyrene und sagte mit lauter Stimme: »Auf das süßeste Lächeln und die schwärzesten Augen, die heute nacht die Weltmeere befahren!«

Das war als Auftakt zu einer Wettsauferei gedacht. Wer am meisten vertrug, gewann den Kampf, und ihm winkte als Preis der Vorteil des Geschäftsmannes mit dem klarsten Kopf. Aber das war nicht alles. Cyrene musterte den Kapitän, und sie überkam das Gefühl, daß er die Gesellschaft der Bretons und den Agenten der Marquise als Konkurrenten gegeneinander ausspielen wollte. Doch dieses Spiel ließ sich auch zu zweit spielen. Sie konnte das Kompliment, das ja nichts weiter zu bedeuten hatte, aufnehmen und für ihre Zwecke benutzen. Sie wollte schließlich ihren Einfluß zugunsten der Bretons geltend machen, auch ohne sich am Besäufnis zu beteiligen. Mit geschmeicheltem Lächeln neigte sie den Kopf und hob ihrerseits den Becher. »Auf alle Seeleute, die so viel riskieren für… ein Lächeln.«

Die Trinksprüche, die es jetzt hagelte, wurden immer schlüpfriger. Erst tranken sie auf George von England und Louis von Frankreich, die Königinnen beider Länder und die Maîtressen der beiden Majestäten. Sie ließen die Steuereinnehmer jeglicher Nationalität zur Hölle fahren und huldigten der Schönheit von Indigoblau und Pfirsichgold – das war der Lieblingston der Pompadour, und, wer weiß, vielleicht auch die Farbe ihres Busens. Dann hoben sie den Becher auf die edlen Eigenschaften von Katzenwels und Kabeljau als Verjüngungsmittel und Aphrodisiakum.

Die derben Scherze und die Sauferei nahmen nur zu einem geringen Teil Cyrenes Aufmerksamkeit in Anspruch. Die Geschichte ihrer Flucht vor den Indianern wurde erzählt, und sie warf hier und da etwas ein. Die Diskussion über die wirtschaftliche und politische Lage in Europa konnte ihr Interesse jetzt, da der Krieg vorbei war, nicht lange fesseln. Statt dessen beobachtete sie Touchet, den Agenten der Marquise.

Er war klein mit eingefallener Brust und fliehendem Kinn und besaß das verschlagene Gesicht eines Fuchses. Er hatte eine bleiche, pockennarbige Haut, und seine Fingernägel waren so lang wie die Nägel der Knochenputzer, die bei den Tschokta das verwesende Fleisch der Toten vor der Bestattung von den Knochen lösten. Sein Gesichtsausdruck war verschlossen und arrogant, und obwohl er bei jedem Toast den Inhalt seines Bechers hinunterkippte, hatte der Rum auf ihn keine sichtbare Wirkung. Er nahm an der allgemeinen Konversation teil, aber seine Bemerkungen waren scharf und schneidend wie Glasscherben.

Cyrene grübelte darüber nach, was Touchet eigentlich hier auf dem Schiff zu suchen hatte. Das war nicht nur ihre Sorge. In einer Gesprächspause richtete sich Monsieur Jean über den Tisch an den Mittelsmann der Marquise. »Sind Sie unter die Händler gegangen, Touchet, oder fungieren Sie als Agent?«

Die unausgesprochene Frage hing im Raum, ob der Mann für die Marquise handelte. Es war immerhin möglich, und das würde die Gefahr, in die sie sich begeben hatten, beträchtlich verringern. Wenn Touchet bei einem Geschäft mit dem Rhode Islander die Marquise vertrat, war es unwahrscheinlich – wenn auch nicht völlig ausgeschlossen –, daß er die Behörden über ihre Aktivitäten unterrichtete.

Aber so leicht ließ sich Touchet die Würmer nicht aus der Nase ziehen. »Das hängt«, antwortete er mit leisem Lächeln, »ganz allein von der Bezahlung ab.«

Jean warf Pierre einen kurzen Blick zu. Touchets Antwort konnte bedeuten, daß er gegen ein Schweigegeld sein Wissen über ihre Geschäfte für sich behielte. Vielleicht hatte er auch einfach sagen wollen, daß er die Entscheidung, ob er über dieses Wissen verfügen oder selbst Handel treiben würde, vom jeweils zu erwartenden Gewinn abhängig machte.

»Die Aussichten auf Gewinn waren noch nie so gut«, warf Monsieur Jean leichthin ein.

»Und die Chancen, den Patrouillen zu entkommen, noch nie so schlecht.«

»Man sollte doch meinen, daß sie die Sache nachlässiger handhaben würden, weil der Krieg aus ist«, murrte der Kapitän.

Pierre schwenkte den Rum in seinem Becher. »Der Krieg zwischen unseren Ländern wird hier nicht aus sein, bis eines davon die Neue Welt beherrscht.«

»Und das werden wir sein, lieber Freund. Wir arbeiten mehr und geben niemals auf.«

»Ihr werdet euch noch übernehmen«, lachte Pierre, »oder die Indianer machen euch allen den Garaus, weil ihr sie aus ihrem Land vertreibt. Wir Franzosen nehmen das Leben leichter. Wir fassen es nicht als Herausforderung, sondern als Geschenk auf und werden noch in Frieden mit den Indianern zusammenleben, wenn ihr Engländer längst wieder auf eurer kleinen Insel sitzt.«

Touchet lachte auf. »Und ihr *voyageurs* nehmt den Mund voll, aber ihr baut nichts auf und werdet nie etwas haben.«

»Und wir zerstören nichts«, erwiderte Monsieur Pierre mit Würde. »Was brauchen wir mehr als ein Boot, genug zu essen und zu trinken, vielleicht ein bißchen Tabak und ein Spielchen, um uns die Zeit zu vertreiben?«

»Und Geld? Ein schönes Haus? Diener, die die Arbeit für Sie tun, während Sie sich ausruhen können?«

»Ach was, derlei kann über Nacht verschwinden. Worauf es ankommt, das sind Menschen, Freunde und eine Familie.«

»Sie hätten also nichts dagegen, wenn Sie bei einem Geschäft übers Ohr gehauen würden oder wenn ein Mann käme, Ihnen Mademoiselle wegnehmen und ihr ein besseres Leben bieten würde?«

Pierres blaue Augen sprühten Funken. »Der Handel ist ein Spiel, und darin wird mich keiner schlagen, wenn ich es verhindern kann. Was Cyrene betrifft, so halten wir sie nicht. Sie kann gehen, wohin sie will, aber ich denke, sie hat zu viel Verstand, um auf vornehmes Getue und teuren Tand hereinzufallen.«

Gegen Ende dieser Rede fing Cyrene Monsieur Pierres Blick auf und spürte, daß er sie direkt angesprochen hatte. Nicht zum erstenmal fragte sie sich, ob sie nicht dumm gewesen war. Aber sie hatte eigentlich immer gewußt, daß die Bretons sie nicht gefangenhielten. Sie hatten sie nur aus Zuneigung und Besorgnis gehütet. Pierre wollte ihr zu verstehen geben, daß er auf ihre Menschenkenntnis vertraute und deswegen das Recht, sie zu beschützen, an Lemonnier übertragen hatte. Wenn sie nur dasselbe Vertrauen empfinden könnte!

Captain Dodsworth legte seine Hand auf Cyrenes, die auf der Tischkante lag. »Mademoiselle Cyrene ist eines jener seltenen Geschöpfe, die Verstand in ihrem hübschen Kopf haben. Sie kann man nicht an der Nase herumführen.«

Cyrene wußte, daß der Kapitän nicht nur ein harter Geschäftsmann, sondern auch Ehemann und dreifacher Vater war, und fand das Kompliment alles andere als überwältigend. Sie warf ihm ein kurzes Lächeln zu und fragte sich, ob Mrs. Dodsworth von ihrem Gatten auch als seltenes Geschöpf angesehen wurde. Sie bezweifelte es.

Lemonnier sah Dodsworth mit Cyrenes Hand spielen und spürte zu seiner Überraschung Ärger in sich aufkommen. Er hätte die Aufmerksamkeit auf die Männer richten, dem Gespräch folgen und ihre Absichten ausloten sollen, doch statt dessen ließ er sich immer wieder von der einzigen Frau an der Tafel ablenken. In dieser reinen Männerversammlung zeigte sie bemerkenswertes Selbstbewußtsein. Sie schob sich zwar nicht in den Vordergrund, zog sich jedoch auch nicht ins Schweigen zurück. Sie ließ selbst keine gewagten Bemerkungen fallen, zeigte sich aber auch nicht peinlich berührt, nicht einmal aus Gründen der Schicklichkeit. Im Licht der Tranlampen leuchtete ihr Haar wie flüssiges Gold, und die Haut schimmerte weiß wie Perlen. In den schwarzen Abgründen ihrer Augen lagen eine schnelle Auffassungsgabe und eine verstohlene, kaum wahrnehmbare Amüsiertheit, die ihn faszinierte. Er hätte viel darum gegeben, sie teilen zu können.

Auf einmal wollte René aufspringen, den albern grinsenden Rhode Islander zu Boden schlagen, Cyrene packen, sie sich über die Schulter werfen und vom Schiff an den Strand tragen. Dort würde er sie mit einer Intensität lieben, bis sie beide atemlos und berauscht wären. Zusammen würden sie in wunderbarer Nacktheit auf den Fellen von Cyrenes Lager liegen, und er würde jeden köstlichen Zentimeter mit Küssen bedecken...

Wahnsinn. Er saß regungslos da, atmete tief durch und rang um Selbstbeherrschung. Solange er denken konnte, hatte ihn die Lust noch nie so vollkommen, so unkontrollierbar gepackt, nicht einmal, als er noch jung und leichtsinnig war. Er wußte nicht, was er davon halten sollte oder gar von der Frau, die diese Wünsche in ihm weckte. Ich muß auf der Hut sein, dachte er. Solche Impulse kann ich mir nicht leisten.

»Unsere schöne Schmugglerin ist etwas Außergewöhnliches«, fuhr Touchet fort, »aber sie ist auch eine Frau. Sie weiß bestimmt, wie wunderbar ihr Seide und Spitzen stehen würden. Der Mann, der sie ihr geben kann, hat sicher reiche Belohnung zu erwarten.«

Die Stimme Touchets klang ölig. Lemonnier sah ihn scharf an. Pierre runzelte die Stirn. Cyrene drehte sich um und blickte ihm mit kühler Miene ins Gesicht, und das Mißfallen darüber, so plump in den Mittelpunkt der Aufmerksamkeit gerückt zu werden, war ihr von der Stirn abzulesen.

»Bilden Sie sich etwa ein, daß ich für ein paar Stoffbahnen zu haben sei?« fragte sie.

»Das war nur so eine Redensart, Mademoiselle Cyrene. Ich sprach über einen gewissen Stil, über Luxus und ein sorgenfreies Leben. Wollen Sie behaupten, daß das für Sie keine Anziehungskraft besitzt?« Die Lippen des Agenten der Marquise waren zu einem zynischen Lächeln verzogen, doch sein Blick lag lüstern auf den weichen, weißen Rundungen ihres Busens über dem Mieder.

»Nicht, wenn ich dafür meine Seele verkaufen muß.«

»Ich glaube nicht, daß es Ihre Seele wäre, wofür sich der Käufer interessieren würde.«

Monsieur Jean stand auf, und Monsieur Pierre tat es ihm nach. »Das reicht, Touchet!« sagte der jüngere von beiden.

Der fuchsgesichtige Mann schaute Monsieur Jean an. »Die Hütehunde sind wachsam. Das ist ja außerordentlich rührend!«

René hatte sich nicht bewußt zu einer Einmischung entschlossen. Erst beobachtete er Touchet nur, im nächsten Moment war er aufgestanden, wechselte einen kühlen Blick mit den Bretons und wandte sich dann an den neben ihm sitzenden Touchet. Er stützte sich mit der Faust auf dem Tisch ab und beugte sich über den kleinen Mann. »Dieses Gebiet ist meine Aufgabe«, sagte er, »und ich bin allerdings wachsam. Cyrene ist nicht Gegenstand einer Betrachtung, sei es an diesem Tisch oder woanders, und dasselbe gilt für ihre Wünsche und Bedürfnisse.«

Touchet musterte ihn langsam von oben bis unten. »Ich nehme an, daß Sie sich darum kümmern werden. Auch um ihren guten Ruf und ihre... Seele.«

»Genau. Sie kann alles haben, was sie will; es kostet sie nur ein Wort.«

Das hätte er nicht unbedingt hinzufügen müssen, aber es war ihm eine große Genugtuung, diese Worte auszusprechen. Auch Cyrenes empörter Blick befriedigte ihn. Wenn sie sich eingebildet hatte, daß er sich auf die ihm zugewiesene Rolle beschränkte, dann würde sie sich noch wundern. Er hatte zu lange bei Hofe gelebt und beinahe vergessen, was für ein gutes Gefühl das war, wenn man sprach, wie einem der Schnabel gewachsen war, und einfach und direkt handelte. Es mußte lange her sein, daß er sich so verwegen und so entschlossen gefühlt hatte. Und so schuldbewußt.

Cyrene hörte Lemonniers Aussage mit ungläubigem Staunen. Doch daß die Bretons keine Einwände erhoben, beunruhigte sie noch mehr. Sie setzten sich auf ihre Stühle zurück, als sei damit alles in Ordnung. Sie fühlte sich gezeichnet und als René Lemonniers Besitz ausgewiesen. Es war zum Aus-der-Haut-Fahren! Daß sie es sich selbst eingebrockt hatte, machte die Sache nicht besser. Noch heute abend würde sie Monsieur Lemonnier den Kopf zurechtsetzen. Alles, was sie wollte, na gut. Sie würde ihm ihre Wünsche mitteilen, dann würde sie ja sehen, wie schnell er spurte.

Captain Dodsworth unterbrach das Schweigen und sprach über seine Waren, insbesondere über ein paar schöne Fayence-Schalen und Krüge, die – wie er dachte – Mademoiselle Nolté interessieren könnten. Er wollte die Sachen gerade holen lassen, als jemand in der Tür erschien.

Der wachhabende Offizier der *Half Moon* trat ein. »Entschuldigen Sie die Störung, Captain«, sagte er in sorgsam neutralem Ton. »Da sind Indianer am Strand. Sieht aus, als wollten sie mit uns verhandeln.«

Cyrene dachte sofort daran, daß die Aufständischen sie verfolgt hatten und jetzt die Auslieferung ihrer Beute fordern wollten. Derselbe Gedanke stellte sich auch bei den Bretons ein, denn sie stießen die Stühle zurück, sprangen auf und stürzten an Deck. Captain Dodsworth rief nach seinem Fernglas und folgte ihnen. Hinter ihm kamen die anderen.

Die Indianer hatten ein Feuer angezündet, und die Flammen loderten hell wie eine Lichtfontäne auf dem dunklen Strand. Gestalten bewegten sich ziellos hin und her, schwarze Silhouetten vor leuchtendem Hintergrund. Über ihren Köpfen durchbohrten glitzernde Diamantstecknadeln den kühlen Nachthimmel. Das Schiff schaukelte träge im Wellengang auf und ab, und die See klatschte gegen den Rumpf. Vom Bug vernahmen sie die leisen Stimmen der Matrosen, die sich unterhielten.

Das Fernglas wurde gebracht, und der Kapitän richtete es auf die Indianer am Feuer. Die Sekunden verstrichen. Immer noch schaute er hindurch. Endlich setzte er das Glas ab und rieb sich die Augen.

»Tschokta«, sagte er, »es ist der Haufen vom alten Setontu.«

Pierre brummte etwas. Cyrene stieß einen Seufzer aus. Jean lachte leise und freudlos vor sich hin. Setontu war der Häuptling eines kleinen Stammes und ein Verbündeter der Franzosen. Er war außerdem der Vater der Indianerin, die sich Kanota Una nannte und die vor über zwanzig Jahren zwei Winter mit Jean verbracht hatte. Sie war Gastons Mutter. Kanota Una war keine sehr fürsorgliche Mutter. Sie wachte aber meist über die Sicherheit des Kindes, das sie geboren, und des Mannes, der es gezeugt hatte. Kanota Una war hier, weil sie erfahren hatte, daß die Bretons nicht zu Hause waren, und weil sie genug über sie und ihre Geschäfte wußte, um den Grund zu erraten und sie zu finden. Es war leicht zu durchschauen, mit welcher Absicht sie ihren Vater und sein Volk hierhergeführt hatte. Sie wollte als erste unter den Waren auswählen. Und sie erwartete besondere Konditionen.

Die Atmosphäre für den Beginn ernsthafter Verhandlungen war damit zerstört, und alle entschieden sich einmütig dafür, die Angelegenheit aufzuschieben. Captain Dodsworth ließ als Zeichen des guten Willens und um von nahem einen Blick auf die Wilden werfen zu können, das Beiboot aussetzen und sich mit den Bretons ans

Ufer rudern. Als die Kanus den Strand erreichten, erwarteten die Indianer sie schon. Ein paar junge Männer zogen den Bug der Boote weiter an Land, damit die Insassen keine nassen Füße bekamen, wohingegen sich die älteren im Hintergrund in würdevoller Haltung für die formelle Begrüßung bereithielten. Als diese erfolgt war, ließ der Kapitän einige Fäßchen Tafia und Rum ausladen, und überall waren lächelnde Gesichter zu sehen. Es galt als Verbrechen, Alkohol an die Indianer zu verkaufen, aber warum sollte man ihnen keinen schenken? Er sorgte schnell für freundschaftliche Stimmung, auch wenn sie sich als kurzlebig erweisen konnte.

Alle ließen sich mit Tassen und Bechern in den Händen um das große Feuer nieder. Es wurde geredet. Rote Funken stoben in den Himmel und tanzten in grauen Rauchsäulen. Das Aroma des Holzfeuers mischte sich mit dem schlammigen, salzigen Geruch des Sumpfs, der Frische der Nacht und der warmen, wilden Ausdünstung menschlicher Körper in Woll- und Lederkleidung. Einige ältere Indianerinnen saßen am Rand des Kreises ums Hauptfeuer, die jüngeren gingen auf und ab, bereiteten Lager, stillten Säuglinge und brachten die kleinen Kinder ins Bett. Heranwachsende tollten herum, spielten Fangen und veranstalteten Wettrennen.

Cyrene setzte sich neben die Bretons ans Feuer. Für eine Weile genoß sie den Austausch feierlicher Begrüßungsformeln und das Geschichtenerzählen. Sie hatte genug von der Tschoktasprache aufgeschnappt, um den Erzählungen und Aufschneidereien folgen zu können, von denen jede phantastischer als die vorherige war. Doch nach den Anstrengungen des Tages wurde sie von dem Stimmengemurmel und der Hitze des Feuers bald eingelullt. Sie gähnte, blinzelte und gähnte wieder. Als ihr der Kopf auf die Knie sank und das Bedürfnis, die Augen zu schließen, unwiderstehlich wurde, wußte sie, daß es sinnlos war, dagegen anzukämpfen.

Sie wollte gerade aufstehen und sich in aller Stille in ihre Hütte zurückziehen, als sie spürte, daß Monsieur Jean neben ihr zusammenzuckte. Sie schaute auf ihn und folgte seinem Blick. Er war auf eine Indianerin gerichtet, die ans Feuer trat: Kanota Una. Sie war von majestätischer Gestalt, hatte dichtes, schwarzes Haar, das sie zu einem Zopf geflochten trug, und ausdrucksvolle Züge. Sie wartete, bis sie sicher war, daß Jean sie bemerkt hatte, dann winkte sie ihm mit einer ungeduldigen Geste.

Cyrene bemerkte Jeans Zögern, der Aufforderung nachzukommen. Abgesehen davon, daß sie nicht allzu höflich gewesen war, konnte Cyrene sich das nicht erklären. Soviel sie wußte, gab es zwischen den beiden keine Animositäten. Kanota Unas Wert bei ihren Stammesgenossen war durch den Aufenthalt im Bett eines Weißen sehr gestiegen. Sie hatte schon vor langer Zeit einen Indianer zum Mann genommen und weitere Kinder geboren. Nachdem sie Witwe geworden war, hatte sie sich mit einer Reihe von Liebesaffären die Zeit vertrieben, von denen jede kurzlebiger war als die vorhergehende. Jean besuchte sie gelegentlich und schickte ihr Geschenke, und Gaston verbrachte jeden Sommer einige Monate bei ihr und den Tschokta, ging mit ihnen auf die Jagd, lernte, was sie über das Leben im Wald wußten, und ließ sich von den Frauen verwöhnen.

Kanota Una winkte noch einmal. Jean seufzte, stand auf und bahnte sich einen Weg zum Rand des Kreises. Die Indianerin kam ihm entgegen, und die beiden verschwanden gemeinsam in der Dunkelheit. Cyrene machte sich die von Monsieur Jean gebahnte Gasse zunutze und folgte ihnen, um sich ebenfalls zurückzuziehen.

Sie wollte eigentlich nicht lauschen, sondern nur zu ihrer Hütte gehen und hineinkriechen. Sie konnte wirklich nichts dafür, daß Jean und Kanota Una am Rand des Lagers, keine drei Schritte von dort, wo ihre Hütte stand, anhielten und sich stritten. Und auch da blieb sie nicht stehen, um zuzuhören, sondern ging in einem Bogen um sie herum und kroch unter dem Fell durch, das vor dem Eingang ihrer Behausung hing. Sie hatte sich auf ihrem Lager aus Bärenfell niedergelassen, das wegen der geschälten Pfosten nach Harz duftete, und zog sich gerade die Schuhe aus, als Kanota Unas Stimme ihr laut und deutlich an die Ohren drang.

»Wie kann meines Sohnes Vater sagen, daß Kanota Una kein Recht hat, nach allem, was sie für ihn getan hat? Denkt er, daß es leicht ist? Denkt er, daß es ihr gefällt? Dann ist er ein verrückter Franzosenmann! Der Vater meines Sohnes hat zu Kanota Una gesprochen, Kanota Una bekommt etwas dafür. Jetzt bittet sie ihn um so eine kleine Sache, und er sagt, daß sie zuviel will. Das kann Kanota Una nicht vertragen.«

»Kanota Una, sei doch vernünftig. Wir sind nicht reich, mein Bruder und ich.«

»Und hat Kanota Una Reichtümer verlangt? Nein. Kann sein, sie sollte mit ihrem Sohn sprechen. Er würde ganz sicher gern erfahren, was sie zu sagen hat. Und der andere würde Gold geben, um Kanota Una zu hören. Wenn das geschieht, kannst du dir deine Waren –«

Cyrene mußte grinsen über die deftige Aufforderung der Indianerin, was Monsieur Jean mit seinen Waren machen könne. Doch ihre Heiterkeit verging so schnell, wie sie gekommen war, als Jean ein scharfes Zischen ausstieß und die Stimmen unhörbar wurden. Sie hatte noch nie erlebt, daß Kanota Una lästig war oder gar drohte. Sie war normalerweise eine heitere, friedfertige Frau, die Würde ausstrahlte. Etwas mußte die Indianerin aufgebracht haben, und Cyrene wollte wissen, was es war. Sie würde Monsieur Jean morgen eindringlich befragen.

Cyrene hatte eine Stunde, vielleicht auch zwei, geschlafen, als das leise Tapsen von Schritten sie aufweckte. Einen Moment lang lag sie da und lauschte. Das Geräusch war aus unmittelbarer Nähe der Hütte gekommen, soviel wußte sie, aber jetzt war es wieder still.

Das Fell am Eingang raschelte leise und wurde hochgehoben. Jemand bückte sich und kroch hinein.

»Wer ist da?« fragte sie in scharfem Ton.

»Dein Beschützer.«

Lemonnier. Seine Worte klangen trocken und waren knapp. Zu knapp. Er war entweder verärgert oder betrunken, und Cyrene wußte nicht, was sie mehr stören würde. Sie setzte sich auf und zog das Bärenfell an sich. »Was wollen Sie hier?«

»Natürlich dein Lager teilen – was denn sonst?«

Das Herz pochte ihr in der Brust. »Ich finde das nicht komisch.«

»Soll es auch gar nicht sein.«

»Wir haben eine Abmachung, und ich erwarte von Ihnen, daß Sie sich danach richten.«

Ein leises Geräusch war zu hören, und ein schweres Kleidungsstück, vielleicht sein Rock, landete am Fußende ihres Lagers. »Gern«, antwortete er leise, »nur erwarten die Brüder Breton, daß ich bei dir übernachte. Ich habe ihnen angeboten, mit Gaston Wache zu halten, wurde aber förmlich hierher eskortiert.«

»Eskortieren Sie sich woanders hin.«

»Es gibt kein Woanders.«

»Das ist mir gleich«, sagte sie und beugte sich vor Eifer nach vorn. »Hier können Sie nicht bleiben.«

»Warum nicht? Hast du etwa Angst vor mir?«

»Unsinn. Aber ich will Sie hier nicht haben. Ich will auch Ihren Schutz nicht. Können Sie das denn nicht begreifen?«

»Es mangelt mir nicht an Intelligenz – und ich bin auch nicht begriffsstutzig, was ja nicht immer dasselbe ist. Du hast dich nur allzu klar ausgedrückt. Du mußt aber auch verstehen, daß ich nicht beabsichtige, mich nur unserer Abmachung wegen auf den feuchten Boden zu legen und vor Kälte zu zittern. Kannst du es über dich bringen, mir zu glauben, daß es mich ausnahmsweise nicht nach deinem Prachtleib gelüstet – jedenfalls im Augenblick nicht – und ich dich nicht mit unerwünschten Avancen belästigen will?«

»Wirklich nicht?« Die Worte hatten schneidend klingen sollen, hörten sich aber statt dessen unsicher an.

»Nein, außer, wenn du es wünschst, in welchem Fall ich – wie ich heute abend schon einmal sagte – bereitwillig zur Verfügung stehe.«

»Nein.«

»Dann bist du vor mir sicher.«

»Fabelhaft!« rief sie aus, »und die anderen glauben, daß Sie und ich –«

»Das wird sich kaum vermeiden lassen.«

»Doch, wenn Sie sich zum Teufel scheren und auch dort bleiben.«

Er antwortete nicht. Seine Weste fiel auf das Lager, dann etwas Leichteres. Das mußte sein Hemd sein.

»Hören Sie sofort auf damit«, befahl sie fest, »sonst schreie ich so laut, daß jeder Mann, jede Frau und jeder Hund hier zusammenlaufen.«

»Wird das nicht etwas eng? Ein bißchen viel Publikum?«

»Ich meine es ernst!«

»Das wäre doch ein guter Vorwand, dich leidenschaftlich zu küssen, um so einen Menschenauflauf zu verhindern. Als du dem Kapitän vorhin schöne Augen gemacht hast, dachte ich daran, wie sehr ich mir das wünsche.«

»Was haben Sie gesagt? Ich habe dem Kapitän keine schönen Augen gemacht!«

»Es war gut gespielt.«

Sie merkte, daß sie sich ablenken ließ. Doch sie mußte ihre Lage neu überdenken. Schreien nützte wahrscheinlich nicht viel, besonders, wenn die Bretons wußten, wo Lemonnier sich im Moment aufhielt.

»Ich war nur aus taktischen Gründen nett zu ihm.«

»Du setzt deinen Charme geschäftlich ein. Wie nennt man solche Frauen?«

»Sie wissen genau, daß ich es so nicht gemeint habe.«

Er setzte sich hin und zog sich die Stiefel aus. »Allerdings, nur allzu gut. Aber nicht jeder besitzt meinen Einblick in deinen kühlen Charakter. Du solltest besser auf deine Worte achten.«

»Ich und ein kühler Charakter? Weil ich Ihnen nicht nach einer praktischen Vorführung Ihrer Qualitäten als Liebhaber in die Arme sinke? Wie eingebildet Sie sind.«

»Nicht wahr«, pflichtete er ihr ruhig bei, »du kannst mir natürlich jederzeit beweisen, daß ich im Unrecht bin.«

»Ha, damit können Sie vielleicht ein armes Stubenmädchen oder die Gattin eines albernen Adeligen reinlegen, mich nicht. Ich muß Ihnen gar nichts beweisen.«

Er zog sich die Hose aus, hob das Bärenfell und schlüpfte unter die Decke. »Nein. Das hast du nicht nötig. Um mich in die Schranken zu weisen, mußt du nur schlafen.«

Ihre Muskeln krampften sich zusammen, als sie der kühle Lufthauch an der Schulter traf und das Bärenfell sich verschob, das Lemonnier über sich zog. Am meisten ärgerte sie seine Selbstsicherheit. Offenbar war sie nicht einmal fehl am Platze. Sie sah keinen Ausweg aus ihrem Dilemma. Als er sich bei der Suche nach einer bequemeren Lage hin- und herwälzte, streifte er sie mit dem Knie an der Wade.

Da riß ihr plötzlich der Geduldsfaden. Sie stürzte sich auf ihn, stieß nach ihm und schlug auf ihn ein. »Raus!« zischte sie. »Raus! Lassen Sie mich in Ruhe!«

Im nächsten Moment wurde sie auf den Rücken geworfen. Die Last seines Gewichts auf Brust und Bauch preßte ihr die Luft aus den Lungen. Die Handgelenke wurden von unsanften Händen gepackt und mit einem Ruck über ihrem Kopf zu Boden gedrückt. Sie lag bewegungslos da, und jeder einzelne Muskel ihres Körpers zog sich zu einem Knoten zusammen. In ihrem Hirn saß nichts als brennend schwarzer Groll.

»Das war nicht besonders klug von dir«, sagte er.

Ihre Brust hob und senkte sich mit kurzen Atemstößen unter seinem Körper. Der feste Druck seiner muskulösen Schenkel, die kontrollierte Stärke, die niederringende Kraft seines Griffs waren eine Drohung, auch wenn er sich sorgsam zurückhielt. Er tat ihr nicht weh, aber sie war sich noch nie im Leben so verletzlich vorgekommen.

»Vielleicht nicht, aber es war eine Erleichterung für mich.«

»Du willst mich schlagen?«

Der Wunsch ließ mehr und mehr nach. Sie klammerte sich zu ihrer Verteidigung daran fest. »Wundert Sie das?«

»Aber warum? Weil ich dir da im Wasser einen Kinnhaken versetzt habe?«

»Damit hat es nichts zu tun.«

»Nicht?« Er ließ sie los, verlagerte das Gewicht, wich zurück und stützte sich auf den Ellbogen. »Also gut. Los. Schlag mich.«

Die Versuchung war groß. Sie ballte beide Hände zu Fäusten und spürte immer noch den Abdruck, wo er sie gepackt hatte, wie ein Brandmal. Es gefiel ihr gar nicht, daß sie so leicht zu überwältigen war.

Sie konnte ihn nicht schlagen. Warum, wußte sie nicht. Aber es ging einfach nicht.

»Nein?«

Er wartete auf Antwort. Sie schüttelte den Kopf. »Nein«, flüsterte sie.

»Dann will ich dir einmal etwas sagen. Das war deine letzte Chance auf Revanche. Wenn du mich noch einmal attackierst, dann wird das für dich sehr unangenehme Folgen haben, das verspreche ich dir. Äußerst unangenehme.«

Er legte sich auf den Rücken und zog das Bärenfell wieder über sich. Er starrte in die Dunkelheit, und es dauerte lange, bevor er merkte, daß er sich ganz steif hielt. Allmählich lockerte er die angespannten Muskeln und bändigte das Rasen des Bluts in seinen Adern und das Verlangen, das ihn erfüllte, durch bloße Willenskraft. Cyrenes weiche Rundungen, der natürliche Duft, der von ihr ausging – der Gedanke daran ließ ihn nicht los und quälte ihn. Er hatte nicht geahnt, was es für eine Folter war, neben ihr zu liegen und sie doch nicht anfassen zu dürfen. Aber ihn plagte nicht nur das unerwünschte Verlangen nach Liebe. Er verspürte das Bedürfnis, sie in die Arme zu nehmen, ein Unrecht zu sühnen, vielleicht weil er sie geschlagen hatte, vielleicht weil er sie in dieser Weise benutzte oder weil er sie in seinem Durst nach Rache nicht verschonte. Und daß er selbst es war, der sich sowohl dieses als auch das Stillen seiner anderen Bedürfnisse verbot, machte es ihm nicht leichter.

Cyrene lag unbeweglich da, bis sie von der kühlen Luft eine Gänsehaut bekam. Wie eine Welle durchlief sie ein Schauder, und sie schlüpfte aus dem Instinkt heraus, sich zu verstecken und auch um sich aufzuwärmen, unter das Bärenfell. Doch unter dem dicken Pelz war es heiß. Der Mann an ihrer Seite strahlte diese einladende, verlockende Hitze ab. Sie schloß fest die Augen und spürte in jedem prickelnden Nerv ihres Körpers seine Anwesenheit. Sie haßte seine Wirkung auf sie, haßte seine Selbstsicherheit und Kraft, haßte dieses Chaos, in dem sie sich seinetwegen gefangen sah. Und es war demütigend, daß sie sich in diesem Augenblick am meisten nach der unfaßbaren, der unerklärlichen Zufriedenheit sehnte, die sie einmal in seinen Armen gefunden hatte.

8. Kapitel

René war wie immer sofort hellwach und vollkommen klar. Er schlug die Augen auf und machte sich steif. Obwohl er durch einige Betten gekommen war, konnte er sich nicht daran gewöhnen, neben einer Frau aufzuwachen. Er hatte es immer vorgezogen, sich nach einer angemessenen Zeit zu verabschieden und zum Schlafen sein eigenes Bett aufzusuchen.

Cyrene lag in seinen Armen. Irgendwann in der Nacht mußte ihm die Kontrolle über seinen Willen entglitten sein, und er hatte die Hand nach ihr ausgestreckt, vielleicht, als sie sich an ihn kuschelte. Ihr warmer Atem streichelte die Mulde an seiner Kehle, ihre Beine waren mit seinen verschlungen, und er hatte den Arm um ihre schlanke Taille gelegt. In dem grauen, klaren Tageslicht, das in die Hütte drang, konnte er die feine Struktur ihrer Haut ausmachen, sah die reine, betörend süße Form ihrer Lippen und die dichten schwarzen Fächer der Wimpern. In ihrem Gesicht lag so viel Kraft, so viel Schönheit, daß es ihm das Herz zusammenkrampfte, als sei es in einem Netz gefangen, das allmählich zugezogen wurde.

Großer Gott, dachte er, was bin ich für ein Idiot!

Wie konnte ich nur glauben, daß es spurlos an mir vorübergeht, wenn ich diese Frau aus den niedrigsten Beweggründen nehme? Gerade sie? Ich hätte von Anfang an vorhersehen müssen, was daraus wird. Ich bin ein anderer, seit ich triefend und blutend am Boden zu mir kam, auf den rohen Planken des Prahms, und sie sich aufgeregt und besorgt über mich beugte. Noch als steinalter Mann werde ich daran denken, mit welcher Einfachheit sie sich mir anbot und mit welch atemberaubender Freude ich sie besessen habe. Das war wahrscheinlich der einzige Trost, der ihm blieb. Er wünschte, es wäre anders. Er wünschte plötzlich inbrünstig, daß er noch einmal von vorn anfangen könnte und alles so wäre wie vorher. Er käme dann offen zu Cyrene, machte ihr den Hof, gäbe sich ihr zu erkennen und versuchte sein Glück.

Nein. Auf die Art hätte er weniger von ihr als so. Er konnte nicht ändern, was geschehen war. Er mußte die übernommene Rolle zu Ende spielen und die Konsequenzen tragen.

Die schlimmste Folge war bis jetzt, daß er hier mit Cyrene im Arm lag und das Verlangen sein Blut in Wallung brachte, ohne daß er etwas tun konnte. Er sehnte sich danach, die weich geschwungenen Lippen zu küssen, mit den Händen ihren sanften Körper unter dem dünnen Nachthemd zu streicheln, sie noch näher an sich zu ziehen und ihr auf jede kleine Weise Lust zu schenken, die er durch sorgsames Suchen und behutsame Zärtlichkeit entdecken konnte. Er wollte sich in ihr verlieren und vergessen, wer und was er war und warum er hier neben ihr lag. Er wollte zwischen ihnen ein festes Band schmieden, so daß alles andere in Bedeutungslosigkeit versank.

Es war nicht möglich. Er wußte es und lag daher still da und sog ihren warmen, reinen Duft in sich ein. Wie sie sich anfühlte, das prägte sich seinem innersten Wesen ein. Er würde sie vor allem Übel beschützen, wie er es geschworen hatte, ganz besonders vor sich selbst.

Alles Dulden hat Grenzen. Nach einer Weile schlüpfte er verstohlen unter der Decke hervor, nahm seine Kleider und kroch durch den Eingang ins Freie.

Cyrene kniff die Augen zusammen und sah ihm nach. Sie war aufgewacht, als ihr die Wärme seiner Umarmung fehlte, doch sie hatte vage und verschwommen schon seit einiger Zeit seinen Blick wahrgenommen. Jetzt lauschte sie den sich entfernenden Schritten. Als er weit genug weg war, setzte sie sich auf und kniete nieder, um den Fellvorhang zur Seite zu schieben.

Er ging hinunter zum Strand. Seine hohe Gestalt war im Licht des frühen Tages nur undeutlich zu erkennen, er sah aber immer noch prachtvoll aus, als er die Kleider auf einen Haufen warf und ins Wasser sprang. Cyrene schüttelte sich bei der Vorstellung des plötzlichen, eisigen Tauchbads. Wie er das ertrug, war ihr ein Rätsel. Schon der kalte Wind, der von der See her durch die Hütte blies, machte ihr eine Gänsehaut, und sie fühlte sich so schuppig wie ein Alligator. Dennoch blieb sie, wo sie war, beobachtete das kräftige Ausholen und Strecken von Renés Armen und den dunklen beweglichen Kopf, als er weiter hinausschwamm. Erst als er in der Morgendämmerung ihren Blicken entschwand, ließ sie den Vorhang fallen und schlüpfte wieder unter das Bärenfell.

Das Entkommen war leichter gewesen, als sie erwartet hatte. Sie war natürlich froh darüber, aber auch verwirrt. Warum hatte René darauf bestanden, die Hütte mit ihr zu teilen, wenn er sich ihr nicht aufdrängen wollte? Diese Zurückhaltung paßte wenig zu dem, was sie von ihm wußte. Wo blieb die routinierte Kunst der Verführung, in der er sich angeblich so hervortat, wo war der zärtliche Sturm gegen ihre Verteidigungslinien, die betörende Belagerung ihrer Feste? Vielleicht hatte sie ihn durch ihren Protest und ihren Widerstand zeitweilig aus der Fassung gebracht, aber sie hatte trotzdem erwartet, sich wesentlich heftiger zur Wehr setzen zu müssen.

Es war immerhin möglich, daß er die Wahrheit gesagt und nur ein Bett zum Übernachten gesucht hatte. Oder er legte nach einer Kostprobe von ihrem Liebesspiel auf eine zweite keinen Wert mehr. Sie mußte ihm ja, verglichen mit den Frauen, an die er gewöhnt war, jämmerlich unerfahren vorgekommen sein. Sicher traf er sonst auf mehr Raffinesse.

Doch das war ihr egal. Mit seinem Geschwätz, daß er sie beschützen wolle, ging er ihr auf die Nerven. Sie hätte schwören können, daß er auf etwas anderes aus war als auf einen besseren Eindruck von der Wildnis dieses Riesenlandes und einen Einblick in den Indianerhandel. Sie hätte gerne gewußt, worauf.

Sie sah Lemonnier erst beim Frühstück wieder. Die Bretons waren eingeladen, an der Mahlzeit um Setontus Feuer teilzunehmen. Bei einer Zurückweisung ihrer Gastfreundschaft wären die Indianer schwer beleidigt gewesen, und so setzten sich alle pflichtschuldig hin, während Kanota Una und ihre Tochter – eine gut entwikkelte junge Frau, die Gastons Halbschwester war – ihnen das Essen vorsetzten. Cyrene beobachtete René, ob er auch alles probierte, was in seiner Holzschale war, Hirschfleisch, Schildkröteneier und *sagamite,* denn es galt gleichfalls als Beleidigung, das zu unterlassen. Doch offenbar hatte er etwas von den guten Manieren der Tschokta an sich: Er tat es sorgsam Monsieur Pierre nach, aß mit den Fingern und kaute langsam. Manchmal schien er beim Schlukken Schwierigkeiten zu haben, aber er kostete von allem etwas. Er brachte sie nicht in Verlegenheit.

Es sah ganz so aus, als fände Lemonnier auch den Beifall von Kanota Unas Tochter. Das Mädchen, das sich Mane Mata nannte, strich um ihn herum, berührte ihn an der Schulter, als sie sich über ihn beugte, um besondere Leckerbissen anzubieten, und lächelte ihm mit funkelnden schwarzen Augen zu. Sie war ziemlich attraktiv, hatte in den Augen eines Franzosen etwas Exotisches an sich und besaß die ungezähmte, geschmeidige Anmut der Frauen ihrer Rasse. Daß Lemonnier für ihren Charme empfänglich war, konnte man aus der Art, mit der er zurücklächelte, leicht ersehen.

Mane Mata mußte der Kanota Una sehr ähnlich sein, mit der Monsieur Jean damals Gaston gezeugt hatte. Verständlich, daß Jean ihren Reizen erlegen war. Welcher Mann könnte einer so natürlichen, ungenierten Annäherung widerstehen? Bestimmt nicht die liebeshungrigen Männer der ersten Tage von Louisiane. Und bestimmt auch kein abgebrühter Weiberheld, der schon so viele andere durchprobiert hatte.

Gut, soll Lemonnier doch auf die schamlosen Avancen von Mane Mata eingehen, dachte Cyrene. Was geht mich das an? Auf diese Weise kann er seine männlichen Bedürfnisse befriedigen, ohne sich ins kalte Wasser stürzen zu müssen. Sie konnte nur hoffen, daß ihm kein anderer zuvorgekommen war und das Mädchen mit etwas angesteckt hatte. Wäre doch schade, wenn seine Karriere als Don Juan abrupt zu Ende ginge.

Cyrene war überrascht über ihre eigenen giftigen Gedanken. Sie hatte eigentlich nichts gegen Mane Mata, mochte sie sogar ganz gern. Ab und zu hatte sie das Indianermädchen um ihre Freiheit und ihr ungehemmtes Auftreten beneidet, aber es gab keinen Grund zu der Annahme, daß sie mit jedem ins Bett ging. Die Nervenanspannung der vergangenen Wochen machte sich nun bemerkbar, das war alles.

Der Tag wurde schön. Die Sonne, die am Himmel aufstieg, strahlte Wärme aus. Sie besänftigte und milderte den Südwind, gab ihm das Aroma von Salz und süßem Gras, von fernen Blumen auf den Inseln, und nahm ihm die Kühle der Nacht. Angelruten kamen zum Vorschein, die Indianerkinder rannten herum und spielten ausgelassen.

Die Wärme lockte auch Captain Dodsworth von seinem Schiff fort, er begab sich für die Geschäftsverhandlungen an den Strand. Er werde sich, sagte er, darauf verlassen, daß die Bretons seinen Skalp schon retten würden, und es sei doch hier viel schöner als in seiner engen, stickigen Kabine. Jeder durchschaute den Vorwand. Offenbar dachte der Kapitän, daß der Tschoktastamm, der wegen der englischen Waren gekommen war, die Bretons zum schnelleren Geschäftsabschluß bewegen würde.

Er wurde bald eines Besseren belehrt. Die Tschokta begriffen seine Absicht sehr schnell, und es war nicht ihre Art, einem Feind zu helfen und einen Freund unter Druck zu setzen. Sie gingen ihren üblichen Beschäftigungen nach, nahmen kaum Notiz von dem Mann aus Rhode Island und gaben vor, die Messer nicht zu sehen, die er in der Sonne auslegte, daß die Klingen funkelten. Die Indianer beachteten weder die ausgerollten Stoffballen noch die Perlen, die er hin- und herschwenkte, so daß sie in den lebendigen Farben des Regenbogens tanzten. Ihre gespielte Gleichgültigkeit gereichte statt dessen bald den Franzosen zum Vorteil.

Die Waren wurden ausgebreitet, das Indigo untersucht und gewogen, und der Handel konnte beginnen. Die Brüder Breton und der Kapitän saßen da und redeten mehr oder weniger freundlich aufeinander ein, machten Angebot und Gegenangebot, überlegten und malten mit spitzen Stöcken Zahlen in den Sand. Gaston und Cyrene sahen ihnen dabei zu und warfen hin und wieder eine Bemerkung ein. Ab und zu verlor der junge Mann die Geduld, machte sich davon, um mit den jungen Indianerinnen zu schäkern, und kam dann wieder zurück. Die Stunden verstrichen. Indianerinnen brachten zu essen und zu trinken. Captain Dodsworth redete und zog sich die Perücke aus, um sich am Kopf zu kratzen, dann redete er weiter. Er ließ ein Fäßchen Rum vom Schiff holen, doch als die Bretons dickköpfig und nüchtern blieben, drohte er aufgebracht damit, mit dem Beiboot zur *Half Moon* zurückzukehren. Das Feilschen wollte kein Ende nehmen.

Lemonnier hatte neben Monsieur Pierre und Jean Platz genommen und behielt alle scharf im Auge. Gelegentlich stellte er eine Frage. Die Antworten waren anfangs freundlich, aber die Bretons nahmen das Handeln sehr ernst, und als mehr auf dem Spiel stand, wurden ihre Erwiderungen weniger liebenswürdig. Aus Angst, ihre Position zu untergraben, stand Lemonnier nach einiger Zeit auf, verabschiedete sich und schlenderte zum Strand.

Cyrene sah ihm nach, blieb aber selbst sitzen, lieferte Preise und Summen, wenn Monsieur Pierre oder Monsieur Jean sich an sie wandten, und wies auf Mängel in der Verarbeitung der ausgelegten Ware hin. Nach einer so langen Zeit war der Handel nur noch eine Geduldsprobe, eine Frage des Sitzfleischs, Fakten und Zahlen konnten nicht mehr viel beitragen, und für die Zuschauer bot sich wenig Unterhaltung. Als es so aussah, als sei die endgültige Kapitulation des Kapitäns nur noch eine Frage der Zeit, stand sie auf und stahl sich davon.

Cyrene hatte Kanota Una heute morgen nur flüchtig gesprochen und auch am gestrigen Abend keine Zeit für eine richtige Begrüßung gehabt. Der Austausch von Höflichkeiten war den Tschokta aber äußerst wichtig, und so richtete sie die Schritte zu der runden Hütte aus gebogenen Ästen, Baumrinde und Palmetto, in die sie Kanota Una und ihre Tochter hatte eintreten sehen.

Als sie davorstand, rief sie leise nach Kanota Una. Aus dem Innern kam erst Geraschel, dann ein Flüstern und Rumoren. Nach wenigen Augenblicken trat Kanota Una aus dem niedrigen Eingang. Sie war sehr rot, doch ihr Gesicht blieb unbewegt, als sie Cyrene begrüßte. »Tochter aus dem Hause von meines Sohnes Vater, es macht Kanota Una Freude, dich zu sehen.«

Wie es die Art der Tschokta war, sprach Kanota Una weder den Namen ihres Liebhabers noch den ihres Mannes aus. Cyrene nahm es hin, wie sie auch hingenommen hatte, daß die Indianerin sie, weil sie bei den Bretons lebte, als deren Adoptivtochter ansah. Sie hatte schon geduldig versucht, ihr zu erklären, daß sie mit Monsieur Jean und Monsieur Pierre nicht verwandt war, doch Kanota Una hatte nichts davon hören wollen. Cyrene war nicht die Frau oder Geliebte eines der Bretons, dann mußte sie eine Tochter sein, eine andere Kategorie gab es nicht.

»Ich hoffe, es geht dir gut«, sagte Cyrene.

Kanota Una bejahte diese Frage, und sie tauschten noch mehr solche Höflichkeiten aus. Es entstand eine Pause. Cyrene schwieg und erwartete, zu einer Erfrischung in die Hütte gebeten zu werden. Die Bewirtung war ein obligatorischer Akt der Gastfreundschaft und wurde nur dem schlimmsten Feind verwehrt.

Kanota Una sagte nichts. Sie sah elend aus, ihr Gesicht war schamrot, und sie spielte mit den Händen. Dennoch schwieg sie weiter.

Wenn Cyrene sie gefragt hätte, warum ihr keine Gastfreundschaft gewährt wurde, wäre das ein ebenso eklatanter Verstoß gegen die guten Sitten gewesen wie Kanota Unas Weigerung, sie einzuladen. Man verlangte nicht, was immer freiwillig gegeben wurde, und spielte nicht darauf an, daß man es vermißte. Dennoch gab es eine Formel, mit der sie das Problem bei der Wurzel packen konnte.

»Sag mir, womit ich dich verletzt habe, Kanota Una, und ich werde versuchen, den Schaden wiedergutzumachen.«

»O Cyrene, es gibt gar keinen Schaden«, antwortete die Frau, und diese Worte klangen beinahe wie ein Seufzer.

Eine mögliche Erklärung kam Cyrene in den Sinn. »Wird dein Haus von einer Krankheit heimgesucht?«

»Ja, so ist es.« Erleichterung sprach aus Kanota Unas Miene, und sie versuchte zu lächeln. »Komm, geh ein Stück mit Kanota Una. Wir besuchen meine Schwester.«

Die Indianerin trat einen Schritt weg von der Hütte und wartete auf sie. Cyrene schritt neben ihr aus.

Die Tschokta waren schlechte Lügner. Das Bewußtsein, die Unwahrheit zu sagen, war so stark, daß sie sie nicht natürlich herausbrachten. Kanota Una log, daran war kein Zweifel, und sie wollte Cyrene nicht in der Nähe ihrer Hütte haben.

Cyrene zerbrach sich den Kopf, was sie falsch gemacht haben könnte. Ihr fiel nichts ein. Sie hatte sich letzte Nacht nicht ungebührlich in Kanota Unas Gespräch mit Monsieur Jean eingemischt. In ihrem Leben war keine Veränderung eingetreten, abgesehen davon, daß sie sich mit Lemonnier eingelassen hatte. Es war unwahrscheinlich, daß die Indianerin irgend etwas gegen den Mann hatte, sie kannte ihn ja gar nicht. Was die moralische Seite von Cyrenes intimer Beziehung mit ihm betraf, so würde sich Kanota Una darüber kaum den Kopf zerbrechen.

Cyrene konnte sich nur einen Grund vorstellen, der wichtig genug war, um Kanota Una zu einer Lüge zu bewegen: Sie wollte ihre Gefühle schonen. Außerdem hatte Cyrene den Eindruck gewonnen, daß sich noch jemand in der Hütte aufhielt. Wahrscheinlich befand sich Mane Mata darin, aber das war kein Grund, Cyrene nicht hineinzulassen. Und wenn noch jemand da war? Ein Mann? Wenn Kanota Una wußte, daß sie die letzte Nacht mit René Lemonnier verbracht hatte, wäre es ihr sicher nicht recht, wenn Cyrene ihn heute nachmittag mit Mane Mata in ihrer Hütte sah.

»Diese Krankheit – ich hoffe, daß es nichts Ernstes ist«, meinte Cyrene, als sie neben der Frau herging. Sie hörte der Indianerin, die sie beruhigte, nicht zu, sondern blickte sich suchend im Lager um. Keine Spur von Lemonnier oder Mane Mata unter all den Leuten, die hin und her liefen oder in Gruppen herumsaßen. Das mußte noch nichts heißen, aber Cyrene hatte ein flaues Gefühl im Magen.

Sie erreichten die Hütte von Kanota Unas Schwester. Die Frau forderte die Indianerin und Cyrene auf einzutreten, brachte Kaffee aus einem kostbaren Vorrat, den sie für besondere Gelegenheiten aufbewahrte, und kochte etwas davon über dem Feuer. Die beiden Indianerinnen und Cyrene setzten sich und sprachen über dies und das in einem Kauderwelsch aus Französisch, Tschokta und Tschikasa, der die Lingua Franca der südöstlichen Indianerstämme bildete. Kanota Una entspannte sich und lachte und erzählte eine anzügliche Geschichte über ihren greisen Vater, während Cyrene allmählich glaubte, daß ihr Verdacht lächerlich gewesen war. Jedenfalls ging es sie nichts an, was Lemonnier tat und mit wem; es gab bestimmt keinen Grund, sich darüber aufzuregen.

Zu diesem Schluß war sie gerade gekommen, als sie aus den Augenwinkeln eine flüchtige Bewegung an Kanota Unas Hütte beobachtete. Mane Mata kam heraus. Sie stürzte mit einer Geschwindigkeit aus der Tür, als würde sie verfolgt. Dann richtete sie sich auf, ging ein paar Schritte, hielt an, um den ledernen Wickelrock zurechtzurücken, und ordnete sich den Zopf. Sie warf den Kopf zurück und begab sich mit schwingenden Hüften ans Feuer ihres Großvaters. Cyrene sah ihr nach, und tief in ihr brannte heiß ein Schmerz. Es dauerte einige Zeit, bis sie die Aufmerksamkeit wieder den anderen beiden Frauen zuwenden konnte.

Der Handel zwischen den Bretons und Captain Dodsworth wurde etwa eine Stunde später geschlossen. Die Waren, die ihnen der Kapitän noch schuldete, wurden im Beiboot an den Strand gebracht, dann zog sich Captain Dodsworth auf sein Schiff zurück. Pierre und Jean breiteten die neuen Waren auf den Verkaufsdecken aus und luden Setontus Leute zum Näherkommen ein. Das Geschäft ging lebhaft, und die meisten Pelze, die die Indianer brachten, waren von guter Qualität. Bevor die *Half Moon* Segel setzte, wurde noch einmal gehandelt, diesmal mit Pelzen statt Indigo. Auch in anderen Tschoktadörfern flußaufwärts von Nouvelle-Orléans waren englische Waren begehrt.

Die Sonne strahlte und glitzerte in winterlicher Helligkeit. Die Luft wurde immer milder. Das war eines der Wunder am Klima der Kolonie, dieser Übergang innerhalb weniger Stunden vom Winter in eine Art Frühling – und einer der Gründe, weshalb Cyrene dieses Land so liebte. Sie verließ das improvisierte Indianerdorf und spazierte zum Strand. Das Wasser rollte auf den gelben schimmernden Sand und rauschte leise. Irgendwo in der Ferne hinter den vorgelagerten Inseln türmten sich türkis die Wellen des Golfs, aber bis hierher drangen sie nicht. Über ihr erklang der schrille Schrei einer Möwe. Ein Pelikan stand so unbeweglich und braun und still am Wasser wie ein halbverrotteter Baumstumpf. Der Wind auf ihrem Gesicht fühlte sich angenehm feucht und sanft an und roch nach Salz. Eine Fliege umsummte sie und machte sich wieder davon. Cyrene lief den Strand entlang und entfernte sich immer weiter von dem lärmenden Treiben hinter ihr.

Sie wollte nicht bewußt allein sein, doch die Einsamkeit und Weite des Meerufers zogen sie mit Macht vorwärts. Es lief sich leicht auf dem festen Sand wie auf einem endlosen Weg. Sie freute sich an der Bewegung und ihrem freien, schwungvollen Gang. Ab und zu bückte sie sich und hob Treibholz, ein merkwürdig geformtes Stück Muschel oder Knochen auf. Sie wanderte immer weiter.

Schon von weitem sah sie die Männer, die die Köpfe zusammensteckten und miteinander sprachen. Ihre Schultern berührten sich fast, und sie blickten aufs Meer. Der nähere der beiden war auf Cyrene aufmerksam geworden, schaute sich nach ihr um und sagte dann etwas zu seinem Gefährten. Der andere antwortete und ging dann weiter den Strand entlang. Der erste drehte sich um und lief mit langen, schnellen Schritten auf sie zu.

In den letzten drei Jahren waren Cyrenes Augen schärfer geworden, und sie hatte die Fähigkeit entwickelt, besser zu beobachten, wenn sie etwas sah, und sich daran zu erinnern. Den Mann, der auf sie zukam, hätte sie überall und jederzeit erkannt. Es war Lemonnier. Der andere, der gerade zwischen den Bäumen verschwand, war der Spießgeselle der Marquise, Touchet.

Was führten die beiden im Schilde? Konnte es Zufall sein, daß sie sich hier, weit weg von allen anderen, getroffen hatten, oder steckte etwas dahinter? Lemonnier war der Favorit, Touchet der Mietling von Madame de Vaudreuil. Lemonnier war zwar noch nicht lange in Nouvelle-Orléans, doch es sollte sie nicht wundern, wenn die beiden einander kannten. Kaum zu glauben, daß sie Freunde waren, jedenfalls hatten sie sich am gestrigen Abend nicht gerade überschwenglich begrüßt. Wenn sie etwas miteinander zu verhandeln hatten, mußte es mit der Gattin des Gouverneurs zu tun haben. Madame de Vaudreuil verfolgte die verschiedensten Interessen, unter anderem bedeutete es ihr viel, dem Schmuggel, der ihre Gewinne beeinträchtigte, einen Riegel vorzuschieben. Wenn Lemonnier und Touchet da ihre Hand im Spiel hatten, verhieß das für die Bretons nichts Gutes.

»Du bist weit weg vom Lager«, begrüßte sie Lemonnier, sobald er sie erreicht hatte.

Cyrene musterte ihn, wie er so lächelnd und ohne Verlegenheit vor ihr stand; das Licht des Wassers verlieh seinen Augen einen silbergrauen Glanz, und die Brise erfaßte ein paar weiche Strähnen von seinem dunklen Haar. Sie dachte an Madame de Vaudreuils Besuch an Bord des Prahms und daran, wie Mane Mata aus der

Hütte gekommen war, und antwortete kühl. »Dasselbe könnte man von Ihnen sagen.«

Bei diesem Ton hob er die Braue, bemerkte aber leichthin: »Na, ich brauche ja auch keinen Beschützer.«

»Nein, wie man mir sagte, sind Sie selbst einer.«

»Ein Posten, der wenig Lohn abwirft, aber ich hätte ihn dennoch nicht verlassen, wenn ich nicht guten Glaubens gewesen wäre, daß Monsieur Pierre und Monsieur Jean Breton – ganz zu schweigen von Gaston – mich abgelöst hätten. Hast du mich vermißt?«

»Ich bin nicht hergekommen, um Sie zu suchen.«

»Das hätte ich wissen müssen«, seufzte er.

»Allerdings. Die Frage ist nur, ob Sie hergekommen sind, um Touchet zu suchen.«

Der amüsierte Zug verschwand aus seinem Gesicht, und er sah sie an. »Was soll das heißen?«

»Kommen Sie, ich weiß doch, daß er bei der Marquise im Sold steht.«

»Was wohl heißen soll, daß es auch auf mich zutreffen könnte?«

Sie hob den Kopf. »Dieser Gedanke drängt sich natürlich auf.«

»Natürlich. Und wenn ich dir sage, daß ich den Mann gestern abend zum erstenmal gesehen habe?«

»Dann«, erwiderte sie etwas unsicher, »möchte ich Sie vor ihm warnen. Es ist bekannt, daß er in Paris einen Menschen getötet hat, wenn nicht mehr. Er macht sich Madame de Vaudreuil nützlich und kauft beispielsweise Opium und Haschisch für sie ein. Es ist aber nicht für ihren persönlichen Gebrauch bestimmt, sie läßt es über ihren Verwalter verteilen und wiegt es natürlich sogar höchstpersönlich ab, wenn er nicht verfügbar ist. Es heißt auch, daß Touchet ein Spitzel ist, daß er alle Informationen sammelt, die er bekommen kann, und sich den Rest aus den Fingern saugt.«

»Ein durch und durch verwerflicher Charakter, und man sollte ihm – koste es, was es wolle – aus dem Weg gehen.«

»Ich habe das nicht nur so dahingesagt.«

Seine Züge verhärteten sich wegen der Schärfe ihres Tons, und ein Anflug von Jähzorn zeigte sich in seinem Gesicht. »Das habe ich durchaus begriffen, aber ich wüßte gern, wie du dazu kommst, mir Ratschläge zu erteilen. Vielleicht bin ich in der Wildnis nicht so bewandert, es ist jedoch schon einige Jahre her, daß mich jemand über die Dinge dieser Welt hätte aufklären müssen.«

Sie gab keineswegs klein bei. »Soll ich jetzt etwa überwältigt sein von Ihrer geistigen Überlegenheit und in Schweigen versinken? Sie haben mir noch nicht erklärt, warum Sie sich mit Touchet getroffen haben.«

Lemonnier zögerte. Soweit er es beurteilen konnte, hatte er zwei Möglichkeiten. Entweder stolzierte er wütend davon und war ihre Gesellschaft los. Das wäre der klügere Weg. Oder er besänftigte sie, indem er so tat, als strecke er die Waffen. Was mußte sie auch immer dann erscheinen, wenn er sie am wenigsten erwartete! Sie wurde ihm allmählich zur Nemesis, wenn auch zu einer reizenden. Der Wind preßte ihr die Kleider an die weichen Körperrundungen und blies ihr kleine Haarlocken ins Gesicht.

»Entschuldige«, sagte er und neigte den Kopf mit vollendeter Grazie. »Es ist auch schon einige Jahre her, daß jemand von mir Rechenschaft gefordert hat, und es geht mir gegen den Strich. Um ehrlich zu sein, ich habe den Mann auf dem Rückweg von einem Spaziergang zufällig getroffen.«

Sagte er die Wahrheit? Cyrene hätte viel darum gegeben, es zu erfahren. Der Verdacht, der ihr gekommen war, mißfiel ihr, und sie wurde das Gefühl nicht los, daß Lemonnier sie nur bei Laune halten wollte. Sie konnte dagegen jetzt wenig tun.

Als sie keine Antwort gab, fuhr er fort: »Sollen wir noch weitergehen? Oder willst du lieber zurück? Ich verspreche dir, meine Pflichten nicht mehr zu vernachlässigen und an dir zu haften wie eine Klette.«

»Das könnte sich, fürchte ich, als äußerst unbequem erweisen«, erwiderte sie streng, und schon im nächsten Augenblick bereute sie die Worte, denn sie sah voraus, wohin das führen mußte.

»Für mich oder für dich?«

Cyrene wandte sich ab und machte sich auf den Rückweg, damit sie ihn nicht ansehen mußte. Über die Schulter antwortete sie: »Für Sie natürlich!«

René hatte keine Mühe, sie einzuholen, versuchte aber nicht –

obwohl er es gerne getan hätte –, sie zum Stehenbleiben zu bewegen. Immerhin musterte er sie durchdringend, als er sie fragte: »Und warum?«

»Weil ich Ihnen sicherlich bei Ihrer jüngsten Eroberung im Wege wäre.«

Seine Brauen zogen sich über der Nase zusammen. »Meiner was?«

»Ich spreche von Mane Mata. Es war nicht gerade anständig von Ihnen, daß Sie es so eilig hatten, sie zu besteigen.«

»Wer ist denn Mane Mata?«

»Die Tochter von Kanota Una und Setontus Enkelin. Wenigstens den Namen hätten Sie behalten können.«

»Ich hatte weder das Vergnügen«, betonte Lemonnier, »sie kennenzulernen noch mit ihr ins Bett zu gehen.«

Wie albern es von ihr war, erleichtert zu sein, aber genau so fühlte sie sich. Sie wandte das Gesicht dem Wasser zu, um es vor ihm zu verbergen. »Nicht?«

»Nein. Darf ich fragen, wie du darauf kommst?«

Sie erzählte es ihm, wenn auch mit einigem Zögern.

»Weil ein Indianermädchen in einer Hütte schäkert, werde ich sofort verdächtigt? Du traust mir zu viel zu. Oder zu wenig.«

Seine Worte klangen trocken, fast kühl. Cyrene konnte nicht sagen, ob er amüsiert oder verärgert war – oder gar beides? »Warum zu wenig?«

»Weil du der Auffassung zu sein scheinst, daß ich bei Frauen keine Unterschiede mache.«

»Tun Sie es denn?«

»Ich denke, daß mir der Ruf vorauseilt, wählerisch zu sein.«

Sie blitzte ihn an. »Wollen Sie mir damit etwa schmeicheln?«

»Wie kommst du darauf«, fragte er mild, »daß ich dich gemeint habe? Wenn ich mich recht besinne, wurde ich ausgewählt, und hatte wenig Entscheidungsmöglichkeiten.«

»Das stimmt allerdings«, antwortete sie, und die Beschämung schnürte ihr die Kehle zu. Sie hätte alles gegeben, die Worte zurücknehmen zu können. Sie hatten viel zu beleidigt geklungen, und das kam der Eifersucht beängstigend nahe.

»Aber wenn ich nicht Gast auf dem Prahm gewesen wäre und die Dankbarkeit mich daran gehindert hätte, hätte ich dir von dem Augenblick an nachgestellt, in dem du mich aus dem Wasser zogst.«

Sie blieb stehen und drehte sich zu ihm um, und der Blick aus der Tiefe ihrer Augen war verhangen, verletzlich, auch skeptisch. »Das hätten Sie getan?«

»Ich gebe dir mein Wort darauf.«

Sie wollte René so gerne glauben, das war das Problem. Es schmeichelte der weiblichen Eitelkeit. Welche Rolle spielte es, daß sie ihm wenig Achtung entgegenbrachte und diese Art Männer eigentlich nicht mochte, solange sie nur glaubte, daß er sie begehrenswert fand, solange sie sich einbilden konnte, daß er ihrer schamlosen Aufforderung nicht aus reiner Dankbarkeit und übertriebener Höflichkeit nachgekommen war? Das war eine arge Schwäche in ihrem Charakter. Sie mußte dagegen ankämpfen.

»Es ist auch egal«, sagte sie, und es gelang ihr, den Blick nicht zu senken und sich zu einem Lächeln aufzuraffen. »Aber es ist gut zu wissen.«

René war es durchaus nicht egal, er merkte allmählich, wie wenig gleichgültig sie ihm war. Doch jetzt war nicht die Zeit, das auszusprechen. Er neigte den Kopf, und gemeinsam begaben sie sich zurück ins Lager.

Bei Einbruch der Dunkelheit begannen Fest und Tanz. Trommeln schlugen, und die Musiker summten zur Begleitung. Die Indianer sangen erst in wildem Einklang, dann in gewollter Disharmonie. Rohrflöten kreischten und Kürbisse rasselten in geistbetäubendem, anstachelndem Rhythmus. Kinder rannten unter Geschrei umher, Hunde bellten. Im Rauch des Holzfeuers, der in blaugrauen Schichten in der Luft hing, stieg der Geruch von gegrilltem Fleisch auf. Tabakspfeifen gingen von Hand zu Hand, denn keinem Tschokta kam es in den Sinn zu rauchen, ohne jedermann in Sichtweite einen Zug abzugeben. Tafiafäßchen wurden angestochen, Becher kreisten, und jeder Mann trank, soviel er wollte, und nahm Rücksicht auf die, die noch durstig waren. Das Essen wurde etwa in derselben Weise verteilt. Alle bedienten sich aus dem gemeinsamen Topf.

Bei diesem Anlaß tanzten nur die Männer. Gefeiert wurde der gute Handelsabschluß, der Abschied von den Bretons und von dem Engländer, der die Waren gebracht hatte. Die Tschokta wollten bei Tagesanbruch in ihr Dorf zurück. Es hatte ihnen Spaß gemacht, eine kurze Zeit woanders zu verbringen, doch jetzt mußten sie in ihre Blockhütten zurückkehren, bevor sich andere darin einnisteten. Die Indianerinnen aßen, lachten, redeten und zeigten sich in ihrem neuen Staat: Stoffunterkleider oder Perlen, die sie sich über der Brust aufgenäht oder zu Ketten gefädelt hatten, und kleine Spiegel aus glänzendem Metall, die sie an Ketten um den Hals trugen. Besonders Kanota Una war außerordentlich reich geschmückt, trug sie doch nicht nur einen neuen Seidenrock, sondern auch einen schönen Hut mit Federbusch und einen silbernen Gürtel, an dem ein Fingerhut, eine Zunderbüchse, eine Schere und ein Spiegel hingen.

Es war eine klare Nacht. Gerade kühl genug nach der Wärme des Tages, daß man ein Feuer vertragen konnte. Die Flammen loderten hoch auf, griffen mit leckenden Zungen nach den Sternen, die hell und nah über ihnen hingen. Die Gesichter der Menschen ums Feuer flackerten in rotem und gelbem Licht. Freudig, dunkel gaben sie die Glut zurück, und in den Pupillen tanzte das Feuer. In seiner Behaglichkeit war es ein Gegenpol zu den weiten Flächen der Sümpfe und des unbewohnten Wassers in der Umgebung und hielt die Menschen fest im warmen Kreis der Brüderlichkeit.

Cyrene setzte sich für die Mahlzeit zu den Indianerinnen und blieb dort noch eine Weile, als alle den Tanzvorführungen der Männer zuschauten. Es wurde viel geredet über Kraft und Ausdauer, gut ausgebildete Muskeln und die Behendigkeit der verschiedenen Tänzer, und auch über die Musik gab es lobende und abschätzende Bemerkungen. Die Frauen betrachteten die Darbietung als eine Reverenz ihnen gegenüber, und vielleicht war sie das auch. Nach einiger Zeit zogen sich die jungen Indianerinnen mit Säuglingen auf dem Rücken oder Kleinkindern am Rockzipfel zurück, um den Nachwuchs zu Bett zu bringen. Cyrene stand auf, half einer Hochschwangeren, die in einer Decke ein Zweijähriges auf dem Rücken trug, und begab sich an den Rand des Frauenkreises, der an den Wald grenzte. Sie legte die Hände auf den Rücken und lehnte sich an einen Baum. Der Geruch von Essen, Rauch und warmen Menschenkörpern war hier schwächer. Über ihr sang der erfrischende Nachtwind in den Zweigen sein sanftes, beruhigendes Lied.

Von hier konnte sie Lemonnier sehen. Er saß zwischen Monsieur Pierre und Captain Dodsworth in der Nähe des Ehrenplatzes, den Setontu einnahm. Sie fragte sich, wie ihm das Bankett der Wilden gefiel und ob er es im Geiste mit den üppigeren Diners in Versailles verglich. Er schien jedenfalls bester Stimmung zu sein, so wie er sich zurücklehnte, die eine Hand am Boden aufgestützt, die andere auf dem Knie. Er trank und hörte sich die Witze an, die um ihn herum erzählt wurden. Hin und wieder stieß er ein Lachen aus, warf dabei den Kopf zurück und ließ das weiße Gebiß blitzen. Aber so einer war eben grenzenlos anpassungsfähig.

Leise Tritte näherten sich ihr im Sand. Cyrene drehte sich um und sah diesen Touchet auf sich zukommen. Er verbeugte sich flüchtig und trat an sie heran. »Ein schöner Abend, Mademoiselle, und ein herrliches Fest.«

»Ja, herrlich.« Sie konnte ohne direkte Ursache nicht unhöflich sein, doch ihre Worte enthielten auch keine Ermutigung.

Der arrogante kleine Kerl brauchte jedoch keine. »Und für die guten Bretons hat sich die Reise von Nouvelle-Orléans außerordentlich gelohnt.«

»Für Sie ebenfalls, nehme ich an.« Wenn es sein mußte, erinnerte sie ihn daran, daß er offenbar in denselben Geschäften unterwegs war.

Er tat ihre Bemerkung mit einem Achselzucken ab. »Aber was ist mit Ihnen? Darf man hoffen, daß ein so unwiderstehliches Geschöpf bei diesem Unternehmen ebenfalls Gewinn gemacht hat?«

»Machen Sie sich um mich keine Sorgen.« Sie hatte mit Dodsworth noch nicht über ihre eigenen Handelsgüter gesprochen. Sie wollte erst den passenden Augenblick abwarten. Vielleicht würde sie morgen Monsieur Pierre und Monsieur Jean an Bord der *Half*

Moon begleiten, wenn sie die am Nachmittag erhandelten Felle gegen weitere Waren eintauschten.

»Nicht? Ach, manche Männer sind so unvernünftig und wollen ihren Gewinn nicht teilen. Wenn Sie sich mit mir verbünden, sorge ich dafür, daß Sie mit Gold und Perlen, Samt und Seide und mit duftiger Spitze reich geschmückt sind.«

Unvermittelt drehte sich Cyrene um und sah ihn an. Bei seinem Gesichtsausdruck bekam sie im Nacken eine Gänsehaut. Sie antwortete eisig: »Ich versichere Ihnen, daß ich keinen Bedarf an solchen Dingen habe.«

»Wirklich nicht? Aber es würde Ihnen so gut stehen. Bei Pierre und Jean Breton sind Sie wie die Rose auf dem Misthaufen. Sie verdienen einen viel niedlicheren, einen hocheleganten Rahmen. Ich könnte ihn Ihnen bieten.«

»Ich habe alles, was ich brauche.«

Sie wäre weggegangen, aber er streckte die Hand nach ihr aus und hielt sie am Arm fest. »Passen Sie auf. Vielleicht werden Sie es eines Tages bedauern, mein Angebot ausgeschlagen zu haben. Ich würde mich sehr freuen, wenn Sie zu mir kämen.«

Etwas an der Hartnäckigkeit des schwarzen Blicks, den dieser Mann ihr zuwarf, an dem grimmigen Griff seiner Finger um ihren Arm, verstörte sie mehr, als sie zugeben wollte. Sie überlegte, wie sie ihn loswerden konnte, und unwillkürlich formte sich ihr Mund zu den Worten: »Ich habe schon einen Beschützer.«

Er ließ sie los und verzog die schmalen Lippen zu einem Lächeln. »Lemonnier? Das Interesse dieses Herrn wird ja nicht ewig anhalten.«

»Das kann schon sein, aber solange es dauert, wird es ihm nicht recht sein, wenn ich von Ihnen Geschenke annehmc.«

»Schade. Er ist doch hoffentlich großzügig?«

»Das geht Sie nichts an.«

»Leider. Wenn er von Ihnen genug hat, können Sie sich an mich wenden und fragen, ob ich noch interessiert bin.«

Die Arroganz dieses Menschen ging ihr auf die Nerven. »Ich würde Ihnen raten, nicht darauf zu warten. Bezahlte Lakaien üben auf mich keinerlei Anziehungskraft aus.«

Er lächelte dünn zu dieser Bemerkung. »Was ist mit Gold? Viel Gold. Genug, um eine feine Dame mit einer gesicherten und unabhängigen Zukunft aus Ihnen zu machen?«

Sie war schon im Begriff wegzugehen, als er ihr diesen Vorschlag machte. Jetzt drehte sie sich um, denn er hatte ihre Aufmerksamkeit erregt. Nicht wegen seines außergewöhnlichen Versprechens, sondern durch die Drohung, die aus seinem Tonfall sprach.

»Was reden Sie da?« fragte sie ihn scharf.

»Ich sprach von Gold.«

»Und wofür?«

»Dafür, daß Sie meine... Verbündete werden.«

»Ihre Verbündete?« wiederholte sie.

»Sie könnten sich als außerordentlich nützlich und auch teuer erweisen. Wenn Ihre ehemaligen Gefährten wegen Schmuggels überführt würden, könnten Sie auf reiche Belohnung rechnen.«

Er beobachtete sie genau, und in seinen Augen stand die Antwort auf die Bedeutung, die seine Worte enthielten. Sie sah es deutlich. Ihr kam die kalte Wut.

»Sie erwarten von mir, daß ich die Bretons ans Messer liefere und Ihnen dabei helfe, sie den Behörden zu übergeben?«

»Warum auch nicht. Was können sie Ihnen schon bedeuten!«

»Sie sind meine Freunde und bedeuten mir mehr, als Sie je begreifen werden.«

»Ich begreife eine ganze Menge mehr, als Sie ahnen, Mademoiselle.«

»Dann nehmen Sie zur Kenntnis: Ich werde es nicht tun. Weder jetzt noch später. Nie!«

»Diese Entscheidung, mein schönes Kind, werden Sie noch zu bereuen haben.«

Als sie fortging, bedauerte er diese Worte, denn die Röcke umwirbelten sie, als sie mit geballten Fäusten und zusammengepreßten Lippen davonschritt.

Sie hielt nicht an, bis sie die Unterkunft, die sie mit Lemonnier teilte, erreichte. Dort blieb sie plötzlich stehen und krallte die Hände in den ledernen Vorhang. Sie wurde von Wut und Übelkeit geschüttelt und fühlte sich schmutzig, als hätte sie etwas Ekelhaftes angefaßt.

Was wollte Touchet eigentlich von ihr? Wozu brauchte er sie, um die Bretons anzuzeigen? Er wußte doch selbst, was sie hier taten. Vielleicht, weil sie ihm für deren Geschäfte Beweise liefern und Zeugnis gegen sie ablegen konnte.

Niemals. Sie wünschte sich zwar Sicherheit, aber nicht um diesen Preis. Selbst wenn ihr Pierre, Jean und Gaston Breton völlig fremd gewesen wären, hätte sie sie nicht verraten können; erst recht nicht, weil sie ihnen so viel schuldete. Sie hatte sie als ihre Freunde bezeichnet, aber sie waren viel mehr als das, das war ihr in diesen Tagen aufgegangen. Sie waren so etwas wie ihre Familie.

Sie atmete tief durch, drehte sich um, blickte hinaus auf die Bucht und sah den schimmernden Glanz der Sterne auf der dunklen Wasserfläche tanzen. Abgesehen von allem anderen war eines an Touchets Angebot zu bedenken. Wenn der kleine Mann sich mit ihr verbünden wollte, hieß das auch, daß er nicht mit René zusammenarbeitete. Sie hatte nicht gewußt, wie sehr diese Angst auf ihr gelastet hatte, bis sie ihr jetzt von der Seele fiel.

9. Kapitel

Das Fest wurde lauter und ausgelassener, als der Tafia ein drittes und viertes Mal kreiste. An Schlaf war nicht zu denken, solange sich nicht der letzte Tänzer und der letzte Trommler auf sein Lager aus Zweigen gelegt hatten. Cyrene kehrte ans Feuer zurück.

Pierre war aus dem inneren Kreis herausgetreten. Er schaute ihr entgegen, als sie näher kam. Ihre Blicke trafen sich, und er winkte ihr, sich neben ihn in den Sand zu setzen. Sie schlängelte sich durch die Männer und Frauen, die auf ihren Decken um das Feuer lagen, und ging zu ihm.

»Ist dir nicht gut?« fragte er, blickte ihr forschend ins Gesicht und verzog die dicken Brauen zu einem Stirnrunzeln, als sie sich neben ihm niederließ. »Du bist ja ganz blaß.«

»Mir geht's gut.« Seine Besorgnis war Balsam für ihre aufgewühlten Nerven. Er war offenbar nicht geneigt, dieser Versicherung zu glauben, denn seine Miene blieb ernst.

»Sag mir, *chère*, bist du glücklich? Ist die Sache mit Lemonnier so, wie du es dir gewünscht hast?«

Sie hielt seinem Blick nur mit Mühe stand. »Warum fragen Sie?«

»Wie du dich verhältst und wie du aussiehst, seit wir das Abkommen mit ihm getroffen haben – das alles gefällt mir nicht. Dich bindet nichts, kein Gesetz, nicht die Kirche und auch keine andere Verpflichtung. Wenn du nicht bei ihm bleiben willst, kannst du ihn sofort verlassen.«

»Und Sie hätten nichts dagegen?«

»Was sollte ich dagegen haben?«

»Ich habe gedacht, daß –« Sie hielt inne, starrte in die rote Glut des Feuers und fuhr dann fort. »Ich habe gedacht, daß Sie, Monsieur Jean und Gaston vielleicht erleichtert sind, wenn Ihnen jemand die Sorge um mich abnimmt.«

»*Sacré*, wie kannst du so etwas sagen? Du bist unser Engel, unser Glück. Wir wären untröstlich, wenn du von uns fortgehen würdest. Wir lassen dich nur aus einem einzigen Grund weg: Du sollst das haben, was du dir wünschst. Wenn es Lemonnier ist, dann gut. Uns ist es recht. Wenn nicht, muß etwas unternommen werden.«

»Ach, Monsieur Pierre«, seufzte sie schmerzlich und mit Tränen in den Augen.

Er legte ihr verlegen den Arm um die Schulter und räusperte sich heftig. »*Bien*, das wäre geklärt. Aber bist du glücklich, *chère*?«

Ihre Brust hob und senkte sich. Sie seufzte tief auf. »Ich weiß nicht. Ich glaube schon.«

»Mit der Liebe – ist das so eine Sache, was?«

»Ja, es ist so eine Sache.« Mit Liebe hatte es nichts zu tun, aber sie wollte Monsieur Pierre nicht verletzen und konnte ihm nicht erklären, warum sie sich auch ohne dieses Gefühl an Lemonnier gewandt hatte, besonders jetzt nicht.

»Ach ja, ich erinnere mich gut – aber das wird dich nicht interessieren. Sag, mißhandelt Lemonnier dich?«

»Aber nein«, antwortete sie hastig.

»Ich habe gesehen, wie Mane Mata und ein paar andere Indianermädchen ihm schöne Augen machten. Läuft er denen nach?«

»Ich – ich glaube nicht.« Mit Sicherheit konnte sie es nicht sagen.

»Macht es dir keinen Spaß mit ihm im Bett?«

»Monsieur Pierre!«

»Bist du schockiert, *petite*? Du hast ja keine Mutter mehr, die dich so etwas fragen könnte. Wenn es dir keinen Spaß macht, mußt du es ihm sagen. Du mußt ihm zeigen, woran es liegt. Kein Mann weiß es von allein, denn jede Frau hat andere Bedürfnisse.«

»Sie schöpfen natürlich aus dem reichen Schatz Ihrer Erfahrung?« fragte sie neckend und mit gespielter Ruhe.

Er hob die breiten Schultern. »Nun ja.«

Sie schaute ihm hier im flackernden Schein des Feuers in das wettergegerbte Gesicht mit den tiefen Furchen und den lachenden blauen Augen, in deren Tiefe immer unergründlicher Schmerz lag. »Sie waren einmal verheiratet, glaube ich. Was ist damals geschehen?«

»Meine Frau... ist gestorben.«

»Und haben Sie nie daran gedacht, sich wieder eine zu nehmen?«

»Nein. Es gab keine, die sie hätte ersetzen können.«

»Ich nehme an, Sie hatten keine Kinder?« Cyrene konnte sich ihn nicht mit Kind vorstellen wie Monsieur Jean, der Gaston aufgezogen hatte.

Er wich ihrem Blick aus und sah in die Nacht. »Das alles geschieht, wie es Gottes Wille ist.«

Sie schwiegen einige Zeit. Die Trommeln dröhnten jetzt tiefer. Rote Funken stoben mit Geknister auf, als Holz nachgelegt wurde. Die Haut der Tänzer glänzte vor Schweiß. Die anderen sahen ihnen wie gebannt zu, vielleicht zeigte auch der Tafia schon Wirkung. Einige Paare waren kichernd in der Dunkelheit des Waldsaums verschwunden oder den Strand entlanggegangen.

Cyrene sah sich suchend im Kreis um. René war nicht da. Wohin war er gegangen? Er hatte auf seinem Platz gesessen, als sie zu Monsieur Pierre ging, denn sie war an ihm vorbeigekommen. Unwillkürlich wanderte ihr Blick zu Kanota Unas Hütte, die ein Stück entfernt lag. Dort war alles still und dunkel. Es konnte sein, daß sie leer war. Oder nicht? Vielleicht doch. Kanota Una und ihre Tochter saßen bei den Frauen am Rand des hellen Kreises.

Ohne Monsieur Pierre anzusehen, fragte ihn Cyrene: »Sie sind ein Menschenkenner. Was halten Sie von Lemonnier?«

»Es ist gut, ihn im Rücken oder an der Seite zu haben«, antwortete er bedächtig, und offensichtlich hatte er sich das schon einmal überlegt, »aber schlecht, ihm in die Quere zu kommen. Er geht in vielem gern eigene Wege, kann aber auch mit anderen an einem Strang ziehen, wenn es nottut. Er sieht mehr, als er sagt, und kann den Mund halten.«

»Aber er ist ein notorischer Wüstling. Kann ich ihm denn trauen?«

»Er wird zur Ruhe kommen, wenn er die Richtige gefunden hat. Kein Mann ist so treu wie ein bekehrter Schürzenjäger, an dieser Redensart ist etwas dran.«

»Aber ob ich ihn bekehren kann?«

»Willst du es denn?«

Das war natürlich die Frage. Und im Augenblick konnte sie sie beim besten Willen nicht beantworten. Statt dessen sagte sie: »Ich muß Ihnen etwas erzählen.«

»Über Lemonnier?«

»Nein, über Touchet.« Sie berichtete kurz von ihrem Gespräch mit dem listigen Agenten Madame de Vaudreuils.

»Allmächtiger, was ist das für ein Dreckskerl!«

»Haben Sie keine Angst davor, was er tun wird?«

Monsieur Pierre schnippte mit den Fingern. »Er versucht schon seit Jahren, uns mit den Waren zu erwischen, und es ist ihm bis jetzt nicht gelungen.«

»Diesmal ist es etwas anderes. So unverschämt war er noch nie.«

»Vielleicht, *chère*, hast du dich auch verändert.«

Sie fuhr ihn scharf an: »Was wollen Sie damit sagen?«

»Du – du bist irgendwie...« Er machte eine weitschweifige Geste.

»Sie finden, daß ich die Männer herausfordere?«

»Nein, das nicht, nur, daß du... du bist dir bewußt, eine Frau zu sein, und zwingst deshalb die Männer dazu, es zur Kenntnis zu nehmen. Da ist nichts dabei, und du solltest dich nicht dagegen wehren, denn das wäre wider die Natur. Es muß so sein.«

Sie wußte, daß er recht hatte. Was er hatte ausdrücken wollen, hatte auch sie gespürt, ohne es in Worte zu fassen. Vielleicht hatte Lemonnier dieses Erwachen hervorgerufen, es konnte aber auch schon vorher begonnen haben. Vielleicht war sie auch deswegen in den letzten Monaten so unzufrieden gewesen. Sie war jetzt eine Frau und wollte ihr eigenes Haus, eine eigene Zukunft und einen Mann für sich.

»Und was Touchet angeht«, fuhr Monsieur Pierre fort, »der belästigt dich so schnell nicht wieder. Er ist schon aufs Schiff zurück, und ich habe gehört, wie er zu Dodsworth sagte, daß er morgen in aller Frühe nach Nouvelle-Orléans aufbrechen will. Aber wenn er sich noch einmal an dich heranmacht, mußt du es sofort Lemonnier oder mir sagen. Touchet ist gewohnt, sich zu nehmen, was er haben will, und keiner kann ihn daran hindern, weil er mit der Frau des Gouverneurs unter einer Decke steckt.«

Cyrene kniff die dunklen Augen zusammen. »Wenn er versucht, mich zu nehmen, wird er etwas ganz anderes kriegen, als er erwartet hat.«

»Sei auf der Hut«, warnte Monsieur Pierre und schüttelte langsam den Kopf. »Wenn je etwas Gutes in ihm gesteckt hat, dann ist es längst verschwunden. Er würde dich, um sich für die Zurückweisung zu rächen, mit dem größten Vergnügen seinem Willen unterwerfen, und es wäre ihm eine doppelte Genugtuung, weil er sich gleichzeitig bei Jean und mir dafür revanchieren könnte, daß wir ihm früher so oft ein Schnippchen geschlagen haben.«

Der Rat war gut, und sie wollte ihn befolgen. Aber allmählich ging ihr auf, daß sie, indem sie sich Lemonnier hingegeben hatte, ihre Freiheit eher eingeschränkt als vergrößert hatte.

Pierres Aufmerksamkeit wurde von einem alten Mann in Anspruch genommen, der einen großen blauen Stein gegen ein Fäßchen vom Tafia des Engländers tauschen wollte. Diesen Stein habe er vor vielen Jahren von einem Indianer aus dem fernen Westen bekommen, wo – so drückte er sich aus – die Erde sich erhob, um den Himmel zu treffen. Während Monsieur Pierre versuchte, den alten Mann davon zu überzeugen, daß er seinen Schatz behalten solle, verließ Cyrene den Kreis.

Sie hatte kein bestimmtes Ziel. Sie sagte sich, sie sei lediglich zu unruhig, um stillsitzen zu können, aber sie lenkte ihre Schritte wieder zur Hütte. Der lederne Vorhang knatterte im Wind. Drinnen lag das Bärenfell flach und ordentlich. René war nicht da.

»Wenn Sie Lemonnier suchen, der ist an Bord der *Half Moon*!«

Sie fuhr herum, und ihre Augen weiteten sich vor Schreck. Dodsworth war so nah, daß ihre Röcke ihn am Bein streiften, und sein Atem stank nach Rum. Hastig trat sie einen Schritt zurück und sah in seinem Blick Betroffenheit.

»Sie haben mich erschreckt«, sagte sie.

»Das tut mir leid. Ich wollte Ihnen nicht zu nahe treten, aber es ist so höllisch dunkel.«

»Sie sagten etwas über Monsieur Lemonnier?«

»Genau. Ich dachte, Sie suchen ihn vielleicht. Er hat sich vor ein paar Minuten mit dem Kanu zum Schiff aufgemacht und erwähnte, er hätte mit Touchet ein Wörtchen zu reden. Ich gehe jetzt auch, aber Monsieur Pierre Breton sagte heute morgen, daß Sie gerne etwas von meinen Waren sehen wollen. Dachte, ich biete Ihnen einen Platz im Boot an, wenn Sie jetzt Lust haben. Sie können mit Lemonnier zurückfahren.«

War es möglich, daß René ihretwegen mit Touchet streiten wollte? Sie hatte keine Ahnung, woher er wußte, daß der Mensch sie beleidigt hatte, und es spielte auch gar keine Rolle; seine Intervention war unnötig, und das wollte sie ihm mitteilen. Der Vorschlag des Kapitäns klang gut. Er bot ihr einen ausgezeichneten Vorwand, um an Bord zu gehen. Vielleicht war jetzt die günstigste Zeit für die Verhandlung über ihre eigenen Waren, wenn es die Situation erlaubte.

Ihre Entscheidung war getroffen, bevor der Kapitän ausgeredet hatte. Mit fester, entschlossener Stimme erwiderte sie: »Gehen wir!«

Die *Half Moon* schwankte auf den Wellen der Bucht wie ein

Geisterschiff: kein Licht, kein Laut. Graue Nebelfetzen hingen um den hohen Mast. Der wachhabende Offizier tauchte aus der Dunkelheit auf, um Cyrene an Bord zu helfen, und als der Kapitän auf Deck sprang, trat er respektvoll zur Seite. Dodsworth nickte ihm kurz zu und gab Order, die beiden Fäßchen Indigo, die Cyrene mitgebracht hatte, aus dem Beiboot zu holen, dann reichte er ihr den Arm.

»Hier entlang, Mademoiselle. Ich werde Lemonnier benachrichtigen lassen, daß Sie hier sind, und inzwischen zeige ich Ihnen ein paar besondere Waren, die Sie vielleicht interessieren werden.«

Cyrene blieb etwas zurück. »Ich würde viel lieber selbst zu Touchets Kabine gehen oder dahin, wo er und Monsieur Lemonnier sich gerade aufhalten.«

»Ich glaube, das wäre unklug«, lachte er. »Wir wissen ja nicht, in welchem Zustand sich der Kerl befindet, und Sie wollen ihn doch nicht in Verlegenheit bringen?«

Er meinte wohl, daß sie selbst nicht in Verlegenheit gebracht werden wollte. »Das ist mir gleich«, erwiderte sie. »Was ist, wenn sie sich schlagen? Ich muß sie trennen.«

»Warum denn? Mir kommt die Idee blödsinnig vor. Touchet hätte doch seit Jahren eine anständige Tracht Prügel nötig. Aber wenn Sie darauf bestehen, schicke ich die Wache, damit sie einschreitet. Kommen Sie.«

Es war schwer, dieser guten Laune und seiner unbekümmerten Art zu widerstehen. Sie ging mit ihm, doch sie warf einen zweifelnden Blick über die Schulter auf das stille Schiff.

Die Kapitänskajüte war alles andere als geräumig. Sie enthielt die Koje, eine Kommode, in deren Deckplatte die Waschschüssel eingelassen war, und einen Tisch, über dem eine Lampe an ihrem Haken hin und her schaukelte. Cyrene setzte sich auf den einzigen Stuhl am Tisch, und der Kapitän ging um sie herum, zog eine Kassette hervor und richtete sich auf.

»Darf ich Ihnen ein Gläschen Wein anbieten?« fragte er mit glänzenden Augen. »Ich habe einen ausgezeichneten Madeira.«

Sie hatte den Eindruck, daß er vielleicht beleidigt sein könnte, wenn sie ablehnte, und das wäre kein guter Beginn für ihre Geschäftsverhandlung. Jedenfalls mochte sie keinen Tafia und hatte den ganzen Abend so gut wie nichts getrunken. »Sehr gern.«

»Gut«, lächelte er breit, »ich bringe ihn gleich mit, wenn ich mich um Ihren Freund gekümmert habe. Sie können inzwischen schon einmal einen Blick auf die Sachen in der Kassette werfen.«

Er hatte es so eilig, daß die Tür in den Angeln hängen blieb. Es gab für seine gute Laune eigentlich keinen rechten Anlaß, er tat ja, als hätte sie ihm eine Gunst gewährt. Cyrene starrte ihm stirnrunzelnd nach. Sie war noch nie mit ihm ohne Monsieur Pierre und Monsieur Jean zusammengewesen. Sie hatte zwar nur Gutes über ihn gehört, aber sie kannte ihn kaum. Sicher konnte jemand, der so offen über seine Frau und seine Kinder sprach, nicht mißdeuten, daß sie seine Einladung auf die *Half Moon* angenommen hatte. Nein, es war dumm von ihr, so etwas zu denken. René mußte hier irgendwo sein und konnte jeden Augenblick hereinkommen. Sie war in Sicherheit, und darauf vertraute sie so sehr, daß sie sich ein wenig über sich selbst amüsierte, denn sie verließ sich im Moment auf Lemonniers Schutz, den sie immer verschmäht hatte.

Sie schob den Stuhl ein Stück zurück und beugte sich über das Schnappschloß der Kassette. Es war einfach und gab sofort nach. Sie hob den Deckel und ließ ihn ins Scharnier fallen. Dann starrte sie verwundert hinein.

Vor ihren Augen glitzerte und funkelte Schmuck: Perlen und Saphire, Aquamarine und Topase – Broschen, Ringe, Haarspangen und Knöpfe; zartes venezianisches Glas, das wie Juwelen leuchtete; Spiegel mit Silberrücken in einer Fassung aus Porzellan, die mit Rosen und Putten bemalt war; kleine Parfümphiolen aus buntem Glas mit silbernen Kappen; spinnwebenzarte Spitzen, die mit Gold- und Silberfäden eingefaßt waren; Rollen glänzender Bänder in allen Farben des Regenbogens. Alles war wunderschön und kostbar und ungeheuer teuer. Wenn das für den Handel bestimmt war, mußte es gut genug sein für eine Marquise oder Kurtisane. Cyrene nahm den Deckel und warf ihn mit einem Knall ins Schloß. Diese Sachen konnte sie nicht im entferntesten gebrauchen, und Dodsworth wußte das genau. Sie hatte keine Ahnung, was er damit bezweckte, sie ihr zu zeigen. Sie machte es sich im Stuhl bequem, stützte sich auf die Armlehnen und wartete mit zusammengekniffenen Augen auf die Rückkehr des Kapitäns.

Er blieb nicht lange aus. In den Händen trug er zwei Gläser und eine offene, staubige Flasche. Er trat in die Kabine und stellte alles auf den Tisch, dann schenkte er die rubinrote Flüssigkeit in die Gläser. »Na?« fragte er und musterte sie lächelnd von der Seite, »was halten Sie davon?«

»Von den Waren in der Kassette? Ich glaube, daß sie für meinen Beutel viel zu teuer sind.«

»Unsinn. Das ist doch nichts Besonderes.«

»Vielleicht nicht für jeden, aber so begeistert die Indianerinnen von den Sachen wären, sie haben doch alle zusammen nicht genügend Körbe und zerstoßene Kräuter, um auch nur ein Zehntel davon bezahlen zu können.«

»Gehen Ihre Ambitionen nicht über Indianerinnen hinaus?«

»Wie meinen Sie das?«

»Angenommen, Sie könnten diese Sachen den Damen aus den Kreisen um den Gouverneur zeigen? Die könnten sich das doch leisten.«

»Möglich. Aber es muß Ihnen doch klar sein, daß ich sie nicht bezahlen kann.«

Er reichte ihr ein Glas, trank einen Schluck Wein und antwortete: »Wir können ja eine partnerschaftliche Abmachung treffen.«

»Welcher Art?« In Cyrenes Frage lag Mißtrauen.

»Eine, die – sagen wir einmal – auf gegenseitigem Nutzen basiert.«

Es war ja möglich, daß er nicht mehr und nicht weniger meinte, als er sagte. Oder? »Ich verstehe Sie nicht ganz.«

»Ich werde die Waren bereitstellen, und Sie werden sie verkaufen. Dann teilen wir den Gewinn: Jeder bekommt die Hälfte.«

»Ein sehr großzügiges Angebot.«

»Und ein lohnendes Geschäft. Die französischen Damen haben für solchen Krimskrams ziemlich viel übrig. Dieses Parfüm zum Beispiel. Riechen Sie einmal.« Er griff in die Kassette, nahm eine Phiole heraus und öffnete den Verschluß, so daß der schwere, berauschende Duft von Damaszenerrosen in den Raum strömte.

Sie wehrte mit schneller Geste ab. »Parfüm ist etwas, das man wirklich auch aus Frankreich bekommen kann.«

»Ja, ja, zugegeben. Aber ich glaube, sie werden die Gelegenheit beim Schopf packen und alles kaufen, was sie in die Finger kriegen können, besonders wenn sie das, was sich für Kleidung eignet, getragen sehen. Von einer Frau wie Ihnen.«

»Aber das geht doch nicht. Es würde auf meinen schlichten Kleidern albern aussehen.«

»Ich könnte Ihnen eine Kleiderzulage gewähren. Es wäre mir sogar ein Vergnügen.«

»Natürlich aus rein geschäftlichem Interesse.«

Er lächelte über ihren trockenen Ton und war sicher, daß sie seine Andeutungen verstanden hatte und daß sie sich schon einigen würden. »Nicht nur.«

»Ich verstehe.« Sie stand auf und ging um den Tisch herum. »Ich fürchte, daß ich Ihr Angebot nicht annehmen kann.«

Er packte sie am Arm. »Darf ich fragen, wieso?«

»Das dürfte wohl offensichtlich sein.« Sie blickte empört auf die Hand, die sie festhielt, aber er ließ nicht los.

»Für mich nicht. Du bist offenbar sehr freundlich zu Lemonnier, ganz zu schweigen von den Bretons. Ich habe bisher die Distanz immer gewahrt, weil ich keine Lust auf Ärger mit Pierre und Jean Breton hatte, aber wenn sie dich jetzt verleihen –«

Cyrene entwand den Arm seinem Griff und trat einen Schritt zurück. »Das ist eine Unverschämtheit!«

»Ich wollte dich nicht beleidigen«, sagte er und kam näher. Sein Selbstvertrauen und seine Körpergröße waren gleichermaßen beängstigend. »Ich bin den Bretons dankbar, daß sie dich hierhergebracht haben. Es ist bestimmt Vorsehung. Du verkörperst vollkommen die Frau, die ich mir erträumt habe, ich habe auf dich gewartet und gewartet. Du bist wunderschön. Ich glaube, wir würden gut zusammenarbeiten. Vor allem aber will ich dich.«

»Davon hatte ich keine Ahnung, aber das ist ganz gleichgültig. Ich bin nicht zu kaufen.«

»Ich will dich nicht kaufen. Ich will dich lieben.« Er breitete die Arme aus und wollte sie um sie legen.

Sie schlüpfte unter seinen Armen durch, blieb an dem Fläschchen, das er noch hielt, hängen und schlug es ihm aus der Hand. Der Inhalt ergoß sich auf Cyrenes Mieder. Der betörende Duft von Rosen regnete auf sie herab, und die zierliche Phiole fiel klirrend zu Boden und rollte durch den ganzen Raum. Cyrene wirbelte hinterher, wich immer weiter vor Dodsworth zurück, der ihr nachstellte.

»Ich will Ihre Liebe nicht!« rief sie und schüttelte energisch den Kopf.

»Das sagst du doch nur so dahin. Zier dich nicht so. Setz dich, damit wir alles in Ruhe besprechen können.«

»Es gibt nichts zu besprechen.«

Sie lief zur Tür und riß sie auf. Er war direkt hinter ihr. Er klatschte die Handfläche gegen die Täfelung und warf die Tür wieder zu. Dann stützte er die Arme rechts und links von Cyrene gegen die Wand. Sie war gefangen.

»Jetzt können wir uns unterhalten«, triumphierte er amüsiert, »und zwar darüber, was du nun zu tun gedenkst.«

»Wie ist es damit«, antwortete sie, ballte die Hand zur Faust, während sie ihm den Rücken zuwandte, warf sich herum und stieß sie ihm von unten gegen das Kinn. Die Knöchel taten ihr weh, aber sie spürte zu ihrer Befriedigung, daß ihm von diesem Schlag die Haut aufplatzte.

Fassungslos taumelte er zurück. Cyrene wartete seine Reaktion nicht ab, sondern riß die Tür auf und stolperte in den dunklen Niedergang des Schiffs. Hinter ihr ertönte wütendes Gebrüll. Sie stürzte sich in die Dunkelheit. In den Ohren dröhnten laut ihre dumpfen Schritte – so laut wie ihr Puls. Dann wurde das Geräusch von den schweren Stiefeltritten des Kapitäns übertönt. Sie huschte die kurze Leiter hinauf und warf sich auf Deck. Ohne nach rechts oder links zu schauen, rannte sie zur Reling, zog sich hinauf und war im Begriff, die Strickleiter fallen zu lassen. Unter ihr schaukelte das Boot auf und ab.

»Verdammt, warte doch, Cyrene!«

Die Stimme des Captains war wütend und laut, auch wenn er keuchte. Sie antwortete nicht.

Aber René.

»Warten, und worauf?« fragte er, und diese Silben klangen gefährlich und frostig wie Eisnadeln. Cyrene schwieg, und Captain Dodsworth blieb wie angewurzelt stehen.

Der blasse Schein der Lampe drang von unten durch den Eingang. Er warf den Schatten der beiden Männer auf das Deck und wirkte lang, dunkel und bedrohlich. Eine Weile waren nur das Ächzen des Schiffs und das leise Knattern eines Taus zu hören, das irgendwo am Bug im Wind flatterte.

»Ich dachte, Sie wären längst weg«, sagte der Rhode Islander und starrte Lemonnier an. Seine Worte klangen wie das Blöken eines erschrockenen Schafs.

»Sie haben auch mit großer Hartnäckigkeit versucht, mich loszuwerden. Jetzt ist mir klar, warum.«

Nach diesem Wortwechsel lag es auf der Hand, daß Dodsworth Lemonnier nicht hier erwartet, ihm also auch nicht ausgerichtet hatte, daß Cyrene an Bord war. Die Hinterhältigkeit des Kapitäns nahm ihr den Atem, hatte sie ihn doch für einen rechtschaffenen Familienvater und aufrichtigen Geschäftsmann gehalten. Er war nicht besser als Touchet, er war sogar noch schlimmer. Touchet versteckte sich nicht hinter einer ehrbaren Fassade.

Der Rothaarige fuhr sich mit der Zunge über die Lippen. »Es – es war nicht so, wie Sie denken.«

»Nein? Dann erzählen Sie mir, wie es war«, forderte ihn René auf.

»Mademoiselle Nolté hat einen kleinen Scherz mißverstanden.«

»Einen Scherz?« fragte sie, und der Ekel schüttelte sie. »Wenn ich ein Mann wäre, würde ich Ihnen sämtliche Zähne ausschlagen.«

Lemonnier blickte auf Dodsworths blutigen Mund und sah dann Cyrene an. »Jemand hat schon damit angefangen. Wahrscheinlich du?«

»Ja, ich.«

»Verlangst du, daß ich weitermache?«

»Ob ich es verlange?« Sie schaute ihn erschrocken an.

»Andere Frauen würden es tun.«

Würde er sich auf ihr Geheiß zu ihrem Ritter machen und mit Dodsworth kämpfen? Mit seinen muskulösen Schultern und einer hart entschlossenen Miene, die ein bestimmtes Gefühl verriet – vielleicht machte er sich Vorwürfe –, stand er auf dem sacht schaukelnden Deck und bot ihr seine Dienste an, als verpflichte er sich lediglich, ein zu Boden gefallenes Taschentuch aufzuheben. Von einem Kampf mit Touchet sah sie an ihm allerdings keine Spur. Was hatte er hier zu suchen?

»Ich bin nicht wie andere Frauen.«

Er lachte kurz auf. »Gehen wir also?«

»Cyrene, bleiben Sie noch«, protestierte Dodsworth, »das Indigo ist doch noch hier.«

»Lassen Sie es mir morgen früh bringen.«

»Und unser Geschäft –«

»Oder schicken Sie mir einen angemessenen Gegenwert.«

»Sie müssen mir erlauben, es wiedergutzumachen.«

Sie schaute ihn ohne Lächeln an. »Tun Sie es in Form von Waren. Dann weiß ich, daß es Ihnen ernst ist.«

Cyrene kletterte leichtfüßig ins Boot hinab. René folgte ihr. Sie paddelten schweigend zum Strand und sprachen kein Wort, bis sie vor der gemeinsamen Unterkunft standen.

Lemonnier stellte sich ihr in den Weg und streckte den Arm aus, um sie am Eintreten zu hindern. »Würdest du mir freundlicherweise erzählen, was los war? Ich hätte dich für klug genug gehalten, nicht allein da hinzugehen, erst recht nicht in der Nacht.«

Nach der Nervenanspannung und dem Schrecken, den ihr Dodsworth eingejagt hatte, riß ihr bei Lemonniers anklagendem Ton die Geduld. Sie blickte ihn verächtlich an. »Dann haben Sie sich eben geirrt, stellen Sie sich das mal vor!«

»Das kann gut sein, und zwar vielleicht in mehr als einer Hinsicht. Was sollte das mit der Wiedergutmachung in Form von Waren heißen? Soll das eine Bezahlung in Naturalien sein?«

»Was fällt Ihnen ein?«

Sie war über das, was er gesagt hatte, so schockiert, daß sie die Faust ballte und ausholte. Bevor sie den Schlag ausführen konnte oder sich auch nur über ihre Absicht im klaren war, packte er sie am Handgelenk.

»An deiner Stelle würde ich das lieber nicht versuchen. Ich bin nicht Dodsworth.«

Sie zuckte nicht mit der Wimper, trotz der Festigkeit seines Zugriffs. »Ach, das weiß ich auch. Aber ich weiß nicht, wie Sie dazu kommen, mich zur Rede zu stellen. Und wenn Sie jetzt das Wort ›Beschützer‹ aussprechen, dann zeige ich Ihnen ein paar Tricks, die ich bei dem Engländer nicht anwenden mußte.«

»Hurentricks?« fragte er sanft.

Sie schnappte nach Luft. »Warum«, fragte sie bitter, und ihr kam die Galle hoch, »halten alle Männer eine alleinstehende Frau gleich für eine Hure?«

Da verschlug es Lemonnier die Sprache. Er blickte in das blasse, stolze Gesicht, auf das helle Haar, das vom Wind und ihrem Kampf an Bord zersaust war und das von dem dahinter brennenden Lagerfeuer beleuchtet wurde. Als er sie betrachtete, erkannte er die dunklen Gefühle, die an ihm fraßen: Angst und Eifersucht. Eifersucht auf jeden Blick, den ein anderer auf diese Frau warf. Angst, daß sie den niederen Gelüsten anderer Männer ausgesetzt war, woran auch er Schuld trug. Eifersucht, weil vielleicht ein anderer da reiche Frucht erntete, wo Lemonnier es sich versagte. Angst, daß er selbst diesen Verzicht nie mehr überwinden würde. Ein schwerer Rosenduft vermischte sich mit dem ihr eigenen, süßen Aroma und umgab ihn wie die gespenstische Erinnerung an einen stechenden, grausamen Schmerz.

Ein einsamer Indianer sang am Feuer vor sich hin. Er schlug in schnellem heftigem Rhythmus auf die Trommel ein, im Takt von Renés Herzschlag. Ein Klagelied.

Lemonnier ließ Cyrene los. Knapp und in ruhigem Ton fragte er: »Dodsworth?«

»Und Touchet«, erwiderte sie verächtlich. »Mir hat man eingeredet, Sie wären an Bord gegangen, um den kleinen Kerl zur Rede zu stellen. Ist das nicht komisch?«

»Weil er dich belästigt hat?«

»Weil er es versucht hat. Offenbar haben alle Männer nur das eine im Sinn.«

»Ich auch.«

Die Worte riefen eine gespannte Atmosphäre hervor. Er hatte das nicht sagen wollen. Es war ihm, dachte er, aus dem tiefsten Innern gekommen. Und mit einem Gefühl zwischen Furcht und Sehnsucht wartete er auf ihre Antwort.

Sie warf den Kopf zurück, in ihrer Stimme schwang beißende Verachtung. »Sie ganz besonders. Vielleicht wünschen Sie sofort eine Bezahlung für Ihre Hilfe? Das ist doch wohl die Art von Dankbarkeit, die Sie für so eine großartige Geste verlangen können? Habe ich nicht recht, mein edler Ritter?«

»Und du würdest den Preis bezahlen?« fragte er mit der Miene eines Mannes, der die Grenzen der Selbstbeherrschung ausloten will.

»Wer weiß? Ich bin Ihnen sehr verbunden, das versichere ich Ihnen. Wenn Sie mir noch ein wenig drohen, falle ich Ihnen vielleicht sogar zitternd und zagend um den Hals. Etwa so.« Sie trat auf ihn zu, schlang ihm die Arme um den Hals und schmiegte sich an ihn. In ihren Augen blitzte etwas wie Bosheit auf – oder mehr als das –, und dieses Gefühl durchdrang sie mit einer prickelnden Intensität.

René rührte sich nicht von der Stelle und zuckte mit keinem Muskel. Er wich auch ihrem provozierenden Blick nicht aus. »Ich würde mich natürlich darüber freuen.«

»Das habe ich mir gedacht.«

Sie schloß die Augen wie vor Müdigkeit, die nicht ganz gespielt war, und beobachtete ihn unter den Lidern hervor. Sie wußte nicht recht, was sie erwartet hatte. Jedenfalls nicht diese frostige, reaktionslose Haltung. Ungeduld ergriff sie. Als er nicht antwortete, sagte sie: »Aber vielleicht wollen Sie nur das, was Sie nicht kriegen können? Es soll ja Männer geben, die nicht zu schätzen wissen, was sie ohne Mühe bekommen können.«

Ein Lachen, dem jede Spur von Heiterkeit fehlte, entfuhr Lemonnier. Er nahm ihre Handgelenke und entfernte ihre Arme von seinem Hals. »Wenn ich glauben könnte, daß du dich nicht zu einem Knoten zusammenrollst wie die Katze, die eine Schlange sieht, würde ich dich jetzt da hineintragen, dir jeden Faden, den du auf dem Leib trägst, herunterreißen und den Mund auf deine samtweiche Haut pressen, von der Stirn bis zu den Zehen. Ich würde deine Lippen und Brüste liebkosen und dein ganzes Wesen in mich hineintrinken. Ich würde eine Welt der Freude mit dir erleben und dich bis ins Innerste erforschen, wenn ich glauben würde, daß du mich läßt. Aber ich glaube es nicht, und also tue ich es nicht.«

Zorn kam in ihr auf und ein seltsam schmerzliches Bedauern. Sie verzog die Lippen zu einem schmalen Strich und rückte von René ab. Dann rüttelte sie an den Handgelenken. Er gab sie mit einer plötzlichen offenen Gebärde frei, aus der äußerste Kühle sprach.

»Wenn Sie es versucht hätten«, sagte sie mit einer Spur Gehässigkeit, »hätte ich mir Ihre Augen als Knöpfe ans Mieder gesteckt.«

»Das bezweifle ich nicht«, antwortete er. Er verbeugte sich knapp, warf den Ledervorhang am Eingang zur Seite und kroch hinein. Dort, in der bergenden Dunkelheit, kniete er und preßte die Fäuste gegeneinander, daß die Knöchel knackten und ihn der Schmerz die Qual seines Verlangens vergessen ließ. Doch seine Hände dufteten nach Rosen.

Cyrene stand unentschlossen draußen. Sie konnte ihm doch jetzt nicht wie ein Lämmchen in die Hütte folgen, konnte nicht die ganze Nacht neben ihm liegen und dieses wilde Verlangen zurückdrängen, ohne daß er es bemerkte, wenn sie sich zufällig berührten. Aber auch der Gedanke, zum Feuer zurückzukehren und zu tun, als sei gar nichts geschehen, war ihr unerträglich. Langsam ließ sie sich mit dem Rücken zur Unterkunft im Sand nieder. Sie starrte auf die dunkle, bewegte Wasserfläche. Ihr Puls raste.

Sie blieb eine Weile sitzen und hatte das Gefühl, wenn nur endlich der Schlag der Trommel und die Klage des Indianers, dieser Widerhall ihrer Verwirrung, ruhten, dann könnte sie auch zu dem Zustand zurückkehren, in dem sie sich befunden hatte, bevor sie einen halb ertrunkenen Mann aus dem Fluß gefischt hatte und von Nouvelle-Orléans zu dieser Expedition aufgebrochen war. Und bevor sie heute nacht entdecken mußte, daß sie sich in einen Lüstling und Taugenichts mit Namen René Lemonnier verliebt hatte. Aber die Trommel gab keine Ruhe. Sie zerriß noch die Stille der Nacht, als Cyrene steif vor Kälte, erschöpft und verzweifelt in die Hütte kroch und sich neben René legte. Auch als sie einschlief, dröhnte sie weiter und folgte ihr bis in die fiebrigen Träume.

Am frühen Morgen, als die ersten Schläfer sich rührten, wurde ein Warenstapel am Strand gefunden. Daran hing eine Nachricht, die Dodsworth für Cyrene geschrieben hatte: eine sorgfältige Auflistung. Von der *Half Moon* war auf der glatten Oberfläche der Bucht nichts mehr zu sehen. Das Schiff hatte bei der ersten Flut Segel gesetzt.

Pierre und Jean brachen das Lager früh ab. Sie wollten vor den Tschokta wegkommen, sagten sie, und das schien im Moment ein geringes Problem. Nach dem Fest der vergangenen Nacht und den vielen Runden Tafia regte sich bei den Indianern noch nicht viel. Das einzige, was sie vor Mittag zum Aufbruch veranlassen konnte, war ein Überfall der Tschikassa.

Sie mußten sich verabschieden, Geschenke austauschen und das nächste Treffen vereinbaren. Der Vormittag war fast zur Hälfte vorüber, als die Gesellschaft endlich aufbrechen konnte. Sie winkten ein letztes Mal und schoben die Kanus in das sumpfige Gewässer, das nach Norden führte. Die Boote waren beladen bis ans grob behauene Schandeck. Bei jedem Eintauchen des Paddels, jedem Schwung vorwärts, erschien es ihnen sicher, daß sie schöpfen mußten. Aber das Schwappen des Wassers war immer um Haaresbreite zu niedrig. Sie blieben trocken. Monsieur Pierre, Cyrene und Lemonnier saßen wieder im vorderen, Gaston und Monsieur Jean folgten im zweiten Boot.

Hier, in diesem tiefen, unter Meereshöhe gelegenen Land war die Strömung zwar träge, aber sie hatten sie gegen sich. Viel Atem blieb nicht zum Singen, als sie den endlosen Wasserstrom entlangfuhren. Gemeinsam hoben und senkten sie die Paddel, tauchten sie in das moorbraune Wasser. Die Bewegung wurde automatisch und mühelos. Immer mehr Meilen lagen hinter ihnen.

Zur Mittagsmahlzeit legten sie wieder an einer *chêniere* an, hielten sich aber nicht lange auf. Die Rückreise stromaufwärts dauerte länger als die Hinfahrt. Bald waren sie wieder auf dem Wasser. Die Stunden verstrichen. Das Kielwasser schäumte, wurde zu einem riesigen V aufgewirbelt, das bis ans Ufer reichte. Das Marschland lag hinter ihnen, und sie folgten den engeren Windungen der Bayous. Der kurze Wintertag ging zur Neige.

Zu dieser Tageszeit – die Sonne sank, und die melancholisch blaue Schattierung des sterbenden Lichts war mit goldenen Strahlen durchsetzt – tauchte ein Mann am Ufer auf. Er trat aus einem immergrünen Myrtendickicht, das sich bis ans Wasser erstreckte. Er rief und winkte. Direkt vor ihm ragte der Bug seines Kanus aus dem Wasser, als ob es mit dem Heck voran gesunken wäre. Noch ein Paddelschlag, und sie konnten das Gesicht erkennen: Touchet.

René saß seit dem letzten Halt vorne im Kanu. Er drehte sich zu Monsieur Pierre um und hob fragend die Braue. An der Antwort konnte es wenig Zweifel geben. Kein *voyageur* ließ einen Gestrandeten im Stich, wie jedes Schiff auf See einen Schiffbrüchigen aufnimmt, unabhängig davon, ob er ein Schurke ist oder nicht.

Die beiden Boote flogen ans Ufer, als wären sie eins. Touchet rief, wie froh er sei, sie zu sehen, wie sehr er sich darauf verlassen habe, daß sie ihm nachkämen, fluchte über sein Pech und dankte seinem Schutzengel. Seine Stimme drang mit einem dünnen, schrillen Tonfall über das Wasser, daß alle anderen Geschöpfe vor Schreck verstummten. Das stetige, leise Eintauchen der Blätter klang jetzt laut. Nichts rührte sich im blauen Abendleuchten, als die Sonne hinter den Bäumen versank und die Schatten am Ufer sich vertieften. Nichts, außer Touchet, der die eine Hand in die Hüfte gestemmt hatte und sie mit der anderen zu sich heranwinkte.

»Das gefällt mir nicht«, murmelte Cyrene vor sich hin. Sie zog das Paddel ein, legte es sich über die Knie, kniff die Augen zusammen und suchte das Ufer ab.

Es war nichts zu sehen. Die Boote kamen näher. Näher. Der Bug des vorderen Kanus mit René, Cyrene und Pierre lief auf Grund. Lemonnier sprang hinaus, planschte durch das seichte Wasser und bückte sich, um das Boot höher auf den Strand zu ziehen. Das andere Kanu glitt jetzt nur von seinem Schwung getrieben heran, auch Jean und Gaston hatten die Paddel eingezogen.

In diesem Augenblick tauchten, einer nach dem anderen, die französischen Soldaten aus dem Myrtendickicht auf. Ihre Uniformen waren von der subtropischen Sonne so ausgebleicht, daß sie mehr grau als blau wirkten, soweit sie nicht zerrissen oder über und über mit Flicken aus den Armeebeständen von mindestens einem halben Dutzend Staaten besetzt waren. Die Soldaten waren klein von Gestalt und – wie ihr Aufzug bewies – wenig diszipliniert, doch sie hielten die Musketen schußbereit im Anschlag.

Touchet beschrieb eine weitschweifige, theatralische Geste. »Meine Freunde, sehen Sie sich das Empfangskomitee an! Sie sind alle wegen Schmuggels verhaftet. Seien Sie bitte so freundlich, an Land zu kommen und sich zu ergeben. Auch die schöne Cyrene. Besonders die schöne Cyrene!«

10. Kapitel

Es war eine Falle.

Wenn sie zuschnappte, überführte man sie als Schmuggler und bekam die Beweise auf dem silbernen Tablett serviert. Die Strafe, die sie erwartete, war gar nicht auszudenken.

Wie aus einem Reflex heraus stieß Cyrene sofort das Paddel tief in den Schlamm am Grund des Flusses. Das Kanu glitt langsamer vorwärts, hielt an. Es drehte sich. Sie spürte, daß Pierre ebenfalls mit kräftigem Schlag das Blatt eintauchte, wie das Boot reagierte und vom Untergrund freikam.

René stand zwischen Kanu und Soldaten knöcheltief im Wasser, rührte sich nicht vom Fleck, und das Zögern war ihm ins Gesicht geschrieben. Mit einer Stimme, die sich vor Angst überschlug, rief Cyrene: »Kommen Sie her! Kommen Sie ins Boot!«

»Kommt zurück«, rief er, »es wird alles gut, ich verspreche es.«

Hinter ihm wandte sich Touchet an die Soldaten. »Alles schießt auf mein Kommando!«

»Nein!« René wirbelte zu ihm herum. »Sie Kretin!«

Er rief die Worte in lautem Befehlston, und zu Cyrenes Erstaunen gehorchten die Soldaten, obwohl Touchet etwas murmelte, was sie nicht verstand.

Lemonnier drehte sich wieder zum Kanu und machte einen Satz auf den Bug zu. Er wollte nicht einsteigen, sondern das Boot pakken und wieder an Land ziehen. Cyrene sah, daß er Hand an das

Kanu legte, und erkannte seine Absicht. Für den Bruchteil einer Sekunde setzte ihr vor Verwirrung der Verstand aus. Die Soldaten senkten die Musketen.

Mit einem Schlag wurde ihr die Situation klar, und sie schrie wütend: »Verräter!«

Kniend holte sie mit dem schlammigen Paddelblatt aus und stieß es mit aller Kraft nach Lemonniers Brust. Er ließ das Boot los und ergriff das Paddel, um nicht das Gleichgewicht zu verlieren. Noch einmal rammte sie ihm das Blatt in die Brust, dann ließ sie los. Das Kanu machte einen Satz rückwärts.

Lemonnier taumelte. Pierre tauchte das Paddel tief ein, und das lange, schmale Fahrzeug schoß in die Strömung. In unvergleichlicher Beherrschung des Boots ließ Monsieur Pierre das Blatt wirbeln, das Kanu schwang herum in die Richtung, aus der sie gekommen waren.

»Stromab!« rief er Jean zu. »Ihr Boot wartet bestimmt um die Biegung flußaufwärts!«

Am Ufer bellte Lemonnier einen schroffen Befehl. Die Formation der Soldaten löste sich im Laufschritt auf. Touchet fluchte und entriß einem Nachzügler die Muskete. Er hob die Waffe und feuerte.

Mit Gedonner rollte der Schuß über das Wasser. Bevor das Geräusch die davonfliegenden Kanus erreichte, hörten die Insassen ein gellendes Pfeifen über ihren Köpfen. Cyrene fuhr zusammen, paddelte aber weiter. Sie riskierte einen Blick zurück. Eine graue Wolke von Pulverdampf breitete sich über dem Wasser aus. Touchet lag am Boden und hielt sich das Kinn. Die Soldaten und Lemonnier waren nur noch von hinten zu sehen. Sie rannten zu der Stelle, an der ihr Boot versteckt war.

Bücken, eintauchen, durchziehen. Mit knirschenden Knochen und schmerzenden Muskeln ließen sie die Kanus über das Wasser sausen. Immer weiter entfernten sie sich vom Ort der Attacke. Vor ihnen lag eine Biegung. Sie mußten sie schneiden, um kostbare Zeit zu gewinnen.

Von hinten kam ein vielstimmiger Schrei. Sie drehten sich um und sahen ein Ruderboot durch die Rauchglocke schießen. Es war vollbesetzt mit Soldaten, die sich kräftig in die Riemen legten. Sie arbeiteten mit vereinten Kräften, und das schwere Fahrzeug glitt über die Fläche des toten Flußarms wie eine Wasserwanze über einen Abflußkanal. Die Soldaten brüllten auf beim Anblick ihrer Beute und ruderten mit Feuereifer.

Die beiden Kanus schnellten vorwärts, denn die Angst verlieh den Muskeln der Flüchtigen neue Kraft. Cyrene kletterte zum Bug, um das Paddel aufzunehmen, das Lemonnier niedergelegt hatte, und nahm dann ihren Platz wieder ein. Bücken, eintauchen, durchziehen. Sie schossen um die abwärtige Biegung und verschwanden hinter den Bäumen außer Sicht.

Cyrene warf Monsieur Pierre kurz einen Blick zu. Er musterte besorgt das Ufer. Bevor sie etwas sagen konnte, rief Monsieur Jean ihnen über das Wasser, das die dahinjagenden Boote trennte, etwas zu. »Wir lassen die Boote zurück?«

Pierre nickte kurz. »Ja, vielleicht. Sobald wir um die nächste Krümmung sind.«

»Falls wir es schaffen! Touchet wird hinter den Kanus mit der Ware hersetzen, wenn wir sie treiben lassen.«

»Schon. Aber Lemonnier befehligt sie«, erwiderte Pierre.

Jean zuckte mit den Achseln, seine dunklen Augen verloren nie den hellen Glanz. »Wir können nur das Beste hoffen.«

Unsere Chancen, dachte Cyrene, stehen erbärmlich schlecht. Das größere Boot mit seiner zahlreichen Besatzung kam so schnell vorwärts, daß es sie vielleicht einholte, bis sie Monsieur Pierres Plan ausführen konnten. Die Handelsgüter waren als Beweismittel wichtig, und die Soldaten des Gouverneurs mußten sie bergen, aber das konnte noch in aller Ruhe geschehen, nachdem sie die Bretons gefaßt hatten. Sogar wenn den Flüchtigen die Landung gelang, was sollte die Verfolger hindern, sie zu jagen und zur Strecke zu bringen oder auf sie zu schießen, sobald sie sie zu Gesicht bekamen? Lemonnier hatte die Soldaten vorhin davon abgehalten, vielleicht ihretwegen, aber sie glaubte nicht, daß er es noch einmal tat. Nicht, wenn er mit dem, was anscheinend sein Auftrag war – den Schmuggel zu unterbinden –, Erfolg haben wollte.

Aber wieso? Warum hatte Lemonnier den Auftrag? Cyrene zermarterte sich darüber den Kopf. Die Antwort war klar, wie sehr sie auch versuchte, die Augen davor zu schließen: René gehörte wie Touchet zur Marquise. Er war ihr Spitzel, ihr Lakai. Madame de Vaudreuil wollte keine Konkurrenz beim Handel mit den Engländern. Außerdem mußte sich ihr Gatte zumindest den Anschein geben, daß er die Schmuggler gemäß den Befehlen des Königs bekämpfte. Und so erhielt Lemonnier, dem es geglückt war, sich auf dem Prahm einzunisten, den Auftrag, sich den Bretons anzuschließen und sie in die Falle zu locken. Das war ihm mit Touchets Hilfe nun gelungen. Und sie hatte ihm ebenfalls geholfen. O Gott, dachte sie, auch ich habe ihm dabei geholfen.

Pierre holte irgendwoher weitere Kraftreserven. Jean wollte ihm nicht nachstehen und zog gleich; Cyrene und Gaston taten, was in ihren Kräften stand. Die Kanus flogen über das Wasser, scheinbar fast ohne es zu berühren. Sie erreichten die nächste Biegung, schnellten herum. Noch ein paar gekeuchte Paddelschläge, dann steuerten sie auf das Ufer zu und tauchten mit bebenden Schultern und schmerzenden Sehnen unter die hängenden Weiden.

Jeden Moment konnten die anderen um die Kurve schießen und sich auf sie stürzen. Jetzt war keine Zeit, darüber zu jammern, daß sie all die schönen Sachen verloren. Sie packten einen Essensbeutel und waren mit einem Satz an Land. Die Kanus wurden mit mächtigen Schüben wieder in die Strömung gestoßen und entfernten sich schlingernd von dem Landeplatz. Die beiden kleinen Boote lagen nun leichter auf dem Wasser und trieben wippend in der langsam dahinfließenden Strömung davon.

Cyrene und die Bretons warteten nicht ab, bis sie außer Sicht waren, sondern tauchten sofort unter die Bäume des angrenzenden Sumpflands. Schnell und leise wie die Indianer, von denen sie diese Kunst gelernt hatten, waren sie verschwunden.

Die Dunkelheit, die nun rasch hereinbrach, war ihre Rettung, und das hatte Pierre mit eingeplant. Sie hörten die Soldaten anlegen, vernahmen Lemonniers gebrüllte Befehle und die Rufe der Soldaten, als die mühselige Suche begann. Sie dauerte nicht lange. Nach einer halben Stunde, in der die Männer im Schein von Fakkeln die Gegend durchstöberten, knietief im Schlamm versanken, wo fester Grund zu sein schien, in der zunehmenden Dunkelheit auf nicht vorhandene Tiere und aufeinander schossen und immer mehr froren, wurde das Signal zum Rückzug geblasen.

Der Lärm zog sich ans Ufer zurück, wo zur allgemeinen Erleichterung ein Feuer angezündet und Kaffee und Bohneneintopf gekocht wurde. Die Flammen loderten wie ein fernes Leuchtfeuer.

Die dunkle, feuchte Winternacht war angebrochen. Cyrene, Pierre, Jean und Gaston begannen die Wanderung durch das weite morastige Land und brachten so viele Meilen wie möglich zwischen sich und das Lager.

Zwei Tage später tauchten Cyrene und die Bretons aus dem Sumpf auf. Sie näherten sich, von Insekten zerstochen und fußwund, einer Plantage. Sie hatten keine Ahnung, welche Suchaktionen eingeleitet worden waren, und konnten daher nicht um Hilfe bitten. Sie warteten, bis die Nacht wieder anbrach, und stillten den quälenden Hunger mit der letzten Handvoll von getrocknetem *sagamite.* Im Schutz der Dunkelheit sahen sie sich um und fanden am Ufer ein kleines Segelboot. Sie nahmen es sich. Als die Sonne aufging, schliefen sie auf dem Prahm in ihren Hängematten.

Keiner schrie Zeter und Mordio. Die Bretons konnten sich als Grund nur vorstellen, daß man sie nicht mit den Waren erwischt hatte, die ihre Schuld bewiesen. Der Gouverneur hätte sie allein auf Lemonniers Aussage hin festnehmen und ihnen durch die Folter ein Geständnis abzwingen können, aber er machte keinerlei Anstalten dazu. Pierre – immer zynisch – vermutete, daß der Gouverneur warten wollte, bis er Beweise habe, um an ihnen ein Exempel zu statuieren. Jean war der Meinung, daß sie sich in diesem Fall keine Sorgen machen mußten, denn für weitere Handelsausflüge fehlten ihnen die Mittel.

Es war kaum ein Trost, daß diese Bemerkung mehr als nur ein Scherz war. Ohne das Geld, das sie mit den Waren verdient hätten, wurde es ein hartes Jahr. Da die französische Regierung ihr englisches Handelsgut hatte, mußten die Bretons ihre Arbeitskraft verkaufen, und zwar im Vergleich zu dem, was sie sonst verdient hätten, für einen Hungerlohn. War es nicht ungerecht, daß man ihren

Spielraum einschränkte und ihnen Vorschriften machte, von wem sie kaufen und an wen sie verkaufen durften? Schließlich hing davon ja der Lebensunterhalt ganzer Familien ab. Hatten der König und seine Minister nichts Wichtigeres, um das sie sich kümmern konnten? Die Piraterie im Golf zum Beispiel und das stetige Vordringen englischer Siedler aus Carolina nach Westen!

Wenn sich die Bretons oder Cyrene fragten, womit sich Lemonnier die Zeit vertrieb, wurden sie darüber nicht lange im Zweifel gelassen. Er nahm seine Beschäftigung als Courtschneider bei Madame de Vaudreuil wieder auf, machte mit seiner Gönnerin Ausritte, führte sie zu den diversen Abendunterhaltungen, begleitete sie auf Bälle und agierte als Salonlöwe bei den Absinthkränzchen, die sie mit Vorliebe im Regierungsgebäude abhielt. »Kriecher« war noch die freundlichste Bezeichnung, die man ihm gab, weil er eine Frau hofierte, die seine Mutter hätte sein können, aber er stand gewiß im Mittelpunkt des gesellschaftlichen Lebens von Nouvelle-Orléans.

Cyrene konnte ihn nur verachten. Sie ertrug es nicht, wenn sein Name fiel. Der Gedanke, in welcher Art und Weise er sie und die Bretons benutzt und verraten hatte, brachte sie zur Weißglut. Bei der Erinnerung daran, daß sie sich ihm einmal hingegeben und fast ein zweites Mal angeboten hatte, wurde sie von Scham überwältigt und fühlte einen mörderischen Haß. Diese Rage hatte sie beflügelt, bei der Wanderung durch die Sümpfe den Mut nicht sinken zu lassen. Sie hatte sich ausgemalt, was sie ihm alles antun würde, sobald sich die Gelegenheit bot.

Außer den Rachephantasien suchte auch die Erinnerung an René sie heim: was er gesagt, wie er ausgesehen hatte, an seine Küsse und Zärtlichkeiten. Sie vermißte ihn, und das war ebenso beängstigend wie unerwartet. Immer wieder sah sie von ihrer Arbeit auf und richtete den Blick auf den Boden der Schlafkabine, obwohl sie doch wußte, daß er nicht mehr da war.

Sie fragte sich, ob er auch noch an sie dachte, ob er etwas bedauerte oder sich nur darüber ärgerte, daß sein Plan fehlgeschlagen war. Sie stellte sich vor, wie er mit Madame de Vaudreuil über sie sprach, über ihre Leichtgläubigkeit lachte und darüber spottete, wie tolpatschig und unerfahren sie gewesen war. Sie malte sich Renés Zusammensein mit anderen Frauen aus: wie er sie anlächelte, sie umwarb und mit ihnen ins Bett ging. Und in ihrer Phantasie sah sie ihn mit der alternden Gattin des Gouverneurs, wie er – im Salon oder im Boudoir – mit zustimmendem Lächeln und einem Neigen des hübschen Kopfs ihren Forderungen nachkam.

Unter der Tortur solcher Gedanken verlor sie gegenüber Monsieur Pierre, Jean und Gaston leicht die Beherrschung. Sie mußte sich rund um die Uhr beschäftigen, damit sie körperlich und seelisch erschöpft genug war, um nachts Schlaf zu finden. Doch manchmal dachte sie, daß es für sie keine Ruhe gab, bis ihr einfiel, wie sie ihm heimzahlen konnte, was er angerichtet hatte. Sie wollte ihn leiden sehen. Aber wie sollte sie das anfangen?

Cyrene sah René eine Woche nach ihrer Rückkehr. Sie war ohne Begleiter auf den Markt gegangen, eine Freiheit, die sie weit weniger freute, als sie noch vor ein paar Wochen geglaubt hätte. Für den bestickten Rock, den ihr Lemonnier überlassen hatte, konnte sie erfreulich viel an Kleidern und Lebensmitteln eintauschen. Dann machte sie sich auf den Heimweg und schritt über die Place Royale. René kam aus der Kaserne, er ging genau auf sie zu. Er war mit einem Offizier in Uniform im Gespräch. Die beiden Männer traten unter dem Kasernenvordach hervor und liefen quer über den Platz in Richtung Kirche.

Cyrene blieb wie angewurzelt stehen. Vielleicht erregte diese abrupte Bewegungslosigkeit Lemonniers Interesse. Er schaute auf, sagte etwas zu dem Offizier, der sich entfernte, und kam dann langsam auf sie zu.

Er trug einen Rock aus ultramarinblauem Samt mit silbernen Panamaknöpfen, dessen schwere Farbe ins Lila spielte. Darunter eine mit schwarzer Bordüre eingefaßte Satinweste im selben Ton und schwarze Kniehosen. Auf der gepuderten Perücke saß ein Dreispitz mit einem kleinen schwarzen Federbusch, das Haar war mit einer schwarzen Schleife zu einem Zopf gefaßt. An den Schuhen trug er silberne Schnallen. Er hielt in der Rechten ein Stöckchen aus Ebenholz und ein Spitzentaschentuch, das er in die linke Hand nahm, um den Dreispitz zu ziehen und sich vor ihr zu verbeugen.

Cyrene wartete nicht, bis er sich wieder aufgerichtet hatte, sondern machte einen Bogen um ihn herum. Er überholte sie leichtfüßig.

»Cyrene, schenk mir einen Augenblick deiner kostbaren Zeit. Ich habe gehört, daß ihr wieder da seid, und kann dir gar nicht sagen, wie erleichtert ich über die Nachricht war.«

»Oh, mit Sicherheit«, antwortete sie mit beißendem Spott, »und Ihre Besorgnis hat Sie natürlich auch veranlaßt, den Fluß so gründlich absuchen zu lassen.«

»Ich sehe dir an, daß du es mir nicht glaubst. Aber so war es.«

»Sie sind sehr scharfsinnig.«

René betrachtete sie schweigend. Sie ist wunderbar, dachte er, wenn ihre dunkelbraunen Augen vor Haß sprühen, und mit diesem zornglühenden Gesicht. Das stolz erhobene Haupt und der Busen, der mit jedem tiefen, wütenden Atemstoß den Stoff des Mieders straffte, gaben ihr die Haltung einer Kaiserin. Er wollte sie in die Arme nehmen, sie an einen Ort bringen, wo er ihren Zorn vertreiben konnte, wollte, daß ihr Gesicht wieder lieblich strahlte vor Hingabe – oder hatte er sich das nur eingebildet? Es war unmöglich.

Unvermittelt sagte er: »Schmuggel ist ein Vergehen gegen die Krone. Habt ihr denn geglaubt, ihr könntet immer so weitermachen, und keiner würde euch daran hindern?«

»Jedenfalls keiner, den ich aus dem Fluß gezogen habe.«

»Ach so, du meinst, ich hätte dankbarer sein sollen.«

»Ich meine –«

Sie schwieg. Es verschlug ihr vor Schmerz die Sprache, sie war zu aufgewühlt, um ein Wort herausbringen zu können. Auf einmal war er ihr so nah. Er hatte so breite Schultern und so ausdrucksvolle Augen. Sie wollte sich nicht von ihm beeindrucken lassen, sondern kalt und unversöhnlich bleiben. Sie wollte nicht das Bedürfnis verspüren, sich ihm trostsuchend in die Arme zu werfen.

Sie riß sich zusammen und sah an ihm vorbei in die Ferne. Ihr Blick fiel auf den Pranger, der am Fuß des Galgens vor der Kirche stand. Der Anblick von Schandpfahl und Galgenbaum führte ihr drastisch vor Augen, was sie und die Bretons erwartet hätte, wären sie nicht um Haaresbreite entkommen. Als sie ihm wieder ins Gesicht schaute, war ihre Miene ausdruckslos. Fast beiläufig fragte sie: »Was haben Sie mit unseren Waren gemacht?«

»Sie wurden als Eigentum der Krone konfisziert.«

»Ach, wirklich?«

Seine Miene verdüsterte sich. »Das brauchst du nicht in so einem anzüglichen Ton zu sagen. Ich habe sie nicht für mich behalten.«

»Weiß ich denn, wie weit Sie gehen? Sie machen mit Abschaum vom Schlage Touchets gemeinsame Sache, Sie verraten Menschen, die Ihnen das Leben gerettet haben, und locken sie in die Falle, Sie prostituieren sich mit einer wohlhabenden Dame – sagen wir einmal – unbestimmten Alters und unbegrenzten Einflusses. Es ist also schwer zu sagen.«

»Du hast noch etwas vergessen«, erwiderte er leise, »nämlich die Prostitution mit einer jungen Dame.«

»Sie meinen, was Sie für mich getan haben? Wie könnte ich etwas vergessen, das ich bereuen werde bis zum letzten Atemzug?«

»Jetzt bereust du es vielleicht, aber damals hat es dir gefallen.«

Ihre Augen blitzten bei dieser höchst ungalanten Bemerkung. »Sie sind sehr von sich eingenommen. Was ich tat, war für meine Zwecke nötig. Ich bedaure lediglich, keinen Würdigeren gewählt zu haben.«

»Ein Würdigerer«, erwiderte er mit freudlosem Lächeln, »hätte dafür vielleicht mehr erwartet.«

»Wofür? Ich schulde Ihnen nichts. Sie sagten doch, daß Sie in meiner Schuld stehen.«

»Wenn ich sie also abgegolten habe, wie kannst du mich dann als undankbar bezeichnen?«

Seltsam, wie weh ihr der Gedanke tat, daß er vielleicht nur mit ihr geschlafen hatte, um sie für die Rettung seines Lebens zu bezahlen. Eigentlich hatte sie keinen Grund zu der Annahme, daß er sie begehrt hatte. Sie wollte es nur gern glauben.

Mit zitternder Stimme entgegnete sie: »Allerdings, Sie haben sie abgegolten, mit Lug und Trug und indem Sie uns unseren Lebensunterhalt genommen haben. Nur schade, daß es Ihnen so wenig eingebracht hat. Bedenken Sie, welch Ruhmesblatt es für Sie gewesen wäre, wenn Sie uns alle in Eisen gelegt hätten.«

Der Ärger stand ihm ins Gesicht geschrieben, als er sich vor ihr verbeugte. »Vielleicht geschieht es ja noch«, sagte er, machte auf dem Absatz kehrt und schritt davon.

Auf dem Heimweg ging Cyrene durch den Kopf, was sie alles hätte sagen können. Ihre Wut und ihre Empörung waren so groß, daß ihr der Nachhauseweg sehr kurz vorkam. Gaston stand allein auf Deck und schnitzte an einem Pflock, daß die Späne flogen. Er beobachtete sie, als sie über die Laufplanke kam.

»Laß mich raten«, sagte er, runzelte die Stirn und tat, als müsse er scharf nachdenken. »Du hast Lemonnier getroffen.«

»Ja, und ich kann dir nur empfehlen, mich jetzt nicht damit aufzuziehen.«

Sie lief an ihm vorbei in die Kajüte und knallte den Korb auf den Küchentisch. Gaston trat hinter ihr ein, sah ihr zu, wie sie die Haube abnahm und weglegte und sich eine Schürze umband.

Dann fragte er: »Was hat er denn gesagt?«

»Ach, nichts Wichtiges.«

»Und deswegen schäumst du vor Wut?«

»Ich bin nicht wütend.«

»Na, ich wäre fast drauf reingefallen.«

»Ich möchte lieber nicht darüber sprechen«, sagte sie mit Verzweiflung in der Stimme. »Wo sind Monsieur Pierre und Monsieur Jean?«

»Zu Monsieur Claude, um sich zu erkundigen, ob er uns noch einmal Indigo gibt, auch wenn wir es ihm erst hinterher bezahlen können.«

»Das macht er nicht.«

Der junge Mann zuckte mit den Achseln. »Fragen kostet nichts.«

Vielleicht konnten sie – wenn sie noch einmal Indigo bekamen – doch etwas aus der diesjährigen Handelssaison herausholen, obwohl es gefährlicher wurde; sie mußten eine lange Strecke durch Tschikassagebiet, um mit englischen Händlern in Carolina Geschäfte abwickeln zu können, denn ein zweites Schiff war so schnell nicht zu erwarten. Das brachte nicht viel Gewinn. Cyrene ging zum Tisch und packte ihre Einkäufe aus. Dann hielt sie inne.

Sie rieb in der Hand zwei Muskatnüsse gegeneinander und sagte niedergeschlagen: »Es ist alles meine Schuld.«

»Aber nein, *chère*, dafür kann kein Mensch was, es ist eben passiert.«

Sie war Gaston für sein Verständnis dankbar, auch wenn es sie überraschte. »Wenn ich Lemonnier nicht an Bord gebracht hätte –«

»Und wenn ich ihn gleich weggebracht hätte! Ich bitte dich, mach dir keine Vorwürfe, sonst fang' ich auch noch damit an.«

Aus den Augen sprach trockener Humor, der sie sehr an Monsieur Jean erinnerte. Er meinte zwar, was er sagte, aber außerdem wollte er sie aufmuntern.

»Habe ich dir eigentlich schon einmal gesagt, Gaston, was für ein netter Kerl du bist und daß ich dich mag?«

Er stieß in gespielter Genugtuung einen Seufzer aus, doch seine Augen glitzerten so strahlend wie sein goldener Ohrring. »Ich dachte schon, es wäre dir entgangen. Findest du, daß ich gut aussehe?«

»Unverschämt gut.«

»Und daß ich charmant bin?«

»In überwältigendem Ausmaß!«

»Ich habe dich auch gern«, bekannte er, als sei es ein dunkles Geheimnis, dann lief er durch den Raum, umarmte sie ungestüm und wirbelte sie herum.

Cyrene lachte und drückte ihn, und ihr wurde leichter ums Herz. Sie alberten nur herum, mehr nicht, aber die impulsive Umarmung war doch tröstlich und gab ihr ein Gefühl der Geborgenheit. Als er sie losließ, küßte sie ihn flüchtig auf den Hals.

Er lächelte sie warm an und errötete leicht, trat an den Küchentisch und warf einen Blick auf den Korb. Dann fragte er in beiläufigem Ton: »Was kochst du heute?«

Pierre und Jean kamen zurück. Sie hatten bei Monsieur Claude kein Glück gehabt. Die ganze Stadt wußte, daß der Gouverneur auf die Schmuggelgeschäfte der Bretons ein Auge hatte. So viel Anteil

Monsieur Claude an ihrem Pech auch nahm, er konnte leider das Risiko nicht eingehen, daß sie sein Indigo an die Soldaten verloren, er meinte, er müsse schließlich auch an seine Familie denken.

Jean war niedergeschlagen. Pierre war böse. Er saß stirnrunzelnd vor dem Kaffee aus den letzten Bohnen, die es in nächster Zeit geben würde, und starrte zornig in die Tasse. Gaston lief auf und ab. Er verfluchte abwechselnd den Gouverneur und die französische Politik und machte haarsträubende Vorschläge, wo er überall nach Arbeit fragen wollte. Er sei doch geschickt und auch nicht arbeitsscheu. Zwar fange er lieber Fische, stelle Fallen auf und handle mit den Indianern, aber wenn es sein müsse, sei er auch zu Arbeit bereit. Natürlich sei die aussichtsreichste Stellung in Nouvelle-Orléans, der Posten als Galan von Madame de Vaudreuil, wo es wenig zu tun gab, schon von Lemonnier besetzt. Wie hoch schätzten die anderen seine Chancen ein, den Herrn zu verdrängen?

Monsieur Pierre sah ihn nur an, Monsieur Jean schüttelte den Kopf. »Da könntest du gleich fragen, ob sie dich als Wache für die königlichen Magazine nehmen.«

»Warum sollte ich?«

»Weil«, antwortete sein Vater nachdenklich, »dort unsere Waren lagern.«

Cyrene hörte auf, in der Fischsuppe zu rühren, die sie gerade kochte. »Wenn er Wachsoldat würde –«

»...könnten wir einbrechen und unsere Sachen zurückholen«, fuhr Monsieur Jean an ihrer Stelle fort. »Aber sie würden uns so wenig die Magazine bewachen lassen wie die Maus den Speck.«

»Stimmt«, sagte sie und ließ die Schultern hängen.

Damit war das Thema zunächst erledigt. Cyrene stellte die fertige Mahlzeit auf den Tisch, und sie aßen. Wie immer halfen ihr die Bretons dann beim Abwasch, schabten die Reste von den Tellern und schwenkten sie im Wasser aus, bevor sie sie ihr zum Spülen gaben, scheuerten den großen Kessel, den sie benutzt hatte, wischten den Tisch ab und fegten den Boden. Cyrene gab Gaston die letzten paar Holzlöffel zum Abtrocknen.

»Angenommen«, fragte sie grimmig, »angenommen, wir stehlen unsere Waren trotzdem?«

»Du weißt nicht, was du redest«, sagte Monsieur Pierre, »es wäre viel zu gefährlich.«

»Diebstahl von königlichem Eigentum? Ich spüre schon die Peitsche auf dem Rücken. Und Pierre hat keine Lust zu hängen.« Monsieur Jean schüttelte sich.

»Es ist kein königliches Eigentum«, erwiderte Cyrene eigensinnig. »Die Sachen gehören uns und wurden uns durch Hinterlist geraubt.«

»Der Gouverneur wird das anders sehen«, gab Monsieur Pierre mit einer Spur Bitterkeit zu bedenken.

»Zum Teufel mit dem Gouverneur!« brach es aus ihr heraus. »Sollen wir uns von ihm unseren Lebensunterhalt nehmen lassen, unsere einzige Möglichkeit voranzukommen?«

»Sprichst du wirklich vom Gouverneur?«

»Von wem denn sonst?« Sie wandte sich an Gaston, der sich mit dieser Bemerkung eingemischt hatte.

»Zum Beispiel von Lemonnier.«

Sie wußte, daß etwas Wahres daran war, wollte aber weder zugeben, daß es den Ausschlag gab, noch daß es teilweise die Konfiszierung ihrer persönlichen Habe – und damit die Zerschlagung ihrer Zukunftsaussichten – war, was sie so wütend machte.

»Und wenn schon?« fragte sie. »Sie können es Diebstahl nennen, die Sachen zurückzuholen, aber man hat uns zuerst beraubt. Jeder von uns weiß, was mit den Waren passiert, wenn es nicht schon passiert ist. Sie werden in den Truhen des Intendanten oder der Marquise verschwinden. Diese saubere Kolonie ist eine Räuberhöhle. Aber ein Dieb wird nur genannt, wer erwischt wird.«

Die Männer wechselten Blicke. Schließlich sagte Pierre: »Es heißt, daß die Wachen nach Mitternacht nachlässiger sind.«

»Und auch vorher«, stimmte Jean zu, »besonders wenn sie harte Getränke spendiert kriegen.«

»Wir dürfen uns nicht ausschließlich unsere eigenen Waren nehmen, sonst können wir gleich öffentlich ausrufen lassen, daß wir sie gestohlen haben.« Diese Weisheit stammte von Gaston, aus dessen Blick Begeisterung sprach.

»Wir sind keine gewöhnlichen Diebe«, entgegnete Jean mit vorgespielter Würde und widersprach sich schon im nächsten Satz. »Wir können ja noch ein paar Fässer Indigo und vielleicht ein, zwei Bündel Decken mitnehmen, um unsere Spur zu verwischen.«

»Die Wachen zu bestechen ist zu riskant«, überlegte Pierre.

»Vielleicht kann man sie ja durch ein Feuer oder einen kleinen Kampf ablenken?«

»Oder eine nackte Frau, die die Straße entlangläuft?« schlug Gaston vor.

Sein Vater blickte ihn mitleidig an. »Das ist nicht besonders neu.«

»Neu vielleicht nicht, aber bei mir würde es wirken.«

»Das glaube ich«, erwiderte Jean düster.

Und so wälzten sie Pläne, erwogen und verwarfen Vorschläge und hatten sich bis zum nächsten Tag nicht nur darüber geeinigt, daß es klappen würde, sondern auch, wie sie das Unternehmen ausführen wollten und wann die günstigste Zeit war. Trotzdem hätten sie vielleicht nicht den Mut dazu gefunden, wenn nicht eine Nachricht von Lemonnier eingetroffen wäre.

Sie wurde von einem kleinen Jungen überbracht. Er sagte ihnen, der Herr, den man Lemonnier de Vouvray nenne, habe ihm dafür einen Piaster gegeben. Kurz und bündig stand darin, daß Madame de Vaudreuil einige Ruderer brauche, um dem Kommandanten einer flußaufwärts gelegenen Garnison ein paar Waren zu bringen. Die Dame würde sich freuen, wenn die Bretons diese Aufgabe übernehmen wollten.

»Glaubt ihr, daß es sich um unsere Waren handelt?« fragte Gaston, als die Notiz von Hand zu Hand gegangen war.

»Möglich ist es«, antwortete Pierre.

Jean schnaubte. »Möglich? Ich würde sagen, ganz sicher.«

»Sollen wir es denn machen?« Gaston schaute erst seinen Onkel, dann seinen Vater, dann wieder den Onkel an.

Mit düsterer Miene antwortete Monsieur Pierre: »Es bringt Geld ein, und wir brauchen welches.«

»Ein paar lausige Kröten, für die wir uns auch noch im Dienst der Marquise abrackern müssen, statt des Gewinns, der uns zusteht.« Jean lächelte. »Die Ware könnte natürlich unterwegs verschwinden.«

»Ja, wenn wir für immer in den Wäldern bleiben wollen«, antwortete Pierre.

Einen Augenblick herrschte Schweigen. In die Stille hinein sagte Cyrene: »Ist Ihnen klar, daß dieses Angebot eine Beleidigung ist?«

Pierre sah sie mit düsterem Blick an. »Inwiefern?«

»Wir können uns denken, daß es sich um unser Eigentum handelt, und das wissen Lemonnier und die Marquise auch. Sie streuen Salz auf die Wunde, und sie soll brennen.«

Pierre lachte auf. »Wahrscheinlich. Wir werden uns einverstanden erklären.«

»Was?«

»Wir werden mit Freuden einwilligen, in den Dienst der Marquise zu treten, und uns verpflichten, die Waren so weit den Mississippi hinaufzuschaffen, wie man um diese Jahreszeit mit dem Boot kommt. Wir werden Verbeugungen und Kratzfüße machen, uns am Riemen reißen und die Muskeln spielen lassen, aber keinen Schritt aus Nouvelle-Orléans heraus tun.«

»Und warum nicht?« fragte Jean argwöhnisch.

»Begreifst du nicht? Die Waren, die jetzt noch im Magazin lagern, werden fort sein.«

In den Augen des Bruders zeigte sich ein Lächeln. »Über Nacht weggezaubert?«

»Wie durch ein Wunder verschwunden.«

»Sollen wir darüber lamentieren, daß uns das Geld entgeht?«

»Wir werden jammern zum Steinerweichen.«

»Und dann können wir wieder auf Handelsfahrt ausziehen, weil Fortuna uns am Spieltisch eine Glückssträhne beschert hat?«

»Noch ein Wunder.«

Cyrene verzog bei ihrer Albernheit den Mund zu einem Lächeln. »Ich hoffe, Sie verlassen sich nicht zu sehr auf Wunder.«

»Das müssen wir nicht«, antwortete Monsieur Pierre, »denn unsere Fortuna ist ja noch bei uns. Unsere Cyrene.«

11. Kapitel

Es war eine dunkle, mondlose Nacht. Wolken hingen tief über der Stadt, und der Wind, der den ganzen Tag von Süden her geblasen hatte, hatte sich gelegt. Die Luft war schwer vor Feuchtigkeit und von einer klammen Kühle. Grauer Nebel stieg vom Fluß auf. Er kroch über die Dachfirste und wickelte sich um Fahnenstange und Galgen auf der Place Royale. Geräusche ertönten nur gedämpft, so daß das Hundegebell zwei Straßen entfernt leise und wie von weither klang.

Zu dieser späten Stunde waren die meisten Menschen in der Stadt schon zu Bett gegangen, nur in einigen Schenken sah man noch Licht. In den Straßen regte sich kaum etwas. Lediglich ein Betrunkener war auf seinem gewundenen Heimweg, und eine Katze schlich mit vor Nässe glänzendem Fell vorüber; in den Fängen trug sie den schlaffen Körper einer riesigen Wanderratte.

Am Uferdamm des Mississippi war es noch stiller und dunkler. Die königlichen Lagerhäuser, Magazine für die Waren aus dem Frachtraum der Schiffe, waren langgestreckte, primitiv gebaute Häuser, die in rechtem Winkel zum Fluß standen. Vor dem Hauptlager schien eine durchbrochene Zinnlaterne. Sie hing über der Tür an einer Querstange, und zwei Soldaten paradierten in ihrem Licht mit schußbereiten Musketen auf und ab.

Cyrene, Pierre, Jean und Gaston standen im Schatten eines anderen Lagerhauses, das einigen Kaufleuten gehörte, und beobachteten die Wachen. Die beiden Männer zählten weder zur Elite noch zum Bodensatz der königlichen Armee; es waren Leute, die nichts als ihre Pflicht taten. Sie hielten sich in Bewegung, denn das war ihre Order und außerdem die beste Methode, gegen den Schlaf anzukämpfen. In Gedanken waren sie irgendwo, nur nicht bei ihrer gegenwärtigen Beschäftigung. Beim Auf- und Abschreiten tauschten sie ein, zwei Scherze aus, doch die meiste Zeit waren ihre Augen glasig vor Langeweile, Schläfrigkeit und dem Nachsinnen über ihre eigenen Angelegenheiten.

Cyrene fragte sich auf einmal, was wohl mit diesen beiden Männern geschah, wenn während ihrer Wache Waren aus dem Magazin verschwanden. Es war so gut wie sicher, daß sie dafür bestraft wurden. So bedauerlich das auch war, sie konnten keine Rücksicht darauf nehmen.

Monsieur Pierre hatte den Plan ausgeheckt. Er war sorgfältig bis ins letzte Detail durchdacht, aber – so hatte er gesagt – Probleme durch Fehleinschätzungen oder unvorhersehbare Umstände konnten immer auftauchen. Sie mußten zum Improvisieren bereit sein. Wenn sie an das dachte, was sie tun mußte, breitete sich ein flaues Gefühl in Cyrenes Magengrube aus. Es hatte so einfach geklungen, als sie das erste Mal darüber sprachen, die Waren aus den königlichen Magazinen zurückzuholen – sie wegzuzaubern. Es wäre nur gerecht gewesen, warum sollten sie nicht gewinnen? Doch wenn sie sich jetzt das riesige Lagerhaus betrachtete, die militärische Präzision, die tödlichen Waffen der Wachen, kam ihr das ganze Unterfangen höchst verwegen vor. Sie hatte die anderen dazu gedrängt, hatte die Bretons aus Wut und wegen ihres persönlichen Grolls angestiftet. Wenn das Unternehmen schiefging, wenn diesen Männern, die ihre Familie waren, irgend etwas zustieß, würde sie sich das niemals verzeihen.

Sie hatte den Stein ins Rollen gebracht. Vielleicht konnte sie ihn noch aufhalten. Sie öffnete den Mund, doch bevor sie ein Wort herausbringen konnte, fragte Pierre: »Fertig?«

»Fertig«, sagten Jean und Gaston wie aus einem Munde.

»Also gut. Denkt daran, wenn es Schwierigkeiten gibt, trennen wir uns und hauen ab. *En avant, mes enfants!* Gehen wir!«

Pierre und Jean verschwanden in der Dunkelheit. Gaston ergriff Cyrencs Arm und lächelte sie an. Ihre Füße waren schwer wie Blei, als sie sich in Bewegung setzte. Die beiden betraten den schlammigen Fuhrweg, der zwischen dem Deich und den Lagerhäusern verlief, und richteten ihre Schritte auf den Schein der Laterne, wankten vorwärts, als seien sie betrunken und müßten sich gegenseitig stützen. Sie torkelten auf die Wachhabenden zu.

Cyrene hatte das Haar unter einer Haube verborgen, daß es ganz bedeckt war. Sie hatte Mehl benutzt, um sich die Haut totenbleich zu pudern, und die Lippen und Wangen mit Beerensaft rotgefärbt.

Aus einer Schachtel von ihrer Mutter hatte sie viele Schönheitspflästerchen auf ihrem Gesicht verteilt, als müsse sie Blatternarben oder Pusteln verbergen. Sie sah dadurch verrucht aus. Mehr konnte sie sich nicht verkleiden, ohne Verdacht zu erregen. Sie hoffte, dadurch die Anonymität zu wahren, die Voraussetzung für den Erfolg war.

Auch Gaston hatte den Versuch gemacht, seine Identität zu verbergen. Er hatte die Zipfelmütze bis zu den Augenbrauen ins Gesicht gezogen und sich aus Bärenhaar einen borstigen Schnurrbart gedreht. Er lief, ohne die Knie durchzudrücken, und hatte sich Pierres viel zu großen Mantel umgehängt, um älter und kleiner zu wirken, als er war. Möglicherweise sah keiner von beiden so grotesk aus, wie sie sich fühlten. Die Wachen warfen ihnen nur einen äußerst flüchtigen Blick zu.

Die beiden taumelten weiter. Cyrene wackelte mit den Hüften, und Gaston klammerte sich an ihr fest. Als sie nah genug gekommen waren, stieß Cyrene einen schrillen Schrei aus und rempelte Gaston an, daß er rückwärts torkelte. Er lallte einen lauten Fluch, stürzte sich auf sie und rang mit ihr. Cyrenes Schal verschob sich und legte die Schultern bloß, denn das Band an ihrer Bluse war offen. Sie schlug auf Gaston ein, und er packte sie am Mieder und riß die Knöpfe auf. Im Licht der Laterne, die über der Tür hing, schimmerte festes weißes Fleisch. Die Soldaten blieben stehen und gafften sie mit lüsternen Blicken an.

Cyrene entwand sich Gastons Zugriff, wobei sie jammerte und flehte. Mit der einen Hand versuchte sie sich das offene Mieder zusammenzuhalten, doch ihr Aufzug wurde dadurch kaum sittsamer. So rannte sie auf die Wache zu. Die beiden Männer starrten sie ganz offen an – vielleicht aus Mitleid, vielleicht auch, weil ihnen das Schauspiel gefiel. Cyrene breitete mit flehentlicher Geste weit die Arme aus, so daß ihr die Bluse bis halb zur Taille hinunter aufplatzte. Sie spürte die kalte Nachtluft auf der nackten Haut, sah, wie die Augen der Soldaten sich weiteten.

Zwei flinke, stumme Schatten lösten sich aus der Dunkelheit an den Längsseiten des Lagerhauses. Sie näherten sich von hinten den Wachposten. Ein dumpfer Schlag, leise Seufzer, und die beiden

Soldaten brachen in die Knie. Schnell wurden sie um die Ecke des Gebäudes außer Sicht gezerrt, gefesselt und geknebelt. Cyrene knöpfte sich mit vor Ekel verzerrtem Gesicht das Mieder zu.

Die Bretons machten sich nicht die Mühe, das Schloß der Flügeltüren an der Längsseite des Gebäudes aufzubrechen. Wie bei fast allen Holzbauten waren in diesem feuchten Klima die Fundamente des Magazins von der Fäulnis und wegen der Termiten halb verrottet. In wenigen Minuten hatten sie mit der Brechstange einen Teil der Bretter an der unbeleuchteten Wand des Lagers entfernt. Dort lagen auch die gefesselten Soldaten. Als die Öffnung weit genug war, nahm Cyrene die Laterne, die sie von ihrem Haken geholt hatte, und schlüpfte hinein, während Pierre und Gaston das Loch vergrößerten, damit die Waren hindurchpaßten. Jean war schon im Laufschritt davongeeilt, um die weiter flußabwärts liegenden Kanus näher heranzubringen.

Im Innern des Magazins roch es nach Leder, Wolle und Rost, nach Weizen, Gewürzen und getrockneten Früchten, nach Pökelfleisch und Bohnen, und über all diesen Gerüchen schwebte der Gestank nach Mäusen und sauer gewordenem Wein. Der langgestreckte Raum war in der Mitte durch eine erhöhte Plattform unterteilt, auch an den Wänden waren Gestelle errichtet, damit die Güter nicht auf dem feuchten Boden lagen. Es gab also zwei Gänge. Die geräumigen Plattformen, die Regalen ähnelten, wirkten alles andere als voll. Die Beschwerden des Gouverneurs über den Mangel an Geschenken und Handelswaren für die Indianer waren offenbar berechtigt.

Hier lagerten einige Fässer mit grob gemahlenem Mehl, Deckenbündel, Wein- und Cognacfäßchen, Stapel von langen Kisten, die vielleicht Waffen und Munition oder aber die Spazierstöcke, die die Mode diktierte, enthalten hatten. Gußeiserne Töpfe, Messer und Beile waren in Kisten verpackt. Ballen von grobem Stoff in Naturfarben stapelten sich bis zur Decke. Hier und dort lagen Fässer, Bündel, Truhen und Kisten verschiedenster Größe und unbekannten Inhalts in kunterbuntem Durcheinander. Wenn das eine Demonstration der Größe Frankreichs sein sollte, dann war sie alles andere als beeindruckend.

Die Bretons fanden ihre konfiszierten Sachen schnell. Sie lagen alle auf einem Haufen und waren mit einem Etikett versehen, auf dem die Postennummer stand. Mit einer fast zärtlichen Geste tätschelte Cyrene den Boden eines Fasses, dann drehte sie sich um und winkte den Bretons triumphierend zu.

Zu viert ließen sie den Warenstapel schnell schwinden und packten die Kanus voll. Auch wenn sie darüber gewitzelt hatten, einige Fässer Indigo oder Deckenbündel mitgehen zu lassen, nahmen sie doch gewissenhaft nichts, was ihnen nicht gehörte. Trotzdem türmten sich die Stapel in den Kanus, denn sie hatten keine Zeit, die Kisten, Ballen und Pelzbündel platzsparend zu verstauen.

Das erste Anzeichen für Gefahr war Jeans Pfiff von draußen. Gaston hob gerade eine Kiste mit englischen Stahlmessern auf. Er schaute Cyrene an. Sie richtete sich auf. Man hatte ihr Fayence-Geschirr aus irgendeinem Grund geteilt, und sie war dabei, es wieder aufeinanderzustapeln. Als ihr Blick den des jungen Mannes traf, waren beider Augen weit aufgerissen vor Angst. Cyrene sah von Gaston zu Monsieur Pierre, der sich mit einem Sack Glasperlen in jeder Hand der Wandöffnung näherte. Das Gesicht des Ältesten war grimmig. Er stand da und lauschte.

Beinahe unmittelbar darauf hörten sie von der Straße her ein lautes Kommando. Pierre ließ die Beutel mit den Perlen fallen und war mit einem Satz an der Öffnung. Er bückte sich noch einmal herein.

»Die Patrouille! Macht die Laterne aus! Jean ist bei den Kanus. Ich gehe in die andere Richtung, damit die Verfolgung sich teilt.« Er sah Cyrene und Gaston mit festem Blick an. »Ihr beide kommt sobald wie möglich raus. Einzeln, denkt daran!«

Im nächsten Augenblick war er fort. Cyrene lief zur Lampe, die auf der Plattform stand. Gaston klemmte die Kiste mit den Messern unter den Arm, rührte sich aber nicht vom Fleck, als wolle er auf sie warten.

»Hau ab«, rief sie ihm zu und nahm die Laterne. »Ich komme gleich nach.«

Gaston zögerte, ging dann auf das Loch in der Wand zu. Er

machte einen Satz, noch einen, dann sah er sich nach Cyrene um. Er hatte das Ende der mittleren Plattform erreicht.

Zu spät. Mit lautem Gerassel schwang das große hintere Tor direkt vor Gaston auf. Vier Soldaten stürmten herein, die Musketen im Anschlag. Sie blieben stehen. Ein Befehl wurde gebrüllt, und die Männer ließen sich auf die Knie nieder und hoben die Gewehre.

Cyrene gebrauchte die einzige Waffe, die sie hatte: die Laterne. Sie schleuderte sie mit all der Gewalt, die ihr Angst und straffe Muskeln geben konnten, auf den vordersten Soldaten. Er hob den Kolben der Muskete, um das Wurfgeschoß abzuwehren. Das Zinn schepperte, heißes Öl wurde im Raum versprüht, als die Laterne getroffen und auf einen Stapel Decken geschleudert wurde. In einem gelben Sturm von Hitze und Wut loderten Flammen auf. Die Decken wurden verschlungen. Die Luft war erfüllt vom Geruch des heißen Öls und dem beißenden Gestank brennender Wolle. In heller Panik schrien die Soldaten auf, ließen die Gewehre fallen und zogen die Röcke aus, um auf die Flammen einzuschlagen.

Feuer war der furchtbarste Feind dieser einsam gelegenen Stadt. Es war zerstörerischer als die Orkane, die vom Golf hereinfegten und Häuser und Läden dem Erdboden gleichmachten. Diese Gefahr würde ihnen die Soldaten für einige kostbare Sekunden vom Leibe halten.

Gaston hatte bereits das Messer fallen gelassen und war fort. Cyrene konnte ihm wegen Feuer und Hitze nicht folgen, wirbelte statt dessen herum, rannte den Gang hinunter und um die andere Seite der Plattform durch den zweiten Gang, um das Schlupfloch zu erreichen. Sie sauste wie ein flackernder Schatten im Feuerschein zwischen den Ballen und Fässern hindurch und hielt sich so nahe wie möglich an der Wand, als durch das Haupttor noch mehr Männer – Soldaten und Zivilisten – hereingestürzt kamen.

Im Augenblick achtete man nicht auf sie, vielleicht war sie angesichts der großen Gefahr vergessen. Vom Loch her spürte sie schon den Luftzug. Es tat sich gähnend vor ihr auf, ein schwarzes Rechteck in der Lagerhauswand. Im nächsten Augenblick schlüpfte sie durch.

»Hoppla, meine Süße!«

Ein Offizier baute sich vor Cyrene auf und breitete die Arme aus, als wolle er im Geflügelhof ein nervöses Huhn in die Enge treiben. Es war ein Veteran, denn die Augen quollen ihm aus seinem Gesicht, das von Schlachten und Hunderten von Keilereien in den Kasernen gezeichnet war. Der offene Mund verzerrte sich zu einem erwartungsvollen Grinsen von großspuriger Selbstsicherheit und ließ die schwarzen Zahnstümpfe sehen.

Cyrene wich zur Seite und wollte wegrennen. Er streckte seinen langen Arm aus und grapschte nach ihren Röcken. Sie fiel auf den Bauch, als er sie aus dem Gleichgewicht riß. Der Mann saß sofort auf ihr. Das Heft seines Schwerts bohrte sich ihr in die Hüfte, als er sich auf sie fallen ließ. Er grub ihr die Finger in den Oberarm und drehte Cyrene mit Mühe auf den Rücken. Sie rüttelte an den Armen, schlug nach ihm. Durch das Hin- und Herwerfen löste sich die Haube, ihr Haar quoll hervor und flatterte im böigen Wind wie ein Seidenbanner. Der Veteran wickelte sich die feinen, dichten Strähnen ums Handgelenk, zerrte Cyrene daran hoch, erhob sich in eine kniende Stellung und zog sie mit herauf, als sie seinen Arm ergriff, um den Zug an der Kopfhaut zu entlasten.

»Na«, sagte er und schüttelte sie so heftig, daß ihr durch den stechenden Schmerz rot und schwarz vor Augen wurde und sie Angst hatte, er bräche ihr das Genick. »Wollen wir doch mal sehen, was wir da haben!«

»Stillgestanden!«

Das Kommando klang kühl und klar in lautem, gehorsamheischendem Ton.

Der Offizier erstarrte, warf sich herum und nahm eine Art respektvolle Haltung an, hielt aber Cyrene immer noch am Arm fest. »Monsieur?«

»Lieutenant, lassen Sie die Frau sofort los!«

Beim Hören dieser nur zu vertrauten Stimme schüttelte Cyrene der Schock. Und doch lag eine verzweifelte Zwangsläufigkeit darin, daß sie sie hier und jetzt vernahm. Der Offizier lockerte den Griff und gab sie frei. Sie konnte sich in qualvoller Langsamkeit umdrehen und René Lemonnier ins Gesicht sehen, als er auf sie zutrat.

Der Lieutenant sagte hastig: »Ich habe diese Frau auf der Flucht ertappt. Sie gehört zu den anderen.«

»Möglich. Vielleicht aber auch nicht. Sie können jetzt Ihren anderen Pflichten nachgehen. Um die Gefangene werde ich mich kümmern.«

»Aber, Monsieur –«

Lemonniers Stimme knirschte drohend. »Sie ermöglichen den Verbrechern zu entkommen und schäkern statt dessen mit einer Frau herum. Das wird dem Gouverneur gar nicht gefallen!«

»Nein, Monsieur!«

Der Mann legte Ironie in seinen Ton, doch das war nichts als Pose, um die wider Willen aufkommende Furcht zu bemänteln. Er trat einen Schritt zurück, verbeugte sich und lief so schnell davon, wie es ihm mit steifem Kreuz gelingen wollte.

René wandte sich Cyrene zu. Mit warmen Händen stützte er sie am Arm. »Bist du verletzt?«

Sie schüttelte den Kopf.

»Dann laß uns hier verschwinden!«

Sie wußte nicht, was sie erwartet hatte. Vor Verblüffung war sie nicht imstande, sich zu bewegen. Sie betrachtete ihn stumm. Die Besorgnis, die zornige Entschlossenheit im Gesicht dieses Mannes, den sie als ihren Feind betrachtete, verwirrten sie. Hinter ihr erklangen Rufe, prasselten Flammen. Irgendwo läutete die Sturmglocke, und ganz in der Nähe war das Geklapper von Holzeimern zu hören, als Männer eine Kette bildeten und Wasser aus dem Fluß schöpften.

Bevor Cyrene die Fragen, die ihr durch den Kopf schwirrten, in Worte fassen konnte, legte ihr René fest den Arm um die Schulter und schob sie zur Gasse hinter dem Magazin. Halb führte, halb stieß er sie im Dunkeln fort von dem Lärm, der Verwirrung und der zusammenlaufenden Menge.

Hinter den Läden wurden Lichter angezündet, Menschen spähten aus den Türen oder liefen in Nachthemd und Schlafmütze auf die Straße, um den Rauch und die Flammen anzusehen. Man warf Lemonnier Fragen zu, doch er antwortete nur vage und deckte, so gut er konnte, mit dem Körper Cyrenes ramponierten Aufzug. Wie die Karikatur eines Liebespaars gingen sie durch die Straßen. Sie kamen schnell voran, liefen aber nicht so überstürzt, daß sie aufgefallen wären, sondern vorsichtig und ohne Panik. Sie hielten sich nicht auf, bis sie das Haus erreichten, in dem Lemonnier wohnte.

Es war ein Wohnhaus, wie es in den französischen Kleinstädten Tausende gab, weder eine Hütte noch eine Villa. Einige Unterschiede zum Mutterland bestanden immerhin: Das Erdgeschoß wurde wegen der häufigen Überschwemmungen nur als Lagerraum verwendet, und um die Vorder- und Rückseite des Obergeschosses lief ein Balkon, die *galerie*, die die Innenräume vor der heißen Sonne abschirmte. Das Dach war nicht mit Schiefer, sondern Zypressenschindeln gedeckt, und die Wände zwischen dem Fachwerk bestanden nicht aus Steinen, wie in der Heimat, sondern aus leichten Ziegeln, die mit Mörtel aus Schlamm, Kalk und Hirschhaar verfugt waren. Man betrat das Haus durch eine Tür im Parterre. Innen führte eine Treppe auf die Galerie.

Cyrene ging die schmalen Stufen voran und ertastete sich dabei im Dunkeln den Weg. Auf dem überdachten Balkon trat sie beiseite, damit Lemonnier die Tür öffnen konnte. Er forderte sie mit einer Geste zum Eintreten auf, sie zögerte jedoch, und das ganze Mißtrauen, das sie durchdrang, erwachte.

»Warum tun Sie das?« fragte sie leise.

»Oh, aus reinem Egoismus. Oder erwartest du etwas anderes von mir? Es steht dir natürlich frei zu gehen, wenn dir die Gesellschaft des Lieutenants lieber ist als meine.«

Er ragte im Halbdunkel vor ihr auf wie ein breiter, beängstigender Schatten. Sie konnte sein Gesicht nicht erkennen, aber die Ironie in seinem Ton schien sich gleichermaßen gegen sie wie gegen ihn selbst zu richten. Aber sie wollte sich nicht von seiner bedrohlichen Gegenwart ins Bockshorn jagen lassen. »Was erwarten Sie als Gegenleistung?«

»Ein paar Stunden deiner Zeit.«

»Meiner Zeit?«

Resigniert bemerkte René das Mißtrauen in ihrer Stimme. Er konnte es ihr, weiß Gott, nicht verdenken. Er wünschte, er könnte sich einbilden, daß sie dazu keinen Anlaß hätte. Aber so war es nicht. Er hatte sie betrogen, das wußte er. Und, was das Schlimmste war, er hatte große Lust, es jetzt sofort wieder zu tun und ihre Lage für sich auszunutzen. Er hatte nicht gewußt, wie tief er gesunken war. Wenn sie nicht so selbständig und sogar mit dem verschmierten Gesicht und dem wild zerzausten Haar noch so schön gewesen wäre, wenn ihr Anblick ihn nicht im Innersten ergriffen, die Leidenschaft ihm nicht die Seele aus dem Leib gewrungen hätte, dann hätte er sie vielleicht gehen lassen oder den Behörden übergeben können, wie sie es zweifellos verdiente. Ihm blieb jedoch nur der Zwang, ein wenig zartfühlendes, ein entwürdigendes Mittel. Und die Frage war, wie weit sich sein Gewissen zu diesem Zweck dehnen ließ.

Er neigte den Kopf, wobei er nicht sicher war, ob sie es sehen konnte. Mit sonorer Stimme wiederholte er: »Deiner Zeit. Darf ich bitten?«

Von der Straße waren Trommeln und Querpfeifen zu hören. Die Kasernen leerten sich, und Soldaten wurden eingesetzt, um das Feuer zu bekämpfen und diejenigen zu suchen, die das königliche Magazin geplündert hatten. Cyrene kam es in den Sinn, wie unklug es war, jetzt mit Lemonnier über die Motive zu debattieren, aus denen er sie von der Bildfläche zaubern wollte, und hier für alle sichtbar stehenzubleiben, noch dazu in dieser Verkleidung. Sie beugte kampflustig den Kopf und ging vor ihm durch die Tür. Mitten im Zimmer hielt sie an und wartete, während er die getäfelte Tür sorgfältig zuschloß und Kerzen in einem Leuchter anzündete.

Das Zimmer erwies sich als kleiner Salon. Es war freundlich und wohnlich, hier und da sogar mit einem Hauch Luxus versehen. Die Möbel bestanden aus einheimischem Zypressenholz. Sie waren hier in Louisiane hergestellt und daher schlicht. Von der Decke hing ein Kronleuchter aus Baccaratkristall und Goldbronze, die weißgetünchten Wände waren mit Brüsseler Wandbehängen, auf denen Jagdmotive dargestellt waren, bedeckt, auch der Teppich stammte aus Brüssel. Die beiden Vasen neben dem Kamin in der Mitte des Raums waren aus hochwertiger Majolika. Die Wohnung hatte einen typischen Grundriß: drei große Zimmer zur Straße und drei kleinere Hinterzimmer, von jedem Raum gingen Türen in die angrenzenden, einen Flur gab es nicht. Hinter dem Salon befand sich das Eßzimmer, wo im Dämmerlicht Silber glänzte. Rechts lag das Schlafzimmer mit einem Bett aus Zypressenholz und einem Samthimmel. Die anderen Türen waren geschlossen.

Cyrene nahm ihren Mut zusammen und brach das Schweigen. »Sie hatten Glück. Die wenigsten Neuankömmlinge sind so gut untergebracht.«

»Jemand hat mir bei der Suche geholfen.«

»Ich nehme an, Madame de Vaudreuil.«

»Genau. Es war das Haus einer kürzlich verwitweten Dame, die nach Frankreich zurückkehren wollte.«

»Sie haben es gekauft?« Aus ihrem Ton sprach große Neugier.

Er schüttelte den Kopf. »Nein, noch nicht.«

Was meinte er damit? Wollte er hierbleiben? Wenn sie es sich recht überlegte, war das so unwahrscheinlich, daß es sich nicht lohnte, darüber nachzudenken. Draußen auf der Straße ertönte das Getrampel von Stiefeln. Sie schwieg und lauschte. Die Soldaten gingen vorbei, und ihre monotonen Schritte verklangen.

Cyrene fuhr sich mit der Zunge über die Lippen. »Was passiert, wenn – wenn sie mich hier bei Ihnen finden? Wenn sie erfahren, daß Sie mich hergebracht haben? Wird es da nicht Schwierigkeiten geben?«

»Keine von Bedeutung, aber es ist nett, daß du dir Sorgen machst.«

»Ich mache mir keine –«, begann sie schroff und hielt dann inne. Sie war besorgt, auch wenn sie es nicht wollte. Sie zuckte mit den Achseln. »Ich habe natürlich an mich gedacht und mich gefragt, was Ihr Schutz mir dann noch nützen wird. Aber glauben Sie nicht, daß ich Ihnen nicht dankbar bin. Ich bin Ihnen für die Rettung sehr verbunden. Sie kamen... äußerst gelegen.«

»Es war mir ein Vergnügen.«

Sie warf ihm von der Seite einen Blick zu, denn sie hörte aus seinen Worten etwas heraus, das er vielleicht gar nicht hatte hineinlegen wollen. Er ging zum Kamin und betätigte den Klingelzug. Als er sich ihr wieder zuwandte, war seine Miene ausdruckslos, doch die grauen Augen blickten sie klar und forschend an.

»Es muß schön sein, so hochgestellte Freunde zu haben, die einem den Weg ebnen, ganz gleich, was geschieht.«

»Ja«, stimmte er zu, doch ohne das Wort zu betonen, denn in der Tür erschien eine afrikanische Dienerin und beanspruchte seine Aufmerksamkeit. Er befahl ihr, Wein und Gläser zu bringen. Als die Frau hinausgeschlüpft war, richtete Lemonnier das Wort an Cyrene. »Sag mir eins: Diese Eskapade von heute nacht, hatte das irgendeinen Zweck, oder wolltest du nur eine Rechnung zwischen uns begleichen?«

»Es hatte durchaus einen Zweck«, antwortete sie scharf. »Wir wollten uns unser Eigentum zurückholen, das uns genommen wurde. Und das haben wir auch getan.«

»Aha. Und was dann geschah, war ein Unfall?«

»Das andere haben Sie und die Soldaten zu verantworten.«

Das Feuer, das unter dem Rauchfang des Kamins züngelte und prasselte, spiegelte sich in ihren Augen. Sie waren wie die eines wilden Tiers, das in der Falle sitzt, und dieser Eindruck wurde von den blauen Schatten der Erschöpfung auf der zarten Haut betont. Die hastig gebundene Schleife an ihrer Bluse hatte sich bei der Flucht gelöst. Das zerrissene Mieder fiel oben völlig auseinander und gab den Blick frei auf die sanften Rundungen des Busens mit ihrem zartrosa Schimmer. Diese Kombination von ungezähmtem Geist und verletzlicher Unschuld war zum Verrücktwerden! René hatte versucht, nicht hinzusehen, doch jetzt ließ er den Blick auf ihr ruhen wie der Pilger, der nach einer langen Wallfahrt sein Heiligtum anbetet. Mit schroffer Stimme sagte er: »Du hast viel riskiert für ein paar Perlen und Töpfe. Ich würde ungern zusehen, wie sie deine zarte Haut mit der Fleur-de-Lis brandmarken oder mit der Peitsche ruinieren.« Sie blickte an sich herunter, um zu sehen, was ihn so faszinierte, und errötete, als sie ihre Nacktheit bemerkte. Sie raffte das Mieder zusammen und drehte sich mit wirbelnden Röcken um.

»Es sind nicht nur Töpfe und Perlen«, antwortete sie ihm über die Schulter, »es ist unser Lebensunterhalt.«

Er lachte freudlos auf. »Die schöne Schmugglerin. Ein Wunder, wenn sie dich nicht hängen!«

Die Farbe war ihr aus dem Gesicht gewichen, als sie ihn wieder ansah. Ihre Hand hielt immer noch das Mieder zusammen. »Aber Sie sagten doch – ich habe gedacht –«

Die Wut, die sich in ihm angesammelt hatte, brach jetzt heraus: Er war wütend auf die Bretons, weil sie Cyrene in solche Gefahr brachten, weil sie ihr so nahestanden, daß sie für sie dieses Risiko einging. Er war wütend, weil er nicht das Recht hatte, es zu verhindern. Aber am meisten brachte ihn in Rage, daß Cyrene glauben konnte, er würde ihr etwas antun. Diese Wut wurde ihm zum Schutz, zur Waffe.

»Du hast gedacht«, sagte er, »daß ich dich jetzt, wo ich dich bei mir habe, beschützen werde?«

Sein kühler Ton war wie ein Schlag ins Gesicht. Sie würde ihm nicht zeigen, was in ihr vorging, aber sie konnte auch nicht die Gleichgültige spielen. Schließlich ging es nicht nur um ihre eigene Haut, sondern auch um die Bretons, die sie mit hineinziehen würde, wenn man sie vor dem Rat der Notablen des Schmuggels bezichtigte. Sie fragte kühn: »Und, werden Sie es nicht tun?«

»Vielleicht, wenn die Belohnung das Risiko wert ist.«

»Ich sehe keine Möglichkeit, Sie zu belohnen.«

Er schüttelte mit mitleidigem Lächeln den Kopf. »Du kannst mit der üblichen Münze der schönen Frau bezahlen.«

»Sie erwarten von mir –«

»Ich brauche eine Maîtresse.«

Das Nein sprühte ihr wie Funken aus den braunen Augen, bevor sie antwortete: »Niemals!«

»Überlege es dir gut. Du warst allein, als ich dich gefunden habe, aber beim Verhör würde man dich fragen, wo die Bretons heute nacht waren.«

Ein Schauer durchlief sie. Sie wollte etwas sagen, Entschuldigungen für die anderen anführen, sie entlasten, aber die Worte gingen ihr nicht über die Lippen. Keiner würde ihr die Ausreden glauben, schon gar nicht dieser Mann. Die Sekunden verstrichen. Ihre Augen wurden trüb. Sie starrte ins Leere.

»Ich habe mir gedacht, daß du Vernunft annimmst«, sagte er sanft.

»Vernunft?« fragte sie mit einer Stimme, die vor unterdrückter

Qual bebte. Sie fühlte sich sonderbar schwach. »Vernunft? Wenn Sie mich mit dem Tode bedrohen?«

»Was für eine schwere Anklage. Ich würde es als einfache Nötigung bezeichnen.«

Sie sah ihm ins Gesicht. Seine Miene war angespannt, und etwas wie Widerwillen sprach aus seinem Blick. Langsam entgegnete sie: »Ich glaube manchmal, daß nichts an Ihnen einfach ist.«

»Da irrst du dich. Etwas ist es doch: Ich will dich, koste es, was es wolle, und ich werde dich auch bekommen. Und lieber jetzt als später, wenn du vorhast, dich für die Bretons zu opfern!«

Sie nahm seine Worte fast nicht wahr. Jäh brach die Frage aus ihr heraus: »Warum?«

»Ich dachte, ich hätte mich klar genug ausgedrückt.«

»Aber ich kann nicht glauben, daß nicht mehr dahintersteckt. Es gibt so viele andere Frauen, die glücklich wären, Ihnen entgegenzukommen.«

»Du schmeichelst mir«, antwortete er mit beißendem Spott.

»Warum? Was habe ich Ihnen nur getan?«

»Du denkst, ich will mich rächen? Das ist doch albern.«

»Es muß aber einen Grund geben.« Sie kam näher, als könne sie ihn damit zu einer Antwort zwingen.

»Vielleicht«, sagte er langsam, »ist der Grund in dem, was ich dir angetan habe, zu suchen.«

Sie blinzelte. »Was sagen Sie da?«

»Du wärst nicht in Gefahr, wenn ich dich nicht so mißbraucht hätte, wenn ich die Waren nicht konfisziert hätte, so daß ihr sie euch zurückholen mußtet. Es ist meine Schuld. Jetzt kann ich dich beschützen, wie ich es versprochen habe. Und das werde ich auch tun.«

»Aus Schuldgefühl? Ich spreche Sie davon frei. Lassen Sie mich gehen!«

»Das kann ich nicht.«

»Natürlich können Sie das«, rief sie verzweifelt. »Das Ganze ist doch eine Farce! Wir wissen noch nicht einmal, ob Monsieur Pierre, Monsieur Jean und Gaston nicht verhaftet sind.«

»Ich hatte den Eindruck, daß sie entkommen sind. Sonderbar, nicht wahr, daß man dich geschnappt hat.«

»Wir hatten ausgemacht, uns zu trennen.«

»Natürlich!«

»Das stimmt!«

»Ich zweifle nicht daran. Werden sie dich suchen, wenn du nicht kommst?«

»Ganz sicher. Fürchten Sie sich davor?«

»Nur, wenn sie Dummheiten machen. Ich glaube, du gibst ihnen am besten Nachricht, daß du bei mir untergeschlüpft bist und für den Augenblick hier bleiben willst.«

»Ich habe mich noch nicht entschieden«, stieß sie hervor.

»Nicht?« fragte er, und seine Stimme war so ruhig wie sein Blick. »Wirklich nicht?«

Von welcher Seite Cyrene es auch betrachtete, sie konnte in seiner Position keine Schwachstellen finden, in seiner Haltung keine Nachgiebigkeit entdecken. Ihr blieb nichts anderes übrig, als den Brief zu schreiben, den Bretons ihren Aufenthaltsort mitzuteilen und sie zur Vorsicht zu mahnen. René ließ sie allein und sprach in einem der hinteren Zimmer mit der Dienerin. Cyrene saß eine ganze Weile am Feuer und runzelte die Stirn, bog den Federkiel in der Hand, tauchte die Spitze in das Tintenfaß, das ihr Lemonnier hingestellt hatte, und zwang sich, langsam und zögernd zu schreiben.

Um die Überbringung kümmerte sich René. Es sei das beste, meinte er, wenn die Bretons die Nachricht möglichst bald erhielten, damit sie nichts Unüberlegtes taten. Er würde jemanden suchen, der sie sofort überbrachte, und Cyrene solle es sich inzwischen bequem machen. Seine Bedienstete, Martha, würde sich um sie kümmern, sie müsse es ihr nur sagen, wenn sie etwas brauchte.

Cyrene starrte auf die Tür, durch die Lemonnier verschwunden war. Wie schnell das alles gegangen war. Vor wenigen Stunden bin ich noch auf dem Prahm den üblichen Beschäftigungen nachgegangen, dachte sie. Jetzt bin ich die Maîtresse von René Lemonnier. Wie ist das nur möglich?

Bald wird er zurückkommen, und was dann? Was erwartet er

von mir? Sie wußte es natürlich, wollte es aber nicht wahrhaben. Eines ist sicher, dachte sie. Wenn er glaubt, er bekommt eine entgegenkommende, lächelnde Bettgenossin, die nichts anderes im Kopf hat, als ihm zu gefallen und seine dekadenten Gelüste zu befriedigen, die er sich in Versailles bei Hofe angewöhnt hat, dann irrt er sich gewaltig! Die Umstände hatten ihr diese Position aufgezwungen, aber das hieß noch lange nicht, daß sie sich unterwürfig seinen Wünschen fügte. Er glaubte, er hätte die Schlacht schon gewonnen, aber er würde feststellen müssen, daß der Kampf erst begonnen hatte.

12. Kapitel

René blieb eine ganze Weile aus. Bis Cyrene seine Schritte auf der Treppe vernahm, hatte sie schon in dem kleinen Porzellanzuber gebadet, den ihr Martha mit heißem Wasser gefüllt hatte, und sich den Rauch aus den Haaren gewaschen. Sie hatte Zeit gehabt, die hüftlangen Locken mit Lemonniers silberner Haarbürste zu ordnen und sich eines seiner Seidennachthemden anzuziehen, das Martha für sie zurechtgelegt hatte.

Als er sich gemessenen Schrittes näherte, sprang sie in heller Panik auf, warf die Bürste hin und floh ins dunkle Schlafzimmer. Die Gurte, die die moosgefüllte Matratze hielten, ächzten und gaben nach, als sie sich auf das Himmelbett warf und sich schleunigst mit Bettuch und Daunenfederbett zudeckte. Sie drehte sich mit dem Rücken zur Tür, schloß die Augen und konzentrierte sich darauf, so zu tun, als schlafe sie tief und fest. Sie wußte, daß er ein rücksichtsvoller Mensch war. Wenn er glaubte, daß sie vor Müdigkeit eingeschlafen war, ließ er sie vielleicht in Ruhe. Um seine männliche Leidenschaft zu zügeln, war es kein sehr wirksames Mittel, aber ein anderes stand ihr im Augenblick nicht zur Verfügung.

Die Haustür war auf Lemonniers ausdrücklichen Befehl verriegelt worden. Cyrene hörte ihn einmal klopfen, dann ein zweites Mal. Sie überlegte, ob sie ihre Pose nicht aufgeben und ihn einlassen sollte, denn sie wollte ihn nicht zornig machen, weil er ausgeschlossen war. Die Frage löste sich von selbst, weil Martha aus einem der hinteren Zimmer kam und ihm öffnete.

Die tappenden Schritte der Dienerin verhallten wieder. René rumorte im Salon herum. Sie hörte das Klappern des Riegels, als er die Tür wieder verschloß, und das Geknister von Funken und fallender Asche, als er Kohlenstaub auf das Feuer schüttete. Seine Stiefel fielen nacheinander dumpf zu Boden. Dann war alles still. Sie öffnete die Augen einen Schlitz weit und sah, daß die Kerzen im Kandelaber im Luftzug flackerten und sich auf das Schlafzimmer zubewegten. Cyrene kniff fest die Augen zu und zwang sich zur Entspannung, atmete tief und gleichmäßig.

Sie sah das Licht durch die Lider, als Lemonnier ans Bett trat. Sie hörte ihn den Kerzenständer auf dem Walnußtischchen am Kopfende des Betts abstellen. Er setzte die Stiefel ab, dann war ein Rascheln zu vernehmen, als er den Rock auszog. Er warf ihn auf das Fußende. Im nächsten Augenblick zog er sich das Hemd aus der Hose und streifte es über den Kopf.

Dann ging er durch die Verbindungstür in das kleine Ankleidezimmer hinter dem Boudoir. Mit kräftigem Planschen benutzte er ihr abgekühltes Badewasser. Das Plätschern hörte auf.

Vor Cyrenes geistigem Auge entstand ein viel zu lebensnahes Bild: René nackt im Halbdunkel des Ankleidezimmers, der sich mit einem Leinenhandtuch abtrocknete, es schnell über Schulter und Brust, Bauch und Schenkel gleiten ließ. Dieser Gedanke und Lemonniers gemächliche Vorbereitungen fürs Bett waren für Cyrene eine harte Geduldsprobe. Wären seine Handlungen nicht so banal gewesen und hätte sie sich nicht schlafend gestellt, dann hätte sie ihn eventuell verdächtigt, daß er sich so wenig beeilte, um sie auf die Folter zu spannen.

Sie hatte hin und her überlegt, wo sie schlafen sollte. Da es nur ein Schlafzimmer gab, hatte sie keine große Auswahl. Sie hatte daran gedacht, Martha zu fragen, ob sie bei ihr im Zimmer übernachten könne, oder sich ein Lager vor dem Feuer im Salon herrichten zu lassen. Dabei wäre sie allerdings das Risiko eingegangen, daß sie Lemonnier mit Gewalt in sein Bett gebracht und eine

Demonstration für nötig gehalten hätte, zu welchem Zweck sie bei ihm war. Nein, das beste war, sich ihm zum Schein zu fügen, sich vorläufig auf seinen guten Kern zu verlassen und ihre Kraft für ausgeklügeltere Maßnahmen aufzusparen.

Seltsam, wie sicher sie war, daß in ihm ein guter Kern steckte. Oder gar nicht so seltsam: Sie hatte schon öfter davon profitiert. Er hatte zwar die Soldaten beim Angriff auf die Kanus angeführt und versucht, Cyrene und die Bretons wegen Schmuggels einzusperren, aber sonst hatte er sie stets mit größter Rücksicht behandelt.

Das alles machte keinen Sinn und hatte von Anfang an keinen gemacht. Besonders, weil er sie jetzt sogar im Gegenteil vor einer Anklage bewahrte. Sie verstand ihn nicht, und das beunruhigte sie.

Er bewegte sich so leise auf bloßen Füßen, daß sie seine Gegenwart erst bemerkte, als die Gurte unter der Matratze nachgaben. Sie spannte die Muskeln an, denn das Bett neigte sich abschüssig auf seinen schwereren Körper zu.

Er legte sich nicht sofort hin, sondern stützte sich auf den Ellbogen. Ihre Sinne waren hellwach. Sie wußte, daß er sie im Schein der Kerzen betrachtete. Das Herz schlug ihr in der Brust, die Lungen zogen sich zusammen. Es war fast unmöglich, weiter regelmäßig zu atmen. Die Nerven flatterten ihr unter der Haut, und sie spürte das quälende Bedürfnis zu gähnen.

René sah den Puls unter der glatten Haut an ihrem Hals schlagen, sah die Wangen von der Farbe wilder Rosen in eine dunklere übergehen. Seine Lippen verzogen sich zu einem leisen Lächeln. Ob sie schlief oder wach war, sie gehörte ihm. Sie trug sein Nachthemd, dessen Ausschnitt verrutscht war und die Schulter halb frei ließ, und sie lag in seinem Bett. Ihr Haar floß über ihr und über sein Kissen, die Strähnen schimmerten da, wo sie am dichtesten waren, noch ein wenig feucht. Sie dufteten nach seiner Sandelholzseife. Er wollte sie mit einem süßen, fast unerträglichen Verlangen, aber er mußte sie jetzt nicht lieben, um sie zu besitzen. Nicht in diesem Augenblick.

Ihm fiel ein, daß er ihr die Genugtuung geben könnte, ihn zurückzuweisen. Es war das mindeste, was er tun konnte, nachdem er ihre Kapitulation auf diese Weise erzwungen hatte. Aber es war nicht richtig, sie in eine Position zu drängen, die sie nicht aufrechterhalten konnte. Denn sie wird mich, dachte er, nicht auf Dauer zurückweisen, wenn ich es verhindern kann.

Ein blauer Schatten war an ihrem Handgelenk zu sehen, ein Andenken an ihren Kampf mit dem Lieutenant. Der Anblick machte ihn zornig. Er hätte den Mann, der sie so zugerichtet hatte, fast umgebracht. Die Soldaten von Louisiane waren der Bodensatz der französischen Armee; es verging kaum ein Tag, an dem nicht einer wegen Trunkenheit, kleinerer Diebereien oder Befehlsverweigerung ausgepeitscht wurde. Manche, deren Bosheit nicht so offen zutage trat, waren schlimmer und gerissener als die anderen. Er hatte auf diesen Lieutenant besser ein wachsames Auge.

René nahm eine Strähne in die Hand und ließ das warme seidige Haar durch die Finger gleiten. Er führte es an die Lippen und küßte es, dann wischte er den glänzenden Vorhang vorsichtig zur Seite, blies die Kerzen aus und legte sich nieder. Er schob die Hände unter den Kopf und starrte lange in die Dunkelheit. Er stellte sich vor, wie es wäre, wenn er den Arm ausstrecken und Cyrene an sich ziehen würde. Das Verlangen wuchs und durchflutete ihn, bis seine Bauchmuskeln von der Anstrengung der Verdrängung steinhart waren. Er schloß die Augen und biß die Zähne zusammen. Es gelang ihm, seine Leidenschaft zu zügeln. Sie klang langsam ab. Er nahm einen tiefen, heilsamen Atemzug und schlief ein.

Cyrene jubelte innerlich, und es überraschte sie, daß sie entkommen war. Sie hatte sich zwar darauf verlassen, daß René sie nicht zwang, aber einen Versuch, sie zu überreden, hatte sie doch erwartet. Daß er so schnell aufgab, war kein großes Kompliment.

Der Zwiespalt ihrer Gefühle belustigte sie einen Moment lang. Sie hatte nicht mit ihm schlafen wollen – alles andere als das. Dennoch hätte er von ihrer Anwesenheit in seinem Bett wenigstens Notiz nehmen können.

Er war natürlich daran gewöhnt, mit Frauen zu schlafen. Zweifellos brauchte er mehr Anreiz; ein Mann mit großer Erfahrung verschmähte es eben, eine Frau zu umwerben, die wie ein Holzklotz neben ihm lag. Er erwartete kokette Blicke, geistreiche Scherze, verstecktes Locken und laszive Zärtlichkeiten – all das zierliche

Geben und Entziehen, das bei Hofe als Flirt galt. Allzu viele Enttäuschungen hatte er gewiß nicht erlitten, und mit Sicherheit verringerte sich dadurch nicht seine Bereitschaft.

Die Minuten verstrichen. Cyrene hatte sich beim Stilliegen völlig verkrampft. Vor Angst waren Hände und Füße wie Eis, und sie fühlte sich zu angespannt, um schlafen zu können. Sie verlagerte das Gewicht etwas mehr auf den Rücken. Der Mann neben ihr reagierte nicht. Sie legte sich ganz auf den Rücken. Er schlief weiter. Sie spürte einen warmen Luftstrom, als sich die Decke bewegte. Es war Renés Körper, der diese Hitze ausstrahlte. Zentimeter für Zentimeter schob sie vorsichtig den Fuß über die Matratze und auf Lemonnier zu. Sie dachte daran, daß sie aufpassen mußte, ihn nicht zu berühren. Er hatte einen so leichten Schlaf. Sie schob den zweiten Fuß näher an den anderen.

René warf sich unruhig im Schlaf herum und drehte sich auf die Seite. Die Haltegurte des Betts gaben nach. Cyrene glitt ab und spürte, wie ihr kalter Fuß an seine warme Wade kam. Im nächsten Moment gab René einen leisen Laut von sich, und eine starke Hand griff nach ihr. Er zog sie an sich, drückte sie an seinen Körper und hielt sie in seiner Wärme.

»Du hast die kältesten Füße, die mir je begegnet sind«, flüsterte er ihr mit gespielter Verzweiflung ins Ohr. »Ich habe nichts dagegen, dich aufzuwärmen, aber schleich dich nicht so hinterrücks an.«

»Ich habe mich nicht hinterrücks –« begann sie und schob seinen Arm weg.

»Schlaf jetzt um Himmels willen«, knurrte er und umklammerte sie so fest, daß es kein Entkommen gab. »Wir können uns morgen früh darüber streiten.«

Meinte er über die kalten Füße, über die Umarmung oder über die Situation? Sie hatte keine Ahnung, und es schien ihr auch nicht der geeignete Moment zu fragen.

»Deine Nachricht gestern habe ich nicht weitergegeben, sondern selbst überbracht.«

Sie saßen beim Frühstück, als René das sagte. Cyrene hatte Kakao getrunken, ihre *brioche* zerbröselt und sich gefragt, ob Monsieur Pierre und Monsieur Jean, vor allem aber Gaston gestern abend entkommen waren. Sie schaute auf. Einen Moment lang war sie sich sicher, daß Lemonnier ihre Gedanken erraten hatte. Er sah auf die Krümel in ihrem Teller, und sein allzu wissender Blick gefiel ihr gar nicht.

»Sie haben die Bretons getroffen und mit ihnen gesprochen?«

Er neigte zustimmend den Kopf. »Sie sind alle in Sicherheit, aber sie waren ganz außer sich vor Sorge um dich.«

Das konnte sie sich vorstellen. »Was haben Sie ihnen gesagt?«

»Daß du bei mir gut aufgehoben bist und daß man dich beinahe gefaßt hätte und du meinen Schutz brauchtest. Daß sie am besten in aller Stille eine Handelsfahrt zu den Tschokta unternehmen und sich mit der Rückkehr nicht beeilen sollen. Daß sie sich auf mich verlassen können und du bei mir sicher bist, bis sie zurückkommen.«

»Und, sind sie fort?« fragte sie.

»Ja.«

»Einfach so?«

»Es wurde Zeit, und sie haben die Ware. Es lohnt sich also.«

Sie konnte nicht glauben, daß die Bretons ohne sie gegangen waren. Ihr war, als hätten sie sie im Stich gelassen. Der Schmerz stieg ihr in der Kehle auf, und die Bitterkeit trieb ihr die Tränen in die Augen.

»Außerdem«, fügte René hinzu, »dachten sie, daß es für dich so das beste wäre.«

Sie schluckte mühsam. »Das beste? Es sieht doch so aus, als hätten sie sich heimlich davongemacht, als wären sie schuldig.«

»Es gibt Zeugen, die beschwören werden, daß sie seit Tagen fort sind. Du hast dich offenbar dafür entschieden, bei mir zu bleiben, und ich kann jedem, der danach fragt, versichern, daß du seit ihrer Abreise hier wohnst.«

»Und das genügt?« Sie zeigte offen ihre Zweifel.

»Mein Wort ist noch nie in Frage gestellt worden.«

Seine Stimme war stählern, wie das Schwert in seiner Hand es sein würde, falls jemand wagen sollte, seiner Darstellung zu widersprechen. Zum ersten Mal nahm sein Schutz konkrete Formen an – beruhigend und beängstigend zugleich. Was sie beschützte, konnte sie auch wieder zu einer Gefangenen machen.

Sie wandte die Augen von ihm ab mit einem flauen Gefühl im Magen. Heute morgen sah er auf teuflische Weise gut aus, wie er sich lässig, ohne Rock, auf den Eßzimmertisch stützte. Sein Hemd war an den Schultern fein gefältelt und bauschte sich. Er hatte die Halsbinde noch nicht um, so daß das Hemd vorne offenstand und den Blick auf den kräftigen Hals und das gelockte Haar auf der Brust freigab.

Kaum zu glauben, daß sie die ganze Nacht in seinen Armen gelegen hatte. Als sie heute früh erwacht war, hatte nur die warme Stelle im Bett darauf hingedeutet, daß er wirklich da gelegen und sie es nicht nur geträumt hatte. Er hatte sich im Ankleidezimmer rasiert und angezogen. Er war herausgekommen, hatte ihr den Morgenmantel zugeworfen und im Eßzimmer auf sie gewartet. Das Taktgefühl, das er zeigte, war unerwartet und entwaffnend.

Cyrene hätte viel darum gegeben, dieses Tête-à-tête zu vermeiden, doch es war ihr feige vorgekommen, sich im Bett zu verkriechen, bis er gegangen war. Sie hatte sich dazu bequemt, in seinem langen Samtmorgenmantel beim Frühstück zu erscheinen. Das Haar floß ihr wie ein unordentlicher Vorhang über den Rücken. Es war nicht so leicht, Lemonnier anzuschauen und dabei so zu tun, als sei sie ihm in der Nacht nicht nahe gewesen.

Sie hatte ihn bekämpfen, ihn sich vom Leibe halten wollen. Wie weit war sie mit diesem Entschluß gekommen? Bin ich so vertrauensselig, so leicht zu beschwichtigen oder einzuschüchtern? Muß er nur behaupten, daß er mir nichts tun will, und schon glaube ich ihm? Oder bin ich für seine Berührung so empfänglich, daß ich nicht widerstehen kann?

René musterte die Frau an seiner Seite mit verschleiertem Blick und spielte mit seiner Kakaotasse. Faszinierend, wie ihr die Röte in die Wangen stieg, die kam und ging, nicht nur als Widerspiegelung des rubinroten Morgenmantels. Wie hinreißend sie in ihrer Natürlichkeit ist, wie sie da sitzt in dem Kleidungsstück, das ihr viel zu groß ist, mit den umgeschlagenen Ärmeln, die den Blick auf die blaugeäderten Handgelenke freigeben. Ihr schönes lockiges Haar blieb auf dem rauhen Samtflor haften. René wollte sie an sich ziehen, sie auf den Schoß nehmen, den Morgenmantel wegschieben und die Schwellungen darunter streicheln. Er unterdrückte diesen Impuls. Wenn ich, dachte er, nur einen Millimeter an sie heranrücke, springt sie mir ins Gesicht!

Wieder ruhte sein Blick auf dem roten Samt. Auf einmal sagte er: »Du brauchst etwas zum Anziehen. Heute nachmittag schicke ich dir die Näherin.«

»Sie werden nichts dergleichen tun!« Ihr Blick war abwehrend. Endlich konnte sie etwas ausschlagen und die Schwäche von letzter Nacht wettmachen.

»Du wirst mich auf die Empfänge im Haus des Gouverneurs begleiten.«

»Als Ihre Maîtresse? Nein, ich danke.«

»Du bist da bei weitem nicht die einzige unverheiratete Frau. Es kommen viele –«

»– andere Offiziershuren. Mir liegt wenig daran, zu dieser Sorte zu gehören.«

Er hob die Brauen. »Es steht dir natürlich frei, dich hier einzuschließen wie eine Haremsdame im Serail, wenn dir das lieber ist. Der Karneval ist in vollem Gang, und es wird ein paar Maskenbälle geben.«

»Eine Pariser Albernheit, die Madame de Vaudreuil hier eingeführt hat. Was sollen wir mit diesem Mummenschanz? Das ist doch lächerlich!«

»Was sollen Musik und Tanz überhaupt? Du mußt doch zugeben, daß eine Maskerade großen Spaß macht!«

»Ich habe keine Ahnung«, erwiderte sie verwegen, »ich war noch nie bei einer dabei.«

»Das läßt sich leicht ändern. Du wirst mit mir zum Maskenball gehen. Die Näherin soll ein Kostüm für dich entwerfen.«

Sie blickte ihn trotzig an. »Nein, das ist nicht nötig. Ich werde Ihre Näherin erst gar nicht empfangen, Sie können sich also die Mühe sparen, nach ihr zu schicken.«

»Aha. Dann gehe ich am besten schleunigst zum Schneider.«

»Was?«

»Wenn du weiterhin meine Garderobe mit mir teilen und dir keine Kleider machen lassen willst, dann muß ich es tun.«

Cyrene sah auf den Morgenmantel, den er mit so nachdenklicher Miene betrachtete. »Sie haben mir das zum Anziehen gegeben! Aber ich gehe natürlich zum Prahm und hole mir meine Sachen.« Wie tröstlich, daß – wenn die Bretons auch fort waren – das Boot immer noch an seinen Tauen schaukelte und ihr für alle Fälle eine Zuflucht bot.

»In dem, was du gerade anhast? Das wird großes Aufsehen bei den Offiziershuren erregen, von den Offizieren ganz zu schweigen.«

»So natürlich nicht. Ich ziehe an, was ich gestern abend getragen habe.«

Er hob erstaunt die Brauen. »Du hättest das noch gebraucht? Die Sachen waren so schmutzig und zerrissen. Ich habe Martha gesagt, sie kann sie wegwerfen.«

»Was haben Sie getan?« Dieser Aufschrei entrang sich ihr unwillkürlich, obwohl sie keinen Augenblick an seinen Worten zweifelte.

Er setzte eine zerknirschte Miene auf, die so unecht war, daß ihr die Galle hochkam. »Ich konnte ja nicht wissen, daß du so an ihnen hängst.«

»Das haben Sie absichtlich getan!« Bei diesem Vorwurf kniff sie die Augen zusammen.

»Wie kommst du denn darauf?«

»Das ist klar, aber es macht nichts. Martha kann mir meine Sachen holen.«

Er schüttelte bedauernd den Kopf. »Ich fürchte, das kann ich nicht zulassen.«

»Besser gesagt, Sie wollen nicht!«

»Genau«, antwortete er und lächelte sie offen an. Sie schluckte den Zorn hinunter, da er auf ihn offenbar keinen Eindruck machte und ebensowenig etwas an ihrer Lage ändern konnte. Sie sah ihn eine Weile an und fragte: »Warum wollen Sie mich demütigen?«

In einer dunklen Welle schoß ihm die Röte ins bronzefarbene

Gesicht. »Ich hege keinen derartigen Wunsch. Was ist denn so verwerflich daran, daß ich dich in Kleidern sehen will, die dein Gesicht und deine Figur richtig zur Geltung bringen? Ich wünsche mir doch nur, daß du an meiner Seite genießt, was das Leben zu bieten hat!«

»Ich habe keinen Bedarf.«

»Aber ich«, antwortete er sanft.

»Ich komme nicht mit!«

»Ich denke doch.«

Da beide nicht von ihrem Standpunkt abrücken konnten oder wollten, mußte unvermeidlich derjenige den Kampf gewinnen, der sich in der stärkeren Position befand.

Lemonnier erhob sich. »Ich werde die Näherin nicht herschikken«, sagte er, »sondern sie selbst holen. Du wirst sie Maß nehmen lassen, oder ich tue auch das selbst.«

»Das dürfte Ihnen nicht leichtfallen!« knirschte sie.

»Vielleicht nicht. Aber es wird mir ein ausgesprochenes Vergnügen sein.«

Der Humor, mit dem er die Sache nahm und der seine gewaltige Überlegenheit zum Ausdruck brachte, ärgerte sie maßlos. »Auch wenn es Ihnen gelingen sollte, werde ich die Kleider nie tragen.«

»Doch, das wirst du, sonst spiele ich auch deine Kammerzofe.«

»Sie können mich dazu zwingen hierzubleiben, ja sogar anzuziehen, was Ihnen gefällt, aber ich werde mich nicht als ihre Maîtresse zur Schau stellen lassen!«

Es war unklug, sich ihm so offen zu widersetzen. Sie wußte es, konnte sich aber nicht beherrschen. Irgendwann mußte die Auseinandersetzung stattfinden, aber nicht jetzt, nicht so früh.

Er stützte die Hände auf dem Tisch ab und beugte sich über sie. Als er sprach, war seine Stimme schroff, klang aber belegt. »Du bist allerdings meine Maîtresse, so lange, bis es mir gefällt, dich zu entlassen. Du wirst meinen Tisch zieren, mir das Bett wärmen und für meine Person ein Schmuck in der Öffentlichkeit sein wie mein Spitzentaschentuch oder das Sträußchen im Knopfloch. Du hast keine Wahl. Du kannst es nicht ändern. Je eher du das begreifst, desto besser für dich!«

Er richtete sich auf und ging zur Tür. Mit einer kühlen, klaren Frage hielt sie ihn auf.

»Und warum soll ich überhaupt bleiben und die großartige Stellung, die Sie mir bieten, annehmen? Sie haben die Bretons weggeschickt und die Verdachtsmomente gegen sie ausgeräumt. Was haben Sie denn noch gegen mich in der Hand?«

Er drehte sich langsam zu ihr um. »Ich könnte dir antworten, daß du nicht durch meine Drohungen, sondern durch deine Ehre gebunden bist, wir haben schließlich eine Abmachung, aber ich bezweifle, daß du es so siehst. Da dem so ist, bleibt mir die Alternative, dem Gouverneur zu erklären, daß du mich getäuscht und vorübergehend irregeführt hättest. Du hättest mich mit deiner Schönheit verblendet, mit deinem Charme eingewickelt und überlistet. Meinst du«, fragte er sanft, »daß er mir das glauben wird?«

Der Gouverneur würde es ihm glauben. Cyrene sah verzweifelt den reumütigen, bedauernden Blick, der Lemonnier abrufbereit zur Verfügung stand, und sie wußte, daß sie geschlagen war. Aber bei jeder Kapitulation gab es auch Bedingungen, und sie konnte sie stellen. Ja, das konnte sie.

Kapitulation. Kein schönes Wort. Ein Schauer überlief sie, für den der kühle Tag nicht verantwortlich war. Sie wickelte sich fester in den Samtstoff des Morgenmantels.

René sah diese vergebliche, schutzsuchende Geste und war tief gerührt. Zum tausendsten Mal wünschte er sich, daß alles anders wäre. Doch auch das war, wie er wußte, vergeblich. Es war eben nicht zu ändern.

Mit plötzlichem Entschluß kam er auf sic zu. Er legte ihr die Hand unter das Kinn, hob ihren Kopf hoch, beugte sich zu ihr hinab und preßte die Lippen auf ihren Mund. Er fühlte sich kühl und glatt an, zerbrechlich und unaussprechlich süß. Dieser Kuß war das mindeste, was er gegen den Drang tun konnte, sie in die Arme zu nehmen und ins Bett zu bringen. Noch nicht. Jetzt noch nicht.

Die nur zu bekannte Qual in seiner Brust fuhr ihm in die Lenden. Er löste sich von Cyrene, richtete sich auf und ging hinaus.

Sie blickte ihm nach, sah den Schwung seiner breiten Schultern, die schlanken Hüften, das graziöse Spiel der Muskeln an seinen langen Beinen. Passive Verweigerung war besser als gar keine, sagte sie sich; ich habe den Kuß nicht erwidert. Es machte ihr angst, wieviel Anstrengung sie dieser kleine Sieg gekostet hatte. Sie mußte all ihre Kraft zusammennehmen und sich auf die Auseinandersetzungen mit ihm einstellen, oder sie würde wirklich damit enden, ihm das Bett zu wärmen.

Ihr fiel etwas ein, was ihr ein leises Lächeln entlockte. Letzte Nacht hatte nicht sie ihm das Bett gewärmt. Es war eigentlich eher umgekehrt gewesen.

Die Näherin kam, eine resolute Person, die Madame Adèle genannt wurde. Sie hatte rotes, mit Henna gefärbtes Haar, war breit und knochig gebaut, roch stark nach Patschuli und verbreitete einen Hauch von Verruchtheit. Dennoch klang ihre Stimme überraschend sanft, und ihre Bewegungen wirkten kompetent. Obwohl René sie begleitete, beachtete sie ihn kaum, nachdem er sie Cyrene vorgestellt hatte und das Maßband entrollt war. Sie benahm sich Cyrene gegenüber – das war offensichtlich – wie eine Leidensgenossin. Man konnte sich gut vorstellen, daß sie auch einmal eine Maîtresse gewesen war, bevor sie Näherin wurde.

Cyrene ließ sich den Morgenmantel abnehmen. Sie drehte und wendete sich in Renés Seidennachthemd vor dem warmen Feuer im Salon, hob auf Anweisung die Arme, beugte den Kopf oder hielt ihn gerade, ganz nach Wunsch. In Renés Abwesenheit war sie zu dem peinlichen Schluß gekommen, daß ihr Widerstand hinsichtlich der Kleidung keinen Sinn hatte. Sie war dadurch, daß sie bei ihm wohnte, ihm gegenüber bereits genügend im Nachteil und von seiner Willkür abhängig, da mußte sie nicht auch noch halbnackt herumlaufen. Die Kompromisse, die einzugehen sie gezwungen war, ängstigten sie. Ihr war, als würde sie Schritt für Schritt zurückgedrängt. Sie wollte gar nicht daran denken, was daraus werden sollte. Im Augenblick blieb ihr keine Wahl.

Wider Willen begann sie, sich für das zur Debatte stehende Thema zu interessieren, als Madame Adèle sie nach ihren Lieblingsfarben und -stoffen fragte, wissen wollte, welche Schnitte ihr am besten gefielen, und mit ihr über die neueste Entwicklung des vorschriftsmäßigen Hofkleids diskutierte.

»Ich fürchte, ich weiß wenig über Mode«, gestand Cyrene schließlich steif.

»Sie müssen nur wissen, was Ihnen steht«, antwortete Madame Adèle und zuckte mit den breiten Schultern. »Madame de Pompadour hat im Augenblick eine Vorliebe für Pfirsich und Rosa. Alles muß in diesen zarten Pastelltönen sein. Ihnen steht das aber nicht, *chère*. An Ihnen würden sie zu nichts verblassen. Schwerere Farben ja, leuchtende, klare Farben, das brauchen Sie mit diesem hellen Haar. Und die Stoffe aus Lyon, der schwere bestickte Brokatstoff, o ja! Ich kann Sie mir vorstellen in dunklem Blaugrün mit Goldstickerei, was meinen Sie? Oder vielleicht in einem dunklen Crème? Nicht mit Silber, wie bei der Pompadour, sondern ebenfalls mit Gold?«

Cyrene runzelte die Stirn. »Solche Stoffe sind doch furchtbar teuer!«

»Na und? Monsieur Lemonnier sagte, daß sie das Beste kriegen sollen, das zu haben ist.« Die Frau warf Lemonnier einen spitzbübischen, fast verstohlenen Blick zu und nannte einen Preis, der Cyrene nach Luft schnappen ließ.

»So viel Geld ausgeben, nur um den Körper zu bedecken – das ist nicht recht.«

»Aber alle tun es, *chère*. Und außerdem ist es nicht nur, um den Körper zu bedecken, sondern auch, um die Seele zu erheben, damit wir uns hier auf diesem fernen Außenposten in der finstersten Provinz den *grandes affaires* näher fühlen, dem, was sich in Frankreich ereignet.«

»Ich bin gern in Louisiane!«

»Ich auch, aber Sie müssen doch zugeben, daß es kein Vergleich ist mit *la belle France*.«

René saß mit ausgestreckten Beinen in einem Sessel neben dem Kamin, hatte die Füße gekreuzt und die Hände über dem Bauch verschränkt. Er sah zu, wie sich Cyrene hin und her drehte, freute sich im stillen am Anblick ihrer schlanken Figur unter der Seide seines Nachthemds. Er hatte nicht erwartet, daß sie das über sich ergehen lassen würde. Es beunruhigte ihn. Er fühlte sich irgendwie – warum, wollte er sich nicht fragen – schuldig, fast wie ein verkommener Hurenbock. Daß sie ihn wahrscheinlich genauso einschätzte, machte die Sache nicht besser. Er hatte ihr dazu allen Grund gegeben, dennoch wurmte es ihn, daß sie seine Absichten so mißdeutete. Was ihn aber noch mehr ärgerte: Nichts wäre ihm lieber gewesen, als den Hurenbock zu spielen.

Cyrene sah mit gesenkten Lidern zu René und fragte sich, warum er wohl bereit war, für ihre Kleider so tief in die Tasche zu greifen, und was er sich diese Marotte, sie in großem Staat zu sehen, tatsächlich kosten ließe. Beim Anblick der Leidenschaft, die ihm ins Gesicht geschrieben stand, stockte ihr für einen Moment der Atem. Diesen Blick hatte sie schon zweimal gesehen. Er begehrte sie.

Sie wußte, daß die Anziehungskraft, die sie auf ihn ausübte, körperlicher Art war – auch wenn sie es nicht selbst gespürt hätte, er hatte es ihr ja frank und frei erklärt. Aber erst in diesem Augenblick nahm sie das ganze Ausmaß seines Verlangens wahr. Er hat sich beherrscht und es vor mir verborgen, dachte sie, hat dieses Geheimnis sorgfältig gehütet. Es war nicht schwer, den Grund zu erraten. Sie konnte es als Waffe benutzen. Sie besaß gegen ihn eine Waffe.

»Crèmefarbener Brokat, goldbestickt, das hört sich gut an«, sagte sie laut als Antwort und sah an sich hinunter. Sie folgte Renés Blick, der auf ihren Unterleib gerichtet war. Als sie merkte, daß das Feuer ihren Körper beleuchtete, erstarrte sie. Es kostete sie große Willenskraft, den Impuls zu unterdrücken, vom Feuer wegzutreten. Zorn ergriff sie, und sie zermarterte sich das Gehirn nach den teuersten Materialien, die ihr einfielen. »Doch auch die dunkleren Pfirsichtöne gefallen mir sehr. Ich denke an Satin, und darüber Alençon-Spitzen drapiert, daß darunter nur ein Hauch von Pfirsich durchscheint, was halten Sie davon?«

»Wunderbar, *chère!*« antwortete Madame Adèle, ließ sich auf die Knie nieder und breitete weit die Arme aus, um von Cyrenes Taille zum Boden zu messen.

»Und kann man es auch mit Goldstickerei bekommen?« Cyrene hob die Arme, als wolle sie sie um etwas legen, so daß Renés Blick nichts im Weg war. Sie drehte sich ein wenig, damit er sie im Profil betrachten konnte, und atmete tief ein, um die Brüste schwellen zu lassen.

»Ganz bestimmt. Ein Kleid, das gut genug für eine Königin wäre.«

»Ausgezeichnet«, sagte sie und sah René mit verklärtem Lächeln fest in die Augen. »Dann will ich das.«

Die Rache der ausgehaltenen Frau, in ihren Ansprüchen bis an die Grenzen des Vermögens ihres Liebhabers zu gehen – Lemonnier sah, wie Cyrene sie nahm, und in seiner Brust zog sich etwas zusammen, das mit der Qual in den Lenden nichts zu tun hatte. Ich habe sie dazu gebracht, dachte er, sie, die offen, warm und direkt war und solch armselige Revanche nicht nötig hatte. Ich habe es nicht gewollt, aber das ist keine Entschuldigung. Irgendwann, irgendwie muß ich es wiedergutmachen. Vielleicht eine lohnende Beschäftigung.

Das Gespräch über Stoffe, Borten und Spitzen, Ärmelformen, die Länge und Weite von Röcken, Miederbesatz, Hauben und Umhänge, Haarpuder und Nadeln und hunderterlei anderes wurde fortgesetzt. René ließ alles über sich ergehen. Cyrene hielt die Näherin durch das Gespräch so lange wie möglich fest. Sie bestellte mit Hingabe Kleider und Unterröcke, Schals und Umhänge und zarte Spitzenhäubchen. Der Gedanke, Renés Geld zum Fenster hinauszuwerfen, machte ihr ein ungeheures Vergnügen, und jeden Augenblick erwartete sie, daß er sagte, sie ginge zu weit.

Er tat nichts dergleichen, ließ aber auch die grauen Augen nicht von ihr ab. In ihnen lag das Versprechen, wenn nicht von Vergeltung, dann zumindest von Abrechung. Sie fürchtete den Augenblick, in dem Madame Adèle ging, und freute sich zugleich darauf. Sie war gespannt, was er tun würde, und in der verschleierten Tiefe seines Blicks lag etwas, das sie mit Mißtrauen erfüllte.

Schließlich sammelte die Näherin ihre Utensilien ein und ließ sie allein. Die Luft hallte wider von Verheißungen über die Wunder an Fleiß und Schnelligkeit, die sie vollbringen wollte, damit Cyrene etwas zum Anziehen hatte. Die Tür schloß sich hinter ihr. Stille senkte sich auf das Zimmer, und das sachte Geräusch, mit dem im Kamin ein Stück Kohle barst, klang auf einmal laut.

Instinktiv sah Cyrene sich schutzsuchend nach dem Samtmorgenmantel um. Bevor sie ihn finden konnte, war René aufgestanden und trat auf sie zu. Er legte ihr den Arm um die Schultern und drehte ihr Gesicht zu sich. Ihre Haut war glatt und weich unter dem seidenen Hemd, die Schulterblätter fühlten sich zart und zerbrechlich an. Ihre feuchten Lippen waren leicht geöffnet, ihr Atem duftete süß. Sie blickte ihn trotzig an, ihre Augen lagen im Schatten verborgen.

Cyrene spürte den Schlag des Pulses am Hals. Ihre Furcht verebbte, und eine merkwürdig erwartungsvolle Ruhe kam über sie. Seine Umarmung war fest und warm, seine Hände und das Streicheln seines Daumens an der Schulter verwirrten sie. Sein Gesicht sah ganz versunken aus, und die harten Züge glühten im kupfernen Feuerschein. Cyrene spürte eine eigentümliche Mischung von Triumph und Furcht, Verweigerung und Begehren. Wenn sie die Augen schloß und sich an ihn lehnte…

Ihre Macht über ihn war größer, die Rache vernichtender, wenn er sich auf körperliche Intimität mit ihr einließ. Sie fühlte das mit einem uralten Instinkt, unabhängig von allem, was zwischen ihnen geschehen war. Die Versuchung, ihn dazu zu bringen, stieg ihr zu Kopf wie der feine Duft von Weinbrand, mächtig und betörend.

Nein. Das war zu gefährlich, zu unanständig.

Doch wer nicht wagt, der nicht gewinnt. Und wenn er auf Ehre und Anstand verzichten konnte, was hatte sie damit gewonnen?

Aber ihr Entschluß, ihm zu widerstehen, die Verweigerung, die sie sich so schön ausgemalt hatte? Wer konnte garantieren, daß sie seinen Verführungskünsten nicht erlag und auf ihre Rache verzichtete?

Ja wer?

Er beugte sich zu ihr hinunter und berührte ihre Lippen ganz behutsam mit den seinen, mit einer grenzenlosen und entwaffnenden Zärtlichkeit. Ihr Mund war kühl, und die Mundwinkel bebten. Langsam wurde er wärmer, allmählich fester. René strich über die weichen Lippen, und ihn fesselte das seidige Gefühl, der Geschmack von Honig. Er war außer sich vor Freude, daß sie nicht zurückwich. Er legte ihr die Arme um den Rücken und zog sie näher an sich, drückte die weichen Rundungen ihres Körpers an die harten Flächen seiner Brust und seiner Schenkel. Sie war so weich, das vollkommene Gegenstück zu seiner eckigen Gestalt, und René sog das alles in sich auf, als könne er sie durch die Poren in Besitz nehmen. Ihr warmer weiblicher Duft berauschte ihm die Sinne. Er spürte, wie sie ihn umarmte, wie ihre Finger zitterten, als sie ihm die Hände um den Hals legte.

Cyrenes Inneres stand in Flammen. Das Blut rauschte in ihren Adern. Verzweiflung und Begehren verschmolzen miteinander. Die Berührung seiner Zunge war so lockend, so aufrüttelnd, so beängstigend in ihrer Vorwegnahme eines tieferen Eindringens. Sie spürte, daß ihr Widerstand sich auflöste, sich mit dem heißen Aufwallen ihres Verlangens zurückzog. Das zärtliche Naschen seines Kusses, der die empfindlichsten Stellen in ihrem Mund suchte, war so bezaubernd, so betörend. Er bewegte sich unter dem Geflüster und Geraschel der Kleider, und sie spürte, wie er mit der Hand ihre Brust umkreiste, sacht die sensible Spitze streichelte. Mit einem aus tiefster Kehle kommenden Laut preßte sie sich an ihn.

Verzweiflung klang aus ihrem Seufzer. René hörte es, und ihm blutete das Herz. Die heftige Leidenschaft ebbte ab, als ihm plötzlich klar vor Augen stand, was er tat und warum. Eine Welle des Abscheus vor sich selbst überkam ihn. Er verkrampfte sich, dann entspannte er die Muskeln. Allmählich zwang er sich dazu, Cyrenes Lippen freizugeben, die Hand von ihrer Brust zu nehmen und sich zurückzuziehen.

Cyrene schaute ihn verstört an. Sie konnte nicht begreifen, was er tat, auch die eigene Bestürzung darüber verstand sie nicht. Sie nahm Zuflucht zu Verstellung und Stolz.

Sie drehte sich schwungvoll von ihm weg. Ihre Augen glänzten, und die Stimme klang belegt vor ungeweinten Tränen. »Ich wäre Ihnen dankbar, wenn Sie das nicht noch einmal versuchten.«

»Ich würde es dir versprechen, wenn ich mein Wort halten könnte. Aber das glaube ich nicht.«

»Beim nächsten Mal wird es Ihnen leid tun!«

»Andererseits, vielleicht auch nicht. Dieses Risiko werde ich wohl eingehen müssen.«

Sie wandte sich ihm wieder zu, und ihre Hände ballten sich zu Fäusten, die sie ihm entgegenstreckte. »Ich kann es Ihnen versprechen!«

Was bin ich für ein kompletter Idiot! Was ich von ihr haben kann, will ich nicht – dachte er –, und was ich will, kann ich nicht kriegen. Oder doch?

»Tu das nicht«, antwortete er, »versprich mir nichts. Aber richte dich darauf ein, mir Widerstand zu leisten, wenn du mußt und kannst. Es wird ein nächstes Mal geben.«

13. Kapitel

Selbsterkenntnis konnte zuweilen bitter sein. Als René das Haus verlassen hatte, saß Cyrene noch lange da und dachte nach. Nicht sie, er war es gewesen, der die Umarmung beendet hatte – es war beschämend! Doch noch mehr bestürzte sie die Perversion des Denkens, mit der sie erwogen hatte, die Waffen zu strecken. War hier Rachsucht im Spiel, oder lag der Grund in Renés überwältigender Attraktivität? Diese Frage ließ sie nicht los.

Sie konnte jetzt besser einschätzen, wie stark diese Anziehungskraft wirkte. Es gab Männer, die aus der Masse herausragten und mühelos Menschen in ihren Bann zogen, ohne sich ihres einzigartigen Charmes bewußt zu sein.

René kannte seine Wirkung allerdings sehr wohl. So ungern sie es eingestand, sie hatte ihm allen Grund gegeben, seine Wirkung auf sie zu erproben. Ihr einziger Trost war, daß er sie auch zu einem gewissen Grad anziehend fand, sonst wäre sie jetzt nicht hier. Doch darauf konnte sie sich nicht viel einbilden. Offenbar hatten in den letzten Jahren viele Frauen Reiz auf ihn ausgeübt. Er war heißblütig und daran gewöhnt zu bekommen, was er haben wollte. Um so unglaublicher, daß er sie nicht genommen hatte, als sich die Gelegenheit ergab.

Vielleicht, dachte sie, spielt er ja mit mir! Vielleicht hat er eine sadistische Freude daran zu sehen, wie groß die Bresche ist, die er in meine Verteidigung schlagen kann? Oder will er außer der physischen auch die psychische Niederlage?

Zumindest darauf kann er lange warten! Wie weit ich auch gehe, mein innerstes Selbst werde ich niemals preisgeben!

Die Lust, das begriff sie jetzt, konnte als Waffe eingesetzt werden. Sie konnte und wollte diese Waffe gebrauchen. Ja, es war gefährlich, aber dieses Risiko mußte sie eingehen.

Eine Zeitlang, zum Glück nur eine kleine Weile, hatte sie geglaubt, in René verliebt zu sein. Was sie damals gefühlt hatte, war mit seinem Verrat gestorben, und es war unwahrscheinlich, daß es sich wieder zum Leben erwecken ließ. Und was die körperliche Vereinigung betraf, sie hatte sich ihm schon einmal freiwillig hingegeben. Es wieder zu tun war kein großes Opfer, jedenfalls, wenn es einen Zweck erfüllte. Wie dumm es von ihr gewesen war, diesen Akt so wichtig zu nehmen und solche Angst davor zu haben. Sehr dumm.

Schon am nächsten Morgen war das erste von Madame Adèles Kleidern zur Anprobe fertig, und sie brachte es am späten Nachmittag, nur gute vierundzwanzig Stunden nach der Bestellung, vorbei. Es war nicht, wie man vielleicht erwarten sollte, ein schlichtes Alltagskostüm, nein, von den in Auftrag gegebenen Sachen wurde – mit dem den Franzosen eigenen Sinn für das Wichtige – eines der drei formellen Hofkleider, die unvermeidliche Galatoilette, geliefert. Das war kein Zufall, das Kleid kam gerade recht zu der musikalischen Soirée, die Madame de Vaudreuil am Abend gab. Madame Adèle und ihre Helferinnen hatten bis nach Mitternacht gearbeitet, um es fertigzubekommen. Die Näherin blieb, um Cyrene beim Ankleiden zur Hand zu gehen und zu sehen, ob noch letzte Änderungen nötig waren. Sie machte viel Aufhebens, nähte etwas am Mieder, zerrte an der Vorderseite des drapierten Überrocks herum und trat dann ein paar Schritte zurück.

»*Magnifique!*« rief sie aus und klatschte in die Hände.

»Jeder muß glauben, daß Sie direkt mit dem Schiff aus Frankreich gekommen sind. Jetzt die Seidenstrümpfe und die Pantoffeln vom Schuhmacher, dann werde ich Ihnen, wenn Sie erlauben, das Haar arrangieren, und alle werden denken, daß Sie schnurstracks aus Versailles kommen.«

Cyrene ließ sich das Haar frisieren und pudern, obwohl ihr das anscheinend obligatorische Zurückkämmen reichlich unangenehm war. Als sie das Ergebnis schließlich betrachten durfte, konnte sie nur sprachlos dasitzen und in den Spiegel blicken. Die Frau, die sie gewesen war, existierte nicht mehr, und an ihrer Stelle sah sie eine Fremde. Die Frisur, der tiefe Ausschnitt des Hofkleids ließen sie älter, kultivierter und gleichzeitig ein wenig frivol wirken. Das Kleid war aus azurblauem Brokat mit einer viereckigen Miedereinlage, die mit einer gefältelten Spitzenbordüre besetzt war. Die hautengen Ärmel reichten bis über den Ellbogen und waren ebenfalls reich mit Spitzen und Bändern verziert, und die Contouche, die sich seitlich über den Reifrock breitete, gab vorne den Blick auf einen Unterrock aus aneinandergereihten Spitzen frei, die mit Bändern durchflochten waren.

»Sehen Sie? *Le dernier cri*!« schnatterte die Näherin weiter. »Jetzt nur noch einen Hauch Rouge mit der Hasenpfote aufgetragen, ein, zwei Tupfer vielleicht, und, *voilà!* Sie werden alle Herzen brechen, vielleicht sogar das von Monsieur Lemonnier.«

»Ja, vielleicht«, antwortete Cyrene mit einem Unterton, in dem Ironie mitschwang.

»Sie gestatten?« Die Frau nahm eine Dose mit Rouge und eine Hasenpfote zur Hand.

»Ich gestatte.«

Das Rouge war gerade aufgelegt, als Renés Schritte auf der Außentreppe erklangen. Die Näherin beendete ihre Verschönerungsmaßnahmen und drängte Cyrene, sich zu erheben. Dann trat sie ein paar Schritte zurück und blieb mit erwartungsvoller Miene stehen. René öffnete die Tür und kam herein. Sie hörten unterdrücktes Stimmengemurmel, als die Dienerin ihm den Hut abnahm. Im nächsten Moment war er auf der Schwelle zum Schlafzimmer.

Wie angewurzelt blieb er in der Tür stehen. Die Frau, die er vor sich hatte, war etwas ganz Außergewöhnliches. Sie war von anmutiger Gestalt, aber mit Cyrene besaß sie wenig Ähnlichkeit. Mit Haarpuder und der Garderobe, die die Damen aus seinen Kreisen trugen – hatte er gedacht –, würde sie weniger außergewöhnlich wirken. Statt dessen verlieh ihr diese Kleidung eine Unnahbarkeit, wie sie der Adel kultivierte. Ihre stolze, aufrechte Haltung machte aus ihr in Verbindung mit dem Galakleid eine natürliche Aristokratin. Wie aufregend und wie beängstigend!

Er kam langsam näher. Leise sagte er: »Gut, sehr gut.«

»Wir sind gerade bei den Schönheitspflästerchen, Monsieur«, erläuterte Madame Adèle. »Was meint Ihr? Soll es ein kleines Herz im Mundwinkel sein, um die Form der Lippen zu betonen, oder eine Rose unter den Augen, um die Aufmerksamkeit auf sie zu lenken?«

»Nichts.«

»Nichts? Aber Monsieur, es ist doch Mode!«

»Es gibt keinen Makel zu verbergen. Warum das Vollkommene verbessern?« Er stellte sich vor Cyrene und musterte sie aufmerksam.

»Ihr habt recht«, gab die Näherin zu.

»Sie darf sich zurückziehen.«

»Jawohl. Sofort.« Mit breitem Lächeln raffte Madame Adèle die verschiedenen Utensilien, Bürsten und Dosen zusammen und ging hinaus.

Als sie fort war, fuhr sich Cyrene mit der Zunge über die Lippen. »Ich – ich gefalle Ihnen?« fragte sie.

»Du gefällst mir – teilweise.«

Sie schaute ihn entsetzt an. »Nur teilweise?«

»Ich glaube, das Nachthemd war mir lieber.«

»Das hätten Sie sich vorher überlegen müssen.«

Seine Lippen verzogen sich leicht. »Allerdings. Ich habe dir etwas mitgebracht, und jetzt weiß ich nicht, ob ich es dir überhaupt geben soll.«

»Weil Sie mich schon elegant genug finden?« fragte sie mit dunklen Augen.

»Weil du es nicht nötig hast und weil du es wieder fertigbringst, daß ich mir wie ein Schurke vorkomme.«

»Das scheint mir nicht wahrscheinlich«, bemerkte sie spöttisch, »es sei denn, daß Sie –«

»Daß ich ein Schurke bin? Danke, in diesem Fall habe ich nichts zu befürchten.«

Er holte ein Samtsäckchen aus der Westentasche, nahm ihre Hand und legte es hinein. Ihre Finger bebten, als sie es öffnete. Sie sah den schimmernden Glanz von Schmuck. Sie holte ein Paar Ohrgehänge heraus, tropfenförmige barocke Perlen an diamantenen Blumenrosetten.

Eine Weile war sie sprachlos. Endlich sagte sie: »Sie sind so großzügig!«

»Ich bitte dich.«

Seine Höflichkeit provozierte sie. »Ach so, Sie erwarten dafür eine Gegenleistung.«

Ob es so war? René wußte es nicht. »Was bietest du?« fragte er.

»Nichts. Und das wissen Sie ganz genau!« schnaubte sie, und ihre Augen strahlten auf einmal so stark wie die Diamanten. »So billig bin ich nicht zu haben.«

»Es war einen Versuch wert.«

»Ihr Fehler, und ein teurer dazu.«

Wenn sie zornig war, glich sie mehr der Cyrene, die er kannte, wild und ursprünglich wie die Elemente. »Vielleicht auch nicht. Wirst du sie tragen?«

»Warum nicht?« Sie würde ihm schon zeigen, daß sie sich von einem so hinterhältigen Mittel nicht beeindrucken ließ. Sie griff nach den kleinen Ohrringen, die sie mit zwölf zur Firmung bekommen hatte, und nahm sie heraus.

»Du gestattest doch?« fragte er, nahm eines der Gehänge und begann, es ihr behutsam ins Ohr zu stecken. Lemonnier befestigte das kunstvoll geformte Gegenstück, das den Schmuck auf der Rückseite festhielt, und widmete sich der anderen Seite. Sie sah ihn unwillkürlich an. Er lächelte auf sie nieder, als er sacht das zweite Ohrgehänge einführte, und sie fühlte seine Hand an der Wange.

Damit nicht genug. Aus der anderen Tasche holte er eine kleine Phiole. »Bitte, tu mir noch einen Gefallen. Du hast es eigentlich nicht nötig, aber keine modische Dame sollte ohne es sein.«

Es war Parfüm. Cyrene griff nach dem schön geschliffenen Glasfläschchen, spürte die Rillen auf dem Handballen. Sie nahm den zierlichen Stöpsel ab. Der Duft von Damaszenerrosen strömte durch den Raum und brachte Erinnerungen an einen Strand und eine Nacht, die sie lieber vergessen hätte. Dennoch befeuchtete sie den Stöpsel und berührte damit den Hals, die Armbeugen und das sanfte Tal zwischen den Brüsten.

René sagte nichts, aber der Blick, mit dem er den Kopf neigte, erregte sie. Ein Blick voll Genugtuung und Verheißung.

Lemonnier kleidete sich für die Abendveranstaltung an, und Cyrene schnitt sich die Nägel, bearbeitete die rauhen Stellen an den Fingern mit Bimsstein und rieb sich die Hände mit Gänseschmalz ein, das die Dienerin ihr brachte. Diese Pflege reichte zwar nicht aus, um die Haut so weich zu machen, wie sie bei einer Dame, die nur dem Nichtstun frönte, sein sollte, aber wenigstens würde sie sie vor einer völligen Blamage bewahren. Die Nägel, die sie zum Kochen und Schrubben kurz geschnitten hatte, wuchsen ganz sicher noch, wenn sie ihre gegenwärtige Position behielt – wenn!

Als René wieder zum Vorschein kam, trug er einen prächtigen Samtrock von so tiefem Purpur, daß er fast schwarz wirkte, und dazu lavendelfarbene Kniehosen aus Satin. Der Kragen und die Manschetten seines Hemds waren spitzenbesetzt und sein Rock mit Amethystknöpfen verziert. Die Perücke, die ordentlich von einem schwarzen Zopfband zusammengehalten wurde, war blendend weiß gepudert, in der Hand hielt er ein Stöckchen aus Ebenholz. Er sah distinguiert und wachsam aus – jeder Zoll ein Höfling. Er nahm Cyrenes Hand, legte sie sich auf den Arm und führte sie aus dem Haus. Sie erbebte ein wenig.

Von Lemonniers Wohnung zur Residenz des Gouverneurs, in der die Soirée stattfand, war es nur ein kurzer Spaziergang. Das Haus des Marquis lag an einer Straßenecke, zwei Häuserzeilen hinter der Place Royale. Gegenüber stand das eigentliche Regierungsgebäude, in dem die Geschäfte der Kolonie geführt wurden. Die Straßen der Stadt waren mit militärischer Präzision rasterförmig angelegt und hatten auf den Karten, die auf den Ämtern Staub fingen, sogar Namen, die aber auf keinem Schild standen und selten benutzt wurden. Die Durchgangsstraßen waren hauptsächlich unter dem Namen des wichtigsten Anwohners bekannt.

Das amtliche Regierungsgebäude, ein verputzter Ziegelbau, hatte zwei Stockwerke und im Dachgeschoß Mansardenfenster. Es sah schon so heruntergekommen aus, daß man in Erwägung zog, ein Stück flußaufwärts ein neues zu errichten. Dennoch fanden hier, im Versammlungsraum des Obergeschosses, der auch als Ballsaal diente, die meisten größeren Empfänge statt. Bei kleineren Festen empfing die Gouverneursgattin ihre Gäste allerdings lieber in dem Heim, das sie mit ihrem Ehemann teilte. So auch heute abend.

Es war nicht möglich festzustellen, wer für die Innenausstattung verantwortlich zeichnete, ob der Marquis oder seine Frau, aber sie hatten sich offenbar bemüht, den Luxus von Versailles, so gut es ging, zu kopieren. Die eine Wand des großen Salons wurde von Fenstern durchbrochen, und an der gegenüberliegenden Seite blitzten unzählige Spiegel. Die hölzernen Zwischenräume waren so bemalt, daß sie wie rosa und grüner Marmor wirkten. Im Licht der Kronleuchter strahlten eisig aufgereihte Schnüre aus Glasmedaillons. Zu beiden Seiten der Türflügel am Eingang standen zwei Meter hohe Kandelaber mit vielen langen flackernden Kerzen aus reinstem Bienenwachs. Das Parkett war auf Hochglanz poliert, so daß sich die tanzenden Flammen der großen Kaminfeuer darin spiegelten. Auch die Kamine zu beiden Seiten des Raums bestanden aus *faux marbres.* Die Decke war bemalt mit üppigen Göttinnen und Putten, und die Wände waren mit Seidentapeten aus Tours bezogen. Das Cembalo, auf dem die Sängerin begleitet werden sollte, und die für das Publikum bereitgestellten Stühle waren vergoldet, mit Schnitzerei verziert und mit Gobelins gepolstert, auf denen Landschaften dargestellt waren.

Die Pracht des Rokoko überwältigte nicht zuletzt auch deswegen, weil man daran denken mußte, wieviel Geld und wieviel Überlegung es gekostet hatte, all das in die Kolonie zu schaffen. Cyrene wäre allerdings noch weit mehr beeindruckt gewesen, wenn Monsieur Pierre und Monsieur Jean nicht manchmal darüber gemurrt hätten, daß Nahrungsmittel und Kleidung für die Soldaten und wertvolle Güter für Louisiane auf den Kais verrotteten, weil der Frachtraum von solchem Krimskrams beansprucht wurde. Der Gouverneur und seine Gemahlin brauchten diese Dinge, um eine Situation zu ertragen, die ihre Pariser Freunde mit Sicherheit als Verbannung ans Ende der Welt betrachteten.

Cyrene und René wurden vom Marquis und seiner Gattin formell am Eingang zum Salon begrüßt. Die Marquise trug ein prachtvolles Kleid aus goldener Spitze auf schwarzem Samt. Wenn sie Cyrene von ihrem Besuch auf dem Prahm erkannte, ließ sie sich das nicht anmerken. Pierre de Rigaud de Vaudreuil, der prächtig in grauen Satin gekleidet war, versicherte, er sei entzückt. Er war charmant und besaß vollendete Manieren, war wesentlich jünger und attraktiver als seine Frau, hatte eine hohe Stirn, markante Züge und einen bezwingenden Blick. Er war sich seiner hohen Position äußerst bewußt, liebte das Vergnügen und war doch ein ausgezeichneter Administrator, der die Probleme dieser abgelegenen Kolonie fest im Griff hatte und ganz auf seine Fähigkeit vertraute, sie mit der Zeit zu lösen.

Er lächelte Cyrene anerkennend zu, als sie ihren Knicks machte, und hielt ihre Hand länger als nötig fest. Die Marquise, die ihn aus den Augenwinkeln beobachtete, winkte mit lässiger Geste einem der livrierten Lakaien mit weißen Perücken. Der Mann eilte herbei, um für Cyrene und René Stühle aufzustellen. Der Gouverneur gab Cyrenes Hand mit einer Spur von Bedauern frei, das als Tribut an ihre Schönheit kalkuliert war, und gestattete ihnen, den Saal zu betreten.

»Paß auf«, flüsterte René Cyrene ins Ohr und neigte dabei den Kopf zu ihr, »die Marquise ist auf die altmodischste Art und Weise eifersüchtig.«

»Und ich habe gedacht, sie interessiert sich nur für junge Männer.«

»Eines schließt das andere nicht aus. Sie ist zuweilen gezwungen, sich zu trösten wie die meisten Ehefrauen.«

Frauen waren in der Kolonie immer schon rar gewesen und Ehen, die auf gegenseitiger Zuneigung basierten, weit verbreitet. Unter den Reichen gab es auch arrangierte Ehen, und dieser Trend wurde mit der häufigeren Vergabe von Landkonzessionen und dem größeren Andrang von Neuankömmlingen immer stärker; dennoch konnte man gelegentlich vergessen, daß in Frankreich alles ganz anders war. Dort wurden, besonders unter dem Landadel, schon Kinder in der Wiege mit Eheverträgen einander versprochen, um durch wohlüberlegte Heiraten den Fortbestand der Familie und des Vermögens zu sichern. Ehebruch von seiten des Ehemannes war nicht nur schweigend geduldet, sondern er wurde sogar erwartet, und nach der Geburt des Stammhalters konnten auch die Frauen – im Rahmen der angemessenen Diskretion – ihre Liebhaber empfangen. Cyrene war gewöhnt, daß Mann und Frau in der Ehe Seite an Seite für den Lebensunterhalt arbeiteten und sich gegenseitig in Krankheit, Schmerz und Unglück halfen, und empfand die aristokratische Auffassung dieses Bundes als kalt und gefühllos.

Doch das mußte sie René nicht erzählen. Nein, sie lächelte, plauderte mit den Damen und Herren, denen er sie vorstellte, und nahm ihren Platz für den musikalischen Teil des Abends ein.

Die junge Frau, die sang, war die Tochter eines Pflanzers. Sie hatte eine klare, liebliche Stimme und erhob keinerlei Anspruch auf Professionalität. Unter den schmelzenden, beifälligen Blicken einer dicken Dame – offenbar ihre Mutter – gab sie temperamentvoll und spitzbübisch beschwingte Lieder mit gewagten Anspielungen auf Schäfer und Schäferinnen zum besten und trällerte sich durch die Arien, die in der vorigen Saison Triumphe in der Opéra-Comique gefeiert hatten.

Bald sollte sich herausstellen, daß der musikalische Teil nur ein Vorwand für diese Zusammenkunft war. Die Sängerin hatte geendet, ein Musikertrio trat ein, und die Stühle wurden an die Wand geschoben, um Platz zum Tanzen zu schaffen. Wer keine Lust zu dieser anstrengenden Beschäftigung hatte, konnte sich in einen Nebenraum an den Spieltisch begeben und Karten spielen. Zur Stärkung der Gäste stand ein Abendessen bereit, bei dem jeder der zahlreichen Gänge in einem anderen Zimmer gereicht wurde; es gab alles: Meeresfrüchte, Geflügel, Fleisch und Dessert.

Die Honoratioren von Louisiane waren versammelt: Pflanzer aus den Plantagen am Mississippi und aus Bayou Saint-Jean, Kaufleute aus der Stadt, Rechtsanwälte, Notare und Ärzte, die Offiziere der Krone und die Beamten der Stadt, vom Verwalter der königlichen Magazine und dem Beauftragten für Bau- und Befestigungsanlagen über den Staatsanwalt bis hin zum Intendanten, Michel la Rouvilliere – nach dem Gouverneur der mächtigste Mann der Kolonie. Mit Gattinnen, Söhnen und Töchtern zeigten sie sich in ihrem Staat, nahmen an Flirts teil und amüsierten sich, aber in erster Linie wurde Konversation betrieben.

Ein lärmendes Gemurmel beherrschte den Raum, ein Hin und Her im Schlagabtausch. Geistreiche Anekdoten und Bemerkungen hinter vorgehaltener Hand, oberflächlicher Tratsch und gelehrte Diskurse, sogar leidenschaftliche Diskussionen waren zu hören. Wer seine Meinung äußern wollte, mußte sich beeilen, sobald er die Chance hatte; und wer die Aufmerksamkeit des Publikums behalten wollte, mußte den Nagel auf den Kopf treffen. Die Langsamen mit Kopf und Zunge wurden wenig beachtet.

Gut ein Dutzend Gäste hatte sich an einem Ende des langen Saals um ein Sofa am Kamin gruppiert. Dort hielt Madame de Vaudreuil hof, lenkte geschickt die Fäden der Unterhaltung, lockte die Zurückhaltenderen aus der Reserve und hielt die anderen, die sonst das Gespräch an sich gerissen hätten, im Zaum. Cyrene saß an der Seite und genoß den schnellen Wechsel der Gesprächsthemen. René stand hinter ihr. Einer der jungen Männer, ein gewisser Armand Moulin, gefiel ihr recht gut. Dieser Herr – er trug eine leicht gewellte Perücke, hatte sensible Züge, und in seinem Spitzenkragen steckte ein Diamant – war offensichtlich ein glühender Verehrer des schönen Geschlechts. Er schritt vor dem Feuer auf und ab und hatte viel zu sagen, was Cyrene außerordentlich vernünftig vorkam. In leidenschaftlichem Ton und mit ausladender Gestik hielt er einen Vortrag über die Stellung der Frau in der modernen Gesellschaft.

»Wir leben in einer glorreichen Zeit, einer Ära der Schönheit und kulturellen Verfeinerung. Und woher kommt das? Es kommt daher, daß wir Franzosen das Glück genießen, die Frauen zu verehren. Ihre Grazie, ihr Charme, ihre Liebe zum Feinen und Reinen und ihre zärtlichen Gefühle durchdringen unsere Kunst, unsere

Musik, ja die gemeinsten Gegenstände des täglichen Gebrauchs. Nie zuvor wurde in so hohem Maße die Schönheit aus dem Gewöhnlichen geschaffen. Und wem verdanken wir diesen Einfluß? Den Damen! Sie sind es, die uns größere Sensibilität und mehr Feingefühl lehren, so daß die Regeln von Höflichkeit und Anstand streng beachtet werden. Die Frauen sind es, die uns in die Anfangsgründe der Werbung und der Zärtlichkeit im Boudoir einführen. Wenn wir in der Schlacht siegen, genügt uns das? Nein, unsere Belohnung liegt in der Anerkennung durch die Damen in den Salons. Auch die größte Heldentat auf dem Felde der Ehre wird im Namen einer schönen Frau vollbracht. Unsere Poesie, unsere Philosophie sind nichts, wenn keine weibliche Seele applaudiert und uns ermutigt. Ihre Macht tritt nicht offen zutage, doch ihr Einfluß dringt überall hin, auch in den geheimen Kronrat. Wie langweilig wäre das Leben ohne sie, wie öde und wie roh!«

»Nun, hätten Sie wirklich nichts dagegen, von einer Frau regiert zu werden?«

Diese Frage stellte mit schelmischem Lächeln eine kostbar gekleidete Dame, die als Madame de Pradel vorgestellt worden war. An den feinen Linien um die Augen sah man, daß sie mittleren Alters war. Sie war allein hier, da der Chevalier de Pradel sich nichts aus Gesellschaften machte und seine Zeit und Kraft lieber der Planung eines großen Herrensitzes widmete, den er gegenüber von Nouvelle-Orléans auf der anderen Seite des Mississippi errichten wollte. Wie von Madame de Vaudreuil wußte man auch von Madame de Pradel, daß sie Interesse an jungen Männern hatte, ganz besonders, wenn sie sowohl hübsch als auch idealistisch waren.

Mit einer weitschweifigen Handbewegung antwortete Armand Moulin: »Warum nicht, wenn sie für dieses Amt ausgebildet ist?«

»Aus Ihnen spricht die Begeisterung der Jugend. Die älteren Herren sind vorsichtiger mit der Teilung ihrer Macht.«

Verschiedene Herren widersprachen, während Moulin sich mit der Hand über die Wellen der Perücke strich und in ernsthafter Verblüffung sagte: »Aber es gibt nur so wenige Frauen, die für einen Rang und eine bedeutende Position ausgebildet sind.«

»Warum sollten sie sich auch die Mühe machen?« murmelte ein

Herr vor sich hin. »Es gibt doch einfachere Methoden, ans Ziel zu kommen. Das beweist ja beispielsweise die Pompadour.«

Madame de Pradel ignorierte die Bemerkung und lächelte Moulin mit einem strahlenden warmen Blick in den schönen Augen zu.

»Was Sie sagen, ist richtig, aber wen trifft die Schuld daran, daß wir so schlecht vorbereitet sind? In jungen Jahren bekommen wir eine Gouvernante oder werden ins Kloster gesteckt, dann zeiht man uns der Weltfremdheit, und wenn wir erst Geschmack am gesellschaftlichen Leben gefunden haben, beklagt man sich, daß wir weltlicher sind, als für uns gut ist.«

»Es ist ein Irrtum zu glauben, daß Frauen, nur weil sie nichts als ein wenig Lesen und Schreiben und ein bißchen Sticken gelernt haben, deshalb ungebildet sein müssen«, warf Cyrene ein.

Die Worte fielen in eine Gesprächspause und waren deutlich vernehmbar. Sie hatte eigentlich kein so bestimmtes Urteil abgeben wollen. Es war ihr ein wenig peinlich, daß ihre Stimme das ferne Gemurmel der Konversation übertönt hatte.

»Was meinen Sie damit?« fragte Madame de Pradel zerstreut.

»Bildung ist eine Frage des Strebens nach Wissen, und Wissen steht in Büchern. Eine Frau, die lesen kann, kann auch wie ein Mann, der Medizin oder die Rechte studiert, die großen Gedanken unserer Zeit begreifen.«

»Wie wahr«, ergänzte Moulin, »man betrachte nur Frauen wie Madame Tencin und Madame du Deffand. Die Leute treten sich in ihren Salons in Paris auf die Füße, weil sie Geist, Intelligenz und ungeheuer viel Verstand besitzen.«

Madame de Pradel warf Cyrene einen verschmitzten Blick zu. »Und Sie, *chère*? Ich nehme an, Sie sind nicht in der Kolonie erzogen worden. Woher haben Sie diese sensationelle Auffassung von Bildung?«

»Ich war bei den Ursulinen in Quimperle, aber die Auffassung, daß Bildung aus Büchern zu lernen ist, stammt von einem Mann, den ich kenne.«

»Von einem Mann«, wiederholte die andere, als erkläre das alles.

»Von… von meinem Vormund«, setzte Cyrene hinzu, denn ihr

fiel keine bessere Bezeichnung ein. Sie sprach von Monsieur Pierre, der sich mit dem Lesen zwar schwertat, aber eine ausgeprägte Meinung zu diesem Thema hatte. Allerdings war es unklug, seinen Namen hier zu nennen.

»Ach so. Ich werde diesen Ort, von dem Sie sprachen, für meine Töchter in Erwägung ziehen. Die Älteste muß entweder etwas für ihre Bildung tun oder heiraten, aber ihr Vater wünscht nicht, daß sie so jung verehelicht wird. Und nach ihr müssen noch die beiden anderen untergebracht werden.«

Es hieß, daß Madame de Pradel ihre Älteste ermutigte, den Schleier zu nehmen, weil sie den Gedanken nicht ertrug, daß das Mädchen heiratete und sie wahrscheinlich innerhalb eines Jahres zur Großmutter machte. Dieser Tratsch war sogar Cyrene zu Ohren gekommen. Vielleicht war etwas dran. Cyrene antwortete lediglich: »Es wird Ihren Töchtern bestimmt gefallen.«

»Eine weite Reise für ein junges Mädchen«, sagte die Marquise, »Sie haben natürlich Verwandte, die Ihre Töchter unter die Fittiche nehmen und vorteilhaft einführen können.«

»Selbstverständlich.«

Armand Moulin ergriff wieder das Wort. »Hoffen wir, daß wir jetzt, nach der Unterzeichnung des Friedensvertrags, auf See vor englischen Freibeutern sicher sind.«

»Ich wünsche mir, daß es überall sicherer geworden ist«, erwiderte Madame de Pradel und schüttelte sich. »Ich war noch nie im Leben so erleichtert. Seit der Attacke vorigen Winter, bei der der arme Babi den Tod fand, wache ich Nacht für Nacht mindestens zweimal auf vor Angst.«

Sie sprach von dem Überfall aufständischer Tschokta unter Führung von Häuptling Tokate. Damals waren wilde Gerüchte umgegangen über Hunderte von Opfern, und man hatte die Armee alarmiert, um einen Großangriff auf die Stadt zurückzuschlagen, bis sich herausstellte, daß sich die Stärke des Gegners auf nicht mehr als dreizehn oder vierzehn Mann belief. Tokate war im letzten Herbst von den Tschokta-Verbündeten der Franzosen getötet worden – ein Vertrauensbruch, von dem sich die Franzosen eine Entspannung der Lage versprochen hatten. Doch die Wirkung war gering gewesen. Der Tod des Tanzmeisters Babi – ein gepflegter Herr unbestimmbaren Alters und Liebling der Damen, der im Hause des Gouverneurs quasi zum Inventar gehört hatte – war in für Nouvelle-Orléans typischer Weise als einer der größten Verluste angesehen worden. Babi hatte nämlich ebenso wie die Marquise ein wenig europäisches Flair in die Stadt gebracht.

»Immer wieder gibt es diese Unruhen«, bemerkte Madame de Vaudreuil, »aber die Brandstiftung im Magazin vorgestern nacht war viel gefährlicher. Von allen Schrecken ist für mich Feuer der schlimmste.«

Moulin legte die Hände auf den Rücken und sagte mit glühendem Blick: »Stellen Sie sich vor, wie diese Männer in die Lagerhäuser eingedrungen sind und sich mit den Beständen davongemacht haben. Ein waghalsiges Kabinettstückchen oder eine Verzweiflungstat. Ich kann das nur bewundern.«

»Sie würden es nicht mehr tun, wenn man Ihnen das Haus über dem Kopf angezündet hätte«, erwiderte mit einiger Schärfe die Gattin des Gouverneurs. »Zum Glück war es ein isoliert stehendes Gebäude, und das Feuer wurde frühzeitig entdeckt.«

»War der Verlust an Waren denn groß?«

Die Frage kam aus dem Hintergrund. Der Gouverneur, der jetzt zu ihnen trat, beantwortete sie. »Wir werden nicht verhungern«, versicherte er mit einem freundlichen, vertrauenerweckenden Lächeln.

»Man sollte die Schuldigen hart bestrafen, wenn sie gefaßt werden«, warf ein anderer ein.

»Sicher, sicher«, entgegnete der Gouverneur und zog mit träger Anmut eine Tabatiere aus der Tasche.

Moulin sagte: »Es geht das Gerücht, daß es Schmuggler waren, die es auf ihre konfiszierten Waren abgesehen hatten. Schwer zu erwischen, diese Schmuggler.«

»In der Tat.« Der Gouverneur nahm eine Prise Schnupftabak und schneuzte sich zierlich in ein Spitzentaschentuch, das er aus dem linken Ärmel zog. »Es scheint nur einer imstande zu sein, sie – sagen wir einmal – aufs Kreuz zu legen, und das ist unser Lemonnier. Die einzige Schmugglerin, Mademoiselle Nolté, hat er ja schon gefangen. Ich nehme an, wir müssen es ihm danken, obwohl wir angesichts ihrer Reize zu glauben geneigt sind, daß er reich belohnt wurde.«

Die Bemerkung war freundlich, ja humorvoll, doch der Blick, den er auf Cyrene warf, war es nicht. Gouverneur de Vaudreuil ließ sich gelegentlich bei Handel und Politik von seiner Frau ins Handwerk pfuschen, aber er war kein Dummkopf. Offenbar wußte er mehr, als er sagte. Cyrene erbebte vor Angst um die Bretons. Sie hätte wissen müssen, daß ihr Anteil an deren Aktivitäten nicht unbemerkt geblieben war. Es war ihr einfach nicht in den Sinn gekommen, daß eine so unbedeutende Person wie sie das Interesse des Gouverneurs erwecken sollte.

René, der die ganze Zeit hinter ihr stand, legte ihr die Hand auf die Schulter. Dort ruhte sie als warmes, vertrautes Gewicht. Vielleicht hatte er sie beruhigen wollen, aber sie fühlte sich durch diese besitzergreifende Geste bloßgestellt. Über ihren Kopf hinweg antwortete er dem Gouverneur mit klangvoller Stimme: »Überreich belohnt.«

Die Wut, die die Furcht vorher in Schach gehalten hatte, loderte jetzt in Cyrene auf. Sie fühlte sich gebrandmarkt, bildete sich ein, daß aller Augen in lüsterner Spekulation auf sie beide gerichtet seien, und außerdem kam es ihr so vor, als habe René die anderen zu dieser Verletzung ihrer Privatsphäre förmlich aufgefordert.

Sie legte ihre Hand auf die seine, hielt sie erst sacht und grub ihm dann die Fingernägel in den Handrücken. Sie spürte, wie er zusammenzuckte, aber er versuchte nicht, sich ihrem Griff zu entziehen. Sie konnte weiter in scheinbar zärtlicher Geste mit seiner Hand spielen oder den Arm wegziehen und dulden, daß er sie durch seine Berührung für sich beanspruchte. Sie ließ ihn los. Bei der ersten sich bietenden Gelegenheit floh sie. Sie stand vom Stuhl auf und ging, um beim Tanzen zuzusehen und sich in einem der Nebenzimmer ein Glas Wein zu holen. Als sie damit zurückkehrte, gesellte sich Armand Moulin zu ihr. Er nahm sich auch ein Glas, verbeugte sich vor ihr und stellte sich vor.

Sein Lächeln war entwaffnend, und die ausdrucksvollen Augen strahlten vor lebhaftem Interesse, als sie Höflichkeiten und Kommentare über den Abend austauschten. Dann fragte er: »Stimmt es, daß Sie eine Schmugglerin sind?«

Er muß, dachte Cyrene, etwa zwei, drei Jahre älter sein als ich, aber ich bin viel reifer. Er genoß in der Stadt kein großes Ansehen. Als einziger Sohn bei drei älteren Schwestern war er der Augapfel der fürsorglichen Mutter und des stolzen Vaters. Er war in Paris erzogen worden und sollte jetzt seinen Platz auf der Plantage als der junge Herr einnehmen und dem Vater zur Seite stehen. Bestimmt wurde gerade eine Ehe mit einem Mädchen für ihn geplant, das gerade erst zu knospen begann, viel Land als Mitgift einbrachte und aus sehr guter Familie stammte. In Paris hatte er sicher mit einer hübschen *grisette* geschäkert oder war von einer reifen Frau unter die Fittiche genommen und in die fleischlichen Freuden eingeweiht worden, aber irgendwie war es ihm gelungen, den unverdorbenen, idealistischen Blick der Jugend zu behalten. Das paßte gut zu den weichen Locken und dem harmlosen Lächeln.

Cyrene war aus mehreren Gründen geneigt, ihm mit Liebenswürdigkeit zu begegnen: weil sie ihn mochte und er sie an Gaston erinnerte, weil sie sich in dieser Versammlung weniger einsam fühlte und nicht zuletzt weil René ihr Gespräch mit leichtem Stirnrunzeln beobachtete. Sie tat, als sei es mit der Schmugglerin nicht weit her und als lägen ihre Abenteuer schon einige Zeit zurück. Sie brachte Moulin dazu, über sich selbst zu sprechen. Bald vergaß sie, daß René oder sonst irgend jemand sie beobachtete.

Von Moulins Beispiel ermutigt, schlossen sich ihnen noch zwei von seinen Freunden an. Andere traten hinzu, und allmählich drängte sich ein ganzer Kreis junger Verehrer um Cyrene. Ihre Blicke waren kühn, taxierend, aber gleichzeitig respektvoll und fast ein wenig zaghaft. Woran das lag, war schwer zu sagen. Vielleicht daran, daß sie so jung waren, oder an Cyrenes Stellung als Lemonniers Protegée oder gar an ihrer Verbindung zu so tollkühnen Abenteurern, für die sie Schmuggler hielten.

Gerade als es ihr unangenehm wurde, so sehr im Mittelpunkt der Aufmerksamkeit zu stehen, kam der Gouverneur, um sie zu retten.

»Man hat mich geschickt«, begann er mit großer Liebenswürdigkeit und blickte sich im Kreis um, »damit ich die Herren daran erinnere, daß sie die Dame in Beschlag nehmen, und die Dame ermahne, daß sie zu viele Herren vom Tanz abhält. Eine meiner angenehmeren Pflichten als berufener Vorstand dieser Kolonie besteht darin, solche Ungerechtigkeiten zu beseitigen. Wollen Sie, Mademoiselle, mir die Ehre geben, mich für diesen Tanz mit Ihrer Hand zu beglücken?«

Dem Gouverneur in Louisiane etwas abzuschlagen war ebenso undenkbar wie in Frankreich dem König. Cyrene äußerte ihr Entzücken, wurde feierlich zur Tanzfläche geleitet und mit einer Verbeugung auf ihren Platz in der vorderen Reihe der Tänzer komplimentiert, die sich zum Menuett aufstellten.

Die Musiker spielten auf. Die Tänzerinnen und ihre Partner bewegten sich zu der gemessenen Melodie. Der Gouverneur lobte Cyrene für die Anmut, mit der sie tanzte, sie dankte ihm für die Höflichkeit, der sie wenig Bedeutung beimaß. Seine nächsten Worte überraschten sie jedoch.

»Mögen Sie Theateraufführungen?«

»Theateraufführungen, Eure Exzellenz?«

Er lächelte. »Davon gibt es hier nicht viele, da wir so wenige Theater haben.«

»Eigentlich gar keine.«

»Sie sagen es. Ich spreche aber von einer Liebhaberaufführung. Spielen Sie gerne?«

»Darauf kann ich schlecht antworten«, erwiderte sie. »Ich habe es nicht mehr versucht, seit ich die Klosterschule verlassen habe.«

»Hat denn die Mutter Oberin solche Unterhaltung geduldet?«

»Sie war eine weltzugewandte Dame, und wir Mädchen haben sowieso nur für uns gespielt, unter freiem Himmel.«

»Unter freiem Himmel – der ursprüngliche Platz des Theaters. Unsere Aufführung soll zwar drinnen stattfinden, aber wir würden uns freuen, wenn Sie eine Rolle übernehmen würden. Wir brauchen unbedingt neue Gesichter.«

»Ihr seid sehr freundlich«, murmelte sie. Das ging ihr zu schnell. Die Frage drängte sich ihr auf, wie man sie in diesen Kreisen in ihren alten Kleidern aufgenommen hätte oder ohne Lemonniers Rückendeckung, auf den der Glanz von Versailles abgefärbt hatte.

Und sie fragte sich, ob unter all den Anwesenden in diesem Saal ein einziger war, der sie morgen in den Straßen grüßen würde, wenn sie davonrannte und auf den Prahm zurückkehrte. Zynismus war kein anziehender Charakterzug, doch zuweilen war es schwierig, ihn zu unterdrücken.

»Und dann wäre da natürlich«, fuhr der Gouverneur fort, »noch unser *bal masqué*. Madame de Vaudreuil und ich wären außerordentlich enttäuscht, wenn Sie nicht auch kämen.«

»Das klingt verlockend, aber ich fürchte, daß ich … mich in dieser Angelegenheit nach Monsieur Lemonnier richten muß, und ich kenne seine Wünsche nicht.«

»Ach? Dann werde ich ihn mit meinen bekanntmachen. Wenn er mir Gehör schenkt, werden Sie anwesend sein, das versichere ich Ihnen.«

Das Menuett war zu Ende. Wenig später kam Lemonnier, um Cyrene abzuholen. Mit vollendeter Höflichkeit verabschiedete er sich von den Gastgebern, und er hielt Cyrenes Arm fester als nötig. Er sprach mit ihr in einem viel zu glatten, überhöflichen Ton. Sie warf ihm beim Hinausgehen im Licht der Fackeln, die vor dem Haus neben der Tür brannten, einen argwöhnischen Seitenblick zu. Na gut, dachte sie, wenn er verärgert ist, ich bin es auch. Wenn er nur ein Wort des Vorwurfs fallenläßt, wird es ihm leid tun. Es wird ihm sehr leid tun.

14. Kapitel

Die afrikanische Dienerin war aufgeblieben und wartete auf sie. Sie ließ sie ins Haus, nahm Renés Stock und Dreispitz und Cyrenes Schal in Empfang. Martha folgte ihnen ins Schlafzimmer und räumte die Sachen in den großen Schrank, dann drehte sie sich in Erwartung neuer Anweisungen um.

»Das ist alles, Martha«, sagte René.

Die Frau knickste und ging hinaus. Nach ein paar Minuten hörten sie ihre Schritte auf der Hintertreppe zur Speisekammer, ein fernes Schlagen der Tür, die von der Küche in ihr Zimmerchen im Hochparterre ging.

Cyrene hielt sich an einem der Bettpfosten fest und zog einen Schuh aus. Dann streifte sie den anderen ab und sagte ein wenig scharf: »Ich möchte mich ja nicht beschweren, aber Sie hätten mich wenigstens fragen können, ob ich Marthas Hilfe brauche.«

»Du brauchst sie nicht«, antwortete René.

»Nicht? Es ist nicht leicht, aus diesem Kleid herauszukommen.«

»Ich weiß. Es wird mir ein Vergnügen sein, dir dabei zu helfen.«

Seine Worte waren so glatt und anzüglich! Sie musterte ihn mit Argwohn. »Ich habe nicht gesagt, daß ich mich nicht selbst ausziehen kann, sondern lediglich, daß es schwieriger ist.«

»Ich denke nicht im Traum daran, es dich allein machen zu lassen.« Während er sprach, schüttelte er den Rock ab und warf ihn auf den Stuhl. Seine Augen waren erwartungsvoll auf sie gerichtet, als er den Diamanten aus der Halsbinde nahm, und er wirkte entschlossen.

»Es ist wirklich nicht nötig, daß Sie sich bemühen.« Sie drehte sich von ihm weg und tastete nach den Bandschleifen, die das Mieder schmückten und die darunterliegenden Haken verbargen.

»Das ist doch keine Mühe. Im Gegenteil. Es wird mir ein Vergnügen sein.«

Er hatte ihr schon einmal gedroht, den Part der Zofe zu übernehmen. Es sah so aus, als wolle er die Drohung nun in die Tat umsetzen.

»Wie merkwürdig, daß Sie sich ausgerechnet jetzt dazu entschlossen haben«, bemerkte sie.

Seine Stimme erklang direkt hinter ihr. »Mein Morgenmantel, so hübsch er an dir auch aussah, gab keinen guten Vorwand ab.«

»Trotzdem, ich schaffe es schon allein.«

Der Schreck war ihr in die Glieder gefahren. Sie wollte sich ihm entgegenstellen wie ein Tier, das Gefahr spürt. Doch diese Genugtuung sollte er nicht haben. Statt dessen wich sie ihm mit einer möglichst beiläufigen Bewegung aus. Endlich öffnete sich das Mieder unter ihren Händen, und sie legte die abnehmbaren Bänder auf den Tisch. Daneben stand ein kleiner Stuhl. Sie setzte sich, hob die

Röcke und griff nach dem Strumpfband. In einem kalkulierten Ablenkungsmanöver fuhr sie fort: »Wie hat Ihnen der Abend gefallen?«

»Es war so ziemlich, wie ich erwartet habe. Natürlich hat mir der Erfolg meiner neuen Maîtresse geschmeichelt.« Er trat auf sie zu und ließ sich mit Anmut vor ihr auf die Knie nieder. Er legte die Hand auf das Strumpfband, nahm ihr den schmalen, bestickten Gurt aus den Fingern und hakte ihn auf. Er warf das Band zu Boden und zog ihr langsam den Strumpf über die Schenkel.

Die Berührung seiner Hand an der Kniekehle und seine Finger, die über die Seide an ihrem Bein entlangstrichen, regten sie auf. Doch was sie noch mehr aus dem Gleichgewicht brachte, war die Selbstverständlichkeit, mit der er davon ausging, daß er ein Recht auf diese Hilfestellung hatte, und die Übung, mit der er sie verrichtete.

»Ich – ich dachte schon, es hätte Ihnen mißfallen, daß mir so viel Aufmerksamkeit gezollt wurde«, erwiderte sie. Als er den Strumpf fallen ließ und sich dem zweiten zuwenden wollte, hielt Cyrene ihn zurück.

René führte ihre Hand an die Lippen, drückte einen Kuß auf den weichen Handrücken. Der Duft von Damaszenerrosen, der sich mit dem ihr eigenen zarten Aroma mischte, betäubte ihm die Sinne. Sie roch nach seinem Parfüm. Das Geschenk war eine rein sentimentale Geste gewesen, die Erinnerung an einen Augenblick unerträglicher Sehnsucht. Er war ein Idiot, aber in diesem Moment kümmerte es ihn wenig: Er war ein glücklicher Idiot.

Er schob ihre Hand mit Nachdruck weg, widmete sich wieder dem Strumpfband und ihrer Bemerkung. Er sah ihr lächelnd in die Augen. »Eine vorübergehende Anwandlung von Eifersucht.«

»Vorübergehend?«

»Ein kleiner Verstoß gegen die guten Manieren, der unter den Umständen erlaubt ist. Ich hätte wissen müssen, daß du die Männer anziehst wie der Leim die Fliegen. Sie sind so hungrig nach einem neuen attraktiven Gesicht.«

»Ich bin nicht Ihre Maîtresse.«

»Nein?«

Das dunkle Timbre seiner Stimme war schmeichelnd. Dasselbe galt für seine Berührung. Sie sah ihm mit großen braunen Augen zu, wie er das Band löste und langsam den seidenen Strumpf über ihr schlankes Bein zog. Eine eigenartig schmerzliche Stille entstand in ihrem Innern. Sie versuchte, sich auf den Groll, den Willen zum Widerstand und die Kampfeslust zu besinnen, die sie vorher empfunden hatte, aber das alles war verschwunden. Mit wachsender Bestürzung klammerte sie sich daran, etwas Derartiges wenigstens vorzutäuschen, und griff noch einmal nach seiner Hand.

»Was«, fragte sie ruhig, »haben Sie vor?«

Belustigung blitzte in Renés Augen auf. Es war doch keine wie Cyrene! »Ich dachte, das sei deutlich geworden«, antwortete er ihr. »Ich bin dabei, dich zu verführen.«

»Wirklich? Hätten Sie mich nicht vorwarnen sollen?«

»Das wäre gegen die Spielregeln.«

»Verzeihen Sie mir. Offenbar kenne ich die Regeln nicht. Was soll ich jetzt tun, da ich die Sache verdorben habe? Schreien und auf Sie einschlagen oder vor Entzücken in Ohnmacht fallen?«

Er legte ihr die Hände auf die Knie, ließ sie über die straffen Schenkel nach oben gleiten und spreizte die Finger an ihren Hüften. »Was dir lieber ist. Aber vielleicht möchtest du auch warten, ob etwas geschieht, das dir Vergnügen bereitet.«

»Und wenn nicht?« Seine Berührung brannte auf ihrer Haut, und es kostete sie größte Anstrengung, die Stimme ruhig klingen zu lassen.

»Wenn nicht, hast du die Wahl.«

»Und die wäre?«

»Du kannst grausam sein und es mir verraten oder nett und so tun, als ob.«

Sie schluckte gewaltig, als er sie an sich zog. »Welchen Grund hätte ich denn, nett zu Ihnen zu sein?«

»Ich wäre dankbar«, antwortete er, zog die Hand unter ihren Röcken hervor, streichelte ihren Hals und fuhr mit den Fingern durch ihr Haar. Er löste die Nadeln, und die dichten Strähnen fielen ihr in weißem Pulverregen auf die Schulter und glitten weich über den Busen. Er griff in diese stürzenden Wellen und zog Cyrene an sich, bis ihr Mund ganz dicht an seinem war. »Und als Gegenleistung wäre ich so großherzig, wie du es ertragen kannst.«

»Ich werde nichts dergleichen tun«, erwiderte sie.

Er verzog mit feinem Lächeln die Lippen. »Das habe ich mir gedacht. Mir ist es so auch lieber.«

Er wollte sie nehmen, das wußte sie. Die Entscheidung war gefallen, und er fragte sie nicht um Erlaubnis. Diesmal gab es kein Zurück, kein Entkommen vor dem Letzten. Sie hatte keine Ahnung, was diesmal anders war, vielleicht ging etwas in René vor, eine Veränderung, ein neuer Entschluß, etwas, das mehr zu tun hatte mit seiner Vorstellung von ihr als seiner Maîtresse als mit dem, was zwischen ihnen geschehen war.

Es war ihr gleich. Sie konnte den Blick nicht von den kräftig geschwungenen Lippen abwenden, auch nicht, als er sie noch fester an sich zog, ihr weicher Busen an seiner Brust lag und er sie küßte.

Die unglaubliche Süße, betörend wie Honig. Wie hatte sie das nur vergessen können? Habe ich es denn vergessen, fragte sie sich. Ich habe die Erinnerung verdrängt. Unwillkürlich öffneten sich ihre Lippen – fordernd, lockend.

Sie ließ forschend die Finger über sein festes Kinn gleiten. Seine dichten langen Wimpern kitzelten sie auf der Wange und verhedderten sich in einer losen Haarsträhne. Sie legte ihm die Hand auf die Schulter und hielt ihn sanft, spürte die kontrollierte Muskelkraft unter dem offenen Hemd, die Bewegung, als er sie mit sachten Kreisen an der Hüfte streichelte.

In ihr wuchs die Leidenschaft, eine allmähliche Steigerung verzehrenden Verlangens. Sie prickelte in ihren Adern, breitete sich über ihre Haut aus, drang ihr in roter Flut ins Herz und beschleunigte sein Schlagen. Ein leiser, verzweifelter Schrei entrang sich ihrer Brust. Sie preßte sich enger an ihn, drückte den straffen Busen gegen seinen harten Brustkorb.

Sein Kuß wurde fordernder, tiefer. Er erforschte mit der Zunge die saftige Feuchtigkeit des Gaumens, die feinen Kanten der Zähne. Er ließ seine Zunge mit spielerischer Geschmeidigkeit um ihre gleiten, drang ein und zog sich zurück, lud sie ein, ihrerseits auf Entdeckung zu gehen. Er folgte mit den Fingern den verschlungenen Windungen ihres Ohrs, der Biegung des Halses und streichelte die zarte Haut mit einer federleichten Berührung des Daumens. Cyrene bebte vor Erregung. Er zeichnete die zerbrechliche Höhlung an ihrem Schlüsselbein nach, die Finger glitten weiter abwärts auf die Wölbung der Brüste zu. Er umkreiste sie, nahm die runde Kugel in die Hand, suchte und fand die empfindliche, zart gemaserte Spitze. Das sachte Streicheln seiner Finger sandte eine heiße Welle durch ihren ganzen Körper, die ihr in den Unterleib floß.

Cyrene begehrte ihn. Es war das einzige, was zählte. Sie wußte seit einiger Zeit, daß er so auf sie wirken konnte, hatte es sich aber nicht eingestehen wollen. Jetzt tat sie es rückhaltlos. Die Umstände hatten sie hierhergebracht, gegen ihren Willen, gegen all ihren Widerstand. Dann sollte es so sein. Da sie sich ergeben mußte, wollte sie die Freude und die Lust bis zur Neige auskosten.

Sie zog ihm die Perücke vom Kopf und fuhr mit den Fingern durch das dichte, wellige Haar. Sie öffnete die Lippen und beugte sich über ihn, küßte ihn auf die Schläfe, berührte mit der Zunge die Braue, gab sich dem Zauber des Augenblicks hin. Sie spürte, wie ihm triumphierend die Brust schwoll und er sie fester an sich zog, fühlte die Wärme seiner Hand, die ihre Hüfte losließ und zwischen ihre Schenkel glitt, wo ihr Unterrock zwischen den Beinen durchgezogen und am Bund befestigt war als Schutz für ihre verletzliche, geheime Tiefe. René tastete sanft und suchend.

Ihr Herz hüpfte und trommelte gegen ihre Rippen. Die Leidenschaft stieg ihr rasend zu Kopf. Seine warme Berührung, so zärtlich, so unerbittlich, nahm ihr den Atem, und in einem Schauer erbebten die Muskeln ihres Unterleibs. Wildes Verlangen überflutete sie, und sie umklammerte seine Schultern.

Mit unterdrücktem Schrei hob er den Kopf und löste sich aus ihrer Umarmung, als er sich aufrichtete. Er hob sie auf, zog sie an sich und wandte sich mit ihr Richtung Bett. Er legte das Knie auf die federnd weiche, moosgefüllte Matratze und ließ Cyrene darauf hinabgleiten. Die Gurte des Bettes ächzten, als er aufstand und die Kerzen ausblies. Dunkelheit breitete sich im Raum aus, nur das Feuer spendete ein wenig Licht. Das Rascheln von Leinen und merzerisierter Baumwolle war zu hören, als er sich entkleidete und alles auf einen Stuhl schleuderte. Langsam gewöhnten sich Cyrenes Augen an die Dunkelheit, und sie sah seine kraftvolle Gestalt kupfern und bronzefarben im Schein der Flammen, sah die brennende Verheißung in seinen Augen. Mit der Geschmeidigkeit eines Panthers kam er zu ihr ins Bett.

Er begann sofort, sie auszuziehen. Seine Bewegungen waren sicher und ohne Hast, als seien die Kleider zwar ein Hindernis, aber kein ungewöhnliches. Er nahm ihr das offene, schwer bestickte Mieder ab, streifte ihr unter leisem Geflüster des Stoffs die Röcke über die Hüften. In prächtiger Nacktheit streckte sie sich, drehte sich zu ihm und berührte ihn in zarter Verführung mit den Brüsten.

Das war nicht nötig. René zog sie an sich, drückte sie an seinen Körper, daß sich die straffen Spitzen ihres Busens in die lockige Brustbehaarung gruben und sich das steife Glied an ihren weichen Schritt preßte. Er fuhr mit den Fingern über ihren Rücken, streichelte die seidige Haut, folgte der schlanken Kurve ihrer Taille, der Wölbung der Hüften, als seien hier unschätzbare Entdeckungen zu machen. Stöhnend zog er sich zurück und drehte sie sacht auf den Rücken.

Einen fiebrigen Moment lang glaubte sie, er wolle sie verlassen, und ein Schrei stieg ihr in die Kehle auf. Er erstickte zu einem Seufzer, als René sich im nächsten Augenblick in die Höhle zwischen ihren Brüsten schmiegte. Sein Atem strich heiß und prickelnd über die sanften Rundungen. René schenkte ihnen mit warmen, feuchten Lippen seine Aufmerksamkeit und legte die Fingerspitzen auf Cyrenes Unterleib, kreiste, massierte, drang forschend ein und begehrte Zugang zu der feuchten Höhlung, brachte Freude und Lust. Langsam folgte der heiße Mund, die rauhe Zunge der Hand.

Wie flüssiges Feuer schoß ihr das Blut durch die Adern, wie gedämpft rollender Donner pochte es in ihren Ohren. Ihr Atem ging keuchend. Die Muskeln an Schenkeln und Hüfte waren straff, bebten, in ihrem Innern tobte der Schmerz der lang zurückgehaltenen Leidenschaft. Mit leisem Stöhnen klammerte sich Cyrene an René.

Er erhob sich und war über ihr. Ein leiser Schrei entrang sich ihr, als er in sie eindrang. Behutsam ging er tiefer und ließ sich auf ihr nieder. Ihr Leib zog sich in genüßlicher Langsamkeit um ihn zusammen. Nach einer Weile schlang René die Beine um sie, spannte die kräftigen Muskeln und drehte sie mit sich, so daß sie über ihm war. Er legte ihr die Hände auf die Hüfte, gab den Rhythmus der Bewegung vor und überließ es dann ihr, ihren eigenen zu finden. Sie stieg mit wachsendem Vergnügen auf und nieder und nahm ihn tief in sich auf, bis er ein Teil von ihr war. Wieder und wieder wogte sie auf ihm, bis zur Erschöpfung. Keuchend hielt sie inne und legte ihre Stirn auf seine. Er nahm ihr Gesicht in die Hände, küßte sie auf die leicht geöffneten Lippen, dann drehte er sie wieder auf den Rücken.

Sie nahm den kraftvollen Schwung seiner Stöße auf und ließ sich von ihnen mitreißen – höher und höher. Ein Sturm der Lust, befriedigend und wunderbar, durchströmte sie und erfüllte sie mit brennendem Glück.

Es war die grenzenlose Freiheit, das vollkommene Geheimnis der Hingabe. Verloren in diesem Wunder, waren sie nicht zurückzuhalten und kamen nur den verzehrenden Forderungen der Vereinigung nach. Gefangen in grenzenloser Lust wurden sie getragen, zwei getrennte Wesen, die der Augenblick verband. Auch die Ekstase, die ihnen zuteil wurde, war frei und unschätzbar, jedoch nicht umsonst.

Danach lag Cyrene da und starrte in die Dunkelheit. Sie war ein menschliches Wesen und daher schwach, und sie und René konnten einander Lust bereiten. Jetzt schien es ihr nicht mehr so merkwürdig, daß er sie erst benutzt und dann verraten hatte, denn sie hatte sich selbst verraten.

Die Dämmerung drang durch die Fensterläden in Streifen grauen Lichts. Unten wurde gegen die Haustür gehämmert. Mit leisem Fluch erwachte René. Er warf die Zudecke zurück, rollte aus dem Bett und griff nach den Hosen. Er stieg hinein, lief hastig zum Schrank und zog den Morgenmantel vom Haken. Er schlug das samtene Kleidungsstück um sich und schaute zum Bett, in dem Cyrene lag.

»Was ist los?« Sie war verblüfft, wie heiser ihre Stimme klang, und räusperte sich. Aus irgendeinem Grund war sie verlegen.

»Nichts«, sagte er und lächelte ihr flüchtig zu. »Du kannst weiterschlafen.«

Als sich die Tür hinter ihm geschlossen hatte, stützte sich Cyrene auf den Ellbogen und horchte. Der Riegel wurde geöffnet, das tiefe Gemurmel von Männerstimmen war zu hören. Im nächsten Augenblick fiel die Haustür wieder ins Schloß. René kam aber nicht zurück. Als er die Zunderbüchse nahm und die Kerzen im Leuchter anzündete, drang das Licht unter dem Türschlitz durch. Ein wenig später roch Cyrene den Rauch, hörte das Knistern und Fauchen des neu entfachten Feuers.

Sie legte sich wieder hin und schloß die Augen, aber an Schlaf war nicht zu denken. Schon die ganze Nacht war sie immer wieder eingedöst, hatte sich aber nicht richtig ausgeruht, und jetzt gelang es ihr ebensowenig. Wenn sie sich selbst gegenüber ehrlich war, war sie schon seit einigen Tagen Lemonniers Maîtresse, aber erst jetzt fühlte sie, was es bedeutete. Sie versuchte zu überlegen, was aus ihr werden sollte. Irgendwann, dachte sie, wird er mich satthaben und freigeben oder nach Frankreich zurückkehren und mich hier lassen. Und was dann? Ich nehme an, die Bretons werden mich wieder aufnehmen. Oder ein anderer Mann. Aber was wird aus meiner Hoffnung, Land und ein Heim zu besitzen, etwas Sicheres, das mir gehört?

Im anderen Zimmer war alles still. Was tat René da eigentlich? Er hatte nicht viel besser geschlafen als sie, oder sie hatte ihn vielleicht gestört, weil sie sich hin und her geworfen hatte, denn er hatte sich jedesmal umgedreht, wenn sie die Lage verändert hatte, und sie schließlich an sich gezogen mit der Forderung, endlich ruhig liegen zu bleiben oder bereit zu sein, die Konsequenzen zu tragen. Es war keine beängstigende Drohung gewesen, aber das Wissen, daß es so war, hatte sie lange genug stillhalten lassen, daß sie der Schlaf für eine Weile übermannen konnte.

Die Erinnerung war so lebendig, daß Cyrene sich aufrichtete.

Sie schlug die Decke zurück, strich sich über die Haare, und als sie die zerzausten Strähnen zurückwarf, damit sie nicht störten, zog sie wegen des Puderregens eine Grimasse. Sie trat an den Schrank, nahm das Nachthemd heraus, das sie schon getragen hatte, und zog es sich über den Kopf. Einen Augenblick zögerte sie und hatte Scheu davor, René bei hellem Tag zu begegnen. Im Schlafzimmer war es kühl. Das Feuer im Kamin war zu einem Haufen kalter, grauer Asche verbrannt. Es hatte keinen Sinn, sich zu verstecken, erst recht nicht, sich zu erkälten. Keines von beidem konnte sie jetzt gebrauchen. Sie ging zur Tür, die in den Salon führte, und öffnete sie.

René saß an dem langen schmalen Tisch neben dem Kamin. Er sah auf. Er hatte ein kunstvoll verziertes Tintenfaß, eine Streusandbüchse aus ineinandergeschlungenen vergoldeten Silberblättern und einige Federkiele vor sich. Auf der Platte lag ein Bündel Pergamentbögen. Neben seinem Stuhl stand eine schwarze Lackkassette mit Verschlußspange, an der ein solides Schloß hing. Der Deckel war offen.

»Was ist geschehen?« fragte Cyrene.

»Ein Bote mit Papieren aus Frankreich ist gekommen. Die *Le Parham* ist heute morgen im Hafen eingelaufen.«

Das Schiff Seiner Majestät *Le Parham* und ihr Schwesterschiff *La Pie* fuhren regelmäßig die Kolonien in der Neuen Welt an. Die Hin- und Rückreise dauerte mindestens sechs Monate.

Cyrene nickte verständnisvoll und lächelte ein wenig. Renés Lippen kräuselten sich zur Antwort. »Es dauert nicht mehr lange«, sagte er, widmete sich wieder seiner Tätigkeit und beendete den Satz, den er begonnen hatte.

Cyrene stellte sich vor das Feuer und legte die Hände auf den Rücken, um sie zu wärmen. Mit leichtem Stirnrunzeln beobachtete sie, wie René den Federkiel über das Pergament gleiten ließ. Sie glaubte nicht, daß er einen gewöhnlichen Brief oder ein höfliches Billett schrieb. Immerhin war es möglich, daß er sich an seine Familie oder seinen Vater in Frankreich wandte, aber etwas an der Konzentration, mit der er sich in die Arbeit vertiefte, schien das auszuschließen. So fleißig und ernst hatte sie ihn noch nie erlebt, und ihr war, als sehe sie ihn plötzlich von einer Seite, die ihr bisher verborgen geblieben war. Es war mehr dieser Aspekt als seine Tätigkeit, worüber sie sich wunderte.

Als die Seite voll war, unterzeichnete er ohne die Spur eines

Schnörkels. Er überflog das Geschriebene, dann streute er Sand darauf. Als er die Streusandbüchse wieder zurückstellte, blieb das eingerollte Ende eines Pergamentblatts am Ärmel des Morgenmantels hängen. Es verschob sich. Für einen Augenblick waren darunter der goldene Glanz und die baumelnden Bänder eines Siegels zu sehen. René legte das sandbestreute Blatt auf die anderen und nahm den ganzen Stapel in die Hand. Erst dann schüttete er den Sand vom obersten Papier in eine bereitstehende Schale. Ohne Hast schob er die Bögen noch sauberer übereinander, beugte sich über die Kassette, legte die Papiere hinein und schloß den Deckel.

Er stand auf, ging um den Tisch herum und kam auf Cyrene zu. Er hob die Braue und musterte ihre mit dem Nachthemd bekleidete Gestalt von oben bis unten.

»Ich erinnere mich, dich schon einmal so gesehen zu haben«, sagte er, und seine Stimme war dunkel vor Verlangen. »Ich wollte dich damals unbedingt ins Bett tragen und nachschauen, ob du so warm und rosig bist, wie du aussiehst. Damals ging das nicht. Ist es nicht wunderbar, wie sich manches ändert?«

Ein äußerst wirksames Ablenkungsmanöver. Ihr Interesse an Renés Korrespondenz verschwand für lange Zeit ganz und gar.

Am folgenden Nachmittag machte Armand Moulin Cyrene seine Aufwartung. Er war ein charmanter junger Mann, der auf erfrischende, jungenhafte Art gut aussah, trug modische Kleidung, eine sacht gekräuselte Perücke und einen langen Stock, der am Knauf mit goldenen Schnitzereien verziert war. Er brachte Cyrene ein selbstverfaßtes Gedicht mit und präsentierte ihr seine – er bestand auf dieser Formulierung – armseligen Versuche mit einer bescheidenen Verbeugung. Dabei saß ihm ein solcher Schalk in den Augen, der ihr verriet, daß sie seine Galanterie nicht allzu ernst nehmen sollte. Dazu bestand auch nicht die geringste Gefahr. Armand Moulin war ein unterhaltsamer Gesellschafter, vernünftig und immer zu Scherzen aufgelegt, doch nachdem sie näher mit Lemonnier bekannt war, kam er ihr ziemlich kindlich vor.

Sie genoß es, einen Verehrer zu haben, der sie mit Grazie und spielerischem Charme umwarb, ohne daß sie sich vor ihm hüten mußte. Und es war interessant, denn Moulins Besuche wurden immer häufiger, und sie konnte ihn über alles ausfragen, was vor sich ging: Details darüber, welcher Offizier welche Maîtresse aushielt, wer unter den namhaften Bewohnern der Stadt mit wessen Frau schlief, wer wirklich die illustre Verwandtschaft in Frankreich besaß, mit der sich fast alle brüsteten, und wen man ohne einen Piaster ins Exil geschickt hatte. Viele der krasseren Fälle kannte Cyrene schon, aber es gab noch genügend Menschen, über die sie nichts wußte. Sie mußte vorbereitet sein, wenn sie sich zwischen diesen Leuten bewegen wollte, statt sie nur aus der Ferne zu betrachten wie in den letzten drei Jahren auf dem Prahm.

Einer der Fälle, die bei ihr besonderes Mitleid erregten, betraf eine ältere Dame, die aus politischen Gründen verbannt worden war und die einfach Madame H. hieß. Sie war vor über zwanzig Jahren per *lettre de cachet* in die Kolonie geschickt worden und hatte bei ihrem Bruder gewohnt. Seit seinem Tod mußte die Regierung für ihren Lebensunterhalt sorgen. Anscheinend erinnerte sich niemand mehr, warum sie verbannt worden war; die einen behaupteten, sie sei bei der Königin in Ungnade gefallen, die anderen, ihr Mann habe schlicht und einfach ihre Abwesenheit gewünscht. Was auch immer der Anlaß gewesen sein mochte, ihr Fall war ein öffentliches Ärgernis, und der Gouverneur mußte deshalb eine Anfrage an den Minister der Krone richten.

Diese Geschichte erweckte in Lemonnier kein Interesse, als Cyrene sie an ihn weitergab. Vielleicht ähnelte sie zu sehr seiner eigenen, oder er hatte weder Zeit noch Lust, sich über die Fehler seiner Mitmenschen den Kopf zu zerbrechen.

Er verbrachte mehr und mehr Zeit am Schreibpult im Salon. Da er die Papiere von der *Le Parham* bekommen hatte, nahm Cyrene an, daß die, an denen er gewissenhaft arbeitete, fertig sein mußten, wenn das Schiff den Anker lichtete. Es mußte sich um seine Rückkehr nach Frankreich handeln. Was sonst konnte ihn so fesseln oder so viel Schreibarbeit erfordern?

Moulin interessierte sich für Menschen, für ihre Marotten und Schrullen und für ihre geheimen Handlungen. Er hatte einige Geschichten auf Lager und erzählte sie während seiner Besuche zu

Cyrenes Erheiterung. Auch vor dem Gouverneurspaar machte sein schelmischer Humor nicht halt. Er hatte über die Vaudreuils eine Anekdote zu berichten.

Eines Tages – erzählte Moulin – führte die Marquise einen ihrer Bediensteten vor ihren Gatten, als der gerade beim Essen saß. Sie hatte den Mann beim Stehlen von Wein ertappt. Die Frau des Hauses nahm kein Blatt vor den Mund und beklagte sich über den Diener, der gebeugten Hauptes und mit zitternden Händen dabeistand und vor Angst stöhnte. Während der Rede der Marquise betrachtete ihr Gatte den Mann mit nachdenklicher Miene. Als sie geendet hatte, winkte er lässig mit der Hand. »›Der arme Mann schlottert ja vor Angst, meine Liebe. Geben Sie ihm zur Beruhigung der Nerven eine Flasche Wein.‹«

»Und was hat Madame de Vaudreuil dazu gesagt?« wollte Cyrene wissen.

»Das ist nicht bekannt. Sie enthält sich jeden Kommentars, und es wagt auch keiner, sie zu fragen, ob die Geschichte wahr ist. Mir scheint sie stimmig, ein Verweis für die Dame, weil sie wegen einer Flasche Wein ein Gezeter macht wie eine Krämersfrau. Der Gouverneur hat jedenfalls viel Sinn für Humor und wollte sich vielleicht ein wenig über seine Frau lustig machen.«

»Glauben Sie?«

»Ich kann es nur vermuten; er ist ein Meister in der Kunst, seine Gefühle zu verbergen. Erinnern Sie sich nur daran, wie er bei der musikalischen Soirée Rouvilliere empfangen hat.«

»Den Intendanten?«

»Genau. Ich weiß nicht, warum sich Rouvilliere im Haus des Gouverneurs blicken läßt, außer vielleicht aus Trotz oder weil er solche Versammlungen als öffentlich betrachtet. Und ich begreife nicht, warum Madame de Vaudreuil ihn einlädt, es sei denn, daß sie sich den Anschein geben will, sie wüßte nichts über seine Beschwerden bei Hofe.«

»Das ist ausgesprochen unwahrscheinlich, finden Sie nicht? Jeder weiß doch, daß der Gouverneur und der Intendant miteinander auf Kriegsfuß stehen.«

Es war eine der Schwachstellen in der Verwaltung der Kolonie, daß die Zuständigkeiten von Gouverneur und Intendant – er war der für die Vorratshaltung im zivilen und militärischen Bereich zuständige Beamte – sich überschnitten. In der Vergangenheit war es deswegen zu Reibereien gekommen, und das würde so bleiben, solange sich an diesem Zustand nichts änderte.

»Ja, aber diesmal ist es etwas Ernsteres. Rouvilliere greift Vaudreuil wegen seiner Frau an, schreibt an den Minister und legt ihr alle erdenklichen Verbrechen zur Last, die Prostitution vielleicht ausgenommen. Der Marquis, der ihm nicht nachstehen will, reicht offizielle Berichte ein und beschuldigt Rouvilliere, die für Louisiane bestimmten Waren durch solche minderer Qualität zu ersetzen, den Gewinn in die eigene Tasche zu stecken und die Preise für das, was überhaupt hier ankommt, in astronomische Höhen zu treiben.«

»Das ist ja eine richtige Fehde!«

»Das können Sie laut sagen. Und wissen Sie, was dahintersteckt? Sowohl Madame de Vaudreuil als auch Rouvilliere beanspruchen für sich das Vergaberecht von Handelskonzessionen und Schanklizenzen für die Wirtshäuser, und zwar auf eigene Rechnung.«

Es war nicht nur Abenteuerlust, was die Bretons dazu getrieben hatte zu schmuggeln, auch die Höhe der Bestechungsgelder hatte sie daran gehindert, sich um einen legalen Status als Händler zu bewerben.

»Das ist so üblich in diesem Geschäft.«

»Ja, leider.«

»Und der Gedanke, daß eine Dame in diese Transaktionen verstrickt ist – wie gefällt er Ihnen nach Ihrem Loblied neulich abend über die Wirkung meines Geschlechts auf unsere Gesellschaftsordnung?«

Er lächelte, und die braunen Augen sprühten. »Sie glauben, jetzt hätten Sie mich in die Enge getrieben. Aber ich gebe zu, daß ich, wenn ich auch die Handlungsweise als recht unzart empfinde, sie doch für ihre Kühnheit und ihren Scharfsinn bewundere.«

»Sie bewundern starke Frauen?«

»Nur bis zu einem gewissen Grad«, antwortete er hastig.

Cyrene verzog die Lippen zu einem Lächeln. Sie antwortete aber nicht und ließ für kurze Zeit ein Schweigen zwischen ihnen entstehen. Sie sah ihn an und dachte darüber nach, ob sie ihm die Frage stellen sollte, die ihr auf der Zunge lag.

»Was ist los, Mademoiselle? Habe ich Schnupftabak an der Halsbinde? Oder die Reste meines Frühstücks auf dem Revers? Antworten Sie mir schnell!«

»Nein, nein. Ich habe nur überlegt, ob Sie etwas über Madame de Vaudreuils andere Aktivitäten im – im Handelsbereich wissen.«

»Wie diskret Sie sich ausdrücken, *chère.* Wenn Sie auf den Schmuggel anspielen, früher war es ein offenes Geheimnis, aber soviel ich weiß, ist sie seit dem Kriegsende nicht mehr so aktiv. Wenn Sie das Geschäft mit Haschisch für die Soldaten meinen, das ist nicht allgemein bekannt, aber diese Gerüchte halten sich hartnäckig.«

Cyrene war nicht so sicher, daß die Marquise sich hinsichtlich des Schmuggels Zurückhaltung auferlegte, widersprach aber nicht. »Sie glauben, daß der Gouverneur darüber Bescheid weiß?«

»Ich denke schon. Wie sollte es anders sein? Das Amt des Gouverneurs ist eine äußerst teure Angelegenheit. Vaudreuil übt verschwenderische Gastfreundschaft und macht gelegentlich eine großartige Geste mit einer Flasche Wein, aber er kümmert sich gewissenhaft um seinen Geldsäckel.«

»Und um den illegalen Handel mit den Engländern.«

»Allerdings. Es heißt, daß mit der *Le Parham* Patenturkunden gekommen sind mit einem königlichen Erlaß, den Schmuggel endlich zu unterbinden. Ausflüchte würden nicht mehr hingenommen. Es geht auch das Gerücht, daß der Gouverneur über den strikten neuen Erlaß bereits vorgewarnt war, und zwar vor einigen Monaten von Lemonnier.«

»Von ihm? Merkwürdig.« Erklärte sich dadurch seine Rolle bei dem Versuch, die Bretons zu fangen?

»Ja. Ein freundlicher Wink unter Politikern von Minister Maurepas.«

»Dann muß der Gouverneur also mit dem Schmuggel aufräumen?«

»Das muß er, wenn er nicht jede Chance auf den Gouverneursposten in Neufrankreich verlieren will. Und er wird sicher Erfolg haben. Das macht es auch für die Marquise lukrativer, weil sie ihre Tätigkeit fortsetzen kann, wenn der Wettbewerb ausgeschaltet ist.«

Cyrene schüttelte den Kopf. »Was sind Sie doch für ein Zyniker!«

»Wirklich?« Er wirkte ungeheuer stolz auf sich selbst. »Diesen Zug sollte ich weiterentwickeln.«

»Bitte tun Sie nichts dergleichen.«

»Sie mögen mich so, wie ich bin?«

»Ja, sehr.«

»Gott sei Dank, endlich eine Liebeserklärung. Ich dachte schon, Sie seien für meinen Charme unempfänglich.«

»Ich hätte Ihnen bereits vorher ein Kompliment gemacht«, erwiderte sie mit sanfter Ironie, »wenn ich gewußt hätte, wie sehr Ihr Ego darauf angewiesen ist.«

»Sie sind grausam!« lamentierte er. »Ich sollte schnurstracks zur Marquise gehen. Sie ist vielleicht geizig und hat vergessen, ihre Jahre zu zählen, aber wenigstens weiß sie Formvollendung bei einem Mann zu würdigen, sei sie geistig oder körperlich.«

Cyrene konnte nicht umhin, über seinen affektierten Kummer zu lachen, war aber im nächsten Moment schon wieder ernst. »Dann ist es also wahr, daß die Dame junge Galane hat?«

»Über Galane weiß ich nichts, aber sie wirft gern ein Auge auf ein Männerbein und läßt sich zuweilen herab, eigenhändig auszuprobieren, ob der Natur durch Polsterung nachgeholfen wurde.«

Die lockeren Kniehosen der unteren Stände, wie sie auch von den Bretons getragen wurden, waren ja sehr schicklich, aber die eng sitzenden Beinkleider der Vornehmen aus Satin und Seide zeigten schon durch ihren Schnitt, daß sich die Herren buchstäblich nicht unter das Joch der Arbeit beugen konnten, und brachten die männlichen Attribute gut zur Geltung. »Sie meinen, daß sie –«

»Häufig. Falls jemand so unklug ist, ihr allein einen Besuch abzustatten, oder sich in eine dunkle Ecke wagt, wenn sie in der Nähe ist.«

»Ich habe gerüchteweise davon gehört, aber dieses Benehmen ist ja nicht zu fassen! Sie strahlt so viel Würde aus.«

»Würde kann sehr nützlich sein, Ämter und Positionen auch«, erwiderte er in anzüglichem Ton.

»Ja, ich verstehe, was Sie meinen.« Cyrene schwieg einen Moment und fuhr dann fort. »Haben Sie etwas gehört über – wissen Sie etwas über sie und Monsieur Lemonnier?«

»Als Lemonnier ankam, strich sie um ihn wie die Katze um den Karpfenteich. Sie hat bei seinem Anblick regelrecht geschnurrt. Er war nicht nur ein neues Gesicht, sondern auch ungeheuer attraktiv und hatte gerade so viel vom Desperado, wie es manche Frauen mögen. Die Jagd war spannend, denn er ist geschickter als andere und mehr an Verfolgung gewöhnt. Sein Ruf ist ihm natürlich vorausgeeilt.«

»Natürlich«, wiederholte Cyrene wie ein Echo. Armer René, dachte sie. Erst wird er von Madame de Vaudreuil gehetzt, dann attackiert, verletzt und halb im Mississippi ersäuft. Und kaum hat er wieder festen Boden unter den Füßen und ist auf dem Weg der Besserung, da stürze ich mich schon auf ihn!

Sie starrte in das brennende Kaminfeuer und fuhr fort: »Man könnte sagen, er hat es sich selbst eingebrockt, so wie er sich vorher aufgeführt hat.«

»Man könnte«, antwortete Moulin und neigte den Kopf in einer Geste des Vorbehalts.

»Aber Sie sind anderer Meinung?«

»So etwas ist immer verzwickt. Wer weiß schon, warum Menschen tun, was sie tun, und wodurch sie dazu getrieben werden?«

»Muß es einen besonderen Grund geben?«

»Nicht immer. Aber bei Lemonnier scheint es der Fall zu sein.«

»Wie kommen Sie darauf?« fragte sie herausfordernd.

»Was ich Ihnen jetzt erzähle, stammt von meiner Großtante, die seine Familie kennt und manchmal an meine Mutter schreibt; Sie können also selbst beurteilen, inwieweit es glaubhaft ist. Anscheinend war Lemonnier nicht immer so wie jetzt, sondern eher ein pflichtbewußter Sohn, der Zweitgeborene. Er studierte Rechtswissenschaft, insbesondere die Verwaltung großer Güter, um später seinem Bruder helfen zu können, der die Titel und Ländereien der Familie erben sollte. Dieser Bruder wurde dann in einen üblen Skandal mit gefälschten Banknoten verwickelt und verlor dabei viel Geld. Eines Tages kehrte der älteste der Lemonniersöhne aus Paris zurück, wo das Unglück geschehen war, ritt in den Wald an einen einsamen Ort und schoß sich mit einer Duellpistole in den Kopf.«

Cyrene stieß einen Schrei des Entsetzens aus. Moulin nickte. »Ja, der geliebte Erstgeborene war nicht mehr. Über Nacht gingen die Verantwortung und die Pflichten des Ältesten auf Lemonnier über, aber auch die Schulden und der Skandal. Er begab sich nach Paris, um nach dem Grund für den Ruin des Bruders zu forschen, und wurde so gut aufgenommen, daß er bald vergaß, weshalb er dort war. Zu lange hatte er ein kümmerliches Provinzdasein auf den väterlichen Gütern gefristet; die Zerstreuungen der Großstadt, die Wunder von Versailles stiegen ihm zu Kopf wie schon vielen anderen vor ihm. Er beleidigte eine wichtige Persönlichkeit – und *voilà!* Jetzt ist er in Louisiane als Verbannter –«

Moulin brach ab, als auf der Treppe Schritte zu hören waren und René auf der Schwelle stand. Er lächelte, machte Anstalten, seinen Gastgeber zu begrüßen, und sagte verbindlich: »Aber in gewisser Weise sind wir ja alle Verbannte.«

»Moulin, welche Freude, Sie wieder hier zu sehen«, bemerkte René in ironischer Anspielung auf die Häufigkeit der Visiten des jungen Mannes.

Moulin, der ihm an Höflichkeit nicht nachstehen wollte, deutete eine leichte Verbeugung an. »Ich weiß, ich strapaziere Ihre Gastfreundschaft, aber Mademoiselle Nolté ist so ein bezauberndes Geschöpf, eine Frau mit Charme und Verstand, und unsereiner braucht Inspiration für seine poetischen Versuche. Es beflügelt den Dichter, wenn er auf so viel Anerkennung trifft.«

»Aha«, erwiderte Lemonnier und gab sich äußerst umgänglich. »Sie haben ihr noch eines von Ihren Gedichten mitgebracht. Darf ich es lesen?«

Er nahm das Blatt, das neben Cyrene auf dem Sofa lag, in die Hand, stellte sich mit dem Rücken zum Kamin und studierte es sorgfältig.

Armand fühlte sich entschieden unbehaglich, auch wenn er sich nonchalant gab. »Es ist nur einer meiner armseligen Versuche, fürchte ich, und wird Mademoiselle Nolté in keinster Weise gerecht. Sie haben bestimmt im Laufe Ihrer Karriere viel bessere geschrieben.«

»Ich habe auch ein paar verbrochen. Man kann sich dem ja kaum entziehen, so verrückt ist alle Welt auf dieses Geschreibsel«, antwortete René, ohne aufzuschauen. »Ich kann mich allerdings nicht erinnern, die Augen einer Dame jemals mit einem Sumpf verglichen zu haben.«

»Ich meinte damit: dunkel, tief und geheimnisvoll.«

»Das ist mir nicht entgangen. Und was ist mit matschig, tückisch und schlüpfrig?«

»Davon steht da nichts.«

»Nicht? Komisch, ich hatte den Eindruck.« René wandte sich an Cyrene, streckte ihr mit spitzen Fingern das Blatt entgegen und sagte: »Würdest du bitte läuten und uns eine Kanne Kakao bestellen, *chérie?* Ich glaube, wir alle können das jetzt gebrauchen.«

»Um den Geschmack meines Gedichts hinunterzuspülen?« fragte Moulin und seufzte niedergeschlagen.

»Habe ich etwas Derartiges angedeutet?« René sah überrascht aus.

»Das war nicht nötig. Ich weiß es auch so. Bitte ersparen Sie mir den Kakao, Mademoiselle. Ich muß Sie verlassen und Zwiesprache mit meiner Muse halten.«

»Ich dachte«, entgegnete Lemonnier mit höflicher Verwunderung, »sie sei hier?« Er deutete auf Cyrene.

Moulin ging nicht darauf ein. Mit melancholischem Blick und unter vielen Entschuldigungen zog er sich zurück.

Als er gegangen war, sagte Cyrene zu René: »Mußten Sie so barsch sein?«

»Du erwartest doch nicht von mir, daß ich ihn ermutige? Das tust du doch schon in ausreichendem Maß.«

»Es ist völlig harmlos. Jede Dame hat ihre Verehrer.«

»Ich weiß das sehr wohl, aber er macht dir ein wenig ausgiebig den Hof und für meinen Geschmack zu oft. Seine Verehrung grenzt schon an übertriebene Zuneigung, und das wird dir bald selbst peinlich sein.«

»Würde es Ihnen mißfallen?«

»Die Frage ist, ob es dir gefällt. Armand Moulin ist jung, idealistisch und ziemlich vermögend: Kurz, er ist alles, was du von deinem zukünftigen Ehemann erwarten kannst.«

Cyrene stand auf und entfernte sich einige Schritte von ihm. »Ist das Ihre Art, mir zu sagen, daß ich ihn akzeptieren soll, wenn er um meine Hand anhält?«

»Durchaus nicht. Ich wollte nur – nur seine Eignung herausstreichen.«

René merkte deutlich, daß er seine Eifersucht selbst noch schürte. Cyrene hatte recht, daß alle verheirateten oder von Männern ausgehaltenen Frauen Verehrer hatten, die sie aus der Ferne anbeteten, im verbotenen Gegenstand ihrer Zuneigung eine Art Ventil für ihr unterdrücktes Gefühl suchten und sich in der Disziplin des Courschneidens übten. Obwohl er das alles wußte, war es dadurch nicht leichter für den, der eine schöne Frau besaß, die Verliebten zu ertragen.

»Ich verstehe«, antwortete Cyrene. »Ja, ich nehme an, er ist ein geeigneter Kandidat.« Und sie hatte auch begriffen, daß René ihr – ob er es zugab oder nicht – mitteilte, sie solle sich rechtzeitig umsehen, weil ihr Arrangement mit ihm nicht von Dauer sein konnte.

»Was hat er dir gerade erzählt, als ich hereinkam?« fragte René.

»Ach, nichts Wichtiges.«

»Es fällt mir schwer, das zu glauben. Er hat zwar ein lockeres Mundwerk, aber er errötet sehr leicht.«

Cyrene stützte sich mit der Hand auf die Rückenlehne des Sofas. Sie mußte ein wenig lächeln; Moulin war wirklich purpurrot angelaufen. »Es war überhaupt nichts Anstößiges. Wir haben nur von Ihrem Bruder gesprochen.«

»Von meinem Bruder?« Renés Ton war scharf.

»Ich hatte keine Ahnung, daß er tot ist. Wie furchtbar!«

»Er ist nicht tot.« Diese Worte klangen so kühl und waren in ihrer Ausdruckslosigkeit schlimmer als ein Schrei.

»Aber ich dachte –«

»Er wollte sich erschießen, ist aber nicht gestorben. Er hat seinen Geist zerstört. Sein Körper lebt und atmet, ißt und schläft und altert, und er wird, nach dem Tod meines Vaters, die Titel und Ehren des Erstgeborenen tragen.«

René musterte sie durchdringend, doch in ihrem liebenswerten Gesicht war nichts als Mitleid und Kummer zu sehen. Sinnloses Mitleid, nutzloser Kummer. Er mußte es wissen, er hatte genug davon empfunden.

»Titel und Ehren, die an Sie gegangen wären, wenn er tot wäre?« fragte sie ein wenig zögernd.

Er machte eine wegwerfende Geste. »Nein. Das nicht. Ich habe keinerlei Verwendung für so etwas.«

15. Kapitel

Gouverneur de Vaudreuil vergaß die Liebhaberaufführung nicht, die er bei der ersten Begegnung mit Cyrene erwähnt hatte. Das Stück, das sie geben wollten, war eine Komödie von Marivaux, eine gekürzte Fassung von *Das Spiel von Liebe und Zufall.*

Das Drama handelte von einer Dame und einem Herrn, die von ihren Familien miteinander verlobt werden, sich aber noch nie gesehen haben. Beide hegen Zweifel über die Verbindung und beschließen, den anderen in Augenschein zu nehmen, ohne sich zu erkennen zu geben. Deshalb tauschen sie bei der ersten Begegnung die Plätze mit ihren Bediensteten, die Dame mit ihrer Zofe und der Herr mit seinem Kammerdiener. Sie verlieben sich über beide Ohren ineinander. Ebenso ergeht es der Dienerschaft, so daß zwei der vier handelnden Figuren glauben, einem höheren Stand anzugehören als die Menschen, die sie lieben, und die andern beiden sich für unstandesgemäß halten. Das Stück war geistvoll und spritzig.

Cyrene spielte die Dame, der Gouverneur den Herrn. Sie war

nicht sicher, ob ihr die Rolle lag, aber der Marquis wurde nicht müde zu behaupten, sie besäße genau die richtige Mischung aus Unabhängigkeit und Verschmitztheit. René übernahm den Part des Kammerdieners, und die Zofe wurde von Madame de Pradel gespielt, da Madame de Vaudreuil sich nicht dazu überreden ließ, eine Rolle zu übernehmen.

Die Gattin des Gouverneurs erklärte, sie sehe sich genauso gern ein Theaterstück an wie alle anderen und sei sehr froh, daß die Pompadour die Tradition der Amateuraufführungen wieder zum Leben erweckt habe, aber mitspielen könne sie leider nicht. So lange Dialoge zu lernen, sei einfach zuviel für sie, behauptete die Marquise, während Cyrene sie insgeheim verdächtigte, daß sie es für unter ihrer Würde hielt. Theaterspielen genoß schon von jeher einen zweifelhaften Ruf, und daran änderte die Schirmherrschaft der Maîtresse des Königs wenig.

Sie mußten sehr oft proben, denn der Gouverneur, ohne pedantisch zu sein, wünschte doch, daß die Aufführung einen gewissen Schliff bekam. Alle mußten imstande sein, sich anmutig und elegant zu bewegen und ihren Text möglichst ohne peinliche Fehler zu deklamieren. Er drückte seine Wünsche klar aus, aber Madame de Vaudreuil war es, die sich um die Durchführung kümmerte. Sie übernahm die Regie, saß im Hintergrund des großen Saals, in dem auch die Aufführung stattfinden sollte, äußerte Tadel und gab Anweisungen. Der Marquis selbst war sehr höflich und taktvoll bei seinen Anmerkungen und Vorschlägen; Cyrene jedoch – sie hatte dabei Moulins Erzählungen im Hinterkopf – beobachtete das Paar und fragte sich, ob nicht Madame de Vaudreuil nur Vollstreckerin des Willens ihres Mannes war.

Trotz des Charmes und der vollendeten Manieren des Gouverneurs empfand Cyrene die Situation, ihm so nah zu sein und Szenen so anzüglicher und amouröser Natur mit ihm zu spielen, als beklemmend. Vaudreuil war so unnahbar und so undurchschaubar, daß er Cyrene durch seine Persönlichkeit ein wenig einschüchterte. Und er wirkte arrogant, ohne daß es ihm bewußt war.

René machte ihr die Sache nicht leichter mit der Wachsamkeit, mit der er jede Bewegung, jedes Lächeln und jede ihrer Gesten beobachtete. Sie wurde noch nervöser, als sie es ohnehin schon war. Warum er sie so sehr im Auge behielt, konnte sie sich nicht vorstellen. Sie sah wohl den anerkennenden Blick in den Augen des Marquis, aber in seinem Benehmen lag keine Vertraulichkeit und erst recht nicht in ihrem.

Das konnte man von Madame de Pradel nicht gerade behaupten. Sie ließ keine Gelegenheit aus, René die Hand auf den Arm zu legen oder sich bei den Textproben über ihn zu beugen. Es war geschmacklos, und Cyrene fiel es schwer, sich zu konzentrieren. Sie war bestimmt nicht eifersüchtig und glaubte auch nicht, daß René ihretwegen derartige Ängste ausstand. Nein, sein Verhalten ihr gegenüber war besitzergreifend wie das eines Hundes, der einen neuen Knochen hat. Darauf konnte sie sich nicht viel einbilden, im Gegenteil, es war ein großes Ärgernis.

Sie ertrug erst recht nicht, wie er sich von hinten an sie heranschlich, dastand und zuhörte, während sie sich nach der Probe bei Kuchen und Wein mit dem Gouverneur unterhielt. Sie sprachen über dies und das, der Marquis stellte Fragen wie eine königliche Hoheit oder wechselte das Thema, und sie stand ihm nur Rede und Antwort. Er erkundigte sich nach ihren Verwandten, wobei er andeutete, daß ihre Eltern nicht gemeint waren, da er wußte, daß sie nicht mehr lebten. Sie berichtete ihm von ihrem Großvater in Le Havre und der Entfremdung von ihm.

»Ach ja, ich glaube, ich habe den Herrn im Norden, in Neufrankreich, kennengelernt.«

»Wirklich?« fragte sie, und ihre Augen strahlten vor Freude.

»Das ist schon einige Zeit her, es war noch vor meiner Ernennung zum Gouverneur von Trois-Rivières. Aber ich erinnere mich gut, daß Ihr Großvater einen langen Bibermantel trug, der bis zum Boden reichte. Er sagte öfter, er sei lieber nicht modisch, wenn man dabei frieren müsse. Ich fand damals die Ansicht recht praktisch.«

Sie lachte. »Ich könnte wetten, daß er immer noch so ist, jedenfalls war er es, als ich ihn zuletzt sah. Und habt Ihr vielleicht auch meine Mutter als junges Mädchen gekannt?«

»Ja, sie war bezaubernd. Sie sind ihr sehr ähnlich. Ich werde nie die Verzweiflung der Kavaliere vergessen, als sie heiratete. Ich spreche natürlich von ihrer ersten Ehe.«

»Ihrer ersten Ehe? Was meint Ihr damit? Sie war doch nur einmal verheiratet.«

»Aber ich dachte... Hieß Ihre Mutter nicht Marie Claire? Marie Claire Le Blanc?«

»Ja, aber ich habe nie gehört, daß sie schon einmal verheiratet war. Mit wem? Was ist aus ihm geworden?«

Der Gouverneur sah sie lange an, dann schloß sich etwas in seinem Gesicht wie ein Fensterladen. »Vielleicht habe ich mich getäuscht, Mademoiselle. Es muß ein Irrtum sein. Entschuldigen Sie.«

»Aber der Name war doch richtig«, widersprach sie verwirrt.

»Der Name ja, aber ich meinte wahrscheinlich eine andere Frau. Ich habe so ein schlechtes Gedächtnis! Jedenfalls starb der Mann, von dem ich sprach, in der Wildnis, soweit ich mich erinnere. Die Dame verheiratete sich kurz darauf wieder.«

»In Neufrankreich?«

»Ich glaube schon.«

Dann war es gut. Cyrenes Eltern hatten sich zwar in Neufrankreich kennengelernt, aber in Le Havre geheiratet.

Das war der Zeitpunkt, in dem René sich von hinten einschaltete. »Wenn das das Ende der Familiengeschichte ist, Cyrene, *ma chérie*, können wir dann gehen? Die Schauspielerei macht müde, und ich möchte schlafen.«

Madame de Pradel trat neben Lemonnier, als ihm Cyrene einen fragenden Blick über die Schulter zuwarf. Die Dame lachte zustimmend bei Renés Bemerkung. In anzüglichem Ton sagte sie: »Unter anderem, wie man sich vorstellen kann.«

Lemonnier sah sie nicht an. Er ging um Cyrene herum und bot ihr den Arm. Er hielt sie fest, lächelte sie verheißungsvoll an und antwortete zustimmend: »Unter anderem.«

Cyrene protestierte nicht, weder im Haus des Gouverneurs noch auf dem kurzen Weg zu seiner Wohnung. Doch als sich die Tür hinter ihnen schloß, entzog sie ihm den Arm und fragte: »Was bezwekken Sie damit?«

»Womit?«

»Sie wissen genau, womit. Warum haben Sie mich vor den Augen des Gouverneurs davongeschleppt, als könnten Sie es nicht erwarten, mich zu nehmen?«

»Vielleicht aus eben diesem Grund.«

René wußte, daß es mehr war als das. Ihn störte die Gewandtheit, mit der Cyrene sich mit Moulin, sogar mit Vaudreuil unterhielt, während sie zu ihm immer nur einsilbig war. Er kannte den Grund, doch das machte es für ihn nicht erträglicher.

»Ach wirklich?« antwortete sie eisig. »Worauf warten Sie dann? Wenn das Ihr Wunsch ist, helfen Sie mir doch aus diesen Kleidern, dann können wir sofort ins Bett gehen.«

Er hörte den Hohn in ihrer Stimme und spürte den Schmerz, der daraus sprach. Keines von beiden ließ ihn ungerührt; doch das Verlangen nach ihr, das Wissen, daß es im Bett eine Zwiesprache von unmittelbarer Lebendigkeit zwischen ihnen gab, war stärker. Ob sie es wußte und wollte oder nicht, nur dort fand er Zuflucht vor seinen Zweifeln und wenigstens zeitweiligen Schutz vor seinen Ängsten.

»Wie kann ich einer so charmanten Einladung widerstehen?« fragte er, und seine Augen funkelten grau und dunkel wie Kristalle. »Ja, worauf warten wir eigentlich?«

Cyrene hatte sich schnell daran gewöhnt, am Nachmittag Besuche zu empfangen. Moulins Auftritte wurden zur Routine. Er brachte oft Freunde mit, junge Männer in seinem Alter und aus seinem Stand, die sich genauso viel miteinander unterhielten wie mit ihr und sich gegenseitig neckten. Das machte ihr nichts aus. Es war fast, als sei Gaston wieder da, obwohl er ihr natürlich nie Pralinen oder taufrische Blumen geschenkt hatte, auch keine Gedichte über die Schönheit ihrer Fesseln verfaßt hatte oder über die Wölbung ihrer hohen Braue. Moulin hatte sie gefragt, ob sie auch morgens Besuch empfangen und ein Lever abhalten wolle, wie es so viele Damen taten, während sie sich ankleideten und für den Tag zurechtmachten. Cyrene fand allein schon den Gedanken lächerlich. Sie hatte sich noch nicht angewöhnt, im Bett zu bleiben, bis der Vormittag halb vorüber war, und hegte ihre Zweifel, ob Moulin und seine Freunde früh genug aufstanden, um ihr bei ihrer flüchtigen Toilette zuzusehen, und selbst wenn es so wäre, hielt sie die Vorstellung für albern. Sie war ja keine Königin, der vom Zeitpunkt an, wo sie morgens die Augen aufschlug, bis zu dem Augenblick, in dem sie sie abends wieder schloß, bei jeder Bewegung mit größter Sorgfalt aufgewartet werden mußte.

Aber sie gewöhnte sich allmählich an René, der, wenn sie erwachte, die grauen Augen mit einem Ausdruck von Zweifel auf sie gerichtet hatte, den er dann schnell verbarg. Sie konnte sich nicht erklären, warum er sie bei sich behielt, wenn er solche Bedenken hegte, und manchmal hatte sie das Gefühl, daß gerade in dieser Unsicherheit ihr Reiz für ihn bestand.

Als sie am nächsten Nachmittag allein im Salon saß, führte Martha einen Besucher herein. Sie hätte ihn, wie sie sagte, auf dem Rückweg vom Markt draußen auf der Straße getroffen. Er habe sich nach Mademoiselle erkundigt.

»Gaston!« rief Cyrene.

Das Buch flog ihr vom Schoß, als sie aufsprang, auf ihn zustürzte und die Arme um ihn schlang. Der jüngste Breton begegnete tapfer der Attacke und umarmte sie ungestüm, dann trat er zurück, um sie anzuschauen.

»Das nenne ich eine Begrüßung«, grinste er.

»Wo kommst du her? Was machst du hier? Geht es euch allen gut? Du mußt dich zu mir setzen und mir alles erzählen.« Sie sprudelte über vor Freude, ihn zu sehen.

»Hast du für mich etwas zu trinken? Ich komme direkt vom Fluß und hab' einen höllischen Brand.«

Cyrene sah sich nach Martha um, doch die war schon in Richtung Küche verschwunden. Man mußte ihr die Bedürfnisse von Gästen nicht erst mitteilen, auch nicht, wenn sie Hemd und Hose aus Leder trugen wie Gaston. »Es dauert nur einen Augenblick. Erzähl mir schnell, wie es Monsieur Pierre und Monsieur Jean geht und wo du sie gelassen hast.«

»Wir waren auf dem Weg zu den Tschokta, als uns plötzlich einfiel, daß wir nichts als Lemonniers Wort hatten, daß du in Sicherheit bist und es dir gutgeht. Wir haben beschlossen, daß einer zurückgehen und nach dem Rechten sehen muß. Ich bin derjenige, der am wenigsten Aufsehen erregt.«

»Vielleicht«, antwortete sie ein wenig streng, »aber du bist immer noch in Gefahr. Man hat dich im Magazin gesehen. Ich kann nicht glauben, daß du bei hellem Tag durch die Straßen gegangen bist.«

Er zuckte mit den Achseln. »Ich mußte dich suchen.«

So gern ihn Cyrene bei sich behalten hätte, es war für ihn zu gefährlich. Sie zwang sich zu einem Lächeln. »Nun, du hast mich gefunden, und wie du siehst, geht es mir ausgezeichnet. Du kannst zurückgehen und es Monsieur Pierre und Monsieur Jean ausrichten. Sag ihnen auch, daß mir leichter ums Herz ist, wenn sie fortbleiben.«

Gaston musterte sie stumm und spielte nachdenklich mit dem Goldring in seinem Ohr. »Du hast dich ja sehr fein gemacht.«

»Ich… danke dir.« Auf einmal war sie über das teure Seidenkleid und das zarte Spitzenhäubchen ebenso verlegen wie zu dem Zeitpunkt, als sie sie zum erstenmal angezogen hatte, obwohl sie doch inzwischen an diesen Luxus gewöhnt war.

»Ich habe da draußen einiges gehört. Anscheinend hat der Gouverneur einen Narren an dir gefressen, ihr spielt ja sogar miteinander Theater. Könnte man da nichts arrangieren?«

Sie machte ein unglückliches Gesicht. »Ich glaube nicht. Der Marquis ist ein leutseliger Herr, aber er nimmt sein Amt sehr ernst.«

»Den großen Marquis nennen ihn die Leute, dabei ist er nichts als ein großer Heuchler, schließlich weiß doch jeder, daß seine Frau –«

Cyrene streckte rasch die Hand aus und legte sie ihm auf den Arm. »Nicht so laut. Jemand könnte dich hören.«

»Das ist mir gleich«, sagte Gaston, fügte sich aber ihrer Bitte und fuhr leiser fort: »Also, wenn du nicht glücklich bist wie ein Eichhörnchen mit Nußvorrat für die nächsten beiden Winter, soll ich dich mitnehmen zu Papa und Onkel Pierre.«

»Das geht nicht.«

»Warum nicht? Nichts leichter als das. Nur ein kurzer Spaziergang zum Fluß, wenn es dunkel wird.«

»Ich – ich habe es versprochen.«

Gaston sah sie lange und durchdringend an. Die Röte stieg ihr ins Gesicht. Er schlug sich mit den Händen auf die Schenkel und faltete sie über den Knien. »*Très bien.* Wenn du nicht mitkommst, bleibe ich auch hier.«

»Unmöglich!«

Obwohl Verzweiflung aus ihrer Stimme sprach, wurde sie von einem Gefühl der Wärme durchdrungen. Sie konnte aber nichts sagen, denn Martha trat mit den Weingläsern und einer Kuchenplatte ein. Als sie mit dem Servieren fertig war, kam Armand, um seinen täglichen Besuch abzustatten.

Cyrene stellte die jungen Männer einander vor. Etwas anderes blieb ihr nicht übrig, denn wenn sie Gastons Namen nicht genannt hätte, wäre seine Anwesenheit noch verdächtiger gewesen. Immerhin war es möglich, daß Moulin noch nichts von ihm gehört hatte. Sie konnte nur das Beste hoffen.

Vergebliche Hoffnung. Moulin sah Gaston mit lebhaftestem Interesse an. »Ach ja«, sagte er, »der Schmuggler.«

Über Gastons Gesicht blitzte ein Grinsen, und er vollführte eine ansehnliche Verbeugung. »Wie ich sehe, ist mir mein Ruf vorausgeeilt.«

»Ich weiß nicht«, erwiderte Moulin vorsichtig, »aber ich habe es mir zur Aufgabe gemacht, soviel wie möglich über Mademoiselle Nolté herauszufinden.«

»Ach so, ich verstehe.« Der junge Breton hob die Brauen und schaute von Moulin zu Cyrene.

Cyrene schwieg. Wenn Gaston dachte, daß Moulin einer der Gründe für ihr Hierbleiben war, würde er Nouvelle-Orléans vielleicht verlassen, bevor es zu spät war.

Moulin nahm ein Glas von dem Wein, der auf dem Tisch stand, und überreichte Cyrene seinen jüngsten poetischen Versuch. Sie bedankte sich, zeigte sich in jeder Weise angetan und las Passagen daraus vor, um die Atmosphäre zu entspannen. Sie hatte befürchtet, daß danach eine peinliche Pause eintreten könnte, doch das

Gespräch drehte sich sofort wieder um den Schmuggel, und sie saß in einer Sofaecke und hörte zu, wie die anderen über die Mängel des gegenwärtigen Handelswesens diskutierten. Armand Moulin hatte sich offenbar einmal überlegt, ob er mit den Engländern illegale Geschäfte machen sollte, sein Vater hatte jedoch davon nichts wissen wollen. Monsieur Moulin war es lieber, wenn sein Sohn derlei verrückte Eskapaden unterließ und sein Geld, so gut es ging, aus den Ländereien erwirtschaftete.

Dabei zuzusehen, wie Gaston und Moulin einander kennen- und schätzenlernten, war zwar ganz unterhaltsam, aber nicht besonders beruhigend. Zu Cyrenes Erleichterung erhob sich Moulin wohlerzogen, als die für Nachmittagsvisiten vorgeschriebene Zeit vorbei war, und verabschiedete sich. Es war deutlich, daß es ihm nicht paßte, Gaston das Feld zu räumen, auch nicht, daß ihn der andere mit einer Selbstverständlichkeit und Nonchalance zur Tür geleitete, als sei er der Gastgeber. Aber es war ein Gebot des Anstands zu gehen, also ging er.

Gaston schloß die Tür hinter Moulin, kehrte zurück und warf sich auf einen Stuhl neben Cyrene. Er sah sie an und fragte streng: »Besucht Moulin dich oft?«

»Ja, ziemlich oft.«

»Und was sagt Lemonnier dazu?«

»Es ist so üblich, und er akzeptiert es.«

»Ach wirklich? An seiner Stelle würde ich den Teufel tun!«

Cyrene runzelte die Stirn. »Was für ein Glück, daß es dich nichts angeht!«

»Ich weiß wirklich nicht, was du an diesen Gedichten über Pikkel in deinem Gesicht findest.«

»Pickel! Über ein winziges Muttermal, einen Schönheitsfleck.«

»Über einen Pickel!«

Sie holte tief Luft und schluckte den Ärger hinunter. »Viele Damen empfangen am Nachmittag, und es ist ein Zeichen ihrer Beliebtheit, wenn ein Verehrer ihnen ein Gedicht widmet.«

»Mir wäre es egal, was es für ein Zeichen ist. Ich würde nicht zulassen, daß sie mir die Tür einrennen, und ich weiß nicht, warum du es tust, es sei denn, du willst Lemonnier eifersüchtig machen.«

Sie wies die Beschuldigung indigniert von sich, doch während sie sprach, war sie auf einmal nicht mehr sicher, ob Gaston nicht doch recht hatte. Sie wußte nicht mehr, was sie für René empfand. Sie hatte geglaubt, ihre Verliebtheit sei vorbei, aber was waren dann diese Lust, die sie in seinen Armen empfand, das süße Erbeben bei seiner Berührung, die Freude, wenn sie ihn betrachtete, ihn nur anschaute, ihm nahe war und die Tage und Nächte mit ihm teilte? Aber es war unbegreiflich, daß sie ihn noch lieben konnte. Vollkommen unbegreiflich.

Als René bei Einbruch der Dämmerung zurückkehrte, war Gaston noch da. Wenn Lemonnier sich wunderte, den jungen Breton vorzufinden, zeigte er es nicht, er lud ihn sogar zum Abendessen ein und erkundigte sich nach Monsieur Pierre und Monsieur Jean Breton. Cyrene, die ein wenig Verantwortung für Renés Haushalt übernommen hatte, stahl sich davon, um mit Martha über das Essen zu beraten, und ließ die Männer allein. Bei ihrer Rückkehr fand sie die beiden in bestem Einvernehmen vor: Sie unterhielten sich mit jener Mitteilsamkeit, die für befreundete Männer typisch ist.

Sie waren so nett zueinander, daß Cyrene nicht überrascht gewesen wäre, wenn René Gaston aufgefordert hätte, über Nacht zu bleiben. Er machte dazu allerdings keine Anstalten. Cyrene ermahnte Gaston zu größerer Vorsicht, als er sie bei der Ankunft an den Tag gelegt hatte, und er brach im Schutz der Dunkelheit zum Prahm auf.

Der junge Breton war kaum fort, da nahm René wieder den Platz am Pult ein. Cyrene fragte sich schon, ob er so die lange Zeit zwischen Abendessen und Schlafengehen überbrücken wollte, in der er sich sonst mit ihr hätte unterhalten müssen. Ihr war zwar klar, daß sie nicht in erster Linie zum Zweck der Konversation bei ihm war, aber dennoch fand sie die Ausdauer, mit der er sich in seine Papiere vertiefte und sie ignorierte, höchst provozierend.

Sie saß auf dem Sofa am Kamin, hatte die neuen, bestickten Satinpantoffeln abgestreift und die Füße unter die bauschigen Seidenröcke gesteckt. Sie hatte keinen Puder im Haar, denn die gewaltigen Mengen, die sie gebraucht hätte, reizten sie zum Niesen. Sie hatte sich das Haar heute von Martha zu einem Chignon frisieren lassen. Bei dieser schweren Frisur bohrten sich nach so vielen Stunden die Haarnadeln in die Kopfhaut. Sie zog eine nach der anderen heraus, ließ die langen, blonden Strähnen über die Schultern fallen und kämmte sie mit den Fingern, um den Wirrwarr zu ordnen.

Eine Nadel, die sie vergessen hatte, glitt ihr den Hals hinunter, die Schulter entlang und fiel ins tiefe Dekolleté ihres Kleids. Als sie die kalte Nadel auf der Haut spürte, entfuhr ihr ein leiser, ärgerlicher Aufschrei. Sie beugte sich vor und steckte die Finger in das enge Mieder, um die Nadel herauszuholen. Sie lehnte sich zurück und sah, wie René von seinem Pult aufblickte. Er saß schweigend da und schaute ihr zu.

Sie lächelte ihn zögernd an. Er erwiderte das Lächeln mit Wärme, arbeitete aber weiter.

Cyrene blieb lange sitzen, beobachtete die Schnelligkeit und Präzision seiner Bewegungen, das Spiel des unruhigen Kerzenlichts auf den Kanten und Wölbungen seines Gesichts, die Konturen der Lippen im flackernden Schein, die flammend rote Haut und den Reflex im schimmernden Haar. Das Licht fiel auf die Feder, die er benutzte, und warf den Schatten seiner harten, eckigen Hand auf das Papier, über das sie in endloser Bewegung fuhr. Sie dachte an dieselbe Hand auf ihrem Körper und erbebte.

Cyrene zog die Füße unter den Röcken hervor, stand auf, streckte sich ein wenig und legte die Haarnadeln auf einem neben ihr stehenden Tischchen ab. Sie ging zum Kamin, nahm den Haken und schürte das Feuer. Sie legte den Schürhaken wieder weg, blieb vor dem Feuer stehen und starrte in die Flammen; die Röcke hatte sie gerafft, damit sie nicht gefährdet waren. Als sie die Hitze nicht mehr aushielt, drehte sie sich um und ging zum Schreibtisch. Sie fuhr mit den Fingern um die glatt polierten Kanten, umrundete den Tisch, lehnte sich über Lemonnier und tippte ihm leicht auf die Schulter.

»Was schreiben Sie denn mit solchem Eifer?« fragte sie mit gespielter Trägheit. »Wenn das nicht mindestens Ihre Memoiren sind!«

»Etwas ebenso Langweiliges. Briefe an einflußreiche Leute. Verbannte können es sich nicht leisten, in Vergessenheit zu geraten, wenn sie nicht ewig im Exil bleiben wollen.«

»Wäre es denn so schlimm hierzubleiben?«

Die Seite, der er sich gerade widmete, war an Maurepas gerichtet, sie hatte die Anrede gelesen. Der Minister war sicher ein einflußreicher Mann, doch Lemonnier hatte ihn auch als seinen Freund bezeichnet.

René drehte sich um und sah sie an. »Hättest du denn gern, daß ich hierbleibe?«

»Vorsicht!« rief sie. »Sie bekommen sonst einen Tintenfleck am Ärmel.« Er hatte den samtbekleideten Arm fest auf das Papier gedrückt, das er gerade beschrieb und auf das er noch keinen Sand gestreut hatte. Sie packte ihn am Handgelenk, um den Arm wegzuziehen, aber er preßte ihn nur noch fester auf die Unterlage.

»Der Ärmel ist unwichtig, mich interessiert viel mehr die Antwort auf meine Frage.«

Er hielt sie fest mit seinem Blick. Sie sah ihn an, und Zweifel waren ihr ins Gesicht geschrieben. Will ich, daß er bleibt? Vielleicht. Sie wollte nicht daran denken, daß er fortging. Aber sie war mit den Gedanken nicht bei der Sache, denn ein Instinkt sagte ihr, daß er mit Absicht die Seite mit dem Ärmel bedeckt hatte: Er wollte sie nicht lesen lassen, was er schrieb. Und es war dieser Verdacht, der ihr auf einmal den Satz, auf den sie einen Blick geworfen hatte, klar und deutlich vor Augen stehen ließ: ... nur eine Möglichkeit, den illegalen Handel, den man als Schmuggel bezeichnet, zu unterbinden, und zwar, indem man mit der ganzen Härte des Gesetzes gegen jene vorgeht, die dabei ertappt werden, und an ihnen ein Exempel statuiert...

Sie mußte irgend etwas sagen. »Möchten Sie denn unbedingt wieder fort?«

Er stand auf, seine breiten Schultern bildeten einen wirksamen Sichtschutz für die über den Tisch verstreuten Papiere. »Manchmal denke ich an Frankreich und sehne mich danach wie ein Waisenkind nach der Mutter«, antwortete er, »und manchmal, wenn ich dich in den Armen halte, spüre ich, daß ich da zu Hause bin, wo du bist.«

Er versuchte, sie abzulenken wie schon einmal, als sie sich für seine Schriften interessiert hatte. Soll er doch, dachte sie, was kümmert es mich. Ich weiß ja, was er für einer ist, und kann doch nicht seiner Anziehungskraft entgehen. Ich kann es mir nicht leisten, mich ihm zu widersetzen, und nicht riskieren, daß er die Bretons beim Gouverneur denunziert. Er besitzt mich mit Haut und Haar, ich sollte jeden Genuß auskosten, den ich daraus ziehen kann. Es ist wenig genug.

Am nächsten Morgen jedoch, sobald Lemonnier die Wohnung verlassen hatte, ging Cyrene zum Schreibpult im Salon. Die polierte Fläche war leer, nicht ein Fetzen Papier war zu sehen, nur Tintenfaß und Federhalter lagen bereit. Die Lacktruhe stand an der Wand. Cyrene rüttelte am Schloß und stocherte sogar unsaft mit einer Haarnadel darin herum, doch es blieb fest verschlossen und gab sein Geheimnis nicht preis.

Am Abend des Maskenballs war das offizielle Amtsgebäude der Regierung hell erleuchtet. Fackeln flackerten neben dem Tor und schienen auf die neugierigen Gesichter der Menge, die sich in den schlammigen Straßen eingefunden hatte, um einen Blick auf die von Dienern begleiteten Gäste zu werfen. Es hatte tagsüber geregnet, der Nachthimmel war dunkel vor tief hängenden Wolken, Vorboten des nächsten Gusses, doch davon ließen sich die Schaulustigen nicht abschrecken. Im Kampf um die besten Plätze rempelten sie sich gegenseitig an, feilschten mit den Straßenhändlern, die warme Reisfladen, Fleischpasteten, Orangen und kandierte Veilchenwurzeln verkauften, und waren auf der Hut vor Taschendieben. Mit großen Augen bestaunten sie die Kostüme, die sich die vom Schicksal Begünstigten für diesen Anlaß hatten machen lassen oder aus alten Stoffresten zurechtgeschneidert hatten. Das Publikum bestand zur Hälfte aus solchen, die in allem Schönheit entdeckten, und anderen, die nur die schlechte Seite sehen wollten. Die Kommentare waren derb und zotig, aber nicht besonders geistreich.

»Was will der denn darstellen, eine Kleiderpuppe?«

»Nein, ich glaube, das soll der fette König von England sein.«

»Schau dir die an. Hängt sich einen Mühlstein um den Hals. Da muß sie sich nicht wundern, wenn sie ein Hinterteil hat wie ein Walfangschiff.«

»Das ist doch die Kaiserin Maria Theresia, du Dummkopf!«

»Und ich bin die Kaiserin von China!«

»Und da, Hochwürden im Priesterkleid!«

»Dem man die Röcke runterreißen sollte!«

»Sieh dir doch die niedliche Schäferin an mit dem kleinen Krummstab!«

»Und wenn ich mich nicht irre, könnte sie was gebrauchen, das weder krumm noch klein ist.«

Da die Straßen naß und morastig waren, hatte René für Cyrene eine Sänfte gemietet, die sie zum Haus des Gouverneurs bringen sollte. Dieses Traggestell war alles andere als ein Luxus: Der zerschlissene Ledersitz roch nach Schweiß, nach abgestandenem Parfüm und nach dem schimmeligen, dreckverkrusteten Stroh, das den Boden bedeckte. René lief neben der Sänfte her, hatte die eine Hand an der Tür, die andere am Heft seines Schwerts. Die Waffe gehörte nicht nur zu seinem Musketierkostüm, sie war auch eine ratsame Vorsichtsmaßnahme. In einer solchen Nacht krochen bei dem Gewimmel in den Straßen die übelsten Kreaturen aus ihren Löchern.

Cyrene und René mußten in der Schlange vor der Tür des Amtssitzes warten, bis sie eintreten konnten, und hatten daher reichlich Zeit, die verschiedenen Scherze und Witzeleien mitanzuhören, die den Gästen an den Kopf geworfen wurden. Als sie an der Reihe waren, half René Cyrene aus der Sänfte, warf den Trägern ein paar Münzen zu und forderte sie auf, sich ein Gläschen zu genehmigen, während sie das Ende des Balls abwarteten. Ein enttäuschtes Raunen ging durch die Menge, weil die beiden Mäntel über ihrer Verkleidung trugen, aber Cyrene achtete nicht darauf, und sie betraten schnell das Gebäude.

In der dafür vorgesehenen Garderobe nahm man ihnen die Mäntel ab. Cyrene schüttelte die Gazeröcke ihres Waldnymphenkostüms aus verschiedenen Grün- und Goldtönen. Ein Diener bürstete René den Lehm von den Stiefeln. Nachdem man sich ihrer äußeren Erscheinung in dieser Weise angenommen hatte, nestelten sie an den Bändern, die ihre Stoffhalbmasken hielten. Dann wurden sie in den Ballsaal geführt.

Die Versammlung prachtvoll gekleideter und geschmückter Menschen, die Kronleuchter, in denen Hunderte von Kerzen strahlten wie berstende Sterne, die eleganten Wandteppiche und Möbel, das ausgezeichnete Essen, die Getränke, die Heiterkeit der Gesellschaft – all das wäre auch in Paris etwas Besonderes gewesen. In Nouvelle-Orléans, dieser finsteren Provinz, war es einmalig, und die Gäste waren sich wohl bewußt, daß das Städtchen ein solches Ereignis in seiner kurzen Geschichte noch nie erlebt hatte, und sie befürchteten, daß es bei diesem einen Mal bleiben würde. Der Maskenball erhielt so zusätzlichen Reiz, ein lebhafter, ja fieberhafter Frohsinn verbreitete sich. Noch nie hatten die Gäste des Marquis so ausgiebig gelächelt, so gellend gelacht, noch nie der Wein so nach Nektar, das Essen nach Ambrosia geschmeckt. Die Musik nahm die Stimmung auf, steigerte sie, sang in aller Blut. Die Gäste tanzten, als wollten die Füße nicht mehr stillstehen, bis sie atemlos lachten vor Erschöpfung und die Fenster aufgerissen wurden, um die kühle Nachtluft hereinzulassen, die die Wärme und den Geruch so vieler erhitzter und ausgiebig parfümierter Menschen vertrieb.

Draußen begann es wieder zu regnen, und das Rauschen und die kühle Feuchtigkeit wehten in den Saal. Das kümmerte niemanden. Was spielte das Wetter für eine Rolle, wenn man sich so gut amüsierte?

Cyrene hatte schon ein halbes Dutzend Tänze hinter sich: einen mit René, einen mit Moulin, einen mit einem Harlekin, einen mit einem Grenadier und zwei mit König Ludwig XIV., der statt der Krone eine Aureole trug. Sie war sicher, daß der Gouverneur dahintersteckte. Die Zeit hatte keine Bedeutung mehr. Hinter der sicheren Maske konnte nichts sie berühren, nicht einmal der Anblick Renés mit einer als Äbtissin verkleideten Dame, die Madame de Vaudreuil sein mußte. Cyrene war glücklich in dieser fröhlichen Runde, der Rhythmus der Musik, die Bewegung des Tanzes gingen ihr in Fleisch und Blut über und berauschten sie. Und sie entdeckte in sich die Fähigkeit, alle Sorgen, alle unerfreulichen Schwierigkeiten zu vergessen und nur der Freude des Augenblicks zu leben.

Da sah sie Gaston.

Er war es, daran zweifelte sie trotz der Maske nicht einen Moment. Niemand anders hatte solche breiten, muskulösen Schultern und einen so üppigen Lockenkopf. Keiner außer ihm war so verwegen, auf dem Maskenball des Gouverneurs in perlenbestickter Lederkleidung und Mokassins zu erscheinen, als *voyageur,* der jeden Augenblick als Schmuggler überführt werden konnte.

Gerade war die schnelle Contredanse zu Ende. Cyrene schickte ihren Partner um ein Glas Wein und begab sich zu Gaston. Er stand am offenen Fenster, als sie von hinten an ihn herantrat.

»Was machst du denn hier?«

Ihre Stimme bebte vor Zorn, vor Angst um ihn und vor Ärger über die eigene Ängstlichkeit. Er drehte sich um, und durch die Schlitze der Maske sah sie, wie sie seine Augen mit Wärme anstrahlten. »Ein Herr aus deinem Bekanntenkreis hat mich besucht, *chère*. Ich bin mit ihm gekommen.«

»Lemonnier!« stieß sie mit Bitterkeit hervor.

»Aber nein, es war Moulin.«

»Armand Moulin?«

»Ein guter Freund, einer, auf den man sich verlassen kann.«

»Es freut mich, daß ihr euch mögt«, entgegnete sie kühl und sarkastisch, »aber bist du denn von allen guten Geistern verlassen, hier aufzutauchen, noch dazu in einer Aufmachung, die ein Aushängeschild für deine Vergehen ist?«

»Niemand hat mich erkannt«, protestierte er.

»Du hast mehr Glück gehabt, als du verdienst. Du mußt sofort gehen.«

Er verzog ärgerlich den Mund. »Wenn du aufhörst, so ein Gezeter zu veranstalten, sehe ich dazu keinen Grund. Du hetzt mir noch die Soldaten auf den Hals.«

»Gaston, sei doch nicht so unvernünftig. Warum willst du dich sinnlos einer Gefahr aussetzen?«

»Aber Cyrene, welcher Gefahr denn? Soviel ich weiß, hat Lemonnier doch ein Alibi für uns, für Papa, Onkel Pierre und mich, erfunden. Alle wissen, daß wir in der Nacht, als das Magazin brannte, nicht hier waren. Ich könnte dich fragen, welche Belohnung er dafür bekommen hat, aber ich will dich nicht verletzen. Anscheinend bezahlst du für meine Sicherheit, warum soll ich also das Fest nicht genießen?«

Er hatte natürlich recht. Die Ausflüchte über den Verbleib der Bretons waren im Lauf der Zeit akzeptiert worden. Warum sollte Gaston sich nicht wieder blicken lassen? Mit gemischten Gefühlen – halb Erleichterung, halb Ärger – ließ sie das Argument fallen und rüstete sich zu einer neuen Attacke.

»Aber in diesem Aufzug hierherzukommen – das ist ein Schlag ins Gesicht.«

»Höchstens kalkuliertes Risiko. Würde das einer wagen, der schuldig ist? Nein, ich muß also unschuldig sein.«

»Warum etwas riskieren, wenn du in Sicherheit sein kannst?«

Er lächelte leise. »Warum soll ich mich in ein sicheres Versteck verkriechen, wenn ich mit ein bißchen Mut einer der Glücklichen sein kann, die beim Gouverneur zu Gast sind, statt der Sohn eines armen Händlers, der vor der Tür zu stehen hat, wie all die anderen da draußen, und den Reichen und Mächtigen bei ihrem Spiel nur zusehen kann?«

»Das alles ist nichts, aber auch gar nichts, verglichen mit der Freiheit«, antwortete sie ihm und blickte sich mit dunklen Augen um.

»Das sagst du. Aber du bist hier, und die anderen stehen immer noch vor der Tür.«

Und doch stimmte das, was sie gesagt hattc. Was bedeutete das alles schon, die Kostüme, die elegante Umgebung, der Aufmarsch der Verehrer, das Theaterspielen mit dem Gouverneur als Partner oder die Teilnahme am Maskenball unter den illustren Gästen? Ich habe, dachte sie, mir nichts anderes als Freiheit gewünscht, und alles, was ich an Freiheit hatte, habe ich gegen dieses Gefängnis eingetauscht, das nur durch seine Farben, seine Vergoldung und durch die Betäubung der Sinne, den Rausch der Lust, einigermaßen zu ertragen ist. Dennoch bleibt es ein Gefängnis. Ich habe mit offenen Augen gewählt. Nur der Wille zu entkommen könnte mich retten. Und diesen Willen muß ich aufbringen.

Gaston riß sie aus diesen schmerzlichen Betrachtungen und flüsterte vernehmlich: »Wer ist denn das?«

Sie schaute auf. Der Mann, der auf sie zukam, war als römischer General herausgeputzt, in Toga und Brustharnisch, die zu den Kniehosen und der gepuderten Lockenperücke recht eigenartig aussahen. Er war kräftig und bewegte sich flink. Eine Maske trug er nicht, seine unangenehmen Gesichtszüge standen in ausgeprägtem Kontrast zu den glatten Larven um ihn herum. Es dauerte eine Weile, bis Cyrene ihn erkannte, aber dann wurde sie von Übelkeit und Bestürzung überwältigt.

»O Gott«, murmelte sie vor sich hin.

»Was ist denn los?«

»Der Offizier vom Lagerhaus.«

»Wer?«

Gaston war nicht dabeigewesen, als der Lieutenant sie festgehalten und zu Boden geworfen hatte und René sie vor der Gefangennahme retten mußte. Gaston wußte von nichts, und sie hatte nicht die Zeit, es ihm zu erklären. Der Offizier stand vor ihnen und stemmte die Hände in die Hüften.

»Die Haare da würd' ich doch unter Tausenden erkennen«, sagte der Mann höhnisch und musterte die schimmernde Lockenpracht mit wäßrigem Mund. »Ich hab' sie ja mal in der Hand gehabt, und 'ne schöne weiche Titte dazu. Und ich wette, daß ich noch mehr davon krieg', sonst muß ich mich 'n bißchen mit dem Gouverneur unterhalten über dich und deinen Freund da, der mir verdächtig nach 'nem Dieb und Schmuggler aussieht. Na, was sagst du, meine Süße? Willst du spielen oder zahlen?«

16. Kapitel

Der Lieutenant war sich seiner Sache sicher. In seiner grobschlächtigen Arroganz bildete er sich ein, sie einschüchtern zu können. Aber stärker als ihre Angst war der pure Zorn darüber, schon wieder bedroht zu werden. Sie war froh, daß die Maske ihre Gefühle verbarg, denn so konnte sie dem Offizier in der lächerlichen Aufmachung hocherhobenen Hauptes und mit straffen Schultern begegnen.

»Ich wüßte nicht, Monsieur«, sagte sie mit Eiseskälte, »daß wir uns kennen.«

Sie hätte sich von ihm ab- und wieder Gaston zugewandt, der dastand und die Stirn runzelte, wenn der Lieutenant sie nicht am Arm gepackt hätte. »Du kennst mich sehr gut und sollst mich noch besser kennenlernen. Spiel mir nur nicht die Hochnäsige vor, oder du kriegst gleich hier einen Dämpfer verpaßt!«

Cyrene entwand ihren Arm seinem schmierigen, plumpen Griff. »Sie vergessen sich! Sie unterliegen einem Irrtum, Monsieur, der Sie teuer zu stehen kommen wird, wenn Sie darauf bestehen.«

Er packte sie roh am Ellbogen und zerrte an ihr, daß sie das Gleichgewicht verlor und auf ihn fiel. »Oh, ich werde durchaus darauf bestehen. Wir werden ja sehen, wer hier welchem Irrtum unterliegt, wenn ich mit dir fertig bin.«

Gaston versetzte ihm einen Stoß. »Laß sie sofort los, du unverschämter Dreckskerl!«

»Halt dich da raus!« Der Lieutenant schleuderte Gaston die Worte mit drohendem Grollen entgegen. »Misch dich nicht ein, sonst findest du dich am Schandpfahl!«

»Du hast ein großes Maul«, stieß Gaston hervor, »laß uns vor die Tür gehen und sehen, was du sonst noch zustande bringst.«

»Gaston, nicht!« rief Cyrene.

»Ich habe dich gewarnt, Bürschchen!«

»Will Er«, kam eine leise Stimme von hinten, »auch mich warnen?«

Cyrene spürte, wie der Lieutenant zusammenzuckte. Er hielt sie noch fester am Ellbogen. Eine schnelle, kaum wahrnehmbare Bewegung, ein jäher, kräftiger Schlag, und der Lieutenant ließ sie los. Cyrene wurde weggezogen, und der Gouverneur legte den Arm um sie.

Sie war unsäglich erleichtert über seine Hilfe, aber gleichzeitig auch verlegen und wie gelähmt vor Furcht, daß er den Grund für diesen Streit erraten könnte.

Offenbar war auch der Angreifer starr vor Schreck. Er schluckte und stammelte. »Bitte – bitte verzeiht, Eure Exzellenz. Ich wußte nicht, das heißt, ich hatte keine Ahnung –«

»Was wußte Er nicht?« fragte der Gouverneur in kühlem Ton.

»Nichts. Überhaupt nichts!« Der Lieutenant war käsebleich und konnte nur noch krächzen. »Ich bitte um – um Entschuldigung. Ich muß die Dame verwechselt haben.«

»Mit Sicherheit. Er wird den Irrtum nicht noch einmal begehen.«

»Nein, ganz bestimmt nicht.«

Der Marquis winkte leicht mit der Hand. »Wir werden die Sache vergessen. Er kann gehen.«

Der Offizier kam diesem Befehl in höchster Eile nach. Cyrene wollte dem Gouverneur ihren Arm entziehen, aber er hielt sie fest. Sie fuhr sich mit der Zunge über die Lippen und sah zu ihm auf. »Ihr kamt im rechten Augenblick, Exzellenz. Es war sehr freundlich von Euch, mich zu retten. Ich bin Euch sehr zu Dank verpflichtet.«

Leise Schritte näherten sich von hinten, und Lemonniers Stimme sagte: »Nehmt auch meinen Dank entgegen. Ich habe den ärgerlichen Zwischenfall von der anderen Seite des Saals beobachtet, konnte aber nicht so schnell hierherkommen.«

Ein leichter Ausdruck des Mißvergnügens huschte über das Gesicht des Gouverneurs, und er seufzte. »Ich hätte wissen müssen, daß Sie nicht weit sind, Lemonnier. Ich nehme an, ich muß jetzt Mademoiselle Cyrene zur weiteren Tröstung an Sie abtreten.«

René neigte den dunklen Kopf zu einer Verbeugung. »Das wäre mir lieb, Eure Exzellenz.«

»Das habe ich mir gedacht.«

Eine Frau, die offenbar in Lemonniers Kielwasser segelte, gesellte sich zu ihnen unter dem Geraschel und Geflüster von Taftunterröcken. Cyrene sah den ausladenden Busen, der aus dem Etruskerinnenkostüm hervorquoll – ein weiter Rock, ein kupferrotes Mieder, das die Taille der Dame zu erstaunlich schlanken Dimensionen zusammenschnürte, und ein verschwindend knappes Oberteil –, und dachte, das kann doch nur Madame de Pradel sein!

»Das war nichts weniger als Majestätsbeleidigung, Lemonnier«, bemerkte die Dame. »Sie sollten die Rechte des regierenden Oberherrn respektieren, einer Holden in Nöten beizustehen und Trost zu spenden.«

»Unser Oberherr, Madame«, entgegnete der Gouverneur mit Würde, »ist Seine Majestät König Ludwig von Frankreich.«

»Ach ja«, antwortete sie in gespielter Überraschung. »Das hätte ich doch beinahe vergessen, aber andererseits war Mademoiselle Nolté in Gefahr, denselben Fehler zu begehen.«

»Durchaus nicht«, erwiderte Cyrene, die den Sarkasmus der Dame wahrnahm, wenn auch nicht die Ursache dafür kannte. Doch wenn sie es sich recht überlegte, war die Ursache nicht schwer festzustellen. Madame de Pradel hatte endlich Renés Aufmerksamkeit von der Marquise abgelenkt und war vielleicht nicht begeistert darüber, ihn wieder abgeben zu müssen. Diesem Gedanken konnte Cyrene jedoch nur einen flüchtigen Augenblick lang nachhängen, denn zu ihrer Gruppe gesellte sich eine Äbtissin mit Schleier, der der Rosenkranz um die Knie schlug, mit solcher Hast war sie ausgeschritten.

Die Marquise fragte in scharfem Ton: »Was hat dieser Aufruhr zu bedeuten? Sie werden Mademoiselle Nolté sofort freigeben, Vaudreuil, bevor das Geläster der Klatschmäuler uns allen in den Ohren klingt.«

Der Blick, den die Gouverneursgattin auf Cyrene warf, war eisig. Noch unangenehmer war sie jedoch vom Blick des Mannes berührt, der der Marquise auf den Fuß gefolgt war und sich in der Nähe aufhielt. In graubraunem Mönchshabit und einer Kapuze stand da Madame de Vaudreuils Zuträger Touchet, und keine Maske verbarg den maliziösen Zynismus seiner Augen.

Der Marquis de Vaudreuil sah auf seine Gattin. »Mademoiselle Cyrene hat einen Schock erlitten. Klatsch ist ein natürlicher Zeitvertreib des Menschengeschlechts und kein Grund, eine Dame zu vernachlässigen.«

»Bitte«, sagte Cyrene, »ich fühle mich ausgezeichnet.«

Ohne Hast zog der Gouverneur den stützenden Arm zurück. René trat hinzu und übernahm den Platz des anderen. Er fragte ruhig: »Man spielt wieder auf. Wenn du wirklich keine üblen Nachwirkungen verspürst, sollen wir uns dann aufs Parkett begeben?«

»Wenn Sie möchten«, antwortete sie leise.

»Eine ausgezeichnete Idee«, sagte Madame de Vaudreuil scharf und richtete den bohrenden Blick von Cyrene auf den Gatten. »Ihren Arm für das Menuett, Vaudreuil?«

»Wie Sie wünschen, *chère.*«

Der Gouverneur führte seine Frau mit einer steifen Verbeugung aus ihrem Kreis. René folgte, Cyrenes Finger lagen auf seinem Handgelenk. Die Tänzer machten ihnen Platz. Sie nahmen Teil am gemessenen Schritt der Paare, verbeugten sich, neigten sich, drehten schwungvoll die Röcke und Rockschöße und bewegten sich leichtfüßig über den gewachsten Boden. Der Kerzenschein glänzte auf Samt und Seide, Satin und Taft, fing den Schimmer der Perlen ein und glitzerte in den vielfarbigen Edelsteinen. Dies war ein Amtsgebäude, und man konnte sich hier keine Freiheiten herausnehmen, aber dennoch hing vage ein Hauch von Ausschweifung über der Versammlung und erinnerte an die uralten bacchantischen Feste, deren Tradition sich im Karneval fortsetzt.

Cyrene drehte sich im Tanz hinter René und erblickte am anderen Ende des Saals Gaston als Partner von Madame de Pradel. Die Dame starrte ihn an wie ein appetitliches Bonbon, und der junge Breton wirkte interessiert, aber auch ein wenig ängstlich.

René bemerkte Cyrenes Lächeln, in dem eine Spur Ironie lag, als sie wieder an seine Seite trat und sie bei der Promenade durch den Saal bei jedem Schritt die Füße streckten. »War es nötig«, fragte er angriffslustig, »gerade jetzt einen öffentlichen Aufruhr zu verursachen?«

Cyrene hatte noch keine Gelegenheit gehabt, ihrer Wut und Empörung Ausdruck zu verleihen, nicht nur darüber, daß der Lieutenant sie angepöbelt, sondern auch daß Madame de Vaudreuil sie ungerechtfertigt getadelt hatte. Auf diese beißende Bemerkung hin entlud sich ihr Zorn.

»Warum denn nicht?« erwiderte sie. »Nichts ist mir lieber, als begrapscht zu werden und Gegenstand eines Hahnenkampfs zu sein – wie ein Flittchen vom Quai d'Orsay. Es sei denn natürlich, daß mich eine eifersüchtige Ehefrau als liederliche Schlampe betrachtet.«

»Du hättest dich ruhig irgendwo hinsetzen können, ohne Aufsehen zu erregen.«

»Ach wirklich? Heißt das, daß Sie der Meinung sind, ich hätte den Lieutenant dazu angestachelt, mich zu erkennen? Glauben Sie vielleicht, daß ich ihm schöne Augen gemacht habe?«

René dachte, daß sie schöner und eindrucksvoller war, als für sie oder seinen Seelenfrieden gut sein konnte. Der Ärger über die lästige Sorge um sie hatte ihn zu seiner Bemerkung veranlaßt. Es hätte ihm besser gepaßt, wäre sie still, kleinlaut und zurückhaltend gewesen. Aber dann wäre sie nicht Cyrene.

»Nun?« fragte sie herausfordernd.

»Ich bin mir darüber im klaren, daß du nichts Außergewöhnliches getan hast, um den Lieutenant zu provozieren.«

»Was soll das heißen? Hätte ich das Haar nicht offen tragen sollen? Hätte ich mich nicht beim Gouverneur für sein Eingreifen bedanken dürfen? Vielleicht hätten Sie es für das beste gehalten, wenn ich mit dem Lieutenant gegangen wäre, wohin er wollte, und ihn mit mir hätte machen lassen, was er wollte? Damit wäre die Angelegenheit wunderbar und in aller Stille geregelt gewesen!«

Er blickte sich mit gequältem Gesichtsausdruck um. »Würdest du bitte leiser sprechen?«

»Ja, verbieten Sie mir nur den Mund, warum tun Sie es nicht? Es ist das letzte Argument, das bleibt, wenn man einen Streit begonnen hat, den man nicht gewinnen kann.«

»Na gut«, antwortete er und hielt ihre Hand mit festem Griff, als er sie herumschwang, um durch den Saal zum Ausgangspunkt zurückzutanzen. »Was soll ich darauf erwidern? Daß ich eben besser auf dich hätte aufpassen müssen? Daß ich dir schneller zu Hilfe hätte kommen sollen? Daß ich wütend bin, weil Vaudreuil als erster da war, und Mordgedanken hege gegen den Menschen, der es gewagt hat, dich anzufassen? Kurz, daß ich verrückt vor Eifersucht bin?«

Sie hob den Kopf und begegnete seinen stahlklaren Augen mit flammendem Blick. »Ja, warum nicht?«

»Wirklich, warum eigentlich nicht. Schließlich ist jedes Wort davon wahr.«

Sie strauchelte und wäre beinahe über den Saum ihres Kleids gestolpert. Als sie ihn wieder anschaute, blickte er geradeaus. Eine Weile klopfte ihr das Herz bis zum Hals, dann sah sie seine angespannte Miene, und ihr Puls ging wieder ruhiger. Er hatte sich also für sie verantwortlich gefühlt, sich um sie Sorgen gemacht, war sogar eifersüchtig – na und? Für ihn war sie nur ein Besitzgegenstand, ein Ding, auf das er aufpassen und das er vor Eindringlingen schützen mußte. Diese Eifersucht hatte mit ihr als Person nichts zu tun, er wollte sie nur nicht teilen oder gar verlieren, solange sein Interesse andauerte. Sein Verantwortungsgefühl, seine Besorgnis und vor allem seine Eifersucht würden in dem Augenblick vergessen sein, in dem er sie satt hatte.

»Wie außerordentlich schmeichelhaft«, gab sie zurück, »womit habe ich das nur verdient?«

Lemonnier erkannte den Unglauben in ihrer Stimme und wußte nicht, ob er erleichtert oder wütend sein sollte.

Der Ball endete um Mitternacht mit der allgemeinen Demaskierung. Beim Verklingen des letzten Glockenschlags begann die Fastenzeit, vierzig endlose Tage der Entsagung und Abstinenz. Der letzte Happen wurde verschlungen, der letzte Schluck schleunigst heruntergestürzt. Die Musiker packten die Instrumente ein. Es blieb nichts übrig, als nach Hause zu gehen.

Die Gäste verabschiedeten sich und trugen die Masken, die jetzt albern wirkten, an den Bändern. Sie äußerten die üblichen Phrasen von Lob und Dank für die Abendunterhaltung gegen ihre Gastgeber, riefen Grüße, die in den nassen, leeren Straßen widerhallten, und zerstreuten sich in die Nacht.

Aus dem Nachthimmel sprühte ein Nieselregen mit jener erbarmungslosen Unaufhörlichkeit, die anzeigte, daß er noch Tage andauern wollte. Die Gräben neben den Straßen um das Regierungsgebäude rauschten wie kleine Wildbäche, und das Licht der Fackeln an der Tür spiegelte sich in ihnen. Cyrene war die Sänfte, der René zu warten befohlen hatte, eine willkommene Zuflucht, auch wenn der Weg zur Wohnung nicht sehr weit war.

Als sie sich im engen Sitz des Traggestells niedergelassen hatte und die Männer die Stangen auf die Schultern nahmen, kam ein Junge mit löcheriger Zinnlaterne, die an einem Querholz hin- und herschaukelte, auf sie zugerannt. »Darf ich Ihnen leuchten, Monsieur? Für Sie besonders billig!«

Er war klein und mager und bis auf die Haut naß, aber trotz der abscheulichen Nacht auf Jagd nach Kundschaft. Es gab in Nouvelle-Orléans viele solche Gassenjungen, Waisen, die sich selbst überlassen und Opfer der vielen Gefahren waren, die die Kolonie heimsuchten. Um die meisten kümmerten sich die Ursulinen, aber es gab immer welche, die sich lieber auf den Straßen herumtrieben, als sich von den Nonnen erziehen zu lassen.

René warf dem Jungen eine Münze zu. Der Kleine grinste kurz und ging vor der Sänfte her. Sie hatten das Regierungsgebäude bald hinter sich gelassen. Um sie war nichts als dunkle, nasse Nacht, in der nur das tanzende, gelbe Licht der Laterne leuchtete.

Der Regen sprühte auf das kleine Quadrat der Sänftenüberdachung. Die Ledervorhänge wehten nach innen und ließen den feinen Nieselregen herein. Hin und wieder rutschte einer der Träger im knöcheltiefen Morast aus, so daß der Stuhl sich zur Seite neigte, bevor er sich erneut aufrichtete. Cyrene stützte sich, so gut es ging, mit dem Fuß ab und hielt sich an einer Schlaufe fest, doch bei einem besonders heftigen Ruck streckte sie die Hand aus, um sich abzufangen. Sie stieß sich am Fensterrahmen das Handgelenk an.

Sie rieb sich gerade den schmerzenden Arm, da hörte sie einen Ruf. Sie wußte nur noch, daß sie stürzte und erst nach vorne, dann nach hinten geworfen wurde, als die Träger sie fallen ließen.

Cyrene stieß einen Schreckensschrei aus. Die Sänfte schwankte und schaukelte, dann richtete sie sich auf. Cyrene tastete nach der Tür und stieß sie auf.

»Was ist los? Was ist passiert?«

Auf dem Weg, den sie gekommen waren, verklang das Stapfen und Spritzen von Beinen, die wegliefen. Cyrene drehte sich um und sah gerade noch, wie sich die Träger mit gebeugten Köpfen und schwingenden Armen davonmachten. Der Junge war fort, aber seine Laterne lag im Schmutz, die Kerze flackerte und gab ein mattes Licht. Ein Schwert fuhr zischend aus der Scheide. Sie wandte sich wieder um.

Bei schwacher Beleuchtung erblickte sie René. Er hatte das Schwert in der Hand und wehrte sich gegen zwei Männer. Sie sahen wild aus mit ihren zerklüfteten, pockennarbigen Gesichtern, die von finsteren Taten in dunklen Winkeln sprachen. Der eine hatte ein Messer, das er durch die Luft stieß, so daß das schwache Laternenlicht auf die Schneide fiel und die scharfe Spitze aufblinkte. Der andere holte mit einem schweren Knüppel aus.

Was konnte sie tun? Schemenhaft gingen Cyrene mehrere Möglichkeiten durch den Kopf, doch jede war nutzloser als die andere. Noch nie im Leben hatte sie sich so hilflos gefühlt. Wenn sie doch nur ihr Messer hätte! Doch das hatte sie in der Wohnung zurückgelassen. Aufgeregt stieg sie aus der Sänfte aus und trat auf die Straße, die seidenen Schuhe versanken tief in Schlamm und Nässe.

Sie hörte hinter sich ein leises Geräusch. Bevor sie sich umdrehen oder in dem zähen Matsch bewegen konnte, in dem ihre Füße steckten, wurde ihr ein Arm um die Kehle gelegt. Sie gab einen erstickten Schrei von sich, und der Arm hielt sie noch fester. Sie wurde nach hinten an einen massigen Körper gezogen und Schritt für Schritt in die nächste Gasse gezerrt. Der durchdringende Geruch von Holzfeuer, schmierigem Leder, billigem Fusel und Schweiß raubte ihr fast die Sinne.

Cyrene versuchte, sich dem Griff zu entwinden, die Ellbogen zurückzustoßen, aber der Arm drückte ihr die Kehle zu und schnürte ihr die Luft ab. Sie keuchte und hustete, und hinter den Augen stieg der Schmerz wie ein roter Nebel auf. Sie spürte, daß sie halb getragen wurde, die Füße schleiften im Schmutz. Sie konnte René nur undeutlich erkennen und sah ihn einen kurzen Blick über die Schulter auf sie werfen. Er fluchte und verdoppelte seine Anstrengungen, Stoß, Finte, sein Schwert zischte durch die Luft.

Ich muß etwas tun, dachte sie. Ich muß. Meinen Entführer an den Haaren reißen, ihm die Augen auskratzen, irgend etwas! War es rationales Denken oder Instinkt, der sie leitete? Sie wußte es nicht. Der Einfall kam, und sie handelte sofort. Sie ließ plötzlich ihre Muskeln erschlaffen. Die Zähne schlugen aufeinander, als ihr Kinn auf den Arm des Mannes fiel, doch sie hatte den Angreifer aus dem Gleichgewicht gebracht. Er ließ sie los, als er den Arm hochwarf, um sich wieder zu fangen. Sie fiel nach vorn in den Schlamm, spürte durch die Röcke die Weichheit, in die Knie und Hände bis über die Gelenke versanken, als sie sich auffing.

Der Mann stieß eine derbe Obszönität aus und holte mit der Faust aus. Cyrene wurde im Gesicht getroffen. Der Schmerz explodierte in ihrem Schädel, doch sie benutzte die Wucht des Schlags, um wegzuschnellen. Als sie sich in dem zähen Schlamm aufrappelte und noch mehr Abstand zwischen sich und den Mann bringen wollte, warf sie einen Blick zurück.

Er war maskiert.

Sie war so überrascht, daß sie strauchelte und in die Knie ging.

In diesem Augenblick flohen Renés Angreifer vor seinen Attacken. Der eine schrie vor Schmerz, weil er am Arm getroffen war, der andere hatte ein blutendes Loch in der Brust, er taumelte, als er durch die Nacht davonstürzte. René drehte sich zu Cyrene um, und durch den Schwung trieb er ihr den Nieselregen ins Gesicht. Der Maskierte blickte auf und sah, wie Lemonnier einen Satz auf ihn zu machte. Das flackernde Licht der Laterne fiel feucht und blutrot auf sein Schwert.

Der Mann steckte die Hand in die Tasche seines Paletots und zog seine Pistole. Cyrene schrie auf und stürzte sich auf ihn. Er wich ihr aus und zielte wieder. Der Hahn knackte. Ein blauer Blitz, ein Spucken und Zischen.

Die Pistole hatte versagt. Sie war feucht geworden. Der Mann grunzte, schleuderte mit der Kraft der Bosheit die Waffe auf René, drehte sich um und gab Fersengeld.

René sah die Pistole und warf die Arme hoch. Er wollte ausweichen, aber seine Stiefel steckten im Morast fest und hinderten ihn an der Bewegung. Er rutschte aus und ruderte mit den Armen, um das Gleichgewicht zu halten. Der schwere Kolben der Waffe traf ihn an der Schläfe. Der Schmerz drohte ihm den Kopf zu zersprengen, betäubte ihn schier. Er fiel auf die Knie in den Lehm. Heißes, nasses Blut rann ihm über das Gesicht. Er hörte das Getrappel von Schritten, als der Maskierte die Flucht ergriff, konnte ihn aber nicht verfolgen.

Cyrene rappelte sich wieder auf und tat einige stolpernde Schritte, dann kniete sie neben René. Ihre Hände waren so schmutzig, daß sie ihn nicht anfassen wollte, aber sie nahm einen Zipfel seines Mantels, zerknüllte ihn und drückte den Stoff auf die Wunde.

»Mir ist nichts passiert«, sagte er, »das ist nicht schlimm.«

Er keuchte zwar, aber seine Stimme klang recht lebendig, sogar ein wenig schroff. Sie glaubte ihm, obwohl ihm das Blut über das Gesicht lief. »Gut, gehen wir also nach Hause.«

Sie standen auf, befreiten sich aus dem zähen Schlamm und brachen in Richtung von Lemonniers Wohnung auf. Vor ihnen, am Rande des Kreises, den die Laterne warf, sahen sie eine verdächtige Bewegung. Es war der Junge. René erkannte ihn zuerst. Er trat einen Schritt auf ihn zu und rief in scharfem Ton: »He, Junge, warte mal! Komm her!«

Der Kleine wich zurück. Die Augen in seinem schmalen Gesicht waren groß. »Ich habe es nicht gewußt, Monsieur! Ich schwöre, daß ich es nicht gewußt habe!«

René wollte noch einmal rufen, aber Cyrene legte dem Kleinen die Hand auf den Arm und sprach, in beruhigendem Ton. »Was hast du nicht gewußt? Du kannst es uns ruhig erzählen.«

»Ich sollte nur leuchten, sonst nichts! Das war alles.«

»Das wissen wir doch, wir haben dich dafür bezahlt. Wovon sprichst du?«

»Und der andere Mann auch. Der mit der Pistole. Er hat Sie mir durchs Fenster gezeigt. Er hat gesagt, ich soll Ihnen auf dem Heimweg leuchten, notfalls sogar umsonst. Ich habe nicht gewußt, was er tun wollte. Ich habe es nicht gewußt.«

»Kennst du den Mann?« fragte Cyrene. Die Gassenjungen wußten über vieles Bescheid.

»Nein, Mademoiselle, es war dunkel, und er hatte die Maske auf.«

René griff in seine Börse und fischte eine Münze heraus. Er warf sie dem Jungen zu. »Wir glauben dir. Nimm deine Laterne und geh.«

Der Kleine zögerte keinen Augenblick. Er fing die Münze im Flug auf, schnappte sich beinahe mit derselben Bewegung die Laterne und lief auf und davon, als ob der Teufel hinter ihm her wäre. Cyrene hätte es ihm am liebsten nachgetan. Doch Stolz, Würde und der trotzige Eigenwille, sich nicht von dem Maskierten ins Bockshorn jagen zu lassen, hinderten sie daran. Das und ihre Hand auf dem Arm von René, der sie ermutigte und gleichzeitig ihre Kraft brauchte.

Sie hatten nicht gewußt, wie sehr sie mit Blut, blauen Flecken und Schlamm bedeckt waren, bis Martha ihnen die Haustür öffnete und sie das Entsetzen auf ihrem dunkelbraunen Gesicht sahen. Unter Ausrufen und Fragen drängte sie sie ins Haus und nahm ihnen mit spitzen Fingern die Mäntel ab. Martha führte sie ans Feuer, zog ihnen die Schuhe aus, eilte dann in die Küche, um Wasser für ein Bad aufzusetzen und einen heißen Grog zu bereiten. Sie bestand darauf, daß sie ihn tranken.

Ob vom starken Rum oder der Hitze des Getränks, die zitternde Spannung in Cyrenes Körper löste sich. Die Wunde an Renés Schläfe hatte aufgehört zu bluten, mußte aber versorgt werden. Martha brachte Verbandszeug und einen Topf mit heißem Wasser, und Cyrene beobachtete, wie sie versuchte, sich um ihren Herrn zu kümmern, stand dann aber auf.

»Du gestattest«, sagte sie und nahm den nassen Lappen, den die Frau mit mehr oder weniger Effekt als Tupfer für die Wunde benutzte. »Ich glaube, wir haben dir einen Schrecken eingejagt. Warum trinkst du nicht auch einen Grog?«

»Mademoiselle sind eine verständnisvolle Dame«, antwortete die Dienerin und räumte ihr sichtlich erleichtert das Feld.

»Keine von euch beiden muß mich verhätscheln«, bemerkte René und versuchte, Cyrene das Stück Stoff aus der Hand zu nehmen. »Ich kann das selbst.«

Cyrene wehrte ihn ab. »Dann wird es nur wieder anfangen zu bluten. Lehnen Sie sich zurück und halten Sie still!«

Bei ihrem scheltenden Ton blitzte ein ironisches Lächeln in seinen Augen auf. Irgend etwas an Verletzungen, das war ihm aufgefallen, machte aus Frauen barmherzige Schwestern. Seit Jahren versorgte er nun solche und schlimmere Wunden selbst, und zwar schnell und provisorisch. Aber es war nicht schlecht, verwöhnt zu werden; warum es nicht genießen? René tat, wie Cyrene ihm geheißen, und verschränkte lammfromm die Arme über der Brust.

Sie beäugte ihn argwöhnisch, aber er blickte sie nur artig und geduldig an, auch wenn ein leichtes Lächeln seine Mundwinkel umspielte. Einen Moment zitterten ihr wieder die Finger, sie fühlte sich schrecklich unbeholfen. Sie konzentrierte sich entschlossen allein auf das, was sie tat, und langsam kehrten Gelassenheit und Geschicklichkeit in ihre Hände zurück.

Die Wunde hatte, wie alle Kopfverletzungen, ausgiebig geblutet, und obwohl sie an einer Stelle ziemlich tief aussah, wirkte sie keineswegs gefährlich. Cyrene säuberte sie und wusch ihm das verkrustete Blut aus den Haaren. Da sie keine der Arzneien hatte, die ihr die Mutter früher zur schnelleren Heilung auf ihre Kratzer und Wunden aufgetragen hatte, wickelte sie ihm nur einen Verband aus Leinenstreifen von einem alten Laken um den Kopf und hoffte das Beste.

Verflogen war die Feindseligkeit, die sie noch am selben Abend für René empfunden hatte, verbannt sowohl von der gemeinsam bestandenen Gefahr als auch von ihrem gleichermaßen derangierten Zustand. An ihre Stelle trat eine Art müder Besorgnis, ein Gefühl, das ihr die Brust verengte.

Unvermittelt sagte sie: »Dieser Angriff auf Sie, glauben Sie, daß es etwas mit dem anderen zu tun hat?«

»Wovon sprichst du?«

»Natürlich von dem Anschlag auf Ihr Leben in der Nacht, als ich Sie aus dem Fluß gefischt habe. Offenbar gibt es Leute, die Ihnen den Tod wünschen.«

Er zuckte sorglos mit den Achseln. »Wahrscheinlich wollten sie nur mein Geld.«

»Sie haben es damals nicht genommen.«

»Aus Nachlässigkeit. Sie wollten mich nicht umbringen, und als sie mich für tot hielten, gerieten sie in Panik.«

»Das glauben Sie doch selbst nicht! In jener Nacht waren sie zu zweit; ich habe beobachtet, wie sie Sie in den Fluß warfen. Heute nacht waren sie zu dritt, und einer hat dem Jungen Geld gegeben, um Sie in die Falle zu locken. Für mich riecht das nach bezahlten Mordbuben.«

»Und aus welchem Grund?« Er richtete sich auf, lächelte ein wenig und nestelte an seinem Verband herum, um sich zu vergewissern, daß er fest saß. »Ich bin hier doch so gut wie fremd.«

Sein Gleichmut empörte sie. »Es muß etwas dahinterstecken. Möglicherweise ist man Ihnen aus Frankreich gefolgt. Ist dort irgend etwas geschehen, womit Sie sich Feinde gemacht haben? Vielleicht hängt es mit der Angelegenheit zusammen, wegen der Sie Paris verlassen haben?«

»Nicht, daß ich wüßte. Es war nur ein Zufall. Wenn dir das nicht genügt, könntest du darüber nachdenken, warum einer der Mordbuben, wie du sie genannt hast, dich entführen wollte.«

»Aber das ist doch klar. Ich war Zeugin, und ich zweifle nicht daran, daß ich Ihr Schicksal geteilt hätte, wenn es ihnen gelungen wäre, Sie zu töten.«

»Viel zu dramatisch, fürchte ich. Es ist wesentlich wahrscheinlicher, daß irgendein Mann dich haben wollte und sich ziemlich drastischer Mittel bediente, um sein Verlangen zu befriedigen.«

Sie lachte verblüfft auf. »Werden Sie doch nicht albern.«

»Du glaubst es nicht? Denk nur an deinen Lieutenant. Männer tun die merkwürdigsten Dinge aus Geilheit oder Rachsucht.«

»Sie sprechen natürlich aus Erfahrung.«

»Ja, natürlich«, antwortete er, und sein Blick war auf einmal betrübt.

Sie sah ihn nachdenklich an. Allmählich bekam sie vor Furcht eine Gänsehaut. Der Gedanke, daß ihr jemand Böses wollte, Pläne ausheckte, um sie in die Hände zu bekommen und für seine niedrigen Gelüste mißbrauchen zu können, war entsetzlich. Sie wandte sich jäh von René ab, machte eine wegwerfende Handbewegung, als wolle sie die Vorstellung weit von sich weisen. »Nein, das kann nicht sein.«

Er fragte leise: »Wirklich nicht?«

Das Feuer knisterte in dem stillen Zimmer. Draußen fiel der Regen mit stetigem Prasseln auf das Dach und ergoß sich mit lauterem Geplätscher von der Traufe auf den Boden. Cyrene dachte an die verbissene Wut im Gesicht des Lieutenants, als man ihm verboten hatte, sie weiter zu schikanieren. Aber er war nicht der einzige. Wenn es einem einfallen konnte, ihr etwas anzutun, warum nicht auch anderen? Die Marquise hatte zwar eigentlich keinen Grund, aber aus dem Blick, den sie ihr heute nacht zugeworfen hatte, sprach der blanke Haß. Und dann war da noch Touchet. Sie hatte den kleinen Mann an jenem Abend am Strand gedemütigt, ohne daß es in ihrer Absicht gelegen hatte. So einer wie der vergab einen Affront nicht ohne weiteres. Wen gab es noch? Moulin, weil sie seine Zuneigung nicht erwidern und auf seine tiefen Avancen nicht eingehen konnte? Die Bretons wegen der Bedrohung, die sie für sie darstellte?

»Nein!« rief sie aus und schlang die Arme um sich. »Nein, es war nicht meinet-, sondern Ihretwegen!«

Er stand auf, ging zu ihr und legte ihr die Hand auf die Schulter. Ruhig sagte er: »Ja, so war es wahrscheinlich. Oder nur Geldgier, und es hat zufällig uns getroffen.«

Seine Berührung war beruhigend, sein Versuch, sie in Sicherheit zu wiegen, entsprang einer freundlichen Regung. Das Dumme war nur, daß sie ihm nicht glauben konnte.

Wenig später war das Wasser bereit. Das Feuer im Ankleidezimmer, das gebrannt hatte, als sie sich für den Ball zurechtgemacht hatten, war ausgegangen, und deshalb wurde das Porzellansitzbad ins Schlafzimmer gestellt. Das Wasser dampfte ein wenig und kühlte schnell ab. René blieb im Salon und schlürfte seinen Grog,

Cyrene durfte als erste in die Wanne. Martha legte Handtücher zurecht, prüfte die Temperatur und rückte die Kerzen näher. Mit ihrem umständlichen Getue trieb sie Cyrene zur Verzweiflung. Sie ließ sich von Martha das Haar hochstecken und das Kleid hinten aufhaken, dann schickte sie sie zu Bett, obwohl Martha sich sträubte. Cyrene badete schnell, um René ein wenig von der Wärme übrigzulassen, auch wenn die Versuchung groß war, sitzen zu bleiben, bis alle Unbilden des Tages weggeschwemmt waren. Sie wusch sich das Gesicht und zuckte zusammen, als sie mit dem Lappen die Wange berührte, wo die Faust sie getroffen hatte. Da kam René herein.

Er schloß die Tür hinter sich, sein Blick ruhte auf ihr, wie sie da in der Wanne saß mit vor Nässe glänzender Haut. Die blauen und orange-roten Flammen beleuchteten ihren vollendeten Körper.

Plötzlich wandelte sich sein Blick von warmer Zustimmung zu Besorgnis. Mit schnellen Schritten kam er auf sie zu und kniete neben ihr. »Du bist ja verletzt. Ich hätte es wissen müssen. Was bin ich für ein Idiot, es nicht zu merken!«

Sie wich zurück, als er den blauen Fleck berühren wollte. »Es ist wirklich nichts.«

»Sei nicht so tapfer«, sagte er kurz angebunden, faßte sie am Kinn und drehte ihre Wange zum Licht hin.

Die Stelle unter dem Jochbein war dunkelblau angelaufen. Auch wenn die Haut nicht aufgeplatzt war, würde es einige Zeit dauern, bis sich die Verfärbung zurückbildete. Er betastete behutsam den Knochen.

»Tut dir der Kiefer weh?«

»Ein bißchen.«

»Aber du kannst ihn bewegen?«

»Ja doch«, gab sie zurück. »Ich habe keine Schwierigkeiten beim Sprechen.«

Der Blick, den er auf sie warf, war nicht amüsiert. »Hast du noch mehr Blessuren?«

Sie schüttelte den Kopf. Er sah sie skeptisch an und musterte sie Zentimeter für Zentimeter.

»Ach so, ich habe mir den Arm an der Tür angeschlagen«, gab sie errötend zu, »aber das ist alles.«

Er nahm ihr Handgelenk und drehte es um. Dort war ein langer Kratzer, der rot und blau gefärbt war. René saß eine Weile mit gesenkten Lidern da und blickte auf die Wunde. Schließlich beugte er den Kopf darüber und drückte sanft die Lippen auf die aufgeschürfte Haut. Ganz leise, fast im Flüsterton sagte er: »Es tut mir leid.«

Seine Reue, dachte sie, muß sich auf mehr beziehen als nur auf heute abend.

»Was?« fragte sie.

Er hob den Kopf und schaute ihr in die Augen. »Alles. Ich wollte nie – es lag nie in meiner Absicht, daß dir ein Leid geschieht.«

Sie wich seinem Blick aus und sagte ruhig und tonlos: »Die blauen Flecken werden bald verschwinden. Mir ist nichts Schlimmes passiert.«

»Nicht? Schön wär's. Bei mir bin ich da nicht so sicher.«

In einer einzigen fließenden Bewegung stand er auf und trat von der Wanne zurück. Cyrene drehte sich nach ihm um, doch er hatte ihr den Rücken zugewandt. Auf das, was er gesagt hatte, gab es keine Erwiderung, keine Worte des Trosts, zu denen sie berechtigt gewesen wäre oder den Mut gefunden hätte. Als er sich das Hemd aufknöpfte und über den Kopf zog, wusch sie sich das Gesicht und spritzte ein letztes Mal Wasser über Brust und Schultern. Dann machte sie ihm Platz.

Er brauchte nicht lange für die Wäsche. Als sie sich abgetrocknet, das Nachthemd angezogen und die wild zerzausten Haare ausgebürstet hatte, war er schon fertig. Er kam zu ihr ans Fenster, nahm ihr die Bürste ab und legte sie aufs Kaminsims. Dann griff er mit der Hand in das weiche, vom Feuer gewärmte Haar, wickelte sich die seidigen Strähnen um die Finger und zog Cyrene an sich.

»Strahlende, mutige Cyrene. Du hast Besseres verdient, und ich bin ein gottverdammter Narr, aber ich kann nicht von dir lassen!«

Er nahm ihr Gesicht in die Hände, betrachtete es genau und berührte die verletzte Wange sacht mit den Lippen. Er küßte sie auf die Brauen, die Lider, das Kinn und die zarten Mundwinkel, dann suchte sein Mund behutsam ihre Lippen. Seine Liebkosungen waren sanft, von unendlicher Zärtlichkeit. Sie schmeckten so süß.

Cyrene wußte, daß sie ihm eigentlich widerstehen, sich seiner Leidenschaft widersetzen sollte, doch dazu war es längst zu spät. Er wollte nicht, daß ihr etwas geschah, hatte er gesagt, nun, auch dazu war es zu spät. Doch vielleicht – so merkwürdig es auch schien – konnte sie durch das geheilt werden, was sie am tiefsten getroffen hatte, die verführerische Zärtlichkeit seiner Küsse, die Geborgenheit seiner Umarmung. Es mochte nicht der vernünftigste Weg sein, den sie verfolgen konnte, aber es war der verlockendste. Sie wurde nicht nur von seiner Berührung dazu getrieben, sondern – das spürte sie vage – es hatte sich auch etwas zwischen ihnen geändert. Er war anders. Sie fühlte es, selbst wenn er es nicht bemerkte und sie die Ursache nicht begriff.

Sie hob die Arme und ließ die Hände über die muskulöse Brust und über seinen Hals gleiten. Ihre Lippen hoben sich seinen entgegen, weich und hingebungsvoll, heiß vor Verlangen, das sich in ihr regte. Ein leises Stöhnen entrang sich ihrer Brust, und sie schmiegte sich an ihn.

Nach einer Weile seufzte er tief auf und hob den Kopf. Seine Augen glänzten silbern vor Verlangen, und seine Stimme vibrierte tief in der Brust. »Es ist nicht richtig, daß du so vollkommen bist, daß alles Gute und Schöne so sehr zu dir gehört!«

»Unsinn«, antwortete sie und schüttelte besorgt den Kopf. »So ist es nicht.«

Ein Lächeln huschte ihm übers Gesicht. »Nicht? Vielleicht hast du recht. In dir steckt etwas von einer eigenwilligen Zauberin, die sich in mein Herz gestohlen hat, die mich verhext, so daß ich nur an dich denken, von dir träumen und mich nach dir sehnen muß, bis ich glaube, verrückt zu werden. So sollte es nicht sein.«

Sie musterte ihn und sah in den markanten Gesichtszügen Begehren und eine Art Respekt, vermischt mit unleugbarem Bedauern. Mit gepreßter Stimme, fast flüsternd, fragte sie: »Und wie sollte es dann sein?«

»Wer weiß? Vielleicht doch so, wie es jetzt... sicher... kommen muß.«

Wieder drückte er ihr die Lippen auf den Mund, bückte sich und nahm sie in die Arme. Etwas in Cyrene hätte ihn gerne aufgefordert, seine Worte zu erläutern, doch mit gleicher Inbrunst war ein anderer Teil von ihr dagegen und hatte Angst davor. Sie schloß fest die Augen und wehrte alle Furcht und Zweifel ab, verlor sich bewußt im dahinjagenden Vergnügen des Augenblicks.

Auch darin hatte er sich verändert. Seine Berührungen waren immer liebevoll, doch diesmal legte er noch mehr Zärtlichkeit hinein, eine vollkommene, innige Rücksicht auf sie, die nur teilweise durch die Verletzungen zu erklären war. Es war sinnverwirrend und betörend. Sie freute sich darüber und versuchte, all das, so gut sie konnte, zu erwidern.

In dieser Nacht begann das, was ihnen noch fehlte, was sie so dringend brauchten, zu wachsen – die letzte Hingabe. Sie strebten danach mit Liebkosungen und tausend Küssen und ertranken in reinem Gefühl.

Sie spürte, wie ihr das Blut in den Adern tobte, wie es sie schnell und warm durchströmte und wie ihre Haut so viel Hitze abgab, daß sie sich das Nachthemd vom Leib riß und es über die Bettkante zu Boden gleiten ließ. Das Leinen unter ihr war glatt und kühl und roch nach gestärkter Frische. Der Regen prasselte aufs Dach, ein beruhigendes Geräusch unendlicher Erlösung, das sich mit ihrem fliegenden Atem mischte. Das Feuer knisterte leise, warf ein gelbes und orange-rotes Muster auf die Wände, vertiefte die Dunkelheit in den Ecken des Raumes und verwandelte die einzige brennende Kerze in einen Feuerstern.

Die Straffheit seines Körpers war wunderbar und lockend. Selbstverloren entdeckte sie ihn, fuhr mit den Fingern durch die feinen Haare auf seiner Brust, grub die Nägel sacht in den flachen Bauch, strich mit der Hand über die rauhe, behaarte Rückseite seiner Schenkel, umkreiste mit den sensiblen Fingerspitzen die wunderbare Glätte der Eichel und spürte das Schwellen. Er reizte sie durch das feuchte, erregende Spiel der Zunge, streichelte die Höhlungen und sanften Erhebungen ihres Körpers, steigerte mit flinker, spielerischer Behutsamkeit ihre Erregung.

Sie zog die Nägel über die straffen Muskeln seines breiten Rükkens. Ein Schauer durchlief seinen Körper, sie spürte, daß er sich zurückhielt. Das Wissen erfüllte sie mit rückhaltloser, liebevoller Freude, die sie auf die eigene feuchte, schmelzende Befreiung zutrieb. Sie keuchte, preßte sich an ihn, schrie auf, als er sie an der Taille anfaßte und mit der Hand die Hüfte entlangglitt, sie an das steife Glied zog. Sie öffnete die Schenkel und nahm ihn auf und wölbte sich ihm entgegen.

Er rief ihren Namen, legte sich mit einem heiseren Schrei auf sie. Sie zwang ihn tiefer und bebte vor Verlangen. Sein Körper trieb auf die grenzenlose, selbstvergessene Erfüllung zu. Sie nahm ihn in sich auf, umfaßte, gab, hob sich ihm entgegen, gefangen in der Anmut und Kraft der unkontrollierbaren, elementarsten Lebenslust. Ihre Körper waren ineinander verschlungen, und sie erreichten gleichzeitig den befreienden Augenblick berstender, unerträglicher Seligkeit.

Und doch war jeder von ihnen in hingerissener Freude in sich selbst gefangen. Sie hatten die Larve nach dem Maskenball abgenommen und beiseite geworfen, doch heimlich in ihrem Innern trugen sie sie noch.

17. Kapitel

Als Cyrene erwachte, war es draußen noch dämmerig, der Morgen getrübt vom Dauerregen und einer grauen Wolkendecke. Sie lag eine Weile da und hörte René an ihrer Seite tief und regelmäßig atmen, spürte die warme Kraft seines Schenkels neben ihr. Doch sie war von Unruhe erfüllt. Die Ereignisse der letzten Nacht hatten einen Rest Nervosität bei ihr hinterlassen. Nicht nur, weil sie und René angegriffen worden waren; noch etwas anderes beunruhigte sie am Rande des Bewußtseins. Es hatte sich im Schlaf in ihre Träume gestohlen, ein lästiges, schemenhaftes, gespenstisches Gesicht.

Auf einmal fiel es ihr ein.

Gaston.

Hatte er nicht Grund, Renés Tod zu wollen?

Niemand wünschte mehr, sie ihm wegzunehmen als die Bretons. Gastons Rückkehr in die Stadt fiel zeitlich so zusammen mit dem Attentat, daß an einen Zufall nur schwer zu glauben war.

Der Mann, der sie entführen wollte, hatte eine Maske getragen. Die meiste Zeit war er hinter ihr gewesen, und sie hatte ihn nicht sehen können. Konnte es Gaston gewesen sein? War das möglich? Der Gedanke gefiel ihr nicht, und sie war sich auch nicht sicher.

Die beiden anderen Männer hatte sie klar und deutlich gesehen. Monsieur Pierre und Monsieur Jean waren es ganz bestimmt nicht gewesen.

Sie nahm nicht an, daß die Brüder Breton sich zu einem so niederträchtigen Überfall hergeben würden, bei dem René verletzt, wenn nicht gar getötet werden sollte. Gaston dagegen war jung und hitzig. Er akzeptierte zwar Lemonniers Gastfreundschaft, lachte und redete und zeigte sich als guter Verlierer, als handle es sich um einen sportlichen Wettkampf, aber er nahm René sicher übel, daß sie durch seinen Verrat einen Verlust erlitten hatten und daß Cyrene seinetwegen in diese Lage geraten war. Es war nicht undenkbar, daß er ein so hinterhältiges Mittel wählte, um sich zu rächen. Die Möglichkeit, sie frei zu bekommen, wäre ihm Entschuldigung genug.

Und doch, konnte das sein? Nach Gastons Sichtweise war sie nicht mehr gebunden. Nach so langer Zeit konnte René nicht mehr zum Gouverneur gehen und eine andere Geschichte erzählen, ohne das Gesicht zu verlieren oder sogar den Eindruck zu erwekken, gemeinsame Sache mit ihnen gemacht zu haben. Er mochte behaupten, daß es ihn nicht störte, wenn er als der Düpierte dastand, aber es mußte ihm doch wenigstens zu denken geben. Außerdem hatte der Gouverneur Cyrene gegenüber so viel Herzlichkeit an den Tag gelegt, daß er Lemonnier vielleicht nicht anhörte und sich auf ihre Seite schlug.

Eigentlich hatte Cyrene den Schwachpunkt in Lemonniers Kontrolle über sie längst bemerkt. Sie hätte ihn unter Druck setzen sollen. Sie hätte ihn auffordern müssen, sie gehen zu lassen, statt sich an die Vereinbarung zu halten, sich am gesellschaftlichen Leben und der Auszeichnung, die seine Zuneigung für sie darstellte, zu freuen. Sie hatte seine Leidenschaft, die sie erst verschmäht hatte, genossen. Seit wann war sie so träge? Wann, überlegte sie, habe ich mich in dieses Leben so tief verstrickt, daß sich die Frage nicht mehr stellte, wer er ist und was er mir angetan hat?

»Worüber grübelst du?«

Cyrene drehte sich schnell um. René war wach. Er beobachtete sie. Er lag auf der Seite und hatte den Kopf in die Hand gestützt.

»Nichts«, antwortete sie hastig. »Nur... so.«

Sie dachte, er würde nicht weitersprechen, sondern wieder eindösen, denn die Lider fielen ihm zu, langsam hob und senkte sich die Brust. Sie irrte.

Er schlug die Augen auf und fragte sie rasch, als hätte er Angst, es sich sonst anders zu überlegen: »Wenn ich zu dir sagen würde: Komm mit, laß uns das nächste Schiff nach Frankreich nehmen, jetzt sofort, was würdest du antworten?«

Ihr Herz schlug höher. Die Bauchmuskeln zogen sich zusammen. Sie stellte sich Frankreich vor, wie sie es zuletzt gesehen hatte, ein kaltes, graugrünes Land mit lärmendem Treiben, Hochmut und Jähzorn, süßem Lächeln und Gebäck. Schönes Frankreich, strahlendes, ruhmreiches Frankreich!

»Ich kann nicht«, flüsterte sie.

»Warum nicht?«

Was konnte sie darauf erwidern? Ich weiß nicht viel von Ihnen, und was ich weiß, ist nicht vertrauenerweckend? Ich gehöre nicht mehr nach Frankreich, bin seiner Enge entwachsen? Ich bin lieber eine Schmugglerin, deren Freiheit nicht beschnitten wird, als Ihre teure, verwöhnte Maîtresse? Hier habe ich Menschen, die mich lieben, eine Art Familie, und dort würde ich nur von Ihrer flüchtigen Leidenschaft abhängig sein?

»Ich kann eben nicht. Warum denken Sie, daß ich hier weg könnte?«

Er gab einen leisen Laut von sich, der ebensogut ein Lachen wie ein Seufzer hätte sein können. »Ich denke es nicht. Es ist mir nur so eingefallen.«

Sie drehte sich um und sagte scharf: »Sie haben die Frage gar nicht ernst gemeint?«

»Ist das nicht gleichgültig?« fragte er, streckte die Hand nach ihr aus, streichelte zärtlich die Spitze ihrer Brust, so daß sie ein wonniger Schauer durchlief, und zog sie an sich. »Ich habe eine Antwort, und damit genug.«

Hatte sie einen Fehler begangen? Die Frage ging ihr noch lange durch den Kopf, als René sich schon angekleidet hatte und fort war. Manchmal dachte sie, daß es dumm von ihr war, so leichtsinnig die guten Aussichten, die er ihr eröffnete, abzulehnen. Die Geliebte eines wohlhabenden und bedeutenden Mannes in Paris zu sein, hatte schließlich Vorteile, es lag sogar eine Art Ehrbarkeit darin. Sie hätte ein Haus in der Stadt und eine Kutsche zur Verfügung, immer Kleider nach der neuesten Mode, ginge ins Theater und in die Oper, hätte einen Freundeskreis von Damen in derselben Lage, verbrächte lange Stunden mit René, genösse seine Liebe. Oder wenn er lieber auf die Güter seines Vaters zurückkehrte, hätte sie vielleicht ein eigenes Häuschen auf dem Land in seiner Nähe, wo sie lesen, nähen und gärtnern konnte, einen Ort der Schönheit, den sie mit ihm teilen könnte. Manche dieser Liaisons dauerten Jahre, sogar ein Leben lang.

Und manchmal waren sie nach wenigen Wochen oder Monaten zu Ende, wenn der Herr genug hatte, und die Dame konnte froh sein, wenn er ihr einen anderen Beschützer besorgte, der sie übernahm.

René war nicht gerade bekannt für Beständigkeit in Herzensangelegenheiten. Im Gegenteil.

Ich glaube nicht, dachte sie, daß ich es ertragen würde, ausbezahlt und abgeschoben zu werden wie eine lästige Bürde. Immer mit dieser Möglichkeit leben zu müssen, würde etwas Wesentliches in mir zerstören, ich würde werden wie die vielen anderen Frauen, die unter diesen Bedingungen leben: hart, argwöhnisch und habgierig.

Warum muß alles so schwierig sein? Hätte René nicht ein ganz normaler, gewöhnlicher Sterblicher sein können? Oder ich etwas ungewöhnlicher?

Am Nachmittag kam eine Straßenhändlerin, eine bucklige Alte, die sich zum Schutz gegen den Nieselregen in einen Samtmantel mit abgewetzter Goldstickerei gehüllt hatte, der vor Nässe und kahlen Stellen, wo der Flor abgerieben war, glänzte. Sie rief in einem zittrigen Singsang mit fröhlichem Lächeln auf den Lippen ihre Schalotten und ihren Knoblauch aus und roch nach frischer Erde und würzigen Kräutern.

Martha hatte die Frau herbeigerufen, da sie für das Hühnchen, das sie gerade zum Abendessen bereitete, noch ein paar Zwiebeln gebrauchen konnte. Sie ließ die alte Händlerin unter dem Vordach stehen und trat in den Salon, um mit Cyrene zu sprechen. Monsieur gab ihr normalerweise ausreichend Geld, um etwas erstehen zu können, er hatte es aber in letzter Zeit vergessen. Ob Mademoiselle vielleicht ein, zwei Livres bei sich habe?

Lemonnier hatte Cyrene eine Börse mit Münzen für all die Kleinigkeiten, die sie eventuell benötigen könnte, gegeben. Bis jetzt war es nicht dazu gekommen, und sie fand die Sache überhaupt peinlich, es sah zu sehr nach ausgehaltener Frau aus. Sie hatte sich geweigert, das Geld anzunehmen, doch da er davon nichts hören wollte, hatte sie die Börse irgendwo im Schrank verstaut. Als sie jetzt danach suchte, konnte sie sie zunächst nicht finden. Sie steckte ganz hinten auf einem der unteren Regale. Um an den Geldbeutel zu kommen, mußte sie Renés Röcke zur Seite schieben. Dabei hörte sie ein leises Knistern, dem sie nur geringe Aufmerksamkeit schenkte. Sie holte das Geld und ging hinaus zu Martha auf die Galerie, um die häusliche Krise zu beheben.

Erst später erinnerte sie sich wieder an das seltsame, knisternde Geräusch in Lemonniers Rock und wunderte sich. Er war ein ziemlich ordentlicher Mensch, viel ordentlicher als die meisten Männer, soweit sie das nach ihren sehr begrenzten Erfahrungen mit ihrem Vater und den Bretons beurteilen konnte. Er ließ seine Sachen selten herumliegen, und wenn Martha an den Kleidern nichts ausbessern mußte, räumte er sie stets weg.

Martha wusch und bügelte ihm die Wäsche, und da er keinen Kammerdiener hatte, putzte und polierte sie ihm auch die Schuhe; sie bürstete ihm die Röcke aus und preßte die Falten heraus. Für Cyrene hatte nie die Notwendigkeit bestanden, seine Regale im Kleiderschrank durchzustöbern. Hätte man sie gefragt, sie hätte geantwortet, daß diese keinerlei Geheimnisse enthielten, denn seine Hemden und Röcke, Kniehosen, Halstücher und Hüte waren sauber aufgestapelt und leicht mit einem Blick zu übersehen, wenn die Türen des großen Schranks offenstanden. Die Regale waren auch nicht überladen. Was immer er in Frankreich an Garderobe sein eigen genannt haben mochte, für einen vornehmen Herrn hatte er nur eine bescheidene Auswahl an Kleidung mitgebracht: ein halbes Dutzend Röcke, höchstens zwanzig Kniehosen, nicht mehr als drei Dutzend Hemden und Halstücher.

Cyrene näherte sich dem Schrank mit einigen Bedenken. In den Sachen anderer Leute herumzuschnüffeln – so hatte man ihr als Kind eingeschärft –, war ein Zeichen für schlechte Manieren. Es ging ihr in erstaunlichem Maße gegen den Strich, diese Lehren zu ignorieren. Unter den Umständen war es etwas ganz anderes, sagte sie sich. Das bewahrte sie nicht vor Schuldgefühlen, und sie spähte über die Schulter, als sie in den Schrank griff und Renés Hemden und Halstücher beiseite schob. Sie hörte wieder das trockene Papiergeknister und riß den Rock, aus dem das Rascheln kam, förmlich aus dem Fach. Sie streckte die Hand in eine Tasche nach der anderen. Nichts. Sie dachte, sie hätte eine vergessen, und durchsuchte sie alle noch einmal. Sie waren leer.

Sie schüttelte den Rock. Wieder knisterte etwas. Sie tastete danach, befühlte die Stelle in den Rockschößen, wo das Geräusch herkam.

Das Papier war ins Futter eingenäht. Cyrene stand eine Weile zögernd da. Es war nicht ungewöhnlich, daß Reisende ihre Wertsachen in ein Kleidungsstück einnähten, besonders wenn sie sich auf gefährlichen Wegen in ferne Länder wagten. Es konnte zuweilen eine vernünftige Vorsichtsmaßnahme sein. Ihre Mutter hatte ihr selbst erzählt, wie sie als junge Frau auf der Reise von Neufrankreich ins Mutterland ihre wenigen Schmuckstücke ins Futter eines alten pelzbesetzten Morgenmantels eingenäht hatte und zu ihrem Erstaunen feststellen mußte, daß ihre Zofe ein Lager für ihr Schoßhündchen daraus gemacht hatte.

Doch René schien nicht der Mann zu sein, der zu solcher List griff, um sein Eigentum zu schützen. Es mußte einen anderen Grund geben.

In diesem Junggesellenhaushalt gab es keinen Nähkorb. Cyrene suchte nach etwas, um die Naht zu öffnen, und fand schließlich ein Papiermesser, mit dem René die Buchseiten aufschnitt. Sie setzte sich im Schlafzimmer ans Feuer und trennte die Futternaht auf. In kurzer Zeit hatte sie ein Loch geschaffen, in das sie drei Finger stecken konnte. Vorsichtig fuhr sie ins Futter, stieß auf das dünne Papierbündel, das sie durch den Stoff fühlen konnte, klemmte es zwischen die Finger und zog es heraus.

Geld. Ein paar Schatzanweisungen. Sie waren sauber und neu, der Nennbetrag nicht sehr hoch, zusammen ergab sich aber eine beträchtliche Summe.

Die verschiedensten Sorten Papiergeld, das immer viel weniger wert war als dieselbe Summe in Gold, waren in der Kolonie als Zahlungsmittel verbreitet. Hartgeld aus Gold oder Silber tauchte kaum jemals auf, und wenn, verschwand es meist in Strümpfen und Matratzen. Und das Papiergeld war normalerweise zerknittert und schmutzig. Saubere, neue Scheine erweckten Mißtrauen. Sie stellten sich nur allzu oft als Fälschungen heraus. So war es auch mit denen, die Cyrene in der Hand hielt. In ihrem Leben hatte sie noch nicht viel Geld gesehen, hatte sie doch in den letzten Jahren meist Tauschhandel betrieben, während vorher ihre Eltern und Großeltern sich um alles gekümmert hatten. Trotzdem hatten die wenigen wertlosen Noten, denen sie begegnet war, einen bleibenden Eindruck auf sie hinterlassen. Geld war zu knapp, zu wertvoll, als daß man es sich leisten konnte, mehr als einmal auf so etwas hereinzufallen. Auf diesen Scheinen war der Kupferstich zwar kunstvoll, aber doch nicht deutlich genug, und das Papier war zu dünn. Sie waren falsch, dafür konnte sie die Hand ins Feuer legen.

Das hätte sie nie von Lemonnier gedacht. Trotz allem, was er getan hatte, hatte sie sich irgendwie immer an den Gedanken geklammert, daß etwas in ihm stark und edel war. Ihren Irrtum zu entdekken war eine solche Enttäuschung, daß ihr ganz übel wurde. Sie hob die Hand, um die Scheine ins Feuer zu werfen.

Langsam ließ sie sie wieder in den Schoß sinken. Die Blüten zu vernichten war keine Genugtuung. Es war außerdem dumm. Was sie in der Hand hatte, war mehr als ein Bündel Falschgeld, es war ein Weg in die Freiheit. Wenn sie nicht sicher gewesen war, ob sie Lemonnier ohne böses Nachspiel verlassen konnte, jetzt gab es daran keinen Zweifel mehr.

Sie starrte auf die Scheine und versuchte nachzudenken. Sie mußte Gaston mitteilen, daß sie fort wollte, damit er die Reise in die Wildnis zu Monsieur Pierre und Monsieur Jean vorbereitete. Sie mußte überlegen, was sie von all den eleganten Kleidern mitnehmen wollte, da sie nichts anderes besaß. Es war ein Gebot der Freundlichkeit, sich von Martha zu verabschieden, denn diese Frau, die so hart arbeitete und immer darauf bedacht war, alles recht zu machen, hatte ihre Zuneigung gewonnen. Und sie sollte Lemonnier eine Nachricht hinterlassen.

Es gab so viel zu tun, dennoch rührte sie sich nicht vom Fleck.

Sie drehte immer noch die Scheine um und um und kämpfte mit den Tränen. Wie dumm ich war, dachte sie. Im Grunde ihres Herzens hatte sie unbewußt und heimlich den sehnsüchtigen Traum gehegt, daß René eines Tages entdecken würde, wie sehr er ihr unrecht getan hatte und daß sein Leben ohne sie als die Frau an seiner Seite, die Mutter seiner Kinder, kalt und leer war. Ein dummer, törichter Traum.

Jemand klopfte mehrmals laut an die Vordertür. In panischer Hast sprang Cyrene auf, ihr Herz raste wie wild. Sie stopfte die Scheine wieder in das Futter und faltete den Rock zusammen. Noch einmal klopfte es. Martha war in der Küche und hörte nichts. Cyrene rannte zum Schrank, legte den Rock ins Fach und schloß die Türen. Mit der einen Hand griff sie sich ins Haar, um die losen Strähnen in den Knoten unter der Spitzenhaube zu stecken, mit der anderen raffte sie die Röcke. So eilte sie in den Salon.

Es war nur Moulin, der seine Nachmittagsvisite abstatten wollte. Im stillen haderte sie mit sich, weil sie sich so aus dem Gleichgewicht hatte bringen lassen. Wen hatte sie erwartet? Die Behörden, die sie verhaften wollten, weil sie die Habseligkeiten ihres Liebhabers durchwühlte? Kaum. René? Er klopfte nicht an, daran hätte sie gedacht, wenn sie bei Verstand gewesen wäre. Es war zu albern!

Sie ließ Moulin ein, ging in die Speisekammer und rief Martha unten zu, für sie Kakao und für Moulin Wein zu bringen. Dann kehrte sie zu ihrem Gast zurück und nahm den Platz der Hausfrau ein.

Es fiel ihr schwer, heiter zu plaudern, da sie mit den Gedanken ganz woanders war. Sie wünschte, sie hätte Moulin nie ermuntert zu kommen, oder er hätte die Sensibilität zu bemerken, daß er nicht erwünscht war, und würde wieder gehen. Statt dessen hörte er nicht auf, über den Ball zu reden, und schaute ihr neugierig ins Gesicht.

»Bitte vergeben Sie mir, wenn ich aufdringlich bin, *chère*«, sagte er schließlich, »aber Sie sehen aus, als hätten Sie Kummer. Was ist denn geschehen?«

Erst hatte sie gewollt, daß er einfühlsamer wäre, und als er es war, hätte sie sich gewünscht, daß er ihren Zustand weniger gut erraten hätte.

»Nichts. Gar nichts«, antwortete sie.

»Das zu glauben, würde mein Herz außerordentlich erleichtern, doch meine Augen erkennen das Gegenteil. Sie sind sehr blaß, wenn Sie mir die Bemerkung gestatten, und Sie haben einen blauen Fleck auf der Wange, der – der mich zutiefst erschüttert. Ich habe kein Recht zu fragen, aber ich muß. Was ist passiert? Sind Sie bei der Auseinandersetzung mit dem Lieutenant gestern abend geschlagen worden? Oder wäre es möglich, daß Lemonnier wegen der Aufmerksamkeiten des Gouverneurs gewalttätig wurde?«

»Ach so!« sagte sie, und eine Welle der Erleichterung überlief sie. »Sie wissen es ja nicht.«

Sein Gesicht hellte sich bei diesem unklaren Ausruf auf. »Nein, aber ich bemühe mich nach Kräften, es herauszufinden.«

»Aber natürlich«, erwiderte sie und erzählte ihm von dem Überfall auf sie und Lemonnier.

Moulin umklammerte mit den Händen das Weinglas, blickte hinein und schüttelte den Kopf. »Ich bin auch zu nichts zu gebrauchen! Ich habe Ihnen nicht das geringste nützen können. Erst war ich zu weit weg, um Ihnen zu Hilfe zu kommen, als dieser Dreckskerl von Offizier sie beleidigte, ich habe es nur von ferne beobachtet und versucht. Und jetzt das. Ich würde Sie so gern beschützen, aber immer, wenn Sie mich brauchen, bin ich nicht zur Stelle.«

Sein Bedauern war ungekünstelt, nicht das falsche Lamento eines flüchtigen Bekannten. Andere hatten vielleicht auch ihre Träume. Sie ergriff seine Hand. »Machen Sie sich keine Vorwürfe. Ihr Mitgefühl bedeutet mir viel. Mehr als Ihr Schutz.«

»Wirklich? Wie gütig Sie sind«, sagte er und führte ihre Hand an die Lippen. »Sie sind so gütig.«

Sein Druck war ein wenig fest, und in seinem Blick lag eine Wärme, die sie befürchten ließ, er könne noch mehr sagen, wenn sie es nicht verhinderte. Sie fuhr hastig fort: »Und ich habe die Aufheiterung durch Sie heute sehr nötig, damit ich nicht mehr an diese unangenehme Sache denken muß. Wissen Sie keinen leckeren Skandal, keine Klatschgeschichte über heimliche Eskapaden, um mich abzulenken?«

Auf dieses Manöver ging er mit Anmut ein, lehnte sich mit dem Weinglas in der Hand in seinem Stuhl zurück und unterhielt sie mit einer Erzählung, wie einer der Herren, der dafür bekannt war, daß er immer Schnupftabak auf der Halsbinde hatte, auf dem Maskenball mit einer Dame aus einem leeren Kartenzimmer gekommen war, die sich Tabak vom Busen fegte. Dann berichtete er über die Possen zweier reiferer Lustmolche, die um eine füllige junge Witwe warben. Die Dame hatte außer einer Plantage in Bayou-Saint-Jean auch eine Indigofabrik, eine Ziegelei und eine Manufaktur geerbt, in der aus den Wachsbeeren der Myrtensträucher Kerzen gezogen wurden.

»Und«, fuhr er fort, »Rouvilliere beschwert sich nach wie vor über die Aktivitäten von Madame de Vaudreuil. Angeblich verteilt sie in ihrem Haus eigenhändig Rauschgift unter die Soldaten, wenn ihr Verwalter keine Zeit hat.«

»Was bezweckt Rouvilliere mit all dem? Hofft er auf Vaudreuils Abberufung?«

Moulin zuckte mit den Achseln. »Vielleicht will er sich lediglich für all die Intrigen rächen, bei denen er den kürzeren gezogen hat, besonders für die Klagen über Amtsmißbrauch, die Vaudreuil gegen ihn vorgebracht hat. Oder er tut es aus übertriebenem Pflichtgefühl. Es kann auch sein, daß er einen eigenen Favoriten für den Gouverneursposten hat. Wenn aber die Entlassung des Marquis sein Ziel ist, kann er sich die Mühe sparen. Vaudreuil kommt bald nach Neufrankreich, er wartet nur noch auf die Ernennung eines Nachfolgers.«

»Ist das schon offiziell?«

»Nein, noch nicht. Meine Tante in Paris –«

»Hat geschrieben, daß es so sei?« fuhr sie an seiner Stelle fort. »Der Gouverneur wird sich freuen.«

»Sie sagen es. Es wird für ihn wie eine Rückkehr in die Heimat sein. Ich nehme an, er betet Nacht für Nacht, daß sein Nachfolger kommt, bevor eine Übermacht Indianer Nouvelle-Orléans überfällt oder der Schmuggel zu einem öffentlichen Skandal wird.«

Auf diese Bemerkung ging Cyrene nicht ein – sie bezog sich auf die Worte, die ihr das Blut in den Adern gefrieren machten. »Indianer?«

»Ach, Sie haben es noch gar nicht gehört! Heute morgen kam die Nachricht, daß wieder eine Gruppe von Händlern überfallen wurde. Einer ist tot, ein anderer verletzt.«

»Und die Namen?« Cyrenes Magen krampfte sich zusammen, sie dachte an Monsieur Jean und Monsieur Pierre, die irgendwo da draußen in der Wildnis waren, um englische Kaufleute aus Carolina zu treffen und mit ihren Waren Indianerdörfer zu besuchen.

»Die kennt anscheinend niemand. Es tut mir leid.« Moulin wußte genug von ihr, um die Wirkung dieser Nachricht zu begreifen. »Der Überfall fand dreißig oder vierzig Wegstunden flußaufwärts statt. Es heißt, daß Vaudreuil vor Wut über diesen Affront außer sich sei. Er will Botschaften an unsere Tschoktaverbündeten schicken und sich zu Verhandlungen mit ihnen in Mobile treffen. Wie die Sache jetzt steht, ein äußerst gewagtes Spiel.«

»Gewagt für den Gouverneur?«

»Oh, die Soldaten des Königs werden ihn schützen, keine Angst. Aber wenn die Tschokta ihn überhaupt ernst nehmen sollen, wird er mehr als seinen Charme und sein diplomatisches Geschick einsetzen müssen. Er wird reichlich Geschenke austeilen müssen.«

»Und er hat nichts«, antwortete sie. Sie hatte das Hauptmagazin gesehen. Selbst vor dem Brand war nichts da gewesen, das auch nur den ärmsten Indianer beeindruckt hätte.

»Der Gouverneur hat schon letzten November in Mobile großzügig Geschenke verteilt, aber die Indianer werden natürlich noch mehr erwarten, besonders, da der Marquis sie um die Hilfe der Krieger bitten muß.«

»Wenn er sich an Maurepas wendet und ihm den Ernst der Lage schildert, werden doch bestimmt Waren geschickt?«

»Möglich. Wir können nur hoffen, daß die Sachen nicht zu schäbig sind. Wenn die französische Regierung sich nicht in acht nimmt, wird sie Louisiane verlieren wegen ein paar lumpiger Glasperlen und Decken.«

»Es sieht ganz danach aus«, antwortete Cyrene und faßte sich mit der Hand an die Stirn. Die Aufregungen dieses Tages machten ihr Kopfweh.

»Ich bin ein Esel, daß ich Sie mit all dem beunruhige, wenn Sie sich nicht gut fühlen«, rief Armand mit schuldbewußter Miene. »Haben Sie Schmerzen an der Wange? Möchten Sie vielleicht einen feuchten Lappen daraufhalten?«

»Aber nein«, versicherte sie, ließ die Hand sinken und setzte ein Lächeln auf. »Es ist sehr freundlich von Ihnen, sich Sorgen zu machen, aber mir geht es gut.«

»Sind Sie sicher? Sie so verletzt zu sehen, tut mir in der Seele weh. Es ist nicht meine Angelegenheit, aber... hat der Gouverneur davon erfahren?«

»Ich nehme an, daß Monsieur Lemonnier es ihm mitteilen wird.«

»Gut, gut, dann wird man Nachforschungen anstellen.«

»Vielleicht kann man etwas von den Verletzten entdecken, obwohl wir wahrscheinlich nur erfahren werden, daß sie zum Abschaum gehören und sich davongemacht haben. Was den dritten angeht, so gibt es keine Möglichkeit, ihn zu identifizieren.«

»Vielleicht nicht. Und doch kann man etwas tun. Ich glaube, ich werde selbst Nachforschungen anstellen.«

»Es ist zu gefährlich für Sie.«

»Machen Sie sich keine Sorgen. Ich will und muß etwas tun.«

Sie konnte ihn nicht daran hindern. Vielleicht brachte er ja irgend etwas in Erfahrung, er war eine so gute Informationsquelle. Sie ließ sich beschwichtigen.

Sie sprachen von etwas anderem, und Moulin hielt hin und wieder inne, um einen Ausruf des Mitgefühls oder der Selbstbezichtigung einzuwerfen, wenn sein Blick auf ihr Gesicht fiel. Endlich, Cyrene glaubte schon, er würde bleiben, bis es Zeit zum Abendessen war, verabschiedete er sich, wobei er immer noch klagte, wie wenig er ihr genutzt habe.

Martha kam gleich darauf aus der Küche, wo sie auf Moulins Abschied gewartet haben mußte, und begann, die Gläser, Tassen und Überreste der Käsepasteten abzutragen, die gereicht worden waren. Sie hatte gerade die Kakaokanne in die Hand genommen, als wieder an der Tür geklopft wurde und sich der nächste Besucher ankündigte. Martha verdrehte bedeutsam die Augen, stellte die Kanne hin, wischte sich die Hände an der Schürze ab und öffnete die Tür.

In den Salon trat Touchet. Draußen hatte es wieder angefangen zu regnen, denn er brachte die frische, kühle Feuchtigkeit mit ins Zimmer, und der Umhang, den er ablegte, glänzte vor Nässe. Er nahm auch den Dreispitz ab und gab ihn Martha samt Stock und Mantel. Madame de Vaudreuils Agent schlenderte auf Cyrene zu, die auf dem Sofa saß. Er beugte sich in förmlichem Gruß über ihre Hand, berührte sie aber nicht mit den Lippen, wofür sie ihm dankbar war. Sein Blick ruhte kurz auf dem blauen Fleck auf der Wange, aber entweder sah er nichts, was sein Interesse erregte, oder er hielt es für höflicher, so zu tun, als ob nichts wäre.

Cyrene ging durch den Kopf, als er sich ihr mit unbekümmerten, selbstzufriedenen Schritten näherte, daß er absichtlich gewartet haben mußte, bis Moulin gegangen war. Der Gedanke, daß er da draußen irgendwo herumgelungert, das Haus beobachtet und gesehen hatte, wer kam und ging, war ihr unangenehm. Doch überrascht war sie nicht.

Sie hoffte, sich mit Hilfe kühler Höflichkeit über die ersten Minuten der Visite retten zu können, lud Touchet zum Sitzen ein, forderte Martha auf, noch Wein zu bringen, und ließ Bemerkungen über das Wetter und die prächtige Abendunterhaltung fallen, die ihnen am Vorabend geboten worden war. Gleichzeitig beschäftigte sie sich im Geist damit, nach Gründen zu suchen und sie wieder zu verwerfen, weshalb der Agent Madame Vaudreuils sich dazu entschlossen haben konnte, ihr einen Besuch abzustatten. Zu ihrer großen Erleichterung kam Touchet schließlich zur Sache, nachdem er sich mit einem Blick vergewissert hatte, daß Martha hinausgegangen war.

»So sehr ich Ihre Reize auch schätze, Mademoiselle, bin ich doch nicht als Verehrer gekommen, sondern als Abgesandter von einer Dame zur anderen.«

»Von Madame de Vaudreuil?«

»Gewiß. Von der Marquise de Vaudreuil.«

Die Betonung des Titels war aufschlußreich, offenbar wollte er sie auf die Macht und den Rang der Dame, von der er kam, hinweisen und sie damit beeindrucken. Als er stockte, spürte sie das Bedürfnis, ihm zu Hilfe zu kommen, denn er wußte anscheinend nicht weiter. Sie ignorierte dieses Gefühl. Sollte er doch zappeln.

Touchet schürzte die Lippen, und sein Blick wurde hart. »Die Marquise ist... besorgt, besorgt um Sie. Sie ist der Ansicht, daß Lemonnier Sie ausnützt. Sie befürchtet, daß Sie vielleicht nicht merken, auf welch unsicherem Pfad Sie sich als seine Maîtresse befinden.«

»Ihre Sorge um mein Wohlergehen rührt mich«, antwortete Cyrene mit einem Anflug von Ironie.

»Ja, sie hat für derlei Angelegenheiten nicht viel Zeit, aber sie ist eine große Dame, die ihre Verantwortung für die Menschen im Zuständigkeitsbereich ihres Gatten ernst nimmt.«

»Das glaube ich.« Lag in diesem Satz eine versteckte Drohung, eine Andeutung, daß Cyrene in der Hand des Marquis und damit in der seiner Frau war? Wahrscheinlich nicht, doch Touchets aalglatte Rede konnte vieles bedeuten.

»Andererseits hält die Marquise Sie für eine ungewöhnliche Frau, die Verstand besitzt und sich nicht nur für Flitterkram und ihr augenblickliches Vergnügen interessiert. Sie ist daher bereit, in Ihre Zukunft zu investieren.«

»Meine Zukunft?« wiederholte Cyrene. »Ich glaube, ich verstehe Sie nicht.«

Er lächelte abschätzig. »Ich darf mich deutlicher ausdrücken. Sie wird Ihnen eine runde Summe bezahlen, genug, daß Sie davon leben können, solange Sie bei einer Schneiderin in die Lehre gehen, sogar genug, daß Sie sich eine kleine Pâtisserie einrichten können oder so etwas. Sie müssen sich lediglich verpflichten, Louisiane zu verlassen und nach Paris zu reisen, um diese Möglichkeit zu nutzen. Sie werden das Geld am Abfahrtstag an Bord des Schiffes erhalten. Die *Le Parham* segelt noch diese Woche ab.«

»Das – das ist nicht zu fassen!«

»Da bin ich ganz Ihrer Meinung. Und doch macht die Marquise Ihnen dieses Angebot.«

Es war natürlich ein Bestechungsversuch, und die schönen Phrasen über Sorgen waren bloße Rhetorik. Es sah so aus, als hätte Madame de Vaudreuil Angst vor Cyrenes Anziehungskraft auf ihren Gatten. Vielleicht dachte die Dame auch, daß die Bretons Cyrene nach Paris folgen und sich dadurch noch ein anderes Problem von selbst lösen würde. Das war dumm von ihr. Madame überschätzte ihren Einfluß bei weitem.

»Das kann doch nicht ihr Ernst sein!«

»Ich versichere Ihnen, es ist der Marquise damit sehr ernst.«

»Sie ist nicht für mich verantwortlich. Bitte richten Sie ihr aus, wie geehrt ich mich fühle, daß sie so viel Zeit und Sorge auf meine Lage verwendet hat, aber ich muß ablehnen. Louisiane ist meine Heimat, und ich bin nicht geneigt, von hier fortzugehen.«

Touchet runzelte die Stirn. »Sie wird nicht erfreut sein.«

»Das bedaure ich, aber es ändert nichts an meiner Antwort.«

»Was hält Sie denn hier? Ist es Zuneigung? Oder Ihre Aussichten bei Lemonnier? Oder gar der kleine Moulin?«

Sie blickte ihn kühl an. »Das ist weder Ihre noch Madame de Vaudreuils Angelegenheit.«

»Sie machen einen Fehler.«

»Vielleicht.«

Er beugte sich vor und sagte leise: »Ihre Lage kann äußerst unangenehm werden, wenn Sie bleiben.«

Mit einer schnellen, geschmeidigen Bewegung erhob sie sich. »Es ist freundlich von Ihnen, mich zu warnen. Bitte verzeihen Sie, daß ich Sie ohne Erfrischung fortschicke, aber ich glaube, ich muß Sie jetzt auffordern zu gehen. Ich habe ein wenig Migräne.«

»Noch nicht«, entgegnete er, stand langsam auf und blickte sie an. »Wir haben uns nicht einigen können.«

»Das dürfte sich auch als äußerst schwierig erweisen.« Sie wich den gelbbraunen Augen nicht aus, stand hocherhobenen Hauptes und mit verschränkten Armen da.

»Das glaube ich nicht.« In seiner Stimme klang eine leise Drohung. »Ich bin sicher, daß ich Sie dazu überreden kann, Ihre Meinung zu ändern.«

Von der Rückseite des Hauses war Lärm zu hören. Es kam jemand. Einen Augenblick lang dachte Cyrene, es sei Martha, die den Wein bringen und dabei sichergehen wollte, daß sie nicht hereinplatzte. Dann hörte sie vom Eßzimmer her Gastons Stimme und drehte sich erleichtert um.

Alle beide waren sie da, Gaston und Moulin. Der eine trug ein Tablett mit einer Flasche Sherry und ein paar klirrenden Gläsern, der andere eine Kristallschale, auf der Törtchen und Pralinés aufgetürmt waren, und einen Stapel Dessertteller. Sie schubsten und drängten sich vor und zurück, lachten und schimpften und stießen Schreie höchster Not aus. Dennoch trugen sie ihre Last sicher bis zum Tisch neben Cyrene und servierten die Leckereien nach allen Regeln der Kunst.

Gaston schenkte ein Glas ein und streckte es Touchet hin. »Wein, Monsieur?«

Die Störung der beiden jungen Männer war gewollt. Touchets enttäuschtes, wütendes Gesicht zeigte, daß er dies ebenso begriffen hatte wie Cyrene. Er verbeugte sich leicht zu Gaston, ohne den Blick von Cyrene abzuwenden. »Nein, danke, ich kann nicht bleiben. Ich werde Ihre Antwort, Mademoiselle, der betreffenden Person überbringen. Wir werden vielleicht noch einmal darüber sprechen müssen.«

»Was mich betrifft, kann ich Ihnen versichern, daß es völlig zwecklos ist.«

»Das werden wir ja sehen«, erwiderte er und machte auf dem Absatz kehrt.

Moulin brachte schleunigst Touchets Umhang, Stock und Dreispitz, die auf einem Beistelltischchen lagen. Touchet riß dem jungen Mann seine Sachen aus den Händen und stolzierte aus dem Zimmer. Seine Schritte waren erst noch auf der Treppe zu hören, verloren sich dann aber im Geprassel des Regens.

Cyrene stieß einen Seufzer der Erleichterung aus und wandte sich an die beiden jungen Männer. Sie fragte ein wenig streng: »Könnt ihr mir einmal sagen, was ihr beide hier wollt?«

Gaston und Moulin hatten genug gehört, um sich zusammenreimen zu können, was geschehen war, doch sie wollten es genau wissen. Cyrene erzählte es ihnen ohne Umschweife und drückte ihre große Erleichterung über ihr Kommen aus. Armand hatte Touchet, als er gegangen war, in einem Torbogen stehen sehen. Erst hatte er gedacht, daß Touchet sich nur wegen des Regens untergestellt hatte, sich dann aber umgedreht und beobachtet, wie er auf das Haus zugelaufen war. Moulin war unentschlossen gewesen, was zu tun sei, bis Gaston vorbeigekommen war, der Cyrene ebenfalls besuchen wollte. Er hatte ihn abgefangen und von Cyrenes Gast berichtet. Sie hatten sich darauf geeinigt, es sei das beste, Touchet sein Anliegen vorbringen zu lassen, bevor sie auf der Bildfläche erschienen. Martha hatte beobachtet, wie sie im Regen herumlungerten, und das hatte bei ihr Verdacht geweckt, bis sie sie erkannte. Sie hatte sie dann quasi in die Küche gezerrt. Es war ein leichtes gewesen, zu lauschen und für alle Fälle den Vorwand für die Unterbrechung bereitzuhalten.

Armand und Gaston empörten sich über die Beleidigung, wie sie es nannten, doch konnten sie sich nicht einigen, was zu tun sei. Moulin wollte Touchet fordern, während Gaston der Meinung war, daß Lemonnier und der Gouverneur die Angelegenheit am besten unter sich ausmachten. Sie vertilgten die Kuchen und tranken während der Diskussion fast die ganze Flasche leer, bewerkstelligten aber sonst nicht viel. Als sie endlich mit vielen Beteuerungen, daß sie ihr helfen wollten, gingen, hatte Cyrene tatsächlich Kopfschmerzen.

Sie begleitete sie zur Tür. Hinter dem Vordach der Galerie plätscherte der Regen herunter, kräuselte die graubraunen Seen, die in den Straßen zusammengelaufen waren, und floß in endlos silbernem Strahl von den Traufen. Cyrene ging hinein, holte sich ihren Schal von der Sofaecke, legte ihn sich um und trat dann wieder auf die Galerie.

Das monotone Rauschen des Regens hatte etwas Beruhigendes an sich. Sie spürte, wie der Schmerz in ihrem Kopf sich löste, wie die Spannung im Genick nachließ, als sie auf der Galerie spazierte. Die Feuchtigkeit, die ab und zu in einem Sprühregen unter das Vordach geweht wurde, kühlte ihr das Gesicht. Vor ihr lag die menschenleere Straße. Zu beiden Seiten kauerten sich in der Nässe die Häuser mit fest verschlossenen Türen und Fensterläden, und in kleinen Wirbeln stieg der Rauch aus den Kaminen. Sie roch schwach den Duft von Brot, Zwiebeln und Meeresfrüchten – Gerüche, die sich mit dem beißenden Rauch vermischten. Cyrene lehnte sich mit dem Rücken gegen die Hauswand, atmete tief durch und blickte in den endlosen Regen.

Eigentümlich, daß sowohl Lemonnier als auch Madame de Vaudreuil sich den heutigen Tag ausgesucht hatten für ihren Vorschlag, sie nach Paris zu schicken. Natürlich waren es völlig verschiedene Angebote, und doch fragte sie sich, ob es Zufall war. Andererseits konnte sie sich nicht vorstellen, daß Lemonnier seine Angelegenheiten mit der Marquise besprach. Obwohl bei ihm ja alles möglich war.

Nein, ich gehe nicht weg, dachte sie. Ich habe nicht gewußt, wie viel mir dieses Land bedeutet, bis ich von zwei Seiten aufgefordert worden bin, es zu verlassen. Ich liebe die fruchtbare Üppigkeit, die breiten Flüsse, die riesigen Urwälder, den plötzlichen Wetterumschwung und sogar den Regen. Wenn die Bretons mich in meiner Freiheit eingeschränkt haben, dann war das gar nichts gegen die Unfreiheit, die ich in Frankreich erleben würde, wo jede Bewegung, jedes Wort, das gesprochen wird, genau registriert wird; wo Frauen dazu gezwungen sind, sich auf den ihnen zugewiesenen Platz in Küche und Schlafzimmer und vielleicht einmal in der Woche im Salon zu beschränken.

Unerträglich. Auch wenn es die Bretons gar nicht gäbe. Wie ich sie vermisse, den sanftmütigen Monsieur Pierre und den unverwüstlichen Monsieur Jean. Hoffentlich sind sie in Sicherheit und wohlauf und haben so viel Erfolg im Handel, wie sie es sich nur wünschen können! Hoffentlich sorgen sie sich nicht so sehr um mich, daß sie darüber die eigene Sicherheit vergessen.

Was sie wohl über Lemonnier sagen würden, wenn sie über das Falschgeld Bescheid wüßten? Sie hatten ihn erst mit Argwohn betrachtet und ihn dann fast akzeptiert. Vielleicht war ihr erster Eindruck der richtige gewesen. Cyrene hätte mehr auf die Bretons hören sollen. Doch sie war für den Mann, den sie gerettet hatte, zu sehr eingenommen gewesen.

Sie konnte und wollte immer noch nicht glauben, was sie entdeckt hatte. Trotz allem hatte sie gedacht, daß es eine Erklärung für Renés Betrug an den Bretons gab, etwas wie Loyalität gegenüber König und Vaterland oder Respekt vor den Gesetzen, die den Handel einschränkten, irgend etwas, das stärker war als seine Dankesschuld ihr und den Bretons gegenüber.

Sogar jetzt fragte sie sich noch, ob sie sich vielleicht geirrt hatte und das Geld doch echt war. Oder, wenn es eine Fälschung war, ob er vielleicht Grund hatte, es aufzubewahren? Es konnte doch sein, daß er es für jemand anderen aufhob oder nicht bemerkt hatte, daß es sich um Falschgeld handelte.

Sie war nicht dumm genug, an diese Möglichkeit zu glauben, auch wenn es sie getröstet hätte.

Aber was sollte sie glauben?

Die Blüten waren von vergleichsweise guter Qualität, den echten Scheinen sehr ähnlich. Sie kamen also höchstwahrscheinlich aus Frankreich, denn hier in der Kolonie waren die Möglichkeiten, Scheine zu drucken, gering. Es gab zwar eine Druckerpresse, die aber nur für offizielle Bekanntmachungen benutzt wurden. Die Zeitungen kamen alle aus Frankreich, denn niemand war der Auffassung, daß Louisiane genug Stoff für ein eigenes Blatt bot.

Das Falschgeld konnte nur zu dem Zweck hierhergebracht worden sein, es als echt auszugeben und gegen Waren und Dienstleistungen zu tauschen. Wer weiß, dachte sie, wieviel Lemonnier davon schon in Umlauf gebracht, wieviel Schaden er der Wirtschaft der Kolonie schon zugefügt hat? Vielleicht hatte er einige Blüten im Handel verwenden und sie dem Rhode Islander, Captain Dodsworth, anbieten wollen, dann aber Touchet am Strand getroffen, und zwar an dem Tag, als sie die beiden miteinander hatte sprechen sehen. Der hatte ihm bestimmt einen besseren Vorschlag gemacht.

Die schwierigste Frage war jetzt, welcher Zusammenhang zwischen Lemonnier und der plötzlichen Verbreitung von Falschgeld schon im Laufe des letzten Jahres bestand. Es sah nicht so aus, als könne er damit das geringste zu tun haben. Und doch, konnte es nicht möglich sein, daß er auch in dieses schmutzige Geschäft verwickelt war? Vielleicht war hier der Grund für den Anschlag auf sein Leben in der Nacht, als sie ihn gerettet hatte, und für den gestrigen Überfall zu suchen.

Auf diese Fragen mußte sie die Antwort finden. Vieles, was sie zutiefst berührte, hing davon ab, daran konnte kein Zweifel bestehen. Aber wie sollte sie das, was sie unbedingt wissen mußte, herausbekommen?

Sie konnte ja Lemonnier fragen.

Bei dieser Idee schüttelte es sie. Wenn sie sie ausführen wollte, mußte sie zugeben, daß sie in seinen Sachen herumgeschnüffelt hatte. Sie wollte lieber nicht wissen, was er sagen und tun würde, wenn er das erfuhr.

Es gab nur eine andere Lösung: Sie mußte einen Blick in die lakkierte Kassette mit den Briefen werfen, an denen er so gewissenhaft arbeitete. Vielleicht gab ihr diese Korrespondenz Aufschluß über seine Tätigkeit in der Kolonie. Sie würde alles, was sie besaß, darauf setzen, daß die Kassette die Antwort enthielt. Leider war sie abgeschlossen, und Lemonnier trug den Schlüssel immer bei sich.

Sie mußte den Schlüssel haben.

Bis sie in seinen Besitz gelangte und die gesuchten Antworten bekam, konnte sie natürlich weder das Haus noch Lemonnier verlassen.

18. Kapitel

Bei Einbruch der Dämmerung kam René zurück. Bis dahin hatte Cyrene nicht nur Zeit gehabt, zum Prahm zu gehen, Nadel und Faden zu holen und die aufgetrennte Naht an seinem Rock zuzunähen, sondern auch über das Problem nachzudenken, dem sie sich gegenübersah. Der Schlüssel, den sie haben mußte, war in seiner Tasche. Da sie als Taschendiebin keine Übung hatte, mußte sie René dazu bringen, seine Kleider auszuziehen. Sie konnte sich drei Gründe vorstellen, aus denen er es tat: erstens, wenn er zu Bett ging, zweitens beim Baden und drittens bei der Liebe. Wenn er ein Bad nahm oder sich auszog, um zu Bett zu gehen, räumte er seine Kleider immer selbst auf, und es gab für sie keinen Vorwand, sie anzufassen, erst recht nicht, die Taschen auszuleeren. Da blieb nur eine Möglichkeit. Selbst wenn sie Erfolg hatte und er Hose und Rock ablegte, war es keineswegs sicher, daß sie Gelegenheit erhielt, sie zu durchsuchen, denn Cyrene ließ sich in solchen Fällen selbst leicht ablenken. Mir wird schon etwas einfallen, dachte sie. Mir muß einfach etwas einfallen.

Beim Abendessen ging es ruhig zu. René war geistesabwesend, offensichtlich mit den Gedanken woanders, wenn sein Blick auch hin und wieder auf den blauen Fleck in Cyrenes Gesicht fiel, bis sie ihn wie ein Brandmal spürte. In ihrem Magen fühlte sie wegen ihres Plans Beklommenheit aufkommen. Sie konnte nichts essen, tunkte den Löffel in die Suppe, probierte ab und zu oder schob das Essen auf dem Teller von der einen Seite zur anderen.

Martha brachte ein Tablett mit rotem Bordeaux, ein paar Häppchen und Nüssen ins Wohnzimmer vor den Kamin. Da kam Cyrene die Erinnerung an die Ereignisse des Tages, das Fiasko, das sie beinahe vergessen hätte, weil sie sich so sehr auf die Ausführung ihrer Idee konzentriert hatte. Nicht zuletzt, um das Schweigen zu brechen, erzählte sie Lemonnier von Touchet und seinem Vorschlag, doch außerdem – das merkte sie wohl – war sie ein wenig neugierig, was er dazu sagen würde.

»Warum bist du noch da?« fragte er und nippte an seinem Wein.

Unter ihrer kühlen Oberfläche regte sich Gereiztheit. »Schwer zu sagen. Es ist mir eine große Ehre, ein Preisschild angeheftet zu bekommen, und ich bin außer mir vor Entzücken, daß die Marquise mich für käuflich hält.«

»Ach so. Du bist aus bloßer Dickköpfigkeit geblieben?«

Das war vielleicht nicht ganz falsch, aber er kannte ja ihre anderen Beweggründe nicht. »Was denn sonst? Von einer unbedeutenden Drohung natürlich abgesehen.«

Er lehnte den Kopf zurück, sah sie an und schwenkte das Weinglas. »Ist das der einzige Grund?«

Wenn sie ihn verärgerte, nützte das ihrer Sache wenig. Und in seiner tiefen, sonoren Stimme schwang etwas, das ihr ans Herz ging und ihr ein Gefühl gab, als sei nicht genügend Raum in ihrer Brust. Sie zwang sich zu einem Lächeln. »Wahrscheinlich nicht. Ich genieße auch Marthas Kochkunst, Ihre Fähigkeit, einen guten Wein auszuwählen und einige andere Ihrer Eigenschaften.«

»Und die wären?«

»Lassen Sie mich nachdenken«, erwiderte sie stirnrunzelnd. »Ihr Geschmack bei Kleidern, ganz zu schweigen von Schmuck, Ihre schönen Beine, Ihre Sachkenntnis auf dem Gebiet jenes Zeitvertreibs, dessentwegen Sie mich aushalten.«

Er stellte das Glas auf ein Tischchen, das neben ihm stand, und sagte unvermittelt: »Denkst du wirklich, daß das alles ist, was ich von dir will?«

»Ich dachte, das ergibt sich aus dem Charakter unserer Abmachung.«

»Zum Teufel mit der Abmachung!«

»Einverstanden. Sie möchten daran etwas ändern?«

Sie hatte keine Ahnung, wie sie dazu kam, ihn herauszufordern. Mit René gab es keine Zukunft. Sie wußte das, auch wenn es ihm nicht klar war.

»Ich wünschte…«, fing er an und hielt dann inne. Schließlich seufzte er: »Nein, ich glaube nicht.«

Sie konnte nicht wie ein Holzklotz dasitzen und darauf warten, daß er seine amourösen Triebe entdeckte und die erforderliche Situation selbst herbeiführte. Cyrene trank ihr Glas aus, stellte es ab, ging zu Renés Sessel und setzte sich mit bauschigen Röcken zu seinen Füßen hin. Sie legte die Hände auf seine Schenkel und spürte, daß sich die Muskeln unter ihren Fingern strafften, als sie die Hände über den Kammgarnstoff seiner Kniehosen gleiten ließ.

Sie schaute mit dunklen, goldbraunen Augen zu ihm auf. »Was wünschen Sie? Sagen Sie es mir.«

René zeichnete mit den Fingerspitzen die blau schattierte Verletzung in ihrem Gesicht nach. Tief in ihm regte sich eine Art sechster Sinn, den er in den letzten Jahren ausgebildet hatte. Sie hatte etwas vor, wollte irgend etwas von ihm. Er fragte sich, was es sein konnte, aber es spielte im Grunde keine Rolle. Besser, sie bekam es, als diesen Augenblick mit Fragen zu zerstören.

»Ich wünschte«, antwortete er langsam und bedächtig, »daß wir wieder von vorn anfangen könnten. Ich wünschte, ich hätte dich vor vier Jahren in Frankreich kennengelernt, als wir beide noch unschuldig waren – oder – in meinem Fall – wenigstens einigermaßen. Wenigstens würde ich dich gern weit weg bringen, an einen Ort ohne Vergangenheit, wo es nur uns beide gibt.«

Aus ihm sprach so viel Schmerz. Sie erbebte aus einer dunklen Ahnung heraus. Und als sie den Worten nachlauschte und ihre Bedeutung erfaßte, war ihr, als ergreife dieselbe Sehnsucht auch von ihr Besitz – der Wunsch, wieder von vorn zu beginnen, ohne Fesseln, ohne widersprüchliche Loyalitätsansprüche und ohne Zweifel.

»Gut«, antwortete sie, »ich werde alles sein, was Sie wollen. Eine Kuhmagd? Eine Kaufmannstochter? Ein Mädchen, das Bonbons verkauft? Was gefällt Ihnen am besten?«

Sie war nicht sicher, ob er das zarte Streicheln ihrer Hände bemerkte. »Sie haben die Wahl.«

»Die Bonbonverkäuferin hätte, fürchte ich, längst in irgendeinem Hinterhaus ihre Unschuld verloren.«

Sie schaute ihn schelmisch an. »Also die Kuhmagd?«

Er streckte die Hand aus und zog sie auf den Schoß – auf die steife Schwellung, die sie verursacht hatte. »Der Gedanke der Unschuld verliert für mich allmählich an Reiz. Ich glaube, ich will dich, wie du bist, Cyrene, meine Sirene, und ich will dich gleich hier.«

Ihr gefiel das Spiel mit ihrem Namen, und als sie sah, daß ihrem zweiten Verführungsversuch ebensoviel Erfolg beschieden war wie dem ersten, warf sie den Kopf zurück und lachte in seltsam triumphierender Freude, die ein bißchen nach Tränen schmeckte. Er beugte den Kopf, drückte das Gesicht an ihren Busen und hielt sie fest, als wollte er sie nie mehr loslassen.

Sie zogen sich mit behutsamer Zärtlichkeit unter glucksenden Lauten gegenseitig aus. Nackt und träge, in verzehrender Erregung ließen sie sich von dem unbequemen Sessel auf den Kaminvorleger gleiten. Zunächst dachte Cyrene noch an den Schlüssel in Renés Rock und hörte das gedämpfte Klirren, als er zu Boden fiel. Dann dachte und plante sie nicht mehr. Sie bot sich René vor dem Feuer an, das sie in Flammen setzte, und gelöst und selbstverloren fanden sie ineinander ein Mittel gegen den Schmerz, der sich stets aus eigenen Quellen speist.

Es dauerte eine Weile, bis Cyrene, an Renés Körper geschmiegt und seinen Arm auf ihrer Taille, daran dachte, daß das, was gerade geschehen war, nicht reiner Selbstzweck war. Sie schluckte, atmete tief durch, zuckte dann jäh zusammen, richtete sich auf und hob den Kopf, als lausche sie.

»Martha!« flüsterte sie. »Sie kommt, um das Tablett zu holen.«

Sie rappelte sich auf und war mit einem Satz bei den Kleidern, die um den Sessel verstreut lagen. Sie raffte alles zusammen – Unterröcke, Mieder, Hosen, Hemd und Bluse – ein einziges Knäuel, und damit sauste sie ins Schlafzimmer.

René war aufmerksamer und schneller, als sie erwartet hatte. Er war mit Schuhen und Strümpfen direkt hinter ihr. Sie hatte keine Zeit, den Schlüssel aus der Tasche zu holen, obwohl sie ihn mit den Händen ertasten konnte. Sie fluchte im stillen, warf die Kleider auf einen Stuhl, setzte eine fröhliche, spitzbübische Miene auf, drehte sich um und faßte René an der Hüfte. Sie blieb stehen und tat, als ob sie horchte. Nichts. Natürlich nicht.

Sie lachte leichthin und zuckte mit den Achseln. »Ich habe mich anscheinend getäuscht. Aber hier sind wir, und da ist das Bett...«

In seinen Augen blitzte ein Lächeln auf. Das beunruhigte sie einen Moment lang, sie fühlte sich durchschaut. Aber er konnte ja nichts wissen. Sie hielt seinem Blick stand, bis er sich langsam über ihre Lippen beugte und sich mit ihr in das hohe Bett legte, das bereitstand.

Diesmal war es leichter, sich im Strudel der Lust zu verlieren, die körperlichen Reaktionen erschlossen sich schneller. Und doch gelang es ihr nicht, so sehr im Nichts aufzugehen, so sorglos zu genießen wie sonst. Das Bild des Schlüssels spukte ihr im Kopf herum und grinste ihr höhnisch entgegen. Es war eine große Erleichterung für sie, als René auf sie sank, als seine beruhigenden Zärtlichkeiten der Dankbarkeit und Sättigung aufhörten und er tief und regelmäßig atmete.

Sie hatte ein unangenehmes Gefühl, wenn sie daran dachte, was sie in den letzten Stunden getan hatte. Sie schob es beiseite. So etwas mußte eben manchmal sein. Es konnte auch eine Schwäche sein, sich immer gut zu benehmen.

Regungslos wartete sie, starrte in die Dunkelheit und zählte Sekunde für Sekunde die langsam verstreichende Zeit. Nach einer guten halben Stunde rückte sie ein paar Zentimeter weg von René. Er bewegte sich nicht. Wieder wartete sie. Sie hörte das Pochen des Pulses in ihren Ohren. Die linke Brust wurde vom harten Schlagen des Herzens erschüttert. Cyrene zwang sich dazu, ruhig und regelmäßig zu atmen, ein und aus, wieder und wieder.

Sie verlagerte das Gewicht, schob sich noch ein paar Zentimeter über die Matratze. Die Moosfüllung knisterte leise wie Reisig. Ein Teil der Bettgurte gab unter leisem Knarren nach. Sie hielt erneut inne.

Sie haßte dieses Kriechen, diese Täuschungsmanöver. Das alles war ihrer Natur völlig fremd, widerstrebte allem, was ihr beigebracht worden war. Sie verachtete die Umstände, die sie dazu getrieben hatten, den Mann, der die Ursache war, und sich selbst, weil sie diese ganze Kette von Ereignissen ins Rollen gebracht hatte. Doch das Gute an ihrem Vorhaben war, daß es die ganze entwürdigende Episode beendete. Die Sache mußte ein Ende haben, sonst konnte sie das nicht durchstehen.

Äonen später – oder so kam es ihr vor – richtete sie sich auf, schwang die Beine aus dem Bett und ließ sich langsam zu Boden gleiten. Die hölzernen Dielen waren kalt an den nackten Füßen, doch das hatte sie erwartet, und sie gab keinen Laut von sich. Als sie aufrecht stand, schob sie sich mit unendlicher Behutsamkeit um die Bettkante zu dem Stuhl hin, auf dem die Kleider lagen. Sie berührte das Bett so leicht mit den Fingerspitzen, daß sie es kaum streifte. Sie wollte nicht im Dunkeln dagegen stoßen.

»Wo willst du hin?«

Sie erschrak, die Nerven unter der Haut flatterten bei diesen Worten. Verdammt, wie konnte jemand nur einen so leichten Schlaf haben? Es dauerte einen Moment, bis sie die Sprache wiederfand. »Nirgends. Schlafen Sie weiter!«

»Hast du etwas gesucht?«

»Nein...«, begann sie, und bevor sie die Silbe ausgesprochen hatte, fiel ihr ein, daß sie ihm irgendeine Erklärung bieten mußte. Sie zermarterte sich rasch das Gehirn auf der Suche nach einem plausiblen Vorwand, der möglichst weit von der Wahrheit wegführte. »Nein, eigentlich nicht, aber Martha muß den Nachttopf weggeräumt haben.«

»Hier bei mir.«

Was sollte sie tun? Sie fand den Topf. Nach einer Weile rückte sie wieder von Lemonnier ab.

»Was ist jetzt?«

»Mein Nachthemd«, murmelte sie.

»Du brauchst es nicht. Ich werde dich wärmen.«

Sie war nur zwei Schritte vom Stuhl weg. »Ich möchte aber –«

Da wurde sie hinterrücks von zwei starken Armen gepackt. René schwang sich mit ihr herum. Die Bettgurte sackten durch, als sie auf der Matratze landete, dann war er neben ihr und zog sie an sich, sie war gefangen in seinen Armen. Die Wärme seines Körpers, der Geruch nach Mann umgaben sie. Sie fühlte sich alles andere als wohl durch die Niederlage. Sie wollte treten, schreien, um sich schlagen.

Das half alles nichts. Sie lag unbeweglich da, aber die Mühe, die es sie kostete, schickte einen Schauer durch ihren Körper. »Du bist ja wirklich eiskalt«, sagte René und drückte sie fester an sich, zog die Bettdecke höher und legte sie ihr um die Schultern.

Was wollte er damit sagen? Ahnte er etwas? War das, was er gesagt und getan hatte, im selben Maß Schauspielerei gewesen?

Bei diesem Gedanken verrauchte ihr Zorn, und sie starrte mißmutig und ängstlich in die Dunkelheit.

Tags darauf verließ René das Haus nicht. Er arbeitete am Schreibtisch im Salon und bedeckte ein Blatt nach dem anderen mit seiner charaktervollen Handschrift, zu seinen Füßen stand die offene Lackkassette. Der Anblick riß in Cyrene Wunden auf: Sie wurde deutlich und unsanft an die Ereignisse der vorigen Nacht erinnert, daran, wie schnell die Zeit verging. Der Grund, aus dem sich Lemonnier so ausgiebig seiner Aufgabe widmete, hatte nichts mit dem Regen, der offenbar gar nicht mehr aufhören wollte, zu tun, sondern hing – das konnte sie ohne weiteres erkennen – damit zusammen, daß die *Le Parham* am nächsten Morgen Segel setzen sollte.

Pläne gingen Cyrene durch den Kopf, wie sie einen Blick auf die Dokumente werfen konnte, und jeder war undurchführbarer als der vorherige. René behielt sie im Auge, vergewisserte sich immer, wo sie war und was sie tat, und so konnte sie sie nicht ausführen. Sie saß am Kamin. In dem Bestreben, es Lemonnier an Fleiß gleichzutun, versuchte sie, einen Brief an eine der Schwestern im Konvent von Quimperle zu schreiben, und brachte auch ein paar Zeilen zu Papier. Die meiste Zeit grübelte sie allerdings, zermarterte sich das Gehirn, bis sie glaubte, verrückt zu werden.

Am Spätnachmittag, das graue Dämmerlicht fiel schon herein, kam der Bote.

Cyrene öffnete ihm. Er war groß und hatte eine militärische Haltung, auch wenn er in gestreiftem Seemannspullover und Zipfelmütze war. Von der Schulter hing ihm ein Leinenbeutel, aus dem er eine Ledertasche nahm. Er sei wegen der Depeschen da, wenn Monsieur Lemonnier sie fertig habe. Der Kapitän wolle bei Tagesanbruch die Anker lichten.

René nickte. »Einen Moment«, sagte er und schrieb weiter.

Ich muß etwas tun, dachte Cyrene. Jetzt gleich. Sofort. Aber was? Sie ging zum Sofa, nahm Brief und Feder von dem Tisch daneben und legte sie dann wieder weg. Sie sah erst zu René und dem Tisch mit den verstreuten Papieren, dann zu dem Matrosen hinüber.

Er stand mit den Händen auf dem Rücken da und musterte sie, wobei ein anerkennendes Lächeln seine Lippen umspielte. Als sie seinem Blick begegnete, wurde das Lächeln breiter, und er kniff eines der Augen zu in leisester Andeutung eines Zwinkerns.

Da kam ihr die Idee, einfach und ins letzte Detail durchdacht. Sie hielt den Atem an und fragte sich, ob sie es wagte, wußte jedoch die ganze Zeit, daß sie keine Wahl hatte. Sie erwiderte das Lächeln des Matrosen, hielt seinen Blick einen Moment länger als nötig fest, nahm ihren Brief wieder zur Hand und ging ins Schlafzimmer.

Als sich die Tür hinter ihr geschlossen hatte, bewegte sie sich flink, lief zum Schrank und riß ihren Umhang heraus. Sie durchquerte das Zimmer und lief durch das Ankleidezimmer und das kleine Eßzimmer in die Speisekammer. Sie rannte die Treppe hinunter, bewegte sich so leise wie möglich und faltete im Lauf den Brief.

Als sie die Küche erreichte, schaute Martha sie an. Cyrene biß in stiller Verzweiflung die Zähne zusammen; sie hatte gehofft, daß die Frau in ihrem Zimmer wäre.

»Mademoiselle, was haben Sie?«

Cyrene mußte die Eile nicht erst heucheln. »Hast du den Gewürzhändler gesehen? Ich habe Lust auf Zimt im Kakao.«

»Ich habe ihn nicht ausrufen hören, Mademoiselle. Aber Zimt im Kakao? Sie müssen in Umständen sein!«

»Aber nein«, rief sie über die Schulter und lachte gezwungen. »Ich will versuchen, ihn zu erwischen.«

Im Nu war sie aus der Küche, schloß leise die Tür hinter sich, rannte durch den Garten hinter dem Haus und an der Wand entlang zur Straße. Der Matrose ging bestimmt zum Mississippi zu seinem Schiff. Sie schritt in dieselbe Richtung aus und hielt sich dabei an der Hauswand, damit sie vom Salon aus nicht gesehen werden konnte, falls zufällig jemand aus dem Fenster schaute. Gebeugten Kopfs und schnellen Schritts lief sie weiter und hoffte, Lemonnier schriebe noch ein wenig länger, ein paar Sätze, ließe sich Zeit damit, Sand auf die Blätter zu streuen und sie zu siegeln.

Drei Häuser weiter bog sie links ab in die nächste Querstraße. Sofort verlangsamte sie den Gang. Sie stellte sich in den Torbogen eines Hutladens, der schon geschlossen hatte, tat, als ob sie etwas in ihren Taschen suche, und richtete sich aufs Warten ein.

Ihr schienen Stunden verstrichen zu sein, bis der Matrose endlich die Straße entlangkam, von der sie abgebogen war, doch es hatte nur einige Minuten gedauert. Sie stand im Schatten und beobachtete seinen schnellen, unbekümmerten Schritt. Fast blicklos überquerte er die Straße und ging auf den schmutzigen Brettern weiter, die an den Häusern entlangliefen. Cyrene zählte die Schritte, mit denen er sich entfernte, und räumte ihm einen guten Vorsprung ein. Als er einen halben Häuserblock weiter war, schlüpfte sie aus dem Hauseingang und eilte zur Hauptstraße zurück.

Der Matrose war noch in Sicht. An diesem trüben, trostlosen Abend waren außer ihnen nur noch eine Waschfrau mit einem Korb frisch gebügelter Hemden auf dem Kopf und ein älterer Herr auf der Straße. Cyrene raffte die Röcke und rannte hinter dem Matrosen her.

»Monsieur!« Ein heiterer, fast neckischer Ruf, nicht sehr laut. »Monsieur, warten Sie doch!«

Der Matrose drehte sich wachsam, mißtrauisch um, die Hand fuhr zum Leinenbeutel an seiner Schulter. Als er sie erkannte, entspannte er sich, kam sogar ein paar Schritte zurück.

»Wie auf Verabredung, Mademoiselle«, sagte er, und seine Zähne blitzten auf zu einem Lächeln.

»Sie wissen genau, daß wir nicht verabredet sind«, antwortete sie in übertriebener Atemlosigkeit. »Ich bin schon meilenweit hinter Ihnen hergejagt.«

»Wie schade! Hätte ich es gewußt, hätte ich mich bereits früher fangen lassen.«

Sie lächelte ihm so kokett zu, wie sie nur konnte. »Sie sind mir schon einer, und noch dazu so ein hübscher Kerl! Aber ich wollte Ihnen nur einen Brief geben, den Sie zu den anderen legen sollen.«

Beim Sprechen nahm sie das gefaltete Blatt aus der Tasche des Umhangs und streckte es ihm entgegen.

»Monsieur Lemonnier erlaubt es?«

»Aber natürlich!« Sie verzog die Lippen zu einem lieblichen Lächeln.

»Ich kann mir schon denken, daß er Ihnen nicht viel abschlägt. Gut, geben Sie her.«

Beinahe überließ ihm Cyrene das Papier, dann, als seine Hand es berührte, zog sie es zurück. »Ach, jetzt habe ich in der Eile vergessen, den Brief zu versiegeln. Wie dumm! Aber, wenn Sie erlauben, werde ich ihn einfach in den anderen hineinstecken. Es dauert nicht lange.«

»Welchen anderen?«

»Sie sind beide an die Nonnen in Quimperle. Schwester Marie wird schon dafür sorgen, daß Schwester Dolores ihren erhält.«

»Die Briefe, die ich hier habe, sind amtliche Schreiben von höchster Wichtigkeit; ich sollte eigentlich nicht –«

»Ach, könnten Sie nicht? Bitte, wochenlang wird kein Schiff mehr kommen, und ich – ich habe die Gebete der lieben Schwestern zu nötig.«

»Ach so ist das. Monsieur Lemonnier ist Ihr Liebhaber?«

Sie lächelte, als schwelge sie in angenehmen Erinnerungen und erwarte, daß er Erfahrungen ähnlicher Art gemacht hatte. »Ja, das ist er.«

»Und geht Monsieur Lemonnier jemals weg und läßt Sie alleine?«

»Gelegentlich. Vielleicht würden Sie mich dann gern einmal besuchen kommen?« Wie weit würde sie gehen, um ihr Ziel zu erreichen? Sie wußte es nicht. Das war beunruhigender als die Tatsache, daß sie die Möglichkeit in Erwägung zog.

»Ich würde sehr gerne kommen.«

»Schade, daß Sie Louisiane schon verlassen müssen…«

»Nun, ich komme ja zurück.«

»Und wann wird das sein?« Lächeln, sie mußte lächeln, während sie in den Beutel mit den Dokumenten griff.

»So Gott will, nur ein paar Monate.«

»Ja, so Gott will. Das Leben eines Seemanns ist doch sehr gefährlich. Diese Stürme, als ich von Frankreich herkam! Ich habe die ganze Zeit auf den Knien verbracht.«

»Um zu beten oder weil Ihnen übel war?«

Sie schüttelte sich und sagte, was er erwartete, auch wenn es in keiner Weise der Wahrheit entsprach: »Ach, beides. Ist Ihnen denn nie schlecht?«

Sie hörte sich die Erklärungen an, was für ein guter Seemann er sei und daß ihm nie übel wurde, auch nicht beim ärgsten Orkan, und griff tief in den Beutel an seiner Schulter. Sie bat ihn nicht, ihn herunterzunehmen, sondern durchsuchte die Tasche an Ort und Stelle und zwang so den Matrosen, den Arm zu heben, daß er ein Schild für das, was sie tat, bildete. Mit schnellen Bewegungen tastete sie nach einem der kleineren Schreiben, die einfach zu einem Drittel der Größe zusammengefaltet und versiegelt waren. Davon gab es einige, das wußte sie; sie hatte gesehen, wie René sie in die Kassette eingeschlossen hatte, obwohl sie – wie sie glaubte – wahrscheinlich an seine Familie gerichtet waren. Als sie gefunden hatte, was sie suchte, holte sie flink eines der offiziellen Dokumente heraus, steckte es unter den Umhang und klemmte es unter den Arm.

»Da ist er ja!« sagte sie und hielt den kleineren Brief hoch. Sie drückte vorsichtig die Kanten, damit das steife Papier an den Seiten auseinanderklaffte, ohne daß das Wachssiegel zerbrach, und steckte ihr gefaltetes Blatt hinein. Sie legte den Brief wieder in den Beutel und tätschelte ihn, dann lächelte sie noch einmal dem Matrosen zu. »Jetzt ist mir leichter. Ich danke Ihnen recht herzlich.«

»Wenn Sie sich auführlicher bedanken, habe ich mehr davon«, schlug er vor, und seine dunklen Augen waren voll Hoffnung.

»Also gut.« Sie beugte sich vor und gab ihm einen flüchtigen Kuß. Eine eigentümliche Enttäuschung überkam sie. Es war nur das Pressen von zwei Mündern aufeinander. Sonst nichts. Sie spürte, wie er die Arme um sie legte, wie das Schreiben unter ihrem Arm seine Brust berührte. Sie wirbelte mit kurzem Auflachen von ihm weg und trat ein paar Schritte zurück.

»Gehen Sie nicht«, sagte er. »Kommen Sie mit. Ich kenne eine

Taverne, in der wir eine Flasche Wein und ein Zimmer haben können.«

»Ein andermal. Monsieur Lemonnier wartet auf mich!« Sie wich weiter zurück.

»Ich komme wieder!«

»Ich werde für Sie beten«, erwiderte sie, und es war ihr ernst. Sie wollte nicht, daß ihm etwas zustieß, weil sie ihm das angetan hatte. Vielleicht vermißte den Brief ja niemand. Sie mochte den Matrosen; es war nicht seine Schuld, daß sein Kuß sie nicht reizte. Sie drehte sich um und lief mit schnellen Schritten zurück.

Erst im Garten hinter dem Haus hielt Cyrene an. Die Nacht fiel herein, und in der Luft lag ein feiner, kühler Dunst, fast wie Nebel, der sich schon im nächsten Augenblick wieder zu Regen verwandeln konnte. Ein gelber, flackernder Lichtstrahl fiel von der Laterne aus dem Küchenfenster. Cyrene blieb stehen, holte ihre Beute hervor, warf einen schnellen Blick auf das Haus und fragte sich, ob sie vermißt wurde. Vielleicht konnte sie noch einige wenige Minuten riskieren.

Sie erbrach das Siegel und faltete die dicken, schweren Blätter auseinander. Sie drehte die Bögen zum Licht hin und fing an zu lesen.

Die Küchentür wurde aufgestoßen. Cyrene hob den Kopf und sah, daß René heraustrat, versuchte aber nicht, das Dokument zu verstecken. Sie war starr vor Schreck, hatte das Gefühl, daß etwas Schicksalhaftes geschah. Es überraschte sie nicht, daß er sie ertappte.

»Ich hoffe, du findest es interessant«, sagte er ruhig.

»Sie sind ein Spitzel.« Ihre Stimme klang verblüfft.

»So kann man das nicht nennen. Gehen wir hinein und sprechen wir darüber.«

Er nahm ihr die Blätter ab und wartete, daß sie ihm voranging. Sie trat benommen in die Küche, stieg die Hintertreppe hinauf und nahm dabei kaum Notiz von Martha, die ihnen erstaunt nachsah. Sie durchquerte das Eßzimmer, stellte sich mitten in den Salon und wartete. René ging um sie herum zum Pult und legte das Schreiben auf die Platte.

»Der Bote konnte nichts dafür«, sagte Cyrene, die plötzlich wieder denken konnte.

»Ich weiß. Er war nur ein wenig zu empfänglich für deinen Charme.«

»Er wußte nicht, daß ich das Schreiben genommen habe. Er wird doch nicht bestraft werden?«

»Ich sehe keine Notwendigkeit dazu.«

»Der Brief muß natürlich auf dem Schiff sein, wenn es die Anker lichtet.«

»Ich werde ihn nachher selbst hinbringen.«

Sie drehte sich um, zog den Mantel aus und breitete ihn über die Sofalehne. »Das ist sehr… großzügig.«

»Es ist meine Schuld, erstens, weil ich dich hierhabe, und zweitens, weil ich nicht aufmerksamer war.«

»Dann werde ich von jeder Verantwortung freigesprochen wie ein unartiges Kind, dem man alles nachsieht?«

Er lächelte, ein mattes Verziehen der Lippen. »Eher wie ein Kriegsgefangener, dessen einzige Pflicht in der Flucht liegt.«

»Es hätte nicht so sein müssen. Sie hätten… mir vertrauen können.«

»Es war nicht an mir, diese Entscheidung zu treffen.«

»O nein, Sie sind ja Ihrem Herrn und Meister verantwortlich«, entgegnete sie, und in ihren dunklen Augen lag Verachtung. »Wenn ich bedenke, wieviel Zeit Sie damit verbracht haben, um Madame de Vaudreuil herumzuscharwenzeln, wie sie Ihnen auf den Leim gegangen ist, und die ganze Zeit haben Sie die Ärmste bespitzelt.«

Dieser Vorwurf schien ihn nicht zu treffen. »Das ist das Risiko, wenn man im Dienste des Königs steht, und Madame de Vaudreuil akzeptierte es, als der Marquis den Gouverneursposten übernahm.«

»Es macht wohl keinen großen Unterschied, ob Sie ein Lakai Madame de Vaudreuils oder des Königs sind.«

»Und ob«, erwiderte er, und seine Stimme klang hart. »Seine Majestät hat Anspruch auf meine Loyalität als Franzose, er ist mein König. Und er ist ein Mensch, der in Versailles festsitzt und ständig von Leuten bedrängt wird, von *denen jeder* eine Rechnung zu begleichen, eine Gunst zu erbetteln, eine Position zu fordern oder ein Unrecht gutzumachen hat. Er weiß nicht, wem er Glauben schenken, wie er Freund und Feind unterscheiden soll. Das gilt ganz besonders für die Verwaltung einer so fernen Provinz wie Louisiane. Schwere Beschuldigungen sind dem Marquis und seiner Gattin hinsichtlich ihrer Gepflogenheiten und ihres Betragens zur Last gelegt worden. Es wurden Gegenklagen erhoben. All das muß geklärt werden, bevor dem Gouverneur die Beförderung auf einen Posten gewährt werden kann, in dem er für eines der heikelsten Gebiete der Neuen Welt verantwortlich wäre.«

»Allmählich begreife ich. Sie wurden gar nicht aus Frankreich verbannt. Es gab gar keinen öffentlichen Skandal und keine Auseinandersetzung mit der Pompadour.«

»Madame de Pompadour ist Auge und Ohr des Königs, eine begabte Dame; vom Regieren versteht sie zwar nicht viel, aber sie gibt ihr Bestes, um Frankreich zu helfen. Ihre Freunde können sich auf sie verlassen.«

»Und Sie sind einer davon?«

»Ich habe die Ehre.«

Cyrene ging zum Sofa und ließ sich darauf nieder, breitete die Röcke ihres Seidenkleides um sich. Sie schaute Lemonnier fasziniert an. Ihr war beinahe, als habe sie ihn noch nie gesehen. Neue Kraft, neue Würde lagen in seiner Haltung, und in seinen Gesichtszügen war mehr Festigkeit. Sie dachte: Nichts an ihm ist, wie es scheint.

»Und deshalb sind Sie nach Louisiane gekommen, im Dienste des Königs?«

Er neigte den Kopf.

»Das war der einzige Grund?«

»Wenn es noch einen anderen gibt, ist es eine Privatangelegenheit.«

Sich durch gefälschte Banknoten zu bereichern, konnte allerdings als private Angelegenheit bezeichnet werden. »Aha. Es hat also mit den Bretons zu tun?«

Sein Blick verdüsterte sich. »Wie kommst du denn darauf?«

»Weshalb haben Sie sie sonst verraten?«

René ertappte sich dabei, daß er sie bewunderte, und so – dachte er – sollte es in diesem Augenblick ja nicht sein. Wie schnell sie sich von dem Schreck – ich muß ihr doch einen Schrecken eingejagt haben – erholt hat! Wie bemerkenswert, daß ihr erster Impuls war, den Mann zu schützen, der ihr geholfen hat. Sie führt ein Verhör, und es ist geradezu, als säße ich und nicht sie auf der Anklagebank. Das war verwirrend und ärgerlich. Und ihr zuzusehen und zu warten, wie sie ihre Entdeckung verwendete, war ebenso wunderbar wie gefährlich.

Seine Antwort ließ ein wenig auf sich warten. »Es war nötig, den Eindruck zu erwecken, die Interessen von Madame de Vaudreuil zu vertreten, um ihr Vertrauen und das ihres Agenten Touchet zu gewinnen.«

»Und das ist der ganze Grund?«

»Welchen sollte es sonst geben?«

Sie schüttelte langsam den Kopf, als glaube sie ihm nicht. »Sie wollten uns vernichten, und das aus einem geringen Anlaß.«

»Dieses Risiko seid ihr eingegangen, als ihr das Gesetz gebrochen habt.«

»Und damit rechtfertigen Sie, was Sie getan haben, weil wir ein dummes Gesetz gebrochen haben, das für uns den Ruin bedeutet?«

»Ich muß mich in dieser Angelegenheit nicht verteidigen«, antwortete er sanft.

»Und was ist mit der Angelegenheit der Geldfälscherei?«

Ihm war, als hätte ihm jemand einen kräftigen Stoß in die Magengrube versetzt. Er zuckte aber nicht zusammen, sondern hob die Brauen. »Geldfälscherei?«

»Ich habe die Scheine im Futter Ihres Rocks gefunden.«

»Meinen Notgroschen?«

»Wenn Sie das glauben, hat man Sie für dumm verkauft, und ich kann mir nicht vorstellen, daß Sie es sind.« Daß er so gar nicht reagierte, war zum Aus-der-Haut-Fahren, aber sie kannte ihn zu gut, um sich davon täuschen zu lassen. Mit einer entschiedenen Handbewegung stand sie auf. »Es hat keinen Sinn, weiter darüber zu debattieren. Mir bleibt nur noch zu gehen.«

»Gehen?« fragte er, als hätte er das Wort noch nie gehört.

Sie nahm ihren Umhang, legte ihn über den Arm und ging zur Tür. »Ich würde die Kleider, die ich anhabe, für meine Nachfolgerin dalassen, aber Sie haben ja dafür gesorgt, daß ich nichts anderes zum Anziehen hier habe, als was Sie mir beschafft haben. Ich werde Ihnen die Sachen morgen früh bringen lassen.«

»Ich brauche sie nicht.«

»Ich auch nicht.«

»Hast du nicht eine Kleinigkeit vergessen?«

»Habe ich das? Sie meinen, daß Sie mich in der Hand haben? Aber Sie sind doch inkognito in Louisiane? Sie wollen doch bestimmt nicht, daß Madame de Vaudreuil oder der Gouverneur von Ihrer besonderen Beziehung zum König erfahren? Finden Sie nicht, daß das Ihre Drohung aufwiegt?«

In aufrechter Haltung trat er einen Schritt auf sie zu. »Und wenn ich dir sagen würde, daß ich dich liebe und dich nicht verlieren möchte?«

»Wenn Sie würden. Sagen Sie es, oder sagen Sie es nicht? Ich kann mit solchen Halbheiten nichts anfangen. Es ist auch unwichtig. Ich glaube nicht, daß Sie etwas anderes lieben als Ihre Position, Ihre Macht, Ihr Prestige. In Wirklichkeit sorgen Sie sich nur, weil Sie dem Marquis den Verlust einer Darstellerin für seinen Theaterabend erklären müssen. Wie schade. Aber Ihnen wird schon etwas einfallen. Sagen Sie ihm, ich hätte Sie alle beide getäuscht.«

Cyrene ging zur Tür, öffnete sie, und als sie die Schwelle überschritten hatte, schloß sie sie fest hinter sich.

Der Regen hatte aufgehört. Die feuchte Nachtluft schlug ihr kühl entgegen, obwohl es wärmer geworden war. Der Chor von Laubfröschen und anderen kleinen Geschöpfen, der für die kurzen Winterwochen verstummt war, hatte wieder eingesetzt. Das Geräusch war noch nicht so laut wie später im Jahr, doch es kündigte den Frühling an.

Der Gang zum Prahm, der ihr gestern noch so lang vorgekommen war, verging ihr wie im Fluge. Im Fenster des sanft sich wiegenden Bootes war ein Lichtschein, und als sie über die Laufplanke schritt, wurde sie von Gaston begrüßt.

Sie sprachen stundenlang miteinander, packten dann zwei Bündel und stellten sie neben die Tür. Den Rest der Nacht verbrachte Cyrene in der Hängematte, und das langsame Geschaukel des Prahms in der Vertäuung lullte sie ein, so daß sie sich ausruhen konnte, wenn sie auch nicht schlief.

Bei Tagesanbruch waren Cyrene und Gaston im Kanu und fuhren durch den Nebel, der über den Sümpfen lag. Es ging nicht nach Norden in die Wildnis, sondern lediglich zum Pontchartrainsee. Monsieur Pierre und Monsieur Jean waren nur bis zu Kanota Unas Dorf am Nordufer des Sees gereist. Gaston behauptete, es sei wegen der Indianerüberfälle, grinste aber fröhlich bei dieser Lüge. Cyrene wußte, daß sie der Grund war, und das tröstete sie.

19. Kapitel

Cyrene empfand es als Wohltat, sich körperlich betätigen zu können. Ihre steifen Muskeln wurden nach und nach geschmeidig und gehorchten ihr immer besser. Auch im Kopf wurde sie klarer.

Es gab einiges, was sie bedauerte. Daß Madame de Vaudreuil und Touchet glauben könnten, sie sei aus Angst vor ihnen davongelaufen, gefiel ihr ganz und gar nicht. Es war eine Frage des Stolzes, und damit hatte sie schon immer Schwierigkeiten gehabt.

Sie hätte sich auch gerne von Armand Moulin verabschiedet. Hoffentlich dachte er nicht, sie hätte ihn vergessen. Er war ein netter Mensch, und obwohl sich seine Verliebtheit, wie sie das, was er für sie empfand, vielleicht am besten nennen konnte, bald geben würde, wollte sie ihn doch nicht verletzen, solange der Zustand noch andauerte.

In der Nacht war ihr außerdem eingefallen, daß sie Lemonnier die Gelegenheit hätte geben sollen, deutlicher über seine angebliche Liebe zu ihr zu sprechen. Zwar hätte es nicht viel geändert, aber es wäre interessant und immerhin ein Trostpflaster für ihre Eitelkeit gewesen, die zweifellos unter der Art, wie er mit ihr umgesprungen war, gelitten hatte.

Wir alle sind auf ihn hereingefallen, dachte Cyrene, auf diesen Verbannten, der angeblich nichts anderes im Kopf hatte, als nach Frankreich zurückzukehren und vom König wieder in Gnaden aufgenommen zu werden. Wie leichtgläubig wir waren! Vielleicht, weil es vielen so geht.

Und was ist noch alles Lüge an ihm? Inwieweit ist das Bild, das er in der Öffentlichkeit von sich verbreitet hat, nur Fassade, eine Maske für sein eigentliches Ziel?

Ein Spitzel. Nicht in Feindesland, sondern bei Männern und Frauen seines Standes, Menschen wie ihm, die ihm Einlaß in ihre Häuser und in ihr Leben gewährt hatten. Es war nicht zu leugnen, daß die Amtsführung der Vaudreuils korrupt war, aber sie trieben es vielleicht nicht schlimmer als alle anderen. Der Gouverneur war ein fähiger Administrator, ein unvoreingenommener Richter, ein äußerst kompetenter Politiker mit einer besonderen Neigung zur Führung einer Kolonialverwaltung, da schon sein Vater Gouverneur von Neufrankreich gewesen war. Und was sprach gegen ihn? Klatsch und die Machenschaften einer geldgierigen Gattin.

Und wenn die Gerüchte stimmten? Wenn Lemonniers Tarnung nicht so perfekt war, wie er sich einbildete? In Versailles geschah nicht viel, das nicht bemerkt, im Flüsterton weitergegeben wurde und sich in Windeseile in Paris und darüber hinaus verbreitete. Konnten die Attentate auf Lemonniers Leben etwas mit seinem Auftrag zu tun haben?

Cyrene kam beim Paddeln aus dem Takt. Wenn es so war, dann schwebte er in Gefahr.

Wirklich? Das Schiff nach Frankreich, die *Le Parham,* hatte heute morgen Segel gesetzt, und an Bord waren die Depeschen mit Informationen darüber, inwieweit die Klagen gegen die Vaudreuils begründet waren. Lemonnier mußte seinen Auftrag erfüllt haben. Es gab jetzt keinen Grund mehr, ihn anzugreifen.

Außer aus Rache.

Aber warum blieb er in Louisiane und setzte sich dieser Gefahr aus? Warum hatte er keine Passage nach Frankreich genommen? Es war unbegreiflich. Ganz gleich, was in den Depeschen stand, der Gouverneur dankte ihm den Mißbrauch seiner Gastlichkeit und Freundschaft bestimmt nicht, sondern wies ihm die Tür, sobald er Bescheid wußte. Wenn er nicht bereits die Wahrheit entdeckt hatte.

Erkannte René denn die Gefahr nicht?

Er war nicht dumm. Niemand konnte besser einschätzen, was er wagte.

Daraus folgte, daß er blieb, weil er es selbst wünschte. Und dafür konnte es zweierlei Gründe geben. Entweder hatte er seine Untersuchungen gegen das Gouverneurspaar noch nicht abgeschlossen, oder sein Bleiben hatte einen anderen Zweck, der mit den falschen Banknoten zu tun hatte.

In Louisiane herrschte zwar Korruption, aber dasselbe galt auch für Versailles. Mußte einer, der ein Denunziant war, von einem so weit um sich greifenden Übel nicht auch befallen sein?

Die Sonne kam heraus, und ihre Strahlen waren voll Kraft. Sie riß den Nebel auf und verlieh ihm irisierenden Glanz. Der Dunst verschwand. Gaston und Cyrene erreichten schließlich den See, eine riesige offene Weite wie ein Binnenmeer. Das Wasser glitzerte und tanzte, brach an der Oberfläche wie Eruptionen von Diamantglitter. Die Luft war frisch und rein, feucht und lebensspendend. Vogelrufe hallten von den bewaldeten Ufern. Es wurde schön.

Frei. Ich bin frei, dachte sie, und die Freude darüber stieg ihr wie Wein zu Kopf. Ihr war vor Jubel ganz schwindlig. Doch darunter lauerte eine quälende Niedergeschlagenheit, und sie schämte sich, daß es so war. Sie hätte sich für eine stärkere Persönlichkeit gehalten, als einem Mann von so fragwürdiger Integrität nachzutrauern. Kann es sein, dachte sie, daß ich ihn jetzt schon vermisse? Seine Zärtlichkeit, sein leises Lächeln, seine Wärme neben mir im Bett? Ich sollte nicht daran denken und solche Wünsche und Bedürfnisse nicht verspüren. Doch es war so. Ja, es war so.

Sie ließen die Kanus am Seeufer zurück und gingen den Indianerpfad entlang zu Kanota Unas Dorf. Sie sahen und hörten nichts, aber die Indianer hatten bereits von ihrer Ankunft erfahren. Als sie das Dorf erreichten, warteten Monsieur Jean und Monsieur Pierre schon auf sie. Es war ein fröhliches Wiedersehen. Sie umarmten sich, schlugen einander auf die Schultern und redeten durcheinander. Kanota Una kam heraus und lud alle in ihre Hütte ein, um zu essen und zu trinken. Sie nahmen gerne an. Sie saßen auf den Pritschen in der Hütte und redeten und lachten und tauschten sich über das aus, was geschehen war, seit sie sich zuletzt gesehen hatten. Von einem kleinen Feuer in der Mitte stieg Rauch auf, der in einer trägen, schlangenförmigen Säule durch ein Loch in der Decke verschwand.

Kanota Unas Tochter Mane Mata war nirgends zu sehen. Cyrene erkundigte sich nach ihr und erfuhr, daß sie inzwischen eine eigene Hütte bezogen hatte. Die Umstände waren sonderbar. Doch auf einmal begannen Gaston und Monsieur Jean eine lautstarke Auseinandersetzung über Spielschulden, die der junge Mann in der Stadt gemacht hatte. Die Indianerin verstummte, als Gaston an Cyrene appellierte, ihm beizupflichten, daß er nur so Zugang zu ihren Kreisen hatte finden und auf sie aufpassen können. Über diese Logik gab sein Vater scherzhafte Kommentare ab, doch dem Streit fehlte es an Hitze. Gaston hatte Cyrene gut gehütet und den anderen zurückgebracht, und sie waren mit ihm zufrieden.

Erst später, bei Maulbeerwein aus Holzbechern und Honigkuchen mit Nüssen, sprachen sie über René Lemonnier. Cyrene erzählte den Bretons rückhaltlos, was sich abgespielt hatte. Es war nicht ihre Gewohnheit, ihnen etwas zu verheimlichen, und sie sah in dieser Runde keine Notwendigkeit dazu. Sie gab nur ihrer Verachtung für den Mann Ausdruck.

»*Chère,* urteile nicht so vorschnell«, mahnte Monsieur Pierre. »Nicht alles ist, wie es scheint.«

»Sie verteidigen ihn, trotz allem, was er getan hat?« fragte sie erstaunt.

»Ich will ihn nicht verurteilen, ohne ihn angehört zu haben. Ich bin auch nicht sein Richter. Es steht uns nicht zu, andere zu richten. Keiner von uns ist frei von Schuld. Außerdem ist nicht wichtig, was ein Mensch tut, sondern, warum er es tut.«

»Ja, zum Beispiel aus Habgier.«

»Und Treue.«

»Glauben Sie, weil Lemonnier eine gute Eigenschaft hat, kann er auch alles andere, was er angerichtet hat, rechtfertigen?«

Monsieur Pierre schüttelte den Kopf. »Ich meine nur, daß du abwarten solltest. Nachträgliches Bedauern ist ein trauriger Weggefährte.«

Doch zum Abwarten blieb keine Zeit. Einer der Posten, die den Pfad zum See bewachten, kam angerannt und schlug Alarm. Zwei Franzosen näherten sich, die einen Trupp Soldaten bei sich hatten.

Sie hätten sich im Wald verstecken können. Cyrene plädierte dringend dafür und war überzeugt, daß die Bretons ohne sie nicht einen Augenblick gezögert hätten wegzulaufen. Die Sorge um sie hielt die anderen hier, und das machte die Lage für Cyrene unerträglich, denn sie war die größte Gefahr für die Bretons. Das Auftauchen der Männer mit der Militäreskorte hatte mit ihr zu tun, daran zweifelte sie keinen Augenblick. Zu prompt waren sie ihr und Gaston auf dem Fuß gefolgt. Außerdem hatte sie innerlich gespürt, auch wenn sie es nicht zugeben wollte, daß ihr Triumph über Lemonnier zu leicht gewesen war und sie für ihren Widerstand einen Preis bezahlen mußte.

Cyrene und die Bretons verkrochen sich nicht. Sie standen vor der Tür zu Kanota Unas Hütte, die neben der ihres Vaters Setontu errichtet war, und warteten. Auch der alte Krieger kam heraus, hatte sich eine erhandelte Wolldecke in dunklem Burgunderrot umgelegt und hielt sich würdevoll aufrecht. Einer nach dem anderen hörten die Indianer auf mit dem, was sie gerade taten, und versammelten sich um sie. Sie spürten, daß sich etwas Bedeutsames anbahnte. Geduldig und schweigend standen sie da, und die Sonne versank in blau-goldener Pracht mit einem Hauch von Melancholie hinter den Bäumen. Die rauchgeschwängerte Luft wurde kühler.

Die Soldaten tauchten aus dem Wald auf. Sie marschierten im Gleichschritt auf die Lichtung, auf der das Dorf stand. Die verschossenen Uniformen waren wunderbar sauber, die Messingknöpfe blitzten, die Soldaten hielten ihre Musketen bereit. Zusammen mit den beiden Männern in federgeschmückten Hüten, in Samtröcken mit goldenen Litzen und mit Schwertern am Gürtel verkörperten sie bis ins letzte Detail Glanz und Glorie des französischen Imperiums.

In strikter, beispielhafter Einhaltung der protokollarischen Regeln näherte sich der Trupp Setontu. Weder Lemonnier noch Touchet, die vorangingen, zeigten auch nur durch einen Blick an, daß sie die Gegenwart anderer bemerkten. Als die vorschriftsmäßige Begrüßung stattgefunden hatte, zog Lemonnier eine Schriftrolle unter dem Arm hervor, rollte sie auseinander und las sie dem greisen Häuptling mit lauter, klarer Stimme vor.

Es war eine Arrestorder – in hochtrabender Amtssprache abgefaßt. Die Männer, bekannt unter den Namen Pierre, Jean und Gaston Breton, sowie die Frau Cyrene Marie Estelle Nolté seien flüchtige Verbrecher und Landesverräter. Sie seien zu arretieren und nach Nouvelle-Orléans zu verbringen, um daselbst einem Gericht vorgeführt zu werden. Die in ihrem Besitz befindlichen Waren würden als Beweismaterial gegen die obengenannten Personen konfisziert. Jeder Fluchtversuch müsse als Schuldbekenntnis gewertet und dementsprechend geahndet werden.

Cyrene bekam Handschellen angelegt, rechts und links von ihr wurde ein Posten aufgestellt. Die Bretons wurden vom Hals bis zu den Knöcheln in Eisen gelegt und zusammengeschlossen. Lemonnier beteiligte sich nicht an der Prozedur, sondern hielt sich im Hintergrund und beriet mit dem jungen Offizier, der die Soldaten befehligte, über die Suche nach den Waren. Cyrene dachte, daß er absichtlich abseits und weit weg von ihnen blieb, ob aber aus Takt oder Verachtung, konnte sie nicht entscheiden.

Es war Touchet, der sie fesseln ließ. In seinem langen Gesicht lag hämische Genugtuung, als er die Fuß- und Handschellen überprüfte und an den Ketten zog. Und der Ton, mit dem er ihnen die für die Nacht als Gefängnis requirierte Hütte anwies, bevor sie am Morgen die Reise in die Stadt antreten sollten, war eine Einladung zur Flucht, damit er das Vergnügen hatte, sie niederschießen zu können.

Doch diese Freude machten sie ihm nicht. Cyrene sah die Ergebenheit der Bretons, die Resignation auf ihren Gesichtern, und sie wußte mit tödlicher Sicherheit, daß sie das alles verschuldet hatte. Hätte sie Lemonnier nie aus dem Fluß gezogen, wäre sie nie auf die Schnapsidee gekommen, ihn zur Gewinnung ihrer Unabhängigkeit zu benutzen; hätte sie die Bretons nicht dazu überredet, in die königlichen Magazine einzubrechen, dann wären sie jetzt nicht hier. Ganz gleich, ob die Tätigkeit der Bretons französischen Staatsinteressen entgegenstand und ob sie schon Jahre vor Cyrenes Ankunft diese Lebensweise angenommen hatten – die junge Frau wußte, daß es ihre Schuld war.

Es mußte doch etwas geben, womit sie ihnen helfen konnte, irgendeinen Trick, eine Information. Leider fiel ihr aber nichts ein. Die Arrestorder war im Namen des Königs ergangen, nicht des Gouverneurs. Das offzielle Schreiben war in Lemonniers Händen gewesen, er befehligte offenbar auch die Soldaten, also hatte er sich als Vertreter der Krone zu erkennen gegeben. Wenn er die Entlarvung nicht mehr fürchtete, welche Waffe besaß sie dann noch gegen ihn?

Keine. Nicht die geringste.

Die Rückkehr nach Nouvelle-Orléans verlief ohne Zwischenfall. Cyrene wurde in eine Einzelzelle gesperrt. Ein kleiner Raum mit einem schmalen, niedrigen Bett, auf dem eine dünne Decke lag, mit einer Bettpfanne und einem winzigen, hochgelegenen Fenster. Durch dieses Fenster hörte sie von draußen, von der Place Royale, Menschen kommen und gehen, die Glocken der Kirche nebenan läuten. Manchmal glaubte sie mitzubekommen, wie sich die Wachen mit den Bretons unterhielten, aber sie durfte nicht mit ihnen sprechen, keine Botschaften schreiben, keinen Besuch empfangen. Die meiste Zeit blieb sie unbeachtet, doch sie merkte bald, daß man sie bevorzugt behandelte. Das Essen war genießbar. Außerdem wurden ihr die Handschellen abgenommen, das Kleiderbündel, das sie im Tschoktadorf dabeigehabt hatte, wurde ihr in die Zelle geworfen, und sie erhielt morgens meist eine Schüssel mit kaltem Wasser, um sich zu waschen.

Sie hatte erwartet, ja erhofft, daß René zu ihr käme. Er tat es nicht. Offenbar hatte er nicht das Bedürfnis, sich zu rechtfertigen oder den Triumph des raschen Vergeltungsschlags auszukosten. Sie hätte wissen müssen, daß er sich nicht von ihr erpressen ließ, und es wäre ihr klargewesen, wenn sie das, was sie über ihn erfahren hatte, nicht so verwirrt hätte.

Wieder und wieder grübelte sie über das Falschgeld in seinem Besitz nach und darüber, wie sie ihre Kenntnisse davon vielleicht benutzen konnte. Eine Schwierigkeit war, daß sie nicht wußte, was er damit gemacht hatte. Und sie konnte ihr Wissen nicht verwenden, ohne mit ihm darüber gesprochen zu haben. Aber das größte Problem war, daß er mit seinen Referenzen und Vollmachten die Existenz der Scheine ja einfach ableugnen konnte. Wer schenkte ihr dann Glauben? Alles, was sie vorbringen könnte, klänge nur nach den Phantastereien einer Frau, die schon das Knallen und Pfeifen der Peitsche hört.

Den Gedanken an die Strafe, die sie zu erwarten hatte, die Erniedrigung, das Auspeitschen und Brandmarken – diese Schrekken verdrängte sie. Viel schlimmer war das Schicksal von den anderen, besonders von Pierre.

Immer wieder kamen ihr die Worte der Arrestorder in den Sinn. »Die Männer, bekannt unter den Namen Pierre, Jean und Gaston Breton…« Was sollte das bedeuten? Sie wüßte nicht, daß die Bretons noch einen anderen Namen hätten, nicht einmal im Flüsterton war je etwas Derartiges an ihr Ohr gedrungen. Immerhin wäre es nicht erstaunlich, wenn sich Monsieur Pierre bei seiner Vergangenheit auf der Galeere einen anderen Namen zugelegt hätte, aber sie war nie auf diese Idee gekommen. Sie hatte immer angenommen, daß es genügte, hier in Louisiane, am Ende der Welt zu sein.

Pierre. Ihn erwartete nicht die Peitsche, sondern der Galgen. Es konnte nicht wahr sein. Der sanfte, weise Pierre! Ihr Verstand weigerte sich, es zu glauben. Sie hatte sich daran gewöhnt, daß auf ihn Verlaß und er immer für sie da war, daß er in einer Welt, wo Loyalitäten sich ändern, Bündnisse wechseln, immer unerschütterlich blieb. Nein, es durfte nicht sein!

Aber die Worte in Lemonniers Schreiben, die sie nicht hatte sehen sollen, fielen ihr ebenfalls wieder ein. »…nur eine Möglichkeit, den illegalen Handel, den man als Schmuggel bezeichnet, zu unterbinden, und zwar indem man mit der ganzen Härte des Gesetzes gegen jene vorgeht, die dabei ertappt werden, und an ihnen ein

Exempel statuiert…« Vielleicht sollten sie diejenigen sein, an denen ein Exempel statuiert wurde.

Stunde um Stunde saß sie da und starrte die Wand an, ihr Körper war wie betäubt, und ihre Gedanken drehten sich endlos im Kreis. In der düsteren Zelle glitzerten die Spuren von Tränen, die ihr in ihrer stillen, ausweglosen Verzweiflung über das Gesicht liefen.

Am Nachmittag des dritten Hafttages wurde Cyrene aus der Zelle geholt und unter Bewachung zum Regierungsgebäude abgeführt. Bei ihrem Erscheinen raunte die Menge, die sich draußen eingefunden hatte, vor Erregung, etwa so wie in der Nacht des Maskenballs. Hier waren allerdings nicht die Vornehmen der Stadt versammelt. Im Inneren des Gebäudes war der große Raum, in dem der Marquis seine Gäste unterhalten hatte, jetzt Sitzungssaal des Rats der Notablen, der über Schuld oder Unschuld Cyrenes und der Bretons zu befinden hatte. An einem langen Tisch saßen die Ratsmitglieder, darunter der Intendant Rouvilliere, der bei solchen Versammlungen den Vorsitz führte, ein, zwei Rechtsgelehrte, der Feldscher und andere Standespersonen. In seiner Eigenschaft als Vertreter der Regierung Seiner Majestät König Ludwigs XV. in Louisiane thronte in der Mitte der Gouverneur Marquis de Vaudreuil.

Auch ein neuer Kronanwalt war da. Er stand auf der Seite und leitete den Rat. Es war René Lemonnier.

Das Verhör der Bretons war schon beendet. Sie standen in Ketten vor dem Richtertisch, von einer juristischen Vertretung war nichts zu sehen, sie hatten zu ihrer Verteidigung nur ihre eigenen Worte. Auf einer Seite lagen die Beweisstücke: ihre Waren in Kisten mit eindeutig englischer Aufschrift, an denen noch die Plomben hingen, die Regierungsbeamte vor der Einlagerung in die königlichen Magazine angebracht hatten. An diesem Ende des Tisches befand sich in rechtem Winkel zum Richtertisch der Zeugenstand, so daß der Aussagende vom Kronanwalt, den Angeklagten und den Ratsmitgliedern gesehen werden konnte. Er war aber leer, als sei die Zeugenbefragung gegen sie bereits abgeschlossen. Daneben stand Touchet, offenbar hatte er gerade ausgesagt.

Cyrene wurde neben die Bretons gestoßen. Sie verlor das

Gleichgewicht und stieß Pierre an, der ungeschickt mit klirrenden Ketten den Arm ausstreckte, um sie abzufangen. Sie sah die Rostflecken an seinen Knöcheln und Handgelenken, den Kummer in seinem Blick, und das Herz krampfte sich ihr in der Brust zusammen, wieder standen Tränen in ihren Augen. Sie lächelte ihn kurz und zaghaft an.

»Das alles tut mir so leid«, flüsterte sie.

»Mir nicht.« Er sah ihr ins Gesicht. Sein Blick war ruhig.

Der Intendant pochte auf den Tisch und fragte ein wenig barsch: »Können wir fortfahren?«

Cyrene betrachtete die Männer. Mit einigen davon hatte sie getanzt und mit ihnen, ihren Frauen und Töchtern gelacht und im Haus des Gouverneurs an einem Tisch gesessen. Der Marquis selbst war außerordentlich herzlich zu ihr gewesen. Dennoch starrten sie sie jetzt alle wie eine Fremde an. Sie fühlte sich mehr entwürdigt, als sie es im Kerker gewesen war. Es war, als habe sie für diese Männer als Person aufgehört zu existieren und sei nichts weiter als ein Problem, das man mit dem geringsten Aufwand an Kraft und Unannehmlichkeiten lösen mußte.

Sie war wütend. Eine Änderung zum Besseren. Sie straffte die Schultern.

»Diese Frau«, sagte René Lemonnier, »heißt Cyrene Nolté. Es besteht Grund zu der Annahme, daß sie die Schmugglerbande angeführt hat. Meine Herren, die Bücher, die Sie vor sich haben, enthalten Einträge von ihrer Hand.«

Mit klirrenden Ketten schlurfte Pierre nach vorn. »Das ist eine lächerliche Beschuldigung!«

Lemonnier ignorierte ihn. »Nach Aussage des Zeugen Touchet wurde sie dabei beobachtet, mit Captain Dodsworth, dem englischen Kapitän der *Half Moon,* einen Handel abgeschlossen zu haben. Die List, die den Diebstahl der konfiszierten Waren ermöglichte, hat sich mit Sicherheit eine Frau ausgedacht, wahrscheinlich diese Frau. Außerdem hörte der Lieutenant, der sie in jener Nacht beinahe gefaßt hätte, daß sie Befehle rief. Ich behaupte, daß sie genau das ist, wofür sie sich ausgab, nämlich eine Schmugglerin, und daß sie als solche mit aller Härte des Gesetzes bestraft werden sollte, damit sich niemand einbildet, der Schmuggel sei eine leichte Art, Geld zu verdienen.«

Was tat Lemonnier? Er wußte doch genau, welche Stellung sie unter den Bretons eingenommen, wie erfolgreich ihr Handel mit dem englischen Kapitän gewesen war. War er in seinem Stolz von der Art und Weise, wie sie ihn verlassen hatte, so tief getroffen, daß er sie so sehr wie möglich demütigen wollte? Oder spielte er ein anderes Spiel?

»Cyrene ist erst seit drei Jahren bei uns«, antwortete Pierre, »und wir handeln schon seit langem.«

Lemonnier machte eine wegwerfende Geste. »Er hat vielleicht einfachen Handel betrieben. Aber Er kann doch nicht leugnen, daß größere Profite erst gemacht wurden, seit sie die Expeditionen leitete.«

»Sie hat uns begleitet, aber nicht angeführt«, erwiderte Pierre beharrlich.

Er wollte sie schützen, Cyrene wußte es, die Frage, wer sie anführte, war für Monsieur Pierre ohne Belang.

»Die Profite sind in den letzten Jahren doch gestiegen? Antworte Er mir, Jean Breton!«

Monsieur Jean sah elend aus. Schließlich murmelte er: »Ja.«

»Weil diese Frau dabei war?«

»Vielleicht teilweise, aber –«

»Also behaupte ich, daß sie die Anführerin war. Daß sie sich selbst eine Schmugglerin nannte.«

»Das war nur ein Scherz«, entgegnete Pierre. »Sie hatte nie die Verantwortung.«

Monsieur Pierre und Monsieur Jean hatten Angst um sie, Angst wegen der Peitschenschläge, die sie zusätzlich erhalten würde. Angst, daß man sie an den Galgen brachte. Genau so, das spürte sie, als Lemonnier fortfuhr, sollten sie sich fühlen. Nur aus diesem Grund hatte man sie vor Gericht gezerrt. Sie war sich dessen ganz sicher, als sie die nächste Frage hörte.

»Wenn sie für den plötzlichen Reichtum nicht die Verantwortung trägt, wer dann? Dann gibt es nur noch eine Möglichkeit. Wer ist der Hintermann?«

»Niemand«, antwortete Pierre.

»Ich meine aber doch. Jemand wurde auf diese Initiative und die bescheidenen Gewinne aufmerksam und wollte ebenfalls profitieren. Sag Er uns, wer es ist. Teil Er uns mit, wer die Mittel für eine größere Operation zur Verfügung gestellt und sich dadurch mehr Gewinn verschafft hat.«

Sie waren alle vier nichts als Schachfiguren – sie, Pierre, Jean und Gaston. Offenbar nahm Lemonnier an, daß jemand mit guten Verbindungen, wahrscheinlich die Marquise oder der Intendant, den Bretons Gelder zur Verfügung gestellt hatte. Er wollte die Liebe der Bretons zu Cyrene und ihre Angst um das eigene Leben benutzen, um den Namen dieser Person aus ihnen herauszuholen und die Anklagen gegen den Gouverneur und seine Frau zu beweisen oder zu widerlegen. Eigentlich waren es nicht Cyrene und die Bretons, die hier vor Gericht standen, sondern der Marquis und die Marquise de Vaudreuil.

Ob der Gouverneur es wußte? Schwer zu sagen. Vaudreuil war Veteran so vieler politischer Scharmützel. Die hübsche, glatte Miene, die er aufgesetzt hatte, war eine Fassade, die wenig verriet. Aber er hatte erfahren, wer Lemonnier war, und bestimmt seine Referenzen als Sonderbeauftragter des Königs gesehen. Er war trotz seiner lächelnden Miene alles andere als ein Dummkopf.

Aber spielte das denn eine Rolle? Es gab keinen Hintermann hinter den Bretons, Cyrene hätte dafür die Hand ins Feuer legen können. Wenn sie Lemonnier die Informationen, die er haben wollte, nicht geben konnten, was blieb dann anderes übrig, als sie der gegen sie erhobenen Beschuldigungen zu überführen und das Urteil, das gefällt werden mußte und würde, zu vollstrecken?

Auch Pierre sah, worauf Lemonniers Fragen hinausliefen, denn seine Stimme war matt vor Verzweiflung, als er wiederholte: »Es gibt niemanden.«

»Ich behaupte, daß Er lügt«, erwiderte Lemonnier sanft. »Überleg Er es sich gut, bevor Er leidet und die leiden macht, die Er liebt, und das alles für einen hochwohlgeborenen Herrn, der nur mit Hilfe Seines Schweißes und Blutes in die eigene Tasche wirtschaftet und dem Sein Schicksal ganz gleichgültig ist.«

»Es gibt keinen Hintermann, das schwöre ich bei meiner Mutter Seligkeit.« Pierres Stimme war leise, fast unhörbar.

»Warum glaubt Ihr uns denn nicht?« rief Jean.

Cyrene hatte genug gehört.

Sie hob den Kopf, und ihre Augen blitzten. »Er wird es nicht glauben, weil er etwas anderes hören will. Er redet davon, daß andere an unserem Schweiß und Blut verdienen, aber er ist entschlossen, dasselbe zu tun, um zu bekommen, was er will und braucht, um sich mit Ruhm zu bedecken!«

»Sei still!« rief Lemonnier barsch, und der harte Blick in seinen Augen wollte Gehorsam erzwingen.

»Warum sollte ich, wenn es uns an den Kragen geht?« schrie sie ihn an. »Bilden Sie sich wirklich ein, uns derart mißbrauchen zu können? Sollen wir einen Meineid leisten, weil es Ihnen so paßt? Wissen Sie denn nicht, daß darauf die Todesstrafe steht?«

»Ruhe!« sagte der Intendant, aber es war nicht sehr laut.

»Wir werden sowieso verurteilt, ob wir die Wahrheit sagen oder lügen. Es wird offenbar ein Sündenbock gesucht. Gut, ich will ihn abgeben!«

»Nein, Cyrene!« rief Monsieur Pierre, und sein Blick belebte sich, als er sich ihr besorgt zuwandte. Er drehte sich wieder zum Richtertisch um. »Sie müssen mich anhören, und nur mich. Ich bin nicht nur ein Schmuggler, ich bin auch –«

Sie konnte ihn nicht ausreden lassen. Sie erhob die Stimme, legte schneidenden Sarkasmus hinein, ihre Augen glühten, als sie versuchte, die Aufmerksamkeit auf sich zu lenken. »Hören Sie gut zu! Ich bin die Anführerin dieser zu allem entschlossenen Schmugglerbande. Es gibt keinen Hintermann – hochwohlgeboren oder nicht – und außer mir keine Frau!«

Ein Stuhl wurde zurückgeschoben. Den Intendanten hielt es nicht mehr auf dem Sitz, und er beugte sich über den Tisch. »Eine Frau? Wer hat von einer Frau gesprochen? Was weiß Sie darüber? Sie wird jetzt gleich reden, oder wir müssen Sie der peinlichen Befragung unterziehen.«

Die Folter wurde in den Kolonien nicht häufig angewendet, jedenfalls nicht offiziell, doch die Drohung damit spielte immer eine gewisse Rolle, besonders in schwierigen Fällen. Cyrene hörte Monsieur Jean vor Hilflosigkeit aufstöhnen, spürte, wie ihr die Farbe aus dem Gesicht wich, aber sie ließ sich nicht einschüchtern.

»Keine Frau außer mir, begreifen Sie das denn nicht? Ich habe davon gesprochen, weil es offensichtlich ist, daß –«

»Cyrene!«

Der bittende Ton, der in diesem Befehl mitschwang, brachte sie zum Schweigen. Auch Renés Gesicht, aus dem außer Wut und Verzweiflung noch etwas anderes sprach, das sie nicht verstand.

»Es ist offensichtlich«, fuhr Rouvilliere fort, »daß Madame de Vaudreuil durch ihr skandalöses Betragen sofort in Verdacht geraten muß.«

Auf einmal war alles still. Da wurden die Türen zum Saal aufgestoßen. Seidene Unterröcke rauschten, schnelle Schritte erklangen laut. Cyrene drehte sich um und sah, daß Madame de Vaudreuil vor die Anwesenden trat. Sie hielt den Kopf so hoch, daß die Bänder ihres Spitzenhäubchens im Wind ihrer Bewegung flatterten, die Lippen waren nur ein schmaler Strich in ihrem blassen Gesicht. Erst vor dem Richtertisch blieb sie stehen. Wenn es ein Versehen war, daß sie sich neben Cyrene stellte, dann korrigierte sie es nicht.

»Madame«, sagte der Gouverneur zu seiner Gattin, »was tun Sie hier? Das ist kein Ort für Sie. Sie dürfen gehen.«

»Diese Ratsversammlung zieht meinen guten Namen in den Schmutz. Ich will mich verteidigen.«

»Das ist nicht nötig.«

Die Augen der Marquise wurden schmal. »Ich will sprechen.«

Daraufhin versuchte niemand mehr, sie daran zu hindern. Madame de Vaudreuil sah den Intendanten an, der sich langsam wieder auf seinem Stuhl niederließ, drehte sich um, warf Cyrene einen kurzen, beinahe anerkennenden Blick zu und wandte sich dann an Lemonnier.

»Diese junge Frau hat die Wahrheit gesagt. Ich habe weder ihr noch ihren Verwandten jemals Geld zum Zweck des Handels mit den Feinden Frankreichs gegeben. Ich bin meinem König treu ergeben. Die Gesetze, die seine Minister in ihrer Weisheit erlassen haben und die diese Kolonie betreffen, mögen weder klug noch nach meinem Geschmack sein, aber als Gattin des Gouverneurs wäre es töricht von mir, mich über sie hinwegzusetzen. So dumm bin ich nicht.«

Madame de Vaudreuil blickte sich um, als warte sie auf Widerspruch, um ihn abzuschmettern. Als keiner erfolgte, fuhr sie fort. »Man hat die verschiedensten Vorwürfe gegen mich erhoben. Mir ist das bekannt, aber was kümmert es mich? Wer glaubt, daß Leute von Rang und Namen um der bloßen Ehre willen das Gouverneursamt in einer entlegenen Kolonie übernehmen, in unglaublichen Verhältnissen leben und über Diebe, Verbannte und Eigenbrötler herrschen? Wer das denkt, ist ein Kretin. Ein Amt ist wie ein Anwesen. Man hat große Ausgaben, wenn man es gut führen will. Und genau wie ein Anwesen sollte es für die, die ihre Zeit und Energie hineinstecken, auch etwas abwerfen. Wenn dieses Louisiane für mich und meinen Mann nicht einige Einkünfte bringt, dann hätten wir ebensogut in aller Gemütlichkeit in Paris bleiben können. Soviel sollte jeder vernünftige Mensch begreifen.«

»Madame«, begann Lemonnier.

»Ich bin noch nicht fertig! Mein Gatte ist rund um die Uhr mit der Verwaltung dieser Kolonie beschäftigt. Das Amt des Gouverneurs – so viel kann ich Ihnen allen versichern – ist keine Erholung. Es erfordert viel Zeit, Fleiß und Geduld, und man muß an die Schwachköpfe in Paris, die von uns Wunder erwarten, endlose Rapporte schreiben. Wir sollen die königlichen Schatzkammern füllen, die Bewohner der Kolonie vor allem Bösen schützen und dafür sorgen, daß sie einigermaßen zufrieden sind. Wir sollen den Frieden aufrechterhalten und die Wilden dazu bringen, uns zu unterstützen. Es wird erwartet, daß wir das Vordringen der Engländer von Osten und der Spanier von Westen verhindern. Für all das wendet die Krone ein Minimum an Kosten auf, und man muß sich überdies die ständige Einmischung von Leuten gefallen lassen, die noch nie aus Frankreich herausgekommen sind und die Verhältnisse hier nicht kennen und denen es egal wäre, wenn sie sie kennen würden! Da mein Gatte mit all dem sehr beschäftigt ist, bleibt mir die Sorge überlassen, daß wir hier nicht unser privates Vermögen vergeuden, ohne Gewinn zu machen. Das ist mein einziges Interesse. Was den illegalen Handel betrifft, so habe ich lediglich vor den jüngsten Unannehmlichkeiten mit England ein-, zweimal in eine Fahrt investiert. Seitdem habe ich mich selbstverständlich an die diesbezüglichen Kriegsgesetze gehalten. Das ist alles, was ich dazu zu sagen habe.«

Lemonnier schaute der Marquise offen ins Gesicht. »Mit Verlaub, Madame, was Sie sagen, entspricht nicht der Wahrheit!«

Madame de Vaudreuil richtete sich auf, und ihr Blick war eisig vor Zorn. »Sie bezichtigen mich der Lüge?«

»Ich bitte tausendmal um Vergebung, wenn ich mich irren sollte, aber ich habe zufällig selbst gehört, wie Ihr Agent Touchet in Ihrem Namen an Bord der *Half Moon* mit Captain Dodsworth den bewußten Handel betrieb.«

»In meinem Namen? Niemals!«

»Leider doch, Madame. Und es ging außerdem um Haschisch und dergleichen.«

Madame de Vaudreuil drehte sich langsam um, die weiten Röcke bauschten sich majestätisch über dem Reifrockgestell. Sie richtete den Blick auf Touchet. »Schuft«, sagte sie mit tödlicher Verachtung. »Wie kommt Er dazu, ohne meine Anweisungen zu handeln? Wie konnte Er es wagen?«

»Aber Madame«, stotterte Touchet, und das schmale Gesicht fiel vor Angst zusammen. »Ich dachte... das heißt, Ihr sagtet doch, daß jeder Gewinn willkommen ist.«

»Nicht, wenn es meinem Gatten schadet, Tölpel. Nicht gegen seine allerstrengste Anweisung. Überhaupt, wo ist dieser Gewinn? Ich habe nichts davon gesehen. Wenn Er diesen Handel betrieben hat, dann auf eigene Faust und in die eigene Tasche. Kurz, dann war es ein klarer Fall von Schmuggel!«

»Aber Madame, ich bitte Euch –«

»Schmuggel«, rief die Marquise durch den ganzen Raum und wandte sich verächtlich von Touchet ab, »ist ein Verbrechen, und ich schlage vor, diesen Mann da vor Gericht zu stellen!«

Madame de Vaudreuil opferte ihren Strohmann. Hatte er wirklich seine Kompetenzen überschritten, wie sic behauptete? Oder wurde auch er zum Sündenbock gemacht? Cyrene konnte es nicht sagen, obwohl es ihr so schien, als ob die Marquise, nachdem sie so offen ihr Gewinnstreben zugegeben hatte, wenig Grund hätte, dieses kleine Detail abzuleugnen. Oder war es das, was alle denken sollten? Vielleicht kam die Wahrheit beim Prozeß gegen Touchet ans Licht. Oder sie würden es nie erfahren.

Touchet war offenbar nicht zuversichtlich über den Ausgang. Er fluchte und brüllte, als der Intendant zögernd den Befehl aussprach, der die Wachen veranlaßte, auf ihn zuzumarschieren. Seine gellenden Schreie hallten durch den Saal, als er gepackt und weggeschleift wurde.

Nachdem sich die Tür hinter Touchet geschlossen hatte, nickte die Marquise kurz, drehte sich herum und blieb an der Seite stehen. Offenbar hatte sie nicht die Absicht zu gehen, und jede Aufforderung dazu würde sie sehr übelnehmen. Das Ehepaar wechselte einen Blick, und der Gouverneur neigte den Kopf gegen seine Frau, möglicherweise in der winzigen Andeutung einer Verbeugung.

»Wir dürfen uns bei Madame de Vaudreuil für ihren Beitrag zu diesem Verfahren bedanken«, sagte Lemonnier höflich, wenn auch ein wenig trocken, »sowie für die Güte, die sie uns dadurch erwiesen hat. Ich nehme an, daß diese Sache nunmehr für den Augenblick geklärt ist und wir fortfahren können.«

Der Intendant, an den diese Bemerkung gerichtet war, setzte sich verlegen auf seinem Stuhl zurecht und nickte dann, wobei er Lemonnier so wenig wie möglich ansah.

»Ich danke.« Lemonnier stellte sich zwischen den Richtertisch und die Angeklagten. »Mit Erlaubnis der Herren des Rats möchte ich in diesem äußerst ungewöhnlichen Verfahren zum gegenwärtigen Zeitpunkt nicht nur Kronanwalt sein, sondern meinerseits in den Zeugenstand treten. Sie gestatten?«

»Wie Sie wünschen«, erwiderte der Gouverneur, und auch die anderen Ratsmitglieder erhoben keine Einwände. Aus den Blikken, die sie miteinander wechselten, war ersichtlich, daß sie Lemonniers Sonderstatus kannten und auf keinen Fall wollten, daß in den Akten stand, sie hätten ihn an der Ausübung seiner Pflicht gehindert.

Cyrene beobachtete diese Nebenhandlung und erbebte vor

Angst. Sie hatte schon öfter das Gefühl gehabt, daß Lemonnier gefährlich sein konnte, aber so stark wie jetzt war es noch nie gewesen. Er war heute elegant in grauen Samt mit Silberstickerei gekleidet. Er trug eine Perücke, und Cyrene hatte ihn in letzter Zeit so oft ohne gesehen, daß er ihr wie ein Fremder vorkam. Der Gedanke an die Zärtlichkeiten, die Abenteuer und das Lachen – an alles, was sie mit ihm geteilt hatte, überkam sie. Es war nichts als ein schemenhafter Traum. Keine Wirklichkeit.

Lemonnier verschränkte die Arme auf dem Rücken und musterte alle mit eindringlichem Blick. »In erster Linie hat man mich – wie Sie vielleicht wissen – hierhergeschickt, um zu untersuchen, inwieweit die Behauptung der Wahrheit entspricht, daß bei der Verwaltung dieser Kolonie gewisse Unregelmäßigkeiten vorkommen, insbesondere, ob sich hohe Beamte am Handel mit den Engländern beteiligen, der durch ein königliches Edikt untersagt ist. Nach meiner Ankunft in Nouvelle-Orléans mußte der erste Schritt zur Erfüllung meiner Mission sein, so viel wie möglich über den weit verbreiteten Schmuggel zu erfahren – wie er ausgeführt wird, wann, wo und von wem –, bevor ich mich daran wagen konnte, die Verwicklung von Standespersonen zu beurteilen. Aus diesem Grund entschied ich mich dafür, eine Zeitlang die Aktivitäten irgendeines kleinen Händlers zu beobachten, der des Schmuggels verdächtig war. Ich habe die Angeklagten als typische Exemplare ausgewählt und den Prahm, auf dem sie wohnen, ihr Kommen und Gehen, überwacht. Meist bezahlte ich andere für diese Arbeit, obwohl ich über einen Zeitraum von drei Monaten die Beobachtung gelegentlich auch selbst durchführte, um mich mit der Situation vollkommen vertraut zu machen.«

Es war schwer, sich Lemonnier bei so ruchlosem Tun vorzustellen, aber das zeigte nur, wie leichtgläubig sie war, wie wenig Menschenkenntnis sie besaß, dachte Cyrene. Und doch war seine Erklärung, warum er die Bretons ausgewählt hatte, nicht befriedigend. Irgend etwas störte sie daran, auch wenn sie nicht sagen konnte, was es war.

»Eines Abends war ich wieder auf Posten, da wurde ich von hinten überwältigt und niedergestochen. Als ich das Bewußtsein wiedererlangte, trieb ich im Fluß. Zufällig rettete mich Cyrene Nolté, und zwar nicht aus Menschlichkeit – sie hielt mich ja für mausetot –, sondern wegen meines bestickten Rocks.«

Ein leises Lächeln zuckte um seinen Mund, und er sah Cyrene an. Sie verachtete ihn dafür, auch weil er sich so raffiniert jeder Verpflichtung ihr gegenüber für die Rettung seines Lebens entzogen hatte. Er und undankbar? Da sei Gott vor! Doch wenn er so viel von der Wahrheit enthüllte, was würde er noch alles erzählen? Etwa, wie es dazu gekommen war, daß er die Bretons begleitet hatte?

»Günstiger hätte ich es kaum treffen können, als auf dem Prahm als Verletzter zu wohnen. Meine Wunden waren nicht lebensgefährlich, aber ich übertrieb ein wenig, um bleiben zu können, wo ich war. Gleichzeitig machte ich mich daran, das Vertrauen von den Bretons und Cyrene Nolté zu gewinnen, was mir so gut gelang, daß ich als Partner auf eine Handelsfahrt mitgenommen wurde.«

Wieder suchte sein Blick den ihren, oder es kam ihr so vor. Cyrene schaute weg, und die Welle der Erleichterung, die sie durchdrang, trieb ihr das Blut ins Gesicht. Es dauerte eine Weile, bis sie seiner Erzählung wieder folgen konnte.

»Die Indizien gegen die Bretons waren nicht zu übersehen. Sie gaben sich wenig Mühe, den illegalen Handel zu verbergen. Außerdem hatte man in Frankreich etwas über Pierre Bretons Vergangenheit entdeckt, das ihn völlig vernichten konnte. Er heißt eigentlich nicht Breton. Er, sein Bruder und dessen Sohn gehören einer hochangesehenen, ja vornehmen Familie an, die einen großen Beitrag zur Errichtung der französischen Herrschaft in der Neuen Welt geleistet hat.«

An Cyrenes Seite rief Pierre mit rauher Stimme: »Ich bitte Sie, Monsieur, es ist nicht nötig, daß Sie fortfahren. Ich bekenne mich offen des Verbrechens des Schmuggels für schuldig. Ich bin bereit, alles zu sagen, was Sie wollen, und jede Strafe auf mich zu nehmen, wenn Sie mir gestatten, Sie unter vier Augen zu sprechen.«

»Er will einen Meineid leisten? Das ist nicht erforderlich«, erwiderte Lemonnier, wandte sich von ihm ab und fuhr unerbittlich fort. »Pierre Breton – unter diesem Namen kennen wir ihn –

stammt aus einer der ältesten Familien Frankreichs. Er hatte eine junge Frau, deren Vater ein reicher Pelzhändler war, kannte sich in der Wildnis ausgezeichnet aus und besaß, gemeinsam mit einem Partner namens Louis Nolté eine Genehmigung als Fallensteller. Eines Winters brachen die beiden Männer zur Pelzjagd auf. Sie machten reiche Beute, so reich, wie sie es sich niemals hätten träumen lassen. Dann kam ein Schneesturm, der vier Tage dauerte. Pierre Breton kehrte mit den Pelzen allein aus der Wildnis zurück. Er gab an, er habe Nolté im Blizzard verloren, ihn danach gesucht, aber nicht gefunden. Monatelang kam keine Nachricht vom Schicksal des Freundes. Doch im Sommer tauchte er wie von den Toten auferstanden auf und beschuldigte Breton des Diebstahls und des versuchten Mordes.«

Ein Raunen ging um den Richtertisch. Der Gouverneur musterte Pierre, und etwas wie Erkennen blitzte in seinen Augen auf. Soweit Cyrene wußte, war es das erste Mal, daß die beiden Männer einander von Angesicht zu Angesicht gegenüberstanden. Pierre hatte die Stadt und die Menschen, mit denen Vaudreuil verkehrte, immer gemieden. Daß der Gouverneur ihn aus Neufrankreich kannte, war nicht erstaunlich, hatte er doch auch ihren Großvater und ihre Mutter gekannt.

Die Ereignisse, von denen Lemonnier berichtete, waren kaum zu fassen. Pierre und ihr Vater sollten vor vielen Jahren befreundet gewesen sein? Davon hatte sie nie auch nur eine Andeutung vernommen. Sie konnte nicht begreifen, daß man es ihr verschwiegen hatte, und den Grund nicht einsehen. Sie richtete den Blick auf Pierre, der mit wächsernem Gesicht starr geradeaus sah. Als Lemonnier wieder sprach, wollte sie ihn anschreien, ihn auffordern, mit dieser Quälerei aufzuhören, während sie gleichzeitig in höchster Spannung lauschte, was als nächstes kam.

»Louis Nolté hatte auf der Brust eine frische Wundnarbe. Er war auch im Besitz von Bretons Muskete mit eingeschnitztem Familienwappen, von der man wußte, daß sie sein ganzer Stolz war. Nolté behauptete, Breton hätte sie bei der Flucht zurückgelassen. Für ihn sprach die unbestreitbare Tatsache, daß Breton mit den Pelzen aus dem Schneesturm gekommen war. Dieser berief sich darauf, daß Nolté ihn angegriffen und er aus Notwehr gehandelt hätte. Doch was sollte er auch sonst sagen? Einen anderen Grund für die Attacke als die Felle konnte er nicht nennen, und Noltés Familie war zwar nicht so wohlhabend, doch mindestens so einflußreich wie die des Partners. Breton wurde zur Zwangsarbeit auf die Galeeren verurteilt. Aber wie er den Schneesturm überstanden hatte, überlebte er auch diese härteste der Strafen. Nach wenigen Monaten geriet sein Schiff vor der Küste von Santo Domingo in einen Orkan, wurde auf ein Riff geworfen und versank mit Mann und Maus. Einzig Breton schwamm an Land, und seine Identität ruhte auf dem Meeresgrund. Er wurde für tot erklärt. Die Nachricht erreichte Paris, als seine junge Frau dort aus der Neuen Welt in Begleitung Noltés ankam. Der Skandal in Neufrankreich hatte ihren Vater bewogen, seinen Besitz aufzugeben und mit Tochter und Nolté ins Mutterland zurückzukehren. Sie zogen zunächst nach Paris, denn der Vater mußte dem König in Versailles seine Aufwartung machen, doch er plante, sich in Le Havre als Kaufmann niederzulassen. In aller Stille heiratete die Frau von Pierre Breton seinen ehemaligen Partner, denn sie hielt sich für verwitwet. Das Paar beschloß, in Paris zu bleiben.«

Es paßte. Das alles paßte nur zu gut zusammen. Es ging Cyrene fast über den Verstand, doch sie hatte jetzt nicht die Zeit, länger darüber nachzudenken.

Lemonnier schritt langsam zwischen dem Richtertisch und den Angeklagten auf und ab, dann blieb er plötzlich vor Monsieur Jean stehen. Er musterte ihn durchdringend, auch wenn er zu allen im Raum sprach. »Irgendwie gelang es Breton, seinen Bruder in Neufrankreich zu benachrichtigen. Sie verabredeten sich in Nouvelle-Orléans. Wahrscheinlich erfuhr Pierre Breton bei diesem Treffen von der zweiten Ehe seiner Frau. Er konnte ihr kein Lebenszeichen geben, ohne erneut die Galeere oder sogar den Tod – er war schließlich entflohen – zu riskieren. Vielleicht hielt er es auch für das beste, wenn er für sie tot blieb. Aus ihm wurde Pierre Breton, ein Händler mit bescheidenem Einkommen. Die Jahre vergehen. Da taucht eines Tages Louis Nolté mit Frau und Tochter auf der Bildfläche auf. Was geschieht dann? Wie kommt es dazu, daß sich die Familie Nolté – die Eltern sind beide von der Schiffskrankheit gezeichnet – bei dem Mann einquartiert, der einen Anschlag auf Nolté verübt hatte und mit Madame Nolté verheiratet gewesen war? Wie ist das möglich?«

Jean gab Lemonniers durchdringenden Blick offen, fast ein wenig belustigt, zurück. Er antwortete nicht. Beinahe schien es, als wolle er ihn dazu auffordern, die Wahrheit selbst zu erraten. Gaston war fassungslos und sah ebenso benommen aus, wie sich Cyrene fühlte.

»Kehren wir noch einmal nach Frankreich zurück, um festzustellen, ob nicht dort die Antwort zu finden ist. Louis Nolté war nicht mittellos, aber auch nicht reich. Er entwickelte eine Passion für die Vergnügungen der Pariser Gesellschaft: für elegante Feste, für das Theater und seine Schauspielerinnen und besonders für den Spieltisch. Sein Geld war bald verbraucht, auch das vertraglich auf seine Frau festgelegte Vermögen und ihr Erbe aus erster Ehe hatte er in kurzer Zeit durchgebracht. Er versuchte, von seinem Schwiegervater Geld zu bekommen, doch der Alte war ein Fuchs: Er gab seiner Tochter genug Unterhalt für sich und die Enkelin, aber Louis Nolté sah keinen Piaster. Er mußte zu den Geldverleihern gehen, was immer ein Fehler ist. Um seine Schulden zu bezahlen, verstrickte er sich in gewisse zwielichtige Geschäfte, unter anderem brachte er gefälschte Schatzanweisungen in Umlauf. Eine ganze Weile arbeitete er so und bediente sich der verschiedensten Methoden. Beispielsweise erschlich er sich das Vertrauen unerfahrener junger Leute aus den reichen Familien Frankreichs und Europas, die von überall her nach Paris kommen, um Erfahrungen zu sammeln und ein bißchen Schliff zu erhalten. Einer dieser jungen Männer versuchte, sich das Leben zu nehmen, als er erkannte, daß er auf einen Betrüger hereingefallen war. Die Familie stellte Nachforschungen an. Allmählich kamen Noltés Machenschaften ans Licht. Weil er einen viel ärgeren Skandal befürchtete, als es der in Neufrankreich gewesen war, benutzte sein Schwiegervater Geld und Einfluß, um Nolté nach Louisiane in die Verbannung zu schicken. Als seine Tochter darauf bestand, ihren Mann zu begleiten, wollte er von der Familie nichts mehr wissen.

Inzwischen waren sechzehn Jahre vergangen. Louisiane, zuvor das Ende der Welt, war durch die Ernennung des Marquis de Vaudreuil zum Gouverneur dem Bewußtsein der Leute näher gerückt. Depeschen und Briefe gingen alle halbe Jahre hin und her. Vielleicht kam Madame Nolté ein Gerücht über einen Mann zu Ohren, der ihrem toten Gatten ähnlich sah. Vielleicht hielt es Breton nicht aus und übermittelte ihr in verschlüsselter Form eine Nachricht. Möglicherweise hatte die Dame inzwischen Verdacht geschöpft, daß Noltés Version der Geschichte, die sich vor Jahren in Neufrankreich abgespielt hatte, nicht ganz der Wahrheit entsprach, und sah davon ab, ihn von Bretons Lebenszeichen zu unterrichten. Oder es gab eine Auseinandersetzung, bei der Madame Nolté erfuhr, daß ihr jetziger Mann Breton aus Liebe zu ihr und ihrem Geld hatte töten wollen. Hat sie dieses Wissen benutzt und ihren Gatten gezwungen, Pierre Breton aufzusuchen, als sie krank und ohne einen Groschen in Louisiane ankamen? Wie dem auch sei, Madame Nolté starb an der Schiffskrankheit in den Armen ihres ersten Mannes. Fast drei Jahre vergingen, genug, um jeden Verdacht zu zerstreuen, da verschwand Nolté eines Nachts, und man nahm an, er sei ertrunken.«

»Genug!« rief Pierre verzweifelt und mit brechender Stimme. »Lassen Sie Cyrene und Gaston gehen. Nehmen Sie mich, aber lassen Sie sie frei!«

»Und warum sollte ich das tun?« fragte Lemonnier sanft.

»Weil ich dann außer dem Schmuggel den Mord an Louis Nolté gestehen werde. Ich war es, der Sie niedergestochen und in den Mississippi geworfen hat! Ich werde Ihnen alles sagen, was Sie wissen wollen, das schwöre ich! Nur, lassen Sie die jungen Leute frei. Sie haben mit der ganzen Sache nichts zu tun, besonders Cyrene nicht. Sie ist bei uns geblieben, ja, aber ihr blieb nichts anderes übrig. Lassen Sie sie frei, ich flehe Sie an! Lassen Sie die beiden frei!«

20. Kapitel

Die Lemonnier vom König übertragene Macht war offenbar unbegrenzt. Niemand wagte zu widersprechen, als er einen Teil des von Pierre vorgeschlagenen Handels annahm, den anderen ausschlug: Cyrene war frei, Gaston war es nicht. Er gab die Order, Jean und Gaston zurück ins Gefängnis zu bringen, ebenso Cyrene, damit sie ihre Sachen abholen konnte. Er bewirkte einen Abbruch der Sitzung des Rats der Notablen, indem er den Schreiber, der das Geschehen zu Papier gebracht hatte, entließ, das Protokoll beschlagnahmte und erklärte, daß der Rat nicht offiziell getagt hatte. Er entbot den Mitgliedern des Gerichtshofes einen höflichen Gruß und zog sich dann mit Pierre und nur einem Wachposten hinter verschlossene Türen zurück.

Seine Befehle wurden prompt ausgeführt. Bevor Cyrene nach Pierres Aufschrei alle fünf Sinne beieinander hatte, war sie in den Kerker zurückgeführt und mit ihrem Kleiderbündel unter dem Arm auf die Place Royal gestoßen worden.

Verwirrt blieb sie einen Augenblick stehen, wußte sie doch nicht, was sie tun und wohin sie sich wenden sollte. Dann ging sie langsam zum Prahm.

Es war eine Lüge. Sie wußte es.

Pierre konnte keiner Fliege etwas zuleide tun. Vielleicht hatte er den Mann, der ihr Vater war, in Notwehr verletzt, aber er war nicht fähig, kaltblütige Pläne zu schmieden und Louis Nolté zu ertränken, wie Lemonnier ihm unterstellte. Und er war kein Mörder, der im Dunkeln darauf lauerte, René hinterrücks niederzustechen und in den Fluß zu werfen. Es ist ganz einfach unmöglich, dachte sie.

Ich weiß es, denn ich habe gesehen, wie Lemonnier ins Wasser befördert wurde. Ich erinnere mich genau, daß es nicht einer, sondern zwei waren. Wie sie ihn geschleppt, wie sie ihn hin und her geschwenkt und in den Mississippi geschleudert haben wie ein Stück Dreck. Wie sie sich umgedreht haben und wegliefen. Nein, das war nicht Pierre gewesen.

Oder doch?

Konnten es Pierre und Jean gewesen sein? Im Rückblick kamen

ihr die Gestalten plötzlich beängstigend vertraut vor. Und als die beiden auf den Prahm gekommen waren und René gesehen hatten – Monsieur Jean hatte sich wie zum Schutz gegen böse Geister bekreuzigt, und Monsieur Pierre war alles andere als begeistert gewesen.

Doch nein. Das konnte, das wollte sie nicht glauben. Wenn sie René hätten umbringen wollen, was hatte sie dann daran gehindert, ihm den Garaus zu machen, als er verletzt war? Nein.

Und ihr Vater? Pierre hatte ihn öfter angefahren und sich darüber geärgert, daß er das Geld, das er bekam, verspielte und versoff und keinerlei Anstalten machte, etwas zu seinem Lebensunterhalt beizutragen, daß er den vornehmen Herrn spielte und von Pierres und Jeans Arbeit lebte. Warum, dachte sie, hat Monsieur Pierre ihn nicht hinausgeworfen? Zunächst vielleicht wegen Mutter. Und später meinetwegen, weil ich die Tochter meiner Mutter bin und er mich gern hat. Weil er gewußt hat, daß mein Vater mich dann mitnimmt, und sich denken konnte, was für ein Leben ich mit ihm hätte führen müssen.

Cyrene hatte sich dafür geschämt, daß ihr Vater so wenig Tatkraft zeigte, und sich bemüht, seine Versäumnisse wettzumachen. Nolté hatte genörgelt über das Dach über seinem Kopf. Die Arbeiten, die nötig waren, um ihm den Bauch zu füllen, wie das Häuten von Tieren, das Schuppen von Fischen, hatte er für unter seiner Würde erachtet. Es war zwar eine Sünde, von einem Toten Schlechtes zu denken, aber wenn jemand behauptet hätte, daß ihr Vater Monsieur Pierre etwas hatte antun wollen, hätte sie es eher geglaubt. Und es machte ihr nicht die mindesten Schwierigkeiten, sich ihren Erzeuger als Mitglied einer Fälscherbande vorzustellen.

Geldfälscherei also. Jetzt ahnte sie dunkel, warum Lemonnier sie so bereitwillig und schonungslos für seine Zwecke benutzt hatte. Die Rachsucht hatte ihn dazu getrieben. Er hatte den Namen, seine Beziehung zu ihm nicht genannt, aber der junge Mann, den ihr Vater in den Selbstmord getrieben hatte, konnte nur sein Bruder gewesen sein. Lemonnier mußte es genossen haben, von ihr Wiedergutmachung einzufordern, da er ihren Vater nicht mehr belangen konnte. Wahrscheinlich stand das Falschgeld, das sie in seinem

Rock gefunden hatte, mit dieser Sache in Verbindung. Er hatte Louis Nolté vielleicht damit konfrontieren, seine Macht als Vertreter des Königs dazu nutzen wollen, ihn vor Gericht zu bringen. Da das nicht möglich war, hatte er sich an ihr schadlos gehalten.

Ihr Vater und Monsieur Pierre, daß sie alle beide mit ihrer Mutter verheiratet waren? Unglaublich, dachte sie, daß ich von dieser unwahrscheinlichen Geschichte nie etwas habe läuten hören.

Natürlich, ich habe etwas gehört, und zwar erst vor kurzem. Der Marquis hat von Mutters erstem Mann gesprochen. Er hat nicht alles gewußt und Monsieur Pierre für tot gehalten. Wie verlegen er war, als sie alles Wissen darüber abstritt! Warum es ihr Mutter nicht gesagt hatte? Schämte sie sich so, weil sie wußte, daß Monsieur Pierre nicht tot war?

Hatte sie befürchtet, daß sonst sein Name unbedacht genannt, daß über ihn geklatscht worden wäre und man eine Untersuchung eingeleitet hätte? Oder hatte sie es selbst erst in Louisiane erfahren? Später auf dem Prahm war Mutter so krank gewesen und so schnell gestorben. Vielleicht hatte sie keine Zeit für Erklärungen gehabt.

Monsieur Pierre hätte es ihr doch sagen können. Aber in Louisiane sprach man generell ungern über die Vergangenheit. Außerdem, wie sie ihn kannte, hatte er ihr das Wissen ersparen wollen, daß ihre Mutter vor dem Gesetz Bigamie und vor Gott Ehebruch begangen hatte.

So war er eben. Das Geständnis, das er gerade abgelegt hatte, sollte sie und Gaston schützen. Er hätte auch Jean entlastet, wenn es ihm möglich gewesen wäre, aber da es nicht ging, hatte er versucht, die jungen Leute zu retten. Ebenso hatte er auch seine Frau – dessen war sie sicher – einfach in dem Glauben gelassen, er sei tot. Nur durch Zufall – eine Bemerkung über eine gewisse Ähnlichkeit, die jemand hatte fallenlassen, eine dunkle Anspielung auf einen, der sich am Galgen vorbeigemogelt hatte – war ihre Mutter wohl zu der Überzeugung gelangt, daß er noch lebte. Und vorher in Neufrankreich, als Louis Nolté Monsieur Pierre im Schneesturm hatte ermorden wollen, hatte er aus demselben Impuls heraus nicht erzählt, was passiert war. Er hatte geglaubt, Nolté sei tot und seine

Leiche für immer in der Wildnis verschwunden; er sah vermutlich keinen Grund mehr, Nolté als Attentäter zu brandmarken oder die Behörden in eine Sache, die er für erledigt hielt, einzuschalten. Dieses Versäumnis hatte er bitter büßen müssen.

Wenn es auch in seiner Natur lag, niemanden unnötig zu verletzen und sein Glück, sogar sein Leben für die zu opfern, die er liebte, glaubte sie trotzdem nicht, daß er deswegen einen Mord beging. Er hatte ganz bestimmt nicht versucht, René zu töten. Aber jemand hatte es versucht, daran war nicht zu rütteln, und zwar nicht nur einmal, sondern wiederholt. Vielleicht waren Pierre und Jean beim ersten Mal mit hineingezogen worden und hatten die Leiche beseitigen sollen. Folglich wurde durch Pierres Geständnis wieder ein anderer geschützt. Nur wer?

Wer?

Auf der Laufplanke zum Prahm blieb sie so plötzlich stehen, daß diese hochsprang und Cyrene beinahe ins Wasser geschleudert worden wäre. Die Antwort war so offensichtlich, daß sie glaubte, sie die ganze Zeit über gewußt, aber die Augen davor verschlossen zu haben. Stirnrunzelnd grübelte sie darüber nach, und ihre Brust wurde stoßweise von zornigem Atem erfüllt.

Ihr Gesicht verhärtete sich, und sie lief schnell auf den Prahm. Sie warf ihr Bündel auf den Boden der Kabine, riß es auf, nahm ein paar Sachen heraus, steckte einiges andere hinein und nahm auch ihr Messer mit. In weniger als einer halben Stunde bestieg sie das Kanu, das nach ihrer Festnahme wieder an den Prahm angebunden worden war. Sie nahm das Paddel und ließ das Boot in die Strömung hinausschießen.

Als die Nacht hereinbrach, war sie schon einige Meilen weg. Sie legte an und aß von den kalten *Sagamitefladen*, die sie mitgenommen hatte. Vor Angst, dadurch jemanden auf sich aufmerksam zu machen, wagte sie nicht, ein Feuer anzuzünden. Sie wickelte sich in ein Bärenfell, legte sich ins Boot und schlief. Der graue, trübe Tag dämmerte, und sie machte sich wieder auf den Weg.

Kanota Una begrüßte Cyrene auf der Schwelle ihrer Hütte. Das Gesicht der Indianerin wirkte gelassen, als sie Cyrene näher kommen sah. Cyrene hatte erwartet, daß sie überrascht wäre, sich sogar über ihre Freilassung freuen würde, aber in ihrer Miene war nur die stoische Haltung zu erkennen, alles zu nehmen, wie es kam.

Sie begrüßten sich. Cyrene kam jedem Angebot der Gastlichkeit zuvor, indem sie gleich fragte: »Wo ist deine Tochter Mane Mata?«

»Oh!« In diesem kurzen Ausruf der Indianerin lagen Wut, Schmerz und Verachtung. »Kanota Una wußte, daß es so kommen mußte.«

»Ja. Warum warst du damit einverstanden?«

»Der Vater meines Sohnes hat mich darum gebeten.«

Sie führte Cyrene zur Hütte ihrer Tochter, rief um Erlaubnis zum Eintreten und ließ Cyrene stehen. Mane Mata kam zur Tür, schaute sie lange an und trat dann zurück, um sie hereinzulassen.

Drinnen war es düster und verräuchert, und es roch nach Harz, weil die Hütte erst vor kurzem erbaut worden war. Die Einrichtung war spärlich: eine Pritsche, einige Töpfe und Körbe, ein paar Bündel getrockneter Kräuter, die von den Dachsparren hingen. In der Mitte brannte ein Feuer, über dem ein Topf brodelte. Auf dem Bett lag Louis Nolté.

Er war blaß und unrasiert, und in seinen blutunterlaufenen Augen lag etwas Gehetztes, als er sie ansah, gerade so, als erwarte er hinter ihr einen Trupp Soldaten. Er setzte sich kerzengerade auf und zog sich seine Bärenfelldecke bis über die Schultern hoch.

»Wie hast du mich gefunden?« fragte er mit einer Stimme, die nicht mehr war als ein Krächzen.

»Ich mußte nur überlegen, was Sie für ein Mensch sind.«

Er zuckte mit keiner Wimper. »Wem hast du es gesagt? Wer kommt noch?«

»Keiner. Sie halten Sie für tot.«

»Sehr gut. Du warst immer ein braves Kind.«

Bei diesem kriecherischen Gewinsel, in dem eine Spur Verschlagenheit lag, sträubten sich ihr die Haare im Nacken.

»Monsieur Pierre ist Ihretwegen in Schwierigkeiten, man hat ihn verhaftet. Sie müssen ihm helfen.«

»Was für ein Wahnsinn! Wie kommst du auf die Idee, daß ich es könnte?«

»Sie wissen doch genau, daß Lemonnier dahintersteckt.«

Er stieß ein paar gräßliche Flüche aus. »Ich dachte, du würdest ihn beschäftigen!«

»Offenbar hat das nicht gereicht.«

»Ich bin derjenige, der Hilfe braucht, Cyrene, *ma chère*. Dieser Mann will mich vernichten. Er – er ist ein Teufel, er hat mich den ganzen Weg von Paris bis hierher gehetzt. Er will meinen Tod.«

»Na und? Sie haben doch auch versucht, ihn umzubringen!«

Der Mann auf der Pritsche sah Mane Mata, die den Kopf hob und lauschte, scharf an. Er bedeutete ihr mit einer Geste zu verschwinden, und die Indianerin stand auf und verließ die Hütte. Er wandte sich wieder Cyrene zu.

»Schließlich mußte ich Lemonnier ja irgendwie aufhalten.«

»Warum? Alle haben angenommen, daß Sie tot sind.«

»Das war ganz schön schlau von mir, was? Aber er hat es nicht geglaubt. Er ist nicht fortgegangen. Er hat mich gezwungen, hier bei diesen Wilden zu bleiben und mich in den Wäldern zu verbergen wie ein Tier. Ich habe keinen Menschen zu Gesicht bekommen, nichts Anständiges zwischen die Zähne gekriegt, keinen Schluck zu trinken, nichts, um die Zeit totzuschlagen. Es war schrecklich!«

Für ihn war es das bestimmt. Cyrene betrachtete den Mann, der ihr Vater war, und wurde von Ekel geschüttelt. Er war sehr gealtert, seit sie ihn zuletzt gesehen hatte. Die Hände waren zittrig, das Gesicht eingefallen, gezeichnet von Krankheit und Laster. Sie wunderte sich, daß sie das vorher nie gesehen hatte.

»Sie haben Angst vor Lemonnier«, sagte sie und bemerkte, daß sie bewußt grausam war.

»Ja, ich habe Angst! Du kennst ihn nicht. Er hat uns nicht aus den Augen gelassen. Der gibt nie auf.«

»Also haben Sie ihn hinterrücks niedergestochen, dann sind Sie zu Monsieur Pierre und Monsieur Jean gelaufen und haben sie gebeten, die Schweinerei zu beseitigen, die Sie angerichtet haben.«

»Er war für uns alle eine Gefahr. Wenn er mich, Pierre und die anderen in den Kerker gesperrt hätte, was wäre dann aus dir geworden?«

»Monsieur Pierre, Jean und Gaston sind im Kerker«, bemerkte sie kühl.

Er zuckte mit den Achseln. »Was geht mich das an?«

»Sie haben René Lemonnier auf sie gehetzt. Sie haben seinen Bruder ruiniert.«

Er wich ihrem klaren Blick aus. »Hat er dir das erzählt? Sie waren zu stolz, alle beide. Sein Bruder hätte nicht spielen sollen, wenn er es sich nicht leisten konnte zu verlieren, er hätte nicht so naiv sein dürfen. Das waren doch alles leichtgläubige kleine Schwachköpfe, nicht gerissen genug für mich.«

»Nicht gerissen genug, um Falschgeld zu erkennen, wenn es ihnen untergejubelt wurde?«

»Bis auf diesen René Lemonnier. Als ich hörte, daß er in Nouvelle-Orléans ist, wußte ich sofort, warum. Die Blüten. Ich hätte nicht noch einmal dieselben nehmen sollen. Aber ich hatte einen halben Koffer davon versteckt. Man weiß ja nie, wozu es gut ist. Deine Mutter hatte keine Ahnung. Sie wäre sonst nicht mitgekommen. So war sie eben.«

»Lemonnier hat Sie in Louisiane aufgespürt, weil Sie die Scheine in Umlauf gebracht haben.«

»Noch nach drei Jahren hat er mich aufgestöbert. Er hätte nie aufgegeben.«

Louis Nolté faselte weiter. Jean habe mit Kanota Una ausgemacht, daß Nolté bei den Indianern bleiben solle. Er habe sie und ihre Tochter auch auf die Reise zum Golf begleitet, um die Bretons zu treffen. Deshalb habe die Indianerin sie nicht in die Hütte gelassen. Kanota Una sei für seinen Geschmack zu klug, zu scharfzüngig. Er habe ihre Tochter Mane Mata mit Schmuck und Schmeicheleien verführt. Das habe ihn eine Zeitlang unterhalten, besonders deswegen, weil er damit Kanota Una in Rage gebracht habe. Doch das habe bald seinen Reiz verloren. Er sei begeistert gewesen, als Cyrene Lemonniers Maîtresse wurde. Er habe geglaubt, daß sich Lemonnier mit dieser Rache zufriedengeben und endlich gehen würde. Aber nein, der habe sich nur noch mehr in der Gesellschaft eingenistet und nach wie vor seine Spitzel ausgesandt.

»Also haben Sie Schläger angeheuert und ihn wieder angegriffen«, sagte Cyrene, »wie Sie auch den Mörder engagiert haben, der um ihn herumschlich, als er verwundet auf dem Prahm lag.«

»Warum bist du mir in die Quere gekommen? Ich wollte dich nur aus dem Weg haben, damit ihm die anderen den Garaus machen können.«

So? Sie faßte kurz mit dem Finger an den blauen Fleck, den sie noch immer unter dem Jochbein hatte. Was hätte er getan, wenn sie seinen Plan nicht vereitelt hätte? Aber das war jetzt unwichtig.

»Hören Sie zu. Monsieur Pierre, Monsieur Jean und Gaston sind im Kerker, aber Lemonnier will eigentlich nur Sie. Er hat die Macht, sie zu begnadigen, und er tut es vielleicht auch, wenn Sie sich ihm stellen.«

»Ich mich stellen?« Er sah sie an, als sei sie nicht bei Trost.

»Sie schulden es Monsieur Pierre und den anderen.«

»Ich schulde ihnen nichts.«

»Sie haben vor vielen Jahren Monsieur Pierre sehr unrecht getan, haben ihn auf die Galeere geschickt, ihm die Pelze und seine Frau weggenommen. Weil Sie seinem Bruder übel mitgespielt haben, ist Lemonnier jetzt hinter uns allen her, und wieder nimmt Monsieur Pierre die Schuld für Ihr Verbrechen auf sich, um mich zu schützen. Wenn Sie noch einen Funken Ehre im Leib haben, werden Sie tun, was recht ist!«

»Für wie dumm hältst du mich? Mir ist doch völlig gleich, was mit Pierre geschieht!«

»Sie wissen, daß er ein entlaufener Galeerensträfling ist. Man wird ihn aufhängen! Sie wird man wenigstens nach Frankreich bringen und wegen Geldfälscherei vor Gericht stellen.«

»Ja, und dann werde ich aufgeknüpft oder in die Bastille gesteckt, was dasselbe ist wie ein Todesurteil.«

»Sie würden zulassen, daß Monsieur Pierre für Sie stirbt?«

»Natürlich.«

»Aber ich nicht, schon gar nicht, nachdem er so viel für uns getan hat. Wenn Sie sich nicht freiwillig stellen, werde ich Lemonnier sagen, wo Sie zu finden sind.«

»Meine eigene Tochter!« schrie er auf, und seine Augen waren weit aufgerissen.

Sie blickte ihm in die entzündeten Augen, und was sie bei Lemonniers Erzählung vor dem Rat geahnt hatte, wurde ihr zur Gewißheit. »Aber das ist es ja gerade«, sagte sie zögernd. »Ich bin gar nicht Ihre Tochter.«

»Was soll der Unsinn? Natürlich bist du's!«

»Vielleicht auf dem Papier. Aber ich weiß schon lange, daß Sie und Mutter erst einen knappen Monat vor meiner Geburt geheiratet haben. Ich dachte, daß es – wie so oft – ein unfreiwilliger Ausflug zum Altar war und daß Sie und Mutter meinetwegen unglücklich geworden sind. Aber so war es nicht. Wie lange hat es gedauert, bis sie ahnte, was Sie getan haben?«

Er verzerrte das Gesicht zu einem Lächeln. »Nicht sehr lange, aber sie war keine Kämpferin wie du. Sie hat sich Vorwürfe gemacht und geglaubt, es wäre ihre Schuld, daß ich sie so sehr geliebt habe, daß ich Pierre töten wollte.«

»Dabei ging es Ihnen nur um Großvaters Geld und um die Felle!«

»Wie wenig du von Männern und von der Liebe verstehst, wenn du das denkst – obwohl es natürlich auch eine Rolle spielte, o ja, es spielte durchaus eine gewisse Rolle. Aber deine Mutter ist tot. Und wenn Lemonnier nicht bald nach Paris zurückkehrt, muß er auch sterben. Dein Großvater, der gräßliche alte Geizkragen, kann ja nicht ewig leben. Ich wüßte gern, was mit seinem Vermögen geschieht, wenn du in der Wildnis zugrundegehst, als ein bedauerliches Opfer der jüngsten Unruhen unter den Tschokta; und wenn ich dann nach Nouvelle-Orléans komme und wunderbarerweise noch am Leben bin?«

Er war nicht mehr ganz richtig im Kopf, vielleicht wegen der fortschreitenden Syphilis. Im Raum war es so still, daß Cyrene den Wind draußen in den Ästen rauschen hörte und das Stimmengemurmel in der Nachbarhütte und fernes Hundegebell zu ihnen drang.

Er wurde rastlos. Sie mußte etwas sagen. »Ich nehme an, daß Sie ihn beerben würden, weil alle Sie für meinen nächsten Verwandten halten, aber ich werde nicht sterben.«

»Du wirst nicht sterben, *chère,* wirklich nicht? Es war dickköpfig und tollkühn von dir, dich allein hierher zu wagen, und das Leben ist so gefährlich.«

Sie sah ihn das lange Messer unter dem Bärenfell hervorholen, sah im Dämmerlicht der Hütte die glänzende Stahlklinge aufblitzen, aber sie spürte keine Angst, keinen Zorn, keine Überraschung, sondern nur reine und kühle Verachtung. Sie griff nach dem Messer, das sie unter den Röcken verborgen am Gürtel trug. Der Griff war schwer. Die Waffe lag als beruhigendes Gewicht in der Hand, als sie sie zückte und die funkelnde Spitze auf Nolté richtete.

»Sie hatten recht«, sagte sie, »ich bin eine Kämpferin.«

Er lachte, als er vom Bett aufstand. Er trug nur die Kniehosen. »Vielleicht, aber mit einem Mann kannst du es nicht aufnehmen.«

»Das werden wir ja sehen!« Sie wich vor ihm zurück, um sich Platz zu verschaffen, sah sich schnell nach Hindernissen um, die sie vermeiden mußte, und schätzte die Entfernung zur Tür ab. So hatten es ihr Monsieur Pierre und Gaston in den Lehrstunden beigebracht, die sie für ausreichend gehalten hatten, sich aufdringlicher Verehrer zu erwehren.

»Ich bin größer und schwerer, und ich habe längere Arme als du.«

»Sie haben es einmal bei Monsieur Pierre und dreimal bei Lemonnier versucht, sie zu töten, aber sie leben noch. Ich werde auch nicht sterben!«

Er stürzte sich auf sie, in einem silbernen Bogen fuhr sein Messer auf ihren Bauch zu. Sie sprang zur Seite. Eine wilde, bebende Freude erfüllte sie. Er hatte nichts von Gastons Kraft und Geschicklichkeit und wenig von seiner wachsamen Schläue.

»Sie werden alt«, höhnte sie, »alt und schwach.«

»Ich hätte dich schon vor Jahren aus dem Weg räumen sollen.« Er täuschte an und stieß mit einem Rückhandschlag nach ihr.

Sie wirbelte herum, brachte das Feuer zwischen sie, und von der anderen Seite schaute sie spöttisch zu ihm hinüber. Als er es umging und auf sie zukam, steckte sie den mit einem derben Ledermokassin bekleideten Fuß in die aufgehäufte Asche und schleuderte Nolté glühende und rauchende Kohlestückchen ins Gesicht. Er schrie gellend auf und warf den unbewaffneten Arm hoch. Sie nutzte den Vorteil und stieß nach seinem Messerarm. Er wich zurück, aber mit der Spitze schnitt sie ihm ins Fleisch, daß ein blutig roter Striemen zu sehen war.

»Du kleines Aas«, ächzte er und stürzte sich mit verzerrter Miene auf sie.

Jetzt hätte sie ihm den Garaus machen können. Sie hätte nur ausweichen, sich unter seiner Waffe ducken und ihn mit der Klinge aufspießen müssen. Aber sie hatte richtig gesehen: Er war krank, er war wahnsinnig. Ganz gleich, was er früher getan hatte und noch tun wollte, sie würde ihn nicht richten.

Sie wich zur Seite und tauchte weg zur Pritsche mit dem Bärenfell, das halb darauf, halb auf dem Boden lag. Sie raffte es mit der Linken auf und wickelte es sich um den Arm. Sie wußte, das war der gefährlichste Moment, der Moment, in dem sie den Willen zu töten aufgab und den Gegner nur noch entwaffnen wollte. Er sollte mitkommen und dem Rat erzählen, wer er war und was er getan hatte.

Louis Nolté hatte sie durch Kraft und Schnelligkeit überwältigen wollen. Das gelang ihm nicht. Der Schmerz, den sie ihm zugefügt hatte, war erniedrigend, und ihre Gewandtheit für ihn eine so böse Überraschung, daß er seine großspurige Selbstsicherheit fahren ließ und ihr nur noch beweisen wollte, daß sie zu schlagen war. Er verlegte sich auf die List und wurde zu einer tödlichen Gefahr.

Cyrene wich mit geschmeidigen Bewegungen und aufmerksamem Blick vor ihm zurück. Zweimal wehrte sie die blitzende Klinge mit dem Bärenfell ab. Zweimal mied sie die Fallen, die er ihr gestellt hatte: ein Winkel der Hütte, der Fuß des Gestells für den Topf über dem Feuer. Das Gewicht des Pelzes war lästig, und ihr tat die Schulter weh. Ein Zipfel entglitt ihr und schleifte über den festen Lehmboden. Sie trat darauf und stolperte.

Nolté schoß mit einem Satz auf sie zu. Wie der Blitz schwang sie die Bärendecke, so daß sie sich bauschte wie ein schweres Netz und sich ihm um Kopf und Arme wickelte. Cyrene bückte sich geschwind und schlang ihm den linken Fuß um den Knöchel. Er fiel auf den Bauch. Sie versuchte, seinem Fall auszuweichen. Sein rudernder Arm ergriff sie. Sie sank mit ihm auf den harten Erdboden.

Der Atem verließ sie in einem lautlosen Seufzer, als sie auf den gestampften Schmutz aufschlug. Schmerz schoß ihr durch Schulter, Hüfte und Knie, auf die sie gefallen war. Sie rollte sich herum, wollte fort von Nolté. Fluchend und stöhnend kämpfte er mit ihr und riß sich die Bärenhaut vom Kopf. Sie landete im Feuer. Cyrene atmete den beißenden Geruch brennenden Fells und rang mit dem Mann, den sie so lange für ihren Vater gehalten hatte. Er hob den Messerarm. Sie packte ihn mit der Linken am Handgelenk. Noltés Zähne waren zu einer Grimasse entblößt. Schweiß perlte ihm auf der Stirn und floß ihm über die Brauen. Cyrenes Arm zitterte vor Anstrengung, als sie das Messer von sich wegdrückte.

Irgendwo da draußen vor der Hütte war Kanota Una. Die Indianerin würde ihr bestimmt helfen, wenn sie wüßte, daß sie Hilfe brauchte. Oder? Cyrene hatte sowieso keine Zeit und keine Luft zum Schreien.

In einem verzweifelten Versuch, Nolté abzuwälzen, rückte sie hin und her, und ihre Füße suchten Halt. Sie konnte Nolté nicht abschütteln. Sie stieß mit dem Fuß an das lodernde Bärenfell, schob die mokassin-bewehrten Zehen darunter, wälzte sich herum und zog die Decke über sie.

Sie spürte die Hitze durch die Röcke, sah, wie der Stoff Feuer fing, wie die Flammen züngelten. Noltés Beine waren nackt bis zu den Knien. Er stieß einen heiseren Schrei aus, ließ ab von ihr und schüttelte das Fell ab. Cyrene versetzte ihm einen Stoß, und während er zurückwankte, rappelte sie sich auf und kam auf die Beine. Taumelnd und ohne den Blick von Nolté abzuwenden, schlug sie die blauen Flammen an ihrem Rock aus.

Nolté wollte sich aufrichten, fiel aber auf den Lehmboden zurück. Er ließ das Messer fahren, umklammerte sein Bein und stöhnte: »Hilfe... Cyrene, bitte hilf mir!«

Sie straffte sich ein wenig und beobachtete ihn sorgfältig. Der Griff ums Messer wurde fester. Neben ihm lag als schwelendes Häufchen die Bärendecke.

»Ein Stück Kohle hat sich mir ins Bein eingebrannt!« Er wand sich in Krämpfen. »Nimm es weg, nimm es weg!«

Sie kam einen Schritt näher.

»Mach schnell... bitte!«

Sie traute ihm nicht über den Weg, aber dieses Mißtrauen war etwas Neues, und er war jahrelang Teil ihres Lebens gewesen. Sie hielt das Messer bereit, kam aber näher und ließ sich neben ihm aufs Knie nieder.

Er kniff die Augen zusammen, ließ das Bein los und griff nach seiner Waffe wie die Schlange, die zum Biß ansetzt. Hinter ihnen wurde die Hüttentür aufgeworfen, und in diesem Licht sah Cyrene die Schneide aufblitzen, als Nolté das Messer zückte. Sie war bereit zuzustoßen, sobald er zustach.

Es war eine List, und sie war darauf gefaßt. Sie holte aus, zielte nach dem Herzen. Ihre Schultermuskeln waren angespannt, sie nahm alle Kraft zusammen.

»Nicht!«

Vom Eingang kam ein gequälter Aufschrei. Wie Taubenflügel flatterte etwas heran, dann war ein dumpfer Aufprall zu hören. Mit ausgebreiteten Armen und einem erstickten Schrei fiel Nolté zurück. In seiner Brust, direkt unter dem Brustbein, zitterte das Heft eines Messers.

Cyrenes Klinge fuhr nur durch die Luft. Sie fing sich, drehte sich um und starrte zur Tür.

Der älteste Breton kauerte auf der Schwelle des niedrigen Eingangs. Hinter ihm standen René, Jean und Gaston.

»Monsieur Pierre«, flüsterte sie und fügte das Wort hinzu, das sich unwillkürlich ihrer Kehle entrang. »Papa!«

In seinem Gesicht zuckte es. Er trat einen Schritt herein, noch einen. Er blieb stehen. Cyrene stand auf. Sie lief auf ihn zu, hielt zögernd inne. Sie betrachtete das Gesicht des Mannes, der sie gezeugt hatte, und sah, wie ihm langsam die Tränen in die strahlenden blauen Augen stiegen.

»Papa«, sagte sie noch einmal.

Er breitete die Arme aus. Sie rannte auf ihn zu und warf sich hinein – Trost und sanfte, unerschütterliche Geborgenheit umfingen sie.

Eine Woche später – Touchet war inzwischen zur Zwangsarbeit auf den Galeeren verurteilt worden – kam Lemonnier, um ihr einen Antrag zu machen.

Er war äußerst korrekt in Perücke und einem Justaucorps aus blauem Samt gekleidet. Die silbernen Schuhschnallen glänzten, und der Dreispitz, den er unter dem Arm trug, war mit einer weißen Feder geputzt. In der Prahmkajüte wirkte er so fehl am Platz wie ein Diamant auf dem Misthaufen. Nicht, daß Cyrene ihr Heim mit einem Misthaufen verglich, das nicht, aber sein prächtiger Staat war übertrieben und betonte den Abstand zwischen ihnen.

Sie machte gerade Abendessen und buk Brötchen zu der Eichhörnchensuppe, die über dem Feuer köchelte. Pierre stand auf dem Vorderdeck und schnitzte an einem Holzlöffel. Jean und Gaston waren weggegangen und legten Welsköder aus, um den Küchenzettel zu bereichern, sie hatten sich nämlich darauf geeinigt, daß die Tage der Schmuggelei vorüber waren, jedenfalls fürs erste.

Cyrene stand mit mehligen Händen am Küchentisch, als Lemonnier zur Tür hereinkam. Sie starrte ihn an, bis ihr die Augen brannten, senkte dann den Kopf und fuhr mit der Arbeit fort, legte ein rohes Brötchen in einen eingefetteten Tiegel und zupfte Teig für das nächste aus der Schüssel.

»Guten Tag, Cyrene. Wie geht es dir?« fragte er. Sie war schmaler geworden. Das hatte er ihr angetan, und dieses Wissen tat ihm in der Seele weh.

»Ganz gut. Möchten Sie etwas zu trinken?«

»Nein, danke.«

Etwas in seiner Stimme ließ sie schleunigst weitersprechen. »Ich bin froh, daß Sie gekommen sind. Ich wollte Ihnen schon einen Brief schreiben, um Ihnen zu sagen, wie dankbar ich Ihnen bin, wie dankbar wir alle für die Begnadigung sind.«

»Es war das mindeste, das ich tun konnte. Hoffentlich hatte es keine Auswirkungen bei den Freunden deines Vaters.«

»Nein. Vermutlich denken sie, daß die Bretons die Freiheit für erwiesene Dienste erhielten.«

Die Beiläufigkeit, mit der sie das dahinsagt, verrät mehr, dachte René, als die schlimmste Bitterkeit. »Es tut mir leid.«

Sie zuckte mit den Achseln und sah ihn nicht an.

»Mir ist aufgegangen, daß dein Vater, dieser schlaue alte Fuchs, mir nicht viel erzählt hat, was ich mit der Zeit nicht selbst herausgefunden hätte, natürlich mit Ausnahme von Noltés Versteck.«

Ein Lächeln huschte ihr über das Gesicht. »Das wundert mich gar nicht.«

»Nein.«

Es machte sie nervös, daß er da so steif vor ihr stand. »Wenn Sie sich setzen möchten, am Kamin ist ein Hocker.«

»Nicht, solange du stehst.«

»Mir ist das völlig gleich.«

Er lächelte sie an. »Mir nicht.«

Sie legte das letzte Brötchen in den Tiegel, reinigte dann die Hände, indem sie sie aneinanderrieb, bis sich der Teig in Röllchen löste, und wusch sie sich in einem Topf mit Wasser. Dann löffelte sie ein wenig zerlassene Butter auf die Brötchen, um sie schön gleichmäßig zu bräunen, schloß den Tiegel mit dem Deckel und trug ihn zum Feuer. Sie schob das verkohlte Holz zur Seite, setzte das schwere Gefäß auf ein Bett aus heißer Asche und schaufelte brennendes Holz obenauf. Sie probierte die Suppe, rührte in der sämigen, braunen Brühe, die nach Zwiebeln, Knoblauch und Paprika duftete. Es schmeckte gut, das Fleisch war schön zart. Sie kehrte zum Tisch zurück und fing an, ihre Utensilien aufzuräumen.

»Könntest du das nicht für einen Augenblick sein lassen?« fragte René. »Ich hätte gerne mit dir gesprochen.«

»Ich habe gedacht, wir sind schon dabei.« Sie nahm einen feuchten Lappen und wischte das verschüttete Mehl vom Tisch ab. Sie wollte ihn nicht anschauen, denn sie hatte Angst vor dem, was sie sehen würde. Was will er bloß? dachte sie. Er klingt so ernst und doch so persönlich. Wenn er die Frechheit besitzt, mich noch einmal zu fragen, ob ich seine Maîtresse sein will, garantiere ich für nichts.

Er holte tief Luft. »Also gut. Du weißt, daß für euch zu keiner Zeit Gefahr bestand, als ich euch dem Rat der Notablen vorgeführt habe, und daß ich dir und deinen Leuten nie, niemals etwas angetan hätte?«

»Vielleicht weiß ich es jetzt, aber vorher war es mir nicht klar, keinem von uns.«

»Ich bedaure mehr, als ich sagen kann, daß du das durchmachen mußtest, aber ich hatte einen Auftrag zu erfüllen, und es war wichtig zu erfahren, was die Vaudreuils tun und sagen würden, wenn man sie mit Touchets Schuld konfrontierte.«

»Und sind Sie nun zufrieden?«

»Einigermaßen. Ohne Zweifel gibt es Mißstände in der Verwaltung dieser Provinz, aber von Landesverrat kann nicht die Rede sein, und es ist kaum anzunehmen, daß ein Ersatzmann besser wäre. Jetzt, da Touchet hinter dem Ruder einer Galeere sitzt, wird es hoffentlich in Zukunft weniger Amtsmißbrauch geben.«

»Dann ist Ihre Rechnung also aufgegangen?«

»Nicht, wenn ich dich dabei verloren habe.«

»Sie können mich nicht verlieren«, antwortete sie ruhig, und ihre braunen Augen blickten kühl in die seinen. »In dem Sinn, wie Sie es jetzt meinen, war ich nie die Ihre.«

»Mag sein, ich will mich nicht darüber streiten. Ich versuche nur, dir zu sagen, daß ich dich immer bei mir haben will. Ich will, daß du meine Frau wirst.«

»Das ist die größte Unverschämtheit, die – was?«

Zumindest war es ihm gelungen, sie aus der Ruhe zu bringen, denn das war ja zum Verrücktwerden! Es tat ihm gut, daß er sie wenigstens ein bißchen aus der Fassung gebracht hatte, da ihm das Herz bis zum Halse klopfte. »Ich will, daß du meine Frau wirst. Ich habe mit deinem Vater gesprochen. Er weiß, daß ich nur der Zweitgeborene bin und in der nächsten Zeit nichts zu erwarten habe als die Einkünfte aus dem Gut, das mir mein Vater überlassen hat, aber der König wird mir für meine Dienste bestimmt Land in Louisiane zuweisen. Ich möchte, daß du mir hilfst, hier in der Neuen Welt etwas aufzubauen, das uns für unsere Mühe entschädigt. Du hast doch einmal von einem Stück Land gesprochen. Dein Vater und die anderen wären immer willkommen. Wenn du einverstanden bist, werde ich mein Leben lang wiedergutmachen, was –«

»Nein.«

»Ich weiß, du hast allen Anlaß, mir zu mißtrauen. Es war die Idee

Seiner Majestät, mich mit dem Ruf eines Weiberhelden auszustatten, ein Trick, um glaubhafter zu machen, daß ich in Ungnade gefallen sei, und um mir in den Augen der Marquise mehr Anziehungskraft zu verleihen. Außerdem habe ich den Verdacht, es hat ihm Spaß gemacht, mich zum Wohle Frankreichs in einen Wüstling zu verwandeln, wo doch so viele behaupten, er selbst sei einer zum Schaden des Landes. Aber mit meinem Charakter hat es nichts zu tun. Ich schwöre, daß ich dir treu sein werde.«

Sie warf den Lappen weg, den sie noch in der Hand gehalten hatte, und wandte sich von René ab. »Weder Ihre Schwüre noch Ihr Ruf sind für mich von Interesse. Ich will von Ihnen keine Wiedergutmachung.«

»Ich weiß, daß du Grund zur Bitterkeit hast, aber ich wollte dir nie weh tun. Ich will dich beschützen. Ich will –«

»Bitte«, antwortete sie mit rauher Stimme, die Hände, die sie in den Rockfalten barg, waren zu Fäusten geballt. »Ich kann selbst auf mich aufpassen. Sie schulden mir nichts. Geschehen ist geschehen. Was Sie tun wollten, haben Sie getan. Ihr Bruder ist gerächt und Ihre Pflicht erfüllt. Am besten gehen Sie heim nach Frankreich und vergessen das alles.«

»Du hast die Absicht, das alles zu vergessen?«

Sie drehte sich zu ihm um, ihre Augen waren trüb, doch sie wich seinem Blick nicht aus. »So schnell ich kann.«

Er wollte die Arme um sie legen und sie schütteln oder küssen, bis sie atemlos war, wenn schon aus keinem anderen Grund, dann weil sie keine Luft mehr bekommen würde. Das stolze Neigen des Kopfes hinderte ihn daran, das und seine Schuld. Er hatte bereits genug getan, um das strahlende Selbstbewußtsein, das so sehr zu ihr gehörte, anzugreifen. Auch wenn er sie zur Kapitulation zwingen konnte, würde er es nicht tun. Zumindest würde er nicht Gewalt anwenden, wenn es nicht unbedingt erforderlich war.

»Dann«, sagte er mit einer knappen Verbeugung, »werde ich dich jetzt verlassen.«

Cyrene sah ihm nicht nach. Sie konnte nicht, denn in ihren Augen schwammen Tränen.

Als sie und die Bretons beim Essen saßen, kam die Botschaft

vom Gouverneur. Der Marquis de Vaudreuil bitte Mademoiselle Cyrene um eine Unterredung in einer dringenden Angelegenheit. Würde sie ihm baldmöglichst die Ehre ihres Besuches erweisen, vorzugsweise noch in dieser Stunde?

Das kam einem Befehl gleich. Sie war nicht sicher, ob der Gouverneur ihr nicht eine bewaffnete Eskorte schickte, wenn sie nicht bald bei ihm erschien. Keine Frage, sie mußte natürlich zu ihm. Nicht zuletzt durch sie waren er und die Marquise in einige Verlegenheit geraten, und wenn sie das irgendwie wettmachen konnte, und sei es nur, indem sie dem Ersuchen prompt nachkam, wollte sie es tun.

Als Cyrene ankam, befand sich der Marquis de Vaudreuil in seinem Studierzimmer. Seine Frau hatte im Salon Gäste, kam aber heraus, um Cyrene mit größter Herzlichkei zu begrüßen und zur Tür des Raumes zu geleiten, den der Gouverneur für seine Schreibarbeiten nutzte.

»Mein Gatte möchte allein mit Ihnen sprechen, Mademoiselle. Sie werden doch sorgsam erwägen, was er Ihnen zu sagen hat?« Das Gesicht der Marquise war gedankenvoll.

»Gerne, aber darf ich erfahren, worum es geht?«

»Das wird er Ihnen selbst mitteilen, aber Sie dürfen mir glauben, daß er die Sache nicht auf die leichte Schulter nimmt.«

»Ja«, antwortete Cyrene und tappte immer mehr im dunkeln, traute auch dem Lächeln nicht so recht, das ihr die Dame zuwarf. Doch zu mehr war keine Zeit. Madame de Vaudreuil hatte die Tür zum Studierzimmer erreicht und den Knauf gedreht. Sie steckte den Kopf hinein und kündigte Cyrenes Besuch an. Dann zwinkerte sie ihr kurz und verschwörerisch zu und kehrte zum Salon zurück.

Cyrene trat ein. Der Marquis legte einen Papierbogen weg, den er gerade gelesen hatte, trat auf sie zu und beugte sich über ihre Hand. Vor dem kleinen Kamin standen zwei Fauteuils. Er führte sie zu dem einen, hob die Rockschöße und ließ sich mit Anmut im anderen nieder. Er holte seine Tabatiere hervor, nahm eine Prise, klappte die Dose zu und suchte Zuflucht bei seinem Taschentuch. Er steckte das Gefäß wieder in die Rocktasche.

»Sehr freundlich von Ihnen, daß Sie so schnell kommen konnten. Ich hätte Sie niemals derart kurzfristig hierhergebeten, aber die Angelegenheit ist von einiger Dringlichkeit.«

»Das war doch selbstverständlich. Wie kann ich Euch dienlich sein?«

»In vieler Hinsicht, Mademoiselle«, erwiderte er lächelnd, »in vieler Hinsicht. Sie erinnern sich an unser Stück?«

»Aber natürlich.«

»Keine spielt die Rolle der ersten Liebhaberin wie Sie; Sie sind deswegen – so vermute ich – dem Gefängnis und Schlimmerem entgangen. Aber wenn unsere Mühe nicht umsonst gewesen sein soll, müssen wir sofort wieder mit den Proben beginnen.«

Und das war eine so dringende Angelegenheit? Cyrene versuchte, ihre Überraschung zu verbergen, so gut sie konnte, doch in ihrem Ton war noch eine Spur Schärfe, als sie antwortete: »Heute abend?«

»Leider nein«, erwiderte der Gouverneur und senkte mit schwermütiger Miene die Lider. »Wissen Sie, einer unserer Hauptdarsteller packt gerade seine Koffer, um uns zu verlassen.«

Sie hatte den Gouverneur im Verdacht, sich über sie lustig zu machen. Ganz bestimmt hatte sie Lachfalten um seine Augen gesehen, obwohl er sich sofort beherrscht hatte. »Wer kann das sein?«

»Monsieur Lemonnier. Anscheinend hat er eine plötzliche Anwandlung von Widerwillen gegen unser schönes Louisiane. Heute kam die Nachricht, daß die *Le Parham* einige Tage in Belize aufgehalten wurde, weil man einen defekten Mast ersetzen muß. Das wurde erst auf der Reise flußabwärts entdeckt. Ein Glück, daß man es bemerkte, bevor sie auf den Golf hinaussegelte! Das Resultat ist allerdings, daß Monsieur Lemonnier sich nach Belize rudern lassen will, um das Schiff zu erreichen und nach Frankreich überzusetzen. Das können wir nicht zulassen.«

»Wegen des Theaterstücks?«

»Sie müssen zugeben, daß es sehr unterhaltsam ist. Aber nein. Wir brauchen jeden, der sich hier niederlassen will. Bis heute nachmittag hatte Monsieur Lemonnier große Pläne, er wollte Grundbesitzer werden und Indigo und Kerzen aus Myrtenwachs ausführen. Ein vermögender Mann wollte sich niederlassen und Verantwortung übernehmen. Mit Sicherheit hätte er viel zum Wohl der Kolonie beigetragen. Doch er geht. Ich frage mich, warum. Ich frage mich, wie wir ihn überreden könnten hierzubleiben. Die Antwort, Mademoiselle, sind Sie.«

»Ich? Das ist doch absurd.«

»Wirklich? Können Sie denn bestreiten, daß er geblieben wäre und all diese Pläne verwirklicht hätte, wenn Sie ihn nicht abgewiesen hätten?«

»Woher –«

»Kümmern Sie sich nicht um das Woher. Können Sie es bestreiten?«

Der Marquis hatte etwas Beängstigendes an sich. Er verbarg es gut hinter seinem routinierten Charme, aber es war dennoch so. »Nein«, sagte sie ohne Umschweife. »Aber eigentlich wünscht er sich weder mich zur Frau zu nehmen, noch sich hier niederzulassen.«

»Er hat Ihnen doch einen Antrag gemacht?«

»Nun… ja.«

»Warum haben Sie ihm nicht Ihr Jawort gegeben?«

»Er wollte doch im Grunde gar nicht –«

»Unsinn! Sie haben sich nicht für ebenbürtig gehalten, dachten zumindest, daß Sie es in seinen Augen nicht wären und er Sie trotzdem gefragt hat. Mit anderen Worten, Sie haben aus Stolz nein gesagt.«

»Ich will nicht aus Mitleid oder Pflichtgefühl geheiratet werden.«

»Wenige Männer halten es für ihre Pflicht, ihre Maîtresse zu ehelichen. Sie hätten ihm mit Freudenschreien und süßen Küssen in die Arme sinken sollen.«

»Weil er ein Mann von – von Vermögen ist und mir die Ehre erweist, die Lage, in die er mich mit Gewalt gebracht hat, zu verbessern? Ihr habt eine sehr merkwürdige Auffassung über die Voraussetzungen ehelichen Glücks.«

Er hob die Schultern. »Ja, mit Glück hat das nicht viel zu tun. Eine Ehe ist ein Bündnis, das hoffentlich Vorteile für möglichst viele Menschen bringt.«

»Ihr seid also der Meinung, ich solle ihn zum Wohle des Theaterstücks und der Kolonie heiraten?«

Er neigte anmutig den Kopf: »Kurz gesagt, ja!«

»Ihr verschwendet Eure Zeit«, antwortete sie, und in ihrer Stimme lag ein Anflug von Triumph. »Er wird mich kein zweites Mal fragen.«

»Ich fürchte, da haben Sie recht. Aber ich glaube, daß er Sie anhören wird, wenn Sie ihn fragen.«

Röte überzog ihre Wangen. Sie achtete nicht darauf. »Aber er packt doch schon und will nach Frankreich zurück. Warum sollte ich es tun?«

»Weil er Sie liebt.«

»Ich bitte Euch, das ist doch kein Argument.«

»Es ist aber zufällig wahr. Ich habe noch nie jemanden gesehen, der so zwischen dem Gebot des Herzens und seiner Pflicht gegenüber dem König hin- und hergerissen war. Er griff zu außergewöhnlichen Mitteln, um meine und meiner Frau Loyalität nachzuweisen.«

»Ihr habt gewußt, weshalb er hier ist?«

»Nein, ich habe es nur vermutet.«

»Und Ihr habt ihn gewähren lassen?«

Er winkte ab. »Ich konnte ihn nicht daran hindern. Monsieur Lemonnier weiß so gut wie ich, daß derlei Dinge nicht durch persönliche Verdienste entschieden werden, sondern ausschließlich durch Einfluß. Es ist ein beklagenswertes System, sogar ein dekadentes, aber auf seine Weise funktioniert es. Als Vertreter Frankreichs bin ich stolz darauf, im Namen des Königs zu herrschen und dabei all meine Fähigkeiten einzusetzen. Das ist besser, als mit kriecherischen Höflingen um die Ehre zu streiten, dem König die Schüssel halten zu dürfen, wenn er sich übergeben muß.«

Unvermittelt wechselte sie das Thema und kam auf das vorher Besprochene zurück, denn jetzt konnte sie darüber reden. »Wenn Monsieur Lemonnier etwas für mich empfindet, dann ist es nicht Liebe. Es ist nichts als Wollust.«

»Immerhin eines der stärksten Gefühle.«

»Aber keine Grundlage für eine Ehe.«

»Ohne das kann sie eine armselige Sache sein. Aber wenn Sie ihn nicht heiraten wollen, müssen Sie, fürchte ich, bereit sein, die Konsequenzen zu tragen.«

»Konsequenzen?« Ihr Ton war scharf, denn sie hatte das Gefühl, daß er endlich zum Thema kam.

»Monsieur Lemonnier ist leider ein wenig skrupellos.«

»Was wollt Ihr damit sagen?«

»Als er aus Frankreich kam, hatte er für den Bedarfsfall einige *lettres de cachet* bei sich mit der Blanko-Unterschrift des Königs. So etwas kann ein sehr nützliches Instrument sein. Der Inhaber kann den Namen eines beliebigen Menschen einsetzen und ihn oder sie für unbegrenzte Zeit in geschlossener Haft halten.«

Sie starrte ihn an und konnte nicht glauben, was er ihr mitgeteilt hatte. »Soll das etwa heißen, daß Monsieur Lemonnier –«

»Soviel ich weiß.«

»Aber das kann er nicht.«

»Doch. Und die Unterschrift Seiner Majestät macht es für jeden Beamten, auch für mich, unabdingbar, ihm zur Festnahme der betreffenden Person jede Hilfe zu gewähren.«

Sie sah ihn lange an. »Warum habt Ihr mir das erzählt? Wenn es stimmt, warum werde ich nicht einfach arretiert?«

Der Gouverneur schürzte die Lippen. »Weil Sie eine schöne Frau und mir sehr sympathisch sind, aber auch weil Monsieur Lemonnier die *lettre de cachet* dazu verwenden wird, Sie von hier wegzubringen, und Sie werden in Louisiane ebensosehr gebraucht wie er. Ich habe mir überlegt, daß Sie beide hierbleiben könnten, wenn Sie sich doch für eine Ehe entscheiden würden und zu ihm gingen, um es ihm zu sagen.«

Sie stand auf. »Gut, ich werde zu ihm gehen, und sehr wahrscheinlich wird er auch in Louisiane bleiben, aber anders, als Ihr es Euch vorstellt. Wenn ich mit ihm fertig bin, muß man ihm bestimmt ein Stück Land zuweisen, und zwar auf dem Friedhof!«

Cyrenes wutentbrannte Gedanken hielten mit ihren schnellen Schritten mit, als sie vom Haus des Gouverneurs zu Renés Wohnung lief. Die Perfidie des Menschen, seines Plans, sie auf diese Weise aus Louisiane wegzubringen! Nicht zu glauben, unverzeihlich! Wann, dachte sie, wollte er mir die Soldaten schicken? Mitten in der Nacht? Wahrscheinlich hätte er mir nicht einmal die Zeit gelassen, mich zu verabschieden und meine Sachen zu packen. Das sieht ihm ähnlich. Und wohin hätte er mich verschleppt? Ins Château seines Vaters? Und dann? Wäre ich als seine Gefangene lebenslänglich hinter Schloß und Riegel, außer wenn es ihm gefiele, mich kurze Zeit herauszulassen? Hätte er mich besucht, um sein Vergnügen zu haben oder mich, von allen vergessen, ganz allein schmachten lassen? Nein, lieber sterbe ich, als mich in ein solches Leben zu ergeben.

Nein, ich werde ihn töten.

Martha öffnete Cyrene die Tür, sah ihr starres, gerötetes Gesicht und zog sich in die Küche zurück. Cyrene ging durch den Salon auf René zu, der vor dem Kamin stand und die Hände hinter sich streckte. Der Blick, mit dem er sie betrachtete, war voll Wachsamkeit.

»Ich komme gerade vom Gouverneur«, sagte sie ohne Einleitung.

»Ich hoffe, es geht ihm gut.«

»Ach, lassen Sie doch die höflichen Floskeln«, entgegnete sie beißend. »Er hat mir eine unglaubliche Geschichte erzählt, und ich verlange eine Erklärung!«

»Was für eine Geschichte denn?«

»Über eine *lettre de cachet.*«

»Ach so, und was ist damit?«

Ihre Augen blitzten, als sie sich ihm näherte. »Ist das wahr?«

»Und wenn es so wäre?«

»Dann«, erwiderte sie mit Nachdruck, »ist das der gemeinste und niederträchtigste Trick, von dem ich je im Leben gehört habe!«

»Weil ich dich bei mir haben will?«

»Sie geben es also zu!« rief sie aus. »Ich konnte es nicht glauben. Ich dachte, es sei eine Lüge, ein Vorwand, um mich hierherzulokken. Ich hätte wissen müssen, daß das genau Ihr Stil ist, die Art arroganter Machenschaften, deren Sie sich befleißigen, um sich zu nehmen, was Sie haben wollen! Herr des Himmels, schrecken Sie denn vor gar nichts zurück?«

»Ich habe um deine Hand angehalten, und du hast mich abgewiesen«, erwiderte er grimmig.

»Das gibt Ihnen noch lange nicht das Recht, mich gegen meinen Willen wegzuschleppen.«

»Ich brauche kein Recht, ich habe die Erlaubnis des Königs.«

»Die Sie für Ihre persönliche Rache benutzt haben.«

Die Zornesröte lag unter der bronzenen Haut. »Noch nicht. Aber wenn du mich weiter provozierst, werde ich es tun.«

»So – noch nicht? Und warum hätten Sie mich sonst zu Ihrer Maîtresse gemacht?«

»Weil ich dich nötiger habe als meine Ehre. Weil ich Angst hatte, daß du etwas Unüberlegtes tust, sobald ich dich aus den Augen lasse, und ich dich nicht mehr vor dem Schandpfahl hätte bewahren können. Weil ich dich mehr liebe, als ich sagen oder denken kann; mehr als Pflicht oder Recht, Stolz oder Stand, mehr als den Dienst des Königs, die Türme von meines Vaters Schloß, sogar mehr als Frankreichs kühlen, ruhmreichen Glanz.« Seine Stimme wurde weich. »Ich bin für dich bestimmt und du für mich. Warum wurden wir sonst geboren? Warum hat das Schicksal dich sonst hierhergesandt und mich zu dir gebracht? Warum hast du mir denn das Leben gerettet, wenn nicht, damit ich dich lieben kann?«

Als er schwieg, holte sie tief Luft, sie hatte gar nicht gemerkt, daß sie den Atem angehalten hatte. Sie schluckte und fuhr sich mit der Zunge über die Lippen. Dann sagte sie leise: »Ich lasse mich nicht mit Gewalt nach Frankreich verschleppen.«

Zorn übcrkam ihn und Hoffnungslosigkeit. Was soll ich denn noch tun? fragte er sich. Was kann ich noch sagen? Ich habe meine Seele vor ihr entblößt, und für sie ist es, als hätte ich gar nichts gesagt. Er wandte sich von ihr ab und ging zum Schreibpult. Er holte einen Bogen Kanzleipapier und zerriß ihn einmal, zweimal. Er drehte sich um, schritt auf sie zu und drückte ihr die Papierschnipsel in die Hand.

Er wich vor ihr zurück, als ertrage er ihre Nähe nicht mehr, und sagte über die Schulter: »Da hast du deine *lettre de cachet.* Du bist mich los, du bist frei, frei, hier in dieser gottverlassenen Wildnis zu bleiben, wenn du unbedingt willst. Geh! Mach, daß du rauskommst, bevor ich es mir anders überlege!«

Frei. Vielleicht bin ich es endlich, dachte Cyrene, doch ich fühle mich alles andere als frei. Es gibt Bindungen des Herzens, die stärker sind als Verbote und Gefängnismauern. Durch die Liebe und Fürsorge, die Pierre, Jean und Gaston für sie empfanden, fühlte sie sich ihnen nahe, weil sie ihnen keinen Kummer machen wollte. Aber die Tage und Nächte, dachte Cyrene, Freude und Schmerz, die ich mit René Lemonnier geteilt habe – das alles verbindet mich ebenso stark, vielleicht noch stärker mit ihm.

Sonderbar. Ich dachte, daß ich mich nicht auf ihn verlassen, ihm nicht vertrauen kann, und ich habe mich doch darauf verlassen, daß er mich festhält, und darauf vertraut, daß er die *lettre de cachet* benützt, um mich bei sich zu behalten. Nur weil ich mir dessen so sicher war, habe ich riskiert, ihn zu quälen und von ihm eine Antwort zu fordern, warum er mich will.

Sie war zu weit gegangen. Sie hatte sich so sehr daran gewöhnt, die Zweifelnde zu spielen, daß sie die Chance verpaßt hatte, seine Liebe anzunehmen. Ich wollte mehr hören, wollte einen Beweis, um die richtigen Worte zur richtigen Zeit zu finden und ihm zu sagen, daß ich ihn auch liebe.

Der Beweis war in ihren Händen. Sie mußte handeln, bevor es zu spät war.

Sie hob den Kopf und sprach mit leiser Stimme. »Bleib bei mir, René.«

Er drehte sich langsam um. »Bitte?«

»Bleib bei mir«, wiederholte sie, und Tränen schimmerten in ihren Augen wir flüssiges Gold. »Ich liebe dich. Ich werde sterben, wenn du ohne mich nach Frankreich zurückkehrst. Geh nicht. Bleib bei mir!«

»Ja, immer. Ich bleibe immer bei dir, meine Cyrene!«

Mit einem einzigen Satz hatte er sie erreicht. Er umschloß sie in heftiger Umarmung, er schwang sie herum, daß ihr Mantel sich um sie bauschte und über den Schreibtisch wischte. Papiere wurden aufgewirbelt und glitten von der Platte. Cyrene warf die

Arme um René und ließ die Schnipsel aus der Hand fallen. Sie regneten zu Boden wie Blütenblätter.

Auf den Fetzen der *lettre de cachet,* die Cyrene losgelassen hatte, stand kein Name. Halbverdeckt von den verstreuten Blättern lag da aber noch eine *lettre.* Darauf war in einer schwarzen, ausladenden Schrift ihr Name geschrieben.

Als René sich mit Cyrene in den Armen drehte, schob sich sein Stiefel unter das Papier und schleuderte es ins Feuer. Im Nu brannte es braun, entzündete sich in einer winzigen, sachten Explosion und verschwand.

Große Frauenromane

Leona Blair
Skandale
9097

Susan Howatch
Der Zauber von Oxmoon
9123

Brigitte Blobel
Das Haus des Portugiesen
9130

Danielle Steel
Familienbilder
9230

Sandra Paretti
Der Winter, der ein
Sommer war 9201

Barbara Taylor Bradford
Des Lebens bittere Süße
9264

GOLDMANN

Seine großen Bestseller im Taschenbuch.

Heyne-Taschenbücher

Die Rollbahn
01/497

Das Herz der 6. Armee
01/564

Sie fielen vom Himmel
01/582

Der Himmel über Kasakstan
01/600

Natascha
01/615

Strafbataillon 999
01/633

Dr. med. Erika Werner
01/667

Liebe auf heißem Sand
01/717

Liebesnächte in der Taiga
(Ungekürzte Neuausgabe)
01/729

Der rostende Ruhm
01/740

Entmündigt
01/776

Zum Nachtisch wilde Früchte
01/788

Der letzte Karpatenwolf
01/807

Die Tochter des Teufels
01/827

Der Arzt von Stalingrad
01/847 (ab Sept. 89: 01/7917)

Das geschenkte Gesicht
01/851

Privatklinik
01/914

Aber das Herz schreit nach Rache
01/927

Auf nassen Straßen
01/938

Agenten lieben gefährlich
01/962

Zerstörter Traum vom Ruhm
01/987

Agenten kennen kein Pardon
01/999

Der Mann, der sein Leben vergaß
01/5020

Fronttheater
01/5030

Der Wüstendoktor
01/5048

Ein toter Taucher nimmt kein Gold
● 01/5053

Die Drohung
01/5069

Eine Urwaldgöttin darf nicht weinen
● 01/5080

Viele Mütter heißen Anita
01/5086

Wen die schwarze Göttin ruft
● 01/5105

Ein Komet fällt vom Himmel
● 01/5119

Straße in die Hölle
01/5145

Ein Mann wie ein Erdbeben
01/5154

Diagnose
01/5155

Ein Sommer mit Danica
01/5168

Aus dem Nichts ein neues Leben
01/5186

Des Sieges bittere Tränen
01/5210

Die Nacht des schwarzen Zaubers
● 01/5229

Alarm! Das Weiberschiff
● 01/5231

Bittersüßes 7. Jahr
01/5240

Engel der Vergessenen
01/5251

Die Verdammten der Taiga
01/5304

Das Teufelsweib
01/5350

Liebe ist stärker als der Tod
01/5436

Haie an Bord
01/5490

Niemand lebt von seinen Träumen
● 01/5561

Das Doppelspiel
01/5621

Die dunkle Seite des Ruhms
● 01/5702

Der Gentleman
● 01/5796

KONSALIK – Der Autor und sein Werk
● 01/5848

Der pfeifende Mörder/ Der gläserne Sarg
2 Romane in einem Band.
01/5858

Die Erbin
01/5919

Die Fahrt nach Feuerland
● 01/5992

Der verhängnisvolle Urlaub/Frauen verstehen mehr von Liebe
2 Romane in einem Band.
01/6054

Glück muß man haben
01/6110

Der Dschunkendoktor
● 01/6213

Das Gift der alten Heimat
● 01/6294

Das Mädchen und der Zauberer
● 01/6426

Frauenbataillon
01/6503

Heimaturlaub
01/6539

Die Bank im Park/ Das einsame Herz
2 Romane in einem Band.
● 01/6593

Eine Sünde zuviel
01/6691

Die schöne Rivalin
01/6732

Der Geheimtip
01/6758

Russische Geschichten
01/6798

Nacht der Versuchung
01/6903

Saison für Damen
01/6946

Das gestohlene Glück
01/7676

Geliebter, betrogener Mann
01/7775

Sibirisches Roulett
01/7848

● = Originalausgabe Preisänderungen vorbehalten